将帅美文

李殿仁 吴纪学 马厚寅 ◎ 主编

中国言实出版社

图书在版编目（CIP）数据

将帅美文 / 李殿仁, 吴纪学, 马厚寅主编. -- 北京:
中国言实出版社, 2017.6

　ISBN 978-7-5171-2361-3

　Ⅰ. ①将⋯ Ⅱ. ①李⋯ ②吴⋯ ③马⋯ Ⅲ. ①散文集
－中国－当代 Ⅳ. ①I267

　中国版本图书馆 CIP 数据核字（2017）第 107744 号

出 版 人：王昕朋
总 监 制：朱艳华
责任编辑：张　强
出版统筹：冯素丽
责任印制：佟贵兆
封面设计：杰瑞设计

出版发行　中国言实出版社
　　　地　　址：北京市朝阳区北苑路 180 号加利大厦 5 号楼 105 室
　　　邮　　编：100101
　　　编辑部：北京市海淀区北太平庄路甲 1 号
　　　邮　　编：100088
　　　电　　话：64924853（总编室）　64924716（发行部）
　　　网　　址：www.zgyscbs.cn
　　　E-mail：zgyscbs@263.net
经　　销　新华书店
印　　刷　北京京华虎彩印刷有限公司
版　　次　2017 年 7 月第 1 版　　2017 年 7 月第 1 次印刷
规　　格　710 毫米×1000 毫米　1/16　28.5 印张
字　　数　416 千字
定　　价　198.00 元　　ISBN 978-7-5171-2361-3

出版前言

本书是我社为纪念中国人民解放军建军90周年推出的系列图书之一。全书精选了63位元帅、将军的66篇散文和随笔。这些作品，有记述著名战役的，有回忆战争岁月的，也有抒发思乡、怀念亲人之情的，具有较强的文学性和艺术感染力。所选作品均在全国性报刊公开发表过，曾在读者中产生了良好的影响，能让读者从另一个角度了解波澜壮阔、大气磅礴的中国革命历程，领略人民军队将帅们的风采，感受他们的才华和人格魅力。

书中文章的作者有1955年至1964年间授衔的元帅和将军，也有1988年以后授衔的将军。文章排序，1964年以前授衔的作者，以军衔为序编排；1988年以后授衔的作者，以姓氏笔画为序编排。编选过程中，我们参考了《星火燎原》《强军之路》等作品，以及将帅们的个人文集、回忆录、公开发表过的作品，有的文章是直接向作者征集的。

由于作者众多、时间仓促等原因，部分文章的作者未联系上，敬请谅解并希与编者联系。

中国言实出版社

2017 年 7 月

目 录

回忆我的母亲

朱 德

朱德（1886—1976），字玉阶。四川仪陇人。1922 年参加革命。曾任中央红军总司令，八路军总指挥，中国人民解放军总司令，中央人民政府副主席，全国人大常委会委员长。1955 年被授予元帅军衔。著有《朱德选集》《朱德诗词集》。

得到母亲去世的消息，我很悲痛。我爱我母亲，特别是她勤劳一生，很多事情是值得我永远回忆的。

我家是佃农。祖籍广东韶关，客籍人，在"湖广填四川"时迁移四川仪陇县马鞍场。世代为地主耕种，家境是贫苦的，和我们来往的朋友也都是老老实实的贫苦农民。

母亲一共生了十三个儿女。因为家境贫穷，无法全部养活，只留下了八个，以后再生下的被迫溺死了。这在母亲心里是多么惨痛悲哀和无可奈何的事情啊！母亲把八个孩子一手养大成人。可是她的时间大半被家务和耕种占去了，没法多照顾孩子，只好让孩子们在地里爬着。

母亲是个好劳力。从我能记忆时起，总是天不亮就起床。全家二十多口人，妇女们轮班煮饭，轮到就煮一年。母亲把饭煮了，还要种田，种菜，喂猪，养蚕，纺棉花。因为她身体高大结实，还能挑水挑粪。

母亲这样地整日劳碌着。我到四五岁时就很自然地在旁边帮她的忙，到八九岁时就不但能挑能背，还会种地了。记得那时我从私塾回家，常见母亲在灶上汗流满面地烧饭，我就悄悄把书一放，挑水或放牛去了。有的季节里，我上午读书，下午种地；一到农忙，便整日在地里跟着母亲劳动。这个时期母亲教给我许多生产知识。

佃户家庭的生活自然是艰苦的，可是由于母亲的聪明能干，也勉强过得下去。我们用桐子榨油来点灯，吃的是豌豆饭、菜饭、红薯饭、杂粮饭，把菜籽榨出的油放在饭里做调料。这类地主富人家看也不看的饭食，母亲却能做得使一家人吃起来有滋味。赶上丰年，才能缝上一些新衣服，衣服也是自己生产出来的。母亲亲手纺出线，请人织成布，染了颜色，我们叫它"家织布"，有铜钱那样厚。一套衣服老大穿过了，老二老三接着穿还穿不烂。

勤劳的家庭是有规律有组织的。我的祖父是一个中国标本式的农民，到八九十岁还非耕田不可，不耕田就会害病，直到临死前不久还在地里劳动。祖母是家庭的组织者，一切生产事务由她管理分派，每年除夕就分派好一年的工作。每天天还没亮，母亲就第一个起身，接着听见祖父起来的声音，接着大家都离开床铺，喂猪的喂猪，砍柴的砍柴，挑水的挑水。母亲在家庭里极能任劳任怨。她性格和蔼，没有打骂过我们，也没有同任何人吵过架。因此，虽然在这样的大家庭里，长幼、伯叔、妯娌相处都很和睦。母亲同情贫苦的人——这是朴素的阶级意识，虽然自己不富裕，还周济和照顾比自己更穷的亲戚。她自己是很节省的。父亲有时吸点旱烟，喝点酒；母亲管束着我们，不允许我们染上一点。母亲那种勤劳俭朴的习惯，母亲那种宽厚仁慈的态度，至今还在我心中留有深刻的印象。

但是灾难不因为中国农民的和平就不降临到他们身上。庚子年（一九〇〇）前后，四川连年旱灾，很多的农民饥饿、破产，不得不成群结队地去"吃大户"。我亲眼见到，六七百穿得破破烂烂的农民和他们的妻子儿女被所谓官兵一阵凶杀毒打，血溅四五十里，哭声动天。在这样的年月里，我家也遭受更多的困难，仅仅吃些小菜叶、高粱，通年没吃过白米。特别是乙未（一八九五）那一年，地主欺压佃户，要在租种的地上加租子，因为办不到，就趁大年除夕，威胁着我家要退佃，逼着我们搬家。在悲惨的情况下，我们一家人哭泣着连夜分散。从此我家被迫分两处住下。人手少了，又遇天灾，庄稼没收成，这是我家最悲惨的一次遭遇。母亲没有灰心，她对穷苦农民的同情和对为富不仁者的反感却更强烈了。母亲沉痛的三言两语的诉说以及我亲眼见到的许多不平事实，启发了我幼年时期反抗压迫追求光明的思想，使我决心寻找新的生活。

我不久就离开母亲，因为我读书了。我是一个佃农家庭的子弟，本来是没有钱读书的。那时乡间豪绅地主的欺压，衙门差役的横蛮，逼得母亲和父亲决心节衣缩食培养出一个读书人来"支撑门户"。我念过私塾，光绪三十一年（一九〇五）考了科举，以后又到更远的顺庆和成都去读书。这个时候的学费都是东挪西借来的，总共用了二百多块钱，直到我后来当护国军旅长时才还清。

光绪三十四年（一九〇八）我从成都回来，在仪陇县办高等小学，一年回家两三次去看母亲。那时新旧思想冲突得很厉害。我们抱了科学民主的思想，想在家乡做点事情，守旧的豪绅们便出来反对我们。我决心瞒着母亲离开家乡，远走云南，参加新军和同盟会。我到云南后，从家信中知道，我母亲对我这一举动不但不反对，还给我许多慰勉。

从宣统元年（一九〇九）到现在，我再没有回过一次家，只在民国八年（一九一九）我曾经把父亲和母亲接出来。但是他俩劳动惯了，离开土地就不舒服，所以还是回了家。父亲就在回家途中死了。母亲回家继续劳动，一直到最后。

中国革命继续向前发展，我的思想也继续向前发展。当我发现了中国革命的正确道路时，我便加入了中国共产党。大革命失败了，我和家庭完全隔绝了。母亲就靠那三十亩地独立支持一家人的生活。抗战以后，我才能和家里通信。母亲知道我所做的事业，她期望着中国民族解放的成功。她知道我们党的困难，依然在家里过着勤苦的农妇生活。七年中间，我曾寄回几百元钱和几张自己的照片给母亲。母亲年老了，但她永远想念着我，如同我永远想念着她一样。去年收到侄儿的来信说："祖母今年已有八十五岁，精神不如昨年之健康，饮食起居亦不如前，甚望见你一面，聊叙别后情景。"但我献身于民族抗战事业，竟未能报答母亲的希望。

母亲最大的特点是一生不曾脱离过劳动。母亲生我前一分钟还在灶上煮饭。虽到老年，仍然热爱生产。去年另一封外甥的家信中说："外祖母大人因年老关系，今年不比往年健康，但仍不辍劳作，尤喜纺棉。"

我应该感谢母亲，她教给我与困难作斗争的经验。我在家庭中已经饱尝艰苦，这使我在三十多年的军事生活和革命生活中再没感到过困难，没被困难吓倒。母亲又给我一个强健的身体，一个勤劳的习惯，使我从来没感到过劳累。

我应该感谢母亲，她教给我生产的知识和革命的意志，鼓励我以后走上革命的道路。在这条路上，我一天比一天更加认识：只有这种知识，这种意志，才是世界上最可宝贵的财产。

母亲现在离我而去了，我将永不能再见她一面了，这个哀痛是无法补救的。母亲是一个平凡的人，她只是中国千百万劳动人民中的一员，但是，正是这千百万人创造了和创造着中国的历史。我用什么方法来报答母亲的深恩呢？我将继续尽忠于我们的民族和人民，尽忠于我们的民族和人民的希望——中国共产党，使和母亲同样生活着的人能够过快乐的生活。这是我能做到的，一定能做到的。

愿母亲在地下安息！

（1944 年 4 月 5 日）

立志救贫

彭德怀

> 彭德怀（1898—1974），湖南湘潭人。1928
> 年领导平江起义。曾任红一方面军司令员，八
> 路军副总指挥，中国人民解放军副总司令，中
> 国人民志愿军司令员兼政委，中央军委副主席，
> 国务院副总理兼国防部长。1955 年被授予元帅
> 军衔。

杀恶霸地主欧盛钦

南县注滋口是一个有三百户左右的小镇，物产甚富。稻米最多，水产
丰盛，家禽家畜产量亦大，还有大量芦苇、野禽等天然副产。各种苛捐杂
税名目繁多，地租高利贷等剥削异常严重，贫富悬殊也特别明显。我常在
晚饭后往镇郊农民家闲谈。有姜子清是贫苦农民，谈到当地恶霸地主欧盛
钦（他哥哥是赵恒惕督军署的高级少将参议），仗势欺人，强占他多年淤积
起来的稻田苇地。姜多次要求帮忙夺回淤地。经调查，不仅此事属实，而
且欧还在该地封河禁止网鱼、封苇地禁止砍伐、禁止猎野禽（主要是野鸭）；

巧立名目加税收、强占良田房产、放高利贷、强迫买青苗;利用权势收买一部分比较富裕的老移民户,压迫新移民户。欧兼当地的税务局长及堤工局长,滥增百货税收(特别是鱼税),横行霸道,无恶不作,为害群众比土匪还甚。

某日,我对姜说,应当组织救贫会,人多势众,才能把欧打倒。姜说,口齐心不齐。意思是,谈起欧盛钦人人都恨,做起来个个都怕。我问姜:"你也怕吗?"姜说:"不怕,但只我一个人不行。"我说:"今晚我派几个武装兵,你带路去把欧杀了。"姜高兴极了。我说:"去时都化装,事后不得有任何人泄漏。"

当晚,派了一班长王绍南及魏本荣等三个救贫会员。由姜子清带领,将欧盛钦秘密处决了。向他们交代清楚:只杀欧本人,不得伤及其他人。也出了一张匿名布告,宣布欧的罪状。第二天税收停止,贫民窃议称快,但第三天继续收税。这使我感到,杀一两个人无济于事,不能解决问题。

以后听说,姜要求斩草去根,把欧本人和其妻儿都杀了。此事是真是假,我不清楚。过了几天,队伍即离开该地,经三仙湖,由小火轮送湘阴登岸,向平江进击沈鸿英流窜部队。我连离开注滋口时,居民对部队毫无反映。这是一九二一年秋的事。

六团开到金井(长沙与平江县城之间)新市街向平江进迫时,沈鸿英部经浏阳、醴陵向广西逃窜。平复后约在十一月底,六团回驻离长沙七十里之潞口畬一带。刚驻不几日,在注滋口处决欧盛钦之事,隔三四月被告发。某日,团长袁植派特务排长徐某来到我处,他说:"袁团长请你去长沙团部。"我说:"好吧!"走约五里,有一班人潜伏着将我逮捕。徐排长说:"这是袁团长奉赵督军命令,不得已来捉你的。听说你杀欧高级参议的弟弟和全家。"我说:"杀欧盛钦有其事,但未杀全家。"徐说:"这是欧高级参议告发的。"我说:"欧是当地为富不仁的最大恶霸,仗势欺人。"数了欧盛钦一堆罪状。士兵听了表示同情,徐即假说,团长也是不得已的,到督军署后,定会设法营救等。士兵中也有出主意的,说你到督军署不要承认,他没有证据,也可能是土匪杀的,也可能是欧盛钦平日作恶太多,别人报仇杀的。

走了六十里，离长沙还有二十余里，我说休息一下吧！休息时，牵我走的一位青年士兵靠紧我坐着，把捆我双手的绳子偷偷地解松了，又把手重重地在我背上按了两下，示意我逃走。我领会了他的意思。

又走了几里，即要过捞刀河，离长沙只十五里了。想想自己的命只抵偿一个恶霸的命不合算，死在这狗财主之手实在不甘心！决心在过河时逃跑。在渡船上，我叫徐排长说："大衣口袋里还有几十块钱，你们拿去吧！不要好了那些看管监狱的豺狼。"徐排长说："幸而得救时，仍然退还给你；万一不幸就替你办后事。"我说："用不着，你们拿走吃一顿，剩下的就分了吧！"在船离岸不远，乘徐来抄钱时，狠狠地给他一撞，他落水了。我一跃上岸，缚在手上的绳子也脱落了，便向东（㮾梨市）飞跑。士兵向天放了几枪，无人追赶。这二十多块钱，成了我的买命钱。谢谢他们，尤其是那位沅江口音的青年士兵，永远忘不了他！

一气跑了二三十里，天也黑了。跑到了㮾梨市与长沙之间的七里巷，险是脱了。就草地坐着，将身上的湿汗衫脱下，肚饥疲乏，身无半文。躺着休息了一会，望着天上的星星在眨眼，口里随意念着："天地转，日月光，问君往何方？天下之大，岂无容身之处？"念头一转，劲就来了。

走啊！夜半来到易家湾湘江河岸，有薄薄的雾，望见有小船，我念着：茫茫湘江畔，渔翁扁舟有灯光。小姑在补网，老翁收行装。尊声大爷行方便，老翁笑问往何方？

我说："要过江，身上无半文钱。"老翁说："上船来，送你过江去，不要你的钱！"问了他的姓名，叫罗六十老倌，无子仅一女，年过半百了。老者问："先生从何处来，到何处去？"我说："我不是先生，是穷人。"他望望我身上，又摇摇头，怀疑我不是穷人。我即详告事因。船抵西岸时，我将汗衫交给他，他无论如何也不要。我跳上岸，将汗衫丢在船上说：他日相逢，留作纪念吧！

上岸后，我向郭得云家飞跑。

一九三〇年，红军占领长沙时，我到易家湾还找到了这位年近七十的罗六十老倌，将没收土豪的粮物送给了他一些。他不知道我的名和姓，我觉得他是恩人。

密议救贫会章程

郭得云是我当兵时的第一个老班长，他曾在四十九标（清朝末年新军的标，相当现在的团，当时湖南有四十九标和五十标）当过兵，参加过辛亥革命，后当排长。他很有正义感，对军阀战争甚愤恨；对社会上的狗官、军阀、为富不仁的地主恶霸，他都不满意。后弃职回家仍作皮匠。这个人倒有点穷骨气，也有一点文才，赞成组织团体灭财主，实行平产。想到此人许多优点，越想脚就越有力，也走得越快。

东方刚白，到了湘潭城南八总大先桥河边，叫开他的门，郭惊问："出了什么事呀！夜晚跑来一定有事。"即闩门到楼上一间小黑房里。我将经过告诉了他和他父亲郭三老倌，郭告其父，不要使外人知道。问我："在那里吃饭的？"我说："昨早在潞口畲连部吃早饭的。"郭吐舌说："近二百里了。"三老倌说："还有一点凉饭，先吃一点，睡醒后再吃早饭。"郭得云拿着渔网说："你睡觉，我去湘江打鱼。运气好打条鱼做早饭菜。"我就在楼上小房里稻草上睡着了。醒时，红日当空，已八九时了，三老倌端着饭和洗脸水，郭得云拿着一大碗鱼上楼来了。饭后郭问："谁会到这来找你呢？"我说："他们知道我跑脱了，张荣生和李灿过两天可能来，别人不知道这里。"郭对他父亲说："张是个小个，做裁缝出身的，李是高个，学生出身。他俩来即告彭在此，其他任何人来问，答不知道。"三老倌点头，说："我认识他俩，来过一次。"

郭问我："你想去哪里？"我答："想去广东。"郭说："人生地不熟，不如就在湖南。时局会变的。"我说："现在身无半文，吃饭也成问题。"郭说："我去军政机关打听，看有什么消息，也许下午才能回来，你们先吃午饭不要等。"我把秋大衣交给他，请他带去典当，买几升米回来。郭说："不急，暂时可维持。今年有手艺做，每天可得三四升米钱。今年还特别，江里鱼也上滩，早晚可搞一两斤，能买两三升米。不过，你如去广东，路费就没有办法想。"他问："现在你当连长，总可寄点钱回家吧！"我说："是代连长。给祖母、父亲每月各寄二元，弟弟也大了，让他自立，他们艰苦些，将来好杀财主。"郭笑："我也艰苦了大半辈子，还未杀到一个财主。"他问："救贫会情形怎样？"我说："发展了几个。"我问："你发展得怎样？"

他说:"有一个对象还未正式谈,只同他讲了要救贫人,没有团体不行。过几天,你可去他家住。在乡下比较安静,同他谈谈看。"他问我,同救贫会的人通讯吗?他有办法替我送去。郭下午四时许回来说,驻军、县署都没有我的消息。一连三天都是如此。

一天晚上,郭对我说,今晚搬到乡间去住。大概十时左右,我随郭到城外一个菜园内。有两间茅房,是他的外甥李桂生(有十六七岁)家。李母眼睛瞎了,人很和气,也清洁,一看就知道是郭得云的姊妹。第二天,郭送来《水浒传》、《三国演义》、《资治通鉴》、报纸等,并说以后每天报纸由他送来,或桂生上街卖菜时带回来。

第四天,李灿从长沙搭早班轮来了。他一进门就说,知道你在这里。我说:"你怎么知道的?"他说:"你没有其他地方可去。杀恶霸事,督军署下了一道通缉令,文官衙门照转了,第二师司令部(李灿是该司令部文书)只批存案,根本未转。"我们商谈了行止,我说:"我回家种田去?"他说:"暂时不宜回家,还是谨慎点的好。"我说:"不然就去广东。"他说:"找谁呢?"我说:"找鲁广厚。"他说:"回师部我即可写信,将你情况告鲁,如他能设法找工作,要他回信。"李灿要我到他家去住,宜章离韶关近,与鲁也易联络。李告我,周磐给你寄来二十元。他自身也带来十余元,这样,路费就勉强够用了。

李灿搭午班轮回长沙,走时说,过几天约张荣生、黄公略同来再商量,但先要和鲁广厚联系。

又过了十来天,郭得云带引李灿、张荣生和黄公略来到我处。李桂生在街上买了猪肉、鱼和一瓶米酒,准备午饭。郭、李、黄、张、我五人谈到救贫会章程,将平日交谈成熟的意见归纳为四条:一、灭财主,实行耕者有其田;二、灭洋人,废除不平等条约,收回海关、租界,取消领事裁判权;三、发展实业,救济贫民;四、实行士兵自治,反对笞责、体罚和克扣军饷,实行财政公开。

讨论这几条基本内容时,是很热烈的。特别是当李灿提出收回海关、租界,取消领事裁判权,取消不平等条约时,爱国情绪很高的黄石(公略),高兴得跳起来,说:这就是救国救民的纲领!推举郭得云对这四条原则加以研究，拟成条文。大家决定，这就是救贫会章程。准备在另一次救贫会全体会员会议上正式通过，作为正式会章。并决定根据这次会议的四条原则，在救贫会员中秘密地作解说，讨论和征求意见。由张荣生回队传达。

现在看来，这几条是资产阶级民主革命的反帝反封建的内容，但也是不完全的。救贫会是属于在共产党影响下，军队中士兵自发组织的团体。开始时，只有李灿、张荣生、王绍南、席洪全、祝昌松、魏本荣和我七人。黄公略是这次加入的。这次开会的成员出身，两个是地主家庭出身的知识分子，两个是手工业工人、一个是贫农，都没有看过马克思列宁主义的书。

讨论后，李桂生买回了鱼、肉、酒，他母子和我们共七人，大吃了一餐分别饭。午饭后，黄、李、张搭班轮回长沙去了。这时大约是十二月下旬。

这时我已满二十三岁，青年已过，进入成年了。

去广东找朋友

鲁广厚是我在民国七年（一九一八）至八年（一九一九）年时所交往的那批知识分子朋友之一。他是鲁涤平的本家，民国七年冬进韶关讲武堂，民国九年（一九二〇）春毕业回湘当排长。在岳阳练兵时和我同连，常以不得志自居，有些狂士味，月薪不够用。李灿妻兄肖文铎是鲁涤平的参谋长。鲁广厚常有信致肖和鲁，同李灿亦有来往。李灿是宜章县人，小地主家庭（四五十亩田），要我去他家住，离韶关亦近。李灿要鲁广厚回信至宜章东门外泰昌合粮行。我们商妥，但不告诉郭得云，因他家贫好义，实在不想再烦扰他了。我也写了信给鲁广厚，告以自己处境和到粤意图。

在李灿、黄公略、张荣生走后，我在李桂生家又住了约一星期，缝制了单衣服等。过数天，搬到我姑母家。搭小火轮至衡阳，徒步经郴州到宜章，住东门外李灿家叔开设的泰昌合粮行。时值腊月三十日，李灿已有信给粮行为我做了准备。

正月初一，在粮行住了一天，初二日我随驮盐的马班去韶关。当天到乐昌，第二天到韶关，第三天到花县。鲁住东门外，鲁对我谈到他的生活近况和他所组织的军队，说，许司令（可能是许崇智）成立独立营暂托他管，将来可能要扩大。这是许司令为孙总裁准备的，命他暂兼营长。现在

一、二、三连准备已全,第四连还在搭架子,人枪还只一半,请我任四连连长职。鲁广交游,善辞令,每日来宾约会,晨夕不绝,开支亦大,营长月薪不过百二三十元,决难如此应酬。

在花县住到元宵节。花县元宵节很热闹,那里的妇女不包脚,耕田种地,砍柴挑粪,推车抬轿,多是女人,很少男人做这些重活。勤务兵说,湖南这些活是男人干,广东相反。在这里,对女人放脚是解放妇女参加劳动的关键,增加了认识。

旧历正月二十左右,到增城东南约二十里之乡村——独立营营部驻地,第四连是零碎收编来的,人约四十,旧枪三十支,准备买新枪换装。这里离惠州有两天行程,副营长罗××说,陈炯明部态度还好,前面十余里就有他的部队,日常来往无甚隔阂。营、连军官不少是鲁营长的同学、同事、同乡。

到职约半月,某日拂晓,遭陈炯明某部突然袭击,一部被缴械,一部逃散,损失大半。在增城集合残部后,鲁广厚赶到,说,这次损失是他的大意,过于相信朋友和同学关系,他们大鱼吃小鱼,毫不讲信义。我说:"我这个朋友也没有帮好忙。"鲁说,这完全不能怪你,四连刚成立,新兵枪支破旧。副营长插话说,还剩了二十余人枪。他连自己换洗衣服都没有了,其余行李全丢。鲁说:"等两天把情况弄清楚再说。"

过了两三天,他约我同去惠州。说:一、二连武器是买来的新枪。叫他们把枪退还给我!到惠州,见到他妻子,穿戴甚讲究,像个贵夫人,住在朋友家,佣人不少,大概是个什么团、旅长公馆。来访者多系中级军官,称兄道弟,满口江湖话。看来,鲁和这些人似是哥老会。他开支甚大,这些钱从何而来,是否同商团或外人有勾结?不明底细,我最好敬而远之。

数日后和鲁回广州,鲁营准备缩编为连,副营长改任连长。我决心离去,但又无别处可投,决定回家种田,在家乡去做些农民工作。我向鲁正式提出辞职返湘归田,鲁说:"不必急,等些时,还是可以想办法的。湘境很严,路上也不好走。"我说:"决心回湘不再麻烦你了。"他说:"如果一定要走,又怎样走法?经韶关入湘,检查甚严。"我说:"检查倒不要紧,不过我想搭轮经上海、汉口回湘,可以见见世面。"我坚决表示回湘,鲁也不再留。鲁对副官说，买英轮船票直达上海转汉口，不受检查，免得麻烦。另送二百毫（二十元）路费。我说："谢谢你。"鲁说："不要谢，就算是你这月薪金。"

大概是旧历二月下旬（公历记不起），从广州起程，途中遭大风，在厦门停泊三天。在上海因无钱未停留，只好在码头上走了一会儿。买了票转轮到汉口，渡长江刚赶上徐家棚煤车。煤车平日不搭客，我又没钱买票，听列车员口音是同乡，就向他说明自己的困难情况，请他帮忙，尽我所有给了一点茶钱。他和车站打了招呼，说是他的朋友去长沙，这样，我就搭上煤车。他要我爬到中间一节敞箱，沿途无人过问。

到了长沙，到湘雅医院找姑母，她在那里做女工。向她借了五元钱，花了一元多钱买了一身单衣，洗了身上的煤泥。

翌日搭轮到湘潭郭得云家，才知道他已于半月前害病死去了！听他父三老倌和李桂生先后谈病情，是害伤寒病，病中发高烧神志不清。年近八十、忠厚待人的三老倌，忧愁满面，身体已大不如前，奄奄一息。一个十一二岁的小孙（即后来成为叛徒的郭炳生）已弃读学皮匠去了。孤苦饥迫，难以为生。我除安慰外，问他郭得云有无遗言。三老倌说：救贫会章程未写他就病了，他自知将死，说把小孩托彭照管，外无他言。

这时，得知袁植、周磐率第六团团部和第一营驻湘潭城，离郭家不远。写信给王绍南、张荣生，他们不久即来。我谈了去粤的情况，说明自己决心回家种田，在本乡做些农民工作。张说："也可就近照顾救贫会工作。"他们谈到欧高参因贪污被撤职查办。黄公略仍在二营八连当排长，驻湘乡，离我老家仅三十里。第三营驻衡山，第一营及直属队驻本县城，李灿仍在二师师部。

张说："你去年十月、十一月份的薪金，除预支外还有三十元，已发到连，司务长魏世雄在问怎样处理？我去拿来给你吧！"我说："好！替三老倌买一担米和一月油盐煤，寄五元钱给长沙湘雅医院姑母，还清昨天的借款。"王绍南说；"再买两斤肉来，我们三人和郭老倌、小孙一块吃晚饭。"还剩十多元钱，我就带回家了。还谈了救贫会情况，他们都同意第一次会议的四条原则，希望写成正式章程，更具体些。他们希望我回部队。张说：

"看看袁植、周磐对你的态度究竟怎样再说。"他们都驻在湘潭，因此表示以后郭老倌的生活由他们照管，要我不必管了。我说那好吧！第二天即回家种田去了。

当兵六年的感想

上述这段时间是人类历史极度动荡和新旧交替的伟大时代：从一八九八年到一九二一年的二十三年，在中国经过戊戌变法，改良主义失败了；八国联军侵占北京，清政府逃往西安，人民组织义和团进行抵抗；辛亥革命推翻了清朝，孙中山失败了，袁世凯称帝；列强瓜分中国，继以帝国主义为背景的各派军阀割据称雄，连年不断地进行军阀战争，一夕数惊，不可终日；苛捐杂税多如牛毛，社会迅速破产，不少自耕农失去土地和生活依据，投军阀部队当炮灰，我也是其中之一；伟大的五四运动和共产党的诞生，为人民带来了希望；帝国主义大战导致十月社会主义革命胜利，鼓舞了一切被压迫人民。这一切无不是压迫与反抗，进步与倒退的阶级斗争，而进步总是战胜倒退，战胜反动。

我从出生到一九二一年已满二十三周岁，经过极端贫苦的生活，由牧童、童工、堤工到当兵，体会了工农兵一些实际生活，建立了一些朴素的阶级感情。入伍当兵后，接受了辛亥革命前辈军人的一些传说。保定青年军官来部队充当见习官、排长、连长，他们来时朝气蓬勃，讲解鸦片战争以后的国耻，编写不少军歌进行爱国主义教育，有时他们也讲得痛哭流泪。他们随着地位的提高，逐步贪污腐化，什么爱国、爱民完全置于脑后，如何升官发财，却成为他们一切闲谈的话题。可是他们的腐朽反动，阻碍不了历史向前发展，历史总是后浪推前浪，后人超前人，继续不已地前进着。

我在这段时间，也交了一些来营当兵的知识青年（主要是中学生），他们来时也是满口爱国主义，如何发奋图强，廉洁奉公，逐渐发现他们多数是带着升官意图来当兵的。我交了二十个左右的知识青年朋友，最后剩了黄公略、李灿。他俩加入了光荣的共产党，当了红军三军军长和八军军长，为中国人民事业献出了他们的生命！我也交了一些士兵朋友，他们是贫苦农民和失业的手艺工人，老实纯真，容易接受打富济贫，灭财主、灭洋人的思想。到一九二一年有十人左右加入救贫会，有的在北伐战争中牺牲了，有的以后加入了共产党，在红军中牺牲了。这批人没有一个叛变的。

我出生于人类历史飞跃的时代，而落后于这个伟大时代。到一九二一年，中国共产党诞生了，我还没有接触马克思主义，不懂得社会发展的科学规律，不懂得用阶级观点分析问题，不懂得革命是组织人民群众自觉的行动。我在当兵时是一种打抱不平的英雄主义思想，杀欧盛钦是这种思想的突出表现。救贫会章程的四条原则，是当兵六年的思想总结，是非常幼稚可笑的，也是非常惭愧的，对灭财主和消灭封建剥削制度的关系是模糊的。我在当时还不懂得地租、高利贷和资本剥削在性质上的相同和区别。至于耕者有其田，孙中山一九〇五年在檀香山同盟会就提出"驱逐鞑虏，恢复中华，平均地权，建立民国"，以后又提出实行"耕者有其田"。四条原则对灭洋人和打倒帝国主义的关系也是相当混乱的。灭洋人含有排外思想，和一九〇〇年义和团"扶清灭洋"口号类似。"发展实业，救济贫民"这个口号，在五四运动以前就有的，民族资产阶级代表人物就提出过，当时（一九一八年）营长袁植就有"寓兵于工"的思想。四条中没有提到拥护孙中山总统临时约法，没有提出反对军阀割据，实行民权主义，统一中国。这些是当时的中心问题。只有实行民主，统一中国，才能抵抗外国侵略，才有可能发展实业，否则是废话。

回家种地

回到家里时，邻友正在泡稻谷种和排红薯种，按当地农作物季节，是在清明三月中旬下种（公历哪月记不起了）。当时家庭情况：早年母死后欠债累累，除留有二三分地种菜外，余均抵押。我回家时，抵押之地已赎回及半，若全部赎回还须二百元还债。二弟金华学徒（捻棕绳）已出师，三弟荣华年约十六岁，可算半个劳动力了。家中还有多病的父亲，八旬的祖母。我把杀恶霸被通缉的事情告诉了父亲和五叔，乡间完全未闻有此事。五叔说："你不要说，那些恶霸知道了，他们又会兴风作浪。"我父亲说："也不要告诉你弟弟，他们年轻嘴不稳。"我说："不外出了，准备在家种地。"五叔和父亲都说好。我五叔又说又笑，高兴地说："这下算是苦出来了。"

我和弟弟等商量立即开荒种红薯，解决秋后吃饭问题。

我同父亲说，要把那些财主杀光，穷人才会出头。父亲说："你表兄周云和要赶汤督军，被捕枪毙了，他妻子小产了，母亲气死了，你的五舅成了孤人，住在九坛冲大山中，你这回要是被逮捕了，还不是同云和一样。"我说："明天去看他。"父亲说："那好，就便把红薯种挑回。"

第二天，越过几个大山到了舅父家，时已中午，边谈边吃红薯饭，谈他儿怎样被捕和枪毙的。我说，为什么要枪毙他呢？舅说："在长沙和湘潭组织反汤机关，被破坏了，他和两个朋友逃回家来。"我说："他逃回家做些什么事呢？"舅说："他对老百姓讲，汤芗铭在湖南杀了几十万革命党，汤是袁世凯一伙的卖国贼。打倒汤芗铭，不完粮、不纳税、不送租，民众高兴，士绅不高兴。被人秘密告发，被捕后枪毙的。"

当晚宿他家，谈至深夜，我要他到我家去住。他说："现在身体还好，山中柴水方便，开了几亩荒地，除交租外，一个人也够吃，再过几年不能劳动时到你家住。你家现在还穷，慢慢会翻过身来。"我说："要杀财主种田不交租，才能翻身。"他点头说："云和也是这样说的。"早饭后，装满了两箩筐红薯，约有百斤，给了他一元。他说："不要这多钱，五担红薯换一担稻谷，稻谷一担两元五角，一担红薯只值五角大洋。"他没有钱找，我说："不用找，留你用吧！"他流着眼泪望着我走。我也回头望他数次，他仍然站在坡上望着。我这位舅父，从不占别人分文便宜的，是一个极端忠厚的人。

回家已过午，三弟准备好了开荒的锄头，兄弟俩边开荒边谈家境。他说，哥在湖区挑堤的那几年，家里真难过，全靠祖母讨米过活。

我在家劳动生产四个月，和弟弟及个别邻友也谈了一些打富济贫、耕者有其田、俄国共产、中国有了共产党、长沙立起了劳工组合、女人要放脚等。

端阳节前，驻在湘潭的六团军需正胡子茂（民国五年，我入伍时的老连长）来信说，袁团长知道我回了家，他要办工厂，要我替他雇请几名织毛巾袜子、织布缝衣等的技工来厂当师傅。我也想去长沙打听一下劳工组合的情形。到长沙未找到劳工组合门径，遂到湘潭替他找了几名技工，到

15

胡子茂处交代清楚。胡说："团长有意要你帮他办工厂。"我说："不内行，还是回家种地。"我当天晚上就走回家了。

考入湖南陆军军官讲武堂

一九二二年六月下旬或七月初，黄公略、李灿等先后来信，相约去投考湖南军官讲武堂。告我六团团长袁植，团副周磐亦要公略转达此意。黄、李替我办理一切入校手续，并照我在郭家所说替我改名为彭德怀（原名彭得华）。在团部安置一少尉（排长）候差，以解决日常费用（后改为原一连中尉），以薪金三分之一给连上其他两排长。讲武堂定于八月考试入学。当时我还有些犹豫，因文化低，不一定能考取，在家种地觉得也好，大概一星期没有回黄、李的信。张荣生以请假回家为名来我家，说："救贫会员和连上兄弟都希望你去讲武堂学习，以后好回连上来。要实行灭财主和洋人，还是要搞军队，李灿和其他救贫会员都是这样看的。他们推我前来，催你前往。"我说，"好吧。去试试，考不取再回家中来种地。"张荣生听了很高兴，天明就回家去了（离我家十余里）。

八月去长沙考试很顺利，考取后即可入校住宿。每月伙食费五元，八人一席，五菜一汤吃得很好，不要其他任何开支。八九月之际搬进学校，比其他学员到得早些。现在，审委①追问我几件事：

（一）讲武堂开学是十一月，你八、九、十、十一月共四个月作什么去了？答：我的文化很低，要能听懂军事课程中的地形、筑城、兵器等，需要有初中程度的自然科学知识。我八月初住进学校，开始自习文化作准备。入校后即没有外出住宿过，一直到一九二三年八月初毕业出校时为止。

（二）入校前经过湘潭六团团部去见过袁团长吗？答：我到团部军需正胡子茂处，准备去看看团长袁植。胡说：不必去，团长有事，以后再去见。听说袁讨了小老婆，我最不喜欢听到别人讨小老婆和吸鸦片烟，我就没有去了。到长沙讲武堂时，某星期天袁来电话，我去他在长沙的公馆一次。

（三）袁团长为什么那样关心你？答：不知道。推测有这样的情形：一

---

① 即专案组。

九一八年春二三月，在衡阳渡过湘江时，我奉命为后卫。全军退过右岸时，袁（营长）还在该地，他问我都过江了吗？我说，我是走最后的。话刚完，发现敌一部已经迂回到我和袁站处侧后千米。我说：赶快沿河走，我在这里掩护（约一班多人）。待他脱离危险，我才撤退的，敌也未猛追。会合时，他说，今天好危险，几乎作了俘虏，没有注意侧后。再在向张敬尧部进攻时，在宝庆战斗中，因选择攻击点不适当，钻入敌人火力集中点，我率一个排（连长周磬）向另一点举行佯攻，转移敌人火力，袁植负轻伤得救，这两次他可能有感激之心。此外，驻浣溪圩时，他兼语文教官，我有两次作文，听公略说袁是满意的，打了百分，而且送给刘铏（团长）看了。一篇题《爱惜光阴》。内容现记得有："大禹圣人爱惜寸阴，陶侃贤人尤惜分阴，况吾辈军人乎！欲为国负重任者也，岂不勉哉……"等，不满三百字。一篇题《论立志》。内容大意："志不立，吾人无可成之事，国亡家亡，灭种随之。覆巢之下，岂容完卵？弱肉强吞，莫此为甚。吾人生逢斯时，视若无睹，何异禽兽为伍。……志不立如无舵之舟，无衔之马，飘荡奔逸，何所底乎？……"亦不满三百字。当时，不懂标点符号，也不懂作文格式，什么叫论，什么叫说，到现在也还不懂。袁当时有一点爱国心，我也流露过，在这一点上，也可以叫作气味相投吧！此外，他也是为了培养私人工具。以上是我的推测。

进讲武堂后，我编在第一教授班，黄公略到校比我晚些，编在第四教授班。相距不远，每天都见到面。讲武堂学员是少尉到少校现役军官（即营连排长），有一些人考取后，因为有钱，住在旅馆里玩，到十月才进校。开学时间一再推迟，后改为先开课后开学，大概是十一月才正式开学的。课程有：四大教程即战术、地形、筑城、兵器；小教程即操典、野外条令、射击教范、内务条令，外加军制学和马术，还有山野炮战术和实习。这些东西，实在无味，但考试严格，不用功还不行。还有什么精神讲话，也讲些时事，讲国耻，这里面有许多唯心主义的东西。学习原定半年，后因教材量过大——是按保定军官学校三年制教材编写的，故一再延长到近一年。可能是次年八月间毕业的。

"奠基礼"

徐海东

> 徐海东（1900—1970），湖北大悟人。1925
> 年加入中国共产党。曾任二十七军第七十九师
> 师长，红二十五军七十四师师长、副军长、军
> 长，代理红二十五军政委，红二十八军军长，
> 红十五军团军团长，中央革命军事委员会委
> 员，人民革命军委员会委员。1955年被授予大
> 将军衔。

长征一完结，新局面就开始。直罗镇一仗，中央红军同西北红军兄弟
般的团结，粉碎了卖国贼蒋介石向着陕甘边区的"围剿"，给党中央把全国
革命大本营放在西北的任务，举行了一个奠基礼。

——毛泽东：《论反对日本帝国主义的策略》

一九三五年十一月，陕北已经进入了寒冬。红十五军团在"打胜仗迎
接中央红军"的口号下，一鼓作气，攻下了张村驿，打开了东村，接着扫
清了附近的两个小据点。战斗结束后，毛主席率中央红军来到了东村一带。

从此，红十五军团与中央红军会师了。红十五军团的全体同志，都为这个光荣的会师欢欣鼓舞。大家日夜盼望着的中央红军，现在来到我们身边了。

中央红军长征胜利到达陕北，宣告了帝国主义和蒋介石消灭红军计划的破产，预示着中国革命新高潮的到来。为了给中国革命的大本营安放在大西北奠定基础，毛主席一到陕北，即首先拟订了一个大的歼灭战计划，这就是直罗镇战役。

陕北的战局当时是这样：陕北红军取得劳山、榆林桥胜利后，敌人以五个师组织新的进攻，东边一个师沿洛川、鄜县（今富县）大道北上；西边四个师由甘肃的庆阳、合水沿葫芦河向陕北鄜县方面开进。为粉碎敌人的进攻，毛主席决定集中会师陕北的各路红军，在直罗镇一带，给敌人一个迎头痛击。并指示要我们到那边看看地形，再作具体的布置。

按照主席的指示，这一天中央红军和红十五军团团以上干部，在张村驿以西会合后，前往直罗镇去看地形。

从出发地到直罗镇，约三十里，一个小时不到，就赶到了。大家下马后，首先登上了直罗镇西南面的一座高山。直罗镇就在脚下。它是个不过百户人家的小镇，三面环山，一条从西而来的大道，像一条白色的带子铺向镇子的中央，穿镇而过。镇子东头，有座古老的小寨，里面的房屋虽然倒塌，石头砌的寨墙却大部完好；镇的北半面，是一条流速缓慢而平静的小河。我们几十架望远镜举在眼上，从左到右，从东到西，细心地观察着道路、山头、村庄和河流。一个小山包，一棵小树，一条小沟，一家独立房屋，都是指挥员们观察研究的对象。大家都深深了解，在战前观察时疏忽一条小沟，漏掉一个山头，说不定在战斗中会增加想不到的困难。同志们一面观察，一面小声地交谈着：

"这一带的地形，对我们太有利了！"

"敌人进到直罗镇，真如同钻进了口袋。"

边走边观察，边观察边研究，从一个山头转移到另一个山头，结论得出了：把敌人放进直罗镇，再消灭它。为了防止敌人利用镇东头的寨子做固守的据点，大家商讨后，决定把它预先拆掉。部署确定后，当天晚上，红十五军团派出一个营，连夜去拆那个小寨子。这时战斗命令虽然还没有下达，但战士们凭着自己的经验会猜测到，将会在这里打仗。战士们深深懂得平时多流汗，战时少流血的道理。因此不分昼夜，不顾疲劳，一气把寨墙拆完。有些新解放来的战士，悄悄问老战士："敌人真的会来吗？"老战士回答说："会来的，这是毛主席算好了的。"

为了迎接这个大胜利，打好会师第一仗，红十五军团除留一个排在直罗镇警戒外，主力集结在张村驿一带，养精蓄锐，积极地投入了战前准备工作。各级干部层层深入，具体进行战斗组织。十五军团提出口号："打胜仗庆祝会师！""以战斗的胜利欢迎毛主席！""在战斗中向中央红军学习！"

红军情绪高涨，以逸待劳。一切准备就绪后，第三天下午，敌一〇九师师长牛元峰带着部队在六架飞机掩护下，果然来到了直罗镇。

晚上，毛主席下达了命令。按照已经确定的部署，中央红军从北向南，红十五军团从南向北，以急行军，在拂晓前包围了直罗镇。毛主席、周恩来副主席和彭德怀司令员亲临前线指挥。主席的指挥所，设立在距直罗镇不远的一个山坡上。战斗打响之前，他就特别指示各部队负责同志，一定要打歼灭战。

天刚亮，两路红军像两只铁拳，从直罗镇南北高山上砸了下去。敌人虽有防备，却没想到我军会如此迅速，及至发觉被包围后，直罗镇两边的山岭已被我军占领。南面一响枪，敌人立刻向北撤，北边一响枪，他们又反过来向南扑。一〇九师被夹击在两山之中一条川里。山谷中到处是枪声、喊杀声。一〇九师是东北军的部队，红军的老"运输队"了。有不少的士兵和军官曾经做过红军的俘虏，有的还不止缴过一次枪，在这个猛攻之下，纷纷瓦解，缴枪投降。一些拼命顽抗的，丧生于刀枪之下。

战斗不到两个小时，红军两路会攻，占领了敌人的师部所在地直罗镇。最后牛元峰逃到镇东头的小寨里，指挥着一个多营负隅顽抗，死不投降。

这个小寨虽被我军事先拆毁，但敌人昨天下午到达后又连夜改修，加上地形复杂，易守不易攻。我们派了一支小部队攻了一次，没能打上去。正组织第二次猛攻，通信员报告说："周副主席来了。"

这时太阳已升起了老高。我们向山上看去，只见周副主席同其他同志从山上走下来。他们都拿着望远镜，边走边向敌人固守的小寨子观察。等走到我们近前时，周副主席和干部们一一握手，详细地询问了第一次攻击的情况。最后周副主席指示：敌人已经成了瓮中之鳖，不好攻暂且围着算了。寨子里既没粮，又没水，他们总是要逃跑的，争取在运动中消灭它。

枪声渐渐地平息下来。两边的山坡上、镇子里，到处堆积着缴获的枪支弹药，到处聚集着俘虏兵。胜利的喜悦，洋溢在每个红军战士心里。经过两万五千里长征的战士，在讲述着爬雪山过草地的故事。来自鄂豫皖根据地的战士和陕北的战士，都倾吐着渴望会见老大哥的心情。欢乐和友情，笼罩着战场。

一〇九师师长牛元峰，蹲在寨子里，一个电报接一个电报，要求董英斌解围。他哪里知道，董英斌派的一〇六师还没到直罗镇，就被红军击溃了，并且在黑水寺被红军歼灭了一个整团。

晚上，牛元峰待援无望，趁黑夜率领残部突围向西逃跑，我七十五师的战士，随即跟踪追击。战士们说："一定要把这条'牛'追回来。"

一气追了二十五里，追到直罗镇西南一个山上，牛元峰和他率领的残部一个多营最后覆灭了。牛元峰也被抓住了。

"击溃战，对于雄厚之敌不是基本上决定胜负的东西。歼灭战，则对任何敌人都立即起了重大的影响。对于人，伤其十指不如断其一指；对于敌，击溃其十个师不如歼灭其一个师。"直罗镇战役，又一次证明了毛主席伟大的、正确的军事思想。一〇九师全师和一〇六师的一个团覆没，彻底打乱了敌人进攻陕北的部署。迫使敌一〇八师、一一一师不得不退回了甘肃境内；东路侵入的杨泉源一一七师也退出了鄜县。陕北根据地出现了一个新的局面。

直罗镇战役胜利结束后，部队携带着胜利品，押解着俘虏，撤离了战场。晚上，当我们路过毛主席住的村庄时，只见主席住的窑洞里还点着灯。这些天来，主席够辛苦的了，天这么晚了，怎么还点着灯呢？

我怀着一种崇敬的心情，走到主席住的窑洞门口，问门口的警卫员同志："主席还没睡吗？"

"主席晚上睡得很晚。"警卫员同志说着把我引进门去。

主席披着件蓝布旧大衣，点着盏油灯，正精神奕奕地工作着。桌上放着那张三十万分之一的旧地图。可以看出，主席又在考虑新的行动，筹划新的战役了。

主席放下手里的铅笔，亲切地伸出大而有力的手，微笑着说："辛苦了！"

我说："天这么晚了，主席还没休息？"

主席说："这样习惯了。怎么样，部队都撤下来了？"

主席简要地讲了讲这次胜利的意义，当前的敌人动向，然后，关切地询问着部队的伤亡情况和伤员的安置。最后嘱咐要好好地组织部队休息，让战士们都洗洗脚。主席对战士那种无微不至的关怀，具体细致的作风，给我留下了难忘的印象。

我从主席住的窑洞走出来，夜已经很深了。跨上马走了老远，回头望去，主席窑洞里那盏灯还亮着。

部队移驻到杨泉源一带，举行了祝捷大会。中央红军和十五军团，都相互派了参观访问团，进行参观和访问。张云逸等同志，带着一个剧团，到十五军团来慰问演出；十五军团也派了许多同志到中央红军学习和参观。

十一月三十日，在东村举行了干部大会。毛主席在会上作了《直罗镇战役同目前形势与任务》的报告。主席讲到直罗镇战役的意义说：这次胜利，彻底粉碎了敌人对陕北的第三次围攻。为党中央和红军在西北建立广大的根据地，推动全国抗战，举行了奠基礼。主席讲到胜利的原因，指出：一、两个军团的会合与团结（这是基本的），二、抓住了战略与战役的枢纽（葫芦河与直罗镇），三、战斗准备的充足，四、群众与我们一致。

我们说，还要补充一个最重要的原因：那就是主席正确的军事思想和主席的英明指挥。

主席在报告中还详细地分析了国际形势与国内局势。主席说：目前日本帝国主义，正进攻华北，进一步要并吞全中国；国民党正在南京开卖国大会。我们的胜利，告诉日本帝国主义，我们不许你这个日本帝国主义灭亡我们的华北和全中国；我们的胜利也告诉国民党，我们不允许你们卖国。红军要同全国人民携手，用我们的枪炮与热血，打倒日本帝国主义……

主席洪亮的声音，明确生动的言辞，句句印在每个红军干部心里。主席的声音，就是全国人民的呼声，它代表每个红军战士抗日救国的意愿和决心。

三湾改编

谭 政

谭政（1906—1988），湖南湘乡人。1927年参加革命。文中身份为国民革命军第二方面军总指挥部特务营文书、书记。新中国成立后任原总政治部主任，国防部副部长，全国人大法制委员会副主任，中央书记处书记。1955年被授予大将军衔。

一九二七年的秋天，湖南秋收起义失利以后，部队从战场上撤下来。每天总是从天未明就出发，一直走到黄昏以后才宿营。经过平江、浏阳、铜鼓、萍乡到达莲花东南永新境内的三湾，着手改编部队。这算是红军发展史上的一个难关。

自从长寿街战斗失败以后，湖南的敌人，拼命地跟着我们后面追赶，总想把我们这些革命种子，一下弄个精光。没有经过锻炼的"小娃娃"，哪能经得起这样的风波？弄得病的病，死的死，累的累，怕的怕，情绪非常不好，真像打了几十个败仗一样。到了三湾的第二天，师长集合部队讲话："……现在人员减少了，部队要缩编，从一个师改编为一个团；一个团还不足，改编为两个营。"听不下去了，只看到全场的人都瞪着眼睛，痴呆似的望着他，非常难过。

忽然，新任团长介绍毛泽东同志出来讲话。从人丛中走出一个又高又大的人来，头上蓄着长久未剪的头发，身上穿着一件老百姓的旧棉袄，腿上却打上一双绑腿，脚上套着一双草鞋。他以和蔼的态度、含笑的脸色，走到部队前面，顿时大家笑容可掬地鼓起掌来。

"……同志们，敌人只是在我们后面放冷枪，这有什么了不起……大家都是娘生的，敌人他有两只脚，我们也有两只脚……贺龙同志两把菜刀起家当军长，带了一军人。我们现在不止两把菜刀，我们有两营人，还怕干不起来吗？……你们都是起义出来的，一个可以当敌人十个，十个可以当他一百个。我们现在有这样几百人的部队，还怕什么……没有挫折和失败，就不会有成功！"

大家不住地点头微笑，特别兴奋。队伍解散以后，只看到一群一群的在那里谈论着：

"毛泽东同志不怕，我们还怕什么？"

"贺龙同志两把菜刀能够起家，我们几百人还不能起家吗？"

渡江南征记

陈　赓

> 陈赓（1903—1961），湖南湘乡人。1922
> 年参加革命。文中身份为第二野战军第四兵团
> 司令员兼政治委员。新中国成立后任军事工程
> 学院院长兼政治委员，副总参谋长兼国防科
> 委副主任，国防部副部长。1955 年被授予大
> 将军衔。

渡江作战，完成历史任务，对此壮举，不能忘记。

四月二十一日

国民党反动政府拒绝签订《国内和平协定》。我军于昨晚在西起九江[①]，东至江阴长达千里宽的正面，横渡长江。

---

①九江：江西省三大城市之一，左临鄱阳湖，右连洞庭湖，享有"三江之口，七省通衢"的美称。公元前221 年秦始皇统一中国，分设天下 36 郡，其中就有九江郡。发达的水陆交通使具有两千余年历史的九江成为军事重镇及商业、文化中心。

上午阴，下午倾盆大雨。××两兵团昨晚已渡过二十七个团。我×军攻占八宝洲及三号洲颇有缴获；×军黄昏开始炮击，顷刻间，香口至毛林段，化为一片焦土（敌报话机中自供），可见我炮火之猛烈。该军至晚十二时止已渡过五个团。×军因无船只，只好望江兴叹。

四月二十二日

阴，微雨。昨晚我×军渡过两个师。×军亦渡过两个团。当我突击部队登陆时，敌即仓皇溃退，遗弃山炮、野炮、榴弹炮、机关炮及火焰喷射器等武器甚多。至此，敌吹嘘的所谓"长江天险""立体防线"，不一日即土崩瓦解。下午据报，敌舰两艘在小姑山以西向我射击，经我炮轰后，狼狈逃回九江。昨天到今日，只闻飞机嗡嗡声，但始终未见飞机，我白日横渡自如，毫无阻碍，大概敌机正忙于输送"要人"逃离宁沪故也！黄昏，乘车到华阳镇以北一里之小村，通宵忙于与各方通话，不感疲惫。

四月二十三日

晨光熹微，鱼贯入船，微风南送，疾驶如飞。不一时，船登彼岸，踏上了江南大地。当时满怀兴奋，不可言喻。十时过香口，到附近一村庄，满地狼藉，恶臭难当，一望而知为匪军过境所致。今日×军可望全部过江，×军亦可渡完；×军明日可渡。至德、东流、彭泽和马当之敌，全部逃跑，当均为我占领，并在下隅附近歼敌一部。

四月二十四日

大雨倾盆中，部队仍以无比英姿源源向南前进。昨晚东路军进入南京。反动王朝灭矣！原定我们攻占南京的任务，已不需要了。想不到国民党一点抵抗也没有，呜呼哀哉！

我们又奉命向浙赣路进军，决定明日开始。得悉太原攻占，守敌全歼，令我欢欣若狂。

部队向南挺进，沿途所见，人尽泥饰，走路如扭秧歌，嬉笑声，歌唱声，跌跤声，混成一片，情绪甚为高涨，雨亦不足以扫其兴。尤其是沿途敌人遗弃之辎重、车辆、大炮，到处可见，更使部队兴致勃然。行至茂林州，雨更大，实无法前进，只好就地宿营。晚得报告，我一部已进占石门镇，俘敌一部，获得汽车十余辆及山炮、机关炮等。

四月二十八日

拂晓出发，路平且干，故行车较速。敌前日亦循此路南退，状极狼狈。汽车弃道，无人过问，我车缺油，得以补充；死马横路，人皆掩鼻以过。不少敌人的军官太太们，携幼扶杖，蓬头垢面，且泣且走，问之，谓赶不上队伍，状甚狼狈。散兵成群北走，一拐一跛，旁视我军胜利挺进，点头微笑。

车至养风镇，满街狼藉，十室十空。当我军至，妇女三三两两从山上归来，向我诉说匪军的残酷无道。镇上妇女，上自五十老妇，下至十四岁幼女，备受匪军蹂躏。我休息一家，家颇小康，妇亦温良，丈夫被匪军拉夫多日，至今未回；衣物粮食，被抢一空，她本人亦受匪军糟蹋，言之泪已夺眶而出，令人惨然！

我三十七师在童子渡追上敌人后尾，歼灭其一部，俘获一个军乐队及一卫生队，还有炮弹五船，西药一部。大雨，因而宿营。

五月三日

昨日进至江西乐平。当敌军退走，我军尚未赶到时，一退伍军官与商会出面维持，县城尚未遭受破坏，秩序较好，所有机关均原封未动。此县为一等县，人口三十余万。城约三万人，有电灯、银行。近郊有煤矿一所，据说为宋子文所有，仍未停工。过渡时期为免遭破坏，让一些旧人员组织维持，办法暂可采取。有反动地方团队十六个中队请求投降，当令×师副师长办理此事。×军此次行动积极，终于赶上敌军，俘敌三千余人，活捉两个师长，一个师管区司令。仍令他们继续向浙赣路挺进。

部队拥挤，我住中国银行楼上。休息一日，布置工作。×军追敌至弋阳，将六十八军全部包围，可望今日全歼。渡江战役即可告一结束，部队又将担起工作队任务，按前委电令开始部署。

五月七日

昨日车行至黄金埠，因拖船被敌人拉走，无法前进。临时赶修拖船，竟一日之功始完成。×军进至上饶，俘沪杭路指挥部官兵二千余人。该军另一部进占铅山，俘交警总队五百余人。部署第二次追击，×军向建阳挺进；×军向樟树、临川、金溪、南城等县急追；×军不动。与闽浙赣游击队会师，他们坚持十数年游击战争，艰苦卓绝，不愧为共产党人也。

今日到鹰潭镇，住桂永清家。建筑尚未完成，但已够华丽。军阀剥削贪污，只为一己享受，不顾群众，令人发指。

五月十三日

大雨。杨勇及赣东北区党委、支前办事处诸同志偕来，商谈本区工作问题，整日开会。

黄昏前，上饶火车开到，满载被释俘虏军官数千人，携幼扶老，拖妻带子，非常狼狈，一时车站秩序大为紊乱，当派队维持。×军占建瓯，俘敌三百余。刘汝明匪残部向福州溃退。我另一部占吉水，歼京沪杭路队及编练军官教导团共千余人。攻占南昌如探囊取物……

五月十八日

今日开出三次列车，运输×军前进。昨晚仍不能成眠，耳鸣如雷。饭后偕刘、谷到车站。站内人山人海，尽为我待运部队，满野歌声，军乐悠扬，群情兴奋已极，我虽困顿，精神实为一振，到处作散步讲演。下午大雨如注，部队虽如落汤之鸡，但仍是满处歌声。军委电令我指挥×军，发扬兄弟友爱，协同共歼桂匪。

冒雨开车，夜八时抵达衢前车站。雨如倾盆，有些部队未下车，挤宿车厢内；有些部队通宵鹄立大雨中。我们得到车站站长的优待，宿入一小房内，但通宵部队喧嚷及车笛声，根本无法入睡。铁路、公路、桥梁均被敌人破坏，天明部队只好在大雨中步行。

五月二十九日

白匪企图保持赣江以西及汨罗江以北，借以苟延两广。企图固守汨罗江以北，阻我前进，以七个军使用于赣江以西，采取攻势，我若孤军深入，至多只能获取某些战术上的胜利。我部撤回赣江东岸，足以麻痹白匪，一待四野主力到达，我兵团使用于敌之后方，断其退路；白匪定可一鼓就歼。连日大雨，又是一连串的失眠，甚感不适。

六月三日

今日天放晴霁，人心为之一快。饭后环城一行，当时汗流浃背，头痛为之消失。据台湾广播，阎老西继何应钦组阁。这是国民党穷途末路，拿出最后一张王牌，在此面临彻底灭亡之时，面面相觑，阎匪的花言巧语，足以哗众取宠于一时，但一切挣扎只能作最后一次，阎匪的惨败和他在山西的惨败必无二致。

六月六日

今日冒雨到南昌，这是我历史上第四次到此。第一次，一九二七年，蒋匪南昌叛变，我险遭不测，逃入武汉；同年八月，南昌起义，从起义至退出南昌止，我担任肃反工作，是为第二次；一九三二年，作战中负重伤，返沪医治，被捕，押解南昌，这是第三次。今日为第四次，则以胜利者姿态来此。

巡游市街，街市较十数年前，确为繁华。国民党统治以来，乡村破产，田地荒芜，人口大减；但城市繁华，人口亦增，乃是国民党抢粮、抓丁、盗匪遍地，又加上大肆屠杀，人多弃乡来城，造成此畸形发展状态。过百花洲，入南昌图书馆，此处在一九三一年为科学仪器馆，蒋介石曾在此亲自指挥对我中央苏区之第四次"围剿"；我在沪被捕解南昌后，蒋匪曾在此对我亲自审讯，迫我投降，我曾以严词厉色拒之，几至使蒋匪无法下台。回忆昔年在此室中，我曾为阶下囚，受人审讯，今日则我已为此室主人矣！盖我×师师部即驻节于此。回忆我前三次入南昌，真乃是或为亡命客，或为阶下囚，或者站不住；但均表现了我党之艰苦奋斗。无有前三次，则无今日人民之光荣也！

绿色的山冲

彭绍辉

> 彭绍辉（1906—1978），湖南湘潭人。1926
> 年参加革命。文中身份为红五军第二纵队二大
> 队六中队队长。新中国成立后任西北军区副司
> 令员兼参谋长，副总参谋长。1955 年被授予上
> 将军衔。

一九二八年，红五军在湘、鄂、赣地区与敌人辗转激战之后，部队又进行了整编。接着，彭德怀同志和滕代远同志率领整编后的第四纵队和第五纵队前往井冈山与红四军会合；其余的几个纵队则由黄公略同志率领，留在湘赣地区坚持游击战争。当时，我在第二纵队二大队六中队任中队长。整整一个冬天，我们都在平江、浏阳、修水、万载和铜鼓一带活动。

一九二九年三月的一天，我们由长寿街转移到浏阳的芦洞宿营。第二天清早，部队正在吃早饭，突然受到敌人的袭击，我急忙集合部队抢占了芦洞东侧的高地，掩护大队转移。敌人来势汹汹，我们经过数次反击才将敌人压下去。

我正在指挥部队战斗，通信员陈梓突然喊叫起来：

"咳！中队长你挂彩啦！"

"在哪里？"

"看你右腿上流的血！"他指着我的右腿说。

我漫不经心地用手一摸，觉得热乎乎的，低头一看，见裤子被穿了两个洞，一颗子弹戳穿了我右腿的上盘骨，奇怪的是我当时竟没有觉到丝毫的疼痛。

这时，大队部已经上了山，四中队也展开了。大队长命令我们要在四中队掩护之下，迅速地沿着右侧的一条山路，翻过连云山，向浏阳方向转移。

当时部队既没有医疗器材，也没有医务人员，通信员解下绑带来扎住我的伤口，两个战士搀扶着我，血没有止住，顺着上胯骨只是流，每走一步，路上就印下一个血脚印，伤口也渐渐疼得厉害了。当时就这样一步一步地翻了由芦洞到浏阳五区约三十里路的一座大山。直到下山以后，战士们才找到两根竹竿和一把靠背椅子，绑成一副担架把我抬到了宿营地，这时我已经精疲力竭了。

当时敌情十分紧张，驻地近处的古港镇就驻有国民党反动军队和挨户团，我们部队当晚必须转移。由于我的伤势很重，组织上决定把我留下来就地休养。队党代表找到地方党的关系，通过秘密的农民协会，将我寄留在五区赵家冲一位姓刘的老板家里。虽然队上派了通信员陈梓留下照顾我，地方组织和农民群众对我也十分关心，但因骤然离开部队，总觉得有些孤独之感。

部队先天晚上转移，第二天拂晓驻古港镇的敌人就到这山冲来了。刘家老板当即悄悄地把我背到村子的后山，藏在一个草堆里。这时我的伤口仍不断地出血，疼痛、饥渴和过度的疲劳使我整整一天都处在昏迷状态。敌人在几个村子里一直搜查了大半天才走。我在群众的掩护下未被敌人发现。当刘家老板背我回家的时候，老板娘正在熬稀粥和泡姜汤等着我。

当晚，农会的委员长来了，他姓李，看过我的伤口之后，说可以用草药治疗。老板娘从自己的棉被中撕出一片片的旧棉絮给我擦洗伤口，李同志在伤口上撒了一层草药末。到第三天，伤口的血便止住了，疼痛也较前轻了一些。

赵家冲是一个绿色的山冲，到处都是茂密的竹林，有手工造纸业，来这里劈竹麻造纸的大都是古港镇的手工业者和商人。当时竹林中已遍地嫩笋，正是造纸业繁忙的季节，冲里来来往往的人很多，因此李同志一再嘱咐我要注意隐蔽；他给我治伤所用的草药，也都是由他的一个十六岁的女孩子到古港镇去买来的，这样可以不致引起坏人的注意。

在群众小心谨慎的掩护之下，我竟能在距敌人咫尺的赵家冲平安无事地休息了好几天。等到刘老板建议我转移到另一个村子去的时候，我的伤口已有好转，精神和体力也比以前好一些了。

那天黄昏，刘老板扶我上了担架，老板娘把一块猪肉和一些鸡蛋塞在我的身边。乡亲们对我的热爱，使我十分感激。担架出门后，沿着山间小道，拐了几个弯，约莫走了三五里路，便到了我休养的第二个村子。

房东是农民协会的会员，也姓刘，是一个单身老汉。我到此地之后，仍用李同志的草药敷治伤口，不久，我就能够扶着陈梓在院子里散步了。当然，这都是在夜深人静的时候，白天我还是一直在刘老汉的小楼上隐藏着。

一天黄昏，我突然感到闷热难熬，想到我来此地住的日子已经很久了，难免有些风声传出去。据农会同志得到的情报，敌人要来搜山，我立刻警惕起来。于是让陈梓同志告诉老人家，我不能在这里住了，要换个地方，想立刻就走。

当天晚上，刘老汉在取得农会同意后，便向农会要来担架，连夜把我送到西山鸡婆尖山脚下的一位唐老板家住下来。

第二天早上，山村还笼在晨雾里，忽然刘老汉面带惊惶的神色跑来了。

他一见我就惊喜地说："彭队长，好险哪！你可万幸呀！你不该死啊！"

老汉告诉我，昨晚我刚离开他家不到一顿饭的时间，敌人就突然围了他们村子，声言要抓"挂了彩的游击队长"。老汉撒个谎说："他在前三天就走了。"敌人哪里肯信，立刻动手搜。幸而我临走时陈梓已经拆了床铺，消除了痕迹，敌人什么也没搜到，就向老汉问我的下落。老汉又撒个谎说："上了第一区啦！"敌人气冲冲地把老汉推了一掌，踢了一脚，抢了三只鸡就走了。

我当即抱歉地向老汉说："唉！连累你老人家受惊了！"老汉说："彭队长，你这样说就见外了，你挂彩还不是为了我们穷人，只要你平安无事，我就放心了。"老汉临走时，又再一次地重复说："你真是好运气，你不该死啊！"

老人家那种诚挚的感情使我非常感动，但是我却认为依靠群众的帮助和依靠革命警惕性，比依靠"运气"要保险得多。从此以后，农会的同志们也警惕起来，夜晚在冲口放了隐蔽哨，经常注视着古港镇敌人的行动。

一天深夜，放哨的农协会员报告说，敌人又进冲来了。接着，冲里的狗狂吠起来。可巧在这个时候，陈梓突然生了病，疼得他两手抱着肚子直叫喊，窗外的犬吠声越来越近，而陈梓又大声地呻吟着，弄得我一时没了主意。正在这时候，房东唐老板进来了，他首先安慰陈梓不要叫喊，并把他藏在床铺底下；然后背起我出了后门，摸黑穿过了竹林，最后把我安置在山上的一个石洞里，嘱咐了几句，他就又回村照顾陈梓去了。

我躺在石洞里的柴草上，侧耳倾听着山下村子里嘈杂的吵闹声，中间夹着砰砰的几声冷枪。这时我既担心陈梓的安全，又顾虑会连累唐老板和农会的同志们，一时真是提心吊胆，坐卧不安。

直到中午时分，才望见唐老板一个人溜上山来。他给我送来茶饭，并告诉我陈梓很安全，敌人虽然到处乱找"挂了彩的游击队长"，但并没有到唐老板家搜查。

经过这次事件之后，浏阳第五区党组织认为我已经引起了敌人的注意，不宜再在这个山冲住下去。于是，在一个星斗满天的晚上，我又在赵家冲农民协会的帮助之下，转移到第一区的营和洞。

这段经历早已成为历史陈迹了，但是直到今天，我还经常怀着感激的心情，回忆着那个竹林连绵的绿色山冲，思念着住在这个美丽的绿色山冲里的红色农民们，特别是思念着那些曾经冒着毁家丧身的危险而掩护我的老农协会员同志们。

"名将之花"凋谢在太行山上

杨成武

杨成武（1914—2004），福建长汀人。1928年参加革命。文中身份为晋察冀军区第一军分区司令员兼政治委员。新中国成立后任原北京军区司令员，防空军司令员，代总参谋长，中共中央军委副秘书长，副总参谋长，福州军区司令员，全国政协副主席。1955年被授予上将军衔。

一九三九年十一月，日本东京有家报纸辟专栏，哀悼日本侵华军"蒙疆驻屯军"最高司令兼混成第二旅团旅团长阿部规秀中将在察南黄土岭战役中被打死。其中一篇题为《"名将之花"凋谢在太行山上》的悼文里，如泣如怨地写道：

"自从皇军成立以来，对中将级将官牺牲，是没有这个例子的。这次阿部规秀中将的'隆重'牺牲，我们知道，将士们一定是很奋力作战的，战斗力已超过了阶级的区分。"

阿部规秀中将是日本的名战术家，对日本的霸业"赤胆忠心，战功卓著"，因而取得了日本军阀给予的"名将之花"的称号。然而，法西斯将军中的"名花"，毕竟经不起中国人民民族解放战争的风暴的冲击，终于"花落瓣碎"，"饮恨"在太行山上。

黄土岭之战，已是十八年前的事了，但是，八路军猎取这朵"名将之花"的英勇情景，依然历历在目。

雁宿崖歼灭战

一九三九年十月三十日，我在冀西阜平参加晋察冀分局召开的工作会议。当晚，接到了我分区司令部的报告：坐镇张家口的阿部规秀中将派出辻村大佐，率领一千多日伪军进驻涞源，分兵三路，有向我分区的银坊镇、走马驿、灰堡地区"扫荡"的迹象。其主力两个步兵中队、一个炮兵中队及一部伪军六百余人，由辻村大佐亲自指挥，经龙虎村、白石口、鼻子岭向我银坊镇地区逼进，企图消灭在银坊一带活动之我军。

敌人的这一行动，早在我们的意料之中。涞源地区是敌我必争之地。我们可从涞源两侧经察南挥戈北上，直捣阿部规秀的老窝——张家口。在敌人方面，则把张家口——涞源一线的据点，看成是插进我晋察冀军区的一把"尖刀"，企图用这把"尖刀"，把我平西、察南、雁北根据地割裂，以阻挡我向张家口进击，巩固其察南占领区，因而在涞源常驻重兵，并以此为基点，不断向我"扫荡"。九月底，敌人已从南线开始秋季"扫荡"的尝试，出动日、伪军共一千多人进犯我四分区之陈庄，但落得个全军覆没的下场。现在，敌人又在北线开始其报复性的"扫荡"了。

对于粉碎敌人的秋季"扫荡"，我们已作了充分的准备。部队已经过整训，特别是陈庄全歼敌人的胜利，强烈地鼓舞着部队，纷纷提出："向陈庄作战的兄弟部队学习，我们也要来个歼灭战"，"用粉碎敌人秋季'扫荡'的胜利庆祝晋察冀军区建立二周年"。面对这块送上门来的"肥肉"，指战员当然不会轻易放过。

同时，在这一带作战，我们有许多有利条件：涞源是我八路军进入敌后最先解放的一个县城，有坚强的党组织，经受过一九三七年敌寇十三路的残酷"扫荡"和一九三八年秋季大进攻的考验。群众斗争情绪高涨，经验丰富。一九三八年秋末县城被敌人进占以后,周围的乡村政权仍由我控制,就是在城里,我们也有隐蔽的组织及情报网,因此敌人一有动静,我们便能立即掌握。这些有利的条件,形成对敌斗争的"无形长城",使我们有了"千里眼""顺风耳",陷敌人于被动挨打的窘境。

从地形上看,这一带是我国历代抗御民族敌人入侵的古战场。东连紫荆关,西接平型关、雁门关,南面,雄伟的内长城横跨过白石山,纪念民族英雄杨六郎的六郎峰、六郎庙就屹立在白石山脉内长城边的插箭岭上。从涞源到银坊只有一条道,一过内长城,就是光秃陡立的石山。从白石口到雁宿崖一段,两面是高插入云的大山,中间是一条宽仅四五十米的河套,这是一个天然的口袋。如果把部队埋伏在两边,再把白石口的口子堵住,管叫敌人进得来,出不去,插翅难逃,只有束手就歼。

根据这些条件,经研究后,我们拟定了一个基本作战方案。决定采用伏击的战术手段,集中兵力歼灭向白石口—银坊一线进犯之敌,伏击点选择在雁宿崖附近,并立即请示晋察冀军区聂荣臻司令员。

聂司令员批准了我们的作战方案,为了确有把握消灭敌人,决定以主力一、二、三团参战,并命令我立即回分区组织指挥这个战斗。

十一月一日,我从阜平赶回分区司令部——管头。途经银坊,与驻地三团团长纪亭榭、政委袁升平同志进一步研究作战方案,指示各团按方案行动。在从银坊回管头的路上,雁宿崖的主峰强烈地吸引住我的视线。这山峰在我们的眼前显得无限秀丽,然而她在民族敌人的面前却会喷射出万道烈火,把他们烧成灰烬。

次日,我们在分区司令部召开了干部会议,具体研究怎样打击敌人。我们决定以部分主力和地方游击队牵制堵击插箭岭、灰堡之敌,第二团由团长唐子安、政委黄文明率领,第三团由团长纪亭榭、政委袁升平率领,分别埋伏于雁宿崖东、西两面,以一部游击队在白石口诱敌深入,待敌进至伏击圈后,一团由团长陈正湘、政委王道邦率领,从东北插至白石口截住敌人的退路。会后,干部分头察看地形,部队立即进入战斗位置。

十一月三日清晨,晴空万里,朝霞映红了群峰,太行山显得格外壮丽。七时许,我军同三路敌人先后打响。白石口之敌在我游击队诱击下,疯狂地向三岔口前进。当敌进至雁宿崖时，我二、三团突然从东、西两面漫山遍野地压下来，一团则从敌人背后杀出，二百多挺轻重机枪一齐向山下的敌人开火。手榴弹爆炸声、喊杀声震得山岳颤抖。敌人遭此猝然打击，显得惊慌失措，但仍占领河套附近的小高地顽强抵抗，并以机枪大炮掩护，向我三团阵地组织了五次反扑。三团的指战员们以手榴弹、刺刀奋勇迎击，一、二团从敌人侧后猛烈扫射，打得敌人纷纷滚落山坡。接着我们展开了全面攻击，至下午四时，敌人已被杀伤大半，被压缩在上、下庄子附近和雁宿崖西北的一个高地上。

黄昏前，上下庄子之敌被我消灭干净，只剩下西北高地上的敌人。这时，我各路部队集结高地下面，把敌人围得水泄不通。数千把雪亮的刺刀，在落日余晖的映照下，闪射出万道金光。山顶上的敌炮兵，疯狂地向我轰击，发出临死前的哀鸣，群峰被蓝烟笼罩着。

三团一营担任对这个山头的主攻，营长赖庆尧在最前沿指挥。冲锋号一响，三连的支部书记脱下棉衣棉裤，高举驳壳枪，呐喊一声，领着全连一股疾风似的刮上山头，把敌人压下去了。突然，一排六〇炮弹飞来，山头成了火海，敌人反扑上来，三连的勇士们被压下山腰。不一会儿，山腰上杀声冲天，三连又冲上去了，控制了整个山头。垂死挣扎的敌人，倾全力再次反扑上来，山头上展开了激烈的白刃战。支部书记身负数伤，浑身是血，仍挥动着染满鲜血的驳壳枪，指挥部队同敌人搏斗。但因后续部队没及时赶到，勇士们又被压下山来。

夕阳已西沉，山头一片朦胧。难道还能让残存的敌人继续疯狂挣扎吗？第三次冲击立即开始。绰号"病号排"的曹葆全排也投入了战斗。冲锋号震荡山谷，枪弹像骤雨一样浇落在敌人阵地上，神枪手孟宪荣的机枪指处，敌人纷纷倒下。站在他旁边指挥的纪亭榭团长大声喝彩："好呀，神枪手狠狠地揍呀！"紧接着他振臂一呼："同志们冲呀！"随着团长的喊声，曹葆全排长领着全排像猛虎一样冲在队伍的头里，刹那间就冲上了山顶，大队如狂潮一样涌上去了。敌人被压下沟底，手榴弹像冰雹似的倾泻在沟里，敌人被浓烟烈火吞噬了。六百多名日伪军除生俘十三名外，全部被消灭在河套里。

打扫战场时，在敌尸堆中找到了负重伤的辻村大佐。他还要保持"皇军"的"体面"，不让我们的医务人员为他包扎、急救。后来因伤势过重，死在雁宿崖上。其余两路的敌人，慑于我军威力，仓皇溃退，缩回涞源城去了。

阿部规秀"饮恨"黄土岭

雁宿崖歼灭战，使得号称"名将之花"的阿部规秀中将恼羞成怒，于十一月四日，倾张家口之兵力一千余人，亲自率领，出动数百辆卡车疾驰涞源，沿着辻村大佐的旧路，向我进行报复性的"扫荡"。企图再让我在雁宿崖伏击，以优势兵力反击我们，消灭我们的主力，然后扑银坊，再西取走马驿或东进黄土岭、寨坨一带实行"三光"，以挽回"皇军"的"体面"，巩固其察南占领区。我立即将这一情况在电话上向聂司令员报告。

聂司令员决心让这个"名战术家"领略领略毛主席革命游击战争的战略战术，给他一个下马威。指示我们以小部兵力在白石口一带迎击敌人，把敌军引向银坊，让他们扑空，然后隐蔽起来，迷惑敌人。而后以游击队一部在银坊北出击，诱敌东进，待敌进至黄土岭一带有利地形，集中主力将其包围歼灭。除以一、二、三、二十五团和炮兵营等参战外，并命令一二〇师特务团从神南北上，归我们指挥，参加这次战斗。

部队立即进行再战动员。"给阿部规秀中将一个下马威""再来一个歼灭战"的战斗口号，强烈地扣动着指战员的心弦。

十一月五日，一千多敌人从龙虎村向白石口前进，曾雍雅同志指挥的游击支队，在白石口与敌打响。以忽而坚堵，忽而大踏步后退的巧妙战术，紧紧缠住敌人，使敌人求战不能，追又追不上，气得暴跳如雷，到达银坊后，只能以"三光"泄愤。当晚，银坊一带，熊熊大火，彻夜不熄。

阿部规秀急于寻找我主力决战，次日即挥师东进。我们则放长线钓大鱼，丝毫不惊动他们，让他们"平安"地在黄土岭、司各庄一带宿营。这时，我一团和二十五团在寨坨、煤斗店一带集结，卡住了敌人的去路，三团、特务团从大安出动，占领了黄土岭及上庄子以南高山，二团则绕至黄土岭西北，尾随敌后前进，形成了对敌人的包围形势。

是夜，黄土岭上黯然无光，寂如坟墓。从太行山上吹来的寒风发出"嗖嗖"的声响，好像为法西斯匪徒敲起了丧钟。

七日，黄土岭上阴雨绵绵，群峰被白雾覆盖着。拂晓，敌人继续东进，十二时进到上庄子，先头部队已到达寨坨附近，十五时，其尾巴才离开黄土岭。这时，我一团、二十五团拦头杀出，三团、特务团及二团从西、南、北三面合击过来，把敌人团团围住，压缩在上庄子附近约二公里长，宽仅百十米的山沟里。数百挺轻重机枪喷射出的子弹像暴风骤雨一样倾泻在敌人头上，炮兵部队也以猛烈的炮火轰击沟底密集的敌人。只打得黄土岭上火光闪闪，硝烟蔽天。

敌依仗其雄厚兵力，向我寨坨阵地冲击，企图跳出包围圈；遭到我军坚决反击后，乃掉头向黄土岭突围，企图回窜涞源。我三团、特务团和二团把口袋口紧紧扎住，逼使敌步步后撤。

战斗在激烈地进行着，部队因连日奋战，吃不好饭，睡不好觉，伤员也逐渐增多。一、三分区的群众全部动员起来，协助我军作战。民兵悉数出动，替我们放哨，警戒，侦察敌情。青壮年组成担架队到火线抢运伤员，妇女们挑着热气腾腾的窝窝头、开水，送给我前线作战部队。群众参战的热潮，大大鼓舞着我军歼敌的决心和信心。

战地医院也紧张地进行着对伤员的急救、包扎。白求恩大夫出现在哪里，哪里的伤员就感受到无比的温暖。这位国际共产主义战士、加拿大劳工进步党党员，长期地和我们并肩战斗，以他对共产主义和人类解放事业的赤诚，以他精湛的医术，治愈了我们的许多同志。在雁宿崖战斗前夜，他带领着手术队从军区赶来参战，深夜了，他还要我向他介绍作战计划，研究战地抢救伤员的工作，并立即赶赴战地，夜以继日地为我重伤员动手术。当他处理完雁宿崖战斗的伤员时，黄土岭上已传来了炮声，他立即带着手术队赶赴干河净分区医院。刚要动身，忽然发现一个头部负伤的伤员感染丹毒，如不立即动手术，便有生命危险。为了抢救这个伤员他立即卸下已绑在牲口上的手术器械，为这个伤员施行手术。经过抢救，这位伤员安全脱险了，而他却因此使自己原来手上的伤口，受到致命的传染，虽然用尽各种方法医治，最后还是光荣牺牲了。这消息立刻传遍整个战地，白求恩大夫对法西斯敌人的深刻仇恨忘我地为阶级战友服务的崇高精神，感召着我们的指战员。

部队在群众的热情支援和白求恩大夫精神的鼓舞下，向敌人展开全面的激烈攻击。经过反复冲杀，把他们压缩在上庄子附近的山沟里。这是发挥我炮兵威力的大好时机，炮兵营长杨九秤立即命令炮群向沟里集中射击。只震得群山抖动，轰得沟底的敌人鬼哭狼嚎。阿部规秀中将这朵"名将之花"就在我们神勇的迫击炮兵的排炮下"花落瓣碎"了，他的绣着两颗金星的黄呢大衣和金把钢质的指挥刀，也成了我们的战利品。这朵"名将之花"被打死的经过情形，东京那家报上的那篇悼文里也有详细的叙述：

"皇军被敌人逼退到上庄子，中将仍很果敢地到第一线观察地形、敌情。忽然，飞来了敌人的迫击炮弹，距中将数步的地方爆炸，破片打中了中将的左腹及两腿等数处，中了致命的伤，等到下午九时五十分遂与世长辞了。"

阿部中将被击毙后，敌人恐慌异常，八日晨飞来了五架飞机，投下几个指挥官维持黄土岭的残局。我围攻至八日下午，消灭了九百多敌人主力之后，正在围歼残敌之际，敌人以重兵从灵丘、涞源、唐县、完县、易县、满城分五路向黄土岭合击，均进至距黄土岭三十里左右，企图围歼我们，来个大规模的报复"扫荡"。我们遵照军区的指示，主动撤离黄土岭，跃出外线，转入积极的反"扫荡"斗争，不断从敌人侧背打击他们。至十一月底，敌人终于经不起我们的打击，垂头丧气地全线溃退，我们取得了反"扫荡"的彻底胜利。

经过了近一个月反"扫荡"斗争洗礼的太行山，此刻显得格外威武。"名将之花"凋谢在太行山上了，但是中国人民英勇、智慧之花——八路军，却以更鲜艳多彩的姿态盛开在太行山上，开遍敌后战场。

敌警备司令的哀鸣

经过雁宿崖、黄土岭两次致命打击，阿部规秀中将和辻村大佐相继被击毙以后，平时如狼似虎、咆哮惯了的日军，却换成了一副狐狸的狡猾脸孔，发出嘤嘤哀鸣之声。黄土岭战后不几天，敌警备司令小柴，突然给我一信，里面写道：

"杨师长麾下：中日之战是中日两国政府之事，麾下与鄙人同是人类一分子，没有私仇，参加战争仅是为了吃饭。国家之争论与我们无关，别因此影响我们的友谊。麾下之部队武运亨通，常胜不败，鄙人极为钦佩。现鄙人有两件事情求教：一是请通知鄙人在黄土岭、雁宿崖被麾下部队生俘的皇军官兵的数目、军职、姓名及他们的生活近况；二是战死的皇军官兵是否埋葬，埋在何处，可否准予取回骨灰，以慰英灵？"

我们立即回他一信，首先揭穿其所谓"国家之争论与我们无关"的胡说，指出他自己就是日本法西斯侵华的工具，是全中华民族的死敌。并告诉他：八路军一向优待俘虏，对于已放下武器的敌人，一律宽大处理。他们生活得很好，已开始认识侵华罪行，表示反对侵华战争；对于作了你们的"炮灰"，蒙受你们给予的灾难的战死者，我们已妥为埋葬，并立有石碑，以资标志……

法西斯匪徒的嘤嘤哀鸣之声，当然丝毫牵动不起我们的怜悯之情。我们以更积极的战斗行动打击日军，太行山上燃起了更加炽烈的民族解放战争的烽火。让万恶的侵略者永远在英雄的太行山面前发抖吧！

跨海之战

韩先楚

> 韩先楚（1913—1986），湖北黄安（今红安）人。1929 年参加革命。文中身份为第四野战军十二兵团第二副司令员兼四十军军长，湖南省军区副司令员。新中国成立后任副总参谋长兼福州军区司令员，中共福建省委第一书记，原兰州军区司令员，全国人大常委会副委员长。1955 年被授予上将军衔。

一

一九四九年十二月，两广战役刚刚结束，野司给我们军下达了命令：立即开往雷州半岛，准备与兄弟部队共同跨海南征，解放海南岛。

海南岛是我国的第二大岛，号称"南中国海的门户"。蒋介石任命薛岳为"海南防御总司令"，把海南行政长官陈济棠的部队和两广战役漏网的残敌共约十万人纠集在一起，在美帝国主义支持下，企图凭借琼州海峡与舟山、金门、万山诸岛构成一道防卫台湾的屏障，作为"反攻复国"的跳板。

薛岳恬不知耻，竟以自己的臭名命海南岛为"伯陵防线"。仗着他拥有十万残兵，五十多艘军舰，三十几架飞机，吹嘘什么"海陆空立体防御""固若金汤"，每天出动飞机向我沿海轰炸，向广州、武汉骚扰。同时加紧"围剿"我岛上的琼崖纵队。

为了实现全国彻底解放，趁敌人立足未稳，我们必须尽快地登上海南岛。可是茫茫的大海拦住了道路，我们一无海、空军，二无海上作战的经验，全国大陆刚刚解放，国民党留给我们一堆烂摊子，要想在短期内建成海、空军是不可能的，摆在面前唯一的办法是：变陆军为海战部队，用木帆船跨越海峡。

把陆军变成海战部队，完全用木船航海战胜拥有现代海、空军的敌人，这不仅在我军历史上没有过，而且在世界战史上也找不到。这个空前的难题，应该如何着手来解决呢？

毛主席适时地给我们指示了方向。主席指示说：渡海作战与我军过去所有的战役、战斗不同，必须注意潮汐和风向；必须充分准备船只，求得一次能载运足够的兵力；敌前登陆的部队，要建立巩固的滩头阵地，要能独立进攻，不依后援；要研究渡海作战的经验。野司首长指示，要细心研究渡海的各种办法，训练海上战术和自己的水手，要以渔民为师，深入调查研究海情……

上级的这些指示，成了我们行动的指南，是渡海作战取胜的法宝。我们遵照主席的指示，在中共中南局和野战军、兵团首长的统一领导下，以巨大的努力，展开了征服海洋天险的准备工作。这时摆在全军面前的真是困难重重：没有船只，没有经验，没有器材，不懂海洋气象，不熟悉海情。一句话，一切都要从头学起。而且所有的准备工作，必须争取在三个月内完成，因为每年从正月到清明，多东风和东北风，对南渡海峡最为有利，过了清明，风向则变化无常，时而东，时而西，一过谷雨，则转为南风，逆风渡海作战，那是不堪设想的。而在三个月之内，要使一支对大海完全陌生的陆军熟悉海洋，学会一套航海、作战的本领，又要筹备到足够的船只，真是时间紧迫，任务艰巨！

全军指战员中，除少数干部从山东进军东北时渡过一次渤海外，绝大多数同志还是生平第一次看到大海。海上练兵开始,一个连队登上船,百分之八十的人呕吐头昏。出海归来,每个人好像害了一场大病,脸色苍白,吃不下饭。有的连队不懂气象,冒失出海后,遇着风暴,弄得桅断篷破,船底朝天。有的战士说:"这次要革命到底(海底)了!"不少人对木船渡海作战发生了怀疑,希望上级解决登陆艇。

木帆船渡海作战到底行不行呢?这也是许多人每天谈论的问题。从道理上大家是懂得的,历史是人民创造的,道路是人开辟的,在过去二十多年的革命斗争中,在毛主席领导下,史无前例的事迹创造了千千万,以劣势装备战胜优势装备的敌人,一直是我军的传统。然而,海峡这个巨大的障碍,渡海作战这一崭新的课题,却是一个极为艰险的现实。

我们在军部驻地海康召开了军党委扩大会议,吸收全军团以上干部参加。会中,首先深入地学习了毛主席和野司首长对渡海作战的指示,然后对木船能不能渡海作战的问题,摆开让干部讨论。通过自由讨论,大家更进一步认清了面临的困难和有利的条件,大大地激发了干部的主观能动精神。有的同志英气勃勃地说:"三年多,我们从松花江打到了南海边,多少困难都战胜了,今天怎能让一条海峡挡住!"许多同志过去认为"旱老虎"下海,使不出威风,现在感到方向明确了,有了办法,增强了信心,说:"旱老虎一定要变成水蛟龙。"

军党委扩大会议进一步坚定了依靠木船渡海作战的思想。一场海上练兵的群众运动,热火朝天地展开了。军师领导机关和团营指挥所都移到海边,搭起草棚,同战士一块学习,一块下海。大家千方百计地搜集有关海洋知识和海战史料,访问被称为"特约顾问""活气象台"的老渔民、老船工。就连旧书摊上无人过问的清朝海军提督的《航海手册》和《潮汐表》,也买了来研究参考。滩头、海上,到处是课堂。打秋千,走浪桥,练摇橹,学掌帆。"要做大海的主人"这句话,响彻每个角落。指挥员们吃着饭,也把筷子往碗里一插当帆船,以饭桌当海,研究起航海队形来。许多人带病参加海练,劝不了,拦不住!经过一个多月的艰巨努力,日夜苦练,部队中基本上消除了晕船的现象,学会了一套海上行船的本领。这种奇迹使许多船老大惊叹,他们竖起大拇指说:"毛主席的大军真是神兵!神兵!"

一天，忽然从并肩准备跨海的兄弟部队中，传出一个神话般的消息：一只木帆船把敌人的兵舰战胜了！这简直令人难以相信。但它确是一件事实。事情是这样的：一天，有位名叫鲁湘云的排长，带领八个战士乘着小木船出海演习。突然，一艘敌舰向他们开来，鲁湘云见敌舰来得猛，靠风行驶的木船无法走脱，遂下令船上的战士准备战斗。当敌舰开近五六十米时，鲁排长喊了一声："打!"船上的轻火器和掷弹筒突然开火，打退了敌舰，自己安全返航。这活生生的事实，又一次证明了毛主席的论断：起决定因素的不是武器，而是人!

为了对付敌人的兵舰，军部炮兵主任亲自领导一些会木工、铁工的战士，利用木船和汽车引擎，创造出了一只"土炮艇"。随着第一只"土炮艇"诞生，各师也先后造出了同样的"炮艇"。从此，海练部队的行列中，出现了一支由"土炮艇"编成的"舰队"。

二

薛岳发现我军准备解放海南岛的行动后，一面加紧海岸设防，一面调集兵力加紧"围剿"我五指山根据地。琼崖纵队的处境异常困难。

海南敌情的变化和战役准备工作的需要，我们越发感到，先以小部队偷渡的指示，是一个极好的办法。我们坚决遵照执行。经过上级批准和严密而紧张的准备之后，三月五日黄昏，师参谋长苟在松等同志，亲自率领八百名壮士，登上了十四只战船。

这是大举渡海的先声，也是一个大胆的尝试。军师的领导同志亲自到起渡点送行，并把一面绣有"渡海先锋营"的红旗授给八百名勇士。十四只战船，载着千万人的希望，扬帆起渡了。船队渐渐地远去，只有基准船上的一盏红灯还隐约可见。送行的同志们爬上海边的沙岗，踮着脚尖，屏着呼吸，眺望大海，倾听海上的动静，直到再也望不到基准船上的红灯以后，才各自返回驻地。归途中，我们曾几次停车望望天空，掏出手绢试试风向，我们的心，直系在正在海上航行的十四只船上了。

军指挥所的参谋同志早已把一长条绸子绑在竹竿尖，竖在楼外凉台上，观察风向。

上半夜，潜渡营接连发来了两份电报。一次是"风向好，船速快"，二次是"前进二百里"。这个消息像一阵春风，气氛活跃起来了，人们奔走相告，指挥所洋溢着愉快的欢笑声。作战参谋在海图上计算着里程，船队已完成了将近三分之二的航程，如果按现有的速度前进，拂晓前就可以胜利登陆。

突然，潜渡营又发来了一份电报："风停，船行很慢。"虽然对这种情况我们早有预计，风停就全力划桨前进，但我们仍然不能不感紧张。俗语说："有风行一天，无风行一年。"潜渡营还有一百多华里的航程，不靠风力只靠划桨，拂晓前达不到登陆地点，天亮以后，困难就更多了。战士们把称为"活气象台"的老渔民请到指挥所来了。他望了望天空说："风让五指山挡住了！要起风得等到明天下晚。"凉台上的绸子起初还微微有些飘动，后来连一丝轻风也完全停止了。事态十分严重，军的几个领导同志全神贯注，守候在地图和电台旁边。

第二天上午十一时，据观察报告：西南方向发现敌机。接着潜渡营发来电报："发现敌机、敌船！"此后，指挥所和潜渡营的电信联络完全中断了，几次电询琼崖纵队，答复总是："情况不明。"伏在收音机旁，企图从敌人惯于颠倒黑白的广播中，找出一点关于潜渡营的线索，可是此类消息一点也没有。

一天又一天过去了，仍杳无音信。整整三天三夜，指挥所的同志眼睛熬得都充满了血丝，反复苦思着：潜渡营是电台坏了呢？还是在海上运动中遭遇了不测？潜渡营的成败，不仅关系着八百人的安危，并将影响整个战役的部署计划和全军部队渡海胜利的信心。潜渡营是历次战斗中英勇顽强、屡立战功的一支英雄部队。十四只木帆船都是经过精心挑选的，船上全做了工事，人员、火器都是按单船独立战斗配备的。领航人员又是琼纵的老同志，久经考验，深谙海性，就是蒙上眼睛都可以摸过海去。苟在松参谋长是经过爬雪山、过草地的长征干部，团长罗绍福、营长陈永康、教导员张仲先，抗日战争时期就常率领小部队活动在敌后，他们在指挥上，全是久经锻炼、机智果断的好干部。岛上又有琼纵同志接应，海南人民的援助……想到这里，我们确信潜渡营一定能够冲破万难，取得胜利！

三月八日，琼纵的电台传来了潜渡营胜利登上五指山的捷报。大家心上一块大石头落了地，全身不知轻了多少倍。胜利的消息霎时就传遍了全军。

经过情况原来是这样的：潜渡营在风停以后，就和大海展开了搏斗！铁锹、木杆、枪托、饼干箱的木板都成了划船工具，虽然没有风，船队仍以每小时十里的速度前进。当他们艰苦顽强地划了十二个小时，即将接近海南岛西侧的白马井登陆点时，突然，四架敌机出现在船队上空，同时几十只敌人的机帆船也分三路向我船接近。潜渡营的指挥员立即命令战士们脱掉军帽，伪装民船。敌船上挂红旗与敌机联络，我军也全部插上红旗；敌船换了白旗，我们就拿白包袱皮挥舞。潜渡营勇猛沉着地向敌人的船队靠近，又以灵活机智的手段迷惑敌人。敌机、敌船都没有分清敌我。到达登陆点以后，潜渡营稍整理队形，立即开始了抢滩登陆的战斗，全歼了一个营的敌人，在琼崖纵队两个主力团的策应下，胜利登上了五指山。只因登陆前电台被海水浸坏，才和指挥部失掉联系。

第一支利箭射中了！初战胜利，潜渡的成功，大大地鼓舞了部队的战斗情绪。这时兄弟部队也相继以一个营的兵力，在海南岛东侧——斗坡、鹿马岭一带潜渡成功。从此，全军上下牢固地树立了一个共同的信念：大海是可以战胜的，具有"海空优势"的敌人并不可怕，依靠木帆船完全可以解放海南岛。

但是，一个最大的难题还没解决：大兵团渡海缺少足够的船只。敌人从雷州半岛撤退时，为了阻止我军渡海，将沿海一带大批的民船劫走或焚烧了。几个月来，在地方党政机关全力协助下，虽然征集到一些船，可是远远不能满足部队的需要。没有大批质量好、载运量大的船，大军渡海是不可能的。船，成了整个战役准备工作的关键。

一天，从涠洲岛逃回一个渔民，提供了一个极有价值的情况：盘踞在那里的所谓"广东反共自卫军"，劫持有四百多只民船，全是多篷多桅的大船，可用于渡海作战。这个情报，又使我们有机会运用"夺取敌人装备，装备自己"这个法宝了。经过四野和兵团首长批准，我们发起了一个向敌人"要"船的战斗。

根据涠洲岛的敌情、地形和风向、潮流，我军一个加强团白天起渡，以"海练"的姿态把敌人迷惑了半天，天黑以后一转航，顺着风向、潮流，直发敌岛。当我军胜利地登上涠洲岛时，"广东反共自卫军"参谋长甘中正还正和他的部下玩麻将呢。他们发现我军登陆后，一面仓促应战，一面企图乘船逃跑。港湾里的四百多只民船，已经扯起了篷，并有两艘兵舰作掩护。这时我一只土炮艇冲到港口，艇上一营副教导员张振东同志身负重伤，桅杆被打断了，舱里漏进了水，他仍然倚着折断的桅杆鼓动大家坚持战斗，决不放走敌人。经过一阵激战，敌"海硕"号军舰被击伤，在"海狗"号掩护下逃窜了。

涠洲岛解放了，五百多敌人无一漏网，四百多只木帆船全部为我缴获。这对我军大举登陆海南岛具有极为重要的意义！

我军两支潜渡部队先后登上海南岛以及涠洲岛夺船的胜利，吓慌了薛岳。他不再大吹大擂"立体防线"了，急忙把"围剿"五指山的部队抽回，加强岛北部东西两侧的防御。陈济棠则极力反对他的做法，主张力除"内患"，继续"围剿"琼崖纵队和我潜渡部队。薛岳坚持认为：不加强两翼防御，将会有更多的共军潜入海南。这一点，薛岳比陈济棠有"远见"。我军是在准备再次潜渡。但是这次潜渡的部署，出乎薛岳所料，不是从东西两侧登陆，而采取半潜渡半强攻的手段，从敌人防御的正面临高角一带登陆，以便通过此次潜渡摸清敌人正面设防的情况。

二次潜渡的兵力为一个团，准备工作更为慎重。每只船都准备了足够的橹和桨。为便于海上指挥和通信联络，特为潜渡部队配备了两只机帆船。起渡的前一天晚上，先派船潜入临高角附近，对登陆点的水深潮情做了试探。潜渡前，恰好琼崖纵队副司令员马白山同志从北京开会回来，这次潜渡即由他和我军一个师的政治部主任刘振华同志共同负责指挥。

三月二十六日晚七时，潜渡团起航时，正是东风西流水，顺风顺流，船行似箭。哪知下半夜风向突然发生了变化，海上又升起了漫天大雾，联络信号失灵，致使四十三只船分散漂流。但是每只船上的指挥员都各自抱定决心：一条船也要登上海南岛。结果一部分在玉包港集团登陆，其余大部分是在玉包港两侧分散登陆。

这一带是敌人正面防御较强的地段，距我接应部队一百多里，情况极其险恶，但每只船每个战士都有一个坚定的信念：坚决登上陆，打到五指山去！他们以猛烈的火力回击敌人军舰、飞机、陆上的三面阻击，强行登陆。他们听到哪里有枪声就奔向哪里，上岸后在紧张的战斗中，迅速地编成了新的连排组织，有的没有指挥员，班长和党员战士便自动代理。当敌人两艘军舰向我在玉包港地区登陆的船只扑来的紧急关头，二营四连两只帆船上的战士发扬了高度的自我牺牲的精神，立即转舵向敌舰冲去，他们打完最后一颗子弹，没有后退半步，掩护了其他二十只船胜利登陆，这两只船上的同志们全部光荣牺牲。

潜渡部队没有在预定地区登陆，海南的部队没有接应上。但是，当海边响起了枪炮声后，沿海许多村庄的地下党员和群众奔向海边，冒着敌人的炮火给登陆部队当向导，凡是我军战斗过的地区，人民群众都三番五次地搜寻，发现有红五星帽徽和胸前佩有"人民解放军"符号的伤员，立即设法救出战场，有的藏在自己家里用医药土方治疗，有的及时转送森林里的琼纵医院。有个战士腿上受伤后，一个老大娘扶着他通过两道封锁线，爬行了几个昼夜，终于找到了游击队。潜渡部队先后击溃了敌人十个营以上的层层阻击，到达了预定的集结地区。而且毙伤敌六百多，俘敌二百余名，并击伤敌舰一艘，打落敌机一架。

毛泽东思想武装的革命战士加上伟大的人民，所形成的巨大力量，是无坚不摧、无攻不克的。但是，在指战员心目中还不仅仅这些，更重要的是：在分散登陆的情况下，一只单船都可以登上海南岛的事实，揭开了敌人正面防御的"秘密"，使我们从这次胜利中，看到解放海南岛的时机已经成熟。

三

时近四月，谷雨迫近，眼看着有利的季节风就要过去了。我们面前摆着两着"棋"。一是万船齐发，大举登陆；一是继续组织小型潜渡。显然，后一着"棋"是不可行的。那是分散兵力，旷日持久的做法，将造成长期的被动局面。前一着"棋"是可走的最有利的。首先我军和兄弟部队先后

　　四次潜渡之后，敌我形势有了很大变化。岛上我已有相当的内应力量，而敌人的兵力部署主要是对付我小型潜渡，这就有利于我们出其不意，突然大举强攻。其次，形势不等人，季节不等人，谷雨过后，海面再无北风，因此，我们必须趁谷雨前的季节风行动。如果错过时机，不仅解放海南岛的任务将长期拖延下去，就连日后小型潜渡亦不可能，何况潜渡的船只有去无回，长此以往，船只问题也无法解决。再者，历次潜渡和涠州夺船说明，不管是敌人侧翼、正面；不管是一个营、一个团，甚至一只单船，也能突破敌人防线冲上岛去。大规模登陆，兵力大，火力强，登陆突破更有把握，前面的部队先打开登陆场，后续部队就可顺利登陆。同时，我们已经取得了渡海作战的一些主要经验，部队海练基本成熟。目前求战情绪高昂，战斗意志旺盛，更该一鼓作气，全面进攻，彻底解放海南岛。

　　这个意见迅速得到野司的批准和指示，兵团也统一制定了我军和兄弟部队的作战计划。我军起渡点选择在徐闻县西南的灯楼角，预定登陆地区是在临高东北之傅铺港，成东北、西南之线，东风、东北风、北风都可以顺利航渡。

　　四月十六日——这是经过多少次核对气象资料、访问沿海渔民，反复研究后确定的一天。这天，东风拂面，平潮伏流，是南渡海峡很理想的时机。部队来到起渡点，附近的人民群众，纷纷抬着茶水，欢送出征的英雄。

　　船队整齐、威武雄壮地排列在港湾内，各师比原来计划提前两小时就全部上了船，忽然，从西南天空涌来大片黑云，西南风骤起，海上掀起巨浪，猛击船身。老天似乎跟我们在作对。本来气象资料和渔民的答复都肯定今天一天是东风，但多变的海南风云，霎时变为航向的顶头风。

　　船行八面风，逆风船难行。大部队渡海作战，必须保持必要的队形，保持优势兵力，不能分散力量，零乱登陆，这关系着海南战役的成败。暂时不起航，但是也不能命令部队下船，和海南的接应部队已经作了最后一次联系，他们已向登陆地区运动。更主要的是：有利的季节风眼看着就没有了，错过大好的伏流水，过几天海面就会转成南风。几个月的准备必将前功尽弃……我们向身旁的船工询问："天黑以后，西南风能不能停？"这种不测风云，谁也不敢轻易回答。这真是万事俱备，只欠东风！这时一位白发银须的老艄公知道我们心情太焦急了，斩钉截铁地说："天黑以后不起东风杀我的脑袋！"

他真是个活气象台，十八时三十分，海上果然转了东风。

"快拉篷准备起航！"

此时此刻，海上岸上，几乎所有的人都当了"军长"，没有等待命令，船都升起篷帆。一声"全队起航"的命令，千百只战船顺流而下，奔往海南岛。当航行到三十多华里时，突然空中亮起一串照明弹，敌人的飞机、军舰发现了。在耀眼的白光下，船队沉着地前进，看得很清楚，敌机轰炸扫射，敌舰疯狂炮击，弹雨纷飞，有的船被打得漏水，战士们一面向敌机、敌舰射击，一面灭火堵洞，高大的水柱在船前、船后翻腾，打到船上把战士撞倒，船队还是保持着严整的队形前进。

航行在两翼的护航大队——我们的土炮艇出动了。机器开足了马力，展开了战斗队形，直向敌舰冲去，采取陆地上勇猛穿插的战术，尽量逼近敌舰，插到敌舰背后，利用其火力死角，打击其要害。敌舰已经吃过我土炮艇的苦头，他们自己吓唬自己，说共军船上有钩子、梯子、炸药，一靠近军舰就不管死活钩住上来拼刺刀，或点炸药同归于尽。土炮艇一靠近，它们就连忙后退。但是又不甘心看着我们千百只战船安安稳稳向南疾进，片刻，又转回头来。一艘大型军舰恶狠狠地闯进我左翼航队里，我护航队的"指挥艇"立即迎击上去，接近敌舰只有几十米了，一阵突然而猛烈的炮火，敌舰上司令塔腾起烟火，其余敌舰怕遭到同样命运，惊慌地转舵掉头，跑到几千米之外，盲目打炮。

目睹木船打军舰的情景，大家真有说不出的兴奋，有的站在船头欢呼，有的激昂地说："打完海南以后，上书毛主席，把我们编成海军！"

战士们顽强战斗，船工同样表现了中国劳动人民的英雄气概。有位六十多岁的老船工，左臂负了伤，仍然握着舵杆屹立不动，战士要扶他进舱休息，他拒绝说："我穿上军装不也是解放军吗！"约下半夜二时半左右，隐约看到远处有一片黑色起伏的山峦，这时，战士们忘记了极度的疲劳，不约而同地高呼起来：

"海南岛！"

敌人拼出最后的力量作困兽之斗，岸上、海上、空中的各种火器猛烈开火，企图阻止我军登陆。当整个船队进入了敌人稠密的火力网时，所有船只分不出什么指挥船、战斗船，一面猛烈射击，一面急速地前进，有如千百条火龙直向岸边冲去！当先锋船离岸有五六十米时，战士们纷纷跳下齐胸的海水，向陆地扑去。

两脚踏地，英雄更有用武之地了。上了岸的部队，真如猛虎登山，左侧先锋部队在连长戴成宝率领下，不到二十分钟就冲出五华里多，插到敌人滩头阵地的背后，夺下重炮阵地，立即掉转炮口向纵深的敌人轰击；右翼登陆的先锋部队在向敌人纵深穿插时，被一个大型母堡的火力压住。已经三次负伤的独胆英雄万守叶扑上去，用自己的身体堵住了敌人的枪眼。后续部队铺天盖地向纵深冲去。薛岳苦心经营了几个月的"立体防线"不到半个小时就被突破了。

不到早晨六时，全军登陆完毕，除少数船受伤外，没有一只被击沉，没有一只掉队。这时，西南方向七八里处升起三颗红色信号弹，我琼崖纵队和潜渡部队已按计划从敌后进攻，占领了登陆地段内唯一的制高点——敌人纵深防御的枢纽阵地临高山。

四

午夜十二时，登陆部队正将临高城紧紧围住，这时出现了一个新的情况：原驻临高之守敌一个整师，现在只剩师部带一个团，敌人主力不见了。从一天战斗的迹象上看，也有些异乎寻常。我军强行登陆之后，向纵深进展十数里，虽然有敌人抵抗，但未见敌人援兵，未见敌人反扑，也未见薛岳早已组织起来的机动部队。难道薛岳会甘心于他呕心沥血经营起来的"伯陵防线"被攻破吗？

军的几个领导同志在一所茅草竹棚里，围聚着烛光和一张海南地图，对敌情作了慎重的分析：根据敌人的部署和我军突然强攻的情况，薛岳很可能以为我军又是小部队潜渡，集中其机动部队主力于东线，企图阻止和围攻我兄弟部队于登陆滩头。薛岳是只老狐狸，一旦发觉我大军登陆后，将会从海上逃走。为把华南最后一撮反动武装消灭在海南岛上，不使其逃往台湾而增加解放台湾的困难，我们不能让主力被敌人一个团和一座小城拖住。因此，断然决定：临高城由琼纵和潜渡部队继续围困，争取敌人投降或相机歼敌；我军主力立刻甩开临高，挥师美亭——海口之南一线。这样，既可会合兄弟部队，寻敌主力；又可断敌后路，直捣薛岳老巢海口。

全军连夜出发，白天则不顾敌机的疯狂扫射轰炸，向东急进。十九日，在美台消灭了敌人两个师部及两个团，赶到澄迈，扑了个空，询问老乡，说澄迈守敌已往美亭开去。部队刚要休息做饭，就听到从美亭方向传来隆隆炮声。原来在东线登陆的兄弟部队，歼灭了花场、马袅市的敌人，将美亭之敌包围后，薛岳便将其一个军另一个师，以数倍之兵力向我兄弟部队实施"反包围"，我兄弟部队腹背受敌，正浴血苦战。我军遂以七个团的兵力，由澄迈分两路，采取夹击之势，将敌人"团团包围"起来。敌我双方都把主力投入，我军力争全歼北半岛敌人的主力，敌人则孤注一掷，作垂死顽抗。包围、反包围，内线外线、犬牙交错，里里外外三四层，双方炮火都不敢射击，许多地方展开了肉搏战。敌人一再欺骗其士兵，说我军俘虏政策变了，凡是逃到海南岛被我活捉的，一律处死，抽筋剥皮。有些士兵一时被迷惑，拒不投降，战斗打得很残酷。激战一直持续到二十三日拂晓，敌人终于挣扎得筋疲力尽，主力被歼，其余慌忙撤退。我军和兄弟部队胜利会师，两支部队汇成一股巨大的洪流，直捣薛岳老巢——海口。可是，当先头部队赶到海口，只见到处是敌人丢下的汽车、弹药及大批物资，薛岳指挥所里，文件遍地。从俘虏中得知：兄弟部队登陆后，薛岳、陈济棠果然以为我军仍是小部队潜渡，便倾其血本，投入东线，企图将我军消灭，还狂妄地叫嚣什么"登陆共军即将被歼"，并在海口布置开"祝捷大会"。直到我军将其"反反包围"，才知我军是大规模登陆，这时欲罢不能，硬着头皮打了三天，开始还幻想靠飞机、大炮侥幸挽回败局，到其主力被歼一部，支持不住了，便急忙于二十三日下午发出总撤退的命令。薛、陈二人乘飞机由海口逃跑，其部队沿海口——榆林公路南逃，企图由万宁、榆林等港渡海逃窜。

海南岛东线的万宁、西线的北黎、最南端的榆林等港，军舰海轮进出都较方便，便于敌人多路撤退，我又没有海空军可以到海上拦阻。而海拔千米以上的五指山，这时却又成了我军多路平行追击的障碍。眼看敌人就要跑掉，群众办法多，急中生智，一个好主意出现了：组织"快速部队"超到敌人前面去。于是迅速把敌人丢下的各种汽车搜集起来，又动员了不少商车。没有司机，就到俘虏群去找，动员他们立功赎罪。很快，一支"快速部队"组成了。一个步兵营和一个炮兵连按战斗编组乘车，分秒不失，沿着公路追歼逃敌。同时，我们又命令土炮艇大队立即由海上开往北黎港堵击敌人。此时，两个军的二梯队已陆续登陆，也立刻投入追击。步兵、"快速部队"和土炮艇一齐出动，这几乎不是战斗，而是和敌人赛跑了。

第二天上午，追上了大股敌人，灰乎乎一眼望不到头。敌人一见我军追到，顿时大乱，不到一小时就被抓了两千多俘虏。跑在最前的敌人，发现我"快速部队"追击，就大肆炸桥、破路，但千般诡计也挽救不了他们灭亡的命运。桥路破了，人民群众很快帮我们修好。俘虏数字急剧增加，两千、四千、八千……沿途设了三四个收容站，加上自动找上门来的，迅速达到一万多人。

沿途两旁村庄的人民群众，听说解放军到了，挑着糖水，抱着椰子、菠萝以及熟饭团子，请战士们吃喝。五指山里的黎族同胞，挑着米、菜、鸡、狗、猫（狗、猫是黎族高贵的食物礼品）和赶着耕牛，爬过重重的山岭，赶到公路上，迎接我们的部队。不接受他们的礼品，是难以通过的。

四月底的海南岛，已经热得出奇，中午时刻，树叶子晒得打卷，我们的徒步追击部队，有的人走着走着就晕倒了。从师首长到战士，脚上都打了血泡，大家都置一切艰难困苦于不顾，以疾风扫落叶之势，穷追苦赶，先在黄竹市追上敌人六十二军两个师和两个团，不到两个小时就将其全部歼灭，活捉了敌副军长罗懋勋。二十六日，我步行部队几乎和"快速部队"同时赶到万宁港。成千上万的敌人正蜂拥着往舰上爬。我军的追击炮、轻重机枪、步枪一齐开火。舰上的敌人有的被打死，有的落水；岸上的敌人则全部当了俘虏。兄弟部队在北黎港也追上了大股敌人，全歼一个整师。

四月三十日上午，我军和兄弟部队同到了三亚、榆林等港。迎着碧蓝的大海，把胜利的红旗插到了海南岛最南端的海角。这里，一块岩石上镌刻了传说是宋代诗人苏东坡挥笔奋书的两个大字——"天涯"！

至此，四个月前逃到海南的国民党军残兵败将，妄图凭借琼州海峡天险和什么陆海空"立体防线"苟延残喘，等待其主子美帝国主义插手援助，以求"反攻复国"的幻梦全部破灭！

通过大凉山

萧 华

萧华（1916—1985），江西兴国人。1928 年参加革命。文中身份为红一军团政治部组织部部长。新中国成立后任原总政治部主任，中共中央军委副秘书长，兰州军区第一政治委员，全国政协副主席。1955 年被授予上将军衔。

一九三五年春天，中央红军强渡天险的金沙江之后，以风驰电掣之势继续北上，一路上攻占了西昌、越巂、冕宁。企图对红军进行阻拦的四川军阀部队，一触即溃，望风披靡。

然而，摆在红军面前的任务还是十分艰巨的。当时尾追红军的国民党军队，已进至金沙江一线，而前头截击的国民党军队，则正向大渡河疾进，红军如果不能迅速抢占大渡河，势必被迫向西转入更为艰苦困难的川康交界地区。因此，当时红军必须排除一切困难，迅速抢渡天险的大渡河。为了执行这个艰巨的任务，左权同志率二师五团一部和军团的侦察连，经越巂向大树堡挺进，担任佯动，钳制和吸引富林的敌人；红一师一团和工兵连为先遣队，由刘伯承、聂荣臻同志率领，迅速抢占大渡河边的安顺场渡口，以便掩护中央红军的主力渡河。当时我也奉军团首长命令，带一个工作团，随先遣部队进行部队政治工作和沿途的群众工作。

从冕宁到大渡河，中间隔着大凉山地区。这里聚居着中国西南部一个少数民族——彝族，当时，那是一个还处在奴隶社会的落后的民族。彝族人民性情强悍，部落之间时常因奴隶主互相争夺土地、奴隶、牲畜而引起械斗。汉族商人经常利用彝族人民的朴实诚恳，对他们进行欺诈和剥削；国民党军阀则经常对他们进行"剿讨"和抢掠。这一切，都引起了彝族人民对汉人的猜忌和敌视，种下了极深的成见。他们特别反对汉人的"官兵"入境。显然，在当时要他们能够很快地从本质上理解红军是什么样的军队，是很困难的。

在这种情况下，要顺利地通过这个地区不是一件容易的事情。可是，为了争取时间，我们又必须经过大凉山借道彝民区。我们赖以克服这个困难的唯一武器，就是党的民族政策。我们只能对彝民采取说服的办法，争取和平通过。

先遣队调查了彝民的风俗习惯，在部队中普遍进行了党的民族政策的教育。又请到一位通司（翻译），准备和彝民的首领谈判。

一切准备妥当之后，我们的先遣队于五月二十二日早晨开始进入彝民区。一路上只见山峰入云，道路崎岖，山谷中林木葱茏，野草丛生，地面上淤积着腐烂的叶子，厚达数寸。山涧之上往往只有一根独木桥，走起来十分不易。这儿天气多变，时而浓云低垂，时而细雨霏霏，使人有一种瘴疬弥漫的感觉。境内有"孔明寨"，相传三国时候西蜀诸葛亮"七擒孟获"的战场就在这里。"孔明寨"便是蜀军兵营的故址。

进入彝民区不远，就看到山上山下，彝民们千百成群地挥舞着土枪、长矛、棍棒，呐喊着，出没于山林之中，企图阻止红军前进。我们不得不缩短行军距离，以防突然袭击。部队戒备着继续前进。

进到彝民境内三十多里路的谷麻子附近时，前面麇集的人群拦住了去路，我们不能再继续前进了。彝民们喧嚷着，很难听出他们说的是什么。不过从他们的手势和面部激动的表情上，却能够看出，再要强行通过，势必引起冲突了。这时，后卫又传来一个使局面更加紧张的消息：跟在主力后面的工兵连，因为没有武器，刚掉到主力后面一百多米远，就被彝民把他们携带的架桥器材和其他用具一抢而光，可是彝民并不伤害红军。工兵连的同志只得循原路退回出发地。

先遣队停止前进以后，彝民们便密密麻麻地围了上来。我们要通司大声地向彝民们说明红军同国民党的中央军不同，红军不是来抢劫、杀害彝民的，只是借道北上，并且不在此住宿。可是彝民仍然摆手挥刀，高声喊着"不许走！"正在混乱得不可开交的时候，前面山谷入口的地方，扬起一阵烟尘，几匹骡马直驰而来。为首的一匹黑骡子上，是一个高大的彝人，年约五十多岁，脸色微褐，身披麻布。他的到来，使喧闹的人群稍微安静了一些。通司认出这人是此地彝民首领小叶丹的四叔。

有了头人，便好说话，看来是解决问题的时机了。我便要通司找小叶丹的四叔前来答话。当通司告诉小叶丹的四叔说红军部队的首长要找他谈话的时候，他欣然地同意了，并随即下马，挥退了集聚的人群。

我们首先对他表明了红军是替受压迫的人打天下的，此来并不打扰彝族同胞，只是借路北上。根据彝族人十分重视"义气"的特点，又告诉他，红军刘司令亲率大批人马北征，路过此地，愿与彝民的首领结为兄弟。

听了我们的解释以后，小叶丹的四叔还是半信半疑。可是，当他环顾四周，看到红军的纪律严明，并不像国民党"官兵"那样抢掠烧杀的时候，便对我们的话深信不疑了。特别是听说率领大军的刘司令愿与彝民首领结为兄弟，更加高兴。因而对我们的提议也便欣然答应了。其实，当时红军前进路上的两个彝族部落——"沽基"和"罗洪"，正在不断械斗，小叶丹便是"沽基"家的领袖。他所以欣然答应与红军结盟，是想借红军的力量打败"罗洪"部落。红军与小叶丹结盟，则是为了减少北上途中的阻力。当时为了表示信用，我们把一支手枪和几支步枪赠送给他，他也把骑的那匹黑骡子送给了我们。

谈判就这样顺利地成功了。当我把这个情况向刘伯承、聂荣臻同志报告的时候，他俩正在为继续前进可能引起冲突而焦虑。因为如果先遣队不能顺利地解决借路问题，便要影响后面主力的通过。大家正在苦思良策。

获悉谈判如此顺利、迅速，同志们都喜出望外。刘伯承同志当即毫不踌躇地上了马，为了团结少数民族的同胞，为了红军主力的顺利通过，他准备去担任这拜盟的主角。刘伯承同志骑马来到了部队的前头。小叶丹和另外几位彝族首领立刻趋前迎接。我把刘伯承同志介绍给他们，小叶丹便跪下致敬。

刘伯承同志下马亲切地扶起小叶丹，以诚恳的态度重申红军的来意，并愿与小叶丹拜盟，表示将来红军打败反动派以后，一定帮助彝族人民解除一切外来的欺压，建设自己美好的生活。结盟仪式的准备工作十分简单：两碗清清的湖水，一只雄赳赳的大公鸡。把公鸡的嘴破开，鲜血分洒在两只碗里，碗里的清水立刻变成了殷红色。这便是结盟仪式的全部准备工作。

结盟仪式决定在横断山脉的一个小山谷间谷麻子附近的海子边上举行。海子里的水，清澈如镜，倒映着浓密的树林。春风吹起微波，激荡着岸边的岩石，像是在为这个可纪念的盟誓唱着赞歌。

我们把结盟的仪式安排妥当之后，刘伯承同志和小叶丹叔侄来到海子边上，他们面前摆着滴过鸡血的水碗。

不用香，不用烛，面对着蔚蓝的天和清明的水；主宰这个盟誓的是兄弟民族团结的赤诚。

刘伯承同志高高地端起了大碗，大声地发出誓言："上有天，下有地……刘伯承愿与小叶丹结为兄弟……"当他念完最后一句，便把鸡血水一饮而尽。小叶丹叔侄也立即把盟酒饮完，结盟的仪式便告结束。

夕阳的余晖映红了海子里的水，海子边上呈现出的是友爱、团结的气氛。虽然暮春傍晚的大凉山还是凉风习习，然而人们的心中却是温暖的。

继续前进，当天也走不出彝民区，先遣司令部决定返回三十里，在汉族地区的大桥宿营。小叶丹叔侄也被热烈地欢迎到红军的宿营地来。彝族人善于喝酒，先遣司令部把驻村所有的酒全部买来，这些酒量如海的客人也只不过微有醉意。

第二天，小叶丹于清晨先行返回。他的四叔引导红军入境。结盟的消息早已传开，凭着头一天亲身的经历，彝族人民已经相信红军司令与他们的首领结盟是真诚的，红军是不会侵害他们的。他们已不像昨天那样地猜忌和拦阻了，只是成群结队地站在路旁，好奇地、仔细地看着红军的队伍，浩浩荡荡，向北而去。红军纪律严明，秋毫无犯，踏着轻快的步伐前进。经过近百里的强行军之后，便走出了彝族地区。这时天色已晚。

刚刚进入汉族地区的岔罗街，便遇上了当地的民团。在暮色苍茫中，他们把红军当成了"中央军"，因为他们这批专门在汉彝边境上祸害人民的家伙，不仅认不得红军，连他们的"中央军"也从未见过。蓄着八字小胡、吸鸦片吸得脸色蜡黄的岔罗区区长，亲率几名喽啰前来欢迎。

我们也便将计就计，略为装扮一下，就进了村子。

这个昏头昏脑的家伙，摆了酒席为我们"洗尘"。就在酒席桌上，我们把前面路上的情况和安顺场的敌情都一一了解清楚。特别是了解到安顺场渡口只有一只小船，夜间在这边岸，白天就划到对岸去了。如果不能出敌不意神速地把这条小船抓住，要过大渡河就非插翅不可了。情况弄清楚以后，我们就把这帮残害百姓的坏蛋缴了械，捆了起来。

虽然经过一天的强行军，并且只吃过一顿饭，已经十分疲劳，但是为了争取时间，争取胜利，在夜色茫茫中，部队又向着大渡河继续前进了。

夜袭阳明堡

陈锡联

> 陈锡联（1915—1999），湖北黄安（今红安）人。1929 年参加革命。文中身份为八路军第一二九师三八五旅七六九团团长。新中国成立后任原沈阳军区、原北京军区司令员，国务院副总理。1955 年被授予上将军衔。

日军在平型关吃了苦头之后，变更了作战部署，从平型关与雁门关之间的茹越口突破了晋北防线，接着，又气势汹汹地沿同蒲路直下太原。

国民党军队依然是节节败退。在城市、在乡村，到处可以看到那些穿灰色军装的大兵，三五成群，倒背着枪，拖着疲惫的双腿南逃。

就在这时，我一二九师七六九团（师的先遣团）奉命插向敌后发动群众、开展游击战争。十月中旬的一天，部队来到代县以南的苏郎口村一带。

苏郎口是滹沱河东岸一个不小的村庄，顺河南下便是忻口。战事正在那里进行，隆隆的炮声不断由南方传来。敌人的飞机一会儿两架，一会儿三架，不断从我们头顶掠过，疯狂到了极点。战士们气得跺脚大骂："别光在天上逞凶，有种下来和老子较量较量！"

　　从敌机活动的规律来看，机场可能离这儿不远。问老乡，才知道隔河十来里外的阳明堡镇果然有个机场。各营的干部纷纷要求："下命令吧，干掉它！"

　　打，还是不打？在北上途中，刘伯承师长曾专门向我们传达了平型关战斗总结的经验，刘师长再三嘱咐：到晋北后，每战都应加倍谨慎。这些话使我立刻感到，必须很好了解敌情，然后才能下定决心。

　　最初，我们打听到附近住着一个国民党晋绥军的团长，据说他和日军打过仗，是前两天才带着少数部队从大同方面退下来的。我决定去访问访问他，一来听一听与日军作战的经验，二来了解一下周围的敌情。

　　寻遍了附近的大小山沟，好容易才在一个偏僻的山脚下找到了这位团长。不料我刚说明来意，他便谈虎色变地说："日军实在厉害呀！天上有飞机，地下有大炮，他们的炸弹、炮弹都像长了眼睛一样，我们的电台刚一架上，就遭轰炸了！"

　　我强止住心头的憎恶，问他："那你们是用什么方法打敌人的呢？"这位堂堂的国民党中级军官竟毫不知耻地说："我们还没有看见日军，队伍就垮了下来，现在敝部只剩下一个连了……"

　　没有必要再问下去了。这家伙除了能散布一些恐日情绪以外，是不会再谈出什么有用的东西的。于是，我便起身告辞。刚转身要走，他又嬉皮笑脸地轻声对我说："抗什么战！抗来抗去只不过抗掉了我们的小锅饭而已……老弟，放明白点！看你们那副装备，和日军真干起来，还不是'白送礼'？"

　　真是十足的怕死鬼！亡国奴！无怪乎他们几十万大军一触即溃，几个月内就把大片国土送给了敌人。

　　为了设法弄清敌人机场的情况，第二天我们决定到现地侦察一下。一路上，几个营长听我谈起昨天访问那位团长的事，心里直冒火。三营长赵宗德同志唾口骂道：

　　"孬种，简直不是中国人！"

　　"抗战是全国人民的要求。不管他们怎么样，我们绝不能辜负人民的期望！"一营长不胜感慨地插上一句。

是的，抗战决不能指望那些政治上腐败军事上无能的国民党军队，挽救民族危亡的重担只有我们共产党、八路军来挑！我想到这里，顿时感到自己的责任更加重大。

我们顺着一条山沟边走边谈，很快来到了滹沱河边。登上山峰，大家立时为眼前的景色所吸引：东面是峰峦重叠的五台山，北面内长城线上矗立着巍峨的雁门关；极目西眺，管岑山在雾气笼罩中忽隐忽现……滹沱河两岸，土地肥沃，江山壮丽，只可惜，如今正遭受着日本帝国主义侵略者的浩劫！

突然，二营长叫道："飞机！"

我们不约而同地举起望远镜。顺着他手指的方向看去，果然发现对岸阳明堡的东南方有一群灰白色的敌机整整齐齐地排列在空地上，机体在阳光映照下，发出闪闪刺眼的光芒。

我们正仔细观察着那机场内外的每一个目标，忽然发现一个人从河边走来。从望远镜里看到：这人蓬头垢面，衣衫褴褛，还打着赤脚；看样子是个农民，但神情很紧张。

等他走近一些，我们忙迎上去喊："老乡，从哪里来？"

那人听到喊声，神情一怔，马上停住了脚步，两眼不住地四下观望。及至见到我们这几个陌生的军人时，更是惊慌不安，两眼狐疑地上下打量着我们，好半天才哆哆嗦嗦地吐出了两个字："老……总……"

"老乡，不要怕，我们是八路军，来打鬼子的。"

他听到"八路军"三个字，马上"啊！"了一声，一下扑上来抓住我们的手，激愤地向我们诉说起他的遭遇。

原来他就住在飞机场附近的一个小村庄里，自从日军侵入山西以后，国民党军队的抢劫、日本兵的烧杀，弄得他家破人亡，一家三口，只剩下他孤苦伶仃一个。后来，日本兵又把他抓去做苦工，逼着他整天往飞机场搬汽油、运炸弹。每天从早累到晚，常常是饿着肚子干活，还得挨打受气。他受不了敌人的折磨，才由机场偷偷跑了出来。最后，他指着敌人的机场狠狠地说：

"去收拾他们吧，我给你们带路！"

听了这位老乡的控诉,大家更加气愤。赵宗德同志握着老乡的手,关切地说:

"老乡,我们一定给你报仇,给所有受难的老乡报仇!"

接着,这位老乡又向我们详细介绍了敌人机场内外的情况。

经过侦察,我们了解到的和老乡介绍的大体一致。机场里共有二十四架敌机,白天轮番去轰炸太原、忻口,晚上都停在这里。敌香月师团的一个联队大部都驻在阳明堡街里,机场里只有一小股守卫部队。看来,敌人正忙于夺取太原,根本想不到我们会绕到背后来揍它。这正是歼敌的好时机。如果我们出其不意,给它以突然袭击,胜利是有把握的。我们当即决定马上下手。

袭击机场的任务交给了三营,并以一、二营各一部破坏崞县(今原平市)至阳明堡之间的公路和桥梁,阻击崞县、阳明堡可能来援之敌;团迫击炮连和机枪连则在滹沱河东岸占领阵地,准备随时支援三营。

十九日下午,整个苏郎口村都沸腾起来了。各营、连纷纷召开支部大会、军人大会进行动员;干部、战士们个个斗志高昂,决心如钢。老乡们听说八路军要去打鬼子,几个钟头之内就扎起了几十副担架。

傍晚,我和几个团的干部一起来到了三营十一连。战士们见到我们都围了上来,争着表示决心。

"准备得怎么样啦?"我问大家。

"没问题,团长,只要摸进机场,保证把龟儿子的飞机敲个稀巴烂!"战士们纷纷回答。

我指着面前的一个小战士又问:"飞机全身包着铝皮,子弹穿不透,怎么办?"

这个小战士毫不犹豫,举起右拳在空中摇几摇,干脆而响亮地回答:"我们研究好了,用手榴弹炸它!"

这时,赵宗德同志向战士们说:"同志们,有人说我们拿着这些武器去打敌人是'白送礼',这回我们肯定打个漂亮仗给他们看看!"

人丛中走出来一个粗壮的小伙子,手里提着机枪,气呼呼地用大嗓门说:"他们自己长了兔子腿,听见炮响就跑,还有脸耻笑人!我定要缴架飞机回来给他们瞧瞧！"我一看，正是全团有名的机枪班长老李。

有人笑着问："那样大的家伙你能扛得动吗？"

他辩解道："扛不回整的，砸个尾巴也行！"

战士们被他逗得哄然大笑。这真是初生牛犊不怕虎，虽然是第一次对侵华日军作战，而且又是去打从来也没打过的飞机，但谁也不把这些困难放在眼里。

夜里，部队悄悄地出发了。

三营在第二次国内革命战争中，能攻善守，以夜战见长，曾得过"以一胜百"的奖旗。今天他们继承着红军时期的优良传统投入了新的战斗。战士们一律轻装，棉衣、背包都放下了，刺刀、铁铲、手榴弹，凡是容易发出响声的装具，也都绑得紧紧的。长长的队伍，顺着漆黑的山谷行进，神速而又肃穆。

向导就是先前我们遇到的那位老乡，他对这一带的道路，了如指掌。他的引导下，部队很快涉过了溏沱河，来到了机场外边。

机场里死一样沉寂，大概这时敌人睡得正酣吧？部队爬过了铁丝网，神不知鬼不觉地摸进了机场。赵宗德同志带着十连向机场西北角运动，准备袭击敌守卫队的掩蔽部。十一连直向机场中央的机群扑去。

十一连二排的战士们最先看到了飞机，它们果然整整齐齐地分三排停在那里。多少天来大家日夜盼望着打鬼子，现在猛然看到飞机就摆在眼前，真是又惊喜又愤恨。不知谁悄声骂道："龟儿子！在天上你耍威风，现在该我们来收拾你啦！"说着就要接近飞机。突然，西北方有个敌兵"哇啦哇啦"地呼叫起来，紧接着响起一连串清脆的枪声。原来十连与敌哨兵遭遇了。就在这一瞬间，十连和十一连在两个方向同时发起了攻击。战士们高喊着冲杀声，勇猛地扑了上去。机枪、手榴弹一齐倾泻，一团团的火光照亮了夜空。正在机群周围巡逻的敌哨兵，慌忙赶来，和冲在前面的战士绕着飞机互相角逐。机舱里值勤的驾驶员被惊醒了，他们惊慌之中盲目开火，后边飞机上的机枪子弹接连打进了前面的机身。

战士们越打劲头越大，有的边打边喊："这一架算我的！"也有人七手八脚地往机身上爬。机枪班长老李早爬上了一架飞机的尾部，端起机枪向机身猛扫。

正打得热闹，敌人的守卫队号叫着向我扑来。就在二十多架飞机中间，敌我混在一起，展开了白刃战。

赵宗德同志跑前跑后地指挥部队。突然，他看见一个敌人打开机舱，跳下来抱住了一个战士，那个战士回身就是一刺刀，结果了他的性命。赵宗德同志大声喊道："快！手榴弹，往飞机肚子里扔！"只听"轰！轰！"几声，两三架飞机燃起大火。火乘风势，风助火威。片刻，滚滚浓烟卷着熊熊的烈火，弥漫了整个机场。

正在这时，老李的那挺机枪不响了。原来他正举着铁锹猛砸，嗬！他倒真想砸块飞机尾巴拿回去哩！赵宗德忙跑过去喊道："快打！砸什么！"他又抱起机枪扫了起来。

敌人守卫队的反扑被杀退了，赵宗德同志正指挥战士们炸敌机，突然一颗子弹把他打倒了。几个战士跑上去把他扶起，他用尽所有力气喊道："不要管我，去炸，去……"话没说完，这位"打仗如虎，爱兵如母"的优秀指挥员就合上了眼睛。他的牺牲使同志们感到万分悲痛，战士们高喊着"为营长报仇！"的口号，抓起手榴弹，冒着密集的枪弹向敌机冲去……

几十分钟后，守卫队大部就歼。二十多架敌机燃烧在熊熊的烈火之中。驻在街里的香月师团的装甲车急急赶来增援，可是，等它们爬到机场时，我们已经撤出了战斗。

夜袭阳明堡飞机场的胜利消息，通过无线电迅速传遍了全国。那些国民党官儿们，开始根本不相信，他们仍说："就凭八路军那破武器还能打飞机？不可能！"可是自从十月二十日起，一连几天忻口、太原都没有遭到敌机的轰炸，那些畏敌如虎、胆小如鼠的官儿们方才张口结舌了。

井冈山的故事（两篇）

朱良才

> 朱良才（1900—1989），湖南汝城人。1925年参加革命。文中身份为红四军军部秘书。新中国成立后任原北京军区政治委员。1955年被授予上将军衔。

一根灯芯

在井冈山上，由于被敌人封锁，服装弹药、粮米油盐都很困难。就拿油来说吧，煮菜要用油，点灯要用油……可是敌人封锁得紧，油进不了山；山上只出产点茶油，也很少很少。下山活动的部队，打土豪偶然搞了点油，就成了宝贝。

记得上山后不久，毛泽东同志亲自向部队宣布了一个关于用油的规定。内容大致是这样：各连（直至营和团以上机关）办公时用一盏灯，可点三根灯芯；不办公时，即应将灯熄掉。连部要留一盏灯，供带班、查哨等用，但只准点一根灯芯。

此后，在井冈山上，部队都严格地执行了这个规定。一到夜间，熄灯号"滴滴答答"一响，战士们就都吹熄了灯，只有连部的一盏灯，有一根灯芯亮着。

开始，我们还弄不懂：毛委员有那么多大事要考虑、策划，这么一根灯芯的小事，他为啥还要亲自作规定？后来才明白，这不是小事——在这样的情况下，怎样精打细算、省吃俭用，以保证全体人员有油吃，又使这有限的物资用的时间更长一些，能度过困难，这是个好大的问题哩。

毛泽东同志最会区别什么是大事，什么是小事，也最善于在一定的情况下抓住主要的问题。像这么一根灯芯，看来好像事小，但在当时却也要亲自去抓。这件事给我的教育很深，一直到现在仍念念不忘。在处理大大小小的事情时，总爱用它来检查一下。

朱德的扁担

要守住井冈山，粉碎敌人的围攻，除了构筑工事、练兵以外，还有一宗大事就是储备粮食。可是井冈山上产粮很少，供给山上的群众还不够，部队的吃粮、存粮，都靠下山打土豪，把筹到的粮食挑上山来。因此在井冈山上的那些日子，"挑谷上坳"便成了我们的一项经常工作。

从井冈山上到山下宁冈的茅坪，上下足有五六十里路，山又高，路又陡，着实难走。每到运粮的那天，我们天一亮就出发，赶到装粮的地点，有的用箩筐担，有的用口袋背。用具不够，有的同志索性就脱下条裤子，把裤腿扎紧，满满地装上两裤腿，往肩上一搭。这样挑的挑、背的背，翻山过坳，直到天黑才回山。

那年，朱德同志已经四十多岁了，他也跟大家一道去。他穿着双草鞋，戴顶斗笠，挑着满满的一担米，和战士们一道爬山。大家看到朱军长整夜整夜地计划作战的大事，白天还要参加劳动，生怕累坏了他，便劝他不要挑；又讲他不过，只好把他那根扁担偷去藏起来。本来，藏扁担的同志以为这样一来朱军长就可以休息。哪知道朱军长却另找来了一根扁担，并且用柴刀把扁担削平一块，写上了"朱德的扁担"五个字。

从此，他的扁担再没有人"偷"了，同志们挑米的劲头也更高了。同志们还编出了这样一首歌子："朱德挑谷上坳，粮食绝对可靠，大家齐心合力，粉碎敌人'围剿'。"每当挑米爬山爬累了的时候，大家就用这歌子互相鼓励。

朱德同志与战士们同甘共苦的精神和以身作则的模范行动，教育着全军每一个人，更激发了同志们克服困难的信心。

古田会议后的一个连队

唐 亮

唐亮（1910—1986），湖南浏阳人。1927年参加革命。文中身份为红八军第二师师委秘书、六团一连政治委员。新中国成立后任原南京军区政治委员，军政大学政治委员，政治学院院长、政治委员。1955年被授予上将军衔。

一九三〇年十二月，我在红八军第二师当师委秘书。一天，师政治委员彭雪枫同志把我叫到他的房里谈话，派我到六团一连去当政治委员。他和蔼地对我说："原来的连政治委员李国柱同志在军队中工作的历史比你长，能力也比你强，就是好打人，把官兵关系搞得很坏，因此，决定调他到政治部来。你去，要以身作则，不要打人，好好工作，逐渐改变这种情况。"同时，他又把打人的害处和搞好官兵关系的办法，详细地作了一番指示，要我按照古田会议的决议进行连队工作。

我在到职之前，又从各方面打听该连的情况，了解到一连打人的现象确很严重，全连正副排长以下官兵，没有被李国柱同志打过的寥寥无几；连长何忠同志是在旧军队中干过多年的老行伍，也经常打人整人，而且还有许多怪论调和怪办法；少数排长、班长也是从旧军队中过来的，他们的军阀主义思想和习气很重，在连长、政委不良影响之下，也经常互相打架和痛打士兵。

到职那一天，是下午三四点钟。李国柱同志和我办完了交接手续之后就走了。我看到了何连长，他有三十岁左右，身体挺结实，嘴巴宽大，说起话来像打机关枪一样，他要是眉毛一竖，眼睛一挤，嘴角一拉，就显得非常厉害。当时我心里有些发愁，恐怕和他在一起工作会搞不好。但是想到有人对我讲过，何连长是共产党员，对政治委员也还尊重，在作战方面、工作方面是负责的，我内心又宽慰了一些。当然我也想到，对于党交给的任务，就是有再大的困难，也要想办法克服，一定要按照师政治委员的指示，把工作做好。

那天我们全连驻在江西宁都附近某地的一个大祠堂里。天黑之后，我顺着廊檐走过去，想看看各班在屋里面做什么。走到头一个班的门外，就从门格子中看见，桌上放着一盏小油灯，全班围在一起烤火，正在轻声议论。有人高兴地说："好啦！'李铁匠'调走了……"有的人甚至气愤地说："走了倒便宜了他，要不，打仗的时候老子整他！"接着就有人反驳："那怎么行！不成了反动派啦！"有人唉声叹气地说："有什么办法，当兵的挨打还不是白挨！"有人抱着怀疑又是希望的心情说："新来的还不知道怎样呢？"

他们的话，立即引起了我的注意，索性一个班一个班去听一下。结果好像出了题目开讨论会似的，不约而同都在议论这件事。他们的不满和希望都是一致的。

我是一个从地方工作转入军队不久的人，年轻幼稚，对旧军队的情形知道的很少，对革命军队的情形也懂得不多，只知道要革命。至于如何做革命工作，很多问题都莫名其妙，当干部带部队还是初次，许多事更摸不到底细。听了这些议论之后，引起了一系列的思想活动。想到入伍之初，在总政治部政治训练队学习过的古田会议决议，它尖锐地指出了革命军队与旧军队的本质的区别，明确地规定了建设革命军队的基本方针与路线；又想到师政治委员的谆谆告诫，想到入伍前当学徒时挨师傅鞭笞的痛苦；想到一个辛辛勤勤的革命干部——李国柱同志，竟被起了外号叫做"铁匠"，大家都愿意他走开……这一切都使我深深地体会到，古田会议决议中所指示的在革命军队中废除打骂制度的重大意义。

几天之后，接到上级发来的一个文件，这就是禁止打人、废除肉刑的决议。连长正在吃饭，一看，立刻大发脾气，把决议往桌子上一拍，脸涨得通红地大声叫道："打人的权力也没有了！连长还当个屌！老子不干了！"我看情况不对头，但又不想正面和他争吵，只好忍耐一下。到了晚上，我们坐在一起扯乱谈。我把战士们的议论告诉他，并且谈了些自己的见解。当时我虽然讲不出多少大道理，但无产阶级都是兄弟，官兵夫一律平等，共产党员要执行党的决议，下级应该服从上级的命令等等基本的道理，他也无法反驳，更不敢吵闹，只是搬出一套谬论来搪塞：什么"打坏人不打好人"啦，"毛驴三天不打就上灰尘"啦，还说"不光是我们一连打人""看你不打人能管得了部队吗？"等等。总之，不愿意承认错误。

我当师委秘书时被选为师委委员。师委开会时，我汇报了这些情况。那时党委开会都有决议，会后发给各支部讨论。何连长一看到决议就着慌了。原来决议上写着："……唐亮同志汇报一连连长何忠同志……决议由彭雪枫同志和他个别谈话一次，根据其接受程度再决定处理……"但他毕竟还是个本质并不坏的同志，只是旧军队习气和个人英雄主义浓厚，好意气用事。现在问题闹大了，竟要师党委书记亲自来谈话，便自感理亏而后悔起来。于是他慌忙找我说："政治委员，你赶快告诉师政委不要找我谈话了，我愿意承认错误，接受批评，保证今后不再打人！"

不久，彭雪枫同志就来找他了。我们连部的屋外四周都是水稻田，只有一条路对着大门，路上的行人老远就能看见。何连长一看见师政委来了，立刻从后门溜掉。就这样，接连两次都没有谈成。第三次，彭雪枫同志从屋后绕道进来，突然出现在他的面前，这一下真把他窘住了。其实，师政委听我反映说他已悔悟，并且行动上也已有了转变，并不准备严格批评他。彭雪枫同志和他谈话时，还鼓励了他一番，希望他彻底改正。

这时期，古田会议的决议在各部队逐渐贯彻，广大指战员的政治觉悟提高了，反对打人、废除肉刑的空气逐渐高涨。我们连里，首先连长不打人了。我们又对那些爱打人的干部进行了许多说服工作，同时充分发挥了党支部和士兵委员会的作用，团结了连里的积极分子，首先把工作做好，自觉地遵守纪律，这样也给那些爱打人的干部减少了打人的借口。两个月后，全连就完全消灭了打人现象，这在当时是很突出的。

从此，官兵关系更加融洽，逃亡现象随之减少，在完成战斗、扩军、筹款、做群众工作等任务中，成绩都较显著，常受上级表扬。这样，就用事实证明了，不打人能管好部队，不打人更能做好工作；也通过实践，证明了古田会议决议对建设革命军队的重大的指导作用。

强渡大渡河

杨得志

> 杨得志（1911—1994），湖南醴陵人。1928 年参加革命。文中身份为红一团第一师一团团长。新中国成立后任原济南军区、武汉军区、昆明军区司令员，国防部副部长，总参谋长，中共中央军委副秘书长。1955 年被授予上将军衔。

光荣的使命

一九三五年五月，我们工农红军渡过金沙江，经会理、德昌、泸沽，来到冕宁。我们红一军团一师一团，担负了光荣的先遣任务。军委为了加强领导，充实力量，特派刘伯承、聂荣臻两同志分别担任先遣司令和政委，并把军团的工兵连、炮兵连配属一团指挥。当时，我在一团当团长。

这天，上级把强渡大渡河的任务交给了我们一团。部队立刻从离大渡河一百六十多里路的一个庄子里，冒雨出发了。

大渡河是岷江的一条支流，据传是当年石达开全军覆没的地方。现在，我们的处境也很险恶：后有周浑元、薛岳、吴奇伟等数十万大军追赶，前有四川军阀刘湘、刘文辉的"精悍部队"扼守着大渡河所有渡口。蒋介石猖狂地吹牛说：后有金沙江，前有大渡河，几十万大军左右堵击，共军有翅也难飞过。他还梦想，要让我军成为"石达开第二"。

经过一天一夜冒雨行军，部队在一个山坡上停下来。这里离安顺场只十多里路，大渡河"哗哗"的水声都可以听到。一百四十多里路的急行军真够疲劳的了，战士们一停下来倒头就睡着了。这时已是夜间十点多钟，我急忙找来几个老乡了解情况。

老乡介绍的情况和我们侦察的基本一致。前面的安顺场，是个近百户人家的小市镇。敌人为了防我渡河，经常有两个连在这里防守。所有的船只都已抢走、毁坏，只留一只船供他们过往使用。安顺场对岸驻有敌人一个团（团的主力在渡口下游十五里处），上游的泸定城驻有三个"骨干团"，下游是杨森的两个团，要渡过大渡河，必须首先强占安顺场，夺取船只。

情况刚了解清楚，指挥部便来了命令：连夜偷袭安顺场守敌，夺取船只，强渡过河。刘伯承司令和聂荣臻政委特别指示我们说："这次渡河，关乎着数万红军的生命！一定要战胜一切困难，完成任务，为全军打开一条胜利的道路！""我们不是石达开，我们是共产党和毛主席领导的工农红军！在我们的面前，没有战胜不了的敌人，没有突不破的天险。我们一定要在大渡河上，为中国革命史写下光辉的一页。"看完命令，团政委黎林同志坚决地表示。

胜利的前奏

战士们从梦中被叫醒，冒着毛毛细雨，摸黑继续前进了。

根据分工，黎政委带领二营至安顺场渡口下游佯攻，以便吸引那个团的主力；我带一营先夺取安顺场，然后强渡；三营担任后卫，留在原地掩护指挥机关。

天漆黑，雨下个不停，部队踏着泥泞的小路前进。大约走了十多里，便靠近安顺场了。我命令一营分成三路前进。

安顺场的守敌做梦也没有想到，红军来得这样快。他们认为我们还没有出海子边少数民族区呢，因此毫无戒备。

"哪一部分的？"我们的尖兵排与敌人哨兵接触了。

"我们是红军！缴枪不杀！"红军战士的回答像春雷，扑向敌人。

"砰！"敌人开枪了。我们的火力也从四面一齐吼叫起来。愤怒的枪声，湮没了大渡河水的咆哮，湮没了敌人的惨叫。顽抗的敌人纷纷倒下，活着的，有的当了俘虏，有的没命地逃跑！两个连的敌人，不到三十分钟就全被打垮。

正在战斗时，我来到路旁一间屋子里。突然听到一声喊叫："哪一个？"通信员一听声音不对，枪栓一拉大吼一声："不要动！缴枪不杀！"敌人摸不清我们的情况，乖乖地缴了枪。事也凑巧，原来这几个敌人是管船的。我急忙要通信员将这几个俘虏送到一营去，要一营想法把船弄来。

一营花了好大的劲，才把渡船弄到手。这里只有这条船，它现在成了我们唯一的依靠。

占领了安顺场，我来到河边，只见两岸都是连绵的高山。河宽约三百米，水深三四丈。湍急的河水，碰上礁石，卷起老高的白浪。现在一无船工，二无准备，要立即渡河是困难的。我急忙一面把情况报告上级，请求指示，一面作渡河的准备工作。这一夜，我在安顺场街头的小屋里，一会踱着步，一会坐在油灯旁，想着渡河的一切问题。

我首先想到凫水。可是河宽约三百米，水急、浪高、漩涡多，人一下水，就会被急流卷走。

我又想到架桥。仔细一算，每秒钟四米的流速，别说安桥桩，就连插根木头也困难。想来想去，唯一的希望还是那只渡船。于是我立即把寻找船工的任务交给了一营营长孙继先同志。

一营长派出许多人到周围山沟里去找船工。一个、两个、三个……等到找到了十几个船工，天已大亮了。

十七勇士

天明、雨停，瓦蓝的天空缀着朵朵白云，被雨水冲洗过的悬崖峭壁显得格外高大。大渡河水还在一股劲地咆哮、翻腾。此刻，通过望远镜可以清楚地看到远处的一切：对岸离渡口一里许，是个四五户人家的小村庄，周围筑有半人高的围墙；渡口附近有几个碉堡，四周都是黝黑的岩石。估计敌人的主力隐蔽在小村里，企图等我渡河部队接近渡口时，来个反冲锋，迫我下水。

"先下手为强！"我默默地下定决心。随即命令炮兵连的三门八二迫击炮和数挺重机枪安放在有利阵地上，轻机枪和特等射手也进入河岸阵地。

火力布置好了，剩下的问题还是渡河。一只船装不了多少人，必须组织一支坚强精悍的渡河奋勇队。于是我把挑选渡河人员的任务交给了孙继先同志。

战士们知道组织奋勇队的消息后，一下子围住了孙继先同志，争着抢着要参加，弄得孙继先怎么解释都不行。

"怎么办？"一营长问我。我又是高兴又是焦急，高兴的是我们的战士个个勇敢，焦急的是这样下去会拖延时间。因此，我决定集中一个单位去。

孙继先同志决定从二连里选派。二连集合在屋子外的场地上，静听着营长宣布被批准的名单："连长熊上林，二排长曾会明，三班长刘长发，副班长张克表，四班长郭世苍，副班长张成球，战士张桂成，肖汉尧……"十六个名字叫完了，十六个勇士跨出队伍，排成新的队列。一个个神情严肃，虎彪彪的，都是二连优秀的干部和战士。

突然，"哇"的一声，一个战士从队伍里冲了出来。他一边哭，一边嚷着"我也去！我一定要去！"奔向营长。我仔细一看，原来是二连的通信员。孙营长激动地看看我，我也被眼前的场面所感动。多好的战士啊！我向孙营长点了点头，表示同意让他参加。孙营长说了声"去吧！"通信员破涕为笑，赶忙飞也似的跑到十六个人排成的队列里。

一支英雄的渡河奋勇队组成了：十七个勇士，每人一把大刀，一支冲锋枪，一支短枪，五六个手榴弹，还有作业工具。熊上林同志为队长。

飞舟强渡

庄严的时刻来到了，熊上林带领着十六个同志跳上了渡船。

"同志们！千万红军的希望，就在你们身上。坚决地渡过去，消灭对岸的敌人！"

渡船在热烈的鼓动声中离开了南岸。

胆战心惊的敌人，向我渡船开火了。

"打！"我向炮兵下达了命令。神炮手赵章成的炮口早已瞄准了对岸的工事，"嗵嗵"两下，敌人的碉堡飞向半空。我们的机枪、步枪也发挥了威力。炮弹一个个炸在敌人的碉堡上，机枪像暴风雨一样卷向对岸，划船的老乡们一桨连一桨地拼命划着。

渡船随着汹涌的波浪颠簸前进，四周是子弹打起的浪花。岸上所有人的注意力都集中在渡船上。

突然，猛地一发炮弹落在船边，掀起一个巨浪，打得小船剧烈地晃荡起来。

我一阵紧张，只见渡船随着巨浪起伏了几下，又平静下来了。

渡船飞速地向北岸前进。对面山上的敌人集中火力，企图封锁我渡船。十七勇士冲过一个个巨浪，避过一阵阵弹雨，继续奋力前进。

一梭子弹突然扫到船上。从望远镜里看到，有个战士急忙捂住自己的手臂。

"他怎么样？"没待我想下去，又见渡船飞快地往下滑去。滑出几十米，一下撞在大礁石上。

"糟糕！"我自语着，注视着渡船。只见几个船工用手撑着岩石，渡船旁边喷起白浪。要是再往下滑，滑到礁石下游的漩涡中，船非翻不可。

"撑啊！"我禁不住大喊起来。岸上的人也一齐呼喊着，为勇士们鼓劲、加油。

就在这时，从船上跳下四个船工，他们站在滚滚的急流里，拼命地用背顶着船。船上另外四个船工也尽力用竹篙撑着。经过一阵搏斗，渡船终于又前进了。

渡船越来越靠近对岸了。渐渐地，只有五六米了，勇士们不顾敌人疯狂的射击，一齐站了起来，准备跳上岸去。

突然，小村子里冲出一股敌人，拥向渡口。不用说，敌人梦想把我们消灭在岸边。

"给我轰!"我大声命令炮手们。

"嗵嗵!"又是两下巨响,赵章成同志射出的迫击炮弹,不偏不歪地在敌群中开了花。接着,李得才同志的那挺重机枪又叫开了,敌人东倒西歪,一个接着一个倒下去。

"打!狠狠地打!"河岸上扬起一片吼声。敌人溃退了,慌乱地四散奔逃。"打!打!延伸射击!"我再一次地命令着。

又是一阵射击。在我猛烈火力掩护下,渡船靠岸了。十七个勇士飞一样跳上岸去,一排手榴弹,一阵冲锋枪,把冲下来的敌人打垮了。勇士们占领了渡口的工事。

敌人并没有就此罢休。他们又一次向我发起了反扑,企图趁我立足未稳,把我赶下河去。我们的炮弹、子弹,又一齐飞向对岸的敌人。烟幕中,敌人纷纷倒下。十七位勇士趁此机会,齐声怒吼,猛扑敌群。十七把大刀在敌群中闪着寒光,忽起忽落,左劈右砍。号称"双枪将"的川军被杀得溃不成军,拼命往北边山后逃跑。我们胜利地控制了渡口。

过了一会儿,渡船又回到了南岸。孙继先同志率领机枪射手上了船,向北岸驶去,继后我随之过河。这时,天色已晚,船工们加快速度,把红军一船又一船地运向对岸。我们乘胜追击,又在渡口下游缴了两只船。于是,后继部队源源不断地渡过了大渡河。

红一团强渡大渡河的成功,有力地配合了左翼兵团抢占泸定桥。很快,泸定桥被我红四团胜利夺取了,红军的千军万马在这里渡过了天险大渡河。蒋介石企图把我军变为"石达开第二"的梦想彻底破灭了。

这次行动的胜利,是由于党中央和毛主席的英明领导,刘、聂首长的正确指挥,人民的支援,和红一团全体指战员坚决服从上级指挥,发扬了英勇顽强的战斗作风而取得的。而十七勇士强渡大渡河的英雄壮举,将永远为后人所传颂!

首战平型关

李天佑

李天佑（1914—1970），广西临桂人。1929年参加革命。文中身份为八路军第一一五师五四五旅六八六团团长。新中国成立后任原广州军区第一副司令员、代司令员，副总参谋长。1955年被授予上将军衔。

军用列车吼叫着，日夜不停地沿着同蒲路向北疾驰。八路军一一五师的健儿，坐在敞篷车厢里，任风雨吹打，任困乏袭扰，慷慨高歌奔赴抗日前线。

卢沟桥事变后，日本帝国主义疯狂地叫嚣"三个月内灭亡中国"。华北日军在侵占了北平、天津、张家口、保定等地之后，气势汹汹地一面沿津浦、平汉两条铁路节节南下，一面兵分两路进逼山西。驻扎华北的八十万国民党军队，在日军大举进攻下，迅速土崩瓦解，纷纷逃窜，真是"闻风四十里，枪响一百三"，使侵略者如入无人之境。在这国家民族的危难关头，只有三万余人的八路军，背负着人民的希望，东渡黄河，以大无畏的精神向敌后英勇挺进。与贺龙同志率领一二〇师开往晋西北的同时，我一一五师于晋西南侯马市登车，向晋东北疾进。

一路上，有多少事情使人激动不已啊！我们每到一地，那些拄着拐杖的老大爷、老大娘、怀抱婴儿的母亲，热血沸腾的青年男女，就悲喜交加地围拢来，询问我们是不是上前线打日本的队伍。当我们回答说："我们是八路军，是上前线打日本侵略者的。"他们便转悲为喜，脸上立刻露出希望的微笑，接着便把大量的食品、香烟塞到我们手里。尤其使人感动的是那些东北流亡学生，他们一群群，一队队，冒着风雨挤在月台上，彻日彻夜地唱着悲愤的歌曲，欢送我们上前线。每逢火车进站，不等车停稳，他们便拥上车厢，拉住战士的手，哭诉对日本帝国主义的仇恨。这些远离家乡、到处流浪的青年人，生活本已濒于饥寒交迫，但是他们还要把自己仅有的一件大衣、一条围巾或一副手套送给战士。有的搜尽腰包，尽其所有，买了馒头、烧饼送来，表示自己对抗日战士的一片热忱。目睹国家受辱，同胞流离失所，谁不义愤填膺啊！战士们挥舞着拳头高呼："头可断，血可流，宁死不做亡国奴！"生死已到最后关头，八路军和人民的悲愤融合在一起了。

部队在原平下车后，沿途所见，却又是一番令人触目惊心的景象。溃退的国民党军队洗劫了这一带地方，搞得大小村庄冷冷清清，真是侵略军还未到，百姓先遭殃。我们急急忙忙往前线赶，蝗虫般的国民党溃兵却枪上挑着包裹、小鸡，攥着驮有箱笼的牲口，慌慌张张往后跑。一边跑一边叫："厉害啊，鬼子厉害！"恐日病已是国民党文武高官的不治之症。他们不仅到处大谈其"打不得"的亡国论调，而且当我军战士挺胸阔步向前奔进时，还瞪着眼睛，讥讽地说："你们背着吹火筒、大刀片，真的要去送死吗？"

呸！脓包，还有脸说得出口！心里早就气得发颤的我军战士，真想狠狠地教训他们一顿。但是，为了团结抗日，大家只好忍受了这种讽刺。

的确，我们的装备不仅远不及日寇，也远不及国民党军队，有的战士连土造步枪都摊不上，只是背着大马刀。在懦弱者看来，我们未免太不自量了，然而我们的战士都是中华民族最优秀的子弟，在这强敌面前，他们有勇往直前的英雄气概。在雪片般飞来的求战书上，战士们纷纷写下钢铁般的誓言；有的表现了视死如归的精神，给父母妻儿写下了最后一封信，有的准备好了最后一次党费。千万个人一个决心：誓与侵略者决一死战，为保卫祖国流尽最后一滴血！

九月下旬部队进到灵丘以南的上寨地区时，传来了灵丘失守的消息。接着，得知日军板垣师团在侵占灵丘后，正蜂拥西进，直取晋东北边陲重镇平型关。二十三日上午，忽然接到师部通知：连以上干部到师部参加战斗动员会。由于形势紧张，工作繁多，我们已几天几夜未休息了。但是，一听说要和敌人交锋，大家就立刻振奋起来。我和团政治委员杨勇同志并肩走向师部。我们一面走一面谈论：

"国民党溃兵留下的影响太坏了！"

"是啊，他们宣传敌人硬，咬不动。这真是长敌人威风，灭同胞志气！"

"敌人再硬，我们也要咬！"

"不仅要咬，而且要咬烂它！我们要让全国同胞知道：我们能够打败侵略者；我们要让敌人明白：在中国共产党和毛主席领导下的中国人民是不可征服的！"

我们很快来到了上寨村小学校的土坪上。动员会上，师首长分析了战局，介绍了敌情，激动而有力地号召：中华民族正在经历着巨大的考验！我们共产党人，应该担当起，也一定能够担当起这救国救民的重任！接着，下达了任务：我们要在日军进攻平型关时，利用这一带的有利地形，从侧后猛击一拳，打一个大胜仗！最后，还把这次伏击敌人的具体打法向到会干部作了详细交代。

黄昏时分，部队出发了。我们六八六团连夜赶到距平型关三十余里的冉庄，在这里进行战斗准备：召开党委会、战斗动员会，组织干部到前面观察地形，派侦察部队到各要路口，断绝行人，封锁消息。战士们忙着擦拭武器，分配弹药。每个人不过一百多发子弹和两颗手榴弹，但谁都明白：为什么要打这一仗，为什么必须打好这一仗。要是随便问一个战士："你准备怎样打这一仗？"他就会这样回答："冲锋在前，退却在后！"这是党对共产党员的要求，也是全体指战员的共同决心。

二十四日傍晚，师部接到了晋绥军从平型关正面出击的计划，计划中别有用心地要求我军加入他们正在溃乱的战线，替他们正面堵击敌人。师首长洞察了他们的阴谋，决定仍按原计划，在平型关至东河南镇沿二十里的山沟伏击日寇，并命令部队当晚二十四时进入阵地。

我们原想在出发之前，抓紧时间睡一觉，但是，激动使人无法平静下来。杨勇同志开玩笑地对我说："呵，老战将了，怎么还这么紧张！"我说："不是紧张，头一回和日本侵略军交手，生怕哪里想不到，误了事！"杨勇同志说："是啊，全国人民都在等着我们的胜利消息呢！"

午夜二十四时，队伍向前运动。

为了隐蔽，我们选择了最难走的毛毛道。天空布满了乌云，战士们担心下了雨耽误赶路，互相催促着快走。乌云越来越浓，大地越来越黑，瓢泼似的大雨终于落下来了。战士们没有雨具，身上的灰布单军装被浇得湿淋淋的，冷得发抖。天黑得像是罩了口锅，令人不敢抬步。每个人只得拽着前面同志的衣角，高一脚低一脚地往前赶，一不小心，就会摔倒。行军速度慢下来了。我们希望多打雷、闪，好趁着刹那亮光放开步子往前跑。

行进间，碰见一位随连队行动的机关干部，我问：

"战士们有什么反映吗？"

"有点急躁。大家说，吃点苦算不了啥，只要能打着敌人就行。"

"要是打不上呢？就该埋怨了，是吗？"

他没有回答，我觉得他在黑暗里笑了。是的，人民的战士就是这样：为了民族的生存，他们希望赴汤蹈火，希望投入如火如荼的战斗，现在他们就是怕打不上，怕"扑空"。可是，这倒霉的天气，却偏偏与人作对。雨，"哗哗"地下个不停，真令人生气。

最糟糕的是山洪暴发了，而我们却要沿着一条山溪绕过来蹚过去。浪涛咆哮，水深齐胸。有几个战士急于蹚过去，被水冲走了。奔腾的洪水，拦住了前进的道路。怎么办？似乎只有停下了。然而，队伍中却是一片催促前进的声音：

"蹚啊，蹚过去啊！"

"长征途中的雪山、草地都没拦住我们，一条小河顶个屁！"

我们不是平时行军，可以早点过，也可以晚点过，我们是要在敌人进攻平型关时，利用有利地形打伏击，因此，必须按时赶到预伏的地方。

"快过！大胆过吧！"人们互相鼓励着。

战士们把枪和子弹吊在脖子上，手拉着手结成一条坚固的索链，向对岸蹚去。九月末，这里已经降霜了，河水寒冷透骨。战士们不声不响地同山洪搏斗，蹚过去蹚过来，不下二十多次！许多人的牙齿碰得"咯咯"响，我也感到两条腿麻木了。

经过大半宿的艰难行进，我们快赶到目的地时，天亮了，雨也停了。这时我才看清忍受了一夜寒冷和风雨的战士，一个个唇青嘴乌，有的因为摔跤过多，滚得像个泥人。队伍在公路南的山沟里隐蔽下来。天还是阴沉沉的，冷风飕飕，又不许生火，战士们只有咬牙忍受，让沸腾的热血来烤干湿淋淋的衣服。

二十五日清晨，我团全部进入阵地。我同杨勇同志到前面指挥所去。指挥所设在一块谷地的坡坎下。前面是公路，两旁是山峦。我和杨勇同志举起望远镜向两侧观看，但见树叶在轻微地抖动。或许是秋风摇曳着草木，在催促它凋零；或许是披着伪装物的战士，因为衣湿身寒，趴在湿润的地上，冷得发抖。我们分不清哪是树木哪是人，只知道那儿埋藏着几百颗愤怒的心。"吃点苦算不了啥，只要能打着敌人就行。"这时，我好像又听见战士们在这样说。

我摘下望远镜对杨勇同志说："隐蔽得很好。"

杨勇同志意味深长地说："是啊，野兽虽然狡猾，但我们这些聪明的猎手一定不会放过他们！"

我们转向前看，在几块谷子地的尽头，一条公路由东而西，那便是灵丘通平型关的古道了。公路以北是座三四百米的秃山，山腰有个不大的古庙，那是老爷庙。这座山雄踞路北，是控制公路的制高点。遗憾的是我们已经来不及在它上面埋伏一支兵力了。必须等战斗打响后再去抢占。

在我团的两翼，也看不到兄弟部队的一点踪影。但我们知道在这二十里甬道的两侧，都已埋下了重兵：六八七团在我团东面，从灵丘来的日军将首先从他们面前经过；六八五团在我团西面，距平型关仅十余里。单等敌人来到，攻击的命令一下，左右兄弟部队截头断尾，我团就要拦腰打下去，共同歼灭敌人。

通营里的电话架好了。我再次用电话询问了各营隐蔽的情况。问到战士们的情绪时，他们说："早就上好了刺刀。大家共同的决心是：决不辜负全国人民对我们的希望。"

上午七时，山沟里传来了马达声。百余辆汽车载着日本兵和军用物资在前面开路，两百多辆大车和骡马炮队随后跟进，接着开过来的是骑兵。车声隆隆，马蹄哒哒，声势煞是浩大！那些日本侵略军士兵，脚穿皮鞋，头戴钢盔，身披黄呢大衣，斜背着枪，叽里呱啦，谈笑自若。

周围异常沉静。战士们握紧手榴弹，瞪大眼睛，看着敌人得意洋洋的样子，气得直咬牙。

大概是由于公路泥泞不好走吧，几十辆汽车在兴庄至老爷庙之间停了下来。西进的敌军行列还在向前拥，人马车炮挤成一团。这正是个开火的好时机，我抓起耳机询问瞭望哨：

"喂，敌人全进了伏击圈吗？"

"通灵丘的公路上已经看不见敌人了。"

这就是说：这是板垣师团的后尾了。我放下听筒，马上派参谋去报告师首长。

参谋走后不久，突然，敌人向两侧山上开枪射击起来。怎么回事呢？原是长驱直入的敌人，怎么忽然以火力搜索？是发现了我们吗？不可能！我们的部队隐蔽得很好，一点也没有暴露。显然，敌人是在盲目进行火力侦察。

我正在盼望师首长的指示，到师部报告的参谋跑回来了。他喘着气兴奋地传达了师首长的攻击命令。不等他说完，我抓起耳机，命令担任突击任务的一营："攻击开始！打！"

战士们盼望的时刻到了，两侧的山冈顿时怒吼起来。机枪、步枪、手榴弹、迫击炮一齐发射，把拥塞在公路上的敌人一时打得人仰马翻。一辆从平型关开过来的汽车中弹起火，拦住了西进的道路。我正在紧张地观察着战斗的发展，一个参谋同志大声招呼我：

"团长！团长！师指挥所通知，要你去一趟！"

"师首长要我去？好。"

师指挥所就在我们右后侧的山坡上，有里把路远。我从谷地里一气跑了过去。师首长看我跑得气喘吁吁的，便说："沉着些。敌人比较多，比较强，战斗不会马上结束的。"然后，又指着战场对我说："看到了吗？敌人很顽强。"

我顺着师首长手指的方向看去，公路上的敌人正在利用汽车顽抗，并组织兵力抢占有利地形。师首长接着说：我们包围了一个旅团，有四千多人，块儿大不好一口吃掉，你们一定要冲下公路，把敌人切成几段，并以一个营抢占老爷庙。拿下了这个制高点，我们就可以居高临下，把敌人消灭在沟里！

"看！有几个鬼子正在往老爷庙爬呢！"我指着山沟说。

"是啊！你们动作要快，慢了是不行的！"

"明白了！"

"好，去吧，要狠狠地打！"

我跑回团指挥所时，山沟里的枪炮响得更加激烈了，左侧的六八五团也开始突击。我们为了加强指挥，保证打好，杨勇同志和其他几个同志决定下到营里去，留我在指挥所负责全面指挥。他们走后，我马上命令右侧山上的三营向老爷庙冲击。

刹那间，巨大的喊杀声震撼山谷，战士们勇猛地向公路冲去。敌人东奔西窜，战马惊鸣。然而敌人终究是凶狠的，而且枪法很准。他们不顾伤亡，利用汽车和沟坎顽抗，机枪打得"嘎嘎"地响。我举起望远镜清楚地看到，我们的火力压不住敌人的火力，冲上去的战士一个又一个地倒下来。然而"冲啊！""杀！"的喊声不断，战士们前仆后继地前进。敌人的确很顽强，一部分已经爬到对面山上，占领了老爷庙。情况对我们很不利。

看到自己的同志接二连三地倒下，该有多么痛心！然而，战士们那豪迈的誓言又在我耳旁响了起来——牺牲是光荣的！当亡国奴是可耻的！是的，为了民族的生存，我们必须付出代价！我咬紧牙关，再一次命令三营：

"三营长，不要怕伤亡！猛冲，一定要拿下老爷庙！"

"是！保证完成任务！"三营长坚定地回答。

我马上告诉侧翼连队加紧攻击，吸引敌人的火力，支援三营冲锋。山沟里烟雾弥漫，响声震耳。三营战士钻进烟雾里，往前跑，往前爬，往前滚。终于，他们冲上了公路，同敌人展开了白刃格斗。只见枪托飞舞，马刀闪光，吼杀声，爆炸声，搅成一团。

足足拼杀了半个小时，敌人支持不住了，纷纷藏到汽车底下。我们的战士当时不懂得烧毁敌人的汽车，使其失去掩蔽物，还以为日军和内战时期的敌人一样，打狠了就会缴枪。他们停止了射击，向躲在汽车底下的敌人喊话：

"缴枪不杀！优待俘虏！"

然而，眼前的敌人不仅不懂中国话，而且还是一群经过法西斯军国主义训练的顽固派！他们只知道向中国人开刀，喝中国人的血，吃中国人的肉。许多战士因为缺乏对日本侵略军作战的经验，反被垂死的敌人杀伤了。

一营的一个电话员，正沿着公路查线，看见汽车旁躺着一个半死的敌兵，他跑上去对那个敌兵说："缴枪不杀，优待俘虏！"没等他说完，那家伙扬手一刺刀，刺进了电话员的胸部。有的同志想把负了重伤的敌兵背回来，结果自己的耳朵被咬掉了。更有的战士去给哼哼呀呀的敌兵裹伤，结果反被打伤了。

由于敌人的野蛮和骄横，战斗始终打得很激烈。敌军的伤兵同我们的伤员扭打，直到拼死为止。

有人告诉我：三营伤亡很大，冲上公路以后，九连干部差不多打光了，全连只剩了十多个人。我当即用电话问三营长：

"你们怎么样？还能打吗？"

他仍是那句话："保证完成任务！"

没有一个干部在报告时强调伤亡，他们很怕领导上不给他们艰巨的任务。

战斗仍然激烈地进行着。

然而，敌人不懂山地战术的特点，除以一小股兵力抢占了老爷庙外，大部分敌人始终挤在公路上挨打。我军冲过了公路，就直奔老爷庙。由于山上和山下火力的夹击，山坡又陡，三营营长也负伤了，但他坚持不下火线，继续指挥部队作战。在二营的积极援助下，他们终于占领了老爷庙制高点。

占领了老爷庙以后，我们从两面居高临下，打得山沟里的敌人无处躲藏。敌指挥官猛然醒悟过来，挥刀喊叫，指挥着敌兵争夺老爷庙制高点。此刻，敌人的大炮、快速骑兵全都失去了作用，只有穿着皮鞋的步兵，乱七八糟地成群地往上爬。我军沉着以待，瞄准敌人，等他们爬得上气不接下气、与我贴近时，才一齐开枪。

敌人刚冲上来，又垮下去了。

我让团指挥所移到公路北的一个山坡上。这时，五六百敌人正拥挤着反复对老爷庙攻击，敌机贴着山头盘旋威胁我们。杨勇同志也负伤了，情况十分严重。如果两翼兄弟部队不能很快攻上来，我们又得同敌人肉搏了。一个参谋有点沉不住气，喊着：

"团长隐蔽，飞机！"

我告诉他："不要怕，敌人靠近了我们，它不敢扔炸弹！"

敌人越来越多，拼命往上攻。但是，无论怎样，他们也无法解脱我军布下的天罗地网。我相信左翼部队很快就会攻上来，便命令部队：一定要坚持到底，直至最后一支枪，最后一颗子弹。

打到下午一点，六八七团攻上来了。我看敌人的后尾一乱，觉得消灭敌人的时机到了，便命令部队加强火力进行反击。敌人哪能挡得了我们的两面夹击。兴庄至老爷庙之间的敌人很快被我干净彻底地歼灭在山沟里。

当我们完全控制了这条山沟以后，马上按师首长战前的指示，向西面的东泡池方向发起进攻。

那里大约有两千敌人，控制着东泡池高地，原为国民党晋绥军出击目标。我们西进到东泡池一带，不用望远镜，便可清楚地看到内长城和雄踞关岭山头的平型关。但是，令人气愤的是，国民党晋绥军不仅不按预定的协同计划配合我军作战，致使东泡池之敌敢于集中力量向我侧翼攻击，企图为被围之敌解围；而在我军消灭了被围之敌，主动西进，攻击他们阵前的这股敌人，经反复冲杀，使敌人面临被歼的局面时，国民党晋绥军却又放弃了团成口阵地，使敌人夺路逃窜。他们究竟还有几分抗日热情，不难明白了。

我军沿着十多里长的山沟撤出战场。举目四望，公路上血迹斑斑，躺着大批血肉模糊的敌兵尸体。战马、大车、汽车、大炮狼藉遍地。疯狂、残暴、凶恶的日本侵略军精锐板垣师团二十一旅团，在中国人民的铁拳下，遭到了彻底的毁灭！

　　首战平型关的伟大胜利，暂时稳定了华北国民党军溃退的局势，振奋了抗日军队的士气，并为尔后太原以北的保卫战，赢得了准备的时间。

雁门关伏击

贺炳炎

> 贺炳炎（1913—1960），湖北松滋人。1929
> 年参加革命。文中身份为八路军第一二〇师三
> 五八旅七一六团团长。新中国成立后任原成都
> 军区司令员。1955年被授予上将军衔。

一九三七年十月，我八路军一二〇师挺进到同蒲铁路北段的宁武、神池、朔县一带，在敌后发动群众，开展游击战争。

残暴的日军，在这一带施行了极其野蛮的屠杀。复仇的火焰在部队里炽烈地燃烧着。一天，我正在翻着各连的求战书，忽然接到师部通知，要我们七一六团的领导干部去受领任务。我和廖汉生政委急忙驱马，奔向师部驻地。

师部在神池以西的一个村子里。当我们走进师首长的房子时，贺龙师长和关向应政委正围着地图研究情况，一见我们来到，关政委便关切地问："到达这一带，部队情绪怎么样？"我们说："看到敌人的暴行，同志们都非常气愤，总盼着有机会狠狠收拾他们一下！"

贺总一听放声大笑起来，连连说："很好很好。要收拾敌人，机会有的

是!"他叫我们靠近地图,指着一块密密层层的山区说:"准备把你们调到这里去。"我俯身一看:一个长长的红箭头,正指向历史上著名的隘口——雁门关。

贺总分析当前情况时谈到:忻口战役正在进行。敌人每天从大同经雁门关,不断地给前线输送弹药,这是敌人一条重要的运输线,但他们很嚣张,自以为那一带已是后方,警戒相当疏忽;我们要利用敌人的弱点,到那一带发动群众,寻找机会,给敌人一个打击!接着,关政委也给了我们许多指示。最后,贺总又再三叮咛我们:现在打的是日本侵略军,不是国民党的反动军队了,在战术思想上要扭得快,一定要遵循毛主席规定的山地游击战的作战原则。到达目的地后,要紧密联系群众,搞好侦察工作。领受了上级交给的任务,我和廖汉生政委怀着兴奋的心情,扬鞭策马,很快返回到团部驻地。

听说去打仗,谁不高兴?部队立即向雁门关方向疾进。一路上,到处可以看到敌军的残暴景象:许多村镇被夷成了瓦砾,无数同胞遭到了屠杀。仅宁武一个县城,就被杀害了不知多少;差不多家家的菜窖都成了活埋人的土坑;所有的水井,都堆塞着被刺刀挑死的男人、小孩和被奸淫后复遭杀害的妇女们的尸体……血债要用血来还!战士们眼睛都红了,行军不愿休息,驻下不想吃饭。队伍披星戴月,日夜兼程地向雁门关方向赶去。

经过三天的急行军,部队到达雁门关西南十多里的老窝村。驻下以后,果然发现敌人的汽车不时从雁门关上驶过。南面还时而传来隆隆的炮声。我们立即派出人员沿公路进行侦察。

老窝村四面环山,十分隐蔽。但村里的人为了逃避日寇几乎都跑光了。按师首长的指示,我们立即组织了工作队,四处寻找群众进行宣传;同时,派出部队帮助群众秋收。第二天,我带一个连正在一片莜麦地里收割,一个六十多岁的老大爷颤巍巍地朝我们走来,边走边揉着眼睛。我走过去,问:"老乡,你有什么心事?"老人家长吁了一口气,揉着泪湿的眼睛说:"你们哪知道啊!国民党的兵只知道抢老百姓的东西,见了鬼子,就像老鼠看见了猫一样,跑得比谁都快。鬼子来到这儿又烧又杀,你们要不来,老百姓可真没有活路啦!"

八路军的名声，风似的传开了。不到两天，逃到各地的群众陆续回来，和我们相处得水乳交融。他们自动给侦察员带路，帮助我们搜集情报；公路上有一点儿汽车动静，他们也跑来向我们报告。短短几天，我们不但摸清了雁门关一带的地形，连敌人汽车过往的规律也掌握了。

十月十六日，群众送来情报：大同敌人集结了三百多辆汽车，满载武器弹药，有经雁门关南开忻口的迹象。这些日子，每隔四五天就有敌人的车队通过，看来情报可靠。我们立即召开连以上干部会，进行动员。会上，廖政委问大家："怎么样?你们说打不打?"廖政委刚刚说完，三营营长王祥发霍地站起来说："我发表意见。我永远也忘不了敌人在宁武犯下的滔天罪行!十一连连部驻的那个院，一家八口人，被杀了七口，一个不满三岁的小孩，也被刺刀活活戳死，现在只剩下一个被打得半死不活的老大娘，她眼泪都哭干了，拉着我们，要我们报仇。这是她一家的仇，也是全中国人民的仇!"他愈说愈气愤，脸色铁青。接着，他又百倍激昂地说："要叫敌人以血还血!为死难的同胞报仇!这是我的决心，也是我们全营同志的决心!"十一连政治指导员胡觉三同志也站起来说："我代表全连同志，请求上级把最艰巨的任务交给我们。我们一定把雁门关变成日本侵略军的鬼门关!"会场上严肃紧张，干部们纷纷表达决心，争着要当突击队。最后，廖政委说："是的，我们一定要为死难的同胞报仇!要把敌人血洗宁武的罪行，作为向部队进行战斗动员的材料，在全团掀起复仇的怒潮。"

第二天拂晓，我和廖政委带着干部去看地形。到了黑石头沟，爬上山顶一看：一条弯弯曲曲的公路，从雁门关盘旋而下，在石头沟这里由西向东绕了一个大圈；公路西面是悬崖绝壁，北面是一段陡坡；顺公路向南不远有一座石拱桥。这真是一个很理想的设伏地形!放一个连向阳明堡方向警戒，三营十一连伏在桥西，断敌逃路。我们总的计划是：全团一起，突然动作，力求把敌人全部消灭在黑石头沟内。任务布置下去，大家都满意地回去了。

十八日鸡叫头遍时，部队沿着崎岖小道，插入了黑石头沟。黎明前的黑夜分外沉寂，只有南面偶尔传来几声炮响。进入阵地之后，一切准备停当，单等着敌人的大队汽车越山而来。

我虽然经过了多少次战斗，但是像这样严阵以待地等候日本法西斯军队还是第一次。"现在打的是日本侵略军，不是国民党的反动军队了。"贺老总的指示又在耳边响了起来。我心里有些紧张。为了防止出现差错，我决定再到阵地上检查一下。

战士们看见我，都显出几分神秘的笑容。这时我发现有几个文书、炊事员也上来了，便惊奇地向他们问道："怎么，你们也上来了？"他们调皮地回答我："打鬼子人人有责，团长，这是第一次和日寇交手，不参加，心里不好受！"有的说："老大哥在平型关给鬼子吃了个大苦头，这回也叫他尝尝咱们的厉害！我想听听他们的决心，故意说："别想得太容易了，要知道这是三百辆汽车啊！"战士们一听，纷纷抢着说："甭说三百辆，三千辆也别想溜过去！不信打起来看！"见部队情绪这样高昂，准备也很周到，我放心地返回了指挥所。

太阳高高升起，雁门关巍然可见。我站在山顶上用望远镜观察，只见公路上冷冷清清，毫无动静。有的战士不耐烦了，不时抬头张望。我立即通知各营：耐心等待，绝对防止暴露自己。

十时左右，北面公路上突然腾起一股尘土，接着，隐隐约约传来"呜呜"的马达声。战士们抑制不住内心的高兴，悄悄地说："来了，来了！"每一个人都揭开手榴弹盖，望眼欲穿地瞅着北面的公路。

眼看着长长一列汽车就要进入伏击圈，突然三营送来报告说："南面阳明堡又开来一百多辆！"

啊？竟出现了这样的情况！以前曾听说：为了互相警戒，免除后顾之忧，敌人常在这一带南北会车，不料今天叫我们遇上了！敌人数量增多，我们战斗增加了困难。但又一想，越是这样，敌人越是有恃无恐，只要我们隐蔽得好，部队动作快，这些敌人仍然可以消灭！

我向廖政委说："既然送上门来了，就一起吃掉它！"

"对！"他果断地说："赶快告诉一、三营，听统一号令，一块儿消灭！"

两路汽车无忧无虑地开过来了。南来的车队，前面一辆上面坐着十几个鬼子，后面除少数几辆装有伤兵和死尸外，其他全部是空车。北来的车队，引头车上坐着掩护部队，一个腰挎大刀的敌军官，还不时用望远镜四面瞭望。两个车队愈走愈近，车上的敌人都活跃起来，一个个趾高气扬，"哇里哇啦"地打着招呼。北面车上的敌军官见南面车上拉着死尸，急忙指挥士兵脱帽致哀，然后还扯开喉咙唱起挽歌来。好骄横的家伙！竟敢把这里当作他们的"王道乐土"！我抑制着满腔怒火，待两队汽车全部开入狭窄的黑石头沟，正在并排交错时，立即发出命令："打！"王祥发同志把驳壳枪向前一挥，带着全营的同志向敌人扑去。步枪和轻重机枪一齐狂叫，只见两路汽车互相冲撞起来，弹药车被打着了，响成一片，顿时黑石头沟被闹得天翻地覆！

敌人遭到这迅雷不及掩耳的袭击，一个个从车上往下跳，但有的还没跳下来就送了性命。一刹那的混乱之后，敌人整顿了一下，端着枪企图反扑。但没等他们散开，十一连的勇士们便冲上了公路。双方展开了激烈的白刃战。我军战士勇猛地和敌人对刺，有的索性用长征时使过的"鬼头刀"和敌人拼杀。胡觉三同志带领三排刚冲过来，突然看见一个战士被三个敌兵包围，他挥起大刀冲去，一连砍死两个，剩下的一个被那个战士刺死。他继续向前冲去，见鬼子兵大部已被消灭，只有少数还在顽抗，忽然发现车下趴着一个，胡觉三同志想抓活的，不料刚一迈步，被那家伙打中前胸。胡觉三同志鼓起全身力量最后喊了一声："同志们！坚决地打，为宁武的老乡们报仇！……"说罢，就光荣地牺牲了。

新仇旧恨，在战士们心头燃烧。他们高喊着"为指导员报仇！"猛扫残敌。

枪声渐渐稀落下来。公路上的火药味浓烈扑鼻，敌兵的尸体横七竖八地躺着，有的被车上的弹药崩得五体分家。哼！这就是野蛮、残暴的侵略者的下场！

黑石头沟里，一片欢呼。战士们怀着兴奋的心情打扫战场，附近的老乡们也乐呵呵地赶来，帮助我们搬运战利品。我巡视着，见一个战士正用铁锹狠狠地砸着汽车，一面砸，一面气呼呼地说："我叫你再跑！我叫你再跑！"我笑着对他说："这样多的汽车，哪砸得完？"廖政委也说："不要砸了，应该炸掉！"

响声四起，烟火弥漫，不一会儿敌人的汽车便在雁门关下焚烧起来。

95

正在这时，一营警戒部队报告：阳明堡的敌人增援来了。我们按照预定计划，迅速撤离战场。

当我们到达山顶时，远远望见雁门关附近又开来几十辆汽车，一队敌兵正沿着公路搜索；天空出现两架敌机，在黑石头沟上空盘旋，为被燃烧的汽车和"皇军"的尸体"吊丧"。想来，敌机上的驾驶员，一定能看到他们的"武运"是个什么样子了！

我军的游击战，到处为敌人安排了坟墓！

上海激战三昼夜

聂凤智

> 聂凤智（1914—1992），湖北礼山（今大悟）人。1928年参加革命。文中身份为第三野战军二十七军军长。新中国成立后任原南京军区司令员。1955年被授予中将军衔。

一

一九四九年五月，第三野战军担负解放上海的各线部队，沿着沪宁、沪杭两条铁路线和各条公路向上海挺进。

卖国贼蒋介石，在他滚出大陆之前，怀着绝望和仇恨，跑到二十年前他在此勾结帝国主义、操起屠刀向革命开刀之地——上海，亲自交给驻上海京沪杭警备总部司令汤恩伯一道血腥的命令：要死守六个月到一年，就是将整个上海在战火中毁灭，也在所不惜。汤恩伯根据其主子的手谕，一方面，加紧对上海市区人民的掠夺和屠杀，颁布了十项杀令，口号是："只要可疑，不要证据，一律逮捕"；另一方面，妄想凭借着在上海外围修筑的纵深达数十里的"永久性"防御工事死守。

五月十二日，上海外围战展开了。进攻浦东的我东线部队，自五月十二日到十六日，连克新场、周浦、林塘、祝家桥、川沙……在水网地带挺进了百十余里，以神速的动作直捣高桥镇，威胁着敌人从海上逃窜的唯一退路——吴淞口。敌人惊慌失措，急忙调兵增援，并以吴淞炮台和海面军舰上的炮火左右夹攻，一日反扑数次，战斗空前激烈。但我们这支英雄的部队却像钢刀一样牢牢插在敌人的腹心上。真如方面的敌人，在我西线兵团进逼之下，不得不从罗店、月浦、刘行、南翔一带，向大场、吴淞步步退却。他们所谓的"永久性"防御工事，被我军炮火打得稀烂。不到两个星期，上海外围的一切城镇和据点，全被攻克，迫使敌二十多万人马，龟缩在从上海市区到吴淞口这一狭长地带内。二十四日，我各路大军按照上级预定的作战计划，完成了对上海的包围。那些驻扎在我国土地上的殖民主义者——美帝国主义和其他的外国军舰，都急急忙忙开出吴淞口。但他们不肯就此离去，都停在长江口外，在那里摆出一副凶恶的架子，给大势已去的国民党撑腰，好像在观望什么，在等待什么时机。

在东线兵团首长的指挥下，我们军拿下了七宝、泗泾镇之后，在各兄弟部队的配合下，担负了解放上海市区的任务。中央对这次战役总的要求是：消灭敌人，保全城市，打一个军政全胜的漂亮仗。野战军领导机关确定了将敌人消灭于外围的战术原则，所以在兵力部署方面，把最艰苦的战斗任务全部交给了北面和浦东方面的各兄弟部队。他们从左右两方面对敌人的退路吴淞口进行最猛烈的冲击，犹如一把巨大的铁钳，向敌人的致命处狠狠扑去，迫使敌人将主力集中到苏州河以北，以及江湾、吴淞、高桥镇一带，这就减轻了我们解放市区的负担，使我们能更多地集中力量，来应付解放市区的复杂社会情况。

二十四日下午，我军占领了虹桥机场后，已从黄浦江以西和沪宁线以南逼近了市区边缘。兵临城下，战士们个个摩拳擦掌，心里充满了激动和自豪。上海是我国最大的工业城市，我们党的诞生地，中国工人阶级的摇篮。全世界的人民将会看到，这座多少年来一直被帝国主义和官僚资产阶级统治着的都市，将从此属于中国人民了。

夜间九时，从吴淞口方向传来了全线发起总攻的炮声。在那里，我东、西两大兵团的兄弟部队，将最后切断敌人通往海上的退路。这时，我军前沿阵地上，也立即响起了一阵激烈的枪声。我拿起电话打到前沿师指挥所，问：

"部队打得怎样？"

"冲进去了！军长。"萧师长兴奋地大声回答。"敌人退却了，我们正顺着南京路、林森路向市里追击。马路上的电灯还为我们照着亮呢……"

接着各师也都先后报告向市区进展的情况。至此，我军南起徐家汇，北抵苏州河，全线突破了敌人防线，进入市区巷战。军用地图上的红线表明我军在迅速地向前发展。在电话里，我们对各师都特加嘱咐，一定要尽快插到市中心去，不给敌人一分钟喘息时间，不让敌人有破坏市区的机会。

在北面和浦东方面各兄弟部队外围战的配合下，苏州河以南上海的主要市区，仅仅经过四个小时的战斗（至凌晨一点），就宣告解放了。我军进展如此迅速，完全出乎敌人的预料。

为了避免战火对城市的摧残和对市民的伤害，我们进入市区后采取了"快速跃进、勇猛穿插、迂回包围"的战术，避免逐楼逐屋、一街一巷的争夺，致使守敌被弄得晕头转向，极度混乱，搞不清哪里是他们的防线了。除在主要街道上，敌人曾以坦克、装甲车向我军反击，掩护退却外，守在街头广场、两旁建筑物上以及沿途用麻袋包、铁丝网所构成的工事里的敌人，已无法进行有组织的抵抗。甚至连国民党上海警备司令部一辆传送命令的吉普车，也稀里糊涂地开到我们阵地上来。那些被我军甩在后面监视起来的敌人，尽管还守在占为营房的坚固的高楼大厦里，有的是整营整团，有的还配有装甲车和坦克，但在我军神速进展下，已是孤立地处在四面包围之中。当刘浩天政委率二梯队上来后，这些敌人就都乖乖地当了俘虏。

二

上海是一个有着革命传统的城市，在我们党的领导下，上海市的工人阶级在历史上曾举行过"五卅"反帝斗争及三次武装起义。二十多年来，我们党在这里领导着全市工人、学生和各阶层人民，始终坚持着英勇顽强的斗争。在我军进攻上海市区之前，野战军领导机关就转来党中央的电报，指示我们进入市区后要立即和上海市的党组织和党所组织的工人武装取得联系。先头部队进入市区后，都纷纷遇到了上海的党员同志们。他们都是在紧急戒严的情况下，冒着生命危险，彻夜秘密守候在街头的。一见到我军，立即迎上来向我们介绍敌情，并给我们带路。

在我军这次解放上海整个战役过程中，上海市党的地下组织进行了巨大的组织工作，有力地配合了部队的军事行动，不仅提供了宝贵的军事情报，还组织了上海市的工人、店员、学生以及公教人员，成立了工人纠察队、人民保安队、人民团体联合会等群众组织和工人武装。在敌人的白色恐怖下，进行了英勇的保护城市斗争，防止了国民党的军队、敌特、坏分子的破坏和抢劫。因之保全了上海市所有的工厂、仓库、银行、企业及其他公共建筑。

二十五日清晨，尽管外围江湾、吴淞和浦东一带的敌人还在拼命顽抗，苏州河畔还响着激烈的枪声，城市上空还不时地飞啸着流弹，但在我们刚刚解放了的苏州河以南的市区，在上海市党组织的领导下，已迅速地恢复了正常秩序，许多工厂一刻不停地进行着生产，电车、公共汽车也都恢复了行驶，商店照常营业，水电供应从未中断（当时水电厂还都处在苏州河以北敌占区），甚至连苏州河以北敌占区的电话，也照常和解放了的市区畅通。若是没有党的地下组织强大力量的配合，在战争形势瞬息万变的情况下，要将上海这样一个庞大而又复杂的城市一下子接管过来，立即恢复正常的生活秩序，是有极大的困难的。

在整个战斗过程中，上海市的党组织还曾不断地协助我们，查获和逮捕了许多敌特匪帮和进行瓦解敌人的策反工作。人民保安队的队员们都佩戴着臂章，和我军并肩警卫在街头，维持着市面上的秩序。

城市迅速恢复正常的生活秩序，与我军全体指战员自觉地严守着我党的各项城市政策和入城纪律，也有密切关系。尽管同志们经过连日的战斗、追击，极度疲劳，又逢细雨蒙蒙，但大家仍不跨进民房，不惊动市民。白天静悄悄地坐在马路边休息，夜晚和衣躺在马路两侧湿漉漉的人行道上。为了不影响市面上的金融秩序，入城部队一律不买东西，不管是香烟还是日用品，甚至吃饭也是在几十里路以外的郊区做好了送到市内的。

我军这种爱护人民、严守纪律的品质，感动了全市的人民。许多人感动得流着眼泪，拉战士们进屋里去休息，战士们婉言谢绝了。工人们、学生们自动地组织慰问队给我军送水、送烟、献花、带路，表演秧歌舞、活报剧。人们成群结队地围看自己的军队，把马路都堵塞了。他们奔走相告，甚至用电话把这边的情况告诉给苏州河以北的亲友。人民对我们热情的爱护和无微不至的关怀，是难以形容的。我们到前沿去的一路上，看到凡是有我军战士停歇的地方，都圈上一群群工人、职员、学生和市民，送烟、端水，说着笑着，一片亲切火热的气象，即使离火线非常近的地方亦是如此。国民党多少年的造谣、诽谤，在事实面前全被粉碎。

街上贴满了红红绿绿的标语，家家户户都打开门窗，人们欢腾地拥向街头庆祝解放。人们在一夜之间，从一个黑暗丑恶的旧世界，跨进了一个光明美满的新世界。城市就这样奇迹般有条不紊地从国民党反动派的手中回到了人民的怀抱。

三

解放上海不仅是一场严重的军事斗争，也是一场错综复杂的政治斗争。因为在这里不仅有公开拿枪的敌人，而且有暗藏的敌人和帝国主义分子；不仅有官僚资产阶级，还有民族资产阶级、民主党派和各阶层的爱国人士。这就决定了斗争的要求：不仅要打军事仗，还要打政治仗；有对敌斗争，还有统一战线。摆在我们面前的任务是光荣而又艰巨的。虽然我们对许多问题都感到陌生，但党中央和毛主席对我军解放沿海大城市可能遇到的问题早已英明地预见到了。在渡江之前，毛主席就向全党全军提出："今后将一反过去二十年先乡村后城市的方式，而改变为先城市后乡村的方式。军队不但是一个战斗队，而且主要地是一个工作队。军队干部应当全体学会接收城市和管理城市……总之，过去军队干部和战士们所不熟悉的一切城市问题，今后均应全部负担在自己的身上。"在上海外围，我们军党委连续召开了会议，对党的各项政策，《中国人民解放军布告》所宣布的约法八章，结合着上海市的具体情况，作了深入的学习，反复的研究，并贯彻到全军每一个指战员的思想和行动中去。

当我军冲进市区后，一方面激烈的战斗还在进行，另一方面复杂的政治斗争也随之进一步地展开。这天一早，我们正忙着了解各师的作战进展情况，外面来了很多人要和我们联系事情。据来人各自介绍，他们都是上海市党的地下组织的同志。我们怀着满腔的热情和敬意接待了他们。但当看到他们的证明文件后，又不由地一愣，怎么这些组织番号有许多与中央告诉我们的不符合呢？会不会有敌人冒充我们党的名义，企图混进来呢？我们马上警觉起来。我们几位负责同志马上研究了一下，觉得在当前战斗紧张的情况下，华东局负责同志还没有公开活动，我们一时难辨真假，于是决定我们暂不出面，只派一个干部把他们所提出的问题、要求和姓名、地址都记下来，待查明情况以后再作答复。

不到中午，情况复杂起来了，各部队都送来报告：街头上挂出了许多机关的牌子，什么"中共华东局行政办事处""四大军区政治部联合办事处"以及什么"接收委员会"等；还有些武装组织，什么"人民自卫队""淞沪机动队""中共地下军耀字纵队"等等，各种司令多如牛毛。他们声言要接收银行、仓库和其他企业。我们军部附近就曾发现了一伙这样的人：持有武器，自称是共产党的地下武装。我们的侦察科长前去和他们联系，那伙人不但不听指挥，嘴里还不干不净，放肆不羁。根据这一情况，我们马上派警卫营把他们包围起来，请来他们的负责人，起先他好像还满不在乎的样子，可是三句话一问，现了原形。原来是些国民党特务纠合着一批帮会、地痞、流氓之类，企图趁火打劫，进行破坏。这一事件有力地提醒了我们。为了保证战斗的胜利，保护上海数百万人民生命财产的安全，对于这些敌人，必须采取坚决果断的措施。于是立即通令全军，凡发现一切不符合党中央指示的组织番号，一律令其交出武器，集中看押在指定地点，等候处理。那些挂在街头的牌子油漆未干就被摘下来。后来在党的地下组织的协助下，查出这些人都有极其复杂的政治背景。

然而新的问题又接踵而来。

这天，上海大大小小几十种反动的、黄色的报纸，像刮了阵黑风似的，也在故意制造混乱。如刊登了一些冒充我党我军对市民发表的公告，说什么上海即将大赦，所有监狱的犯人，不论是杀人犯、盗窃犯，以及像汉奸陈璧君之流的投敌叛国犯，都一律释放，等等。看到这种情形，的确使人恼火。但党的政策教导了我们，这是复杂的政治斗争，不能粗暴行事。军党委决定大力进行正面宣传。除对那些报馆提出警告外，并通过我们的报纸和所有的广播电台广泛宣传了我党的城市政策——保护人民生命财产，保护民族工商业，保护外侨，没收官僚资本等约法八章，又把我们翻印的《中国人民解放军布告》张贴到各个街道。

上海是个国际闻名的都市，也是近百年来帝国主义分子统治、压榨、奴役我国的基地。市内居住着很多外国侨民，其中也有反动的帝国主义分子。我们党对待外侨的政策，一贯是基于我们伟大严正的民族立场，"保护外国侨民生命财产的安全……一切外国侨民，必须遵守人民解放军和人民政府的法令，不得进行间谍活动，不得有反对中国民族独立事业和人民解放事业的行为……否则，当受人民解放军和人民政府的法律制裁"。我们党的这个政策是由于我国人民民主革命的彻底的反帝国主义的性质所决定的。我们对一切尊重我国主权，遵守我革命秩序的侨民的生命财产，完全做到了切实的保护。凡是在国民党军队被消灭，国民党政府被打倒的每一个城市和每一个地方，帝国主义者在政治上、经济上、文化上的控制权即随之被打倒。那些帝国主义分子却不肯就此结束他们骑在中国人民头上的日子，仍幻想将上海置于他们的势力范围，永远成为他们这些"冒险家"的乐园，时时刻刻在阴谋蠢动，寻机挑衅。根据部队汇报，这些帝国主义分子正在通过他们所收买的奴仆，企图拉拢我们的战士，刺探我们的军情和部队番号；他们怀着恶意拍摄有关我军情况的照片；有的不遵守我军的戒严令；甚至有的更恶狠狠地从楼上向我们战士吐口水，等等。但他们这些恶意的污蔑和挑衅的丑行都被我们及时有力地制止和揭穿了。在威武不可侵犯的人民解放军面前，那些帝国主义分子完全失去了它往日殖民主义者的威风。

面对着这些突然涌现出来的千头万绪的难题，使人感到眼花缭乱。但有了党的正确指示和人民的帮助，这些错综复杂的问题，一个个都迎刃而解了。当我军进攻上海时，野战军领导机关转来党中央的指示，要我们进入市区后，立即采取措施，保护上海的民主党派和爱国人士，严防敌人乘战时混乱，对他们进行杀害。当时，许多全国知名的爱国人士都在上海。这是一项重要的政治任务。为此，军党委进行了周密的研究和部署，如何在紧张频繁的战斗情况下，去查找和保护他们。

在我们就要进攻上海市区的前几小时，兵团部又转来党中央的一份急电，说一些民主党派的负责人在上海可能被国民党逮捕，详情不明，要求我们迅速查出他们的下落。这是一个火急的任务，当时国民党的特务头子毛森，正在上海疯狂地逮捕和杀害爱国人士。特务组织专门用来捕人的"飞行堡垒"，不断地将成百上千的人押进监狱。许多学校都被临时钉上铁丝网，改成监牢。每日都有大批的人被押到宋公园、黄浦江边甚至市中心的十字路口上加以枪杀。凡是落到他们手中的人，犹如危在虎口。我军一进入市区，立即查明了许多爱国人士的住处，立即派部队将他们的住宅区保护起来；同时很快接管了所有的监狱和特务机关，许多已经绑好即将拉出去枪杀的人，由于我军的进展神速、特务的仓皇逃遁而得救了。

四

二十五日拂晓，在浦东作战的兄弟部队已攻进了高桥镇，在北面作战的兄弟部队也拿下了杨行、大场……我们军迅速向纵深进展的各部队，却被阻于横穿市区的那条三十米宽的苏州河的南岸，一直与敌隔河相持到中午，也没打过河去。这是什么原因呢？是敌人顽强吗？不！对岸的这些敌人，早就是我们手下的残兵败将。是我们攻坚的力量不强吗？不！我们攻克过城高池深的济南，打开过壕宽垒坚的碾庄，涌现出许多像"昌潍连""济南第一团"等等英雄的战斗单位，就是突破长江天堑，也仅仅用了两三个小时。像这样一条苏州河，在通常的战斗情况下，突破它，本是轻而易举的事情。但在这里，我们不仅要消灭敌人，而且要保全城市。

为了更确切了解我军前沿部队的作战情况，我和军里的一些同志来到煤气公司附近一个团的指挥阵地上，站在距苏州河不到百十来米的一个十字路口，对着我们正在攻击的两个桥头，观察了一个多小时。透过弥漫的硝烟可以看到对岸一片高大建筑和工厂厂房的窗洞里，都隐藏着敌人的枪口，不时地闪过敌人活动的影子，向外射出一排排给他们壮胆的子弹。而苏州河南岸我军抢夺桥头所必须穿过的那条柏油马路，正横在敌人的鼻子下面。桥头附近的高压电线已全被打断，马路上密布着弹痕……显然，这一切说明，不用炮火摧毁敌人的火力点，在这样不利的情况下夺取桥头是很困难的。但对岸的人民和那些密集的工厂、楼房住宅，又好像在告诉我们：千万不能用炮火轰击啊！

为了迅速解决苏州河战斗的这种对峙状态，军党委立即召开了紧急会议。经过反复地讨论，大家一致认识到，上海是我国当前的经济中心，革命就将在全国最后胜利，上海对恢复和发展我国的经济建设，将起巨大作用。为了革命的长远利益，为了上海数百万人民的生命财产，必须坚决贯彻党的指示：完整地保全上海。我们又具体分析了当前的形势：敌人的组织建制全被打乱，外围的敌人正被各兄弟部队东西夹攻、大量围歼，吴淞口解放已经是指日可待。据情报，汤恩伯也跑掉了，残余的敌人由上海警备副司令刘昌义指挥。被我外围兄弟部队包围在江湾、吴淞一带的敌人，拥挤成一团，都难以登船逃跑，内部非常混乱。根据这种情况，完全可以采取政治攻势，瓦解敌人，争取敌人放下武器。但我们也不放松军事打击，军事上我们决定改变战术手段，调整部署，在苏州河正面采取佯攻，牵制敌人的兵力，等天黑后将一部分部队拉出市区，在西郊一带涉过河去，沿苏州河北岸，从西向东攻打市区。

会议结束后，我们经过和党的地下组织联系，通过敌人内部关系，查到刘昌义的秘密司令部，从那里得知情况，刘昌义表示愿意考虑谈判。关于刘昌义的政治态度，上级以前曾有过指示，此人有可能争取过来。我们当即直接和刘昌义通了电话，直截了当地把当前的局势和他现在的处境，摆在他面前的生死两条道路，以及我们党对国民党军队放下武器人员的宽大政策告诉了他，也谈到他以往遭受蒋介石排斥的情况，希望他选择一条正确的道路。最后，刘昌义表示愿意谈判。

我们马上将这一情况用电话汇报给陈毅司令员。陈毅司令员指示说："你们做得对，但不能麻痹，否则敌人是不肯老实就范的。"随后就在电话里口述了一道命令，指示谈判中我们的要求和各项原则。

七时左右，夜幕已降，刘昌义和他的随从人员乘车来到我们约定的谈判地点。谈判成功后，我们当即向刘昌义宣读了陈毅司令员的命令：令刘昌义所辖部队，自苏州河至吴淞一线，限五月二十六日晨四时前，分别交出各阵地，于江湾、大场一带集合待命。对各重要建筑和仓库，不得故意破坏，所有物资设备，均原封不动交人民解放军接收。其个人的生命财产，人民解放军完全负责妥加保护。上项命令如有不遵守者，由人民解放军解决之。

当时刘昌义虽然名义上是国民党上海最高司令长官，但除了他直接掌握的第五十一军残部外，其他国民党的部队，青年军、交警总队等并不听他调动，所以虽则谈判成功，但战斗并没就此结束。这时，我们正面的苏州河西半部敌人的防线上总算被撕破了一个缺口，当夜我们部队就顺永安桥以西，接管了刘昌义五十一军所布防的各座桥梁，开进苏州河以北地区，继续按照原先计划，从南向北歼灭顽守在市区各处的敌人。

二十六日，浦东、真如方面，敌人的主力已被我东西两大兵团消灭殆尽。结束了外围战斗的兄弟部队，立即赶来协助我们，打了一整天的巷战。在几百里以外的杭州方面的兄弟部队，也兼程赶来。那些拒不投降的国民党青年军和交警总队，被打得乱跑乱窜，枪支、弹药和军装到处乱扔。但有一点他们至死也没有忘记，就是敲诈抢劫。有的在被打死以前，两只手还将从商店、民宅里抢来的金条、银圆往腰包里塞。

我军一面战斗，一面从起火的楼房里抢救物资，冒着炮火搀扶老弱妇幼避开危险区，从敌人手中夺回被抢掠的金银财物交还原主。我们有些同志就是在这种情况下负伤、牺牲的。这里有一个小插曲：北火车站附近有一个商店，驻有一营敌人，封锁着铁路线和几条大街，阻碍着我军的调动和进展。我带着警卫班到部队去，通过这里的时候就被打倒了两个同志，我和同去的负责同志研究了一下，决定马上扫除这个障碍。但又考虑到敌人占据的是座民房，一打起来势必危害到周围市民的安全。我们当即查出这个商店的电话号码，用电话告诉商店的老板：要他们全家在一个小时内转移到安全地区。老板一听慌了，连声说："感谢长官！感谢长官！你看能否让我们想想别的办法？"我说："可以。""时间是不是能长一点？""只能一个小时！""一个半小时好不好？""好吧！时间很紧迫，不能再拖延。"

商店老板为了保全自己的全部财产，乞求守敌营长别在他楼房里顽抗，敌人就乘机诈去他十根金条。当我们的战士把这批敌人俘虏后，查出此事，将那十根金条交还给那老板时，他流着眼泪赞叹地说："了不起，了不起！解放军真是太好了，金条都不要。"在人民群众中到处流传着我军纪律严明、舍己救民、英勇战斗的故事。

在闸北区，敌人的一部分青年军和交警总队顽守在铁路管理局的八层大楼上。在我们开始要争取这批敌人放下武器时，当即有朱振环、何经恕和陶器三位铁路工人同志挺身而出，冒着炮火流弹，穿过火线，将我军的劝降书交到敌人手里。哪知敌人不但拒不投降，竟在三位工人同志返回时，开枪将朱振环同志的腿骨打断。这一下可激怒了全体指战员们，于是决定干脆把这批守敌消灭掉。

这时周围送茶送水的工人、学生、市民很多，战士们就劝他们："你们赶快回家吧！仗还没打完呢，这里离火线太近，站在这里很危险。"而他们却紧贴墙根怎么也不肯走开，还说："有解放军在，我们什么都不怕。"更有的说："过去我们光听说你们解放军打得好，今天我们就要看看你们到底怎样打国民党反动派的。"

当我们的轻重武器齐向敌人开火，我们的战士跃过了敌人的铁丝网、工事时，人民群众的欢呼声、鼓掌声和枪声汇成一片，滚滚的烟尘立即吞没了这座八层高的楼房，那些拒不投降的敌人，就这样在人民面前被消灭了。

五

二十七日，解放市区的任务只剩下东北角杨树浦一个地区了。敌二三〇师八千多人，据守着发电站和自来水厂，尚未放下武器。

这时吴淞口已被兄弟部队攻克，外围战已全部结束。杨树浦的守敌已成瓮中之鳖，无路可逃了。要是以武力来消灭这帮敌人，那是最简单不过的办法，但又不能不考虑到万一打坏了水电厂，全市工厂将被迫停止生产。于是我们决定查找敌人的关系，采用政治攻势。但查了半天也没查到什么线索。我和刘浩天同志研究，敌人一定要尽快地消灭，水电厂也必须保全……我们在屋里来回地走动着，思索着，一根接一根地抽着烟。三天来同志们都没有好好睡过，两眼红肿，走起路来也有点晃晃荡荡的。刘浩天同志怕我支持不住，一再催促我：

"你休息一下，我们再查查敌人的关系。"

我往椅子上一靠，就迷糊过去了，可是脑子还没安静下来，蒙蒙眬眬地听到一个洪亮的声音喊叫着我的名字："聂凤智！"声音虽很熟悉，可是我却像被瞌睡虫捆起来似的，腿也抬不起，眼也睁不开。又是谁回答了一句："军长刚闭了闭眼！"随即对方的声音又变小了："啊……睡吧，让他睡一会儿吧！"但又觉得有只手在触动我。我以为发生了什么情况，猛睁开眼，定神一看，是陈毅司令员和华东局的负责同志来到了。啊！我顿时感到一身轻松，好像压在我们身上的重担一下子给减去了，我急忙站起来。这时，我们军的几个同志都到齐了，陈毅司令员开门见山地问道："情况怎么样啦？"刘浩天同志简要地把战斗情况做了汇报："苏州河以北基本上结束了战斗，眼看就剩了杨树浦这一个区域，敌人占据着水电厂，和敌人有联系的关系没有查到，所以难下决心！"

陈毅司令员问清了敌人的番号和指挥官后，考虑了一下说："若是敌人的副师长许照在指挥的话，你们可查找蒋子英的下落。他一直住在上海，过去曾在国民党陆军大学任过教授，许照是他很要好的学生，此人历史上有过罪恶活动，这正是他立功赎罪的时机。"

陈毅司令员这一席话像把钥匙，一下把这个难题给解开了。我们当即从那本记载着上海守敌内部人事关系的大册子里，查出了蒋子英的住址门牌和电话号码。随即用电话找到了蒋子英，我直言不讳地向他介绍了自己的身份。这个突如其来的电话，的确使他很紧张，在电话里，他声音抖动着说："我们欢迎，我们欢迎……"

我平静地向他说明："眼下大局已定，胜利在即，为了保全杨树浦的水电厂，你们有师生的交情，希望能帮助劝说许照快放下武器，以求生路，不要自绝于人民。"并将我党对放下武器的敌人的宽大政策作了详细交代。他答应着："我尽力为之，尽力为之。"随即答应立即竭力去办。

大势所迫，民心所向，守敌不得不放下武器投诚。这时我看了看表，是七时整。经过三天三夜的市区战斗，上海市到此宣告全部解放。它完整地回到人民手中，重以崭新的面貌矗立在祖国的东海岸上。这时我真想驱车走遍每条大街，每条小巷，仔细看看我们战斗过的那些地方，然后就舒舒坦坦地睡上他两天两夜。我将这个想法告诉了陈毅司令员，他笑了笑说："你一天一夜也捞不到，城市打下来啦，还要保住它，帝国主义还在大门口朝我们翘尾巴哪！"他顿了一下，又严肃地说，"你们现在就着手整顿部队，担负起城市的卫戍任务！"

这时，窗外传来一阵阵人民欢唱解放的歌声，来往的车辆声和工厂的马达声，像一支巨大的革命胜利的交响乐。守卫着吴淞炮台的兄弟部队，将炮口掉转过去，指向海外，准备随时给予敢来侵犯的敌人以致命的打击。-与此同时，那些停泊在长江口外准备为国民党军队撑腰的美国等帝国主义国家的军舰，听到国民党军队全部被消灭的消息以后，悄悄地向着茫茫的大海溜去。从此，帝国主义在中国横行霸道的日子一去不复返了。

过"山坳"

罗元发

罗元发（1910—2010），福建龙岩人。1929年参加革命。文中身份为甘宁晋绥联防军教导旅旅长兼政治委员。新中国成立后任空军副司令员兼国防科委副主任、顾问。1955年被授予中将军衔。

一

一九四七年八月十二日从榆林主动撤下来以后，我西北野战军主力隐蔽集结在榆林东南、沙家店西北地区。这里，西、北两面是浩瀚的沙漠，东面是滚滚的黄河，地区狭窄，回旋余地很小。眼前，敌整编三十六师师长钟松率领两个半旅，由榆林经归德堡南下到了镇川堡；刘戡率领第一军、二十九军八个半旅的兵力，分别由石湾、安定地区进至绥德。两路敌人南北相距只不过百余里，而且正越靠越近。八月十六日深夜，野司接到周副主席发来的电报：中央不过黄河，继续留在陕北。眼看我军和中央机关将被挤在葭县、米脂、榆林交界的狭小区域，情况十分危急。部队里议论纷纷，我的心情也难免有些着急。彭总当即派许光达司令员率三纵队进抵乌龙铺一带阻击敌人，掩护中央机关安全转移。

一天，我到野战军司令部去开作战会议。到了那里，各部队的领导同志都来了，大家挤在一孔窑洞里闲扯着这一仗如何打法，忽然有人小声说："毛主席来了！"

听说主席来了，大家非常兴奋。自从敌人进攻延安，国民党的宣传机关曾多次在报刊上猜测：毛泽东在何处？我们敬爱的领袖毛主席就在陕北。今天，毛主席又来亲自参加我们的会议，怎能不叫人兴奋呢？

会议上，彭总首先向毛主席汇报说："我拟以一部向榆林东北长乐堡方向转移，并以后方机关一部在葭县以北东渡黄河，以迷惑、调动敌人，争取主动，待机歼敌。"主席听后连连点头。停了一下，彭总站起来激奋地说："胡宗南没有壮士斩腕的勇气！"这句话一下子把会场挑活了，随后大家都摆了情况，谈了打法。主席仔细地听着每个同志的发言，不时查看着面前的军用地图。看到大家讲得差不多了，主席笑容可掬地说："这些天来，同志们很辛苦。"

其实，我们都知道，这些日子里，主席不仅和我们一样地翻山越岭，长途跋涉，吃不好，睡不好，而且还要考虑许多重大问题，要说辛苦，再没有比主席更辛苦的了。

主席详尽地分析了当前全国的战局以后指出：目前陕北的情况是敌大我小，确实有些困难，但是敌人比我们的困难更多、更大。我们有边区人民的支援，有全国各战略区的配合，我们一定能打败敌人，取得胜利。榆林虽未攻下，但是调动了胡宗南军主力北上。打榆林是为了策应陈赓兵团南渡黄河，这一点敌人是不能理解的，我们有些同志也闹不清楚。再过几天，陈赓兵团一行动，胡宗南就会觉察他又错打了主意。从陕北的情况看起来，我们好像有些被动，从全局来看，我们是非常主动的。讲到这里，主席打了个比喻。他说："眼前陕北的处境，就像我们常说的过山坳一样，快爬到山坳坳上时，千万不敢松劲，要咬紧牙关一鼓作气地爬上去，往后的路子就好走了。"

主席的话精辟地阐明了当前的形势，指明了前途，使我豁然开朗。我们配合陈赓兵团的行动，只要在这儿搞掉敌人一股，拖住胡宗南，使陈赓兵团安全南渡，反过来他们又给我们以有力的配合，到那时，西北战局和全国一样，就要大大改观，而敌人就只能一天天地走下坡路了。

二

一九四七年八月十八日，部队向常高山开进。根据毛主席的意图，彭总决定以一、二纵队在敌前进途中歼灭钟松的三十六师，以三纵钳制刘戡，阻止其增援。我们教导旅归二纵队王震司令员指挥，和一、二纵一起围歼敌三十六师。这时，刘戡所部占领绥德、米脂以后，除留少数部队担任守备外，其主力正冒雨北上，深入到店头镇一带，而三十六师也尾随其后向东急进，当天进至沙家店地区。他们拼命地向黄河边上赶。

原来，前些日子，我们有些后方机关，从葭县以北的黑峪口渡河到晋绥解放区去，被敌机在空中侦察到了，胡宗南错误地估计我军有渡河的意图。直到今天，敌人还没有发觉我军的动向，这不能不感激边区的人民。他们严密地封锁了消息，彻底地进行了空舍清野，使敌人吃不上，也得不到情报，真像瞎子摸鱼一样。为了消灭敌人，老乡们将自己仅有的南瓜、山药蛋送给我军吃，日夜组织担架队、运输队支援我军；民兵们到处埋设地雷打击敌人，阻止敌人前进，配合我军作战。敌人一有动静，他们便跑来报告，使我军对敌人的一举一动了如指掌。人民群众不顾一切地支援部队，实在令人感动。但这里较穷，一下子挤了这么多部队，给养十分困难。有的同志就想再动员群众想想办法。彭总知道了，十分感慨地说："什么是群众观念——要惜民命。再不能增加人民的负担了，哪怕是杀马吃也要保证打好这一仗。"

当天下午，一、二纵的先头部队与敌三十六师已在常高山上接火了。我们迅速前进。当进入一条狭窄的山沟时，天空突然黑云密布，霎时大雨倾盆，战士们跌跌撞撞，像扭秧歌似的冒雨前进。这时候，我担心部队如不按时到达，就不能完成对敌包围；敌人觉察了我们的意图，事情就不好办了。部队继续向前运动，前面要翻过一个山坡，入夜，天黑路滑，啥也看不清。为了避免失掉联络和跌跤，战士们想出一个好法子：大家解下绑腿，拧成一根粗绳，抓住绳子走。有的战士还挂着棍子。就这样经过一夜艰苦的行军，第二天拂晓，部队来到了常高山西北的一个小村子。我正要问前面的情况，侦察科长跑来报告说："一、二纵队在常高山和敌三十六师稍事接触之后，敌人就龟缩至沙家店、泥沟则一带。"当时，我还担心：要是刘戡掉头西进，两股敌人粘在一起，那我们就不容易啃了。十九日接野司电报，查明敌人并没有靠拢，刘戡主力一部已进至黄河边葭县、神泉堡一线，而那个狂妄的钟松竟敢分兵两股与刘戡赛跑，他的前梯队一二三旅及配属的四九三团，昨日已伸至乌龙铺以北地区，而由钟松自己带领的后梯队三十六师师部及一六五旅，却孤零零地掉在后边。看来昨夜一场瓢泼大雨，并没有把敌人发热的头脑浇醒。他们仍然梦想着逼我军东渡黄河，收其"半渡而击"之效。因此，我军坚持消灭敌三十六师的既定决心，除三纵队继续钳制刘戡，切断他与钟松的联系，阻其回援以外，新四旅在常高山抗击一二三旅，坚决地把钟松的兵马撕成两半，使其相望而不能相顾，以便我各个击破。

这天下午，一、二纵队由东西两面向沙家店之敌三十六师主力发起了进攻。这狠狠的一棒，才把钟松捶醒：原来"共军"主力并未渡河，就在他的眼皮底下。于是他急忙电令一二三旅，星夜向他靠拢。而敌一二三旅旅长刘子奇这时已嗅出味道来了，他见与刘戡的联系已被我三纵队割断，知道情况不妙，如果回头向沙家店靠拢，势必陷于前有堵击、后有追兵的困境，于是来了个按兵不动。尽管钟松三令五申，以杀头相威胁，而刘子奇则以天黑难走为借口，迟至第二天早晨才掉头西进。但我新四旅当晚就布置在常高山一带，把他迎头挡住了。

三

二十日，彭总下达了动员令："……彻底消灭三十六师，是我西北战场由战略防御转入战略反攻的开始，收复延安解放大西北的开始，为着人民解放事业，继续你们无限英勇精神，立即消灭三十六师，活捉钟松，号召你们本日黄昏以前完成胜利的战斗任务！"

我教导旅接到命令，即向沙家店方向前进。登上山顶，我和旅里几个领导同志商议了一下，决定从常高山以西的新四旅与二纵队中间插过去，配合二纵队消灭敌三十六师主力。接着，我们将各团的干部找来，交代了具体的任务，部队就开始运动了。这时，敌机在低空盘旋扫射，地面的炮火也向我猛烈轰击，企图阻拦我军前进。部队冒着枪林弹雨，不停地向预定方向运动。

到达常高山附近，只见东边新四旅阵地上的战斗非常激烈，一二三旅欲与三十六师靠拢，正集中兵力与火力企图夺取山顶的破庙。这是常高山的制高点。在那里抗击敌人的是新四旅七七一团的一个营，由副团长直接指挥，连续击退了敌人好几次冲击。这个山头距二纵队的阵地很近，假若丢失，就会严重地威胁到二纵的侧背。看到这种情况，我们一致认为：常高山无论如何不能丢，于是决定调二团来加强常高山的守备力量，一团仍执行歼灭三十六师的任务。

为了便于观察和指挥，我们爬上了常高山，对七七一团副团长说："坚决抗住，我们二团很快就会赶到。"接着，他将敌我双方的具体位置向我作了详细的介绍。新四旅的阵地形成了半圆形。敌一二三旅拼命地向里面钻。这时候，我们产生了一个新的想法：要是我教导旅从新四旅的右翼插过去，两面一夹，岂不是把一二三旅包围了吗？虽然这样一来，对三十六师的攻击力量会相对地减弱，二纵队的担子也加重了一点，但是只要我们坚决消灭了这股敌人，就保证了主力翼侧的安全。主席不是说过我们过山坳必须一鼓作气吗？眼前正是需要我们实行正确机动的时候。于是我们一面向野司和王震司令员报告，一面命令一团改变原来计划，掉头向东围歼敌一二三旅。

我们这一行动被野司批准以后，政治部的同志立刻分头到各团去做政治动员工作，发出了响亮的号召："坚决消灭一二三旅，活捉刘子奇！"全体指战员不管敌人的炮火多么猛烈，敌机如何猖狂，仍不断地前进着。大家只有一个信念：坚决消灭敌人。

二团投入战斗，加强了常高山阵地的防御力量，敌人的进攻被迫减弱了；一团也迅速向常高山右翼迂回过去。与此同时，新四旅也迅速向右翼猛插，包围圈越缩越小。眼看包围圈就要合拢，这时候，在我们新四旅、教导旅东面的接合部位上，有三纵的一个部队，他们原来尾随一二三旅，策应新四旅抗击。正在这节骨眼上，他们不了解我们的意图，把部队向东收缩了一下，准备去抗击刘戡的增援部队。他们一走，势必丢下一个口子，使敌人有突围的可能。新四旅张贤约旅长看到这个情况，即令一个侦察参谋前去联系。那个参谋同志接受命令后，一气爬了几个山头，才追上那里的后卫部队。这时候他们只剩下一个连尚未撤走，参谋找到该连的指导员，气喘吁吁地说："新、教两旅……要吃掉敌人一二三旅……旅长请你们留下……堵住……"这个优秀的共产党员传达完命令之后，便昏倒在地。他们得知这个情况后就留下来，堵住了这个口子。至此，我军在沙家店、常高山一线将敌三十六师切成两块，分割包围起来。

四

现在的钟松，犹如热锅上的蚂蚁，他将唯一的希望寄托在刘戡身上，等他来解覆巢之危。殊不知刘戡因"援榆不力"，挨了胡宗南一顿大骂，本来对钟松就有一肚子的气，这次，辛辛苦苦赶到黄河岸边，又没有发现"共军"主力。所以接到胡宗南"增援钟松"的电令以后，心里更是窝火，故意迟迟不前。他率四个旅的兵力，直到二十日下午才到了乌龙铺以南。在这里，遭到我三纵及绥德分区的四、六团的迎头痛击，连他的警卫队也给冲散了，不少人当了俘虏。刘戡被我军死死阻住不能前进一步，虽然距钟松只有三十余里，却是"爱莫能助"。

刘戡被阻，我们完全解除了后顾之忧。我旅二团攻下常辛庄以后，乘胜拿下几个山头，一团协同二团迂回包围。这时，新四旅也从左翼节节逼近。两把钳子死死卡住，在黄昏以前，将敌一二三旅干干净净地消灭了，刘子奇本人也当了俘虏。

那位"援榆有功"的钟松，快到黄昏时分，叫天天不应，叫地地不灵，正在暴跳如雷，我一、二纵队围歼三十六师的总攻开始了。钟松见大势已去，于是和一六五旅旅长李日基换上便衣溜之大吉。敌军因援兵无望，主将逃跑，军心更加动摇，在一、二纵队的猛烈攻击下，敌三十六师师部与一六五旅也被我军全部歼灭。

战后第二天，我奉命到东原村参加野司召开的旅以上干部会议。毛主席、周副主席、任弼时同志驱马前来祝捷。毛主席和我们握手时笑盈盈地说："此战是彭老总指挥得好啊！"沙家店战役的胜利，是毛主席"集中优势兵力，各个歼灭敌人""先打分散和孤立之敌，后打集中和强大之敌"的作战原则的胜利；是毛主席"蘑菇战术"的胜利。在西北战场上，由于有毛主席的直接领导，由于边区人民的大力支援，我们在大量歼灭敌人之后，由防御转入了进攻。沙家店战役就是西北战场上由防御转为进攻的转折点。

沙家店战役结束后的第三天，我陈赓兵团以雷霆万钧之势，从潼关以东跨过黄河，切断了陇海铁路。潼关告急，西安吃紧，胡宗南连忙叫刘戡放弃刚刚拿到手的葭县、米脂、绥德，调集其八个旅的兵力仓皇南逃，我军乘胜追击。

我西北战场的反攻开始了。

我们站在陕北的黄土高原上，望着敌人狼狈逃窜的情景，更深刻体会到毛主席过"山坳"的英明预断。"蒋家王朝"即将崩溃，全国胜利即在眼前！

大青山上红旗飘

姚 喆

姚喆（1906—1979），湖南邵阳人。1925年参加革命。文中身份为八路军大青山游击支队参谋长，骑兵支队副司令员、司令员，绥察行政公署主任。新中国成立后任总高级步兵学校校长，武汉军区副司令员。1955年被授予中将军衔。

一

一九三八年七月，我三五八旅七一五团奉命挺进绥远（旧省名，一九五四年撤销划归内蒙古自治区）敌后的大青山地区，开辟抗日根据地。

出发前，师政委关向应同志亲自从岚县赶到团部驻地贾家堡，向我们作了指示。他说："开辟大青山抗日根据地具有特别重要的战略意义，不但可以沟通我晋察冀、晋西北抗日根据地与陕甘宁边区的联系，而且还能控制平绥沿线的广大富饶地区。"他又说："国民党军队把绥蒙大片国土丢给了日寇，我们要再从日军手中夺回来！在日寇铁蹄践踏下的三百万蒙、汉同胞正等我们去解放哩!"最后，他还谆谆教导我们：只要时刻遵循党中央的指示，放手发动群众，紧密地团结各族人民，就一定能够克服任何困难，走向胜利。

参加这次行动的，还有由太原成成中学师生组织起来的独立游击第四支队和一部分动委会干部。遵照师首长的指示，我们统一组成了"大青山游击支队"，由旅政委李井泉同志统一领导。七月末，我们这支三千多人的"游击支队"便从晋西北的五寨出发了。

部队沿着崎岖的山路，不分昼夜地向着大青山挺进。不久前，侵占绥远的日军黑石旅团打退了国民党三十五军的"戏剧性"的反攻，更加趾高气扬，大肆叫嚣："中国军队再不敢来绥远了!""谁来就消灭谁!"我们的行动对敌人是当头一棒。日寇风闻我部北进，赶忙调集了两个旅团的兵力，并有空军配合，层层密布在闪城，左云、右玉沿线，日夜巡逻，妄图阻止我军进入绥远。我们在井泉同志指挥下，可打则打，能绕则绕，不几日，即从右玉的台子村、凉城的文成村，连续突破了敌人的几道封锁线，进至绥南的太平寨，然后又穿过平绥路，直插大青山区，绥远地下党早在这里组织了一支内蒙古抗日游击队，他们经过了一段艰难曲折的斗争，现在已发展到一二百人了，我们一到，便派人前去联系。终于，在一天深夜里，我们与杨植霖同志率领的这支游击队胜利会师了。

大青山横亘于绥远的中部，东西长四五百里，南北宽五六十里。山南是肥沃的平川，山北是绿毯般的草原。这里住的大都是蒙、汉族人民，也有少数回族和满族，盛产莜麦、山药蛋，畜牧业也很发达。过去人们常说："绥远有三宝——莜麦、山药、羊皮袄。"自从鬼子侵占以后，日伪据点林立，白天黑夜枪声不断，鬼子、伪军、土匪、团团子（国民党的"自卫军"），你夺他抢，奸淫烧杀，弄得百姓东奔西逃，流离失所，茫茫草原被一片哀伤、忧苦所笼罩。

要组织群众抗日，必须首先打击一下敌人的气焰，使群众的生活稳定下来，因之，我们到达大青山区的第二天即东袭陶林城，歼敌一部；继于九月十四日夜，又北攻乌兰花，全歼守敌百余名。同时，我二营一部于归（绥）武（川）公路上的蜈蚣南设伏，击毁由归绥（今呼和浩特）出援之敌汽车十余辆。接着，井泉同志率三营向绥西挺出，又连克石拐子、萨尔沁和后窑子矿业公司等地，歼日军百余及伪军六百多人。连遭我军打击的敌人，惊慌之余，急调莲台师团五千余及伪蒙军两个师，分五路向我展开"围剿"，企图乘我立足未稳一举歼灭我军。我们遂将部队以营、连为单位分散，并将原四支队的同志及动委会的干部组成许多随军工作组。采取分散活动的方式，发动群众，展开游击战争。游击小组到处袭击敌人，主力则避开敌人的锋芒，巧妙隐蔽，伺机而动。我们的游击小组常常牵着敌人的鼻子来回转圈，弄得敌人整日东奔西窜，疲于奔命。敌人千方百计寻找我主力作战，但到处扑空，到处遭我打击，却始终摸不清我主力的去向。有一次，由陶林和旗下营来犯的两伙敌人得知大滩驻有我军的消息后，同时向大滩扑来。当夜他们同时发起攻击，双方都以为抓住了我军主力，互相对打得十分激烈。一直打了四个钟头，才发现我军早已离开了该地。就这样，我们灵活地运用了游击战术，终于粉碎了敌人的"围剿"。

这一系列的胜利，大大鼓舞了群众的斗争信心。趁此有利时机，我们大力开展了宣传动员工作，人民积极靠拢我们，纷纷奔走相告："真正的中国军队来了！""八路军真是人民的子弟兵！"由于我军所到之处，尊重蒙古族的风俗习惯，纪律严明，秋毫无犯，广大蒙古族人民很快改变了以往那种敌视汉人的态度，积极支援我们。他们说："如今汉人与汉人不一样了，过去国民党来抢我们，现在共产党来帮我们。"有一次，一营路过乌拉山东公旗时，该旗群众热情欢迎，并以马草、燕麦相送，临别时还告诉我们："以前我们是见了汉人军队就开枪，以后你们打面红旗就不会发生误会了。"没有多久，我们便在归（绥）武（川）公路以东的绥中和公路以西等地区，建立了各级抗日团体。大青山区一改过去动荡不安的混乱局面，草原上开始出现了生机勃勃的景象。

二

由于国民党一贯纵匪害民，绥远地区的土匪多极了。其中较著名的匪首有康德胜、萧顺义、夏军川等。这几股匪徒，多者几千人，少者数百人。他们与日寇、国民党反动派互相勾结，有时收缴我零星人员的枪支，有时抢劫我军用物资；当日寇向我进攻时，又常常阻挠和妨碍我军的行动。多次争取他们团结抗日，终无结果。这是我军前进道路上的障碍。对于群众，他们更是无恶不作，常常向老百姓要钱、要粮、要大烟，声称"豌豆皮也能榨出四两油来"，只要有人喝一声，"干豌豆"来了，就连六七岁的小孩子也吓得直往母亲怀里钻。这帮土匪，"天天要过大年，夜夜要入洞房"，每过一地，就像大水冲坡一样，被冲得精光。为保护群众利益，进一步稳定社会秩序，以利于对敌斗争，我们决定集中兵力，各个扑灭这些土匪。

在一个漆黑的夜晚，我们以五个连的兵力，围攻流窜到土城子一带的康德胜匪部。十一点钟光景，我们发出了攻击信号。霎时，清脆而密集的枪声，划破了寂静的夜空。那帮土匪都还在屋子里抽大烟哩，枪声一响，他们就像被捅破了窝的马蜂一样，乱哄哄地仓皇溃逃。有的被打死，有的做了俘虏。这次我们缴获了数百匹马，还救出了三四百名被匪徒们抢去的妇女。

第二天早晨，太阳刚刚露出山头，乡亲们知道我们打跑了土匪，就都扶老携幼，纷纷从山沟里跑来领人。有父母领女儿的，有丈夫引妻子的。那些妇女，深受了匪徒的凌辱和毒打，一和亲人相见，又喜又悲，纷纷向我们控诉匪徒们的罪行。这时，我们又叫老乡们把他们的马领走，很多群众感动得含泪向我们道谢。一个姓王的老乡看了看我们的衣着，向大家说："乡亲们！八路军打日本、剿土匪，保护咱们老百姓，真是咱们的大救星。现在天气这样冷，他们还穿着那么单薄的衣服，我们应该给他们想办法呀……"这一下，正说到群众的心坎上，当天下午，老乡们就给我们送来了很多皮衣，鞋袜，另外还有大批牛羊肉。部队离开村子时，男女老幼都出来送行，依依不舍。此后，我们又先后消灭了夏军川、萧顺义等匪部。我军不断打击日寇，消灭土匪，直接保卫了群众的利益，群众更加拥护我们、热爱我们、支持我们，他们用爬山歌的调子歌唱："八路军是神兵，专打土匪、小日本；八路军，爱百姓，朋友要交八路军。"各族青年纷纷带着枪、骑着马，前来参军。在此有利形势下，我们又派出大批工作队，协同专、县、区干部，广泛深入地发动群众，对敌展开抗粮抗税的斗争。同时，我们还争取、团结了一些比较开明的上层人物。不久，抗日的热潮便以汹涌澎湃之势，在草原上掀了起来，在团结对外的口号下，各个阶层的人民都卷入了斗争。一次，有个要饭的老乡，听到日寇要袭击我们游击队的消息，饿着肚子，跑了几十里路，向游击队报告情况，结果游击队安全转移了，使鬼子的骑兵扑了个空。事后奖励了这个人。从此，他更加积极，还要他的同伴组织起来，经常协助我们侦察敌情。他们自称是"抗日特别纵队"。

三

大青山地区，冈峦起伏，村落稀疏。冬天雪深地冻，战士们穿得多，背得重，行动非常不便，而敌人都是骑兵，在广阔的草原和崎岖的山地上，行动非常迅速。这里流传着这样一首歌谣："看山不见山，走山如连川，骑马一硼子，步行得半天。"这说明马在这里是多么重要。战士们早就谈论："什么时候有马骑就好了！"

为适应对敌斗争的需要，我们决心搞一批马匹，把骑兵建立起来。因此我们一面向开明士绅宣传"有钱出钱、有力出力、团结抗日、合理负担"的政策，向他们募捐，另一方面积极歼灭敌人，从敌人手中夺取。当地游击队大力支援了我们，他们把袭击伪蒙军牧场时缴的一百多匹马，全部送了来。老乡们听说我们要建立骑兵，也自动献马、献鞍具。不久马匹就基本上解决了。

但有了马，不等于有了骑兵，还有许多没有想到的困难。群众送来的马，大都是"草马"，人一接近，又踢又咬；有人骑上去，不是前蹄直立，就是后腿乱尥蹶子。有的战士根本骑不上去，急得直拍马头，给马说好话，也有人把马拉在土坎下面，人站在高处往马背上跳，往往因用力过猛，从这边上去，又从那边摔下来。我们司令部有个摇机班长，骑在马背上身子左右摇摆，活像个"拨浪鼓"，骑不多远就摔得四脚朝天，每次他一上马就笑得人肚子痛。学骑马不容易，学喂马就更难了。开始时，当地群众看我们不懂骑术，又不会喂马，便主动来教我们。战士们为了当好骑兵更有力地打击敌人，人人对马都着了迷，在群众的热情帮助下，经过一段刻苦学习，骑马、喂马的本事很快学会了。什么"脚尖跟镫、身略前倾、两腿夹紧、屁股坐稳""草膘、料劲、水精神""草短、料净、水要清"成了大家的口头禅。

当时，我们的口号是："一边打仗一边建，一边行军一边练。"每天早晨，整排整连的骑兵，迎着初升的太阳，飞奔在草原上，展开跑马比赛，马上瞄准，马上劈刺。一眼望去，个个健如猛虎。有次跑马比赛时，我问道："小伙子们，怎么样？"战士们骑在马上，挥着战刀说："参谋长，美得很，敌人来上千儿八百，也不够我们收拾！"到了下午，战士们骑着马，在归营的路上，唱起了自编的歌曲："大青山上，马成群，兵成林，千军万马打日本……"

困难在战士们面前退却了。一九三九年初，我们已一人一马，从步兵变成了一支威武的骑兵部队，这就是人们熟知的大青山骑兵支队。我七一五团主力调往冀中时，这里只留下四个连坚持游击战争，但在蒙汉人民的大力支援下，如今我们的铁骑兵越战越强。

就在这年春天，在日寇的政治诱降政策下，蒋介石更加倒行逆施，到处制造磨擦事件，甚至配合日军向我根据地大举进攻，派军队向我们"收复失地"来了。和其他抗日根据地一样，大青山的形势也随之恶化起来。日军的"扫荡""围剿"更加频繁，而逃向黄河后套的国民党军队也蠢蠢欲动，迫使我们在与日军进行斗争的同时，还得对付国民党军队的进攻。

四月，归绥、陶林、旗下营、武川等地的日、伪军五六千人，又一齐出动，分六路向我绥中的五塔背、银矿山地区和绥南的蛮汗山区"扫荡"。这时国民党骑二军的郭希鹏、"东北挺进军"骑六师的王熙坤也率部向我进攻，形势十分严重。我们动员根据地群众坚壁清野，并把部队拉到外线，隐蔽转移至陶林东北地区，以游击活动打击敌人的侧背。敌人一进入我根据地，就都变成了"瞎子""聋子"，什么情况也不了解，只能东闯西撞，瞎摸一阵。一天国民党的骑六师在铁圪蛋沟一带被日寇包围了，鬼子以为抓住了我军主力，拼命地打。骑六师伤亡惨重，最后师长王熙坤带着他的残兵败将，仓皇北逃。当他在银矿山以东碰见我们时，再也顾不得"收复失地"了，一把拉住我的马头，哭唧唧地说："姚参谋长，你们八路军足智多谋，指挥有方，请统一指挥，我们一块行动吧！"我看到他那副狼狈相，抑制不住憎恶的感情，问他："贵军此来，是要从八路军手中'收复失地'的，怎落得这般下场？"他耷拉着肥胖的脑袋，活像个狗熊，丧气地说："别提了，这里的老百姓心向着你们，我们的队伍没到就都跑光了，没有粮食，连个向导也找不到，难啊！"我指着身边的两个蒙民向导对他说："谁抗日，人民就拥护谁；不抗日、专反共闹'磨擦'的军队任何时候都会碰得头破血流，王师长应从中汲取教训才是。"说得他面红耳赤，无言答对。

日、伪军一连"扫荡"了十余天，不仅什么也没得到，而且还不断遭我游击队的袭击，最后不得不缩回各据点去。这时，郭希鹏、王熙坤自知在大青山站不住脚，怕自己的部队被消灭，把官丢了，也夹起尾巴溜回山西偏关一带。我们取得了反"围剿"和反"磨擦"的双重胜利，根据地更加巩固了。

四

日军"扫荡"不成，就利用起"民众抗日自卫军"来，声称只打八路军，不打"自卫军"，并给"自卫军"划分防区，补枪发饷，以此进行诱降。

所谓"民众抗日自卫军"，本是反动的地主武装，诨名"团团子"。他们打着抗日的招牌，在"绥人治绥"的欺骗口号下，起初还得到一些发展，共有一万余人。在国民党绥远省党部书记张遐民策划下，他们还建立了伪政权，派出大批专员、县长与我们的动员委员会相抗衡，威胁群众，不准供给我军给养。这些部队，上至总司令，下至士兵，人人怀里揣着木猴子（大烟斗），手里提着鞭头子，腰里掖着绳头子，对蒙古族实行大汉族主义，随意掠夺、残杀蒙民，甚至还提出"抗日必先灭蒙"的反动口号。他们每到一村，把东西抢光，每到一家，把肉、面吃完。真像蝗虫一样。老乡们反映："情愿八路住十年，不愿'自卫军'打一尖。"有的骂他们："人吃饺子马吃料，没有姑娘不睡觉。跟日本鬼子是一路货！"蒙民则称他们是"助日灭亡国军"。这些民族败类本不以国家民族利益为重，哪里经得起日军的利诱？果然，三路总指挥王有功、四路的樊团、六路的王团、八路的杨团等部都先后投敌、公开进行反共反人民的罪恶活动，完全变成了日本鬼子的忠实走狗。

　　我们忍无可忍，便兴师讨逆，一夜之中，即将其各路指挥机关和大部主力歼灭，俘虏两千余名、缴枪千余支。在缴获的密件中，我们发现了三路总指挥王有功给日军的投降信。信中说："……功等早愿投顺效忠，苦无良机，兹幸汪先生倡导和平，功愿在皇军和新政府领导下，促进东亚新秩序的建设。望早日复示，功即率部同化归正。如此，大青山之八路军及其游击队，必可瞬自清除。新政府更形昌荣……"国民党的所谓总指挥，其卖国求荣，认贼作父，丧心病狂的程度，已至于此！

　　"自卫军"被我军消灭之后，日军更加惶恐不安，便拼凑了一万余人，分五路向我大青山腹地——银矿山、五塔背等地区展开了大规模的"扫荡"。鬼子推行其所谓"囚笼"政策，到处安扎据点，在山区和平川交界处，特别是在铁路沿线挖了许多又深又宽的封锁沟，在大小沟口，还用石头和水泥垒了高高的封锁墙。在战术上亦采用埋伏、突然袭击、小部队游击活动等战法，千方百计对我军合围。他们自吹自擂："八路军的骑兵，这下子可不能在铁路边来回窜了，根本下不了平川了……"敌人自以为手段高明，实际上是瞎子点灯——白费蜡。群众自动组织起来拆除封锁墙，填平封锁沟，还配合我军，日夜与敌人进行各式各样的斗争。在群众的大力支援下，我军采取了"敌进我进"的方针，四处出击，袭击敌人的后方，弄得鬼子晕头转向，自顾不暇。敌人这次"扫荡"仍和以往一样，一无所获。鬼子不得不承认："大日本皇军在征战中，还没有碰到过这样厉害的骑兵。"

　　一九四〇年八月，我们在武川西梁村召开了隆重的、富有历史意义的绥远各族、各界、各抗日民主党派的代表会议。到会代表二百余人，他们跋山涉水，冒着生命危险，通过敌人的层层封锁和严密盘查赶来赴会。为了防止敌人的突然袭击，我们的会搭起帐篷在山上开；环境虽然艰苦，但代表们的抗日情绪却非常高涨。会上，成立了"察绥行政办事处"，制定了察绥施政纲领，并做出了建立萨拉齐、武川、陶林、归武等九个县的民主政权的决定，把根据地的各项工作推向了新的阶段。从此，抗日的红旗便牢固地插在大青山上。

党岭山上

吴先恩

吴先恩（1907—1987），湖北黄安（今红安）人。1926 年参加革命。文中身份为红四方面军总兵站部部长。新中国成立后任原北京军区副司令员、顾问。1955 年被授中将军衔。

到达党岭山下，指挥部命令我们兵站部，必须在第二天下午两点半以前翻过党岭山，为部队筹备粮食。

早晨三点钟，我们从平均每人不到六两的粮食中取出三分之二，和着野菜煮一煮，"饱吃"了一顿。三点半钟，大家借着残月和星光出发了。走在最前面的是前卫营，随后是骑马的轻伤员和抬着重伤员的担架队，一个紧跟着一个，踩着刺透草鞋的菱角石，攀登着蜿蜒起伏的山道向前行进。

山谷里吹来一阵阵的冷风，沙石扑打着人们的脸，预示着一场风暴就要来临。眼前最重要的是和时间赛跑，按上级指定的时间翻过山去。否则，不但要饿着肚子在风雪中多耽搁一个夜晚，而且还将完不成筹粮任务。我不时掏出怀表，计算着时间和行程，发出"往前传：快走！"的口令。可是时间似乎愈过愈快，而行进速度却愈来愈慢了。人们的两条腿都不听使唤了，一双双肿胀的脚像穿了铁鞋，迈一步都要用尽全身的气力。

说来也难怪，一个月以来的艰苦行军中，同志们没有吃过一顿饱饭，不曾得到一夜充足的睡眠。一个个饿得肚皮紧贴脊梁，腰带已经收紧到最后一个洞了。人们边走边打瞌睡，肩上的东西和手中的"拐棍"不知左右调换了多少次，一个茶缸这时也觉得重有千斤。最艰难的要算担架员，他们双肩都被压得红肿，可还得小心翼翼地把握着担架的平衡，眼睛紧盯着前方，不能有半点松懈。这时，谁也不愿说话，唯恐嘴一张开，力气就会被风刮跑似的。"故事专家"老王和爱说爱笑的小通信员孙大刚也沉默了，只听到"呼哧呼哧"的喘息声。

"孙大刚，怎么不说话了？"走在我后面的张政委突然问了一句。

"我知道孙大刚为什么不说话，"没等孙大刚回答，老王就抢着开口了，"他正在想家呀！"

这倒弄得我莫名其妙了：孙大刚这孩子，自从十三岁参加红军，从来没说过想家的话呀！

孙大刚也愣愣地看着老王。老王不慌不忙地说："孙大刚看到党岭山，就想起他老家花果山来了。"张政委和我都笑了。孙大刚也不知哪儿来的一股劲，一边笑一边追打着老王。后面的人也都凑过来听笑话。老王跑着还大声说："人家孙大刚还要请他大圣爷爷用移山术把党岭山搬走，给后头的部队开路哪！"一时幽静的山谷里充满了愉快的笑声。

我又一次掏出怀表看看。张政委也正在给自己的怀表上弦，他那坚毅的眼睛里含着满意的微笑。是的，翻过山就是胜利！现在每走一步就接近胜利一步了。

忽然前面的人们骚动起来。接着传来使人震惊的消息：山上起了风暴！

霎时，只见从山背后升起巨大的土柱，遮住了太阳，狂风卷着积雪，积雪裹着沙石，像猛兽般吼叫着迎面扑来。人们牵着手伏在地上，背上背的茶缸被风卷起的沙石打得"叮当"作响，山地的中午变成了黄昏。

前卫营的通信员跑来了，上气不接下气地说："山上起了狂风，许多同志被卷进山涧！"这个突然的情况，迫使我们发出了就地宿营的命令。

天黑以后，风才慢慢地停了。人们升起篝火，忙着给伤员烧水、换药，也有的烘烤被汗水浸透了的单衣。马等不及饲养员找来树枝和野草，都啃起树皮来。我们宰了两匹牲口，把肉分给伤员，皮和骨头给工作人员分了。所剩无几的粮食一粒也没动，留着明天早晨吃了好过山。

上山前，听人家说过，山上若起大风，必有大雪。果然，这时大雪纷纷降下。

夜深了，我跟张政委去巡视熟睡的同志。雪越下越大，树上挂满了一尺多长的冰柱，篝火被雪压灭了，一些酣睡的同志被埋在雪里。于是我们赶紧抢救伤员，找寻压在雪下的人们……

巡视完毕，我们又回到帐篷里。张政委的身体本来就很坏，这时更是喘得透不过气来，脸和脖子都涨得通红。我走过去轻轻捶他那被二十七年雇工生活累弯了的脊背，过了好半天才听他喉咙里发出比较匀和的喘息声。

"老吴，"他把一根树枝放在快要熄灭的篝火上，笑了笑说，"我看，世界上的任何名画家也画不出今晚这雪景。"接着，他谈起给地主当雇工时，也是一个大雪纷飞的晚上，他躺在马棚里冻得不能入睡，地主却叫他把一条薄棉被给牲口盖上。讲完，他又说："扯远了，说眼前的吧，今天汇报，又牺牲了十五名担架员，情况相当严重。明天更是关键，山高雪厚，知道哪儿是路，哪儿是崖呢！"

我们正研究明天爬山的事，突然背后传来一个声音："部长，政委……"我们回头一看，见一个身上缠满了绷带的伤员爬到我们身旁；他那露在帐篷外的半截身子仍被埋在雪里。他吃力地抬起头，仰面看着我们。借着篝火的光亮，我们认出他是张营长。

我们赶快把他挽了进来，用身子顶住他坐在篝火旁边。

他带着这样重的伤，深夜从雪里爬来干什么呢？我心里反复地这样想着。

"部长，政委！"他瞪着两只深陷的眼睛，看了看我，又看了看政委，"你们刚才的话，我都听见了……眼前的情况我们都很清楚，我想过了，把我们扔掉吧！"他怕我们打断他的话，赶忙抢了一句，"这是为了革命着想呀！"

"每个红军战士，都是革命的种子，只要我们活着，绝不能把你们丢掉！政委刚刚把话说完，又不住声地咳嗽起来。

"首长，我想过了，为了好好保存革命的力量，我才……"他的话突然停住了。他咬着牙关，忍着伤口剧烈的疼痛，汗水从两颊流到腮旁。他用手狠狠地抹了抹汗水："我什么都想过了，从四川把我们抬到这里，一路上，给同志增加了多少负担，累死了多少同志啊！……我不忍心眼看同志们为我倒下去！留着你们……留着同志们革命吧！"他慢慢闭上了眼睛。

"张营长，张营长！"我俩齐声惊叫起来……

雪还在成团地落着，篝火只剩下几颗火星在闪烁。

度过了漫长的黑夜，掩埋了同志的尸体，我们又踏上了征途。久病缠身的张政委仍是打起精神走在前面，每到坡滑路陡的地方，他就挥着双手喊：

"同志们，走稳点！不要慌！"可是每次都被剧烈的咳嗽打断了。

走到昨天前卫营宿营的山崖下，发现有许多冻僵了的战友的遗体，被埋在雪里。我们发现了露在雪外的一只胳膊，他的拳头紧握着。跑上去掰开手一看，里面是一张党证和一块白洋，党证上写着：

"刘志海，中共正式党员，一九三三年三月入党。"

我取过党证和白洋，默默地低下了头："志海同志，你的党证和最后一次党费，一定替你转交给党。安息吧，同志！"

张政委站在悬崖峭壁的边缘上，检查由面前走过的每一副担架，伤员们看到虚弱的张政委，站在这样危险的地方，无微不至地关怀他们，有的感激得流出泪来，担架员们也都说："首长放心，保证完成任务。"

队伍不停地前进，张政委依旧顶着寒风站在高地上。他一边咳嗽，一边喊话，每吐一个字都要用尽全身气力，"同志们！努力！前进，前……进……"

忽然他的沙哑的声音中断了，身子一歪倒在雪地上，警卫员吃惊地叫着："政委，政委，醒一醒！"张政委慢慢睁开眼睛，看看周围的人们，又看看行进的队伍，吃力地站了起来，勉强笑了笑说："你们走吧！我……我不行了！同志们！……全国人民在盼望我们……"他转身把脸紧紧贴在警卫员的脸上，而后又扑在我的身上，紧紧地和我握了一下手，无力地倒了下去……

我们扒开积雪，含着泪掩埋了张政委，把他留下的那只怀表上紧了发条，迎着北风，踏着战友们没走完的路，继续向山上走去。

塔山奋战六昼夜

吴克华

> 吴克华（1913—1987），江西弋阳人。1929年参加革命。文中身份为东北野战军第四纵队司令员。新中国成立后任炮兵司令员，成都军区、乌鲁木齐军区、原广州军区司令员。1955年被授予中将军衔。

一九四八年九月十二日，伟大的辽沈战役开始了。我军首先向北宁路锦（州）唐（山）段进军，十一纵及独立四、六、八师，一举歼灭了昌黎、北戴河、绥中、沙后所的敌人。接着，我们四纵和九纵则以迅速隐蔽的动作，突然插到锦州、义县之间，把锦北重镇义县严密包围起来。随后，我纵奉命将攻城任务交给刚刚赶到的三纵和二纵五师，急转南下至锦西、兴城间，以十师攻下兴城，形成对锦西的包围。这时，由四平地区南下的我军主力云集辽西，展开了合围锦州的行动。

我纵在一九四七年冬季攻势中，曾连克敌人坚固设防的鞍山、辽阳。一九四八年春季以来的半年军政大练兵，又专门学习了"大兵团、正规化、攻坚战"。因此，战役行动开始，指战员的眼睛都紧盯着锦州城，一心要把练就的本事往那里施展。这时，眼看兄弟部队一个劲往锦州边上靠，而自己却跑出老远来警戒敌人，急躁情绪不禁油然而生，纷纷要求北上攻城。攻城呼声正高时，东北野战军首长电令我们：即回师塔山、高桥地区，与十一纵及独立四、六师统归第二兵团指挥，阻击锦西、葫芦岛援敌。

原来，敌人一向错误地判断我军要打必然先打长春，把注意力放在北线，数日来突然发现我军不顾战线绵长和运输补给困难，敢于在它的侧后迅速采取进攻的行动，主力展开于锦州城下，内部便发生了极大的混乱。蒋介石也如梦初醒，飞到沈阳疾呼："东北局势好坏在此一战"，一定要"夹击共军主力于辽西走廊"；急令沈阳"剿总"组织廖耀湘西进兵团出辽西，又令华北和山东国民党军抽调七个师海运葫芦岛，会同锦西原有的四个师组成东进兵团北上，企图解锦州之围。锦（西）、葫之敌，要增援锦州，必须夺取塔山，否则就不能解锦州之围。坚守塔山，阻击锦、葫援敌，这就是野战军首长交给我们的任务。

部队要求攻坚的思想当然一下子转不过来，靠着夏季新式整军运动打下的思想基础和高昂的求战情绪，部队边行军边动员，急速向东开进。六、七两日，先后到达塔山、白台山、高桥等地区，夜以继日地勘察地形、构筑工事、部署部队和进行政治动员等。此时，去总部谒见野战军首长的纵队政委莫文骅同志回到部队，传达了首长的口头指示。指出：塔山阻援战斗意义十分重大，要消灭东北国民党军，必须先从辽西开刀，封闭入关的通路，使敌人逃不出东北；要取辽西必须拿下锦州，而要拿下锦州，又必须把近在咫尺的锦、葫援敌堵住。因此，能否把援敌阻于塔山以南，就成了锦州能否攻克的关键。并再三叮嘱我们，一定要把阻援的意义向全体指战员讲清楚，使大家明确此次阻援绝不比攻城任务来得轻松，拿不出过硬的本领是顶不住的。当我们把这一指示精神层层传达下去以后，广大指战员受到了极大的鼓舞，混乱思想一扫而光，立即掀起了更高的奋战热潮。

塔山堡是辽东湾上一个百十户人家的村庄，位于锦州与锦西之间，东临渤海，西接白台山、虹螺山，紧贴锦西高地，两锦公路穿村而过，北宁铁路于村东一公里处与公路平行北上，是锦、葫敌人北进的唯一通道。我军的防线就以塔山堡为中心，东至海边，西至白台山、北山，正面十二公里半。这里，北距锦州外围不到二十公里，南距锦西敌人的前沿阵地只一两公里。敌人占据的塔山南面的大东山、小东山、影壁山一线高地居高临下，我军阵地全在敌炮火射程内，容易被敌控制，却又来不及修筑坚固的防御工事。而且必须像一颗坚硬的钉子，钉下去就不能动了。我军以单一兵种抵抗敌人的陆、海、空联合进攻，兵力上敌众我寡，装备上敌优我劣，地势上敌高我低，敌有坚固工事作进退依托，而我又准备时间仓促。这一切，都预示着这一场较量将是十分严重的。

野战军首长不断给我们以具体而明确的指示："……两锦敌人相距只三十余里，故我军绝对不能采取运动防御方法，而必须在塔山、高桥及其以西以北部署顽强勇敢的攻势防线，以四纵一两个师兵力构筑工事，准备在此线死守不退，在阵地前近距开火，大量消耗敌有生力量；准备抵抗数十次猛烈进攻，待敌消耗疲劳进退两难之时，再集中十一纵全部及四纵一两个师兵力组织反突击，将敌大量歼灭于我阵地之外。""你们必须利用东自海边西至虹螺山下一线约二十余里的地区，作英勇顽强的攻势防御，利用工事大量杀伤敌人，使敌人在我阵地前横尸遍野……而使我军创造震动全国的光荣的防御战。""目前需以极正规紧张的精神构筑阵地……准备白天打毁夜间立即修起……"

八日上午，我和莫文骅等同志带领全纵团以上干部到前沿勘察地形，下午在塔山堡召开了会议。根据上级首长的指示和部队的任务，详细讨论了纵队决心、阵地编成、敌人特点、我军打法及兵力部署等问题。我们认为，塔山地区为中等起伏地，敌人在海、空军火力支援下，便于展开攻击；但该地又临海傍山，敌人不便从两翼迂回，我防御正面虽有十二公里半，但便于敌人进攻的地形只有八公里，敌人不可能展开更大的兵力。据此，依据力争将敌人挫败在我阵地前沿、一旦阵地被突破也有足够力量将其消灭在阵地内的原则，决定以十二师全部展开于东自打鱼山、西至白台山一线，十一师三十二团展开于北山之前，重点守备塔山堡、塔山桥（铁路桥）和白台山等足以支撑全线的主要阵地。为了保证有足够力量持续不断地反击敌人的连续冲锋，第一线师、团均以三分之一到三分之二的机动力量作二梯队，十师全部及十一师三十一团、三十三团则于一线部队侧后，按纵深梯次配置，作全纵预备队。

于各种军事准备的同时，还进行了反复深入的政治动员。纵队召开了阵前二届士兵代表大会，纵队党委发布了《告全纵指战员书》《致全体共产党员信》，号召全纵"寸土必争，与阵地共存亡"，保证打好这一仗。各部队在插着"死打硬拼，人在阵地在""让敌人尸横遍野，血流成河"等标语牌的阵地上，举行了庄严宣誓。十二师江燮元师长指着自己的指挥所对部队说："我的位置就在同志们身边，为了保证锦州作战的胜利，我随时准备献出自己的最后一滴血！"十师李丙令政委在干部会上说："为了粉碎敌人增援锦州的企图，我誓与同志们同生死共患难，抛头颅洒热血，而不后退一步！"这种钢铁般的誓言表达了全纵指战员们的共同决心。

晚上，下起了倾盆大雨，部队冒雨继续抢修工事。入夜以后，二兵团程子华司令员赶来纵队驻地九户屯，了解备战工作。

第二天一早，我陪同程司令员视察阵地。沿途只见战士和民工们，有的驾着车、赶着马，有的用肩扛、用手抬，把无数的弹药、器材，运往前线。各个阵地上都在紧张地抢修工事，广大指战员斗志昂扬，靠着一双双的手，用一锹锹的泥土和一块块的石头、木板，修筑掩体、隐蔽部、堑壕、交通壕。虽然汗流浃背，沙土满面，但仍不顾疲劳，埋头苦干。我们在抢修工事的人群中，看到十二师潘受才政委，三十四团焦玉山团长和江民风政委等带头扛枕木运铁轨，周身溅满了泥水。我不禁又爱惜又责备地说："这样干不得了，两天来部队做工事很疲劳，干部要分分工，战士要换换班，要注意适当休息！"

江民风同志笑着说："战士们都不愿意休息，都说平时多流一滴汗，战时少流一滴血，恨不得一夜就把工事做起来！"

焦团长也接着说："什么都不成问题，就怕做工事来不及。"

我们走到另一处，二连一个班的战士们正在讨论防御演习。程司令员问战士们：

"同志们，有信心挡住敌人吗？"

"放心吧首长，敌人想去锦州，放下武器可以，不然就比登天还难！"战士们异口同声地回答。

他们的指导员宋子佩同志从中站起来说："我们的工事是简陋些，但我们这些小老虎一般的战士们在这里，它就变成铜墙铁壁了。"

程司令员对干部、战士很关心，走到每个阵地，都亲切地向同志们问好。当看到大家在争分夺秒地抢修工事，关切地对我们说：要把部队组织好，干部战士要换换班，轮流休息，保持体力。并指示我们：要采取措施，伪装好阵地，配置好侧射火力，特别是塔山堡的阵地要加强，这是敌人必然要争夺的地方。我们当即表示：一定按照程司令员的指示，把战前的各项工作做好。

我们怀着满意的心情，从这个阵地走到那个阵地，从前沿走回纵深，看到全纵上下，前方后方，机关部队，人人都在紧张地准备，动脑筋想办法。纵队党委的战斗号召已经成为每个指战员的实际行动了，我塔山阵地行将成为一堵牢不可破的铜墙铁壁，进攻的敌人在这里一定会碰得头破血流。

十日拂晓，敌人不待烟台的三十九军到达，便在飞机、大炮和海军舰炮的掩护下，以新六军暂六十二师、五十四军八师、六十二军一五一师向我阵地扑来。这时，我军大部分工事还未筑成顶盖，前沿还没有设置障碍物，交通壕仅挖掘了一部分。

四时，我们从九户屯赶到前方指挥所，几个参谋已抱着电话收听战报了。敌人来势凶猛，塔山全线接敌。白台山遭轰炸，大部分工事被破坏。由于我军正在修筑工事，有几个还未修好工事的小高地和东面濒海的打鱼山半岛被敌抢占。仗还没怎么打就丢了阵地，真令人十分着急。我立即和十二师指挥所通电话，对江师长说："迅速组织短促反击，夺回阵地！绝不能一开头就叫敌人逞凶，要打掉它的威风，打下它的气焰！"

放下电话，我感到大地在猛烈抖动，土块落了我一身。原来敌人的炮弹已经打到我们指挥所旁边了。这个指挥所原是敌人的旧碉堡，低矮、狭窄而阴暗。我们席地铺些高粱秸，装几部电话，展开几张地图，碉堡外设一架炮队镜，就在这里指挥作战。激战已波及远离前沿的纵队指挥所了，前沿又如何呢？

前沿却传来了胜利消息。十二师报告：经过连续反击，丢失的几个小高地均已夺回；只有打鱼山因海水上涨，被淹为孤岛，无法接近。天亮后，我走出碉堡，想看看前沿情况，只见南半天烟尘密布，浓烟与海雾遮盖了一切，从炮队镜里，也看不清阵地面貌。

四部电话机铃声不断，参谋们背对背，把头依在墙角下大声喊叫。光是瞬息万变的战况报告就应接不暇了。

各部报告的情况大体是这般情景：敌机低空投弹，炮弹密如蝗群，几十分钟落弹五千余发。工事全被摧毁，铁轨枕木漫天飞舞，平地犁松了几尺土。炮伤甚大，一部分人震昏，耳鼻出血。敌冲锋队形密集，连、营、团长带头，督战队压后，不顾地形条件，犹如一群疯狗，任凭怎样射击，还是毫无知觉似的"哇哇"叫着往上冲。前面倒下了，后面的踏尸而过，一梯队垮下去，二梯队上；二梯队垮下去，三梯队、四梯队上。炮击一阵，冲一阵，冲一阵，炮击一阵。一次进攻被打退，二次进攻接踵而来，打也打不光，堵也堵不住。拼死命冲上来的敌人和我军战士绞在一起，抓头发、揪耳朵、摔跤、滚打，拼老命地干。我前沿掩体、碉堡、交通壕、堑壕，得而复失，失而复得，呈现拉锯状态。

这就是说：蒋介石把中原战场的"饭馆子"战术搬来了，大碗酒大块肉猛往上端，叫我们吃不光喝不尽，想撑死我们啊！

我思考着前沿发生的一切。看来，我们给敌人后梯队的教训还不够。随即叫李参谋长通知炮兵：集中火力轰击敌后梯队集结区域，叫敌人的冲锋接不起捡来；并告诉部队加强阵前反击和二梯队反冲击。敌人不让我们喘口气，我们也叫他舒服不了。

这一着很见效，前沿纷纷来报：我猛烈炮火将敌后梯队集结区打得山崩地裂，集结中的敌人被打得鸡飞狗跳；我趁敌后续力量接应不上的当儿，全力反击其冲锋队，一举将敌击溃。前沿部队异口同声地称赞："炮兵老大哥干得漂亮！"

但不久，敌人更猛烈的进攻又开始了，各阵地都在白刃血战。在敌人面前，我们的战士表现了大无畏精神和革命英雄主义的气魄，越战越沉着。

敌炮击，他们进入侧后交通壕隐蔽；敌炮火延伸，速返前沿迎击敌人。连、排、班、组不待上级命令，适时地组织强有力的阵前反击，预备队在紧要关头如铁拳般打出去，一次又一次把敌人的冲锋队伍打得溃乱不堪。我三十六团在白台山阵地与敌一五一师主力交手，在三十五团反冲击配合下，给敌人重大杀伤。

在火与血的拼杀中，战士们创造了多少可歌可泣的英雄事迹啊！不少人拉响最后一颗手榴弹与敌人同归于尽，不少人带着数处刀伤与敌人拼杀，有的腰折骨断、双目失明、耳聋口哑，仍在投弹、装子弹、呼口号，坚守阵地，有些阵地由伤员防守，许多人在咽下最后一口气时还在高呼："同志们，我不行了，坚决消灭反动派，为阶级弟兄报仇啊！"

激战至下午四时许，打退了敌人的九次进攻后，我纵再组织强有力的反击，以师、团二梯队对付敌人的最后一次进攻。猛烈炮火将攻我高家滩村的敌人一个营后路切断，经激战将敌尽歼，生俘二百八十余名。此时适逢海潮退尽，我十师二十九团一营猛袭打鱼山，全歼守敌，打鱼山重回我手。

入夜，苦战竟日的部队就阵地吃顿饱饭，又冒着敌人的炮击，开始重修工事。

各种迹象表明：敌人在全线试战后，明天很可能重点攻我中心阵地塔山。纵队派出一部分预备队协助塔山加修工事，整顿部队，并将主要炮阵地前移至塔山西北高地，准备迎接新的更激烈的战斗。纵队还令各部队组织坚强的小分队，利用夜间插到敌人纵深，进行侦察、捕俘、袭扰，以搜集情报和疲惫、迷惑敌人。部署完这些工作之后，将一天的战况和下一步的决心，报告了上级首长。

回顾这惊心动魄的一天，我不由得想起了所经历过的一些严酷防御战斗。远在长征时，我在五军团三十七团工作，我们团就曾屡次参加阻击敌人的强大追兵，掩护中央机关和红军主力巧渡金沙江，强渡大渡河，北上与红四方面军胜利会师。那时是我军在敌强我弱的情况下作战略转移，每打一仗，所遭遇的困难，所承担的风险，更是严重得多。尽管如此，我们还是挫败了敌人，胜利北上，完成了举世震惊的二万五千里长征。现在我们又来打防御战了，但是情况也远非昔比了。就整个战场来说，今天是我军发动了消灭东北国民党军的决战，而敌人则完全处于被动挨打的地位。

我军的防御是进攻中的主动防御，敌人的进攻则是防御中的被动进攻。这样，尽管蒋介石为了挽救锦州进而挽救全东北的厄运，在这里投下了最大的赌注，但是正如俗话所说，敌人已是"河沟里的泥鳅"，翻不起大浪了。

翌晨七时，敌人又以四个师，改用中央突破的方法，在两翼猛攻塔山桥和白台山阵地的策应下，全力突击塔山。战斗开始，先来一小时火力急袭。一响百十发的炮弹，呼啸而下的巨型炸弹，从前沿排击到纵深，又从纵深排击回前沿，使我整个阵地形成一片火海。接着整连整营的敌人，向我阵地冲击。攻我塔山堡的敌八师一个团，由团长带头冲锋，被我军打退后，再打炮两千余发，待我阵地被烧焦后，又扑上来。守在塔山村头的三十四团一连与敌拼杀伤亡过大，敌乘虚突入村沿三间民房。情势万分危急时，一营副营长鲍仁川越过炮火封锁进入村内，组织一连零星人员及文书、通信员等与敌抗争。后来营的预备队赶到，与敌逐屋争夺，搏斗二十分钟，才收复了阵地。

这一天，从早七时至下午四时，连续九小时厮杀不断，战斗远比第一天激烈，三个主阵地均一度被敌突入。我英雄部队在工事不坚固、炮火处于劣势、阵地狭窄、地形不利等等困难条件下，凭着杀敌复仇的高昂士气和顽强的战斗作风，拼勇敢，拼办法，拼持久精神，终于将敌人的疯狂进攻打退。退下去的敌人在距我前沿一二百米处构筑工事，企图造成对峙局面。为了除掉当面压力，纵队组织师、团二梯队，在猛烈火力掩护和前沿各守备分队的密切协同下，再次实施猛烈的反冲击，将敌人赶回老窝。此时，担任攻城的兄弟部队已逼近锦州城垣，除配水池、大疙瘩等几个坚固据点外，锦州外围已被扫清了。

第三天，敌人只展开四个团的兵力进行小的进攻，同时以数百门大炮向我纵深阵地猛烈轰击，飞机轮番轰炸扫射。在敌纵深各高地上则有大批军官向我阵地反复窥探。我们判断，敌人是在侦察我方情况，选择突击方向，准备调整部署，发动更大规模的进攻，敌人的注意力主要放在我塔山堡以东阵地。查明敌情后，纵队指示各部队抓紧时间加修工事，调整部署，整顿组织，号召部队准备迎接前所未有的恶战。

这一天，在连日激战中边打边修的工事普遍得到加固，并弥补了一些空白点，在前沿设置了铁丝网和鹿砦，工事面貌焕然一新。由于部队伤亡较大，许多连队行政和党的组织已不健全，合并了一些建制，提拔配备了一批干部，吸收了一部分积极分子入党。各部队抓紧战斗间隙，都展开了活跃异常的政治工作。虽然敌人整日炮击、轰炸不断，阵地上却显得轻松愉快，评功、查功、补功、庆功活动搞得十分热烈。向部队宣读了野战军首长的嘉奖电，奖章、奖旗发到前沿，宣传队火线慰问，慰问信、慰问品分到战士手中，兄弟部队互相贺功，晚上宣传队在阵地上组织贺功晚会，就地编写、演唱英雄人物事迹。各部队还普遍进行了战评，根据地形和敌人进攻的特点，研究出一套打法，甚至评论了每个人的单兵动作。

由于十二师两日苦战伤亡很大，即于当日调整部署，缩小其防御正面，塔山堡以东阵地交纵队主力十师接防，另将十一师三十一团前移，拨归十二师指挥。同时，经兵团批准，将十一师三十一团阵地移交十一纵，三十二团撤出第一线，列入纵队预备队。如此调整后，一线防守和预备队的力量均大大加强了。

部署调整后的情况已经向上级汇报了，明天的防御任务也向下布置好了，但我还是默默地沉思，反复考虑着。正当这时，作战科长李敬昌同志向我报告各部队已遵照纵队的命令，于晚十二时以前，都一丝不苟地进行了阵地交接。十二师三十四团三营在浴血战斗中打红了眼，坚决要求在自己的阵地上打到底，后经师将纵队首长的意图向他们作了传达，进行了耐心说服，他们才挥泪与洒满战友鲜血的阵地告别。他们撤出阵地前将工事整修一新，擎着嵌有"守如泰山"四个大字的红旗，对接防的十师二十八团同志们说："这里是红旗阵地，这里的每寸土地都已被烈士的鲜血染红，我们把它交给老大哥，你们可要为烈士们报仇啊！"二十八团政委张继黄接过红旗，代表全团指战员，慷慨激昂地宣誓："劳苦功高的英雄战友们，你们怎么打，我们就怎么打，你们怎么修，我们就怎么修，一定要在这块红旗阵地上向敌人讨还血债，有我们在红旗永不褪色！"听了这个汇报后，我深为我们部队这种高度的革命英雄主义而自豪。他们这种崇高的政治责任心和革命荣誉感，以及对敌人深刻的阶级仇恨，将激励他们英勇顽强地进行战斗。在这样的军队面前，任何敌人的进攻，都将被彻底粉碎。

是夜，我军到敌后捉舌头、割电线、偷听电话的侦察员们，在敌后活跃起来，搅得敌纵深枪炮轰鸣。三十四团侦察班在敌后三岔路口设伏捕俘，刚好碰到敌人一个副团长带着两个卫兵从师部开会回来，就打死一个卫兵，活捉了大胖子副团长和另一个卫兵，并把他们送来纵队指挥所。

据胖子副团长供称：为了拿下塔山阵地，蒋介石、卫立煌先后来过葫芦岛，蒋介石先令五十四军军长阙汉骞指挥，后换十七兵团司令侯镜如；卫立煌不放心，又派他的副总司令陈铁来设指挥所；敌海军总司令桂永清、空军总司令周至柔亲自指挥海、空军参战。两天猛攻寸步未进，蒋介石大骂将领无用，今天派他的随身参军罗泽闿前来督战，并决定把两天没舍得用的"华北剿总"直辖独立九十五师——所谓"没丢过一挺机枪"的"赵子龙师"拿出来，准备明天大干。为此，特地将独九十五师老师长、华北督战主任罗奇弄来，给他的"老部下"打气。罗奇一到锦西就狂妄叫嚣："没有'赵子龙师'拿不下的阵地！"他为了一战成功，在蒋介石面前露一手，重新掌握兵权，在部队中建立了庞大的督战组织，规定逐级监督，怯阵者杀无赦；并以每人五十万金圆券的代价收买了一大批反动骨干分子，组织了"宁死不退"的"敢死队"。

十三日七时，敌人再以狂轰滥炸作为残酷战斗的前奏。轰击过后，敌独九十五师、八师、一五一师、一五七师，犹如决堤的洪水倾巢涌来，堵塞了整个战线。敌人的新战法是两翼突破，夹击塔山。独九十五师与八师两路并进，对我塔山堡以东阵地实施主要突击。其他两师进攻白台山、塔山。我以最强的二十八团抵挡数倍于己的强敌，用尽了近战血搏等手段，英勇壮烈地击退敌人的连续进攻。

据十师蔡正国师长转二十八团团长菊文义报告：敌独九十五师果然与众不同，它接受敌后梯队遭我二梯队打击的教训，以小队先冲，而以多梯次的后梯队打我二梯队。而且一个冲锋队上来，全端着冲锋枪，再一个冲锋队上来，全端着轻机枪，一律使用自动火器。那些头戴大盖帽的军官，好像是吃了"刀枪不入护身符"的红枪会头子，远远地跑在队伍的前头，拼死卖命。他们把尸体垒活动工事，向我阵地一步步推进，进攻的凶猛程度，是几年来没见到的。几个回合过后，我新上阵地的二十八团，许多连队伤亡百人以上，不得不把团二梯队也使用上去。蔡师长请求纵队炮火给予更强有力的支援。

我以十分激动的心情听完报告后，让他向二十八团转致敬意，并希望他们坚持到黄昏，以便师二梯队反击，打退敌人。回头，命令各炮群全力打击向塔山桥方向进攻的敌人。

一到下午，战斗更趋激烈。二十八团团、营、连之间的两条电话线包括地下埋藏的一条，全被炮火打断。英雄电话兵拼死抢接，也还时续时断。各阵地指挥员发挥独立作战精神，与敌奋战。

敌人连战皆败后，再把一批批"敢死队"赶上来。光胸赤臂，身背大刀，手提自动枪，俨如一群海盗。我二十八团营连、连排之间多被敌人插断，部队处于被分割包围的险境。该团一营二连一排坚守的塔山桥前小营盘地域，首当"敢死队"进攻要冲，全排三十余名战士由身负重伤的指导员程远茂指挥，在整个下午与上级失去电话联系，长时间无预备队支援的情况下，打得英勇壮烈。战士们边打边喊："绝不丢失红旗阵地！""莫忘记三十四团战友的嘱咐啊！"最后，子弹打光了，全排连伤员在内只剩了七个人，仍然以石块、枪柄、刺刀与敌搏斗，终于在纵队炮群猛烈火力支援和师、团二梯队连续反冲击的配合下，打得敌人弃尸累累，狼狈溃退，使英雄阵地屹立不动。

这一天的中午，二十八团六连机枪排战斗组长纪守法，在混战中率领机枪组大胆渗入敌后方，消灭敌人三个机枪火力点及炮兵指挥所一处，并以缴获的三挺轻机枪、三支步枪和手榴弹等，在敌后筑起工事，射击向我冲锋的敌人，给正面防御很大支援。

白台山、塔山也打得异常激烈。拨归十二师指挥的三十一团多次投入反冲击，有力地支援了塔山堡战斗。敌人兵力大，炮火强，进攻猛，使得我阵地整日全线紧张，不容喘息的厮杀持续到黄昏以后。我二十八团伤亡八百余，当夜由三十团替换。而敌人的锐气，也基本上在这打光了。

下半夜，接野战军司令部刘亚楼参谋长电话：锦州外围据点已全部扫清，攻城准备已完成，十四日上午实行总攻。我们连夜打电话向各师传达这个消息，全纵上下欢呼雀跃，兴奋异常。但是，正因为锦州敌人陷入了朝不保夕的绝境，范汉杰连电告急，蒋介石在这一夜下达了"拂晓攻下塔山，十二时进占高桥，黄昏到达锦州"的命令。为蒋介石严令所驱的敌人，十四日凌晨又以四个师向我军发起攻击。这时，敌人的军官已丧失理智，不讲究冲锋队形和起码的战术，只是驱赶赶着士兵在大炮、飞机配合下，以密集人群一波又一波地涌向我军阵地。吃尽苦头后，转而以小部队冲锋诱我反冲击，企图将我大部队引出阵地予以火力杀伤。我发现敌阴谋后，命令部队依托工事坚守，不轻易举行大部队反冲击。

正打得激烈，战役总预备队一纵李天佑司令员打来电话，亲切地说："我们奉野战军首长命令来做你们的预备队，已到达高桥待命，我代表一纵全体指战员向连日奋战的四纵同志致敬，如果需要的话，我们随时可以支援上去！"听着这位身经百战的老战友的熟悉声音，不觉一阵激动，我高声回答道："四纵全体同志向所向无敌的一纵老大哥致敬，有老大哥做后盾，百倍地增了强了我们的信心。你们远道赶来，请先休息，一旦需要，我们就请老大哥上来！"

在艰苦战斗的日日夜夜里，野战军和二兵团的首长以及兄弟部队对我们的关怀和支援，是无微不至的。首长们在专心致志组织锦州攻坚战中，每天多次询问我们的情况，随时叮嘱我们有困难和要求一定及时提出，保证予以解决。昨日我们击退敌独九十五师进攻后，所余炮弹不足一日使用，上级当夜叫一纵送来几卡车各种类型的炮弹，应了急需。不久，又叫炮纵派来一个一五二加农炮连，加强我纵的火力。至于守卫着我纵右翼长宁山以西阵地，继续与敌发生战斗的十一纵队，和多次向锦西西南出击严重威胁敌侧背的独四、六师，更直接而有力地支援了我纵的正面作战。

上午十时，天崩地裂般的轰鸣由锦州方向传来，野战军司令部电告：总攻开始了。霎时，我全线阵地如春雷爆发一般，发出一片欢呼声。战士们从工事里爬出来，在硝烟弥漫的阵地上狂喊："同志们，老大哥打锦州啦，加油干哪！""范汉杰就要完蛋啦！"喊声从纵深传向前沿，从东海沿传上白台山、虹螺山，在群山中回荡。

这以后，锦州战况频频传来：

十一时：攻城部队全线冲锋……

十一时三十分：二纵、三纵、七纵……突入城内……

十二时：入城部队与敌激烈巷战，进展神速……

……

锦州攻坚战打响后，敌人垂死挣扎，进攻更为猖獗。我全纵部队在锦州胜利消息的鼓舞下，越战越起劲。至黄昏，敌人使尽了最后的力气，被我全线反击挫败。

但敌人并不就此罢休，稍事喘息，十五日凌晨，又以五个师偷袭上来，不鸣枪，不响炮，利用草丛、庄稼和起伏地作掩护，秘密运动到我阵地前沿，破坏了鹿砦、铁丝网，然后突然袭击。我铁路以东阵地交接尚未完成即遭敌进攻，一部分敌人摸进村边房屋。攻我塔山堡的独九十五师，在冲锋前即有一部分爬进工事与我战士滚打起来。

我各阵地的指战员们，经连日激战虽困倦至极，但依然保持着高度警惕，迅速发觉了敌人的偷袭，便奋起反击，与敌短兵相接，一鼓作气将敌逐出阵地。接着，疾风骤雨般的炮弹呼啸而来，敌夜航轰炸机也即时赶到，大战又告开始。据后来在天津被俘的敌六十二军军长林伟俦说，他当时在塔山对面的高地上督战，看到我塔山阵地已被毁坏，独九十五师师长和督战官罗奇各提一根马鞭子，大喊："突破了，突破了！"赶着部队沿山脚的大公路往上冲。但是，这时敌人早已被打"熊了"，尽管督战队撕破嗓子地喊："枪毙！""退却者杀！"被赶上来的敌军士兵一接触我军射击，却立即溃散下去。敌人几日来用尸体垒积的前进工事，此时已成为望而生畏的前进障碍，许多敌兵宁肯钻进臭气难耐的尸堆中装死，也不愿前进一步。所谓"没有拿不下的阵地"的"赵子龙师"的一个营，被我炮火压在敌尸堆下，进退两难，死伤惨重，残敌在我军事压制和政治瓦解下，向我投降。到中午十二时，碰得头破血流的敌人全线溃退。至此历时六昼夜的塔山阻援战斗，以我军的完全胜利而宣告结束。

锦州方面，下午我军进入老城，至四时，枪声逐渐疏落下来。我正面的敌人连遭数日来沉重打击，死伤惨重，陷于瘫痪，再也组织不起进攻，锦州的十万守敌被悉数就歼了。

"锦州解放了!"随着这一声动人的呼喊,阵地上掀起了狂欢的浪潮,人们鼓掌,跳跃,敲锣鼓,扭秧歌。六昼夜苦熬苦打为之奋斗的目的达到了。蒋介石痴心梦想的"夹击共军主力于辽西走廊"的那一套,只能被人们传为笑谈了。

黑山阻击战

梁兴初

> 梁兴初（1912—1985），江西吉安人。1930年参加革命。文中身份为东北野战军第十纵队司令员。新中国成立后任原成都军区司令员。1955年被授予中将军衔。

"锦州、长春解放后，敌廖耀湘集团仍企图西进与锦西之敌会合，重占锦州或逃入关内。我十纵即应进至黑山、大虎山之线，选择阵地，构筑工事，顽强死守，阻住敌人，待主力到达后，聚歼该敌。"

这是十月二十一日中午，我们收到的野司急电。短短的电文，把东北战场的形势，敌人的动向，我军的意图及给予我们十纵的任务，交代得清清楚楚。锦州解放后，蒋介石二次飞沈阳，错误地认为我军攻锦州伤亡巨大，"不经休整与补充则不能再战"，企图乘我休整部队时，再搞一个"南（锦西敌人向北攻击）北（廖耀湘兵团迅速西进）夹击"，重占锦州。

野司首长当即部署了规模更为巨大的辽西围歼战。在攻克锦州的主力兵团日夜兼程秘密东进的同时，锦州以南部队则继续抗击北上之敌，并以两个独立师和十一纵一个师向西南佯动，沿途筹备大军粮草、房舍，迷惑敌人，使蒋介石产生更大错觉，以为我军要进攻锦西、葫芦岛。于是，敌人又从沈阳增调二〇七师第三旅及主要特种兵团，加入廖耀湘兵团序列，由东向西攻击前进。

我们十纵和兄弟部队五纵、六纵，自战役开始即在新武、新立屯地区"陪伴"廖耀湘兵团，虽然没打大仗，今天这里明天那里与敌周旋，也显得十分紧张。锦州一打下来，我们的担子立即加重了，既要防止敌人逃往沈阳，又要防止敌人逃往营口。现在收到野司的作战命令，真是令人兴奋。原来，我攻打锦州的一、二、三、七、八、九纵和炮纵、六纵十七师，已经秘密神速地三路东进，大会战就将开始了。

纵队党委立即召开了常委会。展开地图，黑山和大虎山被红笔圈连起来：北面是高达千余米的医巫闾山脉，南接连绵九十余公里的沼泽地区，只有中间二十五公里宽的狭长丘陵地带，北宁和大郑铁路穿行而过。黑山和大虎山正是这条走廊的闸门。那些用蓝笔标出的敌军番号，有国民党嫡系"王牌"新一军、新六军和新三军、七十一军、四十九军、五十二军、二〇七师第三旅，还有三个骑兵旅，正向黑山、大虎山拥过来。这就是说，我们要以一个纵队和临时配属的一个师，抵挡住敌人的六个军。

困难是可以想象到的，敌人是精锐的美械兵团，我们却仅有步枪、机枪、手榴弹和刚成立不久、炮弹又极少的三个山炮营。要在宽达二十五公里的正面，三个师同时展开防御，这就使我们的每个阵地，都将受到沉重的压力。

时间紧迫，要修筑坚固的工事，显然已不可能，现在已寒风刺骨，而我全体指战员仍穿着单衣……同时，我们也看到，虽然敌人在我军连续打击下，军心动摇，士气不振，惶惶然如"丧家之犬"，但是"王牌"究竟是"王牌"。况且，鸡死还要扑翅，狗急岂能不跳墙！这一切就决定了这场战斗必然是激烈、残酷的浴血苦战！

党委确定：在主要方向和制高点，控制强大的预备队，准备随时反击敌人，大量杀伤敌人有生力量。为此，全体指战员必须顽强地战斗，做到人在阵地在，以忍饥挨饿、死打硬拼的精神，决不让敌人前进一步！

当我们确定了具体部署后，已是下午六点多钟了。各师师长、政委相继赶到，听取纵队党委的动员布置。在会议上，大家同意纵队的战斗部署，纷纷表达了战斗决心，一致认为：这一仗打好了，就是蒋介石又一个"十万大军"被一笔勾销，就会因敌人在东北的最后一个机动兵团的消灭，而使东北国民党军全军覆没！打坏了，十万敌人就将逃入关内，就有可能延长蒋介石政权覆没的时间。我们只能有一个要求：只准打好，不准打坏！在十万大敌面前，我纵是处在劣势，但从整个战役来看，我们却处于优势。只要兄弟部队赶到，无数把钢刀就会把敌人剁成血酱肉泥！这样，即使我们扯脱几颗牙齿，有什么值得吝惜，即使有些伤痛，有什么不能忍受的呢？

当夜，部队火速整装，飞快地向黑山、大虎山进发。一夜行程六十里。赶到黑山，东方已朦胧发白。黑山城内，人声鼎沸，骡马长嘶，车轮滚滚。原来，昨晚我纵政治、后勤人员赶到黑山城内后，政府干部和广大群众即通宵不眠，连夜为我们筹备修筑工事的材料。这时，满载各种器材的大车，正停在街头路口，准备随同部队走向各个阵地。我看到一位白发苍苍的老大爷，一手托住肩上的一副新门板，一手拉着一个战士，激动地说："同志，把这副也拿去修工事吧！为了消灭'遭殃军'，你大爷一点也不心疼。天塌下来，我们顶一半！"目睹此景，不禁全身热血沸腾。我相信，每个同志都会和我一样地问自己：这一仗打不好对得起老百姓吗？

清晨七时，各师相继进入阵地。由于时间紧迫，各部队将动员工作与修筑工事同时进行。纵队党委指令各级政治工作人员深入连队，协助连队进一步加深动员。根据党委分工，政委前往大虎山，观察三十师防御阵地。我带着作战科长陆忍同志到了二十八师。

二十八师担任黑山正面防御，西侧是大白台子，东侧是高家屯，为一长达三千米的丘陵地带。丘陵地带突出部是其主要阵地——一〇一高地，形势险要。登上一〇一高地，一个未曾预料到的情况突然摆在我们面前。这个制高点原来是一座寸草不生的石头山。战士们费尽九牛二虎之力，仍是一镐一个白点。照这样干，很难在短促的时间内修成工事。我和贺庆积师长交换意见之后，立即决定集中全力，做好野战工事，用大量土袋、铁轨，首先修成浮面火力点，然后再尽多地挖凿散兵坑，加强阵地的副防御。由于人力不足，贺师长亲自去联系民工，支援部队运送泥土。一〇一高地顿时沸腾起来。老乡们背着满袋土石，成群结队，蜂拥而来，寸草不长的石头山变成一座崭新的土山了。

入夜，各师纷纷汇报构筑工事的进展情况。我们再三强调：战斗迫在眉睫，时间分秒必争。一定要组织机关、勤杂人员，全部投入工事作业，主阵地的火器、步兵掩体，要保证首先完成。

二十三日，敌先头部队直逼我警戒阵地。上午九时，随着一阵猛烈的枪声，前哨战打响了。

一小时后，敌人两个营遭我军重大杀伤而溃退。我们当即电告野司，野司首长即时回电称：

"……务使敌在我阵地前尸横遍野而不得前进。只要你们坚守三天，西逃之敌必遭全歼。"

任务更加明确了：死守三天！不让敌人前进一步！我们把这一指示传达到所有阵地，指战员们纷纷表示："坚决守住阵地！""有人就有阵地！"特别是担任前哨警戒的八十二团七连，用击退敌人五次冲锋的具体行动，表达了他们的战斗决心。

深夜，二十八师侦察队送来一个"舌头"。这是敌七十一军八十七师师部的传令班长，衣袋里装满了送往各团的战斗命令。从文件和俘虏的口里了解到，敌人在我纵正面摆开了四个师，准备次日发动攻击。主力两个师摆在黑山正北。据此情况判断：敌人的主要突击方向可能指向黑山。果然，二十四日清晨六时，敌人炸弹成串，炮弹如注，遮头盖脑向我黑山阵地打来。根据炮击的情况看来，敌人避开我黑山阵地正面，将矛头指向东侧的高家屯，企图切断我阵地的右臂。我们注意到这毒辣的一着，又想到高家屯工事较弱，心里不禁有些沉重。我决定亲去二十八师看看。

走出纵队指挥所，只见阵地沉浸在一团浓黑色的烟雾中，高家屯炮声已停，激烈的枪声随之而起。敌人开始冲锋了！我急忙向二十八师指挥所奔去。刚走进碉堡，贺师长即迎上来说："司令员，敌人在高家屯干起来啦！第一次冲击就展开三个营。兵分三路，对一〇一高地攻势最猛。"话音刚落，只听得飞机轰鸣声和炮弹爆炸声绞成一团，敌人又开始了第二次冲击的炮火准备。我对贺师长说："老贺，敌人避开我刀尖，却从翼侧攻我刀背，这一着确实毒辣啊！我们现在就把刀把转过来，让高家屯成为刺进敌人胸膛的利剑，反复刺进拔出，置它于死地。立刻把八十二团准备好，要是高家屯阵地丢了，迅速反击，趁敌立足未稳就夺回来！"贺师长回答："司令员放心吧，二十八师是经得起这场考验的。"

八时，敌人又以一个营向我西侧的大白台子阵地发起进攻。这是敌人为配合进攻高家屯，企图迷惑我军对其主攻方向的注意。敌人这一牵制行动没有动摇二十八师指挥员的决心，仍将强大预备队放在东侧。

敌人以最反动的"党化部队"——青年军二〇七师第三旅进攻高家屯一线高地。我军据守石头山、九二高地的部队，在工事全被摧毁、伤亡很大的情况下，打退敌人三次冲锋，击毙敌人二百余名。然而敌人仍以炮火节节轰击，以重兵蜂拥而上。十五时，石头山、九二高地相继失守。一〇一高地成了我高家屯一线最后的一个制高点。十五时三十分，敌人又投入两个营，扑向一〇一高地。与此同时，敌人又分三路攻我二十九师阵地，并企图以主力向西迂回。我们判断这是敌人配合主攻方向所做的钳制性进攻。因此，命令二十九师坚决阻击；三十师速派部队抢占阵地，阻敌向西迂回。至此，我纵全线投入了战斗。战斗的焦点仍集中在一〇一高地。

一〇一高地已是弹坑累累，碎石成堆，几乎所有的土木火力点都坍塌不能使用了。敌人又集中全部炮火施以最猛烈的轰击，掩护两个营向一〇一高地冲杀上来。我四、六连余部和营部通信班共二十余人，就在这毫无依托的石头山上，利用弹坑跃进滚出，以密集的手榴弹，连续击退敌人四次冲锋。但敌人不顾死伤累累，仍以羊群般的队形，从三面合围上来。我阵地上只剩下五个战士，手榴弹已全部打光，立即投入白刃肉搏，终因人少力薄，阵地被敌人占领。

情况万分紧急！高家屯阵地失守，敌人必将直逼黑山城下，并进而突破我整个黑山阵地。在这千钧一发的关头，二十八师没有给敌人丝毫喘息的机会，命令所属十二门山炮，集中火力向占领一〇一高地的敌人轰击。又指令八十二团一、三营，统由八十四团副团长蓝芹同志指挥，立即反击高家屯。

聚集在一〇一高地的敌人，还未来得及重整部署，我军炮火即狂风骤雨般地压将下去，打得敌人血肉横飞，抱头乱窜。趁此时机，八十二团一营猛扑一〇一高地，三营分路攻击石头山和二高地。

在冲锋路上，一连副连长倪恩善腰部和左腿负了伤，又被炮弹震昏过去，抬到营绑扎所包扎以后，他清醒过来，不顾伤痛又立即返回阵地，带领战士们冲上了一〇一高地。这时，营长黄念怀已在炮声骤停之际，带着战士们突然出现在敌人面前。惊慌失措的敌人正待反抗，一阵手榴弹立即落到他们头上，接着阵地上刺刀飞舞，杀声震天。激战半小时，全歼守敌，夺回高地。同时，石头山和九二高地也被我们夺回来。

当夜，纵队指挥部召开师以上干部会，总结一天的战斗，分析了敌人明天可能采取的动作和主要突击方向。大家一致认为：高家屯地势重要，敌人主力大部靠拢黑山东北地区，又经一整天炮击，阵地遍体鳞伤，明显地暴露出易攻难守的弱点。敌人为了争取时间西进，明天势必全力猛攻高家屯。根据这一判断，我们迅速调整了防御部署，确定二十八师连夜加强高家屯一线的工事。最后，我进一步强调纵队党委的决心说："明天是决定性的一天，如果说今天我们挨的是千磅炸弹，明天就一定要挨万磅的。但不管压力多大只要主力没有赶到，我们就一定坚决守住！"

二十五日拂晓，一阵天崩地裂的炮声，开始了更加激烈战斗的一天。正如我们的估计，高家屯阵地仍然是敌人的主要突击方向。敌人调集大部重炮群，集中向这一线轰击。阵地上已经不是一阵一阵的轰击声，一簇一簇的炮烟，而是一个持久不息的响雷，一团浓黑的腾腾翻滚的烟云。八时，炮声刚停，十架敌机随即飞临上空，轮番低空轰炸。接着，敌人以生力军新六军一六九师全部向我一〇一高地、九二高地、下湾子，用成团兵力发起猛攻。他们以为经过一阵如此猛烈的炮击、轰炸以后，我军阵地上再不会有生物存在了。炮火一停，便蜂拥而上。他们哪里知道，迎接的却是势如骤雨的成束手榴弹，密如火网的机枪火力。敌人一片接一片地倒毙在我军阵前。我们的战士在敌炮击时机灵地隐蔽在山后防空洞里，炮击刚停就闪电般地出现在敌人面前。就这样，在一小时内连续击退了敌人的三次冲锋。

敌人恼羞成怒，使用了最毒辣、最卑鄙的手段。当我们坚守石头山的一个排与敌人一个连白刃肉搏时，他们突然用猛烈的炮火进行轰击。结果，敌人的一个连全部成了"炮灰"，我们的一个排也全部伤亡，石头山就这样失守了。接着，敌人先后以四个营、两个营的兵力三次夹击我据守九二高地的八十二团五连阵地，激战中，敌人伤亡惨重，我英勇的战士们也全部壮烈牺牲。于是，更为激烈的战斗在一〇一高地展开了。

十一时开始，敌一六九师倾全力进攻一〇一高地。他们将进攻部队组成多梯队，每次以两个营以上的兵力，在督战队的威逼下，发起波浪式的冲击。每次冲击受挫，即以大炮猛烈轰击，接着又以二梯队连续冲击。八十二团四、六连的战士们，在侯长禄营长沉着指挥下，杀得敌尸遍布山头，击退敌人进攻二十多次，坚持到下午二时。

突然，阵地上出现了短暂的沉寂。敌人在玩什么新花样？战士们向山下一看：只见那些督战官，手执金圆券，连声吆喝："弟兄们！现在组织'敢死队'。参加者，每人奖励十万元！头一个冲上去加一番！"叫喊了半天，仍是一人未动。那些督战官又叫道："每人再加五万！""加十万！"就这样吆吆喝喝，不知加到了多少万，总算勉强凑成了一支三百多名的"敢死队"。

随着一阵炮击，"敢死队"拥上山来了。但他们刚到山腰，就遭到我炮火的严重杀伤。待冲到前沿，战士们投出一排手榴弹，高声喊道：

"国民党抓来的穷哥儿们，你们受骗了！你们在这里卖命送死，丢下妻儿老小谁管……"

战士们的话，提醒了那些受尽国民党压迫的国民党士兵。任凭督战官喊破了喉咙，"敢死队"变成了"怕死队"，溃退下去了。

金圆券没能挽救敌人的厄运，他们又使上了最后一着：由国民党党徒和尉以上军官组成一支"效忠党国先锋队"。这些出身流氓、恶棍和地主的顽固分子，现在成了廖耀湘手里最后的一张"王牌"。

一〇一高地经过两整天的炮击，已被削去几尺，变成九九高地了。当敌人排成一字队形，组成五六道人网，前呼后拥冲上来时，阵地上只剩下不足一百个战士，子弹和手榴弹也不多了。营长侯长禄沉着地命令特等射手们，首先将敌人的指挥官击毙，然后集中所有火力大量杀伤那群"无头之鸟"。由于敌众我寡，敌人终于冲上了阵地，于是肉搏开始。这是一场惊心动魄的血战，侯长禄营长高呼："刺刀见血，才是英雄!""做无产阶级的硬骨头，人在阵地在!"带着战士们杀入敌阵，刺刀戳，枪托敲，有的战士几次负伤，仍用双手把敌人掐死；有些腿负重伤不能站立，就在敌人迫近时拉响手榴弹，与敌人同归于尽。反复冲杀了二十多分钟，战士们个个血溅满身，刺刀断刃，枪托打折。然而，到头来仍是"效忠党国先锋队"手打颤，脚乏力，在四连一个班的反击下，连滚带爬溃退下去了。

敌人仍不甘心，一面以猛烈炮火再次轰击我一〇一高地，一面以占领石头山之敌攻进我黑山城北孙家屯，以占领下湾子之敌，迂回占领了我黑山城东的九四高地，对一〇一高地形成了三面包围。八十二团军士教导队队长张国，机智果断地带领全队学员，趁敌立足未稳，夺回了九四高地；八十二团三营以白刃反击，驱出孙家屯之敌，进至十里岗子。我黑山城正面威胁虽然解除，但一〇一高地终因弹尽人寡，于下午四时被敌攻占。

黑山门户又一次被敌人打开！我和政委迅速商讨后，认为一〇一高地务必立即夺回，否则敌人很可能趁势直取黑山。我立即用电话告诉贺师长："一定要在黄昏之前反击！现在虽然极度疲劳，伤亡较大，但敌人的疲劳、伤亡比我们更大更严重！晚上攻，敌人就喘过气来了，工事也修好了。现在就攻，攻到山头天就快黑，天黑后就是我们的天下了!"贺师长表示坚决夺回一〇一高地。

我和政委都感到二十八师当前的处境非常困难：八十二团、八十四团已经血战了两天，伤亡很大；八十三团也在白台子与敌七十一军四个团鏖战了两日。虽然二十八师的指挥员没有提出困难，但现在又能抽出多大兵力来组成反击队伍呢？我们决定调八十九团二营由大边壕向高家屯增援。我要参谋迅速下达命令后，立即到黑山城北观察。

我来到城北炮兵阵地，二十八师晏福生政委告诉我：贺师长已去前边指挥反击去了。这时，可以看到增援高家屯的敌人从胡家窝棚直奔韩家窝棚而来。二十八师山炮营一阵急袭，把增援的敌人赶了回去。敌人的重炮群马上进行报复，炮弹在阵地前后爆炸了。晏政委忙对我说："请司令员下去吧，我们一定把一〇一高地夺回来!"我说："你叫炮兵时刻注意胡家窝棚，敌人一伸头，就揍!"我又问炮兵三连韩连长："会不会间接射击？"

他说："原理懂，没打过。咱们的炮是上刺刀的！"的确，我军的炮兵是和步兵一样英勇的，常常采用抵近射击，加上炮兵成立时间短，炮弹珍贵，很少进行实弹射击，也就缺乏间接射击的经验了。我说："敌人进攻时成团成营地呆在那边山脚下，你们试打几发后再校正误差。咱们不会洋办法，土办法也行嘛！"韩连长向炮长们看了一眼说："司令员批准我们打，我们一定把敌人报销掉！"

下午六时，八十二团全部和八十四团三营所有兵力，在贺师长亲自进行动员后，在全纵队炮火掩护下，分四路直扑高家屯。六时五十分，高家屯一线阵地全部收复。

夜幕又一次降临了。这一天，廖耀湘兵团五个整师的进攻，一次又一次被遏止了。此时，由锦州兼程东进的我强大主力兵团，以雷霆万钧之势扑了过来。蒋介石的所谓"主力的主力"的廖耀湘兵团，陷入了一百二十平方公里的狭长的合围圈内，单等我们瓮中捉鳖了！

二十六日拂晓，野司首长拍来急电：

"东进主力已到达，敌已向东总溃退。望即协同主力动作，从黑山正面投入追击。"

野司首长交给我们的光荣任务完成了！"人在阵地在"的决心实现了！二十六日四时，我纵在大虎山以东地区，全线展开反击。十月的辽西平原上，到处响起了胜利追击的号声。指战员们忘却了疲劳、寒冷、伤痛、饥饿，哪里有枪声，就冲到哪里。在我大军四面猛打、猛冲之下，敌人犹如乱竿下的鸭群，惶惶然东窜西奔。遗弃的汽车、大炮、枪支、辎重，遍地都是。他们见到我们的战士就举手问道："我们的枪往哪里缴啊？"仅仅两天，廖耀湘兵团就全军覆没了。

枪声刚停，野司首长立即指挥各路大军直指沈阳、营口。我纵奉命到北镇休整待命。

在去北镇的路上，回望黑山阵地，各山头硝烟仍在徐徐飘散，被烈士鲜血染红了的一○一高地闪着光彩。我不禁默念着：再见吧，英雄的黑山人民，在胜利的红旗上，永远记载着你们的功绩和荣誉！安息吧，不朽的烈士，我们将坚决完成你们的遗志，把胜利的红旗插遍全中国！

抢占丰台

吴瑞林

吴瑞林（1915—1995），四川巴中人。1928年参加革命。文中身份为东北野战军第五纵队副司令员。新中国成立后任原广州军区副司令员兼南海舰队司令员，海军常务副司令员。1955年被授予中将军衔。

一

十二月十一日，我东北野战军第五纵队，从冀东三河县出发，以两天一夜时间，走了二百二十里，还打了几仗，抢占了北平城北的屏障据点昌平和沙河。十三日中午，我先头师的三个团，已挺进到圆明园以北、红山口以东的地区。

这时，我正随先头师的三七一团行动，部队在红山口一带遇到敌人阻击。我军迅速完成强攻准备，正待攻击时，一个骑兵通信员飞马奔来，他递给我一个电报夹，气喘吁吁地说："副司令员，野司来的特急电报！"

打开电报夹，野司的命令立刻出现在眼前："避开名胜古迹，从万寿山以西打开通路，抢占丰台……"我马上下令停止攻击，要各团首长到师指挥所受领任务，然后带着参谋人员急忙向师部赶去。

回指挥所的路上，敌机仍在不停地投弹、扫射，拦阻炮火也响得很凶，野地里冒起一排排黑色烟柱。村庄里，到处是望风而逃的敌军散兵。这些人扔掉枪支，摘掉军帽，争着抢着往老百姓家里躲，也有些跪在路边向我们的战士举手投降。战士们哪里顾得上他们，边走边向后面指着说："别乱跑，到后面找俘虏收容所去。"

前进的行列里，不时传来激动人心的鼓励声："加把劲，到北平宿营呀！"这种情景，使我很自然地联想到"兵贵神速"和"出敌不意"这两个军事成语。当辽沈战役刚刚结束时，傅作义估计东北我军最少也得休整两个月才能入关。因此，他便徘徊在南撤、西逃和固守平津的三岔路口上，一时拿不定主意。当时，我们也有些人认为，辽沈战役打了五十多天，东北也已全境解放，应该很好地休整一下了。就在这个时候，毛主席却指示我们要勇于前进，勇于胜利。毛主席利用了敌人认为我们必须休整才能入关的错觉，命令我们要不顾一切疲劳，神速地、秘密地向关内进军。于是，我们在东北人民轰轰烈烈庆祝辽沈大捷的声势掩护下，冒风顶雪，爬山越岭，昼伏夜行向关内挺进。这一着，傅作义完全没有料到，因此，直到我军突然出现，切断了他的西逃道路，打到了北平西北近郊，他们还未查清我们的意图和番号。

师指挥所设在万寿山西北的一个山脚下。各团指挥员先后赶来，小屋子显得很拥挤。我们展开军用地图，大家的目光一下都集中在"丰台"两字的小黑点上。丰台是古今兵家必争之地，是平津、平汉两大铁路的枢纽；又是北平守敌最大的军用仓库之一。我们抢占了丰台，就可切断平津守敌的联系，堵死北平敌人南逃的道路，并与在东郊南进的兄弟部队共同完成对北平的战役合围。这样，北平守敌南逃与西窜的道路均被切断，又断绝了供应，要负隅顽抗也办不到，活路只有一条，就是放下武器。丰台驻有王凤岗的一〇一军，而我只有一个师，后续部队还未赶到。要夺取丰台，必须穿过敌人的纵深。怎样才能完成这一重大任务呢？我们逐字逐句研究了野司的命令，分析了当前的敌情。大家认为，敌人虽然在局部仍占优势，但已是惊弓之鸟。我们应本着毛主席所指示的勇于前进、勇于胜利的精神，摈弃一切常规战法，出奇制胜。

我们又研究了进军的路线。万寿山之西，从北宫门逶迤向北，是一线岗峦起伏的高地。高地上有敌人凭险据守，我先头师的三七二团、三七〇团均曾于这天下午举行过试探性进攻，这时正和敌人对峙。有人主张从北面绕过敌人这一线设防阵地，从西山脚下迂回前进；有人不同意，觉得这样走是弓背，要比从红山口南下直趋丰台，多用一天一夜的时间，不符合命令的精神。我问三七二团的政委郭保恒同志："从红山口实行突破，你们有把握吗？"他立刻爽快地说："打开红山口，用不了两个小时。"他分析当前的情况：红山口上，据俘虏供称，最高指挥官是个营长。今天下午，我们有一个排作侦察性的进攻，快攻到敌人碉堡下，仍未发现敌人有重火器，这就证明了俘虏的话是可靠的。我如组织好炮火，根据过去东北作战经验，给敌突然打击，迅速攻占这个阵地完全有把握。

郭保恒同志一席话，使大家采用牛刀子剜心战术的信心更为坚定。大家一致认为命令中不说攻占丰台而说抢占丰台，这个"抢"字真是大有文章。抢就是快，趁敌人还未摸清我们的意图，立即突破红山口，在夜色掩护下，趁敌混乱实施渗透进攻，直取丰台；遇敌拦阻，就坚决打垮它。我们一面向纵队指挥部报告了行动方案，一面分头进行准备。

不一会儿，纵队政委策马赶来了。他又一次和我们细致地研究了整个方案，然后斩钉截铁地说："老吴，开始吧！"

二

天已完全黑下来，师指挥所发出了攻击的信号。眨眼的工夫，红山口两边的高碉，变得一片火红。三七二团六连在我猛烈炮火掩护下，二十分钟便夺下敌人一个营扼守的红山口，活捉了敌营长。各部队立刻一路变成数路，像汹涌的海浪漫过红山口，从青龙桥和玉泉山之间，向南卷去。

我们进军途中，沿途但见敌人人喊马嘶，调动频繁。各团抓的俘虏供称：他们是奉命向北平近郊集中的，部队正在运动中。这时我在马上，一时思虑重重：莫不是敌人查清了我军的企图，正在调整部署，准备与我决

155

战？莫不是敌人准备夺路南逃？莫不是傅作义猜中了我们要抢占丰台？无论从哪个方面设想，都要求我们以最快的速度占领丰台。情况十分明显，敌人正在乱劲上。想到这里，我立刻告诉身边的参谋，迅速告知各团指挥员，前面如果打响，后队变前队，火速向丰台前进！为了加快行军速度，重武器和大车队等行动迟缓的分队，留在后面跟进；一切失掉联系的分队和人员，都要自觉地赶到丰台，遇见上级就自动接受指挥、执行任务。

明月当空，我们走的又是平坦大路，快步如飞。正走间，忽然发现右侧有一支部队和我们平行。一辆大车流星似的从后面赶上来。奇怪，不叫大车上来，怎么又跑上来冲乱了队伍？我叫人一问，原来是敌保二旅的，右侧的部队也不是自己人，是敌保安十五团！我立刻将这一情况告诉身前身后的战士，要大家听候命令，一起行动。只见战士们嘴巴咬耳朵，迅速传了下去。一声令下，战士们转身扑向敌人，搂的搂，抱的抱，夺起枪来。敌人还在做梦，直着嗓子叫："弟兄们，别误会，我们是保安十五团！"战士们回答说："误会不了，捉的就是保安十五团！"这时，吵闹声惊动了坐在车上的女人。只见她威风凛凛从车里钻出来骂道："你们这些丘八想造反吗？我是旅长太太……"没等她说完，七连三排长一步蹿上去，骂道："你个旅长太太有啥了不起。"伸手把她拖了下来。几分钟的工夫，一个团八百多人全都缴了械。

俘虏集中起来了，怎么安置呢？我一想，占了丰台，敌人一定要反扑，眼前已感到兵力单薄不够用，哪能抽出更多的人对付俘虏？何况向前走去，还不知要捉多少俘虏呢！我正在和大家研究这个问题时，一个通信员汗渍渍地跑来报告说，他们营长问，西面有个飞机场，场上还停着飞机，打不打？这些情况提醒了我：要防止部队被眼前的俘虏、飞机、武器所吸引。我立刻告诉大家：我们现在好比河里打鱼，抢占了丰台就如同在河里筑起了一道水闸，大鱼、小鱼、螃蟹、大虾就跑不了啦！因此，有利于抢占丰台的事则坚决干，否则就坚决放弃，一定不要因小失大。并具体规定：沿途遇到敌军，能绕过就绕过，绕不过，就以快刀斩乱麻的手段，猛打猛进。抓到的俘虏，一律人枪分开，就地看管起来。飞机场、车站等都不要打，这些地方很快就会是我们的。为了保证占领丰台后，能打退敌人的反扑，我又命令后面几个师和炮兵部队快速赶来。

夜半一点钟，前卫部队到达了北平通往石景山的田村车站。正通过铁路，一列军用列车亮着灯，飞奔而来。战士们立即就地隐蔽起来，列车刚开进车站，喘了几口粗气停下，战士们就蜂拥而上，黑洞洞的枪口对着敌人说："到站啦，下车吧！"敌人糊里糊涂就当了俘虏。缴械后，我们照例把人枪分开，关进车站的房子里，然后直插丰台。

天气忽然变了，乌云密布，除了遥见东面的北平城有几点鬼火般的光亮外，眼前一片漆黑。我们在向导老乡的细心引导下，仍旧快步前进。前卫营营长邢嘉盛和七连连长魏同东，带领着一个尖刀班走在最前面。他们刚经过城郊的一个十字路口，只见迎面驶来两辆大卡车，战士们用机枪一顿猛扫，一辆撞到电线杆上，一辆翻到路边的沟里，人车俱毁。这时候整个前卫营全赶到了，正准备继续前进，西南面又传来隆隆马达声。瞬息间，一辆闪射着耀眼灯光的怪物直冲过来。战士们一阵猛打，它还是不停地前进。七连四班长孙宝义首先看出是装甲车，他飞步蹿上去，把手榴弹和爆破筒塞到车底下，只见红光一闪，装甲车随着一声巨响猛地跳动了一下，正好和被打坏的两辆卡车摆成一条线，把街口堵得严严的。这当儿，后面又出现了一长串装甲车和坦克，隆隆的响声震得地皮都发颤。它们来到十字街口，进不能进，退不能退，急得直打转。战士们趁此机会来了个大包围，有的用枪打穿了装甲车的轮胎，有的把手榴弹、爆破筒塞进坦克的肚子里，还有的爬上车命令敌人投降，吓得敌人一个跟一个爬了出来。

我军继续前进，天刚蒙蒙亮便占领了丰台北面的岳各庄。九点多钟，我从岳各庄的一个大窑顶上，隐约地看到隐没在雾海中的丰台。这时候，丰台北面大井的高地上，发出密集的枪声，封锁着我军前进的道路。正当我难于准确判断敌人的兵力和企图的时候，战士们给送来了一个俘虏。这个家伙是一〇一军的一个营长，以为是自己人闹了误会，特地来取得联系而自投罗网的。从他嘴里我们得知一〇一军只有一个多旅驻在丰台北面和镇里，主力都在西面和南面，虽正在靠拢，但却没有发觉我们的行动。

这些情况使我联起来一想，更感到毛主席指挥的英明。我心想，我们应当不给敌人清醒的机会，一竿子插到底，把丰台抢到手。当下，我立即和一二四师的同志调整了部署，急调正在吃饭的三七二团，配合三七〇团从北面猛攻丰台。同时，命令身边的参谋查清来到了哪些部队，要他们作好充分准备，随时准备投入战斗。

下午三点钟，在炮火掩护下，三七〇团首先占领了敌人的兽医院，三七二团接着占领了火车站，抢占了战役重地丰台。

三

我们清楚地知道，抢占了丰台，这仅仅是战斗的开始，敌人一定会拼命争夺的。因此，我一面命令部队立即改造工事，部署阵地，一面亲自观察了地形。原来，丰台比我们预想的要大得多。此刻，赶到丰台的除一二四师三个团外，只有一二六师、一五五师各一个团。这就是说，我们要用现有的少数兵力，守住丰台，阻挡大量敌人的猛攻。恰在这时，野司首长发来了特急电报，表扬我们比他们预计的时间早一天一夜抢占了丰台，并指示我们要作好充分准备，只要能奋战一天，主力即可赶到。我们立刻把首长的指示，向下面作了传达。战士们听说首长来电报表扬了我们，情绪异常高涨。大家不顾连续行军、作战的疲劳，积极抢修工事，并从仓库里搬来缴获的武器弹药装备了自己。他们说："我们既能抢占丰台，就能守住，不怕死的就来碰碰看！"

从阵地回到指挥所，一二四师的负责同志劝我去休息，但我的心情却十分兴奋。丰台这个地方被我们占领之后，北平失掉了一个重要屏障。我军不仅切断了敌人经由铁路线东逃之路，且可依托丰台逐渐向北平推进，直迫北平的广安门和右安门，成为敌据守城垣顽抗的最大威胁。根据总部的通报，傅作义部主力已被华北我军紧紧包围在新保安和张家口，这已使傅作义难于决定拼死西援抑或弃掉起家老本而东逃，现在我们又出其意料在他的腹心插上了一把刀，使敌人整个华北战局已成百孔千疮，对敌人来说，大有"山雨欲来风满楼"的味道。在这样情势下，敌人拼命与我争夺丰台，势在必行。想到这些，我们又一次检查了各团的战斗准备。

果然不出所料，次晨三时，以一列装甲列车为前导的敌人大批反扑部队，开始了对我军阵地的进攻。一霎时，丰台镇里镇外到处响起了枪声。

敌装甲列车一直冲到我三七二团指挥所的门前，扼守着火车站的三个营被割成了三段。三七二团的战士们被敌分割后，各自坚守在阵地，与敌反复冲杀。我们趁着夜色掩护，把预备队从敌人侧后楔进去，打退了敌人的进攻。

天亮了，敌人又组织了第二次猛攻，整师整团在装甲车掩护下，又冲向我们的阵地，我同埠洼阵地首先被两连敌人突入，坚守在这里的第一连反复冲杀四次，最后剩下二十几个人仍坚守着阵地。战斗愈打愈激烈，敌人第三次猛攻时，竟集中了六个师，上百门榴弹炮，不惜大量伤亡，从各个地段上以优势兵力突进我军阵地，战斗延伸到指挥所附近。参谋、警卫员编成战斗小组与敌搏斗。在这最紧急的时刻里，我十一纵队的先头师师长欧致富听到丰台激烈的枪炮声，立刻带着身边的一个团，赶来投入了战斗；华北的兄弟部队也主动找到三七二团，协同他们防守火车站。以后我军的后续部队也源源不断增援上来。战斗中，丰台的老乡们，冒着炮火为我们抢救伤员，烧水，做饭。从夜三点打到下午三点，我军终于守住了丰台。

枪炮声刚刚沉寂下去，我们忽然接到野司转来一封中央军委给我纵队的电报，军委称赞我们先机夺取丰台，打得好。指示我们要坚守住阵地，粉碎敌人的反扑和突围，并相机沿着丰台通往北平的铁路线向前推进。我们立刻把这令人振奋的消息传到各个部队。军委和毛主席的关怀和指示，给全体指战员增加了无穷的力量和信心。"坚决打退敌人，向党中央献礼""打好这一仗，迎接党中央和毛主席进北平"的呼声响遍阵地。三七二团的同志首先抓住敌人正在后撤这一有利时机，沿着铁路向东打出去。丰台镇外，到处是种蔬菜的暖洞子，他们跃过菜园，依托这些天然的工事，不断向前推进，新增援上来的炮兵团就地展开向敌轰击。部队打到哪里，哪里铁路工人便忙着拆铁轨，不让敌人装甲车再来逞凶。就这样我们一直到离北平西南角右安门不过数里的地方。

与此同时，我东北野战军和华北部队已经从四面八方神速地完成了对北平的包围。我登上指挥部的窑顶，遥望着被黑暗笼罩着的北平，忽然想到：华北"剿总"的头子们也许正在悔恨判断的错误，悔恨不该忘记"兵贵神速"和"出敌不意"这两个军事信条。可是已经晚了，现在整个华北敌人已被我分割包围，欲战无力，欲逃无路，摆在面前的只有放下武器或全军覆灭两条道路。

故乡的战斗

秦基伟

秦基伟（1914—1997），湖北黄安（今红安）人。1927 年参加革命。文中身份为红四方面军总部手枪营二连连长。新中国成立后任昆明军区、原成都军区、原北京军区司令员，国务委员兼国防部部长。1955 年被授予中将军衔，1988 年被授予上将军衔。

每当我从报纸上、广播中，看到或听到有关我的故乡——湖北省红安县（原黄安）七里坪的消息时，我仿佛又闻到了故乡那肥沃土地的气息，看到了那金黄色的麦浪和一望无际的稻田。故乡的一山一水，一草一木，都深深地铭刻在我的心上。使我最难忘的，还有解放黄安城、活捉赵冠英的那次战斗。一九三一年十一月，红四方面军又以主力三个师，包围了黄安城。盘踞在黄安城的敌人是赵冠英的六十九师及反动民团武装，共万余人。

敌人在城外修建了许多核心工事，林立的碉堡，星罗棋布的各种火力发射点，蛛网般的交通沟，密密层层的鹿砦，构成了一个完整的防御体系。

我军经过了十多天穿插、分割的外围战斗，敌人城外的整个防御体系，已被彻底打乱。一部分敌人被歼灭了，其主力撤退到城里，企图以城墙为屏障，进行顽抗，等待援兵。在这期间，敌曾两次前来增援，都被我军击退。城内的敌人，也趁增援之际，向外突围，均被我围城部队迎头打了回去。

敌两次增援失败后，仍不甘心，于是又开始了第三次增援。

一天拂晓，敌人趁我一个前卫排一时的疏忽，突破了我军的阵地；到下午三点多钟，其全部兵力已进至离黄安城仅十余里的地方，逼近到我打援部队固守的最后一个山头。

情况非常紧急。被围困在黄安城内的赵冠英，也得意忘形起来，并开始突围。到下午四点多钟，我们总指挥部驻的地方，已经清楚地听到两面敌人的枪声，而且愈来愈近，愈来愈密集。很明显，如果不立刻把增援的敌人打退，如果让它和城内的敌人汇合在一起，整个战役将对我们十分不利。

就在这个时候，我们手枪营接到了总部的命令：马上做好战斗准备，配合主力打退敌人的增援。

我在总部手枪营二连当连长。我们手枪营，都是些精明强干、打起仗严来像小老虎一样的小伙子。每人一长一短两支枪，外加一把大马刀。手枪营的战士很多是黄安人，谁都想早一天解放自己的家乡。大家早就把枪擦得干干净净，把马刀磨得风快，一接到命令，都巴不得能生出两只翅膀，一下子飞到敌人面前，把敌人消灭掉，然后转回来打黄安。

我们全连刚跑出村庄，便远远地看到徐向前总指挥带着几位参谋和警卫人员，骑着马，向着枪声响得最密的一个山头飞跑。我们二连经常跟随徐总指挥活动，因此不论干部和战士，都非常熟悉总指挥。特别在战斗中，我们都摸到了一个规律：哪里的战斗任务最艰巨，哪里的情况最危急，徐总指挥就出现在哪里。因此战士们一见总指挥在前面，便嚷开了："快跑，总指挥又出发了！""加油，赶到总指挥前面去。"我们一口气赶到打援部队的最后一个山峰的背后。山的前面，我打援的十一师正在与敌人进行着激烈的战斗。我们来到靠山顶，跟随总指挥的一位参谋便命令我们在山坡上隐蔽。这时候，我才看到总指挥带的参谋和警卫人员都隐蔽在山坡上，唯有总指挥一个人，站在山顶上的几棵马尾松下，用望远镜向前瞭望。敌人的子弹，在他身边"嗖嗖"地叫，打在马尾松上，飞到他的脚边，掀起一股股尘土。总指挥这种在紧急情况下仍从容不迫地进行指挥的情形，我们看到过无数次了。

我们隐蔽在山坡上，谁也不说一句话，但每个人的眼睛，都注视着总指挥。按照我的心愿，真想跑上去，一口气把他拖下山来。可是我知道，不能这样做。

枪弹越来越密。我转到总指挥的一边，爬上山顶，想看一下地形。来到山顶一看，只见敌人已攻到了半山腰，并且正在拼命向山上攻击。烟火笼罩着整个山坡。我不安地看了总指挥一眼，他仍若无其事地站在山顶上观察着前方。我赶陕爬了回来，向各排长传达了情况。战士听说敌人攻到了前山腰，更为总指挥的安全担心。正在这时，总指挥放下望远镜，转回头来，对他身后的参谋说："命令二十八团和手枪营，准备冲锋。"说完，又转回头去观察。

战士们早急得不行了，恨不得立刻冲出去，把敌人消灭掉。掌旗员拉掉了旗套，战士们抽出了马刀，在我们右侧的二十八团，也同时展开了所有的红旗。冲锋号一响，战士们喊着杀声，向敌人冲去。忽然，总指挥的身子向右一侧，右胳膊上流出了鲜血。我马上跑过去。总指挥看我想去照顾他，左手向山下一指，高声向我喊着："坚决把敌人压下去！"

总指挥负伤，激起了我们对敌人无限的愤怒。我们手枪营从正面，二十八团从右面，十一师从左面，像决了堤的洪水，呐喊着向敌人压过去。顿时，漫山遍野红旗招展，杀声淹没了枪声，震荡着山谷。我们连的百多支驳壳枪，像一把无形的铁扫帚，哗哗一扫，敌人便倒了一片。敌人慌乱了，战士们紧接着便冲进敌人群里，跳进敌人工事里。远了用枪打，近了用刀砍，与敌人混战在一起。一个隐蔽在工事里的敌人，正瞄准我们的掌旗员射击，立刻被一个矮胖胖的战士发现了，他举起驳壳枪，一枪打去，敌人一缩头，他便一步审了过去，举起马刀，把敌人砍死在工事里。另一个军官模样的敌人，用手枪逼着一个机枪射手，拼命地向我射击，我们的一位班长，一枪把敌人的军官打死，机枪射手扔掉机枪掉头就跑。这位班长三两步赶上去，端起敌人丢下的机枪就扫射起来。

敌人开始动摇了，溃逃了。我们不放松一步地追赶着，无数面红旗在迎风招展，驳壳枪上的红穗子、马刀上的红绸子也在飞舞着，冲锋的呐喊声惊天动地。一个敌人，像被打蒙了的狗，吓破了胆的鸡，东一头西一头地向松树丛里钻。一个战士，伸手抓住他的衣服，缴下他的枪，向我们的后方指了指，又继续向前追去。另一个敌人，跑着跑着，转身想向一个战士射击。那个战士几步窜过去，一刀把他的枪砍落在地上。掌旗员高举着红旗，哪里敌人多就向哪里前进。红旗指向哪里，战士们就杀向哪里。有的同志负伤了，包一包伤口，又继续追击。有的同志子弹打光了，捡起敌人丢下的枪继续向逃跑的敌人射击。逢山爬山，遇河涉水，一口气追出十五里，收复了我们的第一道防御阵地桃花镇。

敌人的第三次增援彻底被击溃了。企图突围的敌人，也被打退到城里。

又经过了几天的围困，敌人已接近了粮尽弹绝的地步。敌人多次增援，也被粉碎了。就在这个时候，我们接到了一个令人兴奋的通知："我们的飞机要来黄安城轰炸敌人，散发宣传品，各部队不要发生误会。"这消息立刻使所有的人都振奋了。

我们红军当时只有一架飞机，这架飞机原是敌人的一架高级教练机，一九三〇年春，它在宣化店上空被迫着陆，被我们俘获。那时候，我们听说飞机的翅膀和其他一些地方损坏了，因此大家也没把它放在心里。现在忽然听说它要出马炸敌人，整个部队都欢腾起来了。有的战士高兴地说："他娘的，过去它黑天白日跟着腚瞎嗡嗡，欺侮我们，现在也叫他们尝尝我们的'鸡蛋'吧！"有的指着黄安城的敌人骂道："等着吧，不投降，就'慰劳'你们'鸡蛋'吃。"在一场大雪之后的一个晴天，我们的飞机果然出动了。大家高兴得简直坐卧不宁。有的人兴奋地向飞机喊着："同志，辛苦啦，下来休息一会儿再下'蛋'吧！"有的人嘱咐似的说："同志，要下准啊！叫他们也尝尝咱们的厉害！"有的人把帽子、手帕丢上天空；有的人竟跟着飞机跑起来。'大家都站在山头上，目不转睛地盯着飞翔在天空的红军第一架飞机。

过去，当我们听到飞机声音的时候，感到是那样刺耳，可是今天听着我们自己的飞机声音，是那样悦耳和舒心。

我们的飞机在黄安城上空盘旋着，敌人却愈来愈多地涌向几块空地。忽然，飞机翅膀一侧，落下几颗炸弹。顿时传来了一片隆隆的爆炸声，黄安城烟雾弥漫着。烟雾消散以后，还可见到有些敌人莫名其妙地站在那里，直愣愣地望着飞机出神。

赵冠英在外援不济、突围不得又遭到我飞机轰炸之后，动摇了。为了作最后的挣扎，保全他个人的生命，他又用冲出去"官升一级，士兵升官"的欺骗办法，叫一部分军官和士兵组成了"敢死队"，在我围困了他整整二十七昼夜之后，从南门突围了。

敌人一突出城，便与我围城部队展开了肉搏战。除了少部分敌人突出了包围，绝大部分又被我迎头打了回去。我围城部队尾随着退回城去的敌人，攻进了城门，与敌人展开了巷战。就在这个时候，我们手枪营又奉命配合兄弟部队追歼逃出包围圈的残敌。

战士们听说敌人逃跑了一部分，生怕里面有赵冠英，大家绑紧鞋带，紧紧朝敌人追去。沿途的赤卫队员和老乡们，也自动地拿起了长矛、梭镖、铁铲、木棒，高喊着："活捉赵瞎子！"从四面八方向逃跑的敌人包围着、追击着。到处是追击敌人的人群，到处是活捉赵冠英、活捉赵瞎子的喊声，到处是举枪投降的俘虏……我们二连一直追到高桥，才全部消灭了逃跑的敌人。仅我们一个连就活捉了二百多俘虏。在我们追歼逃敌的同时，黄安城也被解放，全歼敌万余名。

第二天，有几位老乡，抬着一个身穿大褂、负了伤的大烟鬼来到总指挥部。一位老乡掀掉盖在这个大烟鬼头上的东西，指着他的一只死羊眼说："他就是赵瞎子，他就是赵冠英。就是跑到天边，剥了皮，我们也认识他。"

原来赵冠英在突围时，叫他的秘书装扮成他的模样，骑着他的大白马，给他当替死鬼。

可是哪里想到一突围他就负了伤，那不争气的秘书又不甘心当这替死鬼，一被俘就揭了他的底。虽然他使尽了所有的伎俩，左藏右躲，更衣换装，可是仍没有逃出天罗地网。

赵冠英身子缩作一团，不断地眨着那只死羊眼，结结巴巴地说：

　　"是，是，我就是赵……瞎……子，我就是赵……冠……英。请红军先生和父老们开恩、留命。"

　　黄安城——我的故乡，解放了。

豫西牵"牛"

陈 康

> 陈康（1910—2002），湖北广济（今武穴）人。1930年参加革命。文中身份为晋冀鲁豫野战军第四纵队十三旅旅长。新中国成立后任昆明军区代司令员，中共云南省委书记，原兰州军区副司令员。1955年被授予中将军衔。

暴风雨的一九四七年。

八月初，英雄的刘邓大军，千里跃进大别山，揭开了大反攻的序幕。下旬，我们陈赓兵团按照党中央和毛主席的命令强渡黄河，挺进豫西，把又一把钢刀插进了敌人的心脏！

人民解放的怒火更旺盛地燃烧起来了！惊恐万状的蒋家王朝，竭尽全力做垂死挣扎。在仓皇应付各战场我军攻势的同时，蒋介石急忙调来了李铁军的第五兵团三万之众，妄想把我兵团赶回黄河以北。

打罢郏县，我军刚进至南召、方城一带，李铁军就气势汹汹地扑了上来。打，还是不打？这是关系着豫西根据地的开辟，也是影响整个中原战局的问题。

在领导同志中，有些人认为，必须集中主力，就地歼灭李铁军，才有可能在豫西立足，否则只有进伏牛山。陈赓司令员不同意这种意见，认为豫西根据地必须而且可以建立。但是，目前和李铁军决战的时机尚未成熟，贸然行动不仅没有把握全歼敌人，而且可能使自己陷于被动境地。首长的决策是：放长线钓大鱼——派一支小部队伪装主力，迷惑敌人，把李铁军这条"大牛"牵走；另抽一支部队，乘机分散发动群众，建立根据地；主力部队则隐蔽待机，随时准备出击平汉线，策应大别山的斗争。一旦时机成熟，就一举歼灭李铁军。这项决策，立即获得党中央的批准。

"牵牛"的任务交给了我们十三旅和二十五旅。首长们一再强调指出：要想法把敌人牵进伏牛山去，为主力争取活动时间，为更大的战役创造条件同时把"牛"拖疲、拖瘦、拖垮，也为"杀牛"准备好条件。

困难并不是没有，我们两个旅总共不过五六千人，而李铁军则是全副美械装备的三万大军。但是我们不是和它斗武，而是和它斗智，就凭这几千人，也非把这条"大肥牛"牵走、拖垮不可。

任务传达下去后，当天黄昏，部队便从南召出发了。二十五旅奔袭石佛寺，我们十三旅南下镇平方向。为了造成声势，部队分成许多路，浩浩荡荡地展开成一幅宽大的扇面向前推进，大路小路，几乎到处都是我们的队伍。

初冬时节，山区的夜晚已经是寒气袭人了。战士们扛着枪抬着炮，一会儿爬上山冈，一会儿蹚过小河，一会儿又穿过那光秃秃的栎树林子，飞快地向南行进。

远处传来了一阵狗叫声，前面有村庄了。"往后传，拉开距离，放慢脚步！"口令依次传下去。一反夜行军不准讲话的惯例，干部特意告诉战士们，为了暴露目标可以放声讲话。于是，连平时不大爱说话的战士，也都热烈地谈笑起来，有的甚至唱起各种各样的家乡调来了。拉大炮的马匹不知是嗅到了村里同伴的气息，还是和人们凑趣，也放开嗓门，引吭长嘶。村庄里的狗吠得更热火了，老乡们想必也从梦中醒来了。

半夜，我们离开南召已有四十多里，但后面并没有发现敌人，只好驻下来等，并且派出一部分部队，专门绕路返回到已经走过的村庄去驻，还在沿途的大小村庄都号上房子。部队一驻下来就马上动手垒修锅台，连里修，排里修，班里也修。有的一个班就修上好几个，做饭的做饭，烧水的烧水，不烧水不做饭的也烧上一堆火。霎时间，满村子烟气弥漫，红火映天，一个百十户人家的村子，驻上几个排便热闹得不可开交。

第二天，老乡们便到处传开了：

"老八路过来啦！光骡子、马就过了半夜！"

"我们村夜黑驻了好几千，村口路边修的净是锅台。"

……

一传十，十传百，越传越快，越传越远，越传越神。

这天下午，我们进到了刘村镇，刚收拾了当地的一小撮土顽，一个侦察员兴冲冲地跑来报告说："旅长，敌人来啦！"我们跑到山上，拿起望远镜一看，果然，敌人像一片黄蚂蚁，正沿着山沟往这里爬。不一会儿，山下便传来一阵枪声，我们的后卫部队和敌人打响了。这时，我们都松了一口气，心想：这条"牛"的鼻子总算给穿上了。

我们给后卫部队作了一番交代后，命令部队继续前进。战士们知道"牛"跟上来了，情绪立刻活跃起来。一些打仗劲头特别大的小伙子嚷着："嘿，李铁军这小子真来啦，咱们回去揍它一顿再走吧！"有的战士说："才穿上鼻子，就想杀牛吃肉，真是个馋死鬼！"休息时，几个小鬼放下背包就打着竹板唱起来：

> 李铁军，好大胆，一心想把便宜占，
> 陈赓首长指挥巧，将计就计把牛牵。
> 牵牛牛就跟着来，把它牵进伏牛山，
> 拖得它精疲力又竭，一刀杀死大会餐！

正唱着，几个人把一个小胖子突然按倒在地，前面的扭耳朵，后面的拖大腿，牵起"牛"来。小胖子急得哇哇叫，战士们乐得一个个哈哈大笑。但是，同志们高兴得太早了。当晚，我们刚进到大石桥，侦察员又赶来报告说，敌人在刘村镇吃了顿饭便缩回去了。

第二天，敌人依然没有来。

这是怎么回事呢？是我们的行动有了漏洞，还是敌人在耍什么花招？

下午，侦察员们抓来了一个俘虏，经过审问，才知道昨天跟上来的只是敌人的一个旅。李铁军真是老奸巨猾，我们一从南召出发，他就得到了情报，但却按住大兵不动，只派了一个旅远远地来盯我们的梢。这个旅一出来，只见东一个箭头，西一个箭头，到处是我们的路标，岔来岔去；又见沿路各村我军使用的锅台多得无数，弄不清我们究竟过了多少部队；加之在刘村镇又挨了我们的当头一棒，便断定我主力在此，慌慌忙忙缩回报信去了。然而李铁军仍未遽然相信，又派出谍报人员四处活动，打探我们的虚实。

我和雷荣天政委一听到这个情况，感到事情还非常棘手。因为这时，我兵团主力正向方城、叶县一带移动；如果我们不能很快把敌人牵走，时日迁延，让他们识透我们的意图，事情就不好办了。下一步一定得把这个目前还在举棋不定的李铁军牵到我们这条路线上来！我们一面把情况报告首长，一面连夜召集会议，进一步研究迷惑和引诱敌人的办法。

第二天拂晓前，村外忽然响了几枪。正准备查问，一个参谋来报告："三十八团三营抓了一百多俘虏。"我一听禁不住一阵高兴，急忙问道："敌人几时跟上来的？怎么我们都不知道？"

参谋平静地回答说："是一伙土顽，听说我们打了刘村镇，吓得往镇平城里逃，深更半夜里把我们当成'国军'，闯进三营驻地，被三营收拾掉了。"

原来是"小鸡"碰上了"牛刀"，真正的"牛"还没有来。

刚问清情况，首长指示，要我们坚决打下镇平。镇平是南阳西面的门户，是南阳通内乡、西峡口的孔道，拿下镇平，南阳就完全暴露在我们的铁拳之下；只要镇平一打响，李铁军定会硬着头皮闯过来。我们仔细琢磨了一下这个指示，越发觉得首长们对敌人真是洞若观火。"请将"不如"激将"，这一着正打中了李铁军指挥上的弱点，定然使他就范。大家异口同声地称赞：这真是个绝妙的计策！

十一月十六日半夜，我们到了镇平郊外，部队按计划将镇平团团围住，随即拉开架势，布置火力。当时，我们的炮还不多，一般攻坚战是轻易舍不得用的。可是这一回却例外地把所有的重火器都集中起来参加"表演"了。

黎明前，几乎是在同一分钟里，城周围几十个司号员的冲锋号一齐响了起来。接着便是震天动地的炮火急袭。成群的炮弹，飞落到城墙上、碉堡里，掀掉了墙垛，炸飞了碉堡盖，震垮了城楼。激烈的枪声，密得就像爆竹点着了火。短短几分钟，镇平城便被一道硝烟与烈焰交织的火墙包围了。甚至我们那些趴在工事里准备冲锋的战士也猜疑起来：是不是我们的大部队真来啦？

这时，截听敌人电话的侦察员来报告说，城里的敌人正声嘶力竭地向李铁军求救："共军主力围攻镇平，几百门大炮正向城上轰击，万望火速增援……"我们一听，都忍不住笑了。

战斗进行得很顺利。天明，我们打开了镇平，捉了一千多俘虏，缴获了大量的武器、弹药和粮食。

果然不出首长的所料，我们刚打开粮仓，把粮食分发给群众，宣传队、民运组的同志们才开始到大街小巷向群众进行宣传，纵队就来电告诉我们：李铁军的大部队已经急急忙忙向镇平赶来了。

但是，当敌人气急败坏地赶到镇平城下时，我们的部队已经补充了弹药，吃饱了饭，睡足了觉，又浩浩荡荡地西进了。

"牛"终于被我们牵来了。

以后，差不多每天都是这样：我们前面牵，敌人后面跟。停停走走，走走停停。相距远不过半天路，近不过三五里，有时甚至只是一河之隔。反正总是叫李铁军可望而不可即。

尽管李铁军老奸巨猾，用兵谨慎，我们还是逐步摸透了他的行动规律。后来甚至他每天要走多少路，在哪里宿营，我们都能够一言料定。

敌人也一直在处心积虑地打探我们的虚实，地面、空中的侦察活动不断。我们想了不少方法对付，弄得敌人越打探越糊涂。

一天，我们抓住了敌人一个便衣侦探。问他是哪个部队的，他还想冒充是"自己人"，说是"一〇五师师部"的。一句话就露了马脚。原来当时我们普遍扩大了番号，"一〇五师"实际是三十八团对外的代号。看来敌人是真把我们当成几个师对待了。

为了迷惑敌人的空中侦察，从镇平出发后，我们索性白天行军，队伍拉成一条条长龙。飞机来了，战士们扔下背包，钻进林子里去隐蔽，牲口、辎重全部丢弃在路上。行军休息时，我们又让战士们大量烧起篝火。这样，白天看来烟尘滚滚，夜晚看来，更是火光冲天……

当然，在那些日子里，我们也并不像长途旅行那样轻松。因为既要想办法牵上"牛"，又不能叫"牛"咬住，所以常常是米刚刚下锅，又要前进；背包刚刚解开，又要出发。特别是后卫部队更是艰苦，一天不知道要和敌人打多少次仗，有时即使一枪不发，也要大量修筑工事留给敌人"参观"。但战士们都知道陈司令员在亲自指挥着我们，都知道这一行动的重太意义，因而始终情绪饱满，信心十足。

我们不轻松，敌人并不比我们好。他们成天上气不接下气地跟在后面，我们说走，他不敢休息；我们一停，他就得赶快拉开挨打的架势。敌人部队臃肿，辎重累赘，一天赶个两头黑，走不了三五十里，还累得一个个龇牙咧嘴，脚跛手软；夜晚，刚想伸伸腿、缓缓粗气，又被我们的小部队不断袭扰，弄得日夜惶惶不安，越来越狼狈，一天天跟不上队了。

为了把"牛"牵得更紧，让它跟得更快，十九日，首长又命令我们奔袭内乡。当天夜里，我们就将内乡包围。这时，二十五旅已经和我们会合，由他们担任主攻，我们以炮火支援。这一夜，我们的火力急袭，比攻打镇平更为猛烈。不到天亮，外围据点便被我们扫了个一干二净。但我们并没有向城里发起冲锋，只是和敌人时打时停地相持着。

下午三点多钟，本来已经被吓破了胆的敌人，突然活跃了起来，甚至把老乡们逼到城墙上来向我们喊话，说我们已经"被包围"了，要我们赶快投降。战士们气得嗷嗷叫，干部们也纷纷跑来要求立即下命令发起总攻。雷荣天政委笑着向他们解释说："怎么你们又忘了，咱们的任务是'牵牛'啊！咱们围内乡，不过是虚晃一枪给'牛'看，看敌人那股疯狂劲，'牛'马上就要来了。赶快回去给战士们解释解释，咱们又该走啦！"

果然，部队刚刚转移，整三师先头部队的炮弹就从湍河那边打过来了。

接着，我们又把敌人牵到了赤眉镇。

赤眉镇是由内乡通向伏牛山深处的一个隘口，再往里走，山大林密，沟深路窄，大部队运动不便。我们估计在这里李铁军很可能又会愁思苦虑，举棋不定。而我们如果不继续把它牵进去，就会前功尽弃，达不到预期的战役目的。因此，离开赤眉不久，我们就连夜派了一支侦察部队返回去诱惑敌人。另外还派三十八团三营在鱼关口布置了一个小口袋，准备狠狠揍它一顿，显露一下力量，引诱它坚决进山。

第二天早上八点多钟，枪声在赤眉镇方向响了。一会儿，侦察队从鱼关口对面的大平川跑了过来，后面紧跟着一大片穿黄衣服的敌人。这时，在最前面的八连迅速迎了上去，准备把敌人拖进口袋。

狡猾的敌人并没有照直进口袋，却扭头向九连的阵地爬来。一场激烈的战斗展开了……

从早上到下午，敌人连续发动了十几次激烈攻击，进攻的兵力一次比一次多，最后竟然整连整营地干上了。但是，在我们英雄的九连面前，敌人只是一次又一次地留下大批尸体，没有得到半点便宜。李铁军以为这下是揪住我们的主力了，便亲自赶来督战。

大炮咚咚哐哐一直轰到太阳偏西，敌人才一步一步地爬上山来。

可是，在这里除了专门留给他们"参观"的密密层层的工事以外，一个人影也没有了。

李铁军满以为大功即将告成，第二天，竟然丢掉辎重，扔下大炮，拼着老命往山里追赶。这时，国民党的造谣公司中央社也在那里大吹牛皮："国军已把陈赓主力逼进深山穷路，共军士气低落，逃亡严重，粮食困难……"

其实，这时我们旅已到了夏馆镇。分工开辟根据地的部队已全部展开，陆续建立了七个分区，豫陕鄂军区也成立了，在伏牛山东麓隐蔽待机的我兵团主力，向平汉线靠拢，已经和华东野战军的部队会师。震撼中原的平汉线破击战马上就要开始了。

我们估计敌人可能不会再跟得那么紧，因此，在夏馆休息了两天，想等它一下，看看情况。不料，李铁军派出了两个旅由西面包抄过来，准备把我们合围于夏馆。这突如其来的情况，真使我们又惊又喜，惊的是差点没给敌人裹住，喜的是敌人到这时候还没有醒悟过来，而且还在寻我主力

"决战"呢！

部队连夜撤离夏馆，迅速进到伏牛山深处形势险要的二郎坪。我们原以为李铁军会"不到黄河心不死"，奇怪的是，他却又不来了。

正在疑惑间，从纵队突然传来了叫人欣喜欲狂的消息：平汉线破击战大获全胜，郑州至信阳八百多里铁路被我军破坏，敌人的重要屯兵基地许昌、漯河等二十三座县城被我攻克。带着三十二个旅"清剿"大别山的白崇禧，不得不仓皇抽兵回援。围歼刘邓大军的阴谋彻底破产，鄂豫两省的敌人已完全陷入瘫痪状态。李铁军这时才像醉汉喝了酸汤似的，清醒过来，星夜"驰援"平汉线去了。纵队命令我旅立即尾追整三师，由"牵牛"改为"赶牛"，务必将"牛"赶到预定地区。

牵了这么久的"牛"，现在到杀的时候了。战士们高兴得一蹦三尺高。驻地通宵灯火不熄，歌声不断，到处在忙着磨刺刀，补鞋子，准备出发。几十天来，我们从北到南，从东到西，牵着比我们强大几倍的敌人在伏牛山兜了个大圈，爬过了多少山，蹚过了多少河。在无后方的条件下，鞋坏了只有赤着脚走路，粮食缺了就紧紧裤腰带，没有谁发过一声怨言，没有谁讲过一句怪话。今天，"牛"终于被拖垮了，谁不想马上扑上去，一刀把"牛"斩掉呢！

追击的命令一发出，部队就像决堤的山洪，一泻直下。战士们一个个像长了飞毛腿，一昼夜就赶了二百多里。

这时，正赶上下大雪，天寒地冻，滴水成冰。号称蒋介石嫡系精锐的整三师，被我们拖来拖去，早已弄得精疲力竭，加上缺衣少食，挨饿受冻，当兵的一路走，一路开小差，到处是散兵，到处扔的是枪支、弹药。敌人原来留在内乡的大炮，也在向李铁军靠拢的途中，被我们的游击队改换路标，引到山沟里缴了械。李铁军万万想不到，他赶去平汉线，不仅是给他的难兄难弟奔丧，也是自己去进坟墓。当整三师日夜兼程赶到西平县西南的祝王寨、金刚寺一带时，陈粟大军和我陈赓兵团的主力早已摆开了聚歼的阵势。我们旅也已绕路赶到前面"恭候"着了。

一天黄昏，整三师两万余人全部陷入了我军的重围。李铁军成天梦寐以求的"寻找共军主力决战"的时刻终于来到了。李铁军原想依靠新式的美国装备来上个把回合，挽回被歼的命运。但是他没有想到，美械并不能救他的命，仅仅一天一夜的战斗，他的兵团部和整三师就全部被我歼灭了。李铁军的中将参谋长李英才被我们俘虏后，不胜感慨地说："唉，说实在话，敝军这次失败，一半是打垮的，一半也是拖垮的……"

喧响的柴林

黄新廷

黄新廷（1913—2006），湖北沔阳人。1931年参加红军，1932年加入中国共产党。曾任三五八旅副旅长，西北野战军一师师长，三军军长，原成都军区副司令员、司令员，解放军装甲兵司令员。1955年被授予中将军衔。

七八月间，天气正热。沔阳宋家墩四周繁茂的柴林，好像一堵密不透风的围墙。夕阳如血，成群的蚊虫像一层烟雾，在柴林上空飘荡着，发出令人心烦的嗡嗡声。远处传来断断续续的枪声，是保安团在杀人呢，还是猎人们在打野鸭？人们不安地聚集到村子西头来，踮着脚尖，隔着柴林朝远处眺望。

从去年大革命失败以后，穷苦的农民在白色恐怖下，日夜提心吊胆熬着苦难的日子。前些时候，听说共产党又来了，到各乡各村联络穷人，杀渔霸分湖业，闹得挺热火。这个消息一下在穷人心里开了花。父亲也变得活跃起来，成夜在村里串门，打听这打听那。这时候，他也被枪声吸引到村西头来，侧耳倾听。我站在父亲身旁，不时看看他的脸色，想探测事情的祸福。

忽然，一个人朝着大家跟前跑来，喊道："共产党到了斗湖村啦，搞得真热火。我今天从那里来，亲眼看见的。"父亲连忙挡住他，环顾了一下，然后对身边的陈世媛说："媛姑娘，去看着村口，当心宋友卿！"这才要那人把详细情形说了一遍。大家听了，都不约而同地说："巡视员能到宋家墩来就好了！"有的说："要请他来也容易，不过保安团离这里才二十里路，要干，就得下定决心！"宋友发接着说："人来了，我们就要负责任，不能让他出危险。"大家都乱嚷道："天天盼共产党来，现在来了，还不快接来！"立时公推了两个人连夜去接头（那时候，我们都习惯地称呼上级组织派下来工作的党员为巡视员）。

第二天，太阳没落，我就到村西湖边去等，想不到陈世媛比我还早。不一会，岸边就站了一大堆人，大家都朝远处湖里瞭望，焦急地念叨着："巡视员怎么还不来呢？"

直到快二更天了，才听到柴林里簌簌作响。一会，小船就拢了岸。父亲先跳上去，紧接着就有一个穿长衫的人跳上岸来。他左手提一个白布小包袱，右手掖在腰里，天黑，看不清他的面孔。人们像接待久别的亲人一样，簇拥着巡视员向村西头走去。几个机警的年轻人立即到村前村后布起岗哨。

男女老少，挤了一屋子，人们的眼睛都注视着巡视员。灯光照着他年轻的面孔，看来不过二十多岁，文质彬彬，像个学生。不知谁略略地说了几句以后，就说："现在请巡视员讲话！"

巡视员站起身，开始说："共产党专和反动派、土豪劣绅作对，帮助穷人……"接着就告诉我们要做些什么事，怎么干法。

最后，他要大家组织起来，并且让大家临时推举出各个组织的负责人来。他说："以后，我们还要成立苏维埃！"在这个会上，农民协会、赤卫队、妇女会、儿童团、少先队等组织又恢复起来了。

会一开完，就用小船连夜把巡视员送走了。

以后，我们就在村里大搞起来。很快就发动起穷苦的渔民，把宋家墩的一个财主宋友卿的浮财分了。赤卫队、少先队天天扩大，闹得很热火。

有一天，宋宾成找到我悄悄地说："党决定在宋家墩建立共产主义青年团的组织，你愿意入团吗？"我高兴得蹦起来说："这还有不愿意的！几时入？怎么入法？"宋宾成按住我说："小鬼，可不许乱说，这是秘密，连娘老子都不许告诉！"这天夜里，他把我带到村西头坟堆边上。我和陈世媛两人，就在这里宣誓参加了共青团。后来才知道，宋宾成也是不久前才入党的。

这年冬季的一天，从新堤开来了一支民团队伍，大约一百来人。我们头一天晚上就得到区里的通知，干部们连夜转移了，因为我年纪小，活动起来方便，组织上决定把我留下来了解敌情。

敌人一进村，就到处抓人，抢东西，烧房子。把从别村抓来的一个共产党员，杀死在村西坟地里，头割下挂在小树上。宋家墩一时变得阴风惨惨，到处是凄厉的哭声，遍地是焦黑的灰烬。大家把仇恨埋在心里，等待着和敌人算账。

替敌人带路的是我的一个族叔。我倚仗年纪小，又有这个熟人，就放大胆和敌人打交道，一会儿送茶，一会儿送水，在他们的指挥部、住屋和岗哨上进进出出，把敌情暗暗记在心里。第二天天一亮，我就背着柳条筐，拿把镰刀，装作下湖去割蒿草走出村子。枯水季节，湖里水都干了。我往柴林里一钻，三拐两拐，估计敌人的哨兵已经看不清了，拔腿就朝沟烂塌跑去。这是干部们临走时留给我的地址，区里的游击队住在那里。十几里路，一口气就跑到了。我把敌人的人数、武器和驻地分布情况详细地告诉了游击队长，当晚又背着一筐子蒿草回到村里。

因为听队长说第二天晚上要来袭击一下敌人，所以这一整天，我心里总是扑腾扑腾跳。天一黑，就用个梯子爬在院墙上悄悄向外窥看。村四周都是漆黑的，风吹柴林簌簌作响。大约一更天光景，敌人的闹嚷声渐渐静下来，突然村东哨口上"叭！"一声枪响，把我吓了一跳。紧接着，满村的狗都狂吠起来，敌人喊叫着，到处跑，辟辟啪啪乱打枪。这时，村东村西同时喊声大起："同志们，冲呀，杀保安团呀！"敌人大概被吓慌了，一边打枪，一边乱奔乱突。我也禁不住站在墙头上一面叫喊，一面用白天捡来的石子、砖块，朝街上溃跑的敌人乱砸。后来敌人都挤到指挥部的三间屋子里去了，枪声也不那么杂乱了，花机关"嘟嘟嘟"地直朝大路上扫。我们的人也不再叫喊，一步步向前逼近，朝屋里甩火药瓶。这样打了大概有一个多钟头，才逐渐寂静下来。因为我们枪少，遇到敌人有组织的抵抗，很难强攻，便悄悄撤走了。

第二天一早，我就被乱糟糟的叫喊声、啼哭声吵醒。从门缝里一看，敌人背着、提着大包大包的东西，正用枪托、皮鞭威逼着村里的人跟他们走。我在屋后草堆里躲了一阵，听不到声音了才出来。一看，村里除了几个老人小孩，其余的都被敌人抓走了。

后来，被抓走的群众大部分也陆续溜了回来。经过这次锻炼，群众的革命意志更加坚定了，许多人都参加了赤卫队。

人们天天跑来问干部："苏维埃究竟什么时候能来？"这问题，干部们也没法答复，因为谁也不知道这个姓苏的几时能来。后来，还是那位巡视员来了，他对大家说："苏维埃，大家想他来他就来了。我们就开会选举吧！"大家才恍然大悟，原来苏维埃就是政权。不久，村里就开大会进行选举，正式成立了村苏维埃，并且着手进行土地改革，分配湖业。

那时，赤白交界处斗争非常残酷。敌人经常下乡烧杀；我们也常在夜间去袭击敌人的区、乡公所，杀土豪、恶霸。在斗争中，我们不断地成长壮大，武器也越来越多，越来越好了。最初用的是插在袜筒里的钎子（小刀）、红缨枪、大刀、土炮和煤油桶。后来，请铁匠打了些火药枪、九响梆、和"曲把"（大型手枪，填一颗，打一发，用步枪子弹）。这样，打起仗来，居然砰砰嘭嘭地挺像回事了。我们也常常去袭击来"围剿"我们的敌人正规军。

记得是一九二九年的枯水季节，湖北省保安师开到了峰口镇，并派一个团伸展到宋家墩西边三十里的岔河口。区里接到县里的通知，集中了党、团员，组织了一支"骚动队"，一共四十多人，去扰乱岔河口的敌人。还派了两个巡视员来带领。他们一人背一支"曲把"，有一支打不响，子弹只有三发，还有一发坏的。其余的人都是拿的红缨枪、火药枪。我是区里的少先队长，也参加了这次袭击，负责打土炮。

天一黑下来，骚动队便都上了船。五只船浩浩荡荡一直向西开去。上弦月通过夜雾，映出幽暗的微光。湖上灰蒙蒙的，没有一丝风。柴林静静地隐伏着，只听到船头汩汩的水声，越发显得恬静。我们已经习惯于夜间偷袭敌人，谁也不感到紧张，大家议论纷纷，都想在这次袭击中缴几支钢枪。巡视员见大家劲头足，倒反有点担心，一再嘱咐大家："这次去，目的就是骚扰敌人，要他们坐立不安。大家要听指挥，硬打是打不赢的。"

水路走了二十里，弃船登岸。又走了不足十里路，大约十一点多钟，就到了岔河口附近。先派两个人摸上前去看看有没有岗哨。不一会，去的人回来说："敌人没有做工事，东边镇口只有一个哨兵。"巡视员就对大家说："我先带两个人去摸哨，其余的人随后跟来。"

我们扛着土炮，抬着火药，在堤岸下边悄悄前进。又走了百多步，停住了，大家屏住气息，听前面的动静。好久，忽然听到一个惊慌的声音："不好了，共产党来……"没喊完，声音突然中断，大概我们的小钎子已经刺穿了他的喉管。可是，他这一喊，却把镇上的敌人惊动了，当我们向前冲去时，敌人的枪也响了。巡视员要大家伏在地上，又叫我们朝镇上轰几炮。我们马上架好炮筒，填上火药和铁弹，只见橙红色的火光一闪，"轰隆"一声，好像楼房崩塌了一样。敌人的枪声停了一下，立刻又有更多的枪声响了，并有许多炮弹在我们四周炸响。这时，巡视员喊道："向后撤退！"我们抬起土炮，就沿着堤埂退到一里路远的地方停下来，一枪不发，光看热闹。

敌人就这样打枪、打炮，一直打了一个多钟头，却不敢出来。等他们松了劲，巡视员又叫我们上去，捅它一炮。这一夜，我们没有让敌人安静一会。

天渐渐发亮了，听见镇上人喊马嘶，乱作一团。直到太阳露了头，才看见一小队敌人出了镇，沿河堤一步三回头地向我们走来，一边走一边打枪。我们就往后撤，走得很有秩序。敌人明明看见我们，却不敢靠近。我们走得快，他们也赶得快；我们慢，他们也慢。就这样"追"了里把路，敌人不追了，悄悄往后缩。我们回过头来，先赏他一土炮，接着就呐喊着追上去。这批敌人一听炮响，吓得跌跌爬爬，拼命向镇上奔逃，比追我们时快得多了。我们紧盯着屁股追，直追到镇上，一看，一个人也没有了，敌人全逃光了！巡视员喊道："敌人跑了，沿河堤追呀！"

又追了大约两三里路，远远看见河上有一队船。"是敌人的船，赶上去打呀！"大家一声喊，紧赶了一程，船没有人跑得快，土炮能够得着敌人了，便停下来。我在炮筒里狠狠塞足了火药和铁弹，捣得结结实实。这一炮打出去像刮起一阵旋风，只见敌船四周掀起三尺猛浪，船像醉汉似地摇晃起来；有些被弹丸打中的敌人，吱吱哇哇乱哭乱叫。敌人的军官也在狂吼："打枪！朝岸上打枪！"最后一只船忽然离开了船队，在河中间漂流起来；其余的船拼命朝前闯。巡视员见敌人跑远了就摆摆手，叫大家不要追了。大家把最后那只船勾到岸边一看，船上没有一个人，却堆满了大包小包东西，原来是敌人在岔河口抢来的。我们把船撑回岔河口，东西全还给了群众。

这一仗，四十个人赶走了敌人一个团，大大鼓舞了我们的士气。以后我们就经常去夜袭敌人，陆续缴获了不少枪支。光袭击杨水湖就缴了二十多支步枪。于是我们的游击武装发展了，区有游击大队，县里建立了独立团。除仙桃、新堤、峰口等大城镇外，我们沔阳县和监利、潜江、天门、汉川、京山、江陵等各县红色区域逐渐连成一片。

烽火兰州

张达志

张达志（1911—1992），陕西葭县（今佳县）人。1927 年参加革命。文中身份为第一野战军四军军长。新中国成立后任原兰州军区司令员兼甘肃军区司令员，军委炮兵司令员。1955 年被授予中将军衔。

西进道上

还在太原前线时，我就接到调往四军工作的命令。四军的老底子是陕北红军游击队，现在是第一野战军的主力之一，正和兄弟部队并肩参加为解放大西北而进行的大兵团作战，我是在这个部队里长大的，熟人很多，所以真想立即动身前往就职。但等到太原战役结束后，临时又去参加了一段和平解放榆林的接管工作，再转头南下追赶部队时，简直是有些望尘莫及了。

五月二十日，我军解放了西安。六月中旬，又粉碎了胡宗南、马步芳、马鸿逵等联合向西安的反扑。随着华北十八、十九两兵团全部到达关中，七月又取得了扶（风）眉（县）战役的伟大胜利。这一胜利，不仅歼灭了胡宗南四个军四万三千余人，解放八座县城，更重要的是使西北战场起了根本变化，即我军由相对优势，一变而为绝对优势。同时，由此分割开胡、马军联合作战的一切可能，使敌人在西北地区再举行战役进攻的主动能力已完全丧失。扶眉战役后，胡宗南退守汉中，我军即乘胜向西追击马步芳与马鸿逵军。这二马当中，青海的马步芳最为狂妄，对胡宗南之惨败和蒋介石之垂危颇不甘心，俨然以"挽狂澜于既倒，定乾坤于西北"为己任。在其前不久就任敌西北军政长官时曾大言宣称："我要拿下西安，杀出潼关，砥定中原，占领全国。"时至今日，这位马长官的"凌云壮志"仍未罢休，陈兵于兰州城下，妄图阻拦我军。现在我军大举进攻的矛头正是指向青马，决心首先夺取兰州。兰州是西北第二大城市，是控制甘、宁、青、新四省的战略要地。如攻克兰州，就能促使整个大西北迅速解放。四军此时已编入第二兵团建制，现正向兰州附近集结，准备参加主攻兰州的战斗。

抱着急切赶队的心情，从榆林出发，第一次路经光复后的民主圣地——延安，也未及瞻仰，匆匆而过。赶至西安，贺龙司令员一见面就兴奋地说："你来得正是时候，刚好赶上打西北战场的最后一仗，再晚一点，这台戏就没有你的份了。"接着他又指示我说："打这最后一仗也是不能轻敌，马步芳的尾巴今天还翘得相当高，他觉得历史上红军吃过他的亏，认为自己是'不可战胜者'。现在他蹲在兰州，依靠着三面环山、中间夹黄河的天险，还有抗日时期修的'国防工事'，准备和胡宗南、马鸿逵三家来个里应外合，想把我们一口吞掉呢。"

"原来马步芳还有这么大的胃口啊！"听了贺总的话，我不禁惊讶地唛叹了一声。二兵团首长也向我介绍了当前的战役部署，说："现在我军已经给敌人撒下一张大网：以五个军攻取兰州，以三个军由兰州南侧绕插西宁，去抄马步芳的老窝。另以三个军积极沿川陕公路南进，镇住胡宗南，以一个军对宁夏方向运动，牵住马鸿逵。这样，不管兰州的敌人或逃或战，都逃不脱被歼灭的命运了。"听了这一席话，更使我不能在西安停留。首长们接着向我谈了一些四军的情况，谈完，我即刻辞别首长们，又往西兼程赶路。

从西安出发，正巧四军供给部长王国瑞同志也要赶往前方，两人结伴而行，乘火车到了宝鸡，又换乘一辆美式吉普，一路上边走边谈，颇不寂寞。一谈起陕北，我们的话就没个完，从红色赤卫军一直谈到今天的主力兵团，一张张熟悉的面孔在眼前跳动。我问国瑞同志："'黑羊羔'现在干什么？"他乍一听有点愣住了，想了一下，才若有所悟地说："王学礼呀？现在是个呱呱叫的团长哩！"

王学礼，是红二十七军一团少年先锋连的指导员，我们分别时他还是个十足的娃娃头。小小的个子，长得圆墩墩的，打起仗来天不怕地不怕，哇一声就登上地主家的石头窑洞顶。见了老乡，大叔大婶叫得不离嘴，手脚特别勤快，老乡们都喜爱他，有点好吃好喝的也给他留着，亲热地叫他"黑羊羔"。所以当时我们也不叫他的姓名了，都叫他"黑羊羔"。这几年长大成人，又当了团长，叫的人可能少些，因之王国瑞同志听了发愣，可是我多么想快快地见到他啊！

西兰公路上，塞满了支前的民工队和后勤部队，来来往往，络绎不绝。真是车水马龙，欢声载道。路两旁一条条醒目的标语："追追追，猛追马匪！不歇气，直捣兰州！""打到天涯海角，彻底解放大西北！"不断映入眼帘，令人振奋。汽车进入甘肃境内，时见戴白帽、穿长袍的回民同胞，对我军拱手相迎，笑逐颜开。过去国民党曾向回胞进行反动宣传，说我军要"杀回灭教，共产共妻"，企图以此煽动回胞起来反对我军。但是，由于我军正确地执行了党的民族政策，不仅使长时期来的民族隔阂得以冰消雪解，而且所到之处，万民拥戴，箪食壶浆，争相迎送。正因为这样，我军才能在旬日之间，前进千余里，解放陇东、陇南三十余县，歼敌五万五千多名。于八月十九日一鼓作气而直捣兰州城下。

一路上紧赶慢赶，到达我军指挥所，已是八月二十一日深夜，比部队晚到三天。

沈家岭阵地

沈家岭，位于兰州西南六里许，是夹在五泉山和狗娃山之间的一道大山梁，面积百多亩，像个横置的葫芦，葫芦底朝外嘴向里，最高处修有钢筋水泥碉堡群，汽车可以沿着环山公路直通山顶。葫芦外面有环形的人工削壁三层，每层高约丈余。削壁外又有一丈多深的外壕，壕沿上都附有铁丝网、地雷等防御设施，为敌人防守兰州的三大主阵地之一。如我军拿下沈家岭，即可直插西关，卡住黄河铁桥，截断敌人的唯一退路，所以敌人称此阵地为"兰州锁钥"。

要进取兰州，当然得先将这把"锁"砸碎。就在我到达前线的当天，部队去砸"锁"了。以十一师两个团向敌进攻，攻了整整一天，结果没有攻下，部队还遭到相当大的伤亡。我来到指挥所时，虽然夜很深了，但军党委还正在开会，研究白天攻击受挫的原因。从同志们的发言中听出，主要是部队里有严重的轻敌思想，自上而下不少人这样说："扶眉战役一下吃掉胡宗南四五万，现在马步芳这几个兵算什么！"还有人说："敌人在平凉、天水、六盘山那样险要的地方，也不加防守，狼狈逃窜，现在他守兰州还不是装样子，保险一冲就垮。"由于这种思想作怪，以致战斗准备很不充分，因而受到这一血的教训。我在会上传达了贺总的指示，指出在全国即将胜利的形势下，任何松懈情绪和轻敌思想都是错误的。大家在检讨中也都明确了敌人越接近死亡，越要拼命挣扎。特别像青马这样骄横专制、独霸一方的土皇帝，历史上曾对人民欠下无数血债，目前仍然怀着不可一世的野心，必然更加疯狂。马步芳为了和我军在兰州决战，用了他赖以起家的八十二军据守沈家岭，用他的儿子马继援坐镇兰州指挥。马继援曾提出"决心与兰州共存亡"的口号，并对守沈家岭的士兵下命令说："有沈家岭就有兰州城，你们活着要守住阵地，死了要为回族争光。"还给每人发了三元白洋，以买其心，敌人处心之苦，不为不毒。

军党委会研究了这些情况，重新做出决定：要深入地进行政治动员，反复侦察地形摸清道路，仔细地研究进攻战术，组织后勤人员保证物资弹药的运送。对主攻部队也做了调整，由三十一团主攻。野司、兵团这时也给了我们同样精神的指示，将总攻时间推迟至二十五日。彭德怀司令员派副参谋长到我军传达彭总的指示时，特别强调了党中央和毛主席要我们"集中兵力，充分准备，连续进攻，坚决歼灭青马，攻克兰州"的指示。

新的决定布置下去之后，部队紧张地行动起来，连我这刚上阵地的新手，也忙得个团团转。那天正在听各师准备工作的汇报，忽然三十一团团长王学礼同志来了电话。我一拿起话筒，就听他一迭声地问："喂，是军长吗？啥时到的？身体好吗？"这"黑羊羔"还是那股火辣辣的劲儿，本来想打完仗再去看他，不想他先打来了电话。我说："你提了一连串问题，叫人咋回答？"他大声地笑了："政委（这是在红一团时的老称呼），真想去看你，实在顾不上，只好兰州城里见面。到城里你得请我吃西瓜呀！""好啊，兰州是全国有名的'瓜果之都'，进了城，瓜果一定管你饱。"接着我问部队情绪怎样，他说："上级的指示像把火，把战士们的心都烧红了，都争着要当尖刀，吵得我简直不知道给谁好。"我说："你看谁合适就给谁嘛，只要你这个娃娃头不吵着当尖刀就行了。"他又大笑了："谁都够条件，谁都有理由……"我心想：我们的部队就是有这股英雄劲。扶眉战役刚完，接着连续追击敌人一千四百多里，风里来雨里去，饥一顿饱一顿，已经够累了，到了兰州城下，又投入紧张的战斗准备，在天雨泥泞中修筑工事，整天吃的是囫囵豆子、苞谷粒、山药蛋。可是他们好像根本不知道疲劳，一听说打仗，又是嗷嗷叫。这样的战士怎不叫人爱呢！我告诉王学礼，他们是主攻团，要特别珍惜部队这股劲，千万不能轻敌。最后特别叮嘱他：要掌握住部队，注意隐蔽，不要枪一响就手痒痒，不管部队，自己拼命向上冲。他高兴地说："请首长放心，保证拿下沈家岭，把兰州的'锁子'砸开，给你作个见面礼。"他的话也给了我十足的信心，在这样的英雄们面前，没有扳不倒的山。

二十五日，雨停了。天还不明，我站在军指挥所的山顶上，向北望去：远处，兰州城内还残存着两三灯火，半明不灭，就像马步芳的命运一样凄凉黯淡；近处，是黑黝黝两座山包——沈家岭和狗娃山。再过一会儿，我们就要在这里同敌人展开一场恶战，尚在迷梦中的敌人，绝不会知道今天就是他们生命归宿之日！

雨后的旷野上，一切都显得安谧而宁静，微风掠过，虽略有寒意，却使人更加振奋。我呼吸着从黄河上飘来的新鲜空气，等待着激战开始的时刻。

王学礼和他的战士们

拂晓，三颗红色信号弹升上高空，我军各阵地上同时万炮齐发。兰州城东、南、西三面的山顶上，霎时犹如天崩地裂一样。我们眼前的沈家岭，也一下完全被浓密的硝烟尘土所遮盖。不一时前沿报告：第一道堑壕一、二、三号碉堡已被我主攻部队占领，先头部队已向第二道堑壕逼近。但还没有等我军站稳脚跟，敌人就集中兵力反扑。三十一团的战士们，在三十二团和三十三团的密切配合下，迅速打退敌人第一次反扑，占领了第二道堑壕，并乘势向沈家岭的核心工事逼近。

敌人为了保住这把"锁"，不断从城里调来大批后备部队，整营整团地向我反扑。不分队形，也无法计算次数，只见漫山遍野的敌人倒背着枪，光着膀子，提着明晃晃的马刀，像凶神恶煞一样横冲直撞。在他们背后，敌军官也手举长刀，大呼大叫。甚至还有头缠白布、留着大胡子像阿訇打扮的人，口中念念有词，也在后面督战。敌人的嚣张，更燃烧起我军的怒火，阵地上真是刀光剑影、杀声震天。不分干部战士，都奋不顾身地与敌展开搏斗。王学礼同志，一会儿跑前跑后指挥作战，一会儿端着刺刀和敌人拼杀，还要不时地向师里报告情况。敌人几次冲到他跟前，都被他带领机关人员赶了回去。经过多次打退敌人反扑之后，三十一团只剩下一百七十多人了，干部绝大部分伤亡，弹药也剩下极少。可是王学礼并没有请求支援，他把团直所有人员都组织起来，把阵地上所有的弹药都收拢起来，投入战斗。他坚定地向同志们说："在这种时刻，我们不能给上级出难题，叫上级替我们担心。只要大家勇敢顽强，注意节省弹药，我们就有把握守住阵地，消灭敌人。"

王学礼他们团出现了许多可歌可泣的事迹！突击四连十九岁的司号员孙明中，在连排干部全数伤亡的情况下，他毫不迟疑地举起连长的驳壳枪，向全连剩下的十多个战士高喊："同志们，给牺牲的同志们报仇，冲啊！"他打着枪，吹着冲锋号，带头冲向敌阵，把反扑的敌人消灭在阵地前。子弹、手榴弹都打光了，他又冒着敌人的火力封锁，数次冲入被摧毁的敌碉内，背回七箱手榴弹、三箱八二迫击炮弹。在他的指挥下，他们十几个人坚守住百多人的阵地。机二连三排的同志们，扛着重机枪向敌人核心阵地钻，突然迎面扑来五十多个敌人，来不及选择阵地，就地架起枪就扫，一连打退三次反扑。最后敌人集中三百多人冲向他们，这时，只剩下一挺机枪还能打响，排长张生禄亲自握着枪把打，张生禄负伤了，六班长白生文接着打，不一会儿白生文又负伤了，六班副金鼎山又接着打，打了一阵金鼎山又牺牲了，指导员赵占国又扑过去……就这样，他们前仆后继，连续打退敌人十多次反扑，始终坚守着阵地，等到增援部队上来。在攻击第二道堑壕时，敌人一挺重机枪封锁了前进的道路，压得从正面突击的同志们抬不起头，因火力点在暗处，我们的炮火很难摧毁。突击队的同志们正发愁，忽然从侧面跑出一个人来，一声不吭，端着雪亮的刺刀，一眨眼就冲到了这个暗碉跟前，用他的身体和刺刀一起，对准枪眼狠狠地刺了进去，敌人的重机枪哑了，突击队从正面顺利地飞卷敌阵。当时谁也不知这位英雄从哪里来，他叫什么名字，在第二天打扫战场时，才从他被烧焦的尸体上，找出烧剩下的半片"中国人民解放军"的胸章，胸章背面还留着："四军十一师三十一团排长……"几个字。

英雄们的事迹是数不尽的，残酷的战斗愈战愈烈。尽管王学礼同志不叫困难，我们也考虑到他的处境，决定拿十师的三十团上去支援他们。同时组织军直所有干部和勤杂人员，为他们运送弹药。又命令二十八、二十九团向左翼的狗娃山展开猛攻，以减轻他们的压力。

三十团是扶眉战役中的英雄团，能攻能守，一上去可把王学礼高兴坏了，他一见武志升团长就高兴地喊："老武哥，你们上来的正是时候，我们还有一百二十多人，你指挥吧，保证完成任务！"武团长看到他深陷的眼窝，消瘦的面颊，满脸灰尘被汗水冲成一道一道的，知道他还是老毛病，打起仗来几天几夜不睡觉，就劝他下去休息一会儿。他一听可急了："老武哥，怎么你一上来就撵我下去，那可不成。"说着就拉上武志升同志亲自向他介绍敌情。

三十团增援上去以后，敌人虽然还连续组织了十多次反扑，但看出来已是强弩之末，气焰大不如前了。我军每打垮敌人一次冲锋，即乘胜出击，逐步向前发展。到了下午五时，沈家岭上敌人有生力量已被我消灭殆尽，再也无力反扑。

黄昏来临，最后的总攻开始了。敌我双方的炮火更加激烈。即将死亡的敌人，在督战队钢刀的威逼下，犹作困兽之斗。这时王学礼的双耳被炮弹震聋，眼睛也红丝丝的，但他还是精神百倍，提着驳壳枪，跳出战壕，用沙哑的嗓子喊着："同志们，跟我来！"追向溃逃的敌人。

谁知就在这最后的时刻，敌人的子弹竟夺去了王学礼同志年轻的生命。这是多么痛心的消息啊！正在战斗着的同志们全都热泪盈眶，悲愤地喊着："为王学礼同志报仇！"大家举起冲锋枪，举起手榴弹，狠狠地向敌人杀去！

王学礼同志，在这敌人成群跪倒缴枪投降的时候倒下了，在这兰州古城上刚刚飘起红旗的时候倒下了。一听到这个惊人的噩耗，真使人心痛如绞。霎时间，十五年前那个活蹦乱跳的红小鬼又出现在我脑子里，两天前那个在电话里约我吃西瓜的声音又响在我耳鼓里。

胜利，它的得来是多么的不易！走向胜利的每一步道路上，洒下了多少同志的鲜血啊！望着波涛汹涌的黄河，望着庄严雄伟的兰州城，我默默地悼诵着：安息吧，王学礼同志！安息吧，为解放兰州而牺牲的英雄们！

各族人民的欢笑

在我军攻占沈家岭的同时，六军也攻下营盘岭，六十五军攻下马家山，敌人所吹嘘的三大主阵地，至此全部崩溃。马步芳眼见自己所经营的兰州天险防线已被攻破，而胡宗南与马鸿逵亦顾不上出兵救他，守城的决心乃告动摇，诱歼我军的企图则更成为泡影。当夜即全线溃退，想过黄河铁桥逃往青海。我三军一发现敌人有动摇之势，即从七里河方向猛插西关，夺下北城门楼，控制了黄河铁桥，截断了敌人的退路。逃不掉的敌人，仍然企图顽抗，与我军在市中心中华路一带展开激烈巷战。等我主攻南山的部队全部压来，六十三军也从城东插入市区，残敌才开始缴枪投降。敌人有些士兵双手高举着枪恐慌地说："饶命，饶命，我是汉人！"我们的战士则向溃散的敌群大声喊道："不管是回人汉人，只要缴枪，一律宽待。"

至八月二十六日上午十时许，我三军越过黄河，占领了北岸的制高点——北塔山，解放兰州的战斗始告结束。这座有着两千多年历史的古城，从此回到人民手中。

　　枪声一停，各族人民即敲锣打鼓拥向街头，向我军含笑致意，道问辛苦。过去常听说"八月兰州，瓜香满城"，确是名不虚传，老乡们拿出一筐一筐的西瓜、醉瓜、香瓜、白兰瓜、绿瓤甜瓜，热情地招待我军。当战士们婉言谢绝时，乡亲们感动地说："是专给你们留下的呀！"

　　各族同胞还拿着早已写好的红绿标语到处张贴，有的标语用醒目的大字写着："天摇了，地动了，西北人民翻身了！"有的人望着满街迎风招展的红旗，望着满街载歌载舞的秧歌队，情不自禁地喊道："过年啦！过年啦！兰州人民见晴天啦！"这些标语，这些喊声，代表了西北高原上千百万人的心情！

　　天高气爽，红旗飘扬；东风在呼叫，黄河在歌唱；高原上的各族人民，在尽情地欢笑！

战冯原

郭　鹏

> 郭鹏（1906—1977），湖南醴陵人。
> 1927年参加革命。文中身份为西北野战军第二
> 纵队副司令员。新中国成立后任新疆军区、原
> 兰州军区副司令员、顾问。1955年被授予中将
> 军衔。

在西北战场上，我们主要的对头是胡宗南。关于他，西北野战军中流行着四个字的评语："志大才疏"，确是一针见血。这人在其反革命的事业中，总想搞点名堂出来，可是事与愿违，等着他的总是失败。一九四八年的七月底，他拼凑了四个整编师（下辖旅，其实还是军）的兵力，交给手下的大将裴昌会，贸然向我黄龙山区发动进攻。倒是裴昌会还比较机灵一些。他把四个师的兵力并排摆着，齐头并进，每师之间相隔不过二十五至三十五公里，倘使任何一点遭到攻击，都能够相互策应。单就这套部署就可看出，他对我们是十二分的小心。的确不愧为在陕北受过点子教训的人物！

在这四个师里，三十六师的师长钟松，是最坏的家伙。关于他，我们

是顶熟悉的了。一九四六年我们从中原突围，他从中原一直跟到陕北；一九四七年我军出击三边，回师榆林，他又紧跟着我们转了一圈。可是，他又非常狡猾，你刚刚向他一伸手，他马上就往后躲。在沙家店，我们让他尝到了厉害，弄了它个全军覆没，可是这个滑贼却像条泥鳅一样，在最后的一刻，又被他滑脱了。前不久，我们从西府行动回来时，他才重新上阵，大概是为了挽回沙家店大败所丢掉的面子吧，他又跟在我们后边咋呼了一路。这一次，他还是老一套作风：本来他是最中间的一路，可是一出动他就抢在其他几个师的前面，窜到了黄龙山南口的冯原镇山区。

敌人三个旅的摆法，大体上是个三角形：正北的壶梯山（偏东）、魏家桥（偏西）是二十八旅，西南的冯原镇是一二三旅，东南的东太极、刘家凹是一六五旅。从地形上看，壶梯山最高最险，面面可见，是防御全局的一个支撑点。钟松的师部就安在它背后的杨家凹。为了对敌实施重点突破，割裂围歼，我军的部署是：由一纵队攻击魏家桥，四纵攻击冯原镇，三纵负责东太极，六纵负责刘家凹，我们二纵的任务是攻下壶梯山。

进攻的时间确定在八月八日，部队要在七日的夜间进入阵地，因此我们纵队的部署必须在六日这天做好。从野司出来，王胡子（大家对纵队司令员王震同志的爱称）和我们边走边研究，决定立即带上各旅、各团的干部，到壶梯山跟前再作一次抵近勘察。

我们到了壶梯山东面的牛堡泉，登上了北山。从这里看壶梯山，十分清楚。这是伸向平原的一群孤山，山坡上，稀稀落落地长着几棵大树，还有几块显然十分瘠薄的坡田，高低不齐的几棵晚苞谷没精打采地吊着颈子。敌八十二团在这里的一个星期，总算没有白过，山上已经让他的工事塞严了。最低处是密密麻麻的单个碉堡，稍上去是用伏地碉和交通壕构成的独立集团工事。再上去是前后交错、互相连贯的地碉群，有的形成三角，有的四方四正，外边还都加上了矮墙、外壕和鹿砦，大概这是敌人的主要阵地。最高的那个山顶原有一座大庙，现在也被改造成一个大型的堡垒了。不用说，敌人的团部一定就在那里。很明显，那里如果被我们拿下来，敌人整个防御体系的脑袋就算让我们揪下来了；但是，要把它拿下来，也实在不容易。

192

　　地形看得很仔细，在看地形的同时，将各旅的任务作了初步确定：四旅从东，九旅从北，六旅从西，三面同时发动攻击。但是王胡子显然还不满足于这次勘察，他又特地叮嘱说："现在，你们的脑子里已经有一张比较具体的地图了，但是这还不够，一俟部队进入阵地，你们还应该逐级地进行更抵近的勘察，要让每个指战员心里都有一张地图。越往下越要细致，一个塄坎，一个土坡，都要看在眼里，记在心上，然后研究怎样个打法。不这样，就一定打不好。大家看还有什么意见？"

　　同志们议论了一番，又确定了炮火配备，部署就这样确定下来了。如果没有其他的变故，进攻的时间就定在八日的拂晓。

　　行动以前的一切，看来都很顺利，但是，入夜却忽然下起了瓢泼大雨。雨夜的山路是很难走的，尽管战士们走得很起劲，可还是走不畅快。一路上，听见到处有人议论："你说邪门不？咱们一打仗就赶上下雨！""哎，这是个好兆头！一下雨就打胜仗咧！"这倒真是个有意思的问题。事实确是这样，中原突围几乎天天下雨，九里山阻击又是天天下雨，打蟠龙、瓦子街是雨雪交加。不过，下雨也的确给我们造成了很多不便：我们进到纵队指挥所所在的孙堡以后很久，部队还没有完全进入指定位置，连接各部的电话线也一时很难全部架通。等到滚得浑身是泥的通信科长向我们报告架线完毕时，雨虽停了，东方也已经发白了。这样看来，能不能在拂晓发起攻击，就不是完全没有问题了。

　　王胡子派往各旅联络的人刚走，电话铃就响了。我抓过耳机，一听那熟悉的、爽朗的河北口音，就知道是六旅旅长张仲翰同志。他开口第一句话就是："哎呀！等着和纵队通话，真没把人等死！我们的报告看过了吧？"我说："什么报告？没见呀！"他说："唉！路太泥烂了；送信的走了快半个小时啦！"我说："你就在电话上讲吧！"他十分兴奋地说："一二号集团工事拿下来啦！"我一听，不由得跟着兴奋起来，赶紧回头告诉了胡子。胡子比我更高兴。立刻激动地夺过耳机，劈头问道："谁打的？"停了一会儿，他提高嗓子说："好！以纵队的名义向十六团二营祝贺，祝贺他们旗开得胜，首先成功！"接着，似乎是张仲翰同志谈到了什么为难的问题，王胡子的脸上骤然换了一副沉思的神情，好半天不曾讲一句话。最后，像是忽然觉察到张旅长还在等着答复，才不大肯定地说了一句："先积极准备吧！"说罢，信手丢下了话筒。

估计得出，是部队准备还有欠妥之处，他在总攻发起的时间上费着心思。我刚想把自己的想法说出来，王胡子已经在招呼我了："老郭，把刚才的消息告诉四旅吧，顺便问问他们准备怎样了。"一问，部队刚刚进入指定位置，炮兵阵地还没挖好；泥巴太烂，工事很难构筑；顿星云旅长带着团、营干部到前边勘察去了，他们勘察过后，还想让各团带上连的干部再做一次更加抵近的勘察，因此，旅政委杨秀山同志很希望能推迟一下总攻的时间。等我放下耳机，胡子已经和九旅通过话了。我问："怎么样？"他说："都差不多。"显然，他已经听到了我和杨政委的交谈。他征求我的意见，我把自己的想法说了说：即使各旅的战前准备工作很顺利，能向后推延一两个小时，再仔细检查一遍也是必要的。他又问王恩茂副政委，王副政委的意见也和我相似。他摇了摇头，说："不，不够！"接着他把正和炮兵指挥所通话的张希钦同志喊过来，果断地说："参谋长，总攻的时间推迟到下午六点钟，马上通知各旅！"然后，才给我们解释说："没有准备的仗千万不能打；我的意见，我们几个人现在就分头到下边去。我到九旅，王副政委你到六旅，郭鹏你到四旅，张希钦掌握炮兵，有什么情况，我们在电话上联系。"当然，这是一个很好的决定，我们马上就同意了。

到了四旅，四处一看，只见人人忙碌，处处紧张，但比以往的任何一次战斗都显得井然有序。检查了一番，发现担任攻击的十团、十一团战前准备工作是没有什么漏洞了；只是十二团的情况还很让人担心，他们的任务是在壶梯山的东南方向担任纵队的总预备队，正因如此，就应当特别注意：千万不能使他们放松了必不可少的准备。壶梯山十分要紧，敌人是绝对不会轻易放弃的，一打起来，势必要来增援，如果十二团缺乏准备，把援兵放了进来，哪怕只有一两个营，形势也会变得大糟而特糟，因此，我请杨政委集中精力抓一抓他们的情况。杨政委说："忘了告诉你，他们已经准备了。刚才派了一个电话班出去，摸到了敌人的电话线，并把敌人的电话线接到了我们的总机上，只要敌人的援兵一动，我们就能马上知道。"妙！既有准备，又能及时掌握情报，真是聪明的措施。我立即和王胡子通话，把情况报告了他。他说，刚才问过别的单位，情况也都很好。他征求我的意见，是不是可以提前动手，我代替四旅作了保证。他果断地说："那好！我们决定，下午四点整发起总攻！"

十六时整，总攻发起了！

在炮火的掩护下，十一团对七号阵地的攻击十分顺利。我很兴奋，立即向六、九两旅转告捷音。这时，各旅的捷报也频频传来，九旅已经夺下了五号阵地，六旅的三号阵地也早拿到手里。就在我打电话的这一会儿工夫，十一团主动与十团配合，已经把一道天然横沟以外的敌人全部肃清了，炮火正在向前延伸。

我和四旅的指挥所一起，搬进了刚才还是敌人盘踞的七号工事。战斗在继续向前发展，但却不如刚刚打响时那样得心应手了。敌人的伏地暗碉有一大部分隐蔽得很好，炮火根本挨不到它。又因为有一条横沟，步兵难以接近它，而敌人的火力却很好地发挥了作用。因此，攻了几次，伤亡了不少人，仍然没有得手，形成了僵持的局面。这里的问题还没有解决，十二团的电话却又送来了更为紧张的情况：钟松从西太极一六五旅调出一个营的援兵，进到了李家屹崂的村西。怎么会把敌人放到这里来了呢？电话里说："我们看那里的地形好，想在那儿捡它个便宜！"闹了半天，他们是想打敌人的伏击。想法倒是不坏，可是太冒险，万一让敌人钻进来，麻烦就不小。因此，我并没像往常似的表扬几句，而是命令他们："不管怎样，不准敌人越过雷池一步，你们一定要对全军的得失负责任！"回转身来再看前方，只见几个分队与敌人之间的距离是缩短了些，但由正面向上佯攻，打得很不顺当，我心里更是万分焦急。心想：如果左边那个分队只留下几个人吸引正面敌人的火力，掉转头去协助友邻侧击右侧的敌碉；并再组织有精干的爆破队，那情况显然就是另一个样子。可惜，战斗正在进行，要从我这里把命令下达到突击分队，不是立刻可以办到的。但是，就在这时，却像是神话里常说的那样，一个人刚刚想到吃饭，忽然，山珍海味就摆在了他的眼前。我刚想叫这支部队去支援他的友邻作战，他们果然就把矛头调到那边去了，并且首先从他们这一边突破了敌人的前沿，几支爆破筒同时塞进了几个枪眼，"轰隆隆隆"，那个顽固的家伙就灰飞烟灭了。我立刻意识到，这虽然不是神话，但也不能等闲看待。很明显，这种积极主动的集体英雄主义精神，是由前不久进行的新式整军运动所带来的新事物、新气象。

十一号、十三号集团工事全部到手了，我立刻拿起通王胡子的专线电话，想了解一下六、九旅的情况，如果他们一时还不能接近山顶大庙，就和他们约定一个同时攻击的信号，好让四旅整理一下部队。忽然，十二团的电话铃又急促地暴响起来了。怎么？难道他们那里真的出了问题？抓过耳机一听，对方却带着笑声问道："副司令员吗？敌人那一个营让我们收拾掉一半，剩下的逃到了扣庄，已经没有问题了。"我叮咛十二团说："敌人的援兵可能还要来，不要大意。"他们回答说："没问题！扣庄的那几个敌人，我们包了！"我说："好吧！还是那句话：不准敌人越雷池一步！"说完，我又拿起电话要九旅，找到了王司令员。谁料胡子的问话和我一模一样："怎么样？你们离山顶还远不远？"原来，几处的战斗都打得十分相似，他们也早已兵临庙下了。我把我的想法告诉了他，他说："不，要收一鼓作气之效！我马上告诉张希钦，炮火集中轰击山顶！你们接着干吧！"

说话之间，炮火已经从四面八方朝着大庙飞去，大庙顿时成了一片火海；各旅攻击的矛头直指山顶。这一刹那，的确是战斗中最最引人注目的一刻。战前，参谋长曾与各旅约定，以大红旗一面为标志，只要红旗一在庙顶飘扬，炮兵立刻停止轰击。这时，那面红旗的威力却远远超出了它的作用范成了胜利的象征。它的起、伏、进、止，都要在人们的心中激起喜怒哀乐的复杂感情。我紧张地盯着那面红旗，问着周围的同志："扛旗的是谁？扛旗的是谁？"有人告诉我："杜立海！四连的一个副排长！"我连声不断地夸赞："好！好！真是个好样的！"话音还没落地，身后有人报告，十二团来电话说，敌人从扣庄出动的援兵突然增多，大概有一个半团以上的兵力，攻得很猛……我不等他讲完就说："告诉他们，一步也不准向后退！一个也不准放过来！"形势确乎发展到最最紧张的一刻了。就眼下的情况来说，哪怕是一分一秒的时间都是宝贵的。无论如何，我们必须在十几分钟之内解决战斗，如若不然，敌援继续增多，单单一个团是抗不住的，而抽兵打援就不得不停止对敌的攻击，那就意味着前功尽弃；从最好的方面设想，也要拖延整个战役的时间，失掉有利的战机。因此，我更把希望寄托在那些骁勇的突击手身上，集中在那面鲜明的红旗上，紧张得眼睛都不敢眨一眨。眼看着杜立海第一个登上了云梯，红旗就要插上去了，刚想松一口气，忽然红旗向下一缩，云梯折断，杜立海摔下来了。好像是过了好久好久——其实，也许只是几秒钟的工夫，第二架云梯又在庙墙上矗立起来了。杜立海又是第一个登上了云梯。红旗在上升，一步一步在上升，杜立海终于站上了庙顶，红旗插上了庙顶。只听得漫山遍野同时爆发了一片欢快的喝彩声。但是，骤然之间，欢笑又一下停止了。我急忙举起望远镜再看时，只见一颗手榴弹正在庙墙的顶端爆炸开来。烟雾消散之后，我发现杜立海正一摇一晃地弯腰捂着肚子。他负伤了！分明是负伤了！我心里暗自冲着他喊：坚持住！杜立海不愧为一个好样的革命战士！他并没有倒下去。而是又一次挺直了身子，竖直了手中的红旗。就在这面红旗的激励下，各部队铺天盖地一个冲锋。轰轰隆隆炸倒了庙墙。几支部队同时从几个口子冲了进去。这时我看表，只见时针刚刚走过了"5"字，分针正指着"3"。这就是说，从总攻发起到现在，仅仅用了一个小时又一刻钟。

攻下了壶梯山，部队立即按彭总的部署，向敌人的师部驻地杨家凹攻击前进。命令下达之后不久，九旅来了电话，说：八团冲进杨家凹以后，发现早在我们运动部队的时候，敌人的师部已经趁夜逃遁了。

"好滑头的钟松！"王胡子回身向我说了一句，接着又急切地追问："你们追下去没有哇？"看来徐国贤旅长的答复是肯定的。王胡子满意地说："好，告诉部队，发挥苦熬硬打的精神，坚决追下去！我也马上跟上来！"然后向我们说："走吧！——张希钦！命令全纵，立即转入追击！"

第二天上午，我们在平原地带上的王庄镇追上了敌人。我们和一纵队首长研究，正要发动总攻，忽然六旅来了报告，说王庄镇的敌人趁着黄昏已经向东南突围了。于是，我们又马上修改命令，继续穷追。

去九旅传达命令的人刚走，九旅的报告却送到了。原来，在王庄镇之南还有一个名叫杨家凹的地方。钟松的师部从前一个杨家凹逃走之后，又在这个杨家凹住下来了。九旅八团在那个杨家凹扑空之后，尾敌猛追，也一直跟到了这个杨家凹，没容敌人喘气就扑了进去，横冲直撞，把敌人冲了个稀巴烂，打死了敌人的副师长朱侠，活捉了敌人的参谋长张先觉。除少数几个漏网外，敌师部大部就歼。但是钟松呢？为什么报告里没有见到他的名字？送信的人一说我才知道，这个滑头自从八日黄昏率部逃跑后，一直就没有打算停脚，后来，那个坐在西安指挥战斗的胡宗南来了电报，强让他立即停止逃跑，转入防御。不得已，他只好把部队扔在这里，让那个倒霉的朱侠做了他的替身，自己却脚底板上抹了油。可是，他一个人溜掉又有什么了不起呢？反正他多年积攒的这一点反共的家业，已经让我们收拾光了。

至十三日，我军已将大浴河以北地区全部解放，夏季攻势宣告胜利结束，我纵奉命在澄郃地区转入休整，积极进行继续歼敌的准备工作。

在此期间，敌人方面却搞得乌烟瘴气，丑态百出。原来正当我军歼敌三十六师的消息传到西安之际，蒋介石派遣的所谓"慰问陇东大捷有功将士"的祝贺团刚好来到西安。这个突如其来的消息，对于胡宗南和那个祝贺团，都无疑是一记响亮的耳光。因此，胡宗南暴跳如雷，坐上飞机跑到大荔，亲自主持了一个滑稽可笑的"冯原作战检讨会议"。会上他板起面孔把钟松臭骂了一顿，还装模作样地当场宣布将钟松撤职。可是，他又怕这样做会真的逼得钟松和他撕破面皮，戳穿他那套自欺欺人的西洋景。所以，他又不得不把对钟松的处分改成了撤职留任。倒霉的却是那个曾想替他坚守壶梯山的八十二团团长，当时就被关进了监狱。胡宗南为了整饬军心士气，当场又宣布了十几条杀戒，妄图用杀头的威胁来挽救它那命中注定了的失败。然而，人民解放战争的胜利，乃是历史发展的必然趋势。几个反动小丑声嘶力竭的挣扎，犹如螳臂之挡车，怎能阻得住人民解放的胜利进军呢？

遵义会议的光芒

张南生

> 张南生（1905—1989），福建连城人。1930
> 年参加革命。文中身份为国家政治保卫团团
> 长，红五军团第十三师三十七团政治委员。新
> 中国成立后原任北京军区副政治委员、顾问。
> 1955年被授予中将军衔。

一

遵义会议刚开过，国家政治保卫局局长邓发同志便来到我们国家政治
保卫团。他向姚同志和我问过部队的情形后，告诉我们：党决定把我们团
的三个营，分别编到一、三军团。

邓发同志又告诉我们：中央已经决定率一方面军北上抗日。接着他又
详细地说明了中央这一决定对于挽救中国革命的巨大意义。并且说："从撤
出根据地两个月的许多事情看来，要实现这个战略目标，非采取机动灵活
的战术不可。整编能够使机关精干、加强战斗部队，在有利的情况下歼敌
制胜；在不利的时候轻装疾进，迅速摆脱敌人。这样才能达到保存红军，

打破敌人围追堵截的目的……"

邓发同志的这些话说到我们的心坎上。我们聚精会神地听下去，思想逐渐开朗，心情也随之舒畅起来。以往的斗争生活情景随着他的话一起浮上了我们的心头。在中央根据地的时候，每逢作战，群众都自动送情报、出担架，拿着梭镖、大刀来配合；战斗结束，又杀猪宰鸡慰问我们。那时候，什么事情，只要党和政府一号召，立刻就会得到群众的响应……可是自从撤出中央根据地以后，我们好像失了娘的孩子，战斗中再看不到有组织的人民群众的支援配合；伤病员难以得到妥善的安置和治疗；粮弹物资也没有可靠的补给。两个月来我军通过赣、桂、湘、黔四省，行程近五千里，因为敌人前堵后追，竟没有稍为休整一下。所有这一切都更加深了我们对毛主席在敌人统治薄弱的农村建立根据地思想的认识，大大增加了我们对毛主席亲自领导下所艰难缔造的中央根据地的怀念，和对创建新根据地的憧憬。在这以前，同志们常问我们：现在向哪里去？又干什么？到底在哪里开辟新根据地？而我们又何尝不是翻来覆去地在想这些问题呢！天天行军，天天动员，磨破嘴皮一句话：坚决跟着党走，一定有前途。现在方向和任务明确了，心中有数了，工作也有了本钱，大家都信心百倍，情绪非常高涨。

至于整编，真是一项英明的决定。中央纵队也确实太不战斗化了，每逢行军，从头到尾有数十里长。特别是我团一营负责警卫的中央纵队二梯队，大批民夫搬运着从根据地带出来的笨重的造枪械、印书报的机器和各种物资，有些机器的底盘就要十来个年轻力壮的小伙子抬。每遇跋山涉水，通过险崖隘路，一个钟头走不出半里地，而周围却经常是枪炮声和敌机轰炸声，急得战士们直跺脚，恨不得立即到战斗部队去和敌人干一场。回想粉碎敌人对中央根据地的第一、二、三、四次"围剿"时，我军大踏步地前进和后退，运动自如，灵活机动，取得的胜利是多么巨大！可是现在，却携带这样笨重的辎重，连续行军，连续突破敌人的封锁线，使担任掩护的主力部队，付出了巨大的代价。前后比较起来，中央这一决定是多么的正确啊！我们坚决拥护中央这一英明正确的决定。

第二天，全团召开了连以上干部会，邓发同志亲自作了动员。会后不久，全团除留下一个连由吴烈同志带领与中央的内卫队合编外，其余都依照中央指示分别编入第一、三军团。而我也在几天后调回第五军团三十七团工作。在我告别了中央纵队各位首长去赶部队的路上，看着道路两旁梯田里盛开的油菜花和披上了绿装的山坡，心情感到无限的舒畅。

二

正如古诗所说"春城无处不飞花"，遵义会议就像春天一样给部队带来了新的希望和巨大的鼓舞，也给五军团带来了新气象。整编中，五军团撤销了师一级编制，紧缩机关，干部下放，战斗部队大大加强了。党委工作健全起来了，政治工作也更加活跃了。团政治处还有一支小小的宣传队，行军中组织鼓动棚，敲锣打鼓唱歌，鼓动大家奋勇前进；驻下来又写标语做宣传。整个部队面貌焕然一新。

我到三十七团不久，我们团便担任后卫。一天，走到官渡河东二十余里时，军团的宣传部长张际春同志带着一部电台来到了我们团。

当时，正当我军西出威信，察觉四川敌人在长江南岸布防，形势对我不利。毛主席指挥全军以机动果敢的行动，迅速回师桐梓摆脱敌人。张际春同志来到后，传达了军委要我们停止前进准备战斗的命令。两天来我们并未发现敌踪，忽然听到这个命令，不免有些奇怪。从他还带来了一部电台这点上，大家已料到可能又要单独执行任务。果然，他把我们几个团的负责干部叫到一起，满怀信心地说："三十七团打防御是有名的，很顽强。这次是配合主力重占桐梓、娄山关，回师遵义。敌人不来则罢，若来一定不善。任务很艰巨，军委指示我们以运动防御的手段，把敌人顶住三天或更多的时间。从现在起我们直接受军委指挥……"

在我军发展的历史中，从无到有，从小到大，从弱到强，形成了一整套正确地指导革命战争的战略战术，这就是以毛主席为代表的正确的军事思想。在我军初创时期，毛主席就从斗争中创造性地提出了在敌大我小、敌强我弱的形势下的游击战的原则，即"分兵以发动群众，集中以应付敌人。""敌进我退、敌驻我扰、敌疲我打、敌退我追。""固定区域的割据，用波浪式的推进政策。强敌跟追，用盘旋式打圈子政策。"这些原则，在第

一、二、三、四次反"围剿"中又得到了发展。那时我军没有固定的作战线，哪里条件好就在哪里打，尽管敌强我弱、敌大我小，但我们都取得了胜利。虽然第五次反"围剿"，由于"左"倾机会主义者排挤了毛主席的领导，而招致了失败，但毛主席的军事思想却早已深入了人心。几天来我军在机动中摆脱了敌人；现在又听到主力准备在娄山关和遵义打个大仗。从这一战术的改变，使我们深深体会到毛主席又来领导我们了。我们心里都有说不出的高兴。深知白军弱点的、宁都起义参军的李屏仁团长悄声对我说："行啊！咱们这回又要打个漂亮仗了！"

经过研究，我们决定折回官渡河村。那里地形好，两侧是高山峻岭，前有一道小河，且又是追敌必经之路，在那里抗击一天，再一步步按军委指示的方向，把敌人吸引向良村、温水去。

我们边走边动员。战士们一听有仗打，又是用大家熟悉的打法，情绪高得很。有的指着路旁的山头说："这里山大坡陡，哪个地方都能顶住敌人一天？"有的说："我们不怕打防御，就怕敌人不敢来。上级叫我们守多少天，就守多少天。"

到官渡河后，我们立刻挖野战工事。直到第二天清早，四川军阀刘湘的主力——装备优良的教导师才匆匆赶来。一打响，敌人就以四五路向我展开猛攻。坚守在前沿的指战员都沉着应战，每次敌人进攻都要丢下数十具尸体。第一天敌人就伤亡百余人，前进了不到几里路。我团除消耗了一些弹药外，人员伤亡很少。傍晚，敌人分两路向两侧高山上爬，企图迂回到我团侧后。而我们却在夜色掩护下安全后撤十余里，边挖野战工事边搞饭吃。挖好了工事吃饱了饭，在阵地上放好哨，全团便稳稳当当地睡起觉来，准备迎接明天的战斗。

第三天，我们又守了一天，牺牲一个排长，杀伤敌人近百人。从俘虏口中得知敌人的兵力是三个旅九个团，他们原在泸州、宜宾间筑有碉堡工事，企图联合其他军阀部队全歼我军于长江南岸，万没料到我军折回东进。一个俘虏还不服气地说："你们要在那里过江，早叫我们吃掉了。"我们说："你当了俘虏也没变得聪明些，中国这样大，路这么多，我们哪里走不得，为什么一定要往你们乌龟壳上碰！"

再向后撤，来到三岔路口，往东南是主力通过的直趋桐梓的小道；往东北是经温水去松坎的大道。依照军委的指示，我们需要采取声东击西的办法，把敌人吸引到温水方向。这天晚上我们把俘虏教育后释放了，请他们当个义务通信员，诱使敌人上钩！

果然，第五天天刚亮，敌人又赶上了我们。白天经过一天鏖战，夜间我们又派出一支小部队袭入良村。

良村是一个二三里长的大镇，敌人驻得满满的。我们派出的这支小部队半夜偷袭到村子中间，向两边敌人投了几颗手榴弹。当睡梦中的敌人被惊醒互相对射起来的时候，我们已乘机迅速撤出村子。敌人把机枪、步枪、手榴弹全使上了，越打越紧，整整打了一夜，直到天亮，才知道是自家人打了自家人。这支小部队翌日赶上了队伍，向我们有声有色地说起敌人混战的情形，引得周围的战士都拍掌大笑。

第六天，被我军夜袭所激怒了的敌人在温水拼命向我军阵地猛冲，而我们打得也更顽强。直到这时候敌人才搞清楚，六天来与他们周旋的仅只我们一个团。他们知道上了大当，不得不从原路退回去追赶我军主力，但是已经晚了。就在这几天中，我军主力在娄山关和遵义歼灭了敌人好几个师。

完成了阻敌任务，我们便在娄山关南板桥同军团主力会合了。在这里，我们接到了军委表扬我们以极少代价胜利地完成了任务的电报。李屏仁同志激动地说："这一切都应当归功于毛主席军事思想的指导，没有毛主席的英明领导，没有灵活的战略战术，没有整编，哪有我们的胜利。"

三

我军在娄山关和遵义的伟大胜利，大大地震慑了敌人。他们在云、贵、川边境，大修碉堡，构筑封锁线，不敢轻易与我军交锋。为了调动敌人，选择更有利的路线北上入川，三月底，我们又以突然的动作，再渡乌江。

我团继续担任后卫，随主力部队绕过贵阳，趋黔南，折而向西径奔昆明。一路上，全团沉浸在欢乐的气氛中。从离开中央根据地以来，这个团经常担任后卫，但从来没有像现在这样轻松愉快。那时候夜间行军白天战斗，敌人紧紧咬住屁股，吃不上饭睡不成觉。每天夜里走走停停，有时只走十来里路。天一亮，吃饱了睡足了的敌人顺着大路又撵上来，于是左边打，右边打，后边也打，实在被动得很。而现在，我们虽然还是后卫，但敌人主力却被甩得远远的，每夜行军八九十里，天亮进入宿营地以后，立即向群众宣传党的政策和红军的作战目的，调查当地土豪劣绅的罪行，召开群众大会，发动劳动人民开仓分粮。新的胜利更加鼓舞了全体指战员的勇气和信心，就连那些伤病员也不愿轻易让别人帮助，坚持自己背着东西行军。一天我问一个因病掉队的战士能不能随队前进，他笑了笑说："要是在几个月前我早垮了，那时心里不明白啊！现在明白了。跟着党走没有错，这点病不算什么，一定能胜利地走到新的根据地！"

四月底，我们来到云贵边界，乘滇军东调云南空虚向昆明疾进，又转向金沙江，在皎平渡开始北渡。为掩护全军安全渡过金沙江，我五军团奉军委命令在石板河一带布防阻击敌人。

石板河背靠一座上六十里下五十里的大山，山那边就是波涛翻腾的金沙江。军团长董振堂同志看过地形，高兴地对我们说："虽然敌军可能把主力调来攻打我们，但没什么了不起。我们采取节节抗击的打法，这座山就会给我们帮个大忙。"他指示我们既要完成任务，又要爱护战士，尽力减少伤亡；要我们把兵力分散配置，占领山前高地和纵深各制高点，利用有利地形节节抗击，如有可能还可在夜间袭扰敌人。

我军到达石板河三天以后，蒋介石嫡系部队的主力吴奇伟部才急忙赶来。在遵义他被我一、三军团吃掉一个多师，这回异常谨慎小心。进攻前先以炮火猛烈轰击我军防守的山头。我们从指挥阵地向下望，只见在炮火掩护下，敌人在我阵地前展开，按照他们条令规定的动作进攻，一步步接近我军阵地。当炮火一停，敌人快冲到我前沿阵地时，我们在炮火烟雾中突然向敌人投出一排排手榴弹，打得敌人屁滚尿流。敌人的第一次进攻被打败后，接着又是第二次，第三次猛攻。我们的前沿阵地，完全被烟雾笼罩着。正在这时，前面来人报告战斗情况说："由于分散配置（每个山头上不过一二十人），因此，敌人轰击虽然很凶，但我们仅轻伤数人，坚持战斗，歼灭敌人很有把握。"听到这个报告，我们真感到上级指挥的英明。

敌人的进攻持续着。我军按预定方案，不断给敌人以严重的杀伤，争取到一定的时间后，再主动撤出战斗。敌人在我顽强灵活的阻击下，每天最多也只能前进七八里。打到第五天，敌人两个纵队云集山下，形势顿觉逼人。就在我们后撤到最后一线阵地的时候，党中央和毛主席派李富春同志来到我们五军团。他告诉我们说：数万红军正依靠几只小船，在毛主席亲自指挥下日夜渡江。现在已渡过三分之二，只要我们能再坚守三天三夜，蒋介石数十万军队的围追堵截即要宣告破产。最后，李富春同志以极其坚定的语调说："毛主席要我告诉同志们，中央相信五军团是能完成这个伟大而艰巨任务的！"

各级党委和政治机关立即派出干部分赴各阵地传达了毛主席的指示。毛主席派李富春同志来到前线的消息传到哪里，哪里的战斗情绪就更加旺盛。战士们都异口同声地说："人在阵地在，坚决完成任务！""告诉党中央和毛主席，就是五军团打光了，也要掩护主力安全过江。不要说三天三夜，就是十天十夜也守得住！"

党中央、毛主席的指示和关怀，在广大干部和战士中，化成了无比坚定顽强的战斗力量。我们团长、政委和机关干部都到前沿阵地上和战士们并肩战斗。地形对我们也十分有利，我们一个排一个连守一个山头，敌人一个团都攻不上来。我在的那个山头迎敌面是个陡坡，"之"字路在这陡坡上盘旋而上。敌人一打炮，我们就在背敌面休息，有的人还不慌不忙地数着敌人打来的炮弹，这些炮弹都远远地落在我阵地后面的山沟里。当敌人炮火一停，我们就迅速跃上山头，把手榴弹和石头甩向敌人。刹那间，手榴弹在敌群里不停地爆炸，巨大的山石自天而降，在敌群中滚动。敌人真被吓破了胆。一个被俘的敌兵说："遇上石头，保准砸得焦头烂额，到阎王爷那里也不光彩！"

我们以一当十，以十当百地战斗着。七天、八天、九天过去了，阵地仍在我们手里。第九天傍晚，我们接到了中央要我们撤到北岸布防的命令。在战斗的过程中我们就已经把伤员全部送到后方，因此接到撤退的命令以后，便一口气跑了五十里赶到江边，在夜色中全部渡过了金沙江。过江之后，我们立即烧掉了曾渡过红军千军万马的几只小船。第二天，敌人也来到了金沙江畔，可是他们只好望着波涛汹涌的金沙江水，徒唤奈何了。至此，蒋介石数十万军队穷凶极恶的围追堵截宣告破产了，金沙江以其永恒的生命成为历史的见证。

过江后的第三天，我们在会理附近和一、三军团会合，进行了短时间的休整。黄镇等同志编了个活报剧叫《一只破草鞋》，由军团的"猛进"剧团在晚会上演出。这个剧歌颂了毛主席思想武装起来的红军，如何在艰难危急的情况下战胜了敌人的围追堵截；也讽刺嘲笑了敌人在蒋介石指挥下，数十万人马，跋涉数千里，尾追我军来到金沙江边，却毫无所得，只拾到我们战士穿烂了的一只破草鞋。

一九三五年的春天，是个胜利的春天。它在中国革命历史上写下了光辉的一页。从此，遵义会议的光芒照耀着我们前进的道路。我们在党中央和毛主席的领导下，从胜利走向胜利。

朱总司令和我们在一起

欧阳毅

欧阳毅（1910—2005），湖南宜章人。1927 年参加革命。文中身份为红一方面军第五军团政治部保卫局局长、红四方面军总部一局局长。新中国成立后任公安部队政治部主任，炮兵副政治委员。1955 年被授予中将军衔。

一九三五年六月，我们红一方面军翻越长征路上的第一座雪山——夹金山，在懋功地区，和红四方面军的兄弟部队胜利会师了。

经过艰苦的转战和长途的跋涉，两支被国民党反动派长期阻隔的英雄队伍，终于会合在一起，这给全军上下带来多么大的振奋啊！同志们流着喜悦的泪水，热烈地握手拥抱，亲切地慰问交谈，大家决心在党中央、毛主席的坚强领导下，紧密团结，并肩战斗，夺取伟大长征的彻底胜利！

我们五军团和四方面军九军的驻地紧挨着。两支部队经常在一起组织联欢，参观访问，交流战斗经验，互相检查对方执行群众纪律的情况，开展体育活动等友谊竞赛。九军的同志们见我们穿的比较破烂，物资十分缺乏，便主动给我们送来了酥油、炒面，还有几百套灰布军衣。我们也回赠一些枪支弹药。那种亲密无间的战友情谊，既感动人，又鼓舞人，使大家心里都热乎乎的。

但是，后来事情却起了变化。在继续北上的途中，两支兄弟部队的关系突然冷淡下来，行军时有插乱队伍、不给让路的情况发生，甚至出现抓人下枪的严重事件。开始我们都迷惑不解，认为是个别不顾大局的人一时的莽撞行为，后来才渐渐风闻，是当时担任红军总政委要职的张国焘，自恃人多枪多，实力雄厚，不听党中央、毛主席的指挥，反对中央北上抗日的正确方针，故意制造事端，挑拨一、四方面军的良好关系。

果然，我们左路军经阿坝进入大草地以后，张国焘借口噶曲河"水深流急，无法通过"，公然违抗中央命令，擅自决定部队从草地折回，又退到阿坝地区。一天，张国焘亲自来给五军团的部队讲话。我们希望他根据中央毛儿盖会议的精神，讲讲关于加强一、四方面军兄弟团结的问题。可是，他对这个问题闭口不谈，却大肆攻击党中央、毛主席北上抗日是什么"逃跑主义"，南下建立川康根据地才是什么"正确路线"。那时干部战士都认为，在少数民族地区，言语不通，土地贫瘠，文化落后，无法建立革命根据地。张国焘指着他背后喇嘛庙经幡上的一些藏文经符，唾沫横飞地叫嚷："有的人说，这里缺少文化，难道这些不是文化吗？这些不是文化是什么呢？你们自以为文化高的，那就念给我听听，上面写些什么？"他还恶毒污蔑我们这些戴一方面军小五角军帽的是"尖脑袋"，是"机会主义"，叫嚷要肃清我们脑袋里的"机会主义思想"。

"噢！原来是这样！"我听了这个毒汁四溅的讲话，心里就更明白了。

过了几天，又发生一件意想不到的事。那天上午，军团长董振堂、政委曾日三同志把我叫去，对我说，刚才总部来电，说有一股有组织的反革命武装，抢老百姓的东西，准备武装叛乱，都是五军团的人，现在被抓住了，叫五军团派人去处理。我们当时分析，绝不会是什么反革命武装，很可能是一些落伍掉队人员，被张国焘的人抓去了。军团首长决定要我负责处理这件事，于是，我们便通知所属各部队，把本单位掉队人员的姓名、年龄、籍贯、枪支号码以及携带干粮等情况，立即报到军团部来。统计结果，共二十多人。我和一位同志带着这些人员的名册，便向中阿坝总部驻地走去。

我们决定先去见朱总司令。走到朱总司令住的地方，见他正在理发，胸前围着一块白布，上面落了一些头发，我见总司令的白发又增加了不少。

"你们调查清楚没有？"总司令问。

"我们还没有去，但是在各单位查了一下，有二十多个落伍掉队人员，不会是什么有组织的反革命武装。"我十分肯定地说。

"这些人的情况你们都搞清楚了？"总司令又问。

"我们这里有详细的名册。"

"好，好，你们这样做很对。"总司令赞许地说。

总司令理完发以后，又详细地询问了这些掉队人员的情况，并把名册仔细看了一遍，最后嘱咐我们："你们去处理这件事，要注意方式，注意团结，回去以后，告诉你们军团长，对部队要加强教育，把部队管好。"他接着问我还有什么意见，我说最好总部也派一个人去，便于共同研究。总司令点点头说："对，应该去一个。"并当即决定让总部秘书长和我们一同前往。

我们来到关押人的地方，找到了那个部队的负责同志，向他说明来意，并建议把被押人员叫来问一问。他同意了，很快就叫来了三个，我们问了他们的名字，原在哪个部队，携带什么武器，他们所答和我们名册上的情况完全相符。那位负责同志问他们："你们为什么抢老百姓的东西？为什么搞反革命？"那三个战士异口同声地操着江西口音说："我们没有抢老百姓的东西，我们没有做反革命！"事情已经很清楚了，可是那位负责同志却大发脾气，拍着桌子说："你们就是反革命！老子亲眼看到的，你们抢老百姓的东西！"那三个战士根本不承认，其中一个说："我们好好的在行军，被你抓来了，怎么说我们抢老百姓的东西呢？莫冤枉好人！"我们见他"审"不下去了，便叫把战士带走，然后我心平气和地说：根据刚才问的情况，他们都不是一个单位的，是些零星掉队人员，可以肯定这些同志不是有组织的反革命武装，至于他们有没有违犯群众纪律，可以再作调查了解，是否先把枪支还给他们，把人让我们带回去，我们一定加强教育，查出真有违法乱纪的，当然要严肃处理。可是那位负责同志一口咬定这些人是反革命，不同意这样办。我们见无法再商谈下去，只得离开那里，回总部来了。

我们回到中阿坝，准备再向总司令汇报，警卫人员告诉我们，总司令在那边开会。我们又找到那里，见屋里有不少人，朱总司令、刘伯承总参谋长，还有张国焘，都在那里，刚才那位部队负责同志也先到了。我们刚跨进门，那位负责同志便指着我说："他就是五军团的保卫局长。"这时一个身材高大的同志忽地站起身来，凶狠狠地指着我的鼻子骂："你不听指挥，老子偏要指挥你！你是假革命，是反革命！"他越骂火气越大，忽然掏出驳壳枪，推上子弹，把枪口对准了我。当时的气氛十分紧张，张国焘坐在那里，无动于衷，一声不吭。朱总司令霍地站起身来，叫我的名字，招呼我过去，并威严地责问那个举枪的同志：

"这是干什么？"

我赶紧走过去，向总司令敬了个礼，在他身旁坐下了。那个举枪的同志经总司令一声喝问，气焰收敛一些，把驳壳枪收了起来。

这时候，张国焘的秘书长黄超跳了起来，把矛头直指朱总司令，竟恶狠狠地破口大骂起来。接着，有几个人也七嘴八舌地对总司令直嚷嚷。我这时明白了，原来他们开的是围斗朱总司令的会。我后来又知道，正是在这个时候，张国焘一再逼迫朱总司令表态，要他反对毛主席，反对北上抗日，但是朱总司令坚定地回答说：毛主席的领导是正确的，中央的北上抗日方针我是举手赞成的，你就是把我劈成两半，也不能割断我和毛泽东的关系！他还说："朱毛朱毛，人家外国人都以为朱毛是一个人，哪有朱反对毛的！"因此，张国焘恼羞成怒，便气急败坏地组织围斗朱总司令。我见朱总司令十分镇静地坐在那里，毫不为这些人的气势汹汹所动，等他们叫嚷得差不多了，才慢慢地站起身来，正要据理驳斥，张国焘却拍桌子，大声吼道："大家不要吵了，不要闹了！"他这话完全是冲着朱总司令来的，对我们敬爱的总司令，连话都不让讲，实在太专横、霸道！我当时就想，像这样的事情在国民党军阀队伍里也是罕见的！

朱总司令侧过身子，看看张国焘，轻蔑地一笑，说："不是我吵，是你们在吵嘛！"

张国焘为了掩饰他刚才不让总司令讲话的诡计，又假惺惺地指着黄超等人说："你爱吵，你出去！你爱吵，你也出去！你们统统出去！"

张国焘这样一讲，黄超等人一个个地都走了，屋里只留下了少数人。朱总司令便叫我们把情况汇报一下。我们把调查的经过，建议把人送回五军团的意见都说了一遍，最后提出：希望由总部组织一个工作组，把事情彻底搞清楚，这样既对革命同志负责，也有利于兄弟部队之间的团结。

朱总司令听了连连点头，说："对对，事情应该搞清楚，工作组由总部来组织，你们两家也各派一人参加。"

张国焘毫无表情地坐在那里，一言不发，始终不表明态度。

我便对着张国焘说："刚才他们说我是假革命、反革命，扬言要处理我。我这个反革命，怎么还能当保卫局长？我要求上级澄清这个问题！"

张国焘根本不回答我的问题，却为那些人辩护。他阴阳怪气地说："嗯，这些同志有气，也是有原因的。"接着他就攻击毛主席、周副主席"制造分裂"，"向北逃跑"，胡说什么"他们走的时候，把仓库里的枪支、弹药、粮食，还有一些伤员，统统放火烧了"，最后他说："你们想，这些同志知道了这事，心里没有气吗！"

听了张国焘的这一派胡言乱语，我们都很气愤。原来上面所说的那些不团结的事情，都是他制造谣言挑动的结果，他是破坏一、四方面军团结的罪魁祸首。我实在憋不住了，当场顶了他一句："哪里会有这样的事！"朱总司令气得脸色铁青。刚才黄超等人攻击他，污辱他，他没有生这样大的气，现在张国焘肆意污蔑毛主席和周副主席，他再也忍不住了。他一反平时温和慈祥的常态，两眼圆睁，浓眉紧锁愤怒地说："这纯粹是谣言！从井冈山开始，毛泽东同志就主张官兵平等，不准打人骂人，宽待俘虏，红军的俘虏政策就是他亲自定的，对俘虏还要宽待，怎么会烧死自己的伤员？过草地干粮不够，动员大家吃野菜，怎么会把粮食烧掉？这些无中生有的谣言，是别有用心的人制造出来的！"

张国焘被驳斥得面红耳赤，一句话也说不出来。

这时，我深深感到，朱总司令对毛主席、周副主席的革命情谊是非常深的，执行毛主席的正确路线是坚定不移的。在重大的原则问题上，他毫不含糊，寸步不让！过了不久，由于朱总司令的努力，五军团被抓去的掉队人员，终于被放回来了。

从此，张国焘便对朱总司令进行种种的迫害和摧残。他指使人在夜间把总司令的马匹全部偷走，并且当即宰掉；后来又把总司令的警卫人员调走，甚至连门岗也给撤掉，使总司令的安全得不到保障。朱总司令写信给我，要我从五军团给他挑选两个警卫员。我便让五军团保卫局侦察科的科员范云标同志和保卫队的张副指导员，去给总司令当警卫员。这两位同志愉快地接受了这一光荣任务，后来一直跟随总司令到延安。

张国焘分裂党，分裂红军，肆意诋毁党中央、毛主席，在五军团的干部、战士中引起了普遍的强烈不满。后来，有的同志提出要"单独北上，找毛主席和党中央去"，有的同志甚至激愤地说："如果他张国焘阻拦我们执行党中央、毛主席北上的命令，我们就跟他干！"在这关键时刻，朱总司令从革命的全局出发，又多次给同志们做工作，耐心教育大家掌握正确的斗争方针和策略。有一天，他亲自来到五军团，给营以上干部讲了话。他说："毛主席、党中央已经北上抗日了，走出草地后打了大胜仗，这是一条正确的路线。我们将来迟早要走上这条路线的。毛主席早就指出，南下是绝路，无论从敌情、地形、居民、给养等条件来说，都是对我们极为不利的。可是有人却说北上是逃跑，只有南下才是革命的。孰是孰非，本来是很清楚的，将来会越来越清楚。我们一定要坚持真理，坚持斗争，坚决拥护中央北上抗日的路线。"接着，朱总司令又强调说："同志们要顾全大局，要讲革命，讲团结。四方面军广大干部战士都是好的，是要革命的，都是我们的阶级兄弟。他们有许多优点，英勇善战，吃苦耐劳，你们应该很好地向他们学习。你们五军团能攻善守，英勇顽强，优点不少，但你们人少嘛，光有你们也不行。所以，同志们要注意和他们搞好团结，切不要上少数人破坏团结的当。团结就是力量，只有加强了全体红军的团结，才能克服一切困难，争取革命事业的胜利！"

朱总司令的谆谆教导，解开了同志们思想上的疙瘩，使大家不仅懂得如何掌握正确的斗争方针和策略，而且提高了对毛主席的路线必将胜利的坚强信念。

一九三六年夏天，英勇的红二、六军团历尽千辛万苦，长征来到甘孜地区，和红四方面军胜利会合了。在朱总司令和刘伯承、徐向前、任弼时、贺龙、关向应等同志的坚决斗争下，同时在四方面军广大指战员的强烈要求下，张国焘终于被迫取消伪中央，同意重新北上。正在这时，组织上调我到四方面军总部一局任局长，我不愿去，要求到红大去学习。一天总司令找我去谈话，给我做思想工作。他先问我对新工作有些什么想法和意见。接着就耐心地说："你还是去。这是我们一起商量的，其中也有我的意见。"

"我是怕张国焘给穿小鞋，也不愿意和李特这样的参谋长搞在一起。"我说出了自己的顾虑。

"同志，这是去工作嘛！"总司令和蔼地说，"不好的人是个别的，有些同志有缺点，有错误，应该去团结他们，帮助他们，怎么就不想和他们在一道工作呢！"

总司令宽广的胸怀，使我感动了。我惭愧地低下头，说不出话来。

总司令看着我，突然又兴奋地说："现在，革命形势很好。党中央、毛主席领导红军又在陕北打了大胜仗，革命根据地巩固、扩大了。二方面军（由红二、六军团组成）到了甘孜地区，任弼时、贺龙、关向应等同志都是坚决拥护毛主席和党中央的，现在力量加强了，有人不想北上已经办不到了，我们很快就会重新北上的！"

"那太好了，大家早就盼望这一天了！"我也高兴地说。"哈哈！这么说，你是同意到一局去工作喽？"总司令爽朗地笑了。

那一天，朱总司令的情绪特别高。谈完工作的事，我便起身告辞，他又叫我坐下，指示说，你去了以后，必须抓紧时间做好过草地的准备工作，要提高警惕，加强侦察，掌握敌情，特别要防止敌人骑兵的袭击；还要筹集足够的粮食，多带些盐巴、辣子……他又说，杀了牦牛，牛血、牛皮都可以吃，牛骨头也不要扔掉，煮汤喝是很有营养的。谈到最后，他的眼睛里闪射着兴奋的光彩，无限深情地说："困难的时刻已经过去，要不了多久，我们就会回到党中央的身边，回到毛主席的身边！"

果然，过了不久我们又重新踏上了北上的征途。

泰山脚下

王六生

王六生（1917—1995），江西萍乡人。1930 年参加革命。文中身份华东野战军第三纵队八师政治委员。新中国成立后任武汉军区第一政治委员，工程兵政治委员。1955 年被授予少将军衔。

一九四七年四月，麦子刚扬花，部队还没换装，就迎着春风，从南往北，开到了泰山脚下。

这时候，全国战争形势正继续朝着有利于我的方向发展。从去年七月到今年三月，我军在各个战场上共消灭了蒋军六十五个旅，大大削弱了敌人。同时，蒋管区人民的斗争正在风起云涌地展开。革命即将进入一个新的阶段。国民党反动派为了挽救其垂死的命运，一方面加强镇压蒋管区人民革命动，一方面公然宣布国共谈判破裂，决心作战到底。但由于军事上已无力进行全面进攻，不得不改为对我陕甘宁和山东两解放区实行所谓"重点进攻"。

敌人对山东重点进攻的野心是：首先打通津浦路徐州至济南段和兖州

至临沂的公路，然后将主力推进到泰安、莱芜、新泰、蒙阴、沂水一线，迫使我军决战。敌人采取的是密集平推的部署，西起津浦线，东至临沂，在飞机、坦克配合下，叫嚷着撵我们"跳黄河"，日夜向北压来。那阵势，那凶焰，真像要把泰山推倒，把沂蒙山踏平似的。我们一路往北走，干部、战士就嘀咕起来："怎么搞的，真要过黄河呀？""过了泰山，往北到济南府，就是黄河边了。"直到在泰山脚下停住步，有的人才眉开眼笑地说："要从泰安开刀了！"

"会不会从泰安开刀？"吃饭的时候，我们师的几个领导同志正猜测、谈论，纵队来了指示：师长和政委到十纵队指挥部领受战斗任务。王吉文师长一向是风趣的，他把筷子一放，向我说："政委，快走，要参加大会餐了。"

十纵队指挥部，在城南约三十里一个紧靠公路的村里。乘马赶到，看见我们三纵队的首长也来了，正和十纵首长谈笑风生，看来一个战役部署已经确定了。在华东战场，我们三纵队和十纵队经常并肩携手作战，不但纵队一级的首长关系特别密切，两个纵队师一级的指挥员也都互相熟悉。大家围上地图，彼此亲切地交谈着。十纵队的首长扼要地传达了华东野战军首长的指示：为了打乱敌人重点进攻的阵势，寻求更大的战机，采取速战速决的手段，吃掉泰安城的整编七十二师。战役的具体部署是：十纵队从泰安的北、东和东南方向攻击；我们三纵第八师从西门西南、西北方向攻击。为了统一行动，我们师归十纵首长指挥。分配任务过后，十纵首长又强调说：泰安战役关系到大局。七十二师是敌人重点进攻阵线最左翼的一个矛头，斩掉这个矛头，会打乱敌人的整个阵线，敌人的脚步一乱，下一个"节目"就更加精彩了。我们当即向纵队首长表示，一定要配合兄弟部队，打好这一仗。

接受了任务，我和王师长一路并马而回，两个人心情振奋，觉得这一仗十分有把握。敌七十二师不是个强手，又处在我内线。我们是以四个师的绝对优势兵力，打它一个师。群众条件又好，部队又善于打攻坚和山地战。王师长信心百倍地说："没问题，三天以内解决战斗。"他忽然扭过圆胖胖的脸，问我："打下泰安，下一个节目又是什么呢？"这个同志打仗像个好棋手，善于在走这步之前，就想下一步。

我笑着说："运动战嘛，哪里有利，哪里下手。要想知道下一个'节目'是什么，去问毛主席，问华野首长。"

"那可不是我的事。"他也笑了，沉思了一会又说："敌人的把戏快变完了。我想，打下泰安以后，一定会接着再来个更大的歼灭战！"他的语气里含着自信，充满着力量。

返回师指挥所——泰安城南一个小村里，各团的团长、政委先后来了。谁都想争个主攻。具体任务还没分配，几个团的干部就"争"起来。

这种高涨的求战情绪，是完全可以理解的。自从鲁南战役后，我们第三纵队多是演"配角"。不久以前的莱芜大战，又是在南线担任阻击，从干部到战士，心里都鼓着把劲。特别是莱芜大捷以后，我华东解放区根据党中央《迎接中国革命的新高潮》的指示，普遍展开了土改、复查和突击生产运动，广大群众积极参加支前。部队也进行了一个阶段的整训，深入地学习了《迎接中国革命的新高潮》，进一步明确了斗争形势，坚定了必胜的信心。全军又在"打一仗进一步"的号召下，总结了三个月的军事工作经验，通过群众性的说战斗、说经验、评指挥、评技术等活动，把我军的"智谋与勇敢相结合"、"技术与勇敢相结合"的优良传统，推向一个新的高峰。部队中还开展了诉苦教育、团结互助运动和立功运动——当时称为连队政治工作的三把钥匙，战士们的情绪高极了，都盼着打个大胜仗。

我们根据上级的指示和敌情、地形，讨论了一番，向三个团分配了任务：二十三团攻打城西南角的制高点蒿里山和火车站；二十四团首先肃清南门以西城关的敌人；二十二团准备担负攻城任务。王吉文师长最后提高嗓门说："同志们，这一仗还打不垮敌人的重点进攻，这只是个开场锣，好戏还在后头哩！"

干部们对"好戏在后头"这话，特别有兴趣。这从他们一双双惊喜的眼里，完全可以看得出来。

二十四日黄昏，雄伟的泰山刚挂起夜幕，二十三团进攻蒿里山的战斗开始了。师指挥所设在蒿里山下，我们不用望远镜就可以看到主攻蒿里山部队的动作。部队像在飞，转眼登上了南山坡。电话里接连传来二十三团团长的报告：突破鹿砦，越过壕沟，炸开了铁丝网，夺取山鞍部工事……

前进比较顺利。

嵩里山，是敌人在城西南角的唯一制高点，俯视泰安城，扼守津浦路。我突击部队还没有攻上主峰，敌人就使用密集的炮火拦阻，接着拼死命地组织反击。激战半夜，打退敌人无数次反扑，多次强攻，都没占领阵地，主要的山头以及一些子母堡仍在敌人手里。眼看东方放明，部队伤亡较大，我们考虑到天亮以后伤亡会更大，决定把部队撤到山下，晚上重新组织进攻。

上下鼓着一把劲，不料头一脚就踢到石头上，心里有些焦急。我们正在研究如何组织新的进攻，二十四团团长电话报告：他们打下南门以西的几个地堡，突击连伤亡很小，发展顺利。第一连连长郭继胜，指挥战士采取小群动作打地堡，在攻打岱庙敌人核心据点战斗中，二、六班连续打下十几个地堡，无一伤亡。

"好，这才叫智勇结合！"王吉文师长高兴地叫着。

"郭继胜这个连长，指挥就是有创造！"不知谁插了一句。

兴奋热烈的情绪，又笼罩了指挥所。我拿起电话，向二十四团的政委说："你们很快把郭继胜的指挥经验总结一下！"

"作战科长，"王师长叫着："带上个参谋，到二十四团一连去总结一下经验！"

很快，把经验找出来了。郭继胜战前准备工作抓得细，抓得深；战斗中充分运用小群动作，使突击班不是一哄而上，而是分成一个个战斗小组，每个小组的战士又是互相掩护，交替前进。这种战术，对付敌人的子母堡群很有效。我们师的几个干部，立刻分头下去，亲自组织二十三团的部队，演习打地堡的小群动作。一个"敌前练兵"的热潮在泰山脚下开展起来，各个连队的突击班，爆破队，结合自己的任务和地形，开讨论会，搞小演习。

"从战争学习战争——这是我们的主要方法。"这是毛主席早就教导我们的。通过实地学习、敌前练兵，我们又深一层理解了这番话。

经过一天的组织准备，黄昏，嵩里山上又笼罩起炮火的浓烟，新的进攻又开始了。使用的部队，还是二十三团。由于接受了昨天碰钉子的教训，进行了敌前练兵，吸收了郭继胜指挥的经验，加上纵队山炮营的有力配合，从发起冲锋，到全部占领蒿里山，总共是三十分钟，守敌一个营全部歼灭了，我们伤亡很少。这且不说，只说蒿里山上，流传下一桩动人的英雄故事。这还要从头一天攻击失利说起：

……部队从山上往下撤退的时候，一连二排的三个战士，在后面担任掩护，和连队失掉了联络，退到两个山头之间的一座碉堡里。敌人发现了他们，从四面包围攻击，并无耻地向他们喊叫着："投降吧，给你们白面大米吃！""投降过来，每人连升三级！""你们是攻不下泰安的！"我们的三个战士稳如泰山，靠着一挺机枪，两支步枪，顽强不屈地坚守在碉堡里。他们坚信我军会再一次攻上去。他们向敌人的士兵喊："不要替蒋介石当炮灰！"劝敌人缴枪投降。敌人的每次进攻，都被他们用机枪、手榴弹打垮。一次，又一次，累累的敌人尸体，横倒在碉堡前。子弹打光了，他们就爬到敌人尸体前去捡。碉堡顶被轰塌了，他们便在底层坚守。没有饭吃，没有水喝，他们在四面包围中，坚守了一整天，直到我们的部队再一次打上去，他们又跳出碉堡，参加了突击部队，冲向蒿里山主峰……

在蒿里山下，我见到了这三个战士。他们的棉衣露出了棉花，脸上闪着胜利的微笑。安慰，对他们是不必要的；表扬，有新华社的记者在一旁，正准备拍照、写文章。我和三个战士一一握手，说了一句最最普通的话："同志们，你们下去休息吧，今晚就要攻城了！"

"政委，我们不累！"三个战士几乎异口同声地说。他们要参加新的战斗，扛着机枪，掂起步枪，向连队跑去。

三个高矮不一的背影，很快消失在向前运动的部队行列里。这时一营的干部告诉我，这三个战士，有两个是翻身的农民，另一个是不久以前从国民党军队中解放来的。我走着，想着：这三个普普通通的战士，在不利的情况下，能够如此英勇奋战，是什么原因呢？当然，原因是有很多的，我想：其中很重要的一点是他们的政治觉悟。党中央《迎接中国革命的新高潮》的指示精神，鼓舞着他们，照耀在他们心里。

二十三团攻下蒿里山，接着占领了火车站，二十四团也将城关敌人肃清，泰安城里的敌人成了瓮中之鳖。全师积极准备攻城，我和王师长同二十二团团长、政委去前沿看过地形，顺便去看了看今晚担任突击的第一连。

青年连长林茂成，正领导着突击班细心研究战术动作。他是我们师一位著名的战斗英雄，今天是他第十七次带领突击队。我们问他怎么样，有没有把握，他英气勃勃地说：

"师长、政委，你们放心吧，别说爬这个城墙，就是登泰山顶，我们也能上去！"

王师长说："好！就是要有这个劲。准备要充分，爆破要快，突击要猛，打上去就要像钉子，钉在城楼上！"

二十五日晚九点，我们从西门开始了攻击。英雄林茂成指挥下的英雄连队，仅仅用了十五分钟，就炸开了敌人用大沙袋堵塞死的城门，登上城垣，为全师打开了胜利的大门。接着传来消息：兄弟部队第十纵队也从东门突破。

师指挥所跟进到西门外。枪声在城里响，炸药、手榴弹在城里炸，二十四团等后续部队源源开进城。到天亮，随着逐渐稀疏的枪声，敌人的整编七十二师一万多人报销了。七十二师师长杨文泉，两天以前还向他的主子"保证"守住津浦线上这个城，现在也垂头丧气地做了俘虏。

从正式开始发起战斗，到胜利结束，一共是两天两夜的时间。如此迅速地攻下一座城，吃掉一个师，这是敌人万万想不到的。我们打扫战场时，一架美国造的飞机，还嗡嗡地在城上空旋转。它像是要寻找什么、看清什么。不等它看清、找到，只听见泰山脚下一片欢呼声，这架倒霉的"吊丧机"就被我机枪、步枪击中，一头栽到我们指挥所旁边，冒着黑烟燃烧。

王吉文师长提起新缴来的一架照相机，向大家说："'吃烧鸡'的走哟！"笑声朗朗地向燃烧的敌机走去。

红日升在泰山上，照得它更加巍峨、雄伟。我们这个部队中，有的人是在泰山脚下长大的。大家兴致勃勃地谈论着泰山，说登上泰山顶，早晨可以看日出。自然，谁也没有那番"登山望景"的闲心。大家最最关心的是下一个"节目"是什么，另一个"舞台"在哪里。是在津浦线上？是在沂蒙山区？还是在别的什么地方？

二十天后，一场更精彩的"节目"——围歼国民党军五大主力之一的整编七十四师的战斗，在孟良崮这个高高的"舞台"上演了。

樊家窑的石雷阵

王　文

王文（1919—1989），河北蓟县（今属天津）人，1938 年参加冀东暴动。曾任民航局副政委，燕州军区空军副政委，司法部副部长。1961 年晋升少将。文中身份为山西省黎北县樊家窑村民兵队负责人之一。

五月，天气已经很热了。我敞开怀，让风吹着胸口，急急忙忙奔往樊家窑。路两旁金黄的小麦，散发着香气。正在这快要开镰收割的时候，日本鬼子的大"扫荡"开始了。"领导民兵，保卫麦收"，这是黎（城）北县民兵指挥部给我们的任务。

情况紧急，不允许我一步步地走，快到樊家窑的时候，便飞跑起来。民兵指导员老樊正领着几个民兵在地头干活，看我跑得这么急，老远就迎上来，问道："老王，你回来了，情况怎么样？"

"鬼子要来抢麦子了！准备得怎么样啦？"

"一切都准备好了。"他爽快地说，"全村的粮食都埋藏好了，井只剩下一口没盖，除了民兵，全村人都上了山。敌人一来，我们盖上那口井，把小锅一提就走。"

我对他说："县委指示我们不光要空舍清野，还要大摆石雷阵，配合主力作战。"他憨直地笑了笑说："那是当然喽！这几天你到县上开会，我们又造了七个大雷。"说罢一转身扛起一块四四方方的石头："我又找到一块好料。走，快回去计议计议吧！"他一边走，一边又自言自语地说："咱们太行山，就是石头多，够小日本鬼啃的。"

说到太行山的石头，实在使日本鬼子伤脑筋。他们"扫荡"到哪里，就在哪里碰石雷。走大路，大路旁的石头炸；走小路，小路边的石头飞。在伪军中传说着这样的话："不得了呀，太行山里的石头都会炸啊！"那时候，我们太行山区民兵差不多都会造石雷。甚至连妇女小孩都懂得造石雷的秘诀。其实，也没有多少秘诀，一把钻子一把铁锤，把菜盆大的石头钻个洞，装上炸药，安个发火管，就成了。樊家窑五十多个民兵，只有六条步枪，主要的武器就是石雷。樊指导员不光会造石雷，还会摆雷阵，一下能把七八个雷连起来，哪个先炸，哪个后炸，他都设计得十分巧妙。

现在，又该他大显身手了，他兴致勃勃地跟我谈造石雷的事，一边引着我往村里走。

樊家窑是个大村，平日里一天到晚热热闹闹。特别是驻了八路军时，更是歌声四起。可是，如今却一片寂静。每个院落都是空的。每家灶屋里除了一些破盆破碗，连一口小锅也看不到，一滴水也没有。樊指导员对我说："鬼子来就来吧，地皮，他们抬不走，几间空草房，他们要烧，咱也不怕，烧了旧的盖新的。"

我们正挨门挨户去检查，在巷口里碰上了樊指导员的叔叔。他年纪大了，耳朵有点儿背。我走到他面前，大声说："大叔，你怎么还留在村里？"

"啊——鬼子到哪儿啦？"他没回答我的话，反问了一句，"你们为什么不走？"

"我们是民兵……"

"我是老民兵啊！"老人笑道，"留在村里，替你们听听风声，守守门。"

他摸了摸胡子，又说："快八十岁的人了，黄土埋了半截身子啦，怕个啥！这两天，我就琢磨：算啦，豁出我这把老骨头，拼死几个鬼子，死后也闭眼啦！"

樊指导员说："叔，你可要多活几年！毛主席说了，抗战有三个阶段，如今正是第二个阶段，咬咬牙，到第三个阶段就大反攻啦！"

"什么，毛主席怎么说？"老人往前走了一步，一只手罩着耳朵，眼里闪着光，一定叫樊指导员把毛主席说过的话对他重复一遍。

"毛主席说，抗战有三个阶段！"我大声地解释说："第一个阶段是敌攻我退，第二个阶段是相持，第三个阶段是反攻……"

老人几乎把耳朵贴在我嘴上，听着，不住地点头。突然捉住我的手，紧紧地攥着，声音颤抖地说："老王啊！你们怎么不早跟我说呢！好啊！好啊！原来毛主席早就摆好八卦阵啦！怪不得你们一个个那么来劲，你们心里都有谱啦！"

听了老人的话，我似乎猛醒过来：是啊！我们心里是有那么一个谱：无论环境多么苦，日本人怎么逼凶，一想到只要熬过相持阶段，抗战就要开始反攻，劲头就来啦。眼下虽是艰难时期，再咬咬牙，度过这个苦年头，胜利就是我们的了。尽管还要流血牺牲，但是，谁也不怕！胜利，一切为了争取抗日战争的胜利。

全村的民兵在村头庙里集合了。一支支红缨枪，一排排石雷，把个庙院摆得满满的。我把县委的指示说过后，民兵们个个摩拳擦掌，纷纷说："这次一定给日本鬼子一个厉害瞧瞧！叫他们走着来，爬着回去！"樊指导员讲了布雷的事，提出要搞两个雷阵，一个真雷阵，一个假雷阵。分工由我和武委会主任霍宝玉带两个组到枯河滩设雷窝，樊指导员带两个组去另一个雷区伪装布置。

刚刚走出庙门，区指挥部的两个基干队员喘吁着跑来，把一封鸡毛信递给我说："我们是跑着来的，马上还要回去！"我刚把信取出，还没看完，一个民兵又跑来报告："敌人到了下寨啦！"接着就听外边有人喊："敌人放火烧下寨啦！"我们都拥出去一看，下寨方向一片烟火腾空，半个天都红了。

面对着下寨的大火，同志们个个咬牙跺脚，我忍着气把区指挥部的信读完。这封信上说：东边敌人已到涉县，北边敌人正向樊家窑逼近，两股敌人可能到樊家窑会合；我八路军主力正准备出击；区指挥部要我们迅速布设石雷，拖延迟滞敌人的行动，积极配合主力出击。

我们研究了一下，立刻分头出动，派一个组去盖井，把村里留下的破碗全部送上山去，并通知山区的群众早点吃饭，往深山里转移；另派一个组在村口放哨。其他民兵全部到枯河滩参加布雷，估计那是敌人必经之路。民兵们在战斗间隙交流埋设地雷的经验民兵早就准备妥当了，一声走，扛雷的扛雷，抬雷板的抬雷板，飞也似的奔向枯河滩。

天大亮时，我们的雷阵已布置就绪。大家埋伏在山头的树丛里，拨开树条向北望。不大会儿，敌人出了下寨，向着我们的埋伏圈走来了。嗬，大队人马哩！前边是四五个便衣，后边是黑压压的一片，最后是民夫、牲口。看样，大约有两百多日本鬼子和四五百伪军。

见了敌人，一夜的疲劳都跑光啦！大家一双双眼紧盯着那几个便衣。这几个鬼东西大概吃过地雷的亏，走几步停一停，弯下腰摸摸地。突然，他们原地不动了，拼命向后招手。立刻跑上去几个鬼子兵。我们估计是专门扒地雷的工兵。他们一边扒，我们一边笑。樊指导员说："傻东西，你们扒吧，热闹在后头哩！"原来，鬼子扒的，是一个假雷区，下边埋的不是烂鞋，就是石头。我直担心假雷带出了真雷，露了馅。樊指导员拍拍我的肩，大包大揽地说："你就放心吧，保险不会出错。"他是个布雷的老手了，拉雷、踏雷、弓雷、子母雷……安排得多样而巧妙；先在前面布了一个假雷区，迷惑敌人，真正的雷阵摆在后面。半里多路全是大大小小的石雷，路面却和平常一模一样，上面还有牲口走的蹄印子和拉的粪蛋。就连我这个常来常往的人，要不是参加了埋雷，也会以为是牲口走过的哩！

愚蠢的鬼子兵撅着屁股挖了半天，一颗真正的地雷也没挖着，就把一群伪军赶到前头，继续往前走。伪军——我们称它是"黑狗队"，都是些怕死鬼，他们偏偏不走正路，小心地从路旁草墩上走，又悄悄地穿过了我们的真雷区。樊指导员一看也着了急，脸憋得通红，骂着："这些狗东西，一个个都学乖了！"我一方面着急，一方面心里想："就不信，敌人那么多的脚竟会没有一个踩上的！"

眼看着大队的鬼子，跟着"黑狗队"走过去，雷一个没响，我心里像火烧似的。正准备叫民兵放几枪惊一惊敌人，只听雷区里"嘣"的一声，"地枪"响了。"地枪"是老樊在布好一群梅花雷之后，又专门埋设的。这是老樊利用打狼的办法：把猎枪固定在地下，只露个枪口，用一条暗绳子倒系在枪机上，只要鬼子从枪口前走，脚一踩地上的机关板，枪口就会吐出弹丸，休想逃脱。随着"地枪"的响声，轰隆，轰隆，周围一声接一声地响开了，黑烟、尘土腾空而起。只见鬼子像一群野狗，到处乱爬。樊指导员连连叫了几声好，拿胳膊碰碰我说："老王，趁热打铁，咱们放一阵枪吧！"

我也真想凑个热闹，可是又一想：不行，县里指示过，让敌人往里面钻一钻，给主力造成打歼灭战的机会。区指挥部的霍宝玉同志也说："现在不忙打，时候不到。"

烟雾散了后，我们看见鬼子收尸的收尸，抬伤兵的抬伤兵。看样子，敌人想往回返了。我们要拖后腿，不得不放了几枪。鬼子兵一听枪响，立刻转了方向，向山头上搜过来。我们边打边退，一直把敌人往山里拖。

这里的每条路，每块石头，我们都很熟悉。鬼子缩着头搜了半天，见不到八路军的一点影子，就由"黑狗队"喊话。这边喊："看见了，看见了，出来投降吧！"那边就装着老乡哭，装小孩叫。这些鬼把戏，当然骗不了我们。

我们转移到深山里，见全村的男女老少都在，只是少了两个老汉，其中一个就是樊指导员的叔叔。我们直抱怨最后离村的那个民兵组，问他们为什么不把两个老人背出来。一个民兵说："我们要背他们，他们说什么也不走，要留在村里放哨。"

樊指导员和我都十分焦虑，担心村里两位老人的安全。天刚擦黑，我们带领几个民兵，便往村里跑。在村头听听，村里没有动静，鬼子兵走了，我们才悄悄地摸进村去。只见许多房屋被烧了。村头的树上吊着一个人，跑上去一看，正是樊老汉——樊指导员的叔叔。这时民兵在另一个地方，找到了另一位老汉。他也被打得遍体鳞伤。这位老汉见了我们，就向我们讲述了樊老汉英勇就义的事：原来鬼子进村扑了空，搜山又搜不到人；后来抓住了樊老汉，逼着他讲出民兵、八路军在哪里。樊老汉先是一句话不讲，逼紧了，才不紧不慢地说："八路军在太行山上，你们去找吧！"鬼子又问哪里有埋的石雷，樊老汉手在半空一划，说："整个太行山上，到处都是石雷!"敌人得不到一点材料,恼羞成怒,就把他吊到树上,活活地打死了……

听他讲到这里,不由得又想起樊老汉昨天的话。现在,他英勇地死去了!再也看不到抗日战争的胜利了!我们活着的年轻人,要继续战斗下去,冲破这黎明前的黑暗!

樊老汉的遗体刚被抬到窑洞里,远处传来了密集的枪声。霍宝玉同志大叫了一声:"同志们,咱们的主力部队把敌人扭住了!"樊指导员"刷"地跳起来,提着枪,喊了一声:"同志们,走!"

夜,漆黑。我们全村民兵整队出发,向着响枪的方向跑去……

八千里路云和月

左　齐

左齐（1911—1998），江西永新人。
1929 年参加革命。文中身份为红六军团第十
师四十九团连政治指导员。新中国成立后任原
济南军区副政治委员、顾问。1955 年被授予少
将军衔。

　　一九三五年的十一月，在全国人民救亡图存的呼声日益高涨的形势下
红二、六军团离开了湘鄂川黔根据地，开始长征。

　　这一次撤离，是在非常险恶的条件下完成的：蒋介石已经把一百多个
团的兵力调到根据地周围，完成了对我包围的部署。不仅如此，可以说，
自从十一月十九日从桑植出发开始，一直到第二年的四月二十八日渡过金
沙江为止，如果没有以贺龙、任弼时同志为首的总指挥部的正确的战略指
导思想和战役、战斗部署，几乎每时每刻，都有被敌人消灭的危险。

　　当时，我是红六军团的一个普通工作人员，对于两个军团全面的情况
和上级的行动部署很不了解；可是，仅仅从我自身经历的这一段征途来看，
总指挥部领导人那样巧妙、灵活的指挥艺术，给我们每一个指战员的印象

226

是非常深刻的。如今，时过境迁，许许多多的细节已经难以记清，可是，大的脉络却像是作战地图上的红线一般，反倒格外分明了。

南下湘中

从桑植出发，北上抗日，按说应该北去，怎么南下湘中了呢？

原来，当时包围我们的敌军，东南有陈耀汉、郭汝栋、陶广、李觉，西北有徐源泉、樊松甫、孙连仲，共计一百个团以上的兵力，恰似一团黑压压的乌云，直向湘鄂川黔地区扑来。我军倘若突围向北，直接取道川陕北上，一道长江在前阻路，十万敌兵随后跟来，那危险可就太大了。因此，为了绕过长江天险，必须向它的上游取路；而要摆脱敌人的重兵，第一脚就得插向敌人的心脏，把敌军调到兵力空虚的湘中去。这就是我所能看到的当时的指挥意图。

自从十一月十九日出发，就是夜以继日的急行军。渡过澧水、沅江，到十二月初，就进占了新化、锡矿山、蓝田、溆浦、辰溪、浦市等城市，一下子就把敌人的手脚搞乱了。我们却在新化地区轰轰烈烈地开展了群众工作，部队也得到七天的休息。

这年，湘中是个好收成。秋谷刚收好，谷草堆得像山一样。橘园里一片橙黄，金皮球一般的橘子成串成束，压折了羊角粗的根根枝条。稻田里，放上了冬水。环顾四野，明亮耀目。橘园的丰收景象，又从水中倒映而出，更显得十分好看。只可恨地主豪绅当道，人民群众难得温饱，没有歌声，也没有笑脸，到处都是死气沉沉。可是红军一到，可把土豪们吓昏了。刚刚从农民家里抢到手的谷子也顾不得了，扔下算盘，夹起账簿，逃的逃，溜的溜，逃不脱的就只好乖乖地给农民当了一次极好的反面教材。农民呢，可是乐美了。如今，他们看到了地主恶霸的下场，好痛快好舒服，情绪随之奋发起来。投红军，闹革命，顿时成了一股风气。不几天，红军的兵员就增加了好几千。更有新化、锡矿山的一批工人，大革命的时候，就是有名的革命派，这次红军部队到来，不到一天光景，他们就组织起了一支名叫"抗日救国先遣队"的武装。

新化城，是资水中游不大不小的一个码头，相当繁华。红军初来，群众不明真相，江面上似乎也失去了往日的热闹。只有沿江碇泊的几只大官船，却没有来得及逃掉。船上，插着盐运局的旗号，装满了成包的海盐。谁都知道，官盐者也，其实就是蒋盐。蒋盐不吃，更待何时？趁此机会，当时的六军团政治部主任，就领着我们广泛地宣传起"没收官僚资本，保护民族工商业"的政策来。私营企业，一个不动，欢迎开市；蒋记官盐，如数没收。商人一见，果然官、私有别，待遇不同，顿时打消了顾虑，开门营业，市场活跃起来。于是，一时陷入沉静的江面上，大小帆船又往来如梭，颇不寂寞了。没收的盐巴，立即标明价格：大包五块，小包三块，向广大人民出售。只消拿出一块银圆就能担回近百斤咸盐，足够食用几年，有些实在没有钱的，说清楚也可自管来搬。名为出售，实际等于散发。老百姓慑于蒋介石的凶焰，不敢径自搬取，我们打出这一个"出售"的名目，不过是用以解除群众的畏惧，堵塞日后蒋贼的毒口而已。自然，红军也还可以从中略微为革命筹得一部分款子。当地群众，胆大的白天到，胆小的夜晚来，有的担筐，有的驮袋，往返搬盐，络绎不绝，熙熙攘攘，十分热闹。

我们在新化，为时只七日，扩兵逾千，筹款上万，收获委实不小。随后，又忽而北返两下江，忽而南下龙潭市，最南竟到了武冈县属的高沙。这时，敌人从湘西北赶到湘中，积极准备向我围攻。于是我们才折转向西，在武冈与绥宁之间的瓦屋塘，把陶广的两个师打了一下，冲破了敌人围歼我军于湘中地区的阵势，向北渡过了沅江。这时，敌人方面可真是热闹非常，有的掉转头顺着湘黔公路猛追，有的登上沅水里的小木船猛赶，唯恐被我们丢掉。

一九三六年的元旦，我们是在芷江的竹平铺过的。这个地区很富，土豪很多。土豪的肥猪也很多，大家都很高兴，想要好好过个年，多吃几个菜。晚上，我们和农民一道杀了土豪不少的猪，大伙帮大师傅的忙，又是猪肉，又是鸭子，烹得香香的。第二天中午，正要吃的时候，忽然听到"啪啦啪啦"的枪声，原来是敌人的先头部队赶到了。我们捞出肉来，担在肩上，向西开进了。二日到了晃县龙溪口，在那里驻了三天，算是补过了一个新年。

等敌人一月五日追来时，我们为了给湖南敌人一个告别礼，折回五十里，在便水和江浦，又把追敌敲打了一下。虽然没有全歼，却是大大挫伤了敌人的锐气，使我军进入黔东地区以后，得到了一个短时期的比较顺利的行军时机。

智取鸭池河

从一月七日进入黔东，九日我六军团占领江口县城，二军团占领石阡县城；打土豪，搞群众工作，部队整整休息了五天；最愉快的是与我十八师胜利会师了。离开根据地的时候，我红六军团曾留下十八师担任牵制敌人的任务。张正坤师长带着部队故意突围北上，吸引了敌人很大一部分兵力，在湘黔边界和敌人周旋了整整两个月的时间，现在才和我们会合到了一起。比起我们这一路来，他们要艰苦得多了。军团政委王震同志亲自跑出很远的路程，把他们迎接回来。进到石阡以后，原来六军团西征路过这里被敌人打散的一些同志，在群众的掩护下，过了一年多不见天日的生活，也都重新找到红军，回到了自己的部队。敌人一心一意要扑灭革命，可是闹来闹去，既抓不到我们的主力，又摸不到我们的侧翼部队，连个把掉队的人员也没能摸去。红军可真是打不垮、拖不烂啊！老战友们久别重逢，手牵着手，一道跑到石阡的温泉里，痛痛快快地洗了一个热水澡。

敌人估计我军要步中央红军后尘，北渡乌江。他们赶到贵州以后，不和我们纠缠，拼命抢到我们的前面，把绝大部分兵力密密麻麻地摆满了乌江两岸，日日夜夜赶做工事，企图将我歼灭在乌江南岸。这时，敌人的报纸也一齐叫唤开了，什么"贺龙孤军势必就歼"啦，"贺龙走投无路"啦，"江南赤患削平有日"啦，真是猖狂极了。

我们倘若冒冒失失地往前闯，那后果确实不堪想象。可我们的头脑不像敌人想的那么天真，明摆在眼前的火坑，为什么要去跳呢？此处无路可走，他处自有路。处处无路走，开向贵阳府。他想我们北渡，我们偏不北渡，他不让我们南下，我们偏要南下。部队折向西南，日夜兼程，取瓮安，下牛场，直捣龙里，威逼贵阳。这一来，形势可就大变了：敌人由乐观一变而为慌乱，我们由被动一变而为主动。要知道，这时的贵阳乃是一座空城，我军倘有兴趣，闯进去逛逛，不是不可能的。对于敌人说来，贵阳是贵州的政治、经济中心，又是大官僚们养身立命之所，此城万万不可有失；可是，从湘北到湘中，从湘中到贵州，追来追去，就是为了凭借乌江天险来消灭我们，一旦放过，十分可惜。江防不可不守，贵阳也要保卫。一身岂能二任焉？一时间，调兵遣将，手忙脚乱，紧张万分。但是我们没去打贵阳，却从从容容地经扎佐，过修文，进抵乌江上游的鸭池河边，毫不费劲地渡到了乌江的北岸。

鸭池河这里的地形很险：北岸滥泥沟一带，山势高陡，俯瞰对岸，一马平川，只需摆上一点儿兵力，要阻住追击的百万大军，不成问题。因此，我们过河之后，在二月九日轻取黔西、大定（今大方）、毕节等重要城镇，并在大定附近的将军岭给向我追来的郝梦麟师当头一棒，歼灭敌人两个整团。赢得了近二十天的时间，开展了黔、大、毕地区的工作，在黔西北地区点燃了革命的熊熊烈火。

巧渡金沙江

在黔、大、毕的近二十天，是我红二、六军团长征途中的黄金时代。

这些天，可真够敌人忙的。云南、四川，遣将调兵，北往南来，真想求上天保佑把我军阻挡在金沙江之南，然后把我们一口吞掉。

我军要北渡金沙江，的确不是一件容易事。从毕节地区直向西渡江，自然是近得多。可是，一来金沙江下游江面太宽，摆渡艰难，二来迂回地区过窄，根本摆脱不掉敌人，所以，必须随机应变，另作打算。

从二月二十七日撤出毕节，到三月二十九日这一个多月，是一个非常险恶的时期。我们先是经由七星关、平山堡、野马山、妈姑、柯猓北上，到三月七日进到了镇雄县的奎香。这时，樊松甫已经接近了我们的后尾。第二天，我们返转五十里，迎上去，在以则河地方迎击它的先头，缴得敌人枪百余，便撤出战斗，折回奎香。九日，急经毛宣湾、牛场，向衣沙沟转进。谁料敌人的九十九师已经抢先驻在这里。我们一方面与它周旋，一方面掉头斜插，转往梅东、青山一带。到十六日，第三次转回了奎香。就这样和敌人捉了一个礼拜的迷藏，险些儿被四面的敌人围住。十七日，我们急忙折转西进，经云贵桥、永禄岩，插到威宁的得胜坡。敌人慌了，以为我们要从滇东渡江，紧赶慢赶，又抢先堵住了昭通。但我们却急转直下，经桥子口、韭菜冲，进到云南省以盛产火腿出名的宣威。二十三日，在宣威的观音堂，又和敌军遭遇。先是我们占了便宜，缴了它百多条枪，后来越打敌人越多，才查明是滇军主力孙纵队的六个团。入夜，我军就撤出了战斗。这时，我们已经明白：云南腹地的敌军也像在红一方面军长征时那样，已经被我们调到滇东来了。于是我军就来了个舍近求远，把渡金沙江的地点，选择在滇西一带。但是为了让敌人再向东深入深入，我们又复折向东南，经由红岩坡、摆子田、羊场、兔场，月底六军团赶到了平彝（今富源）城下，佯攻守敌。与此同时，二军团占领了盘县。

说是"佯攻"，确实不假。在云贵边这一个月中间，和敌人交手的次数并不少，要想打赢、打平，并不吃力。可是，我们并未恋战，只要把敌人的锐气挫一挫，转身就走，为的是减少伤亡。在长征途中，伤员的问题可是不小啊！离开根据地这么远，有了伤员是带不走的，只能寄放在老百姓家里。这些参加暴动出来的工农红军士兵，哪个不晓得，我们这些人的亲人就是党和同志，我们的活路就是跟着革命队伍走，离开了根据地，离开了党，又离开了红军，敌人的屠刀就时刻都在我们的头上晃荡，抓住就活不成。因此，谁负了伤，也不愿意让"寄"，哭天哭地，总要跟着走。除了实在走不动的，我们不得不寄在可靠的老百姓家里，大部分轻伤号，上级还是想尽办法把他们带上走了。江子炎同志，当时打伤了脚，军团首长命令罗章同志去寄伤员。被寄的哭，寄人的也哭，都不愿意离开自己的革命亲兄弟。最后，罗章同志又返回来向军团首长请求，这样，江子炎同志才又跟上来了。

四月一日，我们开始了抢渡金沙江的急行军。到五日，就进到了距离省城昆明仅仅七十里的新街。敌人完全没有料到我们有这么一手。云贵边的敌军已经被拖得晕头转向，一时抽调不及，昆明城内又十分空虚，无可奈何，只得又拿出一年以前中央红军路过昆明附近时那个老办法，把附近几个县的保安团全部调空，去保卫昆明。这样一来，我们在滇中的行军可就畅行无阻了。和在根据地里行军一样，一路唱歌子，有的前队"啦啦"

后队，有的自己编小调，十分活跃。老百姓从来没有见过这样活泼、这样和气又这样守纪律的部队，都拥到大路边上等着瞧。因为我们来得快，各处还没有得到红军过来的消息，所以，有些豪绅也笑嘻嘻地站在路边看热闹。看着，看着，有些不对头了。再一听唱的歌子，又是什么"工农要革命，报名当红军""打土豪分田地，铲除列强建立新中华"……脸上的笑容就吓回去了，脚跟也站不住了，慢慢从人前缩到人后，然后，一转身，一溜烟逃了。穷苦人可不同，起初听说过部队，还有点怕；后来听说是红军，赶紧从人后挤到人前去看。我们北上的任务急迫，一切服从于抢渡金沙江的战略部署，没有能够和他们亲近一番。虽然如此，红军的声威却很快在群众中传开了。

四月下旬，我军进到了金沙江南岸的石鼓、巨甸，用了六天的时间，不慌不忙地渡过了金沙江，彻底摆脱了尾追的敌兵。

从桑植出发到中甸，总共走了一百五十多天，八千多里路。这一百五十多天里，敌人天天围着我们打转，天天想消灭我们，到头来，却没有达到他们的目的。正似一团团乌云，驭着西风，追赶月亮，想把光明掩尽，而那一轮明月却径直向前，终于穿过云雾，把光辉洒遍了大西南的夜空。岳飞写的那句"八千里路云和月"恰恰为我们这一段征途作了一个题目。

飘动的篝火

朱家胜

朱家胜（1914—2007），江西莲花人。1929 年参加革命。文中身份为红六军团模范师政治部技术书记。新中国成立后任南疆军区政治委员，新疆军区政治部副主任，乌鲁木齐军区政治部顾问。1961 年被授予少将军衔。

夜幕已经落上广阔无边的草地，远山、矮树林、苇子滩，什么都影影绰绰地看不大清了。疏落的星星，显得那么遥远。夜风呼呼地吹着，远处不时地传来凄厉的狼叫声。

这是我们快到阿坝前四天的一个夜里。我们几个人，因为脚被草鞋磨破，又受污水的腐蚀，已经发炎溃烂，加上肚子里装的野菜早已消化，都四肢无力，所以落在了大队后边，彼此搀扶着、鼓励着往前走。

我们艰难地爬上了一个小土包，看到不远的低处，篝火簇簇，好像夜市一般。篝火现出红色，上头是摇动的透亮的火焰，再上去，变成了蓝色，终于和夜色相融。骤然间大家像吃了一顿饱饭，感到浑身有劲，所有的疲劳也完全消失了。起先我们还搀扶着走，现在像变成了健康的人，都矫健地向篝火走去。

"啊呀！到了，到了。这就是咱们的部队！"同志们兴奋地说。

"你们猜，他们现在在干什么？"我问其他的同志。

一个挂着半截木棍的同志，郑重其事地回答说：

"他们吗？他们现在已经吃饱了饭，去睡大觉了。他们还给我们留了两大桶饭，怕凉了，正煨在篝火旁边。我们一到，端起来就可以吃了。"

明明知道这是一种美妙的幻想，但我们都感到好像那里真有两大桶大米饭，还冒着一缕缕热气，散发着喷香喷香的气味……

我们走到一堆篝火旁。这堆篝火特别大，柴草被烧得"噼啪噼啪"响，火苗像绸子似的凌空飘动，火星子被烈焰送到很高的夜空。

篝火四周密密麻麻地围满了人，有的坐着，有的斜歪着，有的彼此靠着，有的把头放在别人的胳臂、腿上。他们是那样地肃静，几乎是屏住呼吸，在听一个湖南口音的人讲故事。

"……曾国藩那个老汉奸，亲自带了几十万湘军，想攻破南京，消灭太平天国。这时候太平天国一位杰出的将领李秀成，带了几万人马，在南京附近和敌军大战四十余天。但由于敌人包围了南京，南京供应断绝，李秀成终于不能支持。敌人一直打到雨花台，南京危险极了……"

我绕过几个同志，借着篝火，看到那个讲故事的人正盘腿坐在一小块牛皮上。他穿着一身破旧的青布衣服，手里拿着八角帽；脸消瘦，下巴满是胡子；头发很长，像堆野草。我慢慢蹲下，用胳臂肘捣了一下旁边的一个同志："这是谁？"

那个同志瞪瞪我："首长呗。"

我再没有说话，静听首长继续讲："敌人把南京包围得水泄不通。洪秀全也死了。南京城里粮食越来越少。不管怎样困难，李秀成还是带着队伍誓死抵抗。他们把能吃的树皮草根都吃光了，最后不得不烧牛皮充饥。后来南京被敌人攻开，李秀成被曾国藩杀了。"

有个同志带着嘶哑的声音问道："那不是完了吗？"

"没有！"讲故事的人提高嗓门说，"人民是永远记着太平军的。太平天国的革命种子撒遍大江南北，不断在广大人民群众中间生长起新的革命力量，与统治阶级进行着坚决的斗争。他们不会完的，我们不就是继续他们未完成的事业吗？不过我们是无产阶级的队伍，有共产党的领导，我们的革命不会失败，一定成功。只要我们渡过这一关，出了草地，我们的境况就会根本改变！"

篝火烧得更旺，像要把夜幕烧掉，让黑夜变成白天。

围着篝火的人，本来都好多天没有吃到正经东西，脸都变成黑绿色；再加上天天行军，很疲劳。但现在，情景完全不同了。同志们是那样精神百倍，每个人的脸上，迎着篝火看去，都红扑扑地放射着光辉。而我呢？什么都忘了。饥饿呀，疲劳呀，好像从来没有折磨过我似的。

我心里老是放不下：讲故事的这个人是谁呀？我又问我旁边的那个同志，他却反问了我一句："你看他是谁呀？"

谁呢？按口音，按那瘦削的圆脸盘，按那胡子，莫非是我们的"弼时胡子"（我们对任弼时同志的亲切称呼）？按那身材，却又像关向应同志……后来我干脆不猜他。我猜他干啥呀！反正他是我们二方面军的一位首长，是我们中间的一个。

这天夜里，我刚迷迷糊糊地睡着，就梦见穿着战袍的李秀成，在一堆熊熊的篝火旁，和士兵们烧牛皮充饥，那牛皮烧得焦黄焦黄的，看来怪好哩！

一个火星子落在我的脚上，猛一烧，我醒过来了。我看到有很多同志都还没有睡，有的聚精会神正在缸子里煮着什么；有的用柴棍子在火堆里拨拉着什么。我爬向他们，还没有看见是啥，就闻到一股烂牛皮味道。

那个用柴棍子拨拉火的人，大概听到我的声音了，回过头，笑着说：

"是你呀，朱书记。我在烧牛皮哩！你刚才睡着了，我没有叫你，准备烧熟了再叫你起来吃。"

"我的破鞋也是生牛皮的，也可以烧着吃呀！"

"别忙！你的留下以后再吃吧！"

牛皮烧得"嗞嗞"响着，鼓起无数米粒那样的油泡泡。牛油掉在火里，火更旺了，火焰更浓了。

牛皮烧好了，那个同志分给我二指宽、二寸来长的一截。我放在手心里仔细一看，的确焦黄焦黄的。我先用牙咬下一小点，放在口里，像油炸糕似的，一点也不难吃。

两天过后，我的脚烂得更厉害了，一拐一拐地简直没法走。很多同志也和我一样，因为饥饿和疾病，掉队的越来越多。但是大家一想起那天夜里首长讲的太平天国的故事，劲头就来了。

奇怪，这天夜里的情景，和前天夜里的情景一模一样，又是那样黑的夜。星星在远空眨着眼睛，夜风呼呼地吹着，远处，狼在凄厉地叫着。

走着走着，忽然前边又出现一片篝火，仍和前天晚上在那土包上看到的一样：篝火是红色的，上头是飘动的透亮的火焰，再上去，变成了蓝色，终于和夜色相融，消失在夜色里了……

"同志们，首长又在篝火旁讲故事呢，我们加油走！"不知是谁大着嗓门说了这句话。

我接着说："快啊！迟了故事就讲完了。"

我们又忘了饥饿，忘了疾病，一脚高一脚低地向那片篝火奔去。

我跟父亲当红军

吴华夺

吴华夺（1917—1997），河南新县人。1929 年参加革命。文中身份为河南省光山县红色补充军勤务员、军部少先队队员。新中国成立后任原兰州军区副司令员、顾问。1955 年被授予少将军衔。

一九二八年夏天的一个漆黑夜晚，亲戚来合云突然来到我家里。打那以后，他和父亲经常在一起，背着母亲商量事情。那时我才十二岁，许多话听了似懂非懂，但却感到新鲜有味，什么共产主义，革命，暴动，打倒地主和劣绅，夺取红枪会的领导权等等。有一天晚上，我已经睡下了，忽然，母亲和父亲吵起嘴来。母亲不住地唠唠叨叨说："你参加那些红党，不顾家，也不管孩子啦。"父亲说："谁说不管，打土豪分田地就是为了孩子们。"我爬起来问父亲什么是土豪，他没好气地说："快睡你的觉，小孩子打听什么。"

不久父亲就参加了红枪会。我看许多人在一起热热闹闹，挺好玩，也就跟着参加了。父亲在会里可是个大忙人，一天到晚东奔西跑，开会叽咕事情，我也不知道他忙的什么。

阴历十一月二十八日晚，父亲急匆匆地从外面回来（他已三天三夜没有回家了）。母亲连忙端上饭来，父亲把饭推到一边，戴上帽子，又向外走去。母亲和我都很奇怪，也不敢问出了什么事，坐在家里等着。一直待到快二更天，也没见父亲回来，妈说："小海，你快去看看，你爸爸到哪儿去了。"我跑出门一看，只见很多人扛着梭镖拿着刀，向姓吴的地主家里拥去。华高走在前面，很快就把姓吴的地主的房子包围起来了。有人爬墙进到院子里，打开了大门，外面的人端着梭镖，举着大刀，一拥而进。不一会儿，把姓吴的地主拖了出来，拉上了后山。接着又把底铺子的恶霸华早、华能等四个坏家伙也拉来杀了。人们都在议论纷纷，说："好，革命了，明天就宣布成立苏维埃。"我到处找父亲，可是哪儿也找不着，于是就大声叫喊。华高跑到我跟前说："你爸爸一会儿就来了，走，我们到祠堂去吧。"祠堂里已挤了好多人。到三更天时，父亲和来合云、朱文焕从大吴家回来了。来合云说："明天成立苏维埃。"我连忙跟着问："什么是苏维埃？我们现在是不是共产党？"合云说："苏维埃就是我们自己的工农民主政府。好小子，你想当共产党吗？老子是共产党，儿子大概不成问题吧！"说着一把把我抱起来："小家伙不简单，你知道什么是共产党？"我说："共产党是打地主的。"合云笑了。

第二天成立了乡工农民主政府、土地委员会、妇女委员会、儿童团、少年先锋队等红色组织；红枪会改编为红色补充军第二团。华高当了团长，父亲是党代表。不久第二团就出发到东区去打地主的寨子，我也跟着大队人马去了。

这是我过红军生活的第一课。我年纪小，个子矮，生怕人家不要，处处尽量装着个大人样。父亲在前面走，我穿着一双不跟脚的鞋，跟在后边。一路上，我模仿着父亲那样一大步一大步地走。走着走着就被拉下了，只好踢踢踏踏地跑一阵撵上去。父亲听到这踢踏的声音，就习惯地回头看看我，我也装着没事一样看看他。开始还可以，以后越走越吃力，父亲终于开口说："你快给我回去吧，跟着一路不够垫脚板的。"我鼓鼓嘴，就是不回去。他沉下脸，说："你非给我回去不行！"我一看拗不过他，就离开队伍嘟嘟囔囔地往回走。走不多远，趁他不注意，又钻到队伍里。过了一会儿，不知怎么被他发现了，毫不客气地又把我赶出来，而且还在一旁监视着我。我干生气也没办法，蹲在路旁，眼看一村的人都神气活现地走过去，真急死人。忽然有人叫父亲到前面去，我又趁空钻进了队伍。

这时大雪飘飘，风也吹得挺紧，人们都耸着肩、缩着头。约摸快到中午，父亲到后边来检查行军情况，又发现了我。他还是赶我回家。我说冻死在外面也不回去。他看没法，就从身上脱了件单衣给我包头。我嘴里说不冷，其实两只耳朵和脸上像刀子割，怎么也止不住上下牙打架。本家吴华官大哥对父亲说："你到前面去吧，我来招呼他。"父亲瞅了我两眼，就到前面去了。

经过一天一夜的行军，部队到达八里区南村，准备对龙盘寨、李山寨进行包围。部队到李山寨正西六里的李家楼时，天刚拂晓，民团还在睡大觉，打了几枪，他们就吓跑了。团部就留在这里。部队都上山围寨子去了。华官和文谋叔叔忙着杀猪做饭，我帮忙烧水。到柴堆上去拉柴火时，一拉，发现了一根皮带。这是什么皮带呢？顺手拉出来一看，原来是支汉阳造步枪。我真高兴极啦。中午，华官、文谋给部队送饭时，将这个事告诉了父亲。父亲即刻派人下山来把枪要去看看，我也跟去了。到了那里，华高团长看了枪，笑着对我父亲说："好，我们团又多一支钢枪了。"父亲要我回团部去，把枪留下，我说什么也不肯。他说我不服从命令，要揍我，我才吓走了。

一九二九年春天，部队到油炸河以北的小村庄驻下，防止大山寨的地主民团扰乱根据地。这时部队已从敌人手中缴获了九支步枪，上级又发来两支匣把枪，是给团长和党代表的。有一次趁他们不在家，我偷偷地拿着枪玩弄，不知道有顶膛火，一拨弄，"啪"的一声，把老百姓的一条老黄牛打死了。我吓得要死，急急忙忙去找团部司务长。司务长是个老成人，平时最喜欢我们这一帮小鬼，他看我吓得那个样，又好笑又好气地说道："你们这些小鬼呀，光给我找麻烦，你知道，赔老百姓一头牛要十四块光洋。"说着就找老乡去了。

过了不大一会儿，父亲回来了，一听此事，可发了大火，顺手甩了我两个耳光，又把我关起来，不给饭吃，非要我回家不行。虽然脸上火辣辣的，但我却不哭。我知道父亲是个刚强人，从来不喜欢看哭鼻抹泪的人。不过我心里暗自思量：这一下糟透了，如果真派人硬把我送回去怎么办呢？正想着，华高团长来了，他训了我几句，叫我以后千万听话，就把我放了出来。这下我可高兴啦，急忙又去烧水。谁知一锅水没烧开，父亲又来找我了。他气呼呼地说："三番五次地说你年岁太小，跟着尽捣蛋，要你等二年再来，你就是不听……"我只好向他苦苦哀求说："去年都跟上了，今年还不行吗？你枪里上了顶膛火，我以为是空枪才弄响的。今后好好干，听你的话，还不行吗？"刚说到这里，华高带着许多人拥进来，一齐要我唱歌。我估计这可能是替我解围的，看了父亲两眼，就站起来唱：

正月是新年，家中断米面，
衣衫破了没衣换；——哪嗨哟，衣衫破了没衣换。
富人穿得好，鱼肉吃不了，
珍肴美味白炭火烤；——哪嗨哟，珍肴美味白炭火烤。

鄂豫皖红军洗衣队被服厂旧址

我越唱越带劲，一面唱一面就表演起来。一气唱完了十二个月，累得我满头汗，呼呼直喘。大伙哈哈大笑，我看到父亲也扭过脸去偷偷地笑了。最后，他转过身来，又板起面孔对我说："从明天起，每天除了工作外，要学习两个字，再胡捣蛋，非叫你滚回家去不可。"我伸了伸舌头，连声说好。

半个月以后，部队改编。华高他们都到二十八团去了，父亲在军部休息。因为我年龄小，就叫我到少先队去当小兵，也没有枪。三四十个小鬼在一起，除了行军，就学文化，上政治课。什么是阶级，穷人为什么穷，富人为什么富……这些最基本的革命道理，很深地印在我脑子里，更坚定了我要干革命的意志。

一个多星期后，父亲和来选刚同志一道来找我，他告诉我上级要他回后方，到光山县东区去工作，要我同他一道回去。我说："你回你的，我是不回去。"父亲说回去送我上学念书。我说："不，这里人多热闹，我们每天也都在学习，哪里的学校也赶不上红军这个大学校。"他看我很坚决，也就不再劝我，但是要我每个月给他写一封信。我说："爸爸你回去，我会好好干，放心吧。"他老人家走了不一会儿又回来了，拿出刚买的一双布鞋，亲手给我穿上，摸着我的头，又看了看我的脸，说："以后千万要听同志们的话。"我嗯了一声，不知怎的哭起来了。他的眼中也充满了泪水，但是没掉下来。转身向我们上级交代了几句话，就走了。从此以后，我再没有看见过父亲。

一九三二年，我在河口战斗中负了伤。到罗山休养的时候，听说父亲随四方面军主力西征了。一九三六年，我随红军长征到宁夏花马池与红四方面军会师后，就到处打听父亲的去向。后来见到了熊起松、吴华江两同志，他们才告诉我，父亲在豫西牺牲了。

我实在抑制不住心中的悲恸，就偷偷地跑到村外，坐在一棵大树下哭起来。突然觉得有人站在我旁边，回头一看，是党的总支书记文明地同志。我揉了揉眼要站起来，他却把我按住，坐在我身旁，用手抚摸着我的头，劝慰我一番，然后告诉我："不要哭了，我们手中有枪，要向国民党反动派讨还血债！"他拉着我的手站起来说："回去吧，同志们都在等着你。"黑暗里，我跟着这位对我关怀体贴备至的领导同志走回部队。我又感到了慈父般的温暖，这是巨大的党的温暖！父亲倒下了，党把我抚育长大成人了。

几天以后，我又和大家一起背起行装，踏上了征途，沿着我的父亲没走完的道路继续前进！

五星红旗在天安门前升起

李水清

李水清（1917—2007），江西吉水人。1930
年参加革命。文中身份为第二十兵团六十七军
一九九师师长。新中国成立后任第一机械工业
部部长，原第二炮兵司令员。1955 年被授予少
将军衔。

朝霞托着红日，徐徐地从东方升起。倏然间，在这世界的东方，遍地金灿灿，万物都发光，闪光的山，闪光的水，闪光的树，闪光的屋……

一九四九年十月一日，我们伟大的中华人民共和国诞生了。

这天一大早，我们全师指战员，穿着崭新的军装，持着缴获的各种美式武器，满怀兴奋，列队肃立在天安门前。天安门焕然一新：光亮耀眼的琉璃瓦，吊着金黄流苏的大红宫灯，朱红的宫墙，汉白玉的玉带河桥，秀丽挺拔的华表，都放出夺目的光彩。天安门，真是雄伟壮丽，气象万千！挂在天安门城楼上的毛主席巨幅画像，是一切的中心，赋予天安门以新的生命，新的意义。广场上彩旗飞舞，欢声雷动，从长期禁锢着的岁月中得到解放的各族各界人民，张着笑脸，参加这亘古未有的开国大典，庆祝祖

国的新生。参加检阅的部队，人人精神抖擞，意气风发，等待着毛主席等党和国家领导人的检阅。虽然我们都刚从战火纷飞的前线赶来，还带着满身的硝烟，但是，整齐的行列，雄壮的阵容，充分显示了我军的强大。中国人民就是凭着这样一支由毛泽东等同志缔造的英雄部队，战胜了国内外强大的敌人，取得全国的胜利。

"轰！轰！轰……"五十四门礼炮齐鸣了二十八响。

二十八响，二十八年啊！我们党经历了多么艰难曲折而又漫长的道路，领导着中国人民，前仆后继，英勇奋斗，终于扳倒了压在中国人民头上的三座大山，推动了时代的巨轮，争得今天！

庄严嘹亮的国歌声，响彻天安门上空。人们屏息凝神，望着一面巨大的五星红旗，在天安门前冉冉升起。红旗，无数烈士鲜血染成的红旗，由敬爱的毛主席亲手升起。红旗的色彩，鲜艳绚丽，红旗的光辉，铺天盖地。占人类四分之一的中国人民从此站起来了，开始了自己新的世纪！

望着迎风飘扬的五星红旗，思绪起伏，像江河横溢。是兴奋，是欢乐，是幸福，是感激，一行行热泪，顺着面颊，滚滚落下。

二十一年前，我还是个十多岁的孩子，在我的家乡——井冈山下吉水县的一个小村里，第一次见到了像这样的红旗。那是毛委员带领的中国工农红军把它插在我们村头。我也第一次看到了这样的五角星，那是闪烁在每个红军同志帽子上的小红星。那时候，革命还只有一点小小的力量，几小块红色根据地，兵力不过数千，武器更缺，百十个人的连队，只有十几支步枪，几支还是破的，其余的都是梭镖、大刀。我参军了，因为年纪小，连大刀也分不到一把。我好像受了很大的委屈，闹着向连长要把大刀。郭永新连长安慰我说："同志弟，别怄气，将来全中国都是我们的，还愁没有一把刀。只要我们跟着毛委员，胜利很快就会来的。"我相信连长的话，革命一定胜利。但是，在四周强大的白匪军时刻对我们进行"围剿"的情况下，尽管我们无时不在盼望着、憧憬着胜利欢腾的一天，胜利却显得十分遥远。然而，革命的发展，正如毛委员所说："星星之火，可以燎原。"今天，井冈山上的火种，已经燃遍全中国。在茫茫大海中飘行的航船已经到达胜利的彼岸；躁动在母腹中的婴儿已经呱呱坠地；喷薄欲出的红日的光辉已经照耀人间。

"中华人民共和国，中央人民政府，在今天成立了！"

随着这浑厚洪亮的声音，广场上响起了震耳欲聋的欢呼声和鼓掌声。千万颗被胜利冲击着的热烈的心，发出千万声欢呼：

"中华人民共和国万岁！""中国共产党万岁！""毛主席万岁！"

在千万人的欢呼声中，苦难的生活结束了，旧中国彻底灭亡！幸福的生活开始了，新中国矗立在东方！

毛主席宣布了中华人民共和国中央人民政府的诞生。这开天辟地的第一声，是四亿七千万中国人民心底的共鸣。这一天的到来多么不易，却又显得这么突然迅速。我极力控制着自己的感情，睁大眼睛看着天安门城楼上毛主席高大身躯，耸起耳朵听着毛主席洪亮的声音。这身躯多么熟悉，这声音多么亲切。毛主席，中国革命的舵手！是他打着革命的红旗，引导我们克服了重重艰难险阻，从胜利走向胜利。在这幸福的时刻，艰苦年代的记忆常常顽强地萦绕在心际，情感的锁链，牵着我走向遥远的过去。

长征路上，雪山、草地，我们一步一个泥窝，艰难地前进。正走着，一位倒在泥沼中的同志忽然坐起，高举两手，把半袋子炒青稞递到我的手里，说道："革命，一定胜利！可惜我不能继续前进。这个还能为革命出力，拿去，它能帮助同志们走出草地！"

我望着他过雪山时冻坏的双脚，青紫肿胀，有的地方已经溃烂化脓，实在难以走动。我哽咽地叫了一声："同志哥，来，我们轮流背你，你看……"

随着我的手指，他两眼向前望去：天边一抹红霞，茫茫草地的尽头，飘着一面红旗，红旗下走着一个高大的身躯。他两眼闪闪发光，霍地从泥沼中站起，捶着自己的脑袋："我想的什么啊！走吧！"我们架着他向天边走去……

红旗就是火炬。我们以超乎寻常的毅力，经历了无数艰险，征战二万五千里，越过人迹罕到的雪山、草地，完成了史无前例的英雄壮举！从此，革命像骑上千里骏马，叱咤风云，驰骋东西。八年烽火连天的抗日战争，三年半风起云涌的解放战争，我们都取得了胜利。千河入海，万水归川，所有的胜利汇聚成毛主席亲手升起的这面灿烂的五星红旗。真理的旗，胜利的旗，幸福的旗！

盛大的阅兵式开始了！天空掠过展翅翱翔的银鹰，地上是轰隆前进的铁流。旗的森林，人的海洋。"八一"军旗在前面招展，后面紧跟着陆海空三军，一列列，一行行，迈着整齐的步伐，向着主席台前走去。望着这强大的人民武装，想起自己为了一把大刀又哭又闹的情景，不禁好笑。我怀着一颗怦怦跳动的心，昂首挺胸，迈步前进。

在我们的行列里，有的是来自井冈山上的老红军；有的是在敌后坚持过八年抗日战争的八路军、新四军的战士；更多的是来自黄河两岸、大江南北解放了的祖国大好河山的子弟兵。这就是一部活的革命史，记载着人民解放军的光荣历程。

阅兵式是庄严的，盛大的，它给我们带来了光荣和自豪，我们将永远记住这一天，这是我们开国大典的一天，我们胜利的一天！我们也将永远记住，我们胜利了，我们来了，还有多少同志却没有来到这里！他们没有等到今天就献出了宝贵生命！郭永新连长啊，今天我分外想念你！在草地，我们刚淋过一场冰雹骤雨，疯狂的敌人骑兵突然向我们袭来，郭连长带领我们迅速占领了稍有起伏的阵地，勇猛地向敌人还击，掩护主力前进。敌人在我们打击下溃退了，郭连长却负了重伤，已经奄奄一息，昏迷中还大声呼喊："坚决打！前面是党中央和毛主席！"郭连长醒了，看到我满脸泪痕，轻轻地责备说："哭什么？同志弟，革命就是要流血牺牲来换取！我不行了，你们快跟上，跟上红旗，跟上毛主席，胜利……"话没说完，双目已经紧闭。我们抑制着悲伤，没有哭泣，掩埋好郭连长和其他烈士的尸体，从地上站起，擦干身上的血迹，继续走他们没有走完的道路。还有多少倒下的战友啊！今天他们虽然没有来到这里，但他们永远活在我们的心里，仿佛就在我们身边，一步不离地同我们并肩向前。

伴随着"喇喇"的脚步声，毛主席的教导又回响在我们的耳旁：现在的胜利，只是万里长征走完了第一步，更伟大、更艰苦的道路还在前面。

我们遵循着毛主席的教导，迈开大步，向着红旗指引的方向，继续勇往直前！

三过草地

李永悌

李永悌（1916—2007），四川宣汉人。中国共产党党员。中国人民解放军总参谋部三部原副部长、顾问。1961年被授予少将军衔。

第一次过草地，雨夜唱起《国际歌》

8月中旬传来了消息，很快就要过草地继续北上。

听到这个消息，大家当然是高兴的。自从与一方面军会师后，就说要通过草地继续北上去创立新的根据地，但总是没有行动。这么多部队滞留在这么狭小的地区，没有粮食吃，没有衣服穿，人员和武器都得不到补充，谁个心里不在着急不在等待呢？现在终于等来了这个日子，便立即开始紧张的准备工作。

所谓准备，主要就是每个人要带够吃的干粮，再有就是清理自己带的物品，把一时不用的东西全部扔掉，以便轻装通过草地。我自己没有什么要清理的，就去帮助台长蔡威，看到他把平时保存得很好的东西，从两个皮箱子里统统倒在了地上，有衣服、书籍，也有文件纸张。他一边清理，一边说着这也不要那也不要。我捡起一张纸，见是登记表，上面写着蔡威的名字，在年龄一栏里写着二十七岁。

"台长，这也扔掉吗？"我问。

蔡威同志抬头看看，又点点头："把它烧了。"

我一边帮他清理、一边想着草地到底会怎样艰难。这时的我，当然还不能想到，草地的艰难比我所能想象的厉害十倍、百倍、千倍！

我们是八月二十一日离开毛尔盖，经马塘踏进草地的。

辽阔的大草原，茫茫无边，像浩渺无际的绿色海洋，红色的黄色的蓝色的各种无名野花，摇曳点缀其间，犹如朵朵五彩鲜艳的浪花，交绘编织成一幅巨大的图画，煞是好看。我们的红军战士行进其中，又为这画面增添了一笔跃动的颜色，威武而又壮观。放眼看去，地形开阔，蓝天绿草之间有连绵的山丘起伏隐现，弯弯曲曲的小河似盘绕的银带，在阳光下闪闪烁烁。不要说湖北江西来的同志，就是我这个四川人，也没见过这样的景色，感到十分新奇。

然而，这只是一开始的表面现象。没过多久，草地便显示出了它的真正面目。花草丛中，积满千百年从高山上流下来的雪水和天上落下的雨水，一年一枯萎的野花野草腐烂在一起，把泥土泡得又松又软，如同海绵一般。一片片黑色的沼泽，一墩墩绿色的草甸，隐藏在花草丛里，人和牲口一不小心就被陷进去了，你越往上拔就陷得越深，最后把人畜全都引向死亡的深渊。没走两天，就有不少同志这样永远和我们分别了。

我同刘忠生同志两人合用一匹牲口。这是一匹四川小马，个头不大，却很健壮有力。有时我们换着骑骑，有时我们两人都舍不得骑它，只把一些简单的行李和干粮放到它的背上驮着，我们跟着它步行在水草泥泞之中。

八月的草地，正值雨季，天气也是孩儿脸，一会儿乌云卷来，眨眼间下起瓢泼大雨，我们全被淋成了落汤鸡；一会儿又是烈日当空，内蒸外烤，很快又把湿透的衣服烤干了，晒得人没处躲没处藏。

天黑之后，就在一片有小树丛的地方宿营。

大家利用小树枝将一块油布搭在小树丛上，在下面草地上铺开单子睡起来。虽然油布很小，草地潮湿，夜风寒冷，又饿着肚子，可是我实在太累了，躺下就睡着了。半夜时突然下起了雨，而且越下越大，雨水很快淹没了我们的"床"，逼得我们赶忙起身，卷起被单，站也不是，坐也不是，只得蹲在那小树丛跟前，头顶着一块油布，把干粮袋紧紧地抱在怀里。这干粮袋已经够可怜的了，青稞面已快吃光，牛肉干也没有几块，要不是不知道啥时候能走出草地，也早就没有了。

夜色漆黑，雨连绵不断地下着，雨水打在油布上，哗哗地响着。草地上到处是水，身上的衣服挡不住草地夜的寒冷。我蹲着，极力把身子缩成一团，牙齿咬得紧紧的。可无孔不入的寒风还是透过单薄的衣服直往身子里钻，冻得浑身发抖。

雨还在下，风还在吹，黑夜是那么漫长。我咬紧牙关坚持着，不由得在心里唱起《国际歌》：

> 从来就没有什么救世主，
> 不是神仙也不是皇帝，
> 更不是那些英雄豪杰，
> 全靠自己救自己……

我揉搓一会麻木的双腿，挺起腰，凝视着茫茫的草地，茫茫的雨夜，心想：这么冷，反正也不能睡，干脆走吧。我抖抖油布上的水，双手将它往头上一撑，大声唱着《国际歌》，迈开双腿，在看不清地面的情况下高一脚低一脚，向前走去。

第二次过草地，蔡威台长把马让给我骑

中央和一方面军的同志单独北上后，四方面军部队和我们电台还停留在巴西。人们心情沉重，相见也很少说话，更没有笑声。随后又听说，中央来电要我们北上，张国焘来电要我们南下。到底是北上？还是南下？我们焦急地等待着。随后命令传来，要我们做好准备南下，再一次过草地，与左路军会合。

还要过草地？对于刚刚从草地走出来、深知草地艰险的我们，心里都

很吃惊。这倒不是我们有什么明确的认识，而只是想到过草地实在太困难，走过一次的人，谁也不愿再走第二次。可是，对于革命军人来说，必须服从命令。于是大家还是积极地做着准备。因为已经有了切身的体会，这次就重视多了，起码对我来说是这样的。

尽管很重视，还是什么都没有，连我们那块遮雨的小布也早已坏了，不知什么时候丢掉了。现在用什么再过草地呢？我很着急，除值班外，想的就是这个问题，注意的也是这件事情。

人们都在紧张地准备。有的找粮食，有的弄来牛、羊杀了，以备路上食用。一天下午，我看到有人杀了两只不大的羊，把肉拿走，将皮扔掉不要了。我拿起那两张还带着血和泥水的羊皮，左看右看，想着怎样派上用场。

手拿着羊皮，我的眼前又出现了草地上寒冷的夜晚，许多人挨冻的情景，以及那些抵挡不住寒冷侵袭而倒下去的同志们，心想：用这张羊皮做个背心不是很好吗？当然把羊皮熟出来最好，可当时不但没有这样的条件，而且连针线都没有。我考虑半天，才想出了一个主意：把两张羊皮的头尾部份去掉，分别贴在身前身后，两只前腿从两肩上系起来，两只后腿在腰的两边系起来不也就成了背心吗。一个羊皮背心就这样做成了，既简单又省事，又能够遮雨挡寒，穿在身上也很好。

九月下旬，我们从班佑回返，第二次进入草地。我看到了第一次过草地时留下的遍地脚印，一堆堆的篝火灰烬，那些长眠在沿途的战友的尸体随地可见。一堆堆、一排排，横七竖八地躺在那里，有的穿着一点衣服，有的完全光着身子，有的只剩下一副骨头架子。不知有多少同志就这样献出了自己年轻的生命啊！我们活着的人，既不能哭泣，也不能久久徘徊在他们身旁，而是要勇敢地前进，把他们没有走完的路继续走下去。

在趟一条齐大腿深刺骨的河水时，我的右脚趾头被划破了，顿时流出血来，染红一片泥水。我没在乎，撕一条破布包扎了一下，就迅速追赶部队。

我们的队伍一直朝南走。没想到我划破的右脚趾感染肿胀化脓了，走路越来越艰难。爬打鼓山时，我开始咬着牙还能走，后来就走不了，每走一步，疼得像针扎一样钻心，落在了队伍的最后面，和大家的距离越来越远。

我咬紧牙，忍着痛，慢慢地往前爬着，很快就看不见前面的同志了。总指挥部的警卫营已经过去，走在最后面的收容队也快过去了。空旷的荒山坡上寂静无声，我心想：这下子可能完了，在这样的地方掉了队，不被反动藏民杀死也得饿死。想着，爬着，心里难过极了，泪水不由自主地往下滚。这是我参加红军以来第一次流泪。

此时此刻，我确实想得很多，想到蔡威台长和同志们，他们可能正焦急地寻找我；想到了父母亲、哥哥和姐姐，他们可能正在盼望着我回家；看来这些都已经是不可能的事了。

想到这些，我心中反而坦然了。一边忍着痛，一边慢慢地艰难而努力地向山上爬。

就在这时，前面不远处传来了呼叫我的声音："李永悌！小李！"

开始我还以为是幻觉，但声音越来越近、越来越真切，我真不敢相信这声音确确实实是在喊我，我使出浑身的力气，大声回应着："我在这里！我在这里！"

喊声来到跟前，是蔡威台长的马夫，牵着那匹我非常熟悉的黄马。我一时哽咽，什么话也说不出来。

"啊！你让我好找！"马夫说。"台长怕你掉队，让我牵着牲口在这里接你。"

我眼里的泪水不由自主地涌出来，从腮上滚落在胸前，滚落在荒坡地上。

"快骑上走吧！"马夫说着把我扶上马背，牵着马向前走去。我的泪水还是禁不住往下流，心里在说：台长啊！如果不是你及时派人来找我，说不定我真的就完了！

我骑着蔡威台长的马，经马塘、梭磨一直走到卓克基。

第三次过草地，自织一副毛线绑腿

我们到炉霍不久，就传来消息，说红二方面军即将前来与我们会合，要求我们开展迎接二方面军的准备工作。

接着，供给部就发下羊毛，要求每人都拧毛线打一件毛衣，或一双毛袜或一双毛手套，作为欢迎和慰问二方面军同志的礼物。于是，我们除了值班以外的时间，就是拧毛线，织毛衣和毛袜。那些日子，到处都能见到同志们在干这种活，好紧张啊！与此同时，每个同志根据上级的指示，也在积极做第三次过草地的准备。

我想到前两次过草地时，许多战士没有绑腿，在污水泥泞中行进，在冰凉的河水中蹚来蹚去，干了又湿，湿了又干，最后小腿肚上裂开很多很大很长的口子，钻心地疼，不能走路，坐在小河边双手抱着腿号啕大哭。我的绑腿在前两次过草地时烂了，所以再过草地必须准备一副绑腿。我自己拧好毛线自己织。

关于如何织，我想了很多办法，最后，想到用仿效老家织布的方法，就先找来一块四五尺长、三寸宽的木板，先将拧好的毛线一根挨一根地在板上前后绕了几十圈作为经线，然后用两根一尺多长的小棍分别隔一根挑起一根，用毛线掉着拴在小棍上，可以提起，也可以放下。我将经线一次次提起来，提一次穿一次纬线，再用一块小木板打实一次……这样虽然很费事，但我还是细致耐心地去做。经过一段时间，当别的同志捻出的毛线织出了毛衣、毛袜时，我捻的毛线则织出了一副长长的羊毛线绑腿，一直跟着我到了延安。

大概也是接受了上两次过草地的经验教训，这次在做过草地的准备时，上级要求每个干部战士都要学会打敌骑兵的方法。我们单位也组织了学习，教员是二科科长罗舜初。当我拿起枪，卧在地上瞄准目标、抠动扳机时，心里感到怪有意思的。两年多以前，我离家出来当红军时，就说要扛枪。可在这两年时间里，我先当宣传队员，后到无线电训练班学习，接着就是投入工作，直到现在，才算真正拿起了枪。尽管是暂时的，可我还是十分认真，卧下起来，起来又卧下。其他同志也是这样，趴在地上，持枪瞄准，抠动扳机，不停地响起叭叭的声音。

休息的时候，就学唱新编的打骑兵歌。那歌声既鼓舞信心，又讲述了如何打敌人骑兵的要领，人们也学得很快。因此，在那些日子里，到处可听到这样的歌声：

> 敌人的骑兵不须怕，
> 沉着冷静去打他，
> 目标又大又好打，
> 排子枪快放易射杀，
> 我们打垮它，
> 我们消灭它……

　　七月初，开始第三次过草地。我们二局跟随总司令部离开甘孜东进，经东谷进入一望无际的绿色大草原，这次物质、精神都准备得很充分。天气晴朗，雨季尚未到来，一路上风吹草低，可见黄羊向远方奔跑，群群天鹅、大雁站在不远处的野草丛中，不跑也不飞，将脖子仰得高高的，两眼警惕地注视着我们。

　　八月二日，我们又来到了班佑。班佑是在草地边上的一个藏族小村寨。当地藏民用树枝捆扎的屋架，牛粪糊的墙，用来圈牛羊用的，我们称它为牛屎房子，地上也不知有多厚的牛屎，我们电台就架在这样一座牛屎房子里。就是这样的地方，还是对我们电台的特殊照顾，部队和一些机关连这样的房子也没有。当时我正在值班，刚住下来，朱总司令不顾一天的疲劳，还特意来看望我们。

半张旧报纸

欧阳家祥

> 欧阳家祥（1909—1980），江西吉安人。1931 年参加革命。文中身份为红六军团第十七师五十团参谋。新中国成立后任防化学兵学院院长，原总参谋部防化学兵部顾问。1955 年被授予少将军衔。

我们第五十团，在甘溪一带经过连续苦战，团部和一营所剩不到三百人了。在甘溪战斗的第三天，便和军团部失掉联系。不得已，就朝余庆方向前进。如果我们找不到军团部，就准备直投红二军团。

走了三天，被冲散了的人员陆续集合起来。但是敌人仍在后边尾追。为了摆脱敌人，我们行军的速度加快了，每天都要走百八十里。

那一带的山虽不高，却很陡，峭壁像是刀砍的。漫山的茶树、松树、柏树，茂密遮天；一条条溪水，像无数条血管，潺潺地流在山间。山中没有路，到处杂草拦腰，碎石遍地，只有在我们走过之后，才能从茂密的草丛中踏出一条曲折的小路来。山区的天气更是变化无常，有时烈日当头，顷刻间又是倾盆大雨。晚上在山上露营，又常被野虫、蚊子扰得不能入睡。

这偏僻的山区里，很少有人家，也弄不到粮食，部队只好采些野菜、野果充饥。有时采不到野菜、野果，就紧紧裤带坚持着。只有偶尔在离县城不远的山区，我们才能用没收豪绅地主的粮食饱餐两顿。

越走困难越多。尤其严重的是不仅军团部没有找到，红二军团在哪里也打听不清楚。没有通信器材，甚至日常行军所需的指北针、普通的地图也没有。大家看着那盘亘无尽的群山，心中多么焦灼呀！

有一天，我们走到一个小市镇，决定驻在一个小学校里。郭鹏团长刚走进屋子，便高兴地喊叫起来：

"老彭！地图！"

"在哪儿？在哪儿？"彭东财政委一听，高兴地跑进了屋子。我听说有地图也跑了进去。屋里陈设简陋，三张桌子，几条凳子，墙上贴着几张标语，还有一张孙中山的挂像，看样是个教员办公室。团长、政委和两个小通信员，正围着挂在孙中山先生像下的一张旧得发黄了的中国全图，在仔细察看。

"欧阳参谋，你看看离江西有多远？"两个小鬼看不懂，拉着我问。当我指给他们看了之后，他们又问："哎！欧阳参谋，你找找贺龙总指挥在哪儿？"

小鬼这一问，可把我问住了。虽然有个地图，但无从知道贺龙总指挥的准确位置，到哪里去找呢？这几天，每个同志都为这事操心。团长、政委更是急，今天又像往常一样，两个人谁也不说话，只是背着手，在小屋里踱来踱去地兜圈子。

"欧阳参谋，你找张纸，把贵州、四川、湖南、江西这一带描下来。"团长一边踱着步子，一边对我说。

我找了半天，才在破纸堆里找到一张一面已经写满了字一面空白的废纸。旁边还有半页旧报纸，拿起来一看，是石阡县的，上面写着什么"共匪""匪部"的，叫人实在气愤。我把这张旧报纸连同那张废纸一起拿了回来。

"政委，你看，敌人在报纸上骂我们。"我气呼呼地把那半张旧报纸递给了政委。彭政委接过报纸，铺在桌上仔细地看着。可是，他不但不像我那样气愤，而且像是看到什么好消息一样，脸上竟露出了笑容。我正奇怪，他忽然用手狠狠地拍了一下桌子，高兴地喊道：

"有了！找到了！"

团长被他这一喊也有点发愣，问道：

"找到什么了？"

"看！贺总的位置在报纸上。"团长听政委这一说，就跑到桌子前去看。

我更摸不着头脑，放下还没有描好的图纸也走了过去。彭政委指着报纸上几个宋体字，我一眼便看到，写的是：

"贺龙匪部在沿河、印江一带骚扰，向西南方向蠢动……"

"看，什么'匪部''骚扰'，全是骂我们，真他妈混蛋。"我的气又来了。

"那些字眼不必去管它。"彭政委不慌不忙地说，"重要的是敌人告诉了我们贺总的活动地区。快找沿河、印江在什么地方。"

"这得谢谢敌人哪，这张旧报纸功劳不小哩！"团长转身对大家说。

于是我们又回到地图跟前。

也不知道是由于太兴奋，还是因为别的，越急越找不到，我刚擦了擦眼睛，团长便大声喊道："在这！在这！"

他的两个手指叉开，分别指着贵州东北角的沿河、印江，等大家看清以后，他才松了手。他高兴地拍着我的肩膀，要我赶快描下来。接着，团长和政委便对当前和下一步可能遇到的情况作了分析和研究：不用几天就能赶到印江附近，如果贺总向南来，就能与我们会合上，如果他们往北走，我们也能够赶上他们。根据敌人报纸上的情况看，军团部显然已经落在后面。这样，即便会合不到二军团，也能和随后赶上来的我们军团部会合上。因此，决定继续朝东北方向走，并决定倘若都遇不上，就派人两下联系，或者找地方休整。

第二天，部队按着拟定的计划又继续前进了！

大约又走了一个多星期，便来到印江县附近。可是仍没见到二军团的影子。这怎么办呢？我们决定到印江县附近的苗王山去休整一下。

我们走到苗王山半腰，忽然听到后山上传来了"哒嘀嘀嘀……"的号音。仔细一听，原来是我们四十九团在调号问话。部队一下子欢腾了。我又高兴又惊异：四十九团自从在甘溪被冲散后，由李达参谋长带领去找二军团，怎么会来到这里呢？是不是他们已找到了二军团？已经见到了贺总呢？

我迫不及待地找到司号员，要他马上吹号问问。大概由于兴奋的缘故吧，他的号音又脆又高，一问一答，特别亲切。

听了司号员汇报的情况后，又对他说："小鬼，吹号问问四十九团找到二军团了没有？"这下可把司号员难住了。他眨了眨眼，对我说："不行啊，这几句话我们号谱上没有。"小鬼正说着，忽然看到一支部队从山脚下朝山上走来。他们手里都拿着帽子、手巾，不停地挥舞着、喊叫着。我们的部队也立刻欢呼着向山下奔去。

前边过来的部队打扮和我们不一样。他们有的背着斗笠，有的身上还捆个红带子，也有一些人穿着国民党军队的服装。不用问我就看出是我们的同行，也是搞侦察工作的。我一面向山下走去，一面端详，可就是一个熟悉的人也没有。"四十九团侦察排的人我认识很多，为什么现在一个熟人也没有呢？"我正疑惑，一个小伙子朝我喊着"辛苦啦！"一下抱住了我的腰。他那热情劲，使人感到非常亲切。我俩像老战友重逢一样，你抱我，我搂你，高兴得半天说不出一句话。

"你们是……"

"二军团侦察连的！"

"这下可好啦，总算找到你们了！"

我们互相拥抱着、谈论着，高兴得不知怎么好。

不一会儿，四十九团的人也上来了，部队越来越多，把我们团的人都给围住了。欢呼声、口号声震撼了山谷，一个个手舞足蹈，如醉似狂。

正热闹时，四十九团侦察排的一个同志又跑过来把我们俩紧紧地抱住。三个人像是用胶粘上了，谁也不愿意放开。我们一面抱着，跳着，一面问四十九团侦察排的那个同志：

"看见贺龙总指挥了吗？"

"看见了……"

"他好吗？"

"好！好！看！那不是来了。"他指着让我看。人群挡住了我的视线，我按着他的肩膀蹦了几蹦，才看见几位首长朝这边走来，其中有一个是李达参谋长，但就不知道哪位是贺龙总指挥。正在这时，前面的人欢呼起来了，并自动地让开了路，但又互相拥挤着。我顾不了许多，挤到前排，手拉着二军团侦察连的同志，让他告诉我哪一位是贺龙总指挥。

"在前面那一位……看，招手的就是。"他指给我看。这下我可看清了：

他身材魁梧，穿着短衫，戴着礼帽。看他这装束，一点也不像我们过去想象中的大革命前"两把菜刀闹革命"的领导、南昌起义的总指挥。我禁不住大喊了一声："贺老总！"话刚出口，又觉得不对劲，这样叫首长合适吗？正在这时，贺龙总指挥走了过来，慈祥地对我们笑着说："同志们辛苦啦！"这亲切异常的声音，使我一时答不出话来。我感到没有什么话语能够表达出我此时的心情，眼眶里差点滴出泪水来。

贺总和我们五十团的同志一一地握了手。他看大家有点注意他的装束，便打趣地说："怎么，我这身打扮不像当兵的吗？啊！"

这次巧遇，曾使我想了很久：怎么贺龙总指挥他们会到这地方来呢？以后我才听说，自从四十九团与二军团会合后，他们也和我们一样，是从敌人的报纸上看到我们行动的消息，因此迎着我们找来。

大约过了两三天，六军团首长也带着主力与二军团会合了。为了庆祝这次的大会师，我们在贵州和四川交界的南腰界开了庆祝大会。以后，我们两个军团便并肩战斗，开辟了湘鄂川黔根据地。

红军回到井冈山

欧致富

欧致富（1913—1999），广西奉议（今田阳）人。1929 年参加革命。文中身份为第四野战军四十八军一四二师师长。新中国成立后任原广州军区副司令员。1955 年被授予少将军衔。

蓝天底下，连绵起伏的罗霄山脉，越来越清晰地展现在眼前了。我们忘记了渡江以来千里追击的疲劳，遥望着屹立在群山中的一座高峰——巍峨的井冈山，不由地加紧了脚步。

井冈山啊，井冈山，你是革命胜利的起点，红军的摇篮，在你身旁成长的红军，胜利地归来了！

在漫长而艰苦的革命道路上，有无数的奇迹和巧合，今天又是一个巧合：我们一四二师前身的一部分，正巧就是坚持过井冈山斗争的红三十一团的老底子。它是秋收起义后，毛主席亲手培育创造的一支红军。二十年来，这支铁的红军在血与火的斗争中，发展壮大，壮大发展，从梭镖、大刀换成美国的机枪和大炮，从一个班变成一个连、一个团，从一个连变成一个师、一个军。当年坚持过井冈山斗争的老同志，多数为革命献出了生命，有的倒在五次反"围剿"的战场，有的长眠在雪山草地，有的牺牲在抗日战争和解放战争的疆场。就是第二次国内革命战争时期参加红军的老同志，在我们师也不过三个人了。但是，井冈山精神，还一直在部队中保持和发扬着。全师无论新老干部或战士，一踏上奔往井冈山的征途，心里都充满着亲切、温暖和自豪的感情。

可是，当我们步步深入到井冈山区时，心里又逐渐沉重起来。被反动派糟蹋过的村庄，一片凄凉。许多房屋，变成一堆焦黑的废墟，屋内生长着几尺深的杂草。只有那一堵堵半截的墙壁上，还模糊地残留着红军时代的标语字。

许多村庄的群众，不知道又来了什么队伍，不等我们走进村，就跑上了深山。

这一天，我随着一支部队，在遂川通向泰和的路上行进。中午，在靠近路旁的小村附近停下休息，忽见从村里踱出来三五个老年人。他们不敢走近来，远远看着我们。好久，好久，一个年近六十的老汉，慢慢地走近来。他不说话，看看部队中的红旗，又看看红旗上的字，悄声问战士："你们是哪里来的队伍？"战士回答说："我们是从江北来的，我们是人民解放军，就是从前的红军打回来了！"老人仍然半信半疑。当我走上去说话时，老人又怯生生地问："你们是红军？"

"是红军！"

"是毛委员的人？"

"是，我们就是毛委员的人！"

老人突然抓住我的手，用嘶哑的哭声，叫了一句："同志哥！"泪水流出来，一滴滴落在我的手背上。老人说不出话了，嘴里只喃喃地说："毛委员，毛委员……"

"毛委员"，这是井冈山人民对毛主席亲切的称呼。二十年前，井冈山人民到处唱着："山上来了毛委员，山上山下一片红！"我紧握着老人的手，激动地说："毛委员问乡亲们好！"

"好，好，毛委员好！"老人用颤抖的声音，连声重复着。他突然扭头向村里跑去……

一霎时，从村里跑出来好些人，男的，女的，老的，少的，有抱娃娃的，有拄拐杖的。看来群众早在等我们了。一位老人端给我一大碗茶，茶里漂着一片姜，一片咸萝卜。按照当地的风俗，老表们只有对最敬爱的客人，才敬献这种茶。接过茶碗，想起十几年前：一九三〇年，我们红七军从广西出发，北上会合中央红军，曾经在井冈山下的永新喝过这种茶，自从离开老根据地，已经好多年没喝这种茶了。我们端起碗，一饮而尽。战士们说：

"这不是茶，是酒，是胜利酒！"

热情的人，包围着我们，问寒问暖，问毛主席好，问党中央其他首长好。消息飞快地传向四面八方，比我们进军的脚步还要快。当我们继续往井冈山前进时，到处都遇上成群结队欢迎的人群，担茶的，挑水果的。在一个村，有位鬓发皆白的老大爷，亲自下河捉来鲜鱼，做好菜饭，请住在他家的王参谋等同志吃。王参谋再三谢绝，并向老人讲解我军的"三大纪律，八项注意"。老汉不等他讲上几句，说道：

"你先别讲，我问你多大岁数了？"

"二十岁。"

"同志，我说句话你莫怪。"老大爷说，"这'三大纪律八项注意'，是毛委员在井冈山定的。我学它的那工夫，你还没出生哩！"说着把王参谋等人拉到饭桌上，叙起他的身世来。

原来，他是红军的一位老战士。在红军离开井冈山时，他因腿上带伤，年纪又大，和部队失掉了联系。反革命的军队占领井冈山后，到处搜捕红军的伤病员和红军家属。仅在小井村一地，就屠杀了一百三十多名红军伤员。这位红军老战士最后逃进一个深山，搭起座小草棚，在那里穴居了十多年，听说我军过长江了，才回到这个村来。他在讲述这段悲惨的生活时，没有流泪，也没有叹气，只是说："自从红军下山去，天天盼，夜夜盼，少年盼成壮年，壮年盼得胡须长，总算盼到了这一天！"

这位红军老战士，是井冈山人民英勇不屈的缩影。自从红军离开井冈山，国民党反动派的血爪伸进来以后，人民群众陷进了血火的深渊。他们恶毒地叫嚣："树木过火石头要过刀！"井冈山周围四十里，村庄都被烧遍。小井、大井、茨坪，是毛主席住过的地方，反动派把它划为"重点血洗区"。大井被烧过四次，下井被烧十三次，小井被烧到后来，只剩下一个中和昌小饭店了。井冈山人民称萧家壁是"萧屠夫""焦面虎"，他捉去红军的伤病员、红军家属和革命积极分子，用剥皮、挖心、活埋、点天灯等令人发指的残酷手段，施行屠杀。仅在井冈山五个哨口内，被杀的群众就达一千多人！在小井村，一次就集体枪杀一百三十多人。有的人被杀后，亲人偷偷把尸体掩埋起来。萧匪又派人扒出来，棺材烧掉，尸体扔在大路旁。一位红军战士妈妈，被抓去后，反动派把她的腹部剖开，说是看看她为什么会生红军儿子。井冈山一片焦土，遍地白骨！他们的滔天罪行罄竹难书！

井冈山的草会焦，石会烂，但井冈山人民的革命精神，是不可摧毁的。人民群众坚信毛主席伟大的预言，革命高潮是"已经看得见桅杆尖头了的一只航船"，是"光芒四射喷薄欲出的一轮朝日"，在乌云笼罩井冈山的艰难日子里，人民怀着革命必胜的信念，和反动派进行了英勇不屈的斗争。敌人推行"自首运动"，革命群众转移进深山老林，宁肯在丛林和石洞里吃蕨粉、树皮、草根，也不下山。茨坪区政府秘书黄隐龙夫妻俩，就这样长眠在一个石洞里。共产党员朱子和，被搜捕去后，敌人劝他自首，要他供出党的关系人，他闭着嘴，一言不发。敌人暴跳地骂他："你是哑巴！你是木头！"朱子和这才大声地回答："我是钢，我是铁，我是共产党员！"残暴的敌人让他跪火砖，让他顶烧红的铁锅，叫嚣着："是钢要把你化成水！"但是，他们失败了，最后也没能得到一句话。红军游击队和革命群众，经常出没在敌人的据点内，打击敌人，消灭敌人。一九三四年，宁冈伪县长上任不到十天，就被当地群众杀死。不久，派来个新县长，又很快遭到同样的下场。到我军回到井冈山为止，宁冈先后派过十四个伪县长，其中就有九个被游击队和群众杀死，三个吓得卷铺盖逃走，其余两个在任期间，却远远蹲在永新城里"办公"。

反动派杀也罢，烧也罢，欺骗笼络也罢，人民在黑夜里仍然低声唱道：

"爹好娘好，不如共产党好；爹在娘在，不如毛委员在！""乌云不能遮太阳，黑夜一定会天亮！"

人民的愿望，终于实现了，他们天天盼、夜夜盼的红军回来了！天亮了，照亮了整个东方！犯下滔天罪行的萧家壁，变成了过街的老鼠，在人人喊打的怒声中，逃进了深山。这个曾经亲受蒋介石嘉奖的杀人犯，并不就此死心，他继续打着"井冈山绥靖区第一纵队司令"的令旗，叫嚷着"共军有千军万马，我有千山万壑"，在山中与我周旋。我们师向井冈山进军时，军首长就交给一个任务，要彻底剿灭萧家壁匪部。我们一进井冈山地区，老表们说："同志哥，一定要活捉萧阎王啊！"

井冈山四周的大道小路，我们全都封死。部队分散向山里搜剿。地方党的同志，还搞来一张萧家壁的相片，我们翻印出来，分发给每一个战斗小组。

各村的群众，只要知道匪首萧家壁的一丝活动消息，就冒着生命危险，跑来向我们报告。九月二十一日，我们得到消息，萧匪只带两个亲信，出没在仙人迹、樟木坑、丁背坑、犁壁山一带，行动诡秘，一晚转移数次。我们立即派出五个搜剿小队，包围了上述各点。但是，连续五昼夜，合围十七次，都扑了空。同志们并不灰心。大家数夜不眠，天阴雨淋，山上奇寒，脚上草鞋全磨烂了，有的一天只喝一顿红薯汤，仍是不停地搜剿。九月二十七日，湖坑的一个老表跑来说，萧家壁在湖坑。我四二五团立即组织部队向湖坑合击。二十八日拂晓，二连九班搜索到湖坑西山时，战士赵文珍突然发现一个黑东西，从树丛里往山下滚去。他带领一个战斗小组，也跟着滚了下去。从三尺多深的草丛中，一把拖出个匪徒。同志们正掏出萧家壁的相片对，一个老表赶上来说："不用对，他就是萧家壁，他就是萧屠夫！"

萧匪被活捉的消息，飞快地传遍了井冈山区。许多被萧匪逼上深山穴居岩洞的群众，闻讯后扶老携幼返回家园。在公审萧匪那天，遂川城东河滩旁的大广场上，人山人海。其中有革命烈士家属、老红军战士和当年的暴动队员、工农政府委员、农民协会会员，以及无数受萧匪迫害的群众。有的是从百里以外带着干粮赶来的。他们扛着二十年前保留下来的红旗和刚从地下挖出来的梭镖、大刀；许多人挂着农民协会的红布条，戴着赤卫队的红袖章。被土匪逼进山里的老乡返回家园，整个会场上，闪烁着革命圣地的光彩。老红区人民的革命意志，像雄伟的井冈山巨峰，二十年来，虽然经受过寒冷、黑夜和风雪，但它依然是郁郁葱葱，屹立不动！

在公审枪毙了萧家壁之后，我们特地访问了毛主席住过的许多村庄。有的村墙上，依稀可以看见"打土豪分田地""中国共产党万岁"等老标语字迹。老表们告诉我们：反动派魔爪伸进来后，曾处心积虑地涂抹标语。群众为了保存墙上的标语，就用泥巴淡淡地刷上一层，下过一场雨，墙上的字迹又露出来。后来敌人不准群众用泥巴涂，强迫着去刮。有的人就用刀顺着笔划刮，刮得很深，很深，这样一来，那些标语更加醒目了。特别那些写在岩石上的标语，像刻在石头上似的，更去不掉了。

在茨坪，我们瞻仰了毛主席一九二七年十月到一九二九年一月住过的房屋。它坐落在一块稻田边，是一幢夯土为墙的两层小楼房。一位老表对我们说："当年，毛委员就住这里。他还下田帮我们割过稻，脱过谷。毛委员的书比行李多得多，我们村还有人给毛委员挑过书箱哩！这房里每夜灯都不熄。"

走进这幢光线昏暗而又有些潮湿的房里，我们眼前好像呈现出这样的情景：深夜了，山上山下静了，毛主席坐在一盏小油灯下，神情奕奕地读书、写作。《中国的红色政权为什么能够存在？》《井冈山的斗争》……这些光辉的巨著，好像同时出现在我们眼前。二十年前，在中国革命处于紧急的关头，毛主席带领秋收起义的部队，进军到井冈山。在这里创建了第一块红色根据地，在这里缔造成一支完全属于人民的红军。毛主席以农村包围城市，最后夺取城市的光辉思想，从井冈山照亮全党！

二十年前，毛主席预言的"星星之火，可以燎原"，二十年以后的今天实现了！

十月一日，全国人民欢庆新中国诞生的这天，我们师的几个同志随同部队，在红旗引导下，登上了井冈山主峰。这时群情激奋，不由得欢呼起来。我们立在高高的山峰上，望着晴空万里的北方，好像看见了北京城，看见了天安门前升起的第一面五星红旗……

跨海北上

黄荣海

> 黄荣海（1915—1996），江西万安人。1931 年参加革命。文中身份为渤海军区海防巡逻大队大队长。新中国成立后任原广州军区副司令员、顾问。1955 年被授予少将军衔。

地平线的色调，逐渐深沉起来，由黄绿变为深蓝，并且和秋天的晴空衔融在一起；远远看去，它似乎还在跳跃着，起伏不定。"啊，啊，大海！"队伍里轻轻骚动起来。

目的地越来越清晰了，战士们也随着嚷起来：

"这不是冯家堡吗？"

"抗战胜利了，要俺们上哪儿去呀？"

"这里的鬼子、投降派都消灭了，还有仗打吗？"

听着这些议论，我心中也在琢磨着怎样进行政治动员。是的，日寇投降了，抗战胜利了，民族解放的任务好像完成了，可是战士们哪里知道，刚赶走了一个帝国主义，却又来了一个帝国主义。摆在我们眼前的，仍是一条漫长而光荣的道路。眼前的冯家堡，正是这条道路的起点。

本来，在半个月以前，我们在韩村打了一仗，最终完成了渤海军区首长交给我们肃清沾化、无棣至韩村一线之伪军张之良、李景文等部的任务。第二天晚上，突然接到渤海军区转来的山东军区罗荣桓司令员的一封紧急电报。电报指出，美帝国主义的军舰，已经开到塘沽、秦皇岛，国民党不仅"接收"了天津、北平、唐山等大城市，而且企图在美军的庇护下抢占东北，以完成其准备内战的战备部署。为了粉碎美、蒋这个阴谋，罗司令员根据中央指示，命令山东大部主力部队，分头由海上、陆地挺进东北。我们渤海的第七师也领受了进军东北的任务。行动之前，渤海军区首长要我带少数精悍部队，从渤海湾插过去，至冀东的乐亭登陆，探明路径，以便让大部队安全迅速地横越渤海。由于任务紧急，所以未作任何动员，便向冯家堡开进。

冯家堡坐落在突出海面的一个光秃秃的沙洲上，是个不大的渔村，大海从三面拥抱着它。远处几叶白帆，在茫茫的、碧蓝碧蓝的水面上时隐时现。然而同志们都无心欣赏这些，瞅着一字儿摆在海面上的五十来只木船。有的在嘀咕，有的在发愣。

队伍坐在村外休息，我们把全体共产党员集合起来，传达了进军东北的命令。同时要求党员同志在完成这次进军任务中，起模范带头作用。接着就在沙滩上召开了军人大会。

当我站在队前开始讲话时，三营和团部特务连九百多人顿时鸦雀无声，个个都鼓着眼睛望着我。我尽力像平时一样平心静气地先从日本投降后国内国际形势的变化谈起，再联系到山东军区罗荣桓司令员交给我们的具体任务上来。我说：我们是先遣队，担负着侦察海上情况的任务，地方政府为我们征集的船只有限，所以只能带三营和团的直属队，而且由于任务紧急，不能不火速出发。当我谈到美国兵舰已经开进塘沽、秦皇岛，企图卡住我军北上的道路，并掩护国民党军队抢占东北，篡夺胜利果实的时候，战士们竟按捺不住心头的怒火，挥着拳头，愤慨激昂地喊："反对美帝国主义干涉我国内政！""反对蒋介石篡夺胜利果实！""一定要胜利完成进军东北的光荣任务……"这次政治动员和下达命令的会，只不过一小时就结束了。按正常情况，按这个任务的艰巨性，这样作法，未免有些简单草率；

但因为时间紧迫，所以不待讨论，大家就行动起来。

快到上船的时候，我根据上级的指示，命令全体指战员：为了中途尽可能避免暴露目标，一律脱下军装，换上便服；同时，除了每人携带四个手榴弹，每班一支步枪，每连两挺机枪外，其余的武器统统留给地方武装。最后，我宣布：从现在起到进入东北以前，我们对外的番号是"渤海区海防巡逻大队"。

同志们换上那长短不一，各式各样的便衣，虽然有些别扭，也觉得新鲜；然而要大家留下武器，却议论纷纷，大为不快了。一个高个子战士掂着他的大盖枪在向他的连长申诉："这是我从鬼子手里夺过来的，以后又用它打死过好几个鬼子。我曾经发过誓：宁可拼掉我这条命，也不能丢掉我这条枪！"连长说什么他也不听。

我被战士们这种从心灵深处流露出来的真挚感情和可贵品质深深感动了。然而我不能不向大家说明留下一部分武器，给留下的部队和渤海人民，让他们坚持斗争，也是我们人民军队应尽的责任。何况只要我们到了东北，那里有缴获日寇的大量武器很快就能把部队装备起来。这样，那位战士才像临出门的母亲把自己心爱的孩子放进摇篮里一样，用衣袖揩了揩枪栓上的灰尘，小心翼翼地放在地上。

船，在船工的吆喝声中慢慢地开动了。战士们站在船舱里、船头上，深情地望着自己为之流血斗争了多年的家乡。血战八年，今天刚刚胜利，又要千里转战，连向家人父老告别的机会都没有，怎能不叫人眷恋呢？我到渤海区抗日根据地虽只短短两年半，可是，残酷的斗争和共同的命运，把我和这里的人民紧紧地联结在一起了。今天一旦告别，心里也是久久不能平静。我坐下来看了看手表，便从上衣兜里掏出我那本绿面皮的"行军日记"，歪歪扭扭地写了几个字："一九四五年十月五日下午二时，由山东渤海区冯家堡乘船北上。"

我们日夜依附的大地在水雾中渐渐隐去。团直属队和打仗最棒的七连共约二百多人，挤在一只从顽固派手里缴获来的小火轮上。其他三个连，分乘在五十米长一只的大木船上，扬着白帆，沿海边徐徐前进。战士们的话题很快就转到"关东有三宝，人参、貂皮、乌拉草"方面来了。我和团政治处主任贺靖同志站在船头上，望着广阔无垠的大海，谈论着未来的战斗生活。我们决心不管冒多大的风险，这只火轮一定要冲破美蒋的阻挠，以便把途中的一切摸个水落石出，为后续部队提供情报。

航行不多久，我们的小火轮便把几十条木船远远地甩在后面了。因为上船前已定下集合地点——涧河庄，所以我们就不等他们，小火轮全速向北进发。不一会儿，大家都开始头晕恶心，加之火轮上散发出一股难闻的煤油味，就一个个连饭粒带酸水地哇哇吐开了，一直折腾到天黑也没停。

夜里值夜的战士前来报告，我们的船位已到大沽、塘沽附近，相隔只有十几海里。我担心发生意外，便支撑着摸到船头上去瞭望。这时，除了轮船上机器的突突声和海水的"哗哗"声外，似乎在这样一片漆黑的天地里，什么也不存在了。

巡视了一圈，没有发现敌情，我又回到舱里。谁知刚躺下，就听见船后有人喊道："兵舰，敌人的兵舰追来了！"我不觉一愣，精神顿时振作起来。

一些正在沉睡的同志，也霍地爬起来。我摸到船尾朝远处一看，只见东南角上一片红绿灯光，映出了三只兵舰的轮廓，兵舰的桅杆、炮塔，隐隐可见。看样子是奔我们这个方向驶来的。显然，这是美国的。这位不请自来的"盟友"，不仅脸皮厚，而且骄横至极，在我们的领海内，横冲直撞，确是令人气愤之至。但是为了按时完成上级交给我们的任务，我尽力抑住了心头的愤怒，叫舵工把船朝东北方向的深海里开去，同时命令部队做好战斗准备，并规定敌人不打枪，我们不要开火。这样过了约摸一餐饭之久，才发觉兵舰朝西北方向的大沽驶去。

我们的小火轮像只长了翅膀的大鲸鱼，劈开海浪，朝着灿烂的北斗星往前直冲。第二天拂晓就抵达了冀东军区十八分区的涧河庄。宿营后，我叫报务员向军区首长发报，汇报我们的情况。从首长的回电中，知道国民党的部分主力已开始由空中、海上，向大沽、塘沽和秦皇岛集结，并指示我们等木船全部到达涧河庄后，再继续出发。

一等就是好几天，直到九日早上，才接到当地民兵发现了一支五十来木船队的报告。我估计一定是自己人到了，才放下心来，急忙派一只小船去接他们。直到见了三营长，才知道他们这几天也遭到了许多风险。原来他们出发以后不久，风就完全停了，船队只得靠近祁口一带抛锚。这样等了一天，好容易盼到一丝儿风，才又拔锚起帆。在夜晚通过塘沽一带时，又曾两次遇见美国兵舰从船队前面横弋而过。我了解到这些情况，深为以后主力的安全担心。

因为木船要等风，同时还要补充一些给养，只得又延宕到十五日拂晓才离开涧河庄。

这天天气好，太阳升起，东方的海面上洒来一条耀眼的光。仿佛一条银白色的大路，把蓝湛湛的平静的海水分开了，几只海鸥在火轮附近叫着，一起一落地啄食小鱼。同志们经过几天的休养，精神旺盛多了，大家饶有兴趣地欣赏着美丽的海上景色。

航行了一阵，忽然，从秦皇岛方向的上空，传来一阵嗡嗡的飞机声。我站在船边一望，从北边的云层里，钻出了十几个小黑点，不一会儿，就像走马灯似的圈着我们小火轮盘旋侦察，我猜准是美国人的飞机，便命令大家注意隐蔽。正在这时，"呜"的一声尖叫，一架单翼飞机头朝下，对着我们小火轮的行进方向猛冲下来，我还没有来得及弄明白是怎么一回事，只听得"哗"的一声，海水冲起老高，飞机掉在离我们船头几十米远的海里去了。当溅起的海水落下来以后，只见飞机的翅膀还浮在水面上，机身的后半部露出大半个白五星。不几秒钟，飞机随着慢慢沉下去。活该！呸！这真是玩火者自焚，玩水者灭顶。一个外国军队到别的国家来横行霸道，真是岂有此理！我相信，这架飞机钻进海底这一事实，终将成为美帝国主义干涉我国内政的缩影！

部队到达仍属冀东十八分区的乐亭后，当即将这一段所遇到的情况再次电告了军区首长。首长根据所掌握的全盘情况，决定七师主力不从海上北进而绕道旱路出关。我想，这样虽多耗费一些时日，但较海上要稳妥安全得多。至此，海上探路的任务总算完成了，心里就像放下了一块大石头。

二十三日清晨，同志们穿上了当地群众给我们赶制出来的棉军衣，继续向山海关进发。一路上，天天遇到从秦皇岛飞来的美国飞机的袭扰，它们就像苍蝇似的，不时在我们头上打转转，气得战士们一个劲儿地骂！

一天，夕阳西下的时候，一根玉带似的城墙随着从海边挺起的山岭，蜿蜒而去，啊！万里长城在望了！部队的行军速度更快了，不多久就到达了长城的起点、东北的门户山海关跟前。门楼上一个大匾，刻着大字——"天下第一关"，笔锋刚劲有力，很有气魄。附近的两根铁轨，像纽带一样把关里关外连接在一起。

守卫在关前的十九旅的战士们，都戴着钢盔，穿着黄制服，打着绑腿，皮带上还挂着一对子弹盒，两手横持着三八枪，枪上的刺刀锃光瓦亮。我们的战士在他们跟前走过时，一边看着，一边啧啧称赞。

十九旅的同志替我们安排好了住处，我们便在这古老的城关里美美地睡了一夜。

十月二十八日早饭后，我们九百多人跨出了山海关，经过一个山丘，眼前是一望无际的原野。我忽然意识到，我们脚下正是东北的土地，上级交给我们的任务，的的确确完成了。战士们也都感到这点，部队里掀起一片欢腾的声浪："到了关东啦！""到了关东啦！"

我们走了两天，终于在一个车站上，遇到了从沈阳开来专为接运我们的火车。

多日徒步行军，大家有些疲倦，一旦坐上火车，指战员们更加舒畅。车厢里歌声嘹亮，战士们唱道：

> 我们是挺进的先遣队，
> 我们是人民的武装，
> 高举起鲜明的红旗，
> 遍插在失去的土地上。
> ……

毛主席扶我们上担架

游好扬

> 游好扬（1916—1991），江西赣县人。1930年参加革命。文中身份为红一军团保卫局警卫排长。新中国成立后任原沈阳军区副司令员、顾问。1955年被授予少将军衔。

直罗镇战斗正激烈的时候，我负了伤。当时敌人还在拼命地反冲击，侧射火力还很厉害，担架队也还上不来。同志们把我们五六个伤员，暂且安置在较安全的散兵坑里。

阵地上的烟雾慢慢飘散，东方缓缓升起的太阳，抹红了远方的天际。枪声，渐渐稀疏了，远远地可以看到一群一群俘虏被押解着正走下战场。这时，一个趴在散兵坑沿上的轻伤员，突然高声喊道：

"毛主席来了！毛主席来了！"

听到这话，我忙问："在哪儿？"他兴奋地说："你快朝山下面看嘛！"我挣扎着抬起身子，伸着脖子往山下一看：可不是，毛主席穿着青布衣服，顺着山路向这边走来。后面是周恩来副主席和罗瑞卿局长。他们边走边说，察看这个枪声未息的战场。

五六个伤员中间，大都没看见过毛主席，所以都昂着头，嘴里还说些什么。看见毛主席向我们走来，都想站起来去迎接，可是伤口疼得厉害。毛主席抢先两步来到我们跟前，挨个地看了我们的伤势，慈祥地安慰着我们。说担架队一会儿就上来，要我们到医院好好休养，不要老惦记着前方。其他几个首长也是不停口地安慰。我负伤以后，心情很烦躁，经毛主席这一番温和亲切的谈话，心里顿时清爽了许多。我看看其他几个伤员的脸上，也挂着抑制不住的微笑。

同志们都在和毛主席亲热地谈话，我很羡慕，也想和毛主席谈几句，可是因为伤着了喉咙，一张嘴伤口就向外流血。毛主席见我这个样子，急忙摇摇手，不让我讲话。幸好有一个同志，把我要说的话讲了：

"毛主席，前面还在响着枪，你怎么就到这儿来了？"

毛主席笑着看了看周副主席和罗局长，然后很幽默地说："怎么，只许你们到前面来吗？"逗得大家都笑了。

谈话时，毛主席吩咐人去找担架，又取下自己背的那只军用水壶，拔掉塞子，把水倒在一只小杯子里，喂我们水喝。因为我最靠近主席，所以接到的是第一杯。毛主席一手拿着水壶，一手端着杯子，俯下身，将水送到我嘴边。说实话，在这黄土高原上，这水是多么珍贵！自从子弹打穿喉咙，嘴里的唾沫早就咽干了，无时不在盼望水。现在，一见这杯清水，恨不得一口把它喝下去，可是嘴唇刚碰碗边，我看见了主席干裂的嘴唇，不由得迟疑起来。毛主席看出了我的心思，像哄小孩一样催促道："快喝吧，喝点儿水会舒服些啊！"我看看旁边的罗局长，他微笑着向我点点头，好像说："你喝吧！"我不忍谢绝毛主席的这种慈母般的爱护，把一碗掺和着我感激热泪的清水咽下肚去！

接着，毛主席又一个挨一个地将水送到每个伤员嘴边，直到大家都愉快地喝下为止。

一会儿，担架上来了。部队长期行军作战，得不到补充，物资十分缺乏，担架都是用硬邦邦的木板钉的。毛主席看了皱皱眉头，便和担架队员们说："来，咱们去捡点东西铺在担架上，让他们躺得舒适些。"说罢，和其他首长一块儿到附近小树林里去拾敌人丢下的破大衣和破被子，又捡了一些枯树叶。

我们趴在散兵坑里，看着毛主席和首长们在为我们忙碌，心里真过意不去。我不免埋怨伤口："就怨你，让毛主席受累！"

毛主席和周副主席回来后，亲手在担架上铺了厚厚的一层大衣和被褥，真比我们睡觉的铺位还松软。然后，毛主席和首长们把我们从散兵坑里扶起，挽到担架上。又给我们盖好身上的大衣，插上伪装树枝，对担架员说："走吧，小心些，走慢些！"担架变成了温暖的摇篮，我们舒适地躺在上面，心里激动得不知如何是好。

担架队顺着山道缓缓而下，毛主席和几位首长向我们招手，我挣扎着欠起身子，只见一轮红日当空，漫山遍野沐浴着一片阳光。毛主席和中央首长们，站在阳光灿烂的山巅上，目送着我们向后方走去。

东江抗日星火

曾　生

　　曾生（1910—1995），广东惠阳人。1936年参加革命。文中身份为广东惠宝人民抗日游击队队长，广东人民抗日游击队东江纵队司令员。新中国成立后任南海舰队第一副司令员，交通部部长，国务院顾问。1955 年被授予少将军衔。

　　一九三八年十月十一日，日军十余万人由大亚湾登陆。国民党军队仓促逃遁，仅十余天，东江下游各县及广州地区相继沦于敌手，人民处于水深火热之中。

　　当时，中共广东省委东南特委，坚决执行党中央关于"武装群众，开展敌后游击战争"的指示，在日军入侵、国民党逃跑的局面下，不失时机地在东江南岸、广九铁路两侧，组织了两支人民抗日武装。这就是由王作尧同志率领的东莞壮丁模范队和我们活动在惠阳坪山的惠宝人民游击队。这两支队伍一诞生，就投入了英勇的战斗。东莞壮丁模范队在日军侵占虎门后，于虎门外围领导群众阻击敌人。我们惠宝人民游击队刚一建立，就出击淡水，消灭了伪组织，成立了东江地区第一个抗日民主政权——惠阳县淡水区人民行政委员会。

惠宝人民游击队，是当地农民和由南洋、香港回乡抗日的海员工人和华侨组成的。起初七十多人只有几支枪，后来拾了国民党溃兵的一些武器，才全部装备起来。省委为加强这支部队的领导和建设，先后派来了梁鸿钧、李振亚等几位经过长征的老红军干部。他们把红军的光荣传统、政治工作和战斗经验带给年轻的游击队，并举办了游击战术训练班，向我们这些第一次拿起枪杆的人传授军事斗争知识。

我们在淡水、坪山地区，广泛地展开了抗日动员工作。由于党的抗日主张深入人心，激起了广大人民的爱国热情。农村青壮年纷纷组织抗日自卫队，民兵很快发展到四五千人。夜校、读书会、唱歌队等宣传抗日的群众组织应运而生。我们开办了干部训练班，恢复了国民教育，并在坪山建立了一个小兵工厂，自己制造步枪和手榴弹。到年底游击队已发展到近二百人，实际上控制了淡水、坪山至大鹏湾的二十多万人口的地区。一个抗日根据地，初具规模了。

但是，到了一九三九年夏季，我们的处境逐渐困难起来。随着日军在广东停止战役性进攻，收缩兵力，撤出惠州、博罗等据点，丧魂落魄的国民党残兵败将，又战战兢兢地回来了。惠州城里设立了以反动头子香翰屏为首的"第四战区游击指挥所"。

畏敌若虎的反动派一回来，便把人民抗日武装看成是眼中钉，大嚷大叫："惠阳的共产党满天飞了，五十条麻绳也捆不尽！"从此，便想法消灭我们。香翰屏首先让我们驻守前线，想以日军的进攻来借刀杀人。于是，他授给我们一个新的番号，承认了我们的合法地位。我们根据党的团结抗日的方针，为争取与国民党合作，便把惠宝人民游击队改称第四战区第三游击纵队新编大队，东莞壮丁模范队改称第四游击纵队直属第二大队。香翰屏只给他那些土杂武装编起来的部队发武器、发粮饷，对我们这两个"直属"大队却只给一个空头番号。不仅如此，还经常派他的爪牙来打探情况，百般挑剔，监视我们。在这种困难的情况下，我们仍然按照党的指示，不受香翰屏对部队人数与活动地区的限制，大力发展自己的力量。不久，我们这个大队扩大到四百多人，游击活动进展到沙湾、深圳一带。王作尧部队也发展到两百多人，并由东莞向宝安县城南头镇附近发展活动。

香翰屏眼看人民抗日力量一天天地壮大，很不安心。他灵机一动，定下调虎离山之计，在六、七月间，一再命令我们离开坪山到增城地区去，企图借增城敌人的重兵和当地雄厚的反动势力来消灭我们。我们提出只派三分之一部队到增城、博罗地区去，香翰屏不同意。接着，国民党独立二十旅由粤北开来，东江地区反动力量增强，香翰屏对我们的态度更加凶恶了。有一次，我到惠州参加大队长会议，香翰屏弦外有音地对我说："曾生，你们的部队人很复杂，是有色彩的。"我说："这恐怕是谣言，我们的队伍由侨胞和农民组成，满怀爱国热情，见敌人就打，积极维护地方治安，一不做匪，二不欺压老百姓，有什么色彩？"香翰屏又节外生枝地问："听说你们在坪山造枪，是不是？"我说："既然是一支抗日武装，总要有个修理枪械的地方。"他又问："你们到底有多少枪支？"我说："这个已经报告给你了，有枪械册可查！"他一时找不到空子钻，就卑鄙地恐吓道："曾生，你们到底是走共产党的路线，还是走我的路线？"我们是党领导的抗日武装，当然不能跟着国民党走卖国路线。我坚决地回答："我们都是爱国爱乡的人，走的是真正抗日的路线！"这才顶得他张口结舌，再说不出什么了。

自一九三九年九月起，日军连续出动骚扰，香翰屏那伙腐化堕落的烂队伍，平时只会走私赚钱，真正打起仗来，哪个也不肯靠前。这时香翰屏感到需要我们了，连续发来作战命令。我们很希望在战斗中锻炼自己，便积极寻机打击日军。

九月上旬，五百余日军从澳头向西骚扰，攻陷葵涌和沙鱼涌。自广九铁路被敌占领后，沙鱼涌便成了与香港等地海外交通的重要港口；此地一丢，交通立告断绝，影响极坏。香翰屏为平息各界人士的不满，命令被敌人从沙鱼涌赶出来的罗坤支队去收复失地。但罗坤恐日病严重，迟迟不敢去打，香翰屏只好又让我们去打。

盘踞葵涌、沙鱼涌的敌人，数量和装备都超过我们，但其周围交通不便，很孤立。我们趁夜暗把队伍拉到敌人阵地前沿，见灯火就打，打得敌人惊惶不安。第二天一早他们沿原路往澳头跑，我们紧跟着就追。沿途缴获了许多弹药、器材、药品，光军用地图就搞到好几担。

一个多月以后，日军数百人又从沙头角向东进犯，企图再陷葵涌、沙鱼涌。驻淡水的罗坤以为敌人会向他进攻，慌忙搬了家。香翰屏远在惠州，也不断打电话来说，万一转移，务必及早通知他——他也准备逃跑了。

我们在大小梅沙发现敌人先头部队后，即以小部队展开在马栏头、溪涌一带，以麻雀战阻击敌人前进。后查明敌人只是一路沿海边推进，便集中力量埋伏在敌人前进的路上，居高临下，与敌展开战斗。日军遭我打击，不敢恋战，慌忙退回了沙头角。不久，我们在广九线横岗附近又打了一个胜仗。日军一个大队在两渡河打垮了国民党独立二十旅的一个团，正大摇大摆返回深圳，途中被我伏击，一顿拦腰猛打，毙伤其三十余人。

与我们连续打击敌人、取得胜利的同时，王作尧同志所部在广九路以西，也积极出击日伪据点。他们发动群众大破南（头）深（圳）公路，烧毁大涌桥，使南头镇敌人陷于孤立无援，不得不弃城逃跑。他们乘胜收复了宝安县城南头镇。这是抗战以来在广东第一次收复县城。

我们两支人民抗日武装的积极活动，打开了东江敌后游击战争的新局面。群众看到只有共产党领导的队伍才真正抗日，都把希望寄托在人民游击队身上。胜利消息传到海外，侨居新加坡、吉隆坡、越南、泰国等地的爱国侨胞，也陆续远涉重洋回到家乡，为祖国的独立、自由而战。但是，人民的胜利，人民力量的发展，使消极抗日的国民党反动派越来越害怕。这时已是一九三九年底，日军为引诱国民党投降，放松了军事压迫，蒋介石掀起的反共逆流波及全国各地。在这种形势下，广东国民党当局一面大批解散抗日团体，限制人民的抗日活动，一面采取各种卑劣手段，加紧迫害人民抗日武装。

香翰屏利用召集作战总结会议的机会，把我召到惠州，让罗坤和我大谈生意经，要求合伙走私钨矿、桐油、牛皮。我们部队驻扎海边，对贪官污吏们的营私舞弊是有所妨碍的。曾有一次我们查获了香翰屏私贩的一百担钨矿，为了不使他大丢面子，后来又发还了他。但香翰屏这次拉拢我们同流合污，却不单是为了消除发国难财的障碍，他的恶毒用心在于腐蚀我们的部队，以便伺机解除我们的武装。我们心中有数，当然不干。香翰屏无可奈何，要耍调虎离山的花招，要我们全大队到惠州西湖的一个小岛上"集训"。这是企图把我们包围消灭，我们绝不上当。为了团结抗战，避免摩擦，我们答应一次去一小部人员，轮流集训。香翰屏的三令五申被我们一再拒绝后，知道我们不会就范，便积极布置他的最后一着：打！

反动派一边布置军事进攻，一边派人到坪山来活动，什么团结呀服从呀，阴阳怪气地胡扯一通，无非是为了麻痹我们。就在这时候，反动派又从粤北调来个一八六师，从潮汕、海陆丰及东江等地拼凑了五个支队零四个大队来"围剿"我们了。一九四〇年三月八日晚上，我们正在坪山圩举行"三八"妇女节纪念会，接到侦察队报告：反动军队已从龙岗、坑子、淡水三个方向逼近来了。第二天晚上，我们四个连队和训练班、政工队、大队部共五百余人，撤出坪山向东突围。抗日军民辛勤建设了半年的民主城镇坪山，终于被反动派夺了去。后来知道，另一部反动军队十一日包围了宝安县的乌石岩，王作尧同志也率队向东突围了。

我们突围后，继续遭到前堵后追。那些见日军就逃跑的反动军队，打内战倒很卖力气。十三日我们东撤到稔山以西的斧头山附近，后面罗坤部追上来，前面沈荣部拦住了去路。我们登山应战，有几十个同志英勇地牺牲了。接着，我们东移到海丰县高潭镇一带，反动派仍不放松地尾追上来，趁雨夜突然发动了围攻，我们的一个连被包围在村中，几乎全部损失。另一个连与大队部失去联系，也大部壮烈牺牲。两次战斗，我们年轻的抗日武装遭受了很大的损失，许多抗日有功、备受群众爱戴的共产党员、革命战士，在日军的刀枪面前没有倒下去，却被万恶的反动派夺去了宝贵的生命。又经一段行军到达海陆丰后，我们的队伍只有百余人了。但是，东江人民的抗日星火是扑灭不了的，我们这百余人在山林里搭起草棚，进行整训，准备再战。反动派再也找不到我们，宣传我军"已被消灭"，并造谣说我和王作尧同志"已逃往香港"。后来，在汕尾镇后门一位同志家里，我和王作尧同志秘密地见了面，知道他们在东移途中也和反动派打了几仗，部队损失也不小，余下的一部分同志已在海边的渔村中隐蔽下来。

应该承认，我们这两支年轻的部队，在当时还缺乏斗争经验，还把握不住毛主席关于建立游击根据地的思想，完全没有想到可以留在惠东宝地区和反动派周旋，在斗争中发展壮大自己，而只是认为在敌强我弱的形势下硬拼不行，便决定东移了。及至撤到海陆丰后，由于人地生疏，远离抗日前线，队伍得不到发展，我们才逐渐认识到部队东撤是一种盲目的行动。正当我们召开一系列会议，讨论部队的前途问题时，党中央发来一份电报，指示我们：立即返回惠东宝前线对日作战。电报还对独立自主、发动群众和不要怕打摩擦仗等等问题，作了明确的指示。这个电报好像是夜海里的灯塔，给我们指出了航行的方向。

一九四〇年八月，遵照党中央的指示，我们两支部队集中起来，返回坪山地区，旋即又分兵一部到东莞、宝安等地。

这时我们坚持了完全的独立自主方针，部队改番号为"广东人民游击队"，原惠宝人民游击队为第三大队，王作尧部为第五大队。我们在宝安县上下坪召开干部会议，总结了东移的教训，布置了打击敌伪的斗争。从此，在党中央正确方针的指导下，东江抗日星火又炽烈地燃烧起来。我们的部队在与敌伪和国民党反动派斗争中越战越强，活动地区由东江南岸扩展到东江北岸、北江流域和香港、九龙及其两侧的海面上，并与活跃在珠江三角洲的兄弟部队——珠江纵队连成一片。到一九四三年底，部队发展到六七千人，根据党中央的指示，在这个基础上成立了东江纵队，长期坚持着华南敌后的抗日游击战争。

奇袭八公桥

潘　焱

> 潘焱（1916—1999），河南新县人。1929年参加革命。文中身份为冀鲁豫第二军分区参谋长。新中国成立后任海军参谋长，原北京军区副司令员兼北京卫戍区司令员。1955年被授予少将军衔。

一

一九四三年下半年，日寇一面加强对国民党当局的诱降，一面驱使伪军实行大规模的"扫荡""蚕食"，妄想变华北为其巩固的"兵站基地"。

十月十二日，一万五千鬼子兵带着数万伪军，天上飞机、地面坦克，气势汹汹，直扑我冀鲁豫中心濮（县）范（县）观（城）地区。反"扫荡"开始时，我们避开敌人的锋芒，迅速跳到外线。敌人在中心区扑了空，各路伪军在日寇掩护下大筑据点，梦想摧毁我根据地。寿张的伪军占领我中心区东部的侯庙、莲花池；郓城的伪军刘本功部占领了东南的黄楼、朝城，伪军文大可部，占领了我北面的贾庄、虞铺。最严重的是国民党降将孙良诚所属二方面军两个军，兵力约两万多人，控制了我中心区西南侧两濮（濮县、濮阳）之间的广大地区。其精锐第五军王清翰部更深入我腹地，侵占了濮县，并以此为中心，设置了强固的大小据点百余处。孙良诚亲率其总部进驻濮阳城东南的八公桥，坐拥雄兵，虎视眈眈。

这时，我军从东平地区返回内线，只控制着范县、观城之间方圆不过百余里的腹心地区。群敌环伺，形势极为险恶。为了迅速打开局面，恢复与巩固我冀鲁豫根据地，军区首长命我二分区作为返回中心区的前梯队，乘敌立足未稳，向寿张、朝城伪军伸入我根据地的据点，发起进攻。十一月六、七两日，我连克侯庙、莲花池、虞铺三处，全歼守敌。为了彻底粉碎敌人的"蚕食"，军区首长又召集了干部会议。讨论的中心问题是：如何将孙良诚这股伪军侵入我中心区的据点拔除，以改变整个严重局面。孙良诚部原是国民党正规军，公开投敌后，得到日寇和汪精卫的精心扶植，装备精良，战斗力较强，这次他们倾巢出犯，气焰嚣张。显然，干掉孙良诚就可使日寇失去锋利的爪牙，从而粉碎其侵占根据地的计划。

但是，怎么打法呢？大家认为：敌人第一线的五军，是孙部精锐，工事坚固，又和我腹心区贴近，戒备必严。同时这里据点密集，兵力配备也强，不易迅速攻克，而且强攻据点，消耗太大，即使拔除几个据点，也不足以影响全局。因此，大家都主张采用掏心战术，以勇猛神速的动作，迂回到敌人背后，出其不意地将其首脑机关打掉。这样做，乍一看，比较冒险，但由于敌人兵力虽大，却分布较广，便于我集中优势打击其一点。敌总部率直辖的三十八师（两个团）及特务团，集中于八公桥及其邻近的徐镇，南距仍为我控制的昆吾县境只三十里，我们可以秘密从腹心区进入昆吾，接近八公桥。孙良诚公然敢于率指挥部进驻我纵深的八公桥，正说明他自恃前有五军，后有四军大小据点拱卫，思想麻痹。这一带又地处两省交界，属于日寇华北、华中派遣军的接合部，日寇"扫荡"结束不久，各回原防，一时不易统一行动，目前正是我们反击的大好时机。我如突然打下八公桥，孙良诚所部势必动摇后撤，根据地是不难迅速恢复的。

经过一番热烈的讨论，杨得志司令员肯定了这个大胆的计划。他指出："奇袭八公桥，是摆脱被动力争主动、集中优势打敌弱点、破其一点牵动全局的一着好棋。只要我们能改变和避开不利条件、创造和利用有利条件，一定可以顺利达到战役的目的。这要靠大家共同努力。"

我二分区曾思玉司令员参加会议回来，兴冲冲地向我们传达了杨司令员的指示，大家都异口同声说："战役计划真妙！"

二

军区的战役部署是：我二分区的七、八两团主攻八公桥。鄄北、郓北、昆吾等县大队钳制八公桥外围据点，展开政治攻势，相机夺取。四分区十六团、五分区十九、二十团等部，分别部署于八公桥西侧，濮阳至东明一线，对付敌第四军，并提前行动，攻打敌人后方的据点——两门，以吸引敌人西援，减轻对我主攻部队的压力，战斗打响后，则阻击可能来援之敌。三分区三十二团、回民支队带领中心区各县区武装、民兵，在濮县一带袭扰，牵制敌五军，不许其回援。

领受任务后，我们分区的几个负责同志在战术方面又作了深入的研究。大家认为要出奇制胜，必须做好四件事：第一是向部队讲清形势，做好政治思想动员工作；第二是确实掌握敌情；第三是严守秘密；第四是造成敌人的错觉。最后一条非常重要，正如毛主席教导我们的："错觉和不意，可以丧失优势和主动。因而有计划地造成敌人的错觉，给以不意的攻击，是造成优势和夺取主动的方法，而且是重要的方法。"根据这四项，我们作了严密的布置。首先派侦察股长丘克难同志前往昆吾县，配合县委，侦察八公桥及徐镇的敌情。同时，故意把分区的指挥机关和部队从范县以南的腹心区移向东南方向，驻于鄄城北面的刘楼，远离开孙良诚的部队，作攻坚战准备工作，并派出侦察员和小股部队向东，到郓城、刘口、肖皮口等敌据点附近活动，造成我军有攻打刘本功的声势，以迷惑孙良诚，给他们来个"声东击西"。

那些机灵的侦察员，各显神通，使用了种种巧妙的办法，把消息传到据点里去。有的找到伪乡保长，故意恫吓说："我军在这一带集结，走漏了消息要找你们算账！"有的告诉来往于敌占区的商贩："你看到了我们部队在造梯子，可不准告诉敌人！"有的把敌哨兵抓来，详细讯问据点的设防情况，然后又故意让他逃回。政治部主任尹斌同志并让敌工科长通过内线关系，把假情报直送到刘本功的指挥部。散驻各村的部队同时展开了热烈的练兵运动，日夜擦枪磨刀，练习登梯拼刺。这一来，刘本功紧张极了，连忙收缩部队，据点周围都设上双岗，还拼命向各地伪军喊叫求援。

这时候，丘克难同志派人送来一封信，详细报告了八公桥那边敌人设防的情况。最后说："敌人本来天天向乡保长要夫子赶筑工事，最近听说我们要打刘本功，夫子也要得不紧了，围墙只筑了一丈多高。"显然，我们这一着奏了效，敌人产生了错觉。于是，悄悄将指挥机关和部队向孙良诚靠拢，准备随时出动。

十一月十四日，十六团在八公桥侧后的两门镇打响了。这是战前预定的一步棋，按照计划，把八公桥附近的敌人调出西援，那么我们就可以更无顾虑地立刻投入攻打八公桥的战斗。大家集中视线于徐镇，焦急地等待着情报。

第一个侦察员回来了，说敌人毫无动静。

第二个侦察员回来了，还是不见敌人有什么动静。

难道敌人看破了我们的意图？大家心里暗暗着急。直到第二天下午，丘克难同志才带着几个侦察员骑着自行车，满头大汗地赶回分区司令部驻地葛庄。一进门，他就兴高采烈地嚷道："两门镇歼灭了敌人两个连，徐镇敌人一个团已经增援去了！"

敌人终于听从了我们的指挥！

一切条件成熟。曾思玉司令员用红笔在地图上唰地画了一条长长的弧线，目光闪闪，微笑着说："出发！"

三

一夜小跑，直插西南。绕了一个不小的圈子，避开敌五军的占领地带，十六日拂晓，到达了黄河故道大堤边的火神庙。这里距八公桥仅四十余里。这时，曾司令员、尹斌主任都分头到各团进行战前动员。我受命去和昆吾县委联系。

昆吾县，是濮阳以南、黄河北岸、河堤与河道之间的十几里长、几里宽的一块狭长地带。由于地方党在这里工作基础好,群众都已发动起来,敌人一直无法立足。因此,昆吾县至今还被我们控制,借它沟通着我中心区与西南面六、七分区的联络,而这次又成了我们的情报基地,也是隐蔽接近敌人后方机关的一条安全走廊。

没等到我去,他们就先找上门来了。县委的同志们一个个腰插短枪,虽然是风尘满面,却都精神抖擞。我把当前情况和作战意图向他们谈了谈,提出部队需要几个向导,县委书记立刻答复:

"向导有的是,早带来了。"

"还有一百副担架。"

"准备了二百副。参谋长,还要什么,请快说!"

我激动地握着他们的手说:"你们辛苦了!你们做得很好,对这次战斗的进行起着重大作用。"

正说着,跑来一个民兵,小伙子一进门就向县委书记报告:"敌人今天还是一点动静也没有,只是昨天日头落时看见一辆小汽车开往开封去了,说不上坐的是啥官儿。"

十六日下午四点钟左右,部队从火神庙出发,沿黄河大堤继续西进。走了二十里,到陈砦,部队跨过大堤,直向正北飞速前进。这时,太阳西下,天色渐渐黑下来,陡然狂风大作,卷起一阵阵黄尘。我们逆风而行,眼睛都睁不开,跨一步要费很大劲。最苦的是梯子组,他们要抬着数丈长的木梯,顶风前进。一个个都在喘着粗气,但还高声喊着:"真是孔明也借不来的好风呀!敌人准保伸腿睡觉哩,同志们,加油……"还有的念起快板来:"顶着风头往前钻,把孙良诚的老巢连锅端……"一边念,一边"呸呸"地吐着吹进嘴里的泥沙。

午夜时分,赶到八公桥,部队进入预定位置,指挥所设在史家楼。刚挂上作为指挥所标志的红灯,各团通信员就来报告:"部队接近外壕,准备好了!"这时,曾思玉司令员早到突击部队去了。一打仗,他总是在前边直接指挥部队。

战斗进行得非常顺利,七团三连战士们从东北角越过外壕,翻过围墙,打开寨门,后续部队一拥而入。直到此时,敌人才发觉,可是已经被我们的战士堵在碉堡里动弹不得了。十七日九时许，歼灭伪二方面军首脑机关八大处的捷报，就到达了指挥所。接着，我们打开了顽抗的敌兵工厂和街心大碉堡，把敌特务团的两个营全部歼灭了，活捉了伪二方面军参谋长甄纪印。一问，才知道，十五日下午开出的小汽车里，坐的正是孙良诚。这回算他运气好，漏网了。甄纪印这个"参谋长"对着我们一口一口倒吸冷气，连声絮叨着："真想不到，真想不到……"敌人确实想不到我们会打到这里，直到下午，濮阳的敌邮差还到八公桥送信来呢。

打下八公桥，我们又横扫了保安集、王郭村等据点，并伏击歼灭了东明方向援敌的两个营。一个胜利接着一个胜利，声威大震。敌人全军惶惶不可终日。濮县伪五军慌忙撤退，猬集于濮阳、柳下屯一带。当我们返回中心区时，濮县周围也无敌踪了。孙良诚不仅没有占到地盘，倒输了老窝。我冀鲁豫根据地反比敌人大"扫荡"前更加扩大了。

亲历引滦入津工程

王小京

> 王小京（1953——　　），北京人，1971 年入伍。曾任天津警备区司令员，原北京军区装备部部长等，少将军衔。

在天津市红桥区的三岔河口，有一座"母子盼水"的大型雕塑。

"引滦入津工程纪念碑"九个大字在阳光下熠熠生辉。这是邓小平同志1986 年 8 月 20 日题写的。

每次经过这儿，我都有一种别样的心情。今生最大的荣耀，就是亲自参与并把滦河水引入了天津。至今，我对水一直有着特殊的感情——洗过菜和淘过米的水浇花，洗过澡的水洗衣服，洗完衣服的水擦地、冲厕所，在我的思维模式中，浪费水就是犯罪！

20 世纪 60 年代以来，华北地区持续干旱，天津水荒问题日渐凸显。到了 1981 年 8 月，向天津供水的四个水库蓄水接近"死水位"，致使这座中国北方最大的工商业城市水源几乎断绝。为了节水，街道干部们动员居民把需要拆洗的棉衣被褥拖到雨季接雨水拆洗，全市用水量大的浴池全部改成旅馆……

最困难的时候，城市日用水量由 110 万立方米压缩到了 60 万立方米，部分企业被迫限产或停产，庞大的工业生产和 350 万城市人民的生活受到严重威胁。

外地人戏言，"天津一大怪，自来水能腌咸菜"。

正在神州大地吹起的改革开放之风能否吹遍津沽大地，水是重要的决定性因素之一。

天津水危机引起党中央、国务院的高度重视，1981 年 8 月，党中央、国务院做出重大决策：引滦河水注入天津！

作为长期驻守天津的人民子弟兵，我们视人民的利益高于一切，在天津人民遇到困难的时候，决不能袖手旁观。驻津部队广大官兵纷纷请缨，要求参加建设。当时我是 52859 部队的营长，我们部队在请战书上写道："驻守天津多年来，部队一直想为天津人民办点亟待解决的好事，这对贯彻（十一届）六中全会精神，改善军政军民关系和加强团结是大有好处的。天津的大工程，我们一定要承担。"

北京军区党委收到部队引滦施工的请战书后，完全同意我们主动请战。秦基伟司令员亲自复信，专程来天津为参建部队加油鼓劲，并从全区工程兵调来 43 名技术专家，全力支持我们完成好任务。军党委给施工部队配属了 3 个工兵营，从全军抽调技术骨干加强到施工队伍中，协调了地方 10 余名工程师，尽最大可能地集中人力、物力、财力，保障部队施工。

引滦入津工程是一个包括跨流域引水、输水、蓄水、净水和配水等综合性水资源开发利用的城市供水系统。全长 234 公里，全线隧洞、泵站、管道桥梁等工程项目共 215 个，其中要穿越我国地质年龄最古老的燕山山脉，在 200 多条断层中建成一个 12.4 公里长的引水隧洞。在当时施工设备还不是很先进的情况下，施工难度可想而知。

在时任水电部部长钱正英同志来津考查工程建设准备情况时，战士们纷纷表示："请党中央、国务院、中央军委放心，我们一定按时保质保量完成施工任务！"看到部队有如此大的决心，钱部长一锤定音："让部队干，我们放心。如果你们能 2 年完成任务，我来给你们贺喜！"我们部队不但把施工任务争到了手，而且把引滦入津工程中的开凿穿山隧洞的关键项目也抢了过来。

上级决定将引滦全线 113 项工程中最艰巨、最复杂的开凿穿山隧洞施工任务，交给了原 52859 部队和 89208 部队。

团领导对我说："工程任务艰巨、责任重大，不仅是解决天津的用水问题，也关系到天津的改革发展大计啊！这也是考验咱子弟兵的战斗力！"

我坚定地回答："咱们部队就是为人民服务的，关键时刻一定能够站得出来、豁得出去、冲得上去！"

1981 年隆冬的燕山腹地，白雪给群山披上了银色的盔甲。气温骤降到零下 20 多摄氏度，夜间甚至到零下 30 摄氏度左右，部队没有房舍，没有防冻设备，只有木板帐篷和草棚，蔬菜和水冻成冰块，有的战士手脚冻裂了口子。按常规，这是施工队伍"猫冬"的时候。

"沧海横流，方显英雄本色。"对于多年操枪弄炮的野战部队来讲，转眼之间就要去开凿一条我国最长的引水隧洞，而且是 5 年工期 2 年完成，加上地质条件极其复杂、技术质量指标高，国内外的知名公司都望而却步，困难是可想而知的。

"既然领了先锋印，就不能再等靠要了！"在"引滦入津，为民造福，为四化做贡献，为解放军争光"的战斗口号感召下，我带领全营战士啃冷馍，饮雪水，等不得机械运到工地，就挥锤舞钎，向冻土坚石开战了。战士们硬是用冻僵的双手，劈坡开洞，架线挖槽，打井引水，平基建房，在 1 个月的时间内，实现了通路、通水、通电和场地平整"三通一平"，保证了大部队顺利进点。

营队是步兵专业的部队，技术骨干少，我们不等不靠，采取走出去学、请进来教，开办夜校、举办专业技术讲座等多种形式，超常培养施工技术骨干，不到 3 个月时间，全营 60% 的人成了专业技术骨干。

危险时刻与施工相伴。开凿穿山隧洞时刻面临着死亡。引滦隧洞位于燕山"山字形构造区"，岩石年代十分久远，主洞入口处是一条 62 米长的全强风化区，在这种"禁区"内开凿隧洞，有些施工单位认为 2 年内完工根本不可能。

官兵们查资料、商对策，现场攻关，创造出了用喷锚支护进主洞的先进施工方法，在冰天雪地里锹挖镐刨，锤砸筐抬，靠手工打开了 4 个洞口。在开挖支洞和主洞过程中，在对各种掘进方法进行分析比较后，主动大胆试验，选取了全断面掘进的方法，并深入研究每个施工工序的技术和指标，使主洞掘进的进度明显加快。

一次，我来到施工支洞，看到战士们正呼呼隆隆地从作业面跑出来，"要塌方了！"

我大喊道："干部跟我下去，战士留下！"

战士们拖住我："营长，你不能下去！太危险！"

"我不下去看怎么知道危险？"我知道那里正处在断层。

我向深深的斜井里走下去，连排长们跟在我后面。拱顶太高，手电打上去只有一个恍惚的白印。我爬上支撑架，身子伏在架顶上，冰凉的岩石擦着我的面颊，此时万一有石头塌落下来，整个人立即就会被挤压成肉饼。

手电的光柱停在一条一米长的裂缝上，我仔细地察看了一会儿，从拱架上下来，说："不是山体本身的问题。是你们的锚杆打偏了，造成局部围岩的破坏，重新打一根'经向锚杆'……"

钻机又旋转起来了。当通信员报告"没缝了"时，我的双腿像灌了铅一样，一步都迈不动了。

后来，战士们问我："营长，你成了打隧洞的工程师了！在哪儿学的？"我说："这隧洞就是最好的老师！"施工期间，我天天盯在一线，时刻琢磨石头，与隧道接触时间长了，对它的"脾气"也逐渐琢磨透了。

"所虑时光疾，常怀紧迫情。"部队特有的雷厉风行、创一流出精品的作风在引滦入津施工建设中表现得淋漓尽致。我所在营的一个连队施工的斜井口是一个污水坑，齐膝深的水面冻着一层冰，有同志问是不是等一等上面发长筒水鞋，我说："等什么等？干！"

我和其他干部们挽起裤腿就跳进刺骨的冻水里，战士们也全都跟着跳了进去。大家轮流作业。唯一的取暖方式就是下水前喝点白酒，不知多少个昼夜，我们光白酒就喝了 100 多瓶！

磕磕碰碰不算伤，发烧感冒不算病，仰头接点洞顶上滴下的水，嘴里送下药片，算是治疗……

为保质保量按时完成施工任务，我们营还实行包任务、保安全、保质量、保进度、保节约，按"一条龙"作业分地段、分工种、分工序进行施工的办法，发挥了承包责任制的积极作用。同时，各作业队抢困难、让方便，前一段为后一段计划，上道工序为下道工序着想，保障单位向施工单位负责，物资供应、机械修理紧跟其上，提高了工效。战士们抱着钻机就像是抱着一挺重机枪，"突突"地干个不停，推斗车的战士总是一路小跑，有时一天要在洞下奔跑 120 里。休息方式也特殊：在洞下连续工作几十个小时后，用腰带把自己捆在钢支架上，两只脚站在水里，戴着安全帽脑袋歪着，睡了。在分水枢纽施工大会战中，两个月内先后组织 8 次大规模混凝土灌注作业，浇注量达 1 万余立方米，部队集中 19 个连队和装载机、拌和机、翻斗车等 60 余台机械车辆，干部战士齐上阵，连警卫员、司机、炊事员都踊跃推车运浆，各单位、各环节、各工序密切配合，连续作业长达 40 小时，作业有条不紊，部队干劲冲天，速度不断加快，比原计划提前 5 个月完成了任务。我们营也创造了全国手工掘进最高纪录。

正当各作业面高速掘进时，隧道轴线上的断层破碎带一条一条拦住，不同地质的不同岩石上下错动混杂，质地坚硬的片麻岩碎石和各种岩石缝隙中浸满了地下水，稍有不慎，就前功尽弃。攻关组的同志一次一次地缜密观察，一点一滴地收集数据，反复研究论证，终于创造出了"径向锚杆法、超前锚杆法、喷锚支护法""弱放炮、短循环、强支护、快衬砌"等一整套在大破碎带开山凿洞的先进方法，不仅保证了施工任务的顺利完成，还丰富了我国隧洞工程的技术宝库。

提前完成引滦入津这样艰巨的施工任务，既需要胆略和干劲，更需要智慧和科学。施工中，官兵们始终坚持百年大计质量第一的观念，严把质量关口。主洞衬砌、铺底完成后，我们营以高度负责的态度，对主洞表面的毛边，一锤一凿地打平磨光，使洞壁更加光洁平整，而后又对 1、2、4 号支洞进行了回填封堵，完成了永久保留 2 号支洞衬砌和分水枢纽 3000 米预制板护坡任务，比原计划提前 8 个月，混凝土强度合格率 100%，断面尺寸优秀率 97%，表面光洁平整，全部达到设计标准。

分水枢纽两座水闸的 8 个闸墩是分水枢纽的关键部位，不仅混凝土量大，而且精度要求最高，我派人员每天盯在工地，用 4 部仪器同时监测，反复测算，施工分队按图施工，严格把关，8 座 20 米高的闸墩排架的垂直误差均控制在 1 毫米左右，工程质量达到国内先进水平。营里负责施工 36 个作业面、17 个支洞，各种误差全部低于国家规定允许的标准，经国家有关部门检查鉴定，整个工程质量全部达到或超过世界先进水平。通过科学施工，精心组织，部队提前完成了 2480 米长的地下隧洞、1460 米长的明渠和分水枢纽工程。

在严把质量关口的同时，官兵们处处精打细算，为国分忧，大到整个工程建设，小到施工中的一钉一木，能省则省，机械出了故障，就自己动手修，钻头断了，在砂轮上打一打接着再用。参加施工的单位，基本上每个连队都建有一个或几个废品回收箱。特别是为解决木头支撑浪费过大的问题，普遍采取以钢代木的新办法，施工洞中没有用一根木支撑，仅此一项就为国家节约木材 1 万多立方米。据统计，在整个施工过程中，部队厉行节约，累计为国家节约投资近亿元，受到社会各界的广泛好评。

我们在施工中还积极研究面临的各种复杂情况，坚持向科技要时间、要质量；施工中，在一段长 150 米频繁塌方、险象环生的大断层地段打隧洞，我国水利建设史上是第一次。我带着技术员认真勘察，全方位了解隧洞线路所处的地质条件，摸清了大断层的"脾气"，采用先进技术和科学的施工方法，连闯潜流、流沙等多道难关，先后战胜百余次塌方，使施工速度不断加快。施工工地千军万马、车水马龙，我坚持科学统筹，严密组织，做到组织指挥到一线、技术力量充实到一线、物资器材保障到一线、政治工作做到第一线、生活服务到一线，全营紧密配合、各个环节密切衔接，为隧洞施工赢得了高速度、高质量和高效益。我国著名水利专家、时任水电部副部长冯寅同志现场参观时，对营队的施工质量和速度连声称赞："奇迹！奇迹！"

在我们的艰辛努力下，仅用了短短 1 年零 4 个月的时间就完成了引滦入津的关键工程——引水隧洞，部队提前 8 个月完成天津引滦指挥部下达的施工任务，比国务院计划提前两年完成，各项工程质量全部符合设计要求，主要项目达到了优秀标准，创造了我国水利建设史上的一大奇迹，创造并

290

形成了"为民造福的伟大思想、顽强拼搏的革命斗志、严肃认真的科学态度、勇于创新的进取精神、团结协作的高尚风格、雷厉风行的工作作风"伟大引滦精神。

1983年6月30日，邓小平同志在中央工作会议上，表扬引滦入津工程是全国重点工程建设的榜样，赞扬参加工程建设的解放军完成任务又快又好又省，是"开创新局面的一个好榜样"。同年8月16日，《人民日报》发表《人民军队打天下又建天下》的社论，赞扬了解放军为加快引滦入津工程建设所做的重大贡献。

1983年9月11日，由20万军民参加义务劳动的引滦入津工程首日通水，天津市政府为每户市民家中送了两包上好的茶叶，让大家品尝滦河水泡出的茶水，结束了天津市民喝咸水、苦水的历史。

9月12日，《人民日报》又发表《重点建设工程的榜样》社论，高度赞扬了"引滦精神"。

引滦入津工程为天津的改革开放注入了新鲜的血液，为天津市的生存和发展提供了极为重要的物质基础，成为关系天津经济和社会发展的"生命线"。从此，天津重现活力，扭转了工业生产缺水的被动局面，不仅使用水需求较大的缺水企业全部恢复生产，天津港也获得了新生，新港船闸得以重新开启使用，停产3年之久的内河港区码头恢复了生产，加速了全市工业发展，改善了投资环境，为经济社会发展提供了无穷的助推力。

2006年，我又回到了曾经战斗过的这片热土工作。看着天津的象征——海河碧波荡漾，迤逦40里的带状公园已成为一条纵贯全城的风景轴线，不禁无限感叹。是啊，改革开放使神州大地发生了天翻地覆的变化。今日天津已发展成为一座风光旖旎的现代化大都市。天津百姓说，没有引滦入津，就没有天津今天改革开放的伟大成就。回忆起20多年前的那场"战斗"真是感触颇多！

服务人民、为民造福，是人民军队必须永远坚持的根本宗旨。无论时代如何发展，社会如何变化，人民军队为人民、忠实捍卫人民的根本利益永远不会变。革命战争年代，我军担负着发动群众、开展武装斗争、建立红色政权的历史使命，"打土豪、分田地"等口号，就是当时服务人民的通俗概括。新中国成立后，我军把巩固政权，保卫领土主权完整，反对帝国主义侵略作为神圣职责，"抗美援朝、保家卫国"就是服务人民的具体体现。改革开放新时期，我军主要担负巩固国防、保卫祖国、参加国家建设事业的重任。加快军队现代化建设、积极支援国家重点工程，就是服务人民的实际行动。正如胡主席在庆祝建军 80 周年大会上的讲话中指出的："服务人民，是人民军队一切奋斗发展的出发点和归宿，是人民解放军必须永远坚持的根本宗旨。"新世纪新阶段，履行好我军"三个提供、一个发挥"的历史使命，建设一支与维护国家安全和发展利益相适应的军事力量，增强应对危机、维护和平，遏制战争、打赢战争的能力，为全面建设小康社会提供可靠的安全保障，是党和人民对我军的最高政治要求，也是新形势下服务人民的集中体现。只要我们把服务人民、为民造福的光荣传统很好地继承下来，发扬光大，就一定能在新的历史条件下始终保持政治本色，有效履行历史使命，发挥突出作用，创造新的辉煌。

迎难而上、顽强拼搏，是我军战胜一切困难的特有作风。中华民族历来具有在艰难困苦面前不屈不挠、顽强拼搏的光荣传统。我军 80 年的光辉历程，就是一部顽强拼搏的历史。引滦施工官兵不畏艰难困苦、勇往直前、忘我拼搏的感人事迹再次证明，"不怕困难，顽强拼搏"，是奋斗精神的集中体现，蕴含于其中的是一种强大的战斗力。失败、牺牲只会在弱者面前逞威风，只要意志坚强、顽强拼搏，没有完成不了的任务。经过特殊条件和艰苦环境考验的部队，在未来征程中一定能够所向披靡，无往而不胜。新的历史时期，我军面临着应对多种安全威胁、完成多样化军事任务，面对的危险还会更多、更复杂，还会有更多意想不到的情况，我们一定要敢挑重担、迎难而上，勇克时艰、顽强斗争，用血肉之躯及至生命，创造各种奇迹，谱写壮丽之歌，夺取全面胜利。

把握规律、讲求科学，是部队健康持续发展的基本遵循。尊重科学，按客观规律办事，既出生产力，也出战斗力。当年引滦工地上有序组织、有效进展的事实启示我们，把握规律、讲求科学，是赢得战斗胜利、取得建设成就的重要因素。任何不讲科学、粗枝大叶，靠侥幸心理，想碰运气、凭冒险或是其他因素谋求胜利是绝对行不通的。军事领域历来是一个最严谨求实、最讲求科学的领域，部队的平时建设也好，应对未来信息化战争也好，应急维稳处突也好，都有自身存在的客观规律。这就要求我们必须牢固树立科学发展观，坚持一切从实际、实效出发，谋划、组织和落实各项工作，确保部队建设科学有序推进。必须正确处理当前建设与长远建设、硬件建设与软件建设的关系，既积极努力又扎实稳妥地推进各项建设，真正使部队建设走又好又快的发展道路。必须认真贯彻科技强军战略，深入持久、卓有成效地开展学科技、用科技活动，提高与完成多样化任务相适应的科技素质。

与时俱进、改革创新，是破解各种矛盾问题的重要法宝。只有与时俱进的创新实践，才能攻坚破难，闯出新局面，打造新业绩。引滦施工中开创的新技术，创造的工程奇迹启示我们，创新在推动各项事业发展中起着决定性作用。特别是在当前，建设信息化军队、打赢信息化战争，应对多种安全威胁、完成多样化军事任务越来越繁重的情况下，会遇到许多新情况、新问题，要求我们必须强化创新观念，加大创新力度，以创新求发展，以改革求突破，加快建设步伐，履行好历史重任。要牢固确立"创新就是发展""创新就是责任""创新就是政绩"的观念，切实在深化改革中推进部队建设，在开拓创新中谋求部队发展，真正做到不辱使命，不负重托。要着眼于回答和解决部队建设的重点难点问题，站在"打得赢""不变质"的高度理清创新思路，从具体事情着手选课题、抓创新、搞改革。要扎扎实实、积极稳妥，讲究实际需要，考虑实际可能，吸纳各方智慧，反复论证完善，拿出切实可行的真招实策。要把创新效果的根本尺度定在推动部队建设发展进步的实际成效上，看部队全面建设是否有新的发展，看薄弱环节是否得到加强和改进，看制约部队建设的老大难问题是否有新的突破，真正用创新的实践推动部队建设的创新发展。

加强团结、紧密协作，是凝成坚强战斗集体的最佳途径。团结是一种力量、一种境界，更是一种品格、一种觉悟。团结协作作为战斗力生成的重要因素，不仅是以往工作任务取得重大进展的一条成功经验，而且是完成下一步使命任务的必然要求。引滦入津施工阵地上，我营各连之间团结协作、互相支持。战士们面对危险勇于当先锋打头阵，各连队面对困难主动啃硬骨头，有的为了大局甘当配角，有的为了整体利益乐于为兄弟部队创造条件。可以说，部队能够在引滦工程中做出重要贡献，赢得党和人民的高度赞誉，与所有参建单位大力发扬团结协作精神是分不开的。在今后的工作实践中，我们必须积极倡导并全面践行团结协作的精神。要增强大局意识，深入学习党中央、中央军委和胡主席的决策指示，引导官兵认识到我们的目标一致，我们所做的一切都是为了人民的利益，都是为了国防和军队建设的发展进步，自觉团结在党的周围，心往一处想、劲往一处使。要做到分工不分家，只要有利于国防和军队建设的事，有利于提高工作效率和完成任务，不管分内分外、有名无名，都要积极主动去做，而且要做好、做到位。要端正工作指导思想，树立正确的荣誉观和政绩观，不仅要经住艰难险阻的考验，更要经住荣誉和成绩的考验，要比就比思想、比干劲、比作风，要争就争集体的荣誉、军队的荣誉、党的荣誉。要相互关心，相互帮助，相互爱护，在战斗中结成生死情谊、在工作中同甘共苦，以高尚的同志情操、纯洁的战友情谊，凝成坚不可摧的"命运共同体""生命结构链"。

雷厉风行、精益求精，是圆满完成各项任务的重要保证。引滦入津工程之所以达到如此高速度、高质量的施工，就是得益于分秒必争、说干就干，争先恐后、立说立行，迅速高效、干净利落，坚持标准、精打细算的过硬作风。面对世界军事变革和信息化战争的挑战，面对日新月异的新形势，必须要以只争朝夕的精神，抓住机遇，放开手脚，与时间赛跑，与对手抢时间，忠实履行党和人民赋予我们的职责，加快我军建设步伐和军事斗争各项准备，从容应对世界军事变革的严峻挑战。必须善于抓住部队建设中具有全局性、长远性、根本性的重大问题，超前研究，超前思维，切实把对策想在前，把工作做在先，不断增强预见性、前瞻性。必须克服等靠依赖情绪，树立积极作为的思想，从自己做起、从本级做起、从现在做起，按照职责要求立说立行地抓好贯彻落实，积极主动地完成各项任务。必须树立好中求快的效益观念，对待一项工作，既要深思熟虑、慎之又慎，又要坚决果断、当机立断，确保部队建设能够适应形势任务的要求，跟上时代发展的步伐。

引滦工程全线通水已经 26 年，天津人民早已结束了喝不上水、喝咸水苦水的历史。但引滦精神没有被历史湮没，而是随着时代的进步，继续照耀着我们的征程。继承和发扬引滦精神，就要像当年的引滦铁军一样，不怕艰难困苦、不怕流血牺牲，敢于与天斗、与地斗、与恶劣的自然环境斗，不达目的誓不罢休，坚决完成任务，在共建和谐社会、推进国防和军队建设又好又快发展中贡献应尽的力量。

我见证中国海军环球首航

王登平

王登平（1952——　　　），安徽肥西人，1970年入伍。曾任原总政治部办公厅秘书，原总政治部宣传部编研室副主任，宣传局副局长、局长，海军青岛某基地副政委、某保障基地政委、海军装备部政委，海军副政委。海军中将军衔。

2002年5月15日，是我和我的战友终生难忘的日子。这天清晨，中国人民解放军海军506名官兵聚集在青岛军港，整装待发。前方，是云层低暗的大海，风大浪高，惊涛拍岸。再远方，是遥远的异国他乡，神秘的域外风情。这将是新中国海军的第一次环球航行，是改革开放20多年后中国海军迎来的一次远征盛典。我那时任海军青岛某基地副政委，是海军首次环球航行舰艇编队的副指挥员。

狂风呼啸，大雨滂沱。8时37分，阅兵式开始，部队在雨中伫立，犹如挺拔的森林。9时，随着编队指挥员、时任北海舰队司令员丁一平的一声令下，编队冒雨起航，更添几分壮烈几分豪迈。举目向洋看世界，热风吹雨洒江天。岸上彩旗招展，人头攒动。蓦然回首，我看见了我的妻子和孩子。在他们的四周，是1000多名前来送行的海军、济南军区首长，北海舰队、青岛市领导及出访官兵的亲属、群众，雨水和泪水交织飞扬。我的心口有点发热，那频频挥动的手臂，那穿过雨雾的殷切目光，那隐约可闻的叮咛和祝福，历历在目，声声入耳。我知道，这次环球航行，牵动了很多人的心，我们不仅代表中国海军，代表中国人民解放军，也代表着祖国和父老乡亲，把军舰——"流动的国土"，航行到世界各国人民的眼前，航行到海外华侨的眼前，航行到大洋彼岸同行的眼前，接受他们的检阅。此时此刻，庄严的责任感和使命感在506名官兵的血管里热烈地涌动。

军舰顶着狂风骤雨离港之后，逐渐加速，蓝色的大海被劈开两道裂缝，白色的浪花在身后渐行渐远，终于海天一色，如梦似幻。是的，这的确是一个梦想，是中国海军多少代人的梦想。编队506名官兵是幸运的，我们正在实现着前人的、他人的梦想——展民族形象、扬国威军威、促和平友谊、创环球壮举。

在中国的历史上，也曾有过明朝郑和首下西洋的篇章，在28年间，他们乘坐木船，7次远航，足迹到达了东南亚、印度洋、波斯湾、阿拉伯海、红海和非洲30多个国家和地区。郑和下西洋，比哥伦布发现新大陆早87年，比麦哲伦环球航行早114年。然而，当麦哲伦的船队完成首次环球航行时，中国却已淡出了海洋。此后几百年间，英、法、美、俄、意、日等国相继崛起。然而，从鸦片战争至新中国成立的100多年，中华民族却有海无防、有防不强，先后84次遭受列强海上入侵。列强倚仗坚船利炮，从地球的这一端、那一头，一个个、一批批越洋而来，泱泱濒海大国，往事不堪回首。

岁月悠悠。在郑和下西洋近6个世纪后，新中国经历改革开放20多年的持续发展，综合国力不断增强，科学技术长足进步，中华民族环球航行的梦想终于化为现实。从1985年我海军舰艇编队首访东南亚三国开始，中国海军已先后派出20支舰艇编队，访问了世界上25个国家。直至此次"青岛号"导弹驱逐舰和"太仓号"补给舰编队环球航行，把中国海军同国际同行间的互访和切磋交流推向了一个巅峰。

编队离港之后，义无反顾地驶向海洋深处。作为编队的副指挥员和政工干部，我的心情在豪迈中平添了几分沉甸甸的感觉，既有现实的振奋，也有历史的闪回，同时还有挥之不去的责任和压力。要知道，这次环球航行，航程3万多海里（6万多公里），时间长达130多天，就像西天取经，虽然不至于一路风雨坎坷，无须斗妖斩魔，但毕竟是远离国土，再大的军舰，在海洋之中也不过是一叶渺小的轻舟，而轻舟之上，506名官兵要生活和工作4个多月，这4个月里，遇到任何情况都要我们独当一面地处理解决，确实是一个严峻的挑战。

踏上甲板就像回到祖国

风雨兼程，经过连续8天海上航行，5月23日，编队抵达环球访问的第一个国家新加坡的樟宜港。早晨打开收音机，就听到了中央人民广播电台《新闻与报纸摘要》节目播送"环球访问舰艇编队抵达访问首站新加坡"的消息。虽然只有几句话，但还是让官兵备感亲切，我们漂洋过海，祖国就在我们的身后，我们和祖国同行。我们的一举一动，都受到祖国人民的密切关注！

当编队在大雨中停靠码头时，军乐队奏起国歌，五星红旗在"青岛"和"太仓"两舰猎猎飘扬，望着岸上雨中伫立的华侨，官兵们的眼睛湿润了。

眼睛湿润的不仅是舰上的官兵，还有聚集在码头上前来欢迎我们的华侨和驻外使节、中资机构工作人员以及留学生、旅新华人等，他们打着"热烈欢迎中国人民解放军海军舰艇编队访问新加坡"的宽大横幅，在此等候多时。海洋气候，反复无常，在突如其来的暴雨中，岸上的人群热情不减，欢迎声不断。军舰上"站坡"的战士雕像般伫立，向海外侨胞致敬。当乐队奏起《歌唱祖国》时，两边的人同时高唱，泪水和雨水一起在高亢的旋律中飞溅。

以后，一位老华侨对我们说，踏上了中国海军的军舰，就像是回到了祖国的怀抱。谢谢你们，把这么强大的祖国送到了我们的眼前。祖国强大了，我们中国的海军强大了，我们海外华人的腰杆就硬了。73岁的刘树德老人在参观现场填词一首：狂涛急/神龙击波沧海裂/沧海裂/弹飞雷电/群丑皆慑/中华长城展气节/渊洋列阵扬国威/扬国威/遨游四海/炎黄伟业。

此情此景，在以后的航程中一次又一次地上演，尤其是在华人比较集中的巴西，对于编队的欢迎更是盛况空前，海外侨胞热爱祖国、盼望亲人的赤子之情更是淳朴浓郁。

舰艇编队抵达巴西前3天，《南美侨报》就推出专版，报道中国军舰访问的有关情况。编队靠泊的福达莱萨港，地处巴西东北部，而华侨大都居住在南部的圣保罗、里约热内卢、巴西利亚，离福达莱萨市几千公里。得知我编队出访消息后，260多名圣保罗华侨，开始时准备共同包一架飞机来福达莱萨港欢迎我们。因为时间关系，没有谈成，就各自买了票。几经辗转，提前一天赶来。欢迎人群的短袖衫上，统一印着"中国海军舰艇编队访问巴西"的鲜红字样。他们中年龄最大的已经90岁，最小的只有2岁。

年逾古稀的海粟老人带着全家，乘飞机转汽车6个多小时，专程赶来迎接我们的舰艇编队。福建籍华侨庄坤寿为迎接我们，把生意正火爆的商店停业3天。厄瓜多尔"香蕉大王"华侨王老二，正在美国治病，听说祖国军舰来访，专门让公司高层职员送来十几箱香蕉。台胞张洪钧先生，自己花钱为编队准备了欢迎午宴，带着5岁的儿子多次登舰参观，他动情地对我们说："我之所以这样做，就是想让他从小就知道，我们是中国人，我们有中国心，我们的根在中国。"

我们与使馆人员和华侨的甲板联欢会，原定不足百人，实际来了300多人，由于凳子和马扎不够，甲板上站满了人。山东文登籍的陶遵华、陶遵芬、陶遵美三姐妹，专程从圣保罗赶来，带来许多背心、鞋垫送给舰上官兵。联欢会结束近半小时，三姐妹还不愿离去。她们拉着官兵的手说，我们年龄都大了，想回祖国看看，拖家带口很不容易。看到你们，看到我们自己的军舰，也算回国了，就算回家了。第二天天不亮，她们又早早赶到码头，观看编队升旗仪式，看着五星红旗迎着朝阳冉冉升起，三位老人的眼里噙满了激动的泪花。

还有让我们很难忘怀的，是舰艇编队通过巴拿马运河的情景。编队在利蒙湾抛锚时，我驻巴有关机构安排官兵与侨胞联欢，原定11点结束，但节目一加再加，一直持续到下午 1 点多钟。75 岁的郭老先生参观舰艇时，抚摸着锃亮的扶手说，一艘军舰反映出一个国家的科技与工业水平，祖国能造出如此精良的军舰，实在了不起。从小在巴拿马长大的郑老先生说，今天站在我们祖国自己设计、制造的军舰上，脸上特别有光。身在异国他乡，心向祖国富强统一。祖国统一是华侨的热门话题。几乎每一名华侨的胸前都佩戴着一枚"反独促统"纪念章。侨胞张先生告诉官兵，这是他们 3 月在巴拿马参加中南美洲华人华侨反独促统大会时发的纪念章。

8 月 4 日晚上，编队通过举世闻名的"世界水桥"——巴拿马运河。经过第一道船闸时天上突然下起了暴雨，指挥员正要下令让站坡人员解散，突然听到河岸上传来呼喊声："再见了，祖国亲人！""你们辛苦了！"顺着声音传来的方向，右舷百米远的隔离网外，近百名华侨正在雨中挥手致意。其中，一位白发苍苍的老人，一手拄着拐杖，一手扶着隔离网；一位妇女牵着小孩，跟着战舰缓缓前行，浑身都湿透了。经过 7 小时航行，编队提前 1 小时 40 分通过运河最后一道船闸，即将经过亚美利加大桥进入太平洋。凌晨 1 时 50 分，一阵阵熟悉的声音传来："祖国海军再见！""一路平安！"……官兵们听到呼喊声，迅速集合到甲板上，齐声高呼："再见了，谢谢你们！"这时，一排汽车同时打开车灯照向军舰。原来，这些华侨傍晚送我们进入第一道船闸后，并没有回家，而是绕道赶到进入太平洋的最后一道船闸，继续为编队送行。

风雨中，官兵们庄严地举起右手，致以军礼。军舰拉响汽笛向海外侨胞致意，岸上侨胞同时按响汽车喇叭，汽笛声、喇叭声、风雨声、问候声，在太平洋的上空久久回荡。尽管相互没有看清面孔，分不清男女老幼，但是血浓于水的中国情却永远储存在我们记忆的屏幕里。

靠上码头就是和平使者

尽管一路艰辛，但官兵们更多的是感受到祖国强大为我们带来的荣耀。在十国十港访问中，我们接受了许多鲜花和掌声的问候。而在这鲜花和掌声的背后，是所到国人民对中华民族改革开放所取得巨大成就的由衷赞叹和祝愿。编队所到之处，都掀起了浓浓的中国潮、中国海军热。在欧洲，乌克兰幼儿园的小朋友挥舞中国国旗，在码头为我们的到访而欢呼跳跃。在希腊，正值全国性的海军周活动，在总统即将前来检阅舰队的忙碌时刻，海军专门把军舰从锚地调回码头供我们参观。在南美洲，厄瓜多尔和秘鲁的朋友用 21 响礼炮，对我们表示最热烈的欢迎。在大洋洲，法属波利尼西亚人民身着民族盛装、载歌载舞，把中国军舰来访当成最重要的节日来庆祝……

这一切都是因为，中国强大了，中国终于在世界之林有了自己伟大的光辉形象。

希腊雅典市市长在参观我舰艇时由衷地说道，中国和希腊同属文明古国，但中国的发展令人吃惊、使人惊叹。这得益于中国的改革开放好，和平外交政策好，中国政府好。比雷埃夫斯市市长阿拉皮季斯在会见我编队指挥员时说，他十分崇拜毛泽东、邓小平、江泽民，至今家中还保存着《毛主席语录》和毛主席纪念章。他称赞中国正在兴建的三峡大坝很了不起。在过苏伊士运河时，埃及引水员莱弗一上舰就用不太流利的中文说："欢迎、你们好、中国好。"谈起中国，他一脸的兴奋。原来，1984 年他曾两次到过中国的广州和上海，现在家里还摆放着中国的许多工艺品。他说，中国改革开放好，中国非常美，想与夫人再去中国，而且希望退休后能住在中国。

每次靠港之前，编队都举办相应的知识讲座，帮助大家了解当地风俗和相关法规，还通过文艺演出和体育竞技等方式，充分展示民族文化，扩大人民军队影响。一路上，军乐队和电声小乐队为公众表演 15 场，与被访国海军官兵进行体育比赛 19 场，其中乒乓球、篮球、拔河保持了不败纪录。在土耳其马尔马利斯市的总统广场，军乐队的旋律刚刚奏响，就涌来了上千人。他们聆听着优美的旋律，也悄悄地审视着这群特别的来客。一首首耳熟能详的土耳其民歌，一首首古筝、二胡演奏的中国民乐，一下子拉近了心灵的距离。当土耳其民歌《啊，少年》旋律初起，市民们的情绪顿时亢奋起来，挥动着胳膊，扭动起腰肢，合着音乐的节拍翩翩起舞，整个广场顿时一片欢腾。在希腊比雷埃夫斯市市政府中心广场的演出，市民们早早前往等候，在舞台上方的五星红旗映照下，演出高潮迭起，掌声阵阵，形成了当晚比雷埃夫斯市的亮点。演出结束时，负责协调演出的一位女市政官员流着眼泪登台致词说，中国海军不远万里来到希腊，为我们带来了欢乐，带来了美好的夜晚，你们的演出太精彩了，让我们感受到了中国文化，感受到了中国海军的风采，非常希望你们今后能经常来这里访问。

每当公众接待日，官兵们文明的举止、热情的言行，都会引来阵阵赞许，许多人还以与官兵合影留念为荣耀。在福达莱萨港，烈日下参观的队伍排了足有 2 公里，3 天累计参观了 3 万多人。一位 74 岁高龄的老妇人，参观时碰断了一只鞋跟。尴尬焦急之时，副反潜长李爱华找来万能胶，帮她修复鞋跟，还搀扶她参观军舰并送下码头。水兵们把一位坐轮椅来的巴西青年抬上舰，推着他参观，送下舰的时候，他比画着双手，眼里闪动着感激的泪花，在场的市民报以热烈掌声……

编队每到一地，都要安排官兵轮流上岸观光游览。因停留时间短，舰员还要执行勤务。所以，每到一港口，一般只能外出一次。对年轻的士兵来说，这一次的机会是十分珍贵和难得的。在新加坡时，"青岛"舰士官田树涛被安排外出。到圣淘沙景区不久，即被美丽的景色所陶醉，正当他和几位战友兴致勃勃仰望蓝天白云下的造型各异的奇特建筑和美丽风景时，突然发现脚下有一个粉红色钱包。捡起打开一看，内有各种证件、手机、信用卡、车钥匙以及数千元现金。小田拿着钱包，站在那里耐心等待和寻找失主。10 分钟、半小时、1 小时过去了……直到游览就要结束时，副机电长李宏伟带着一位面色焦急的女游客跑了过来。小田和那位女士仔细地核实包内的物品后，完璧归赵。女游客激动地竖起大拇指说："中国水兵，好样的，谢谢！谢谢！"

在黑海之滨的乌克兰塞瓦斯托波尔港，舰艇编队宴请乌克兰海军司令叶热烈上将，宴会在"青岛号"导弹驱逐舰上举行。桌上摆放着一盘精美的果蔬雕刻"玉龙戏珠"，长约 60 厘米、高约 40 厘米的玉龙，正在嬉戏着一个紫红色的大宝珠，惟妙惟肖，栩栩如生。叶热烈上将惊奇地问道："这是什么艺术杰作？是用什么材料制作的？"当得知这是中国饮食文化的传统工艺果蔬雕刻，是用红白萝卜制作的，作者是"青岛"舰厨师、29 岁的 3 期士官武志良时，赞不绝口，马上提出要见一见小武。见到小武，上将伸出大拇指，连声称赞他的雕刻技术了不起，并敬了小武一杯酒。问小武能否和他现在的厨师对换 3 天为他做几顿饭？愿不愿留在乌克兰？没等小武回答，他又一脸正色地说："我愿拿 3 个士兵换他。"丁司令员笑答："我倒没意见，就怕他父母不同意。"叶热烈上将说："在乌克兰，一名将军是有权力给成绩突出的士兵晋衔的。能制作出这么精美艺术品的士兵，应该立即给他晋衔。我有没有权力给他晋衔？……"宴会结束后，他精心托着那盘"玉龙戏珠"带回家送给夫人和孩子，并幽默地说，一定会得到他们的飞吻。

编队停靠的希腊比雷埃夫斯港、乌克兰塞瓦斯托波尔港、葡萄牙里斯本港和法属帕皮提港，几十米外的闹市区，夜总会、歌舞场、酒吧比比皆是。我舰官兵不为所动，无一涉足。正规的工作生活秩序、每日的升降旗仪式、有序的离舰乘车外出，令外国安全官员和海军官兵交口称赞。

在巴西访问期间，巴西共产党员、联邦议员阿卢达在参加宴请时表示，中国的经验是世界人民的财富，希望从中国共产党身上学到如何进行社会主义现代化建设的经验。并希望进一步加强这种形式的交流，更好更多地了解中国、了解中国共产党、了解中国的舰队。

受雇于北约的葡萄牙安全官卡布斯先生和保罗先生负责外国军舰停靠码头期间的安全警卫工作。一开始，每当我们官兵持卡想使用他们那里的磁卡电话机，他们都微笑摇手谢绝。但在观察我们两天后，竟主动邀请我们去打电话。有天晚饭后，我和翻译万锋散步，从他们警卫室门前走过，他们主动邀请我俩到警卫室，拿出饮料、啤酒招待我们，又打开安全记录本，指着记录内容说，这些年来，我们两人为许多外国的军舰担负过安全保卫任务，仅去年就有 38 艘。这些国家的军舰来了总有人要惹麻烦，如坐出租车不付钱、酒后寻衅滋事、时常与门卫发生冲突、甚至打伤人住院等。而你们的官兵都很有礼貌，都很守纪律，希望你们再来。我们离港时，他们俩站在码头边一直向我们挥手，直到我们的舰艇驶出很远很远。在巴西福达莱萨港码头上摆摊卖贝壳的妇女，在我编队离港前，通过翻译对我们说："你们舰上的水兵每天早上坚持跑步锻炼、打扫码头卫生，我们的码头从来没有像现在这样干净过。"

碧波万顷秋点兵

环球航海的首要任务是军事外交。同时，作为军人的航行，这一路也是检验和锻炼部队的练兵行动。编队把恶劣环境作为历练精兵的舞台，全程进行战斗操演 300 余次，海上综合补给 10 多次，完成了全课目训练，达到了全员全训水平。航行一路，训练一路，研究一路，探索科学的管装用装方法，创造了重大故障"零"记录。大西洋上，编队还与北京海军总医院对 2 名高烧的战士成功进行了远程会诊，及时治愈。

环球首航也是对人民海军官兵素质的检验。土耳其阿克萨斯港是北约在地中海的一个重要军港。我编队抵达前，已有美、英、德等 8 个国家的舰艇在这儿停泊，只空出了一个泊位。在没有港口资料，没有拖船协助的情况下，"青岛"舰一次靠泊系缆成功，离我仅 15 米的意大利、葡萄牙、希腊和丹麦等国军舰官兵一致叫好。在访问乌克兰时，除了港口水深受限，航道狭窄弯曲以外，对方留出的泊位与我舰长度相差不多，而且前有俄罗斯军舰，后方停满了游艇和游船。能不能"突出重围"安全靠上码头，是对中国海军的一场考验。码头上前来迎接的我驻乌克兰大使李国邦和华人华侨、留学生代表们都为我们捏了把汗。舰长李玉杰沉着冷静，指挥口令准确利落，各部门密切协同，精心操作，在高难度中完成了"走钢丝"动作，战舰稳稳地靠上了码头，连乌方提供的备用拖船都没有使用，码头上顿时掌声四起。前来迎接的乌克兰海军副总司令瑟乔夫少将，一把握住李玉杰的手，钦佩地说："我当过 10 多年的舰长，见识过许多人的操舰技术，中国舰长是一流的、舰员是好样的!"

随编队出访的还有一架"直-9"型舰载机，在海洋深处，这架直升机不仅担负着"青岛"和"太仓"两舰之间的交通和联络，同时也要完成自身的训练课目。

在与法国海军联合演练中，双方均出动直升机。法方"海豚"频频做悬停、后退、大坡度转向等高难度动作。我方"直-9"也不示弱，你做什么动作，我随后来个比你难度更大的动作，并且完成得非常漂亮。对方在无线电里连连称道，好! 好! 这是"海豚"最高水平的较量。说起来，"直-9"还是"海豚"的晚辈，因为"直-9"是在法国"海豚"直升机基础上发展起来的机型，这次在联合演练中锋芒毕露，很有青出于蓝而胜于蓝的意味。

访问的征程并非一帆风顺。一路的困苦官兵们默默承受，肩负的使命让他们一往无前。其间，编队收到国际海事组织发来29份海盗通报。途经索马里海域的一天，编队正在进行反海盗训练。突然，有几艘小快艇飞速向"太仓"舰驶来，艇上的人全穿着黑色的衣服。待发现我们是军舰，很快便掉头逃窜。5月15日编队冒雨起航，到大公岛附近海域时，风更逞强、雨更肆虐了。风急浪高，一个大浪打上我所住舱室的舷窗后，听到丁零当啷一阵响声，桌子上的不锈钢喝水杯摔到了地下，连接杯盖和杯把的橡皮筋摔断了。我赶快弯下腰，推来一个木箱，把放在房间的摄像机抵住。刚一弯腰，船身猛地一个摇晃，书架上的一个小瓶子蹿出来冲上天花板后，又落到了地下，抽屉里的物品跳起了"迪斯科"，船体不知哪儿也发出咯吱声。到了中午，有几个同志晕船呕吐。"突来的狂风为我们送行，骤起的暴雨为我们伴航，舰艇的摇晃使我想起了儿时的摇床，偶尔的呕吐只不过是我们交的一点'公粮'。"舰上广播播出的这首小诗，道出了506名官兵的心声。在整个航程中，类似这样的恶劣天气经历了许多。编队在跨越印度洋时，原计划穿越一度半海峡。通过气象云图，发现马尔代夫群岛有一个热带低压，而且强度很大。按照一般规律，这个低压不会再南下，从它南部的一度半海峡通过应该是安全的。但通过远洋气象保障系统详细分析相关资料后，发现它可能南移。于是，丁司令员果断决策，改走赤道海峡。后来的事实证明，该低压逐步增强并南移，编队正是从低压的边缘通过的。在我们的身后不远，就形成了10米以上的狂浪区！

在三大洋上，我们7次成功地规避了大风浪区和强热带低压对航行安全构成的威胁。特别是在太平洋上，我们几乎是从大风浪的缝隙中钻过来的。对路上的艰难险阻，我们早有充分准备，立足最困难、最复杂的情况，制订各种方案预案60余项。

这一路上，最劳累的是编队指挥员丁一平将军，航行中大到方向决策、突发事件的处理、战术技术演练指挥，小到官兵生活质量、身体健康、思想政治工作、文化娱乐活动和对外交流，乃至素质养成、礼节礼貌、活动安排、登岸观光指标分配等等，无微不至。所到之处，既要接待来访，接受宴请，又要洽谈外事，交流切磋，马不停蹄，几乎很少休息。

环球航行，对部队的实战能力是一次扎扎实实的检验。"太仓号"补给舰，要为"青岛"舰补水、补油、补干货。补给的能力和受补能力，是检验海上持久作战的试金石。一路航行，一路补给。经过多次实际补给，越来越顺利，越来越得心应手。事实再一次证明，兵贵练，常备不懈，方能制胜。

风雨同舟情系航程

军舰被称为"流动的国土"，一艘军舰往往能体现一个国家的政治实力、经济实力、军事实力和科技水平，同时，也能反映一个民族的文化素质和精神风貌。

环球路上，思想政治工作始终伴随航行。编队先后举办了放飞和平鸽、抛掷漂流瓶、礼仪过赤道、牵手印度洋、情洒大西洋、拥抱太平洋等一系列主题活动。卫星通信及时传来国内的消息，"天天有播音，周周有舰报，经常有晚会"，丰富多彩的活动，激发了官兵的热情，使他们个个保持旺盛的斗志。除了随队的海军军乐团以外，舰上还组织了业余电声乐队，路上给战友们演出，登岸就给外国友人和华侨演出，思想政治工作往往通过这些文化活动"随风潜入夜，润物细无声"。

"八一"建军节这天，舰上广播传出了事先录制的部分官兵的亲人祝福。网络及时送来了国内最新消息。当十六大胜利闭幕，胡锦涛同志当选为党的总书记消息传来后，官兵们由衷地为我们党的事业继往开来而欢欣鼓舞。

值得一提的是，这次环球航行，我们的编队里还有 4 名海军女军官。她们是：新婚燕尔的护士周敏、文化干事郝坤、刚当上母亲不久的护士詹宪凤和正在热恋中的通信军官郭丹。"这是中国女兵对世界的亮相，这是新中国妇女对千古历史的亮相。"在中国几千年的封建传统中，女性本是被禁止出海的，更遑论乘船环球航行了。4 名海军女军官，环球航行，本身就说明那种封建禁锢的迷信思想在现代文明的浪潮冲击下一去不复返了，更说明了改革开放给中国人的思想观念带来了深刻的、本质的变化。她们克服了很多身体和生理上的障碍，同男性一样乘风破浪，甚至比男性军人付出的更多。除了完成本职业务，进行医疗保障，通信保障，她们还轮流担任舰上的播音员。她们甜美的声音，在日复一日的航行生活中，为官兵增添了许多温馨的慰藉。每到一地，她们更是编队的一道亮丽的风景。"一路航行，她们自编自演的节目把快乐的旋律洒向茫茫大洋。一路访问，她们把新中国的女兵形象镌刻在异国他乡"，成为海外华侨和外国友人、友军高度赞扬的话题。

编队航行在大西洋，在摇晃的军舰召开的一次临时党委会上，丁司令员宣读了海军司令员石云生、政委杨怀庆专门发来"祝贺丁一平、王登平军衔晋升"的电报。因为出航前没有想到我会在航行途中被授衔，没准备肩章。丁司令员佩戴上中将肩章后，把他的少将肩章庄重地递到我手中说，我戴着这副肩章走了环球航行的前一半航程，你戴上它走下一半航程，让我们506名官兵风雨同舟，努力工作，不负党和人民的重托。郝延斌、王凌、相龙华、刘心成、李鹏程等与会同志举起桌上茶杯，以茶代酒，向我们祝贺。这是我终生难忘的授衔仪式。

长途航行，在最初的新鲜过去之后，尽管开展了不少活动，但单调和枯燥的感觉也难以避免，特别是进入太平洋腹地之后，远离陆地，天上不见一只鸟，海面不见一根草。有些年轻官兵的情绪有些波动，离愁别绪，思乡情怀时隐时现地给工作带来一些障碍。在这样的情况下，经常性的思想工作、无微不至的情感和生活关怀、恰到好处的文化娱乐活动，就显得尤其重要。

各级领导干部率先垂范、以身作则，也是保证这次航行圆满成功的重要条件。506名官兵中间，多数人是头一次走出国门，首次航行全球。每到一个国家、一个港口，谁都想登岸看看异国风情。然而，我们是军人，我们有铁的纪律，同时也受条件限制，受对方接待能力制约，舰上还必须有人值班值更，有人维护保养舰船，有人准备补给。再说官兵们保持了良好的素养，顾全大局，克己为人。这实际上也从一个方面展示了我军思想政治工作的强大威力，检验了我军官兵一致的凝聚力。

一桩小事，可见一斑。编队配备有卫星电话，按规定指挥员可以使用。但据我所知，无人因私使用这部电话。每到一个港口，从将军到士兵，都到电话亭前排队打磁卡电话。因为卫星电话价格高。但是在航行的第 100 天，听说一位战士的孩子正好出生百日，编队领导破格批准他使用卫星电话，当听到孩子在电话里咿呀学语的声音，这位战士的眼睛湿润了。

还有一件小事。编队指挥员的舱房里安装有淋浴器，直接供应淡水。但是在 132 天的航行中，我只用这个淋浴器洗过一次澡，其余全部是用盆接水冲洗。"青岛"舰上的指挥员、官兵用水更加节约。省下来的淡水除了饮用，还用于保护装备。这次环球航行，我们许多时间在赤道附近行驶，高温、高湿、高盐，有时候温度达到四五十摄氏度，高温使海水的盐分蒸发，凝聚结晶，往往伸手往栏杆上一摸，满手都是盐粒。为了防止舰载装备在高温条件下发生意外，我们经常用土办法给装备降温，用湿被子蒙在舱面关键装备上。在这种情况下，淡水贵如油，谁都舍不得用淡水洗澡。

在航行中，我们最盼望的就是下雨。雨下得越大，大家就越高兴。有时候男同志积聚在一起，脱下衣服淋浴。黑乎乎的一片脊梁，在天海之间，欢腾跳跃，蔚为壮观。

风雨同舟，同舟共济，患难与共。环球航行的万里航程，官兵的灵魂受到了进一步洗礼和净化，思想境界得到了升华。战友之间，同事之间，上下级之间的友谊更加纯洁质朴。

一支英雄的军队背后，必然站立着一个伟大的民族。正是因为有了强大的后盾，我们才能跨洋渡海环球航行。站在 506 名官兵身后的，是伟大的祖国和 13 亿的人民！富国方可强兵！

访问期间，时任我驻新加坡大使张九恒、埃及大使刘晓明、土耳其大使姚匡乙、乌克兰大使李国邦、希腊大使甄建国、葡萄牙大使陆伯源、巴西大使万永祥、厄瓜多尔大使刘峻岫、秘鲁大使麦国彦、法国大使吴健民都亲率有关人员前往码头迎接，进行周到安排。

这里有一组数据：出访官兵中有 9 人推迟婚期；有 13 人刚刚结婚就告别新婚的妻子；有 6 人在远航中做了父亲；有 56 人的亲属生病住院；有 9 名官兵亲人不幸病故。

编队起航前一天，士官何云的儿子问世，环球百天，儿子百日，为了纪念这次特殊的航程，他给儿子起名叫"伟航"，意为"伟大的航程"。

护士詹宪凤的女儿刚刚 1 岁，编队到达第一站新加坡时，她给家里打电话，女儿拿着电话，足足几分钟一句话也没说，她多想听听女儿的声音，哪怕是一句哭声。对着无言的话筒，她的泪水止不住地流了下来。一个月后，当她在埃及给女儿打电话时，女儿已经能叫妈妈了。女儿的一声"妈妈"叫得她泣不成声。爱人在电话中告诉她，这一个月里，家人一直在教女儿说"妈妈"，现在，女儿只要一听到电话铃响，就会主动跑来接，一听到是女同志的声音就喊"妈妈"。

战士金鹏出访途中，姥姥、奶奶相继病故。为了不影响他的航行，家里一直瞒着他，直到返航回到青岛，前来迎接的母亲一把将他搂在怀里，哭着告诉了他。金鹏眼含热泪，在码头上，对着两位老人安息的方向，深深地鞠了 3 个躬。茫茫海天，见证了军人对祖国大写的忠诚。

"劈波斩浪远航去，跨海渡洋凯旋归"。132 天，披星戴月，风雨兼程，我们终于完成了中央军委赋予我们的环球航行访问任务。

编队 2002 年 5 月 15 日从青岛港起航，先后通过苏伊士、巴拿马两大运河，横跨印度洋、大西洋、太平洋三大洋，远涉五大洲，六次穿越赤道，对新加坡、埃及、土耳其、乌克兰、希腊、葡萄牙、巴西、厄瓜多尔、秘鲁、法属帕皮提十国十港进行了友好访问。航经了 15 个水道，22 个海峡海湾，45 个群岛，横跨 68 个纬度，填补了中国海军在世界环球航行史上的空白。以"展民族形象、扬国威军威、促和平友谊、创环球壮举"的实际行动，宣传了我国改革开放的大好形势，促进了我军同外军同行的相互交流和了解，鼓舞了广大海外同胞促进祖国统一的信心，展示了我军威武文明之师的良好形象，圆了中华民族的千年梦想。

我当"蓝军司令"

王聚生

王聚生（1941——　　），河南偃师人，1961 年入伍。曾任师教导队副队长，科长，团参谋长，军教导队副队长，团长、师长、副军长，安徽省军区副司令员兼参谋长，少将军衔。

我认识到"蓝军"的重要性还是缘于一次激烈的争吵。那是 1972 年 9 月在信阳境内的一次营进攻演习，我作为"蓝军"的指挥员带领一个连据守阵地，信号弹发射升空后，"红军"一拥而上就向阵地冲了过来，冲到我们面前就让我们拔旗子，连最起码的战术动作都没有。我想，这分明没有把"蓝军"放到眼里，真正战场上的敌人哪有这么好欺负！心想这哪里是在对抗演习，就连演戏也不像呀！我十分生气，坚决不拔旗子。军务科长跑过来要求我拔旗，他说按照演习计划几时几分"蓝军"的旗子必须要倒下。我据理力争，我们俩为此争吵起来。我们的争吵引起了各级首长的重视，并开始重新审视"蓝军"的作用，使"蓝军"有更多的自由发挥空间。这件事使我对"蓝军"研究的兴趣越来越浓厚。

在接下来的几年中，我作为"蓝军"指挥员能够发挥出很大的能动性，也给对手制造了许多的麻烦，这在一定程度上起到了锻炼"红军"的目的。最典型的对抗战例当数 1976 年南京军区组织的东海一号演习，课题是研究敌军的防御作战特点，阵地都是围绕敌军阵地特点进行构造，驻地战地化，阵地堡垒化，工事地下化，障碍也全都是按照实战设置。我带领一个营的官兵用了 6 个月的时间才完成阵地设置。这次对抗的效果不错，为"红军"制造了不少麻烦，这也成了我的"代表作"。但这并没有从根本上改变"蓝军"必败、"红军"必胜的根本做法，"蓝军"在对抗中所起的作用也是有局限性的。让人感到欣慰的是，随着全党开展关于真理标准的讨论，随着党的十一届三中全会的召开，改革开放的春风涤荡着"左"的思想束缚，"红军"必胜、"蓝军"必败的训练模式被打破，我这个"蓝军司令"才真正有了用武之地。

思想得到了解放，劲头就更足了。为了能打胜仗，我积极做着准备，研究对手的战术，想方设法让"蓝军"变得强大。我想只有这样才能真正达到锻炼"红军"的目的，才能真正成为"红军"的"磨刀石"。为了当好"蓝军"指挥员，我先从研究军事理论做起，主要研究对象是设想敌方的战术特点、武器装备现状和战斗原则。对他们的长处和弱点也要了如指掌，否则就扮不像、演不活。我把收集来的资料进行了认真的研究，并写出心得。在当"蓝军"指挥官的 10 年里，我积累的学习资料装满了 6 大箱。我把这些资料分门别类地装订成册子，为便于查阅还备上了索引。几十年过去了，搬家就有十几次，但这些资料我一直当作"宝贝"，至今一页也不少。

"蓝军"的存在虽然在训练中有一定的意义，但再逼真的演练和实战也有一定的差距，作为"蓝军"指挥员要想方设法按实战要求去对抗，这样才能缩短与实战的距离。所以我不仅研究战术，也研究对手的性格特点和生活爱好，这样有利于抓住对方性格上的弱点，抓住这些看似无关紧要的小节寻找战机，克敌制胜，这就逼着对手不仅要提高战术水平，还要克服自身的弱点。军教导队一名战术教员是协助我组织演习的，在他当连长时，曾多次与我交锋过，我们两人对对方十分了解。有一次对抗演习，他根据战术原则和以往演习的通常做法，制订几种方案，并推敲再三。他说：你王聚生纵有千条妙计，反正我都能对付。他踌躇满志地上了演习场，命令一排主攻、二排助攻、三排作预备队随一排跟进。战斗发起，一排攻上了我前沿，却钻进了我设下的"口袋"，两边的装甲车、正面的坦克一齐开火，一排当了"饺子馅"。这时，二排又进攻受挫。他沉不住气了，命令三排在一排后加入战斗，结果重蹈一排覆辙，不得不败下阵来。这次我胜利的原因正是利用了他性子急的特点。

当"蓝军"指挥员是出力不讨好的工作，吃苦受累不必说，得罪人也是常有的事，有时甚至要和与自己成长进步攸关的上级搞对抗，其压力也是很大的。有时候真想转行当"红军"算了，几次向领导汇报自己的想法，都被挡了回来，说我生来就是当"蓝军"的料，其他人不合适。后来想想也有道理，都是为了部队建设，哪一行都得有人干。没有了私心杂念，在对抗中不管对手是谁，我绝对不会手下留情，总是拼得死去活来。但演习对抗后，我们又是亲密的战友，像兄弟一样相处。不少人在"战场"上恨我，下了"战场"又和好如初。要做到这些，必须抱定一切为了军队、一切为了国家的信念，这样当起"蓝军"指挥员来才不会畏首畏尾。在我手下吃过几次败仗的"红军"指挥员，走上不同的领导岗位后还念念不忘在对抗中得到的锻炼。

改革开放前也有人称我"蓝军司令""蓝军教头"的，但我不愿意接受，毕竟在"左"的思想还盛行的年代，我知道这些冠名意味着什么。直到20世纪80年代初，解放军报社江永红、钱钢等新闻界的同志连续报道了我的事迹，"蓝军司令"这个名号一下子在全军叫响了。我的事迹在全军宣传开后，也迅速掀起了一股"蓝军司令"热，给当时的军事训练领域注入了新的活力，对后来的"蓝军"模拟部队建设、合同战术训练基地建设等训练改革产生了积极和深远的影响。虽然成了典型人物，我知道这是我军恢复实事求是的思想路线带来的结果，是军事变革的需要，我只有加倍努力才能无愧于这一称谓。

随着改革开放的深入，解放思想也渗透到各项工作中。我作为"蓝军"指挥员，也要把解放思想体现在对抗中，以此来提醒对手，抱守陈旧是注定要失败的。比如有一次和一个营搞"加强步兵营对坚固阵地防御之敌进攻"的演习。战争年代，进攻是这个营的拿手戏，夜间战斗有一套。这次，营长决定来个夜间奇袭，以长击短。当时我扮演"蓝军"连长，为了迷惑"红军"，我认真研究了对手的作战原则和特点，并按照这些原则和特点，在主阵地前设置了警戒阵地、假阵地，派了设伏坦克。结果，"红军"营长把警戒阵地误认为主阵地，使用主力发起攻击。我又实施照明，显示纵深炮火袭击，使"红军"撒开了拨拉不了。为什么这个营擅长的夜战碰了钉子呢？这是因为对手变了。这时候我指挥的"蓝军"装备了夜视器材，而当时我们大多数部队还没有装备，在装备上"红军"与"蓝军"相比，是"夜盲眼"对"夜视眼"。如果不加强现代战争条件下的夜间训练，夜战就不是这个部队的长处而是短处。过去一些擅长的东西，现在需要很好研究；过去一些拿手的硬功夫，也需要发展、完善。说到底就一句话：思想要解放，观念要转变。

"蓝军司令"作为改革开放的新生事物，也引起不少人的好奇。自从我在全军出名后，有找我探讨"蓝军"指挥员经验的，有找我询问"蓝军司令"在训练中的意义的。当时的南京军区向守志司令员和军区机关的同志来部队调查研究时，专门与我进行了座谈。向司令询问我为何能把"蓝军司令"演得如此逼真？我说："扮演'蓝军'不能当熊猫，要当老虎。我们不能把自己的胜利寄托在敌人的软弱和愚蠢上。无论是装备的机动性，还是官兵训练和战术手段，敌军还是有许多招数的，我们要把敌军的招数想全、想细，这样才能把部队训得更强。"向司令员也十分欣赏我扮演"蓝军司令"的做法。

"蓝军司令"的出现在训练中是思想解放的标志，在训练中的意义有目共睹。首先是对部队训练作风带来了一个很大的转变。把对手模拟得像、模拟得强，红蓝双方对抗逼真，仗怎么打，兵就怎么练，训为战而不是训为看，克服了训练演习中的形式主义和走过场、摆花架子的现象，使部队训练更加逼真，更加符合实战。再就是提高了部队训练质量和实战能力，通过"蓝军"与"红军"唱"对手戏"，改变了以往演习中"蓝军"作陪衬、当木偶的情况，充分调动和激发了指挥员的主观能动性，逼着红蓝双方比高低、比真本领，促使部队充分发挥诸军兵种的整体威力，形成强有力的打击"拳头"，去赢得战斗的胜利，从而极大地激发了练兵的动力，提高了训练质量。再者就是锻炼和提高最大的是各级指挥员。各级"蓝军"成为锻炼"红军"的"磨刀石"，引导指挥员更加自觉地把眼光盯着实践、盯着对手去练兵，逼着指挥员针对战场复杂多变的情况，探索把握战争客观规律，争取战场主动权；逼着指挥员深入研究敌军，努力知己知彼，与狡诈多变的"蓝军司令"斗智斗勇，在应对多种难局、危局和败局中，提高灵活处置复杂多变的战场情况的能力。

转眼改革开放已有 30 周年，随着国家经济的快速发展和国防实力的不断增强，以机械化、信息化为主的新军事变革深入发展，新装备、新战法层出不穷，部队的训练模式也发生了很大的变化，"红蓝军"对抗的胜负已成为一种常态。相信经过多年的人才培养和储备，新一代高素质指挥员一定能够打赢未来的现代化战争。

百万大裁军

邢智勇

> 邢智勇（1928—2011），山东荣成人，1945年入伍。解放战争时期，在胶东军区东海军分区学习测绘，1949年2月起任步兵第八十师司令部书记、统计干事。新中国成立后曾任原总参谋部军务部副处长、处长，原总参谋部军务部副部长、部长，少将军衔。

20世纪80年代百万大裁军是党中央、中央军委全面推进军队改革的一项重大战略决策，是军队实施跨越式发展的一个伟大创举，不仅有力地推动了世界和平与国家振兴，而且使人民军队在精兵、合成和效能上提升到了一个崭新水平。

新中国成立时，人民解放军的总员额是×××万。为恢复国民经济，1950年，毛泽东主席和周恩来总理发布了人民解放军复员×××万的命令。然而，因抗美援朝战争爆发，裁军计划被迫中断。20世纪60年代，为应对当时比较严峻的安全环境，解放军逐步扩大军队规模，到70年代，军队总员额已增加到×××万，成为世界上最庞大的军队。

从 1975 至 1984 的 10 年间，中央军委对于"消肿"问题研究了数十次。在此期间虽然进行过几次精简调整，但那时的军队总规模依旧让国家不堪重负。至 1985 年，人民解放军军费仅占同年美军军费的 2%，不及前苏联军费的零头，而人民解放军的员额却是美军的两倍，与苏军持平。

军委主席邓小平深刻分析国际形势，认为在较长时间内不会发生大规模世界战争，决定把国防和军队建设的指导思想从立足于早打、大打、打核战争的临战状态转到和平建设的轨道上来。他认为中国军队并不是"肿"在作战部队和基层连队上，而是"肿"在各级领率机关和庞大的机构设置上。有的军区仅副职领导就有十几名，机关还有一些团职保密员、营职打字员，干部结构很不合理。像徐州这样一个驻军较多的中等城市，星期天、节假日满大街都是穿军装的。显然，军队的"消肿"已迫在眉睫。

军队体制改革、减少员额的研究论证工作从 1984 年 2 月开始启动。当时，我是分管体制编制工作的副部长。根据总参首长的指示，我们在老部长邢永宁同志的领导下，对军队如何改革初步拟制了三种方案。同年 11 月，军委主席邓小平审阅之后，认为这三种方案的拟制还是有些保守，思想上没有完全放开。最后，他在军委扩大会议上伸出一根指头——做出了人民解放军裁减员额 100 万的重大决定。

1984 年 11 月，我带着业务处的同志开始着手起草《军队体制改革精简整编方案》。1985 年 3 月，中央军委专门召开常委会进行了认真研究。会上，军委首长听取了邢永宁部长所做的工作汇报，并当场对军务部所做的工作给予了充分肯定。该《方案》经军委常务会议审议后，提交于 5 月 23 日至 6 月 6 日的中央军委扩大会讨论通过。

1985 年 6 月 10 日，新华社向全世界宣布：我国政府决定裁军 100 万。这一重大消息犹如巨石投入平静的湖水，掀起了滔天巨浪，不仅在国内引起了强烈反响，而且还引来了全世界震惊的目光。1985 年 7 月 11 日，中共中央、国务院、中央军委正式下发《军队体制改革精简整编方案》，标志着中国人民解放军百万大裁军的序幕全面拉开。

1985 年 7 月 22 日，我被提升为总参军务部部长。我觉得在我的任期内做这么一项重大而又有影响的工作非常有意义。为高标准高质量地完成党中央、中央军委和总参首长交给的这个光荣而又艰巨的重大任务，我组织同志们反复学习邓小平同志关于军队建设的一系列重要论述，全面回顾总结建国以来军队历次精简整编的成功经验和失败教训，认真分析研究外军的有益做法，广泛听取各方面的意见，会同有关部门到部队进行认真的调研与座谈。

《军队体制改革精简整编方案》的组织实施包括五个方面内容：一是压缩规模，裁减军队总员额。二是撤并机构，合并整编大军区。三是调整编组，陆军部队撤销一些军部和步兵师，保留的军整编为集团军。四是县、市人武部实行地方和军队双重领导。五是减少干部数量，部分干部职务改由士兵担任。

当然，一项重大改革的推进与实施，并不是一帆风顺的，难免会遇到一些大大小小的困难。记得在撤销陆军第××军时，我们采取事先吹风的方式，向该部透露了部队撤销的消息。广大官兵得知后心里很难接受，觉得这支部队曾参加过著名的辽沈战役，特别是在"四战四平"和"死保临江"战役中，还担负过主攻任务，为新中国的建立立下过汗马功劳，许多老首长都在该部担任过主要领导。由于宣传舆论工作做得及时到位，后来真正宣布撤销部队命令的时候，广大官兵还是保持了工作上的高姿态，能够积极发扬风格，服从改革大局。

海军体制编制调整主要是改革舰队体制，将舰队改为精干的领导指挥机构，不再担负部队的后勤和技术保障任务；调整基地职能，在担负领导管理近海防御力量的基础上，负责辖区内所有部队的后勤、技术保障任务；减少领导指挥机构，撤销部分水警区；充实航空兵团的飞机数量，将截击机编入歼击团，撤销截击机大队。

空军体制编制调整，主要是根据大军区的调整，相应调整合并军区空军机关；根据作战任务和所辖部队的数量，调整军部的设置，将部分军部改为精干的指挥所；充实航空兵团的飞机数量，减少师、团机构；实行高炮与地空导弹部队混合编组，由师—团—营体制改为师—团—营和旅—营两种体制。

第二炮兵主要是精简机关直属单位，裁减工程建筑部队，加强了以发射分队为主体的合成配套，建立了比较完善的作战体系。

通过对大军区和各军兵种的调整合并，军队非常顺利地完成了百万大裁减的工作任务，干战比例有了明显改善；总部机关、大军区机关和军兵种机关分别精简四分之一到二分之一；陆军军整编合成为集团军，部队突击力、机动作战和保障能力有了较大提高；全军院校作了大幅度精简。通过减少建制单位、撤并机构、减少副职领导干部，将全军××种干部职务改为士兵担任等措施，共减少干部××万人。

这次具有战略意义的百万大裁军，使我军减少了大军区数量，精简了机关和直属单位；增加了军区所辖部队的数量，充实了军区的作战力量；加大了战役纵深，提高了军区独立作战能力。精简整编后的人民解放军正以崭新的面貌，逐步地、有效地向机构精干、指挥灵便、装备精良、训练有素、反应快速、效率高、战斗力强，具有中国特色的现代化、正规化的革命军队迈进。

当时，军内外许多同志担心军队裁减100万会削弱战斗力，在国际上降低自己的威信与地位。如今，通过20多年的实践检验，邓小平同志决策实施的百万大裁军不但没有削弱部队的战斗力，反而进一步推动了人民军队的改革与创新。我想，人民军队如果没有当年的"消肿瘦身"，就没有今天的腾飞。

一位烈士和他的妻子

朱增泉

朱增泉（1939—　　），江苏无锡人，曾任军政治部主任、军政委、原总装备部副政委。著有诗歌散文等作品多种。中将军衔。

今夜，我外出归来，回到战区那间临时木板房里，桌上照例已堆放着许多干部战士从前沿阵地寄给我的信件。我忘却了长途驱车的疲倦，细心地、急迫地一封封读着，急于捕捉来自一线猫耳洞内的每一丝声息，每一滴汗味；倾听前沿阵地上的每一声爆炸，每一声壮喝，生死线上官兵们心脏的每一次搏动。

我忽然读到了一封非同往常的信件，心头为之一动。信是从朱厚良烈士牺牲的阵地寄来的。他的战友们在信中告诉我，朱厚良烈士的爱人胡正英，在中秋节那天，从四川寄来了一封信，随信附来一首她深深怀念阵亡丈夫的诗，请他们务必将这首诗在厚良牺牲的阵地上读一下。他们照办了。

胡正英同志的这首诗，不仅是写给阵亡丈夫的，也是写给所有同朱厚良并肩战斗过、现在仍然在继续战斗的战友们的，甚至是写给我们所有人看的，因为她在诗中表达了一个崇高的主题——为了和平的太阳不落。

　　胡正英同志，我虽然不认识你，但我却看到了，感受到了你天空一样的胸怀，海洋一样的深情。我要深深感谢你、崇敬你。我曾经许多次向后方来的慰问团、新闻记者和我所接触到的各种关心前线将士的善良人们，介绍过朱厚良烈士的事迹，介绍过你——一位当代中国军人妻子承受的重负，你以你的举动展示了天空一样的胸怀，你对丈夫、对前线战士海洋一样的深情。我的介绍——不，你们夫妻俩感人肺腑的事迹，曾把所有听介绍的人的心都打动过，我听到他们的唏嘘抽泣，有的人失声落泪。但是，今天，却是你的这首诗，把我这硬心肠带兵人的心打动了，我含泪读完了你这首深情的诗。你不是诗人，但你写出了诗人写不出的诗。

　　朱厚良，多么好的指导员啊！我想说，他是世界上最懂得爱的人。他对他的爱妻是那么钟情，参战前，他曾经像护卫一位女神似的护卫着他的爱妻，到北京去找最好的医院为她治眼疾。他深深地爱着他年迈多病的双亲和他那刚会走路就染上了慢性肝炎的小女儿。他也爱他那个从小得了癫痫病不能料理自己生活的亲哥哥，由他背账，为哥哥找了一个人……因为他要上前线了，他要竭尽全力把深深的爱注满这个家庭，把家中的一切都安排好。

　　他来到前线，又以父母之心、兄长之情，把心中深深的爱全部倾注到全连每一个战士身上。上阵地前，我曾到过他的连队，见到过他和他的战士们。当时刚刚下过几天雨，满地烂泥，他们的张团长领着我，踏着战区临时板房间的烂泥路，从这一间走到那一间，看望战士们。来到八连，朱厚良和他的战友热情地围着我们。我们挤在一起照过一张合影，战士们都争着往中间挤，我只注意了周围这些即将走上前沿阵地去浴血奋战的战士们，反倒没有更多注意他们的指导员朱厚良。他们上阵地的时候，我又到靠近前沿的山路旁去送他们，战士们曾经在那里停下来吃干粮，我现在已想不起来那次是否见到过朱厚良。因为他太朴实了，很难从战士群中一眼看出他来。

　　他带着一群无畏的战士走上火线去。出发前，有48名战士把血写的誓言交到他手里，坚决要求把他们分配到靠敌人最近、最危险、最艰苦的哨位上去。朱厚良深深感到，这样的战士最值得爱的。上阵地不几天，他冒着随时可能被敌人子弹击倒，或被敌人的炮弹炸飞的危险，走遍了全连每一个战斗哨位，有一名新战士刚上哨位时，夜里站岗有些紧张，朱厚良一连陪他站了五夜岗。那位新战士含着泪对他说："指导员，你走吧，我不怕了。"有一个最靠前的哨位，敌人夜夜来偷袭。朱厚良每时每刻挂念着那个哨位上的几名战士。白天情况少一些，他在连指挥所值班，把连长替下去让他休息，晚上他就上了那个哨位，和战士们一起观察敌情，以静制动，三个晚上歼灭 7 名来犯之敌，使那里的防御稳定了。

前沿阵地上的战士们天天啃压缩饼干，虽然也有肉罐头送上去，但谁见了都不想吃。战士们多想吃到一口碧绿鲜嫩的蔬菜啊！虽然战士们谁也没有把这个想法说出口，朱厚良却知道了。他对连部几名战士下了命令：后面送上来的蔬菜，把摔烂了的、捂黄了的菜帮子留在连部，菜心子一律送到一线去。"同志们在前面太苦了"，他说。他身边的几名战士，天天和他在一起吃黄菜帮子下面条，他们都是含着泪在吞咽，但谁也不敢对他们深敬深爱的指导员看一眼。他们都知道，指导员一身都是病：风湿关节炎、坐骨神经痛、肩周炎、胃痛，身上到处贴着伤湿止痛膏。他身边的战士都担心他这么苛刻自己，长期在阴暗潮湿的猫耳洞里会顶不住的。

他远在四川的爱人胡正英，又何尝不时时刻刻把心贴在他胸口上。她一次次给他寄来麦乳精、糖果小食品。他拆开，一件件看过，拿起来闻着，终于放下，转过身来下令："都送到前面哨位去，同志们在前面太苦了。"又补充一句："告诉同志们，是后方人民寄来的慰问品，不能给后方人民丢脸。"不久，阵地上热得不行了。战士们晚上战斗，白天抢修工事，出大汗，水贵如血。团长、政委下了命令："到后面买西瓜，往上送！"西瓜分到八连，朱厚良下令："全部送到前沿！"通信员周军"偷"了一个，想留给连长、指导员吃，副团长突然来到，小周心里一慌，西瓜掉在地上。朱厚良捡起一块比较完整的，请副团长吃，又拿吃饭的小勺子，把撒在地上的西瓜瓤一勺勺舀在饭盒里。副团长走后，他拿起那大半饭盒瓜瓤，把几个战士叫到身边，说："你们很辛苦，但前面哨位上的战友们更辛苦。西瓜都送到前面去了，没给你们留一个，对不起你们，今天我们每人尝一口吧……"

正当战斗打得紧张的那几天，三班长耿广合父亲病故。朱厚良知道小耿家里本来困难就不少，把当月留下的 20 元买烟钱给小耿家寄了去，还写去一封安慰信。阵地上好多战友知道了，一个个往一起凑钱，给耿班长家寄去。耿广合在哨位上迎着朱厚良，拉住了他的手，想说一句感激的话或是表决心的话："指导员，我……"他流着泪，说不出来。最后说了句："指导员，您保重！"转身上哨去了。

5 月 31 日，朱厚良和连长来到前沿哨位上，看望战士，检查工事。敌人突然炮击了。"快进洞！"朱厚良反应快，连喊带推，把连长和三名战士推进洞内，他用身子堵住洞口。平时仅供两人战斗、生存的小洞子，怎么也容不下五个人。连长拖他，要换他进去。他大吼："你是连长，你出了事谁指挥！"几个战士使劲推他："让我们出去，你进来！你进来！"他骂："嚷什么，谁也不准动！"敌人的两发炮弹就在洞口爆炸，朱厚良倒下了！洞里的四个人安然无恙，他们一拥而出，抱起指导员，拼命喊他，摇他，但再也听不到他的回答。

朱厚良牺牲的消息传遍阵地，全连为之恸哭。他的遗体从阵地上抬下来，八连的和不是八连的战士们，都跟上来为他送行，无意中形成了一支浑身泥血、满脸是泪的送葬队伍。战士们将他安放到一条小溪边，为他清洗，他一身挡住了敌人 200 多块罪恶的弹片。战士们又哭起来，被他的鲜血染红的溪水，载着他的忠魂向远处呜咽流去……

部队还没有来得及通知，胡正英从《人民日报》上看到朱厚良壮烈牺牲的消息，当即昏死了过去。周围的人们突然发现了他们身边存在着这么一位当代中国军人的年轻的妻子。人们开始认识胡正英，了解胡正英，逐渐知道了胡正英心灵上经历的一切。战争是要死人的。对于这一点，朱厚良是有充分精神准备的。部队上阵地前夕，他带领全连开过誓师会后，悄悄把团政治处主任张君堂叫到一边，请他为自己单独照一张相。在一间十分简陋的板房里，墙上挂好了中国共产党党旗，朱厚良紧握拳头，举手向党宣誓。张君堂为他"秘密"摄下了他这一生中最后的、也是最庄重、最辉煌的一瞬。

朱厚良牺牲后没有多少天，在他刚刚离去的前沿阵地上，就收到了胡正英同志从四川寄来的信件和包裹。不过，她这一次写的已不是"朱厚良收"，收信人和收件人是朱厚良生前战友的名字。她在信里说，你们失去了一位好指导员，我失去了一位好丈夫，我的孩子失去了一位好爸爸。她还说，厚良生前在给我的信中交待了两件事。一件是让我买些防暑的药品寄去，他说战士们在猫耳洞里太热了。怪我没有抓紧，现在遵照他的嘱咐，我寄给你们。第二件事，他说他太忙了，让我帮他做些工作，给你们在后方的亲人们经常写些信，给他们一些安慰也好。

请你们把家庭地址都告诉我吧，我要遵照他的嘱咐给你们的亲人写信……胡正英已成为鼓舞前线战士英勇战斗的又一面旗帜。

中秋前夜，胡正英又写下了深切悼念阵亡丈夫的诗寄往前线。她在诗中写道：

> 是军人的妻子哪能没想过
> 在这感情的天平上
> 我们选择了祖国
> 为了和平的太阳不落……

多好的诗啊！这是只有像她这样有文化知识和高尚情操的军人妻子才能写出来的诗。朱厚良和她本身就是一首诗，一首深沉的诗，一首壮美的诗！

（1987年11月3日）

爱祖国是走向革命的重要思想基础（外二篇）

华　楠

华楠（1921—2015），山东乳山人，1937年入陕北公学学习。同年加入中国共产党。曾任第三野战军第九兵团政治部宣传部长、原总政治部副秘书长、解放军报社总编辑、社长、原总政治部副主任。1964年晋升少将军衔。著有《征途随感》等。

1932年，是我接触社会、思考人生的起点。这一年，作为一个年仅11岁的少年，我停读了私塾，到山东省烟台市上学。此时，以"九一八"事变为发端，日本侵略者侵占了东北三省。国民党政府却奉行"攘外必先安内"的政策，放弃抵抗。政府腐败之风盛行，各派军阀连年混战，中国人民处在水深火热之中。身边发生的一些事情，给我尚带稚气的心灵造成强烈的震撼……

烟台当局的警察在自己同胞面前横行霸道、不可一世，在外国人面前却奴颜婢膝。他们对稍有违反交通规则的人力车夫，往往是举棍就打。有一次，警察在街上侮辱几名缠足女工，强行把她们的缠脚布挂在街头，引起公愤，被几百名女工和群众围住痛打。这些对同胞耀武扬威的警察在外国警察面前却点头哈腰、低三下四。我曾在海边看见外国警察肆意欺负中国警察，把他们的帽子扯下来，用警棍顶着晃来晃去，然后抛到海里，他们呆站在那里丝毫不敢动，任人耍弄，活像一只哈巴狗。有一次，军阀的篮球队和学生篮球队比赛，军阀球队输了球，竟把裁判捆起来用皮带抽打，极为蛮横。

洋人霸占了烟台海滨浴场，不让中国人进去。一次，我和几个同学去游泳，他们放出狼狗把我们追赶出来。风景优美的烟台山和东山，也被外国人强占，看着门外挂的禁止中国人通行、入内等牌子，一种被压迫的耻辱感涌上我的心头。我多次听到从东北逃回来的人痛斥日本占领东北后的种种暴行，泣诉当亡国奴的痛苦，更加激发起我对日本帝国主义的强烈仇恨。

1934 年，我进入志孚中学学习。当我第一次走进校门时，一幅很大的中国版图赫然呈现在眼前，上面画着一只蚕正在啃吃中国这片"桑叶"，东北三省已被吃掉。我在地图前沉思良久，热泪浸湿了我的眼眶。日本帝国主义的侵略暴行，国民党政府的腐败无能，让我感到无比愤慨。因此，更加坚定了我爱国、报国、雪耻的信念。

我聆听过爱国将领冯玉祥将军到育才学校和志孚中学的两次演讲。他愤怒痛斥日本的侵略罪行，严厉谴责蒋介石的不抵抗政策，号召人们不要做亡国奴，团结起来反抗日本的侵略。我听后受到很大的激励。

随着爱国热情的逐步提高，我较快地接受了革命进步思想，反压迫、雪国耻的信念更加坚定。我经常想，要反对外国的侵略，就必须革除弊政。志孚中学有一批爱国进步师生。其中刘宪曾老师是大革命时期入党的，在他的引导下，我参加了革命群众组织的"旭光读书会"（简称"读书会"），阅读进步书刊，跟进步教师学唱《毕业歌》《大路歌》《渔光曲》和《义勇军进行曲》等歌曲。我积极参加"河山话剧社"和推广"新文字"等活动，还参加了烟台学生联合游行，反对当局的腐朽统治。不久，我加入了党的外围组织"中华民族解放先锋队"（简称"民先"）。

回顾这一段经历，我深感爱国主义教育对于青少年的成长特别重要。

青少年的思想比较单纯，比较容易激发爱国热情，帮助他们树立热爱祖国的思想有基础、有条件。有了这样的思想基础，就容易接受马列主义理论，走上革命道路。但是，这并不是说爱国主义思想和革命思想会自发在青少年当中生成发展。由于所处的地位、经历，所接受的影响和努力程度不同，有的人感受深些，有的人感受浅些；有的人虽然也讲爱国救国，却没有找到科学理论，没有走上正确的道路。青少年时期是立身定向的关键时期，应因势利导，多教育多引导，促使他们茁壮成长。

可见，重视加强青少年的爱国主义思想教育，有着特别重要的意义。爱国主义思想在不同时期有着不同的时代要求。在新世纪新阶段，我们的青少年应该继承发扬革命传统，努力学习，拼搏进取，牢记历史，居安思危，为实现中华民族的伟大复兴而努力奋斗！

艰苦奋斗是成功的重要因素

1937 年 8 月，烟台党组织和"民先"安排我和党员同学王锡泽去延安学习。一路上我们克服了各种困难，用了十多天的时间才到达西安。同八路军办事处联系几次后，被安排到三原镇谈话考试，进行编队和短训，然后由四五名红军干部带队去延安。路上大家高唱革命歌曲，脚上磨出了血泡也无法放慢我们追求真理的步伐。10 月，终于到达了向往已久的革命圣地。巍巍宝塔山，清清延河水，这是我想象中最美好的地方，是我心目中最壮丽的革命画卷。踏上了这片土地，就意味着进入了一个新的世界、新的大家庭。

这里的环境是艰苦的，对每一个人都是严峻的考验。我以前在家里过着比较优越的生活，但在革命信念的激励下，在昂扬向上的氛围里，特别是在中央领导、学校各级领导和教员模范作用的感召下，一切艰难困苦都能够克服。毛主席等中央领导同志给我们讲课时身穿补丁衣服，语言朴实生动；学校各级领导和学员吃穿一样，打成一片；教员讲课后和学员一起座谈；著名教授何干之在冬天的晚上还到窑洞和我们一起讨论并耐心辅导，等等。我在陕北公学学习期间，天气非常寒冷，把手和脸都冻破了，可是照样出操上课，高唱革命歌曲。我们上课都是在露天，以膝为桌也感到很欣然，从未听到谁抱怨一句每天吃三顿小米饭，菜很少，油水更少。但在这个革命大家里，苦中觅甜也很乐观。在抗大学习期间，为了适应作战要求规定吃饭时间是 8 分钟，以后又缩短为 5 分钟，经常野外训练和紧急集合，站岗放哨，过着严格紧张的士兵生活。这对我是非常重要的学习和锻炼。

斗转星移，光阴荏苒。每当回想这段难忘的经历时，总是感慨万千，仿佛又回到了那个年代。我常想，在陕北公学和抗日军政大学学习期间，上了许多政治课、军事课，懂得了很多道理，增强了革命信念，其中使我感受最深的是艰苦奋斗的作风。这是最实际的日常养成教育。有了这方面的锻炼，民族觉悟才逐步上升到阶级觉悟，革命意志更加坚定。有了这种作风，就保证了学业的完成，到敌后战斗、工作、生活，对艰苦的环境也能自然适应。这种作风对我一生都起了极为重要的作用。

毛主席说过："没有坚定正确的政治方向，就不能激发艰苦奋斗的工作作风；没有艰苦奋斗的工作作风，也就不能执行坚定正确的政治方向。"还说过："根本的是我们要提倡艰苦奋斗，艰苦奋斗是我们的政治本色。"毛主席的话千真万确。他曾在抗大问几个青年学员，会不会吃小米，会不会打草鞋，会不会爬山，当得到肯定的回答后，他语重心长地说："会吃小米，会打草鞋，会爬山才算是抗大的学生。你们来参加革命，学马列主义，要懂得吃小米，爬大山，这就是革命，这就是马列主义。"

毛主席把艰苦奋斗提高到要不要革命，要不要搞马列主义的高度来对待，是很有针对性的。在那艰难困苦的岁月里，不是也有人因"生活关"而动摇过革命信念吗？

今天讲艰苦奋斗，并非因为我们还是发展中国家，而是因为这是我们的政治本色，是我们的优良传统，是我们的"传家宝"，即使到了共产主义社会也要讲。它可以凝聚人心，激励斗志，在奋斗中创新，在奋斗中前进。

1978 年，罗瑞卿同志和我谈到干部作风时说："艰苦奋斗有两个方面，一是体力方面，能够吃大苦、耐大劳，这是十分重要的；二是脑力方面，勤于思考，勇于战胜困难。这两个方面都很重要，互相联系，脑力带动体力。对于一个领导干部来说，更重要的是脑力方面的艰苦奋斗。"这段话意义非常深刻。

在长期的实践中，我深深地认识到，艰苦奋斗就是在革命信念的激励下苦干、实干，办任何事情都要这样。艰苦奋斗需要坚强的毅力，完成一项任务、开创一项事业都要苦干、实干，要有坚韧不拔的精神。打仗要取得胜利，就要付出鲜血和牺牲。不可能不费力气、不费脑筋就能出真正的成果。就是写好一篇文章也要艰苦奋斗，唐朝诗人卢延让曾有诗云："吟安一个字，捻断数茎须。"艰苦奋斗是取得各项成就的必由之路，是成才的必由之路，是胜利的必由之路。离开了艰苦奋斗，离开了勤奋，就谈不上事业的成功。

我们也要提倡巧干，用相对少的力气去取得相对多的成果。但实干和苦干是前提和基础。离开这个前提和基础，巧干就无从谈起。天赋的因素是有的，但是如果离开了刻苦实践，天赋就无从检验，也无从体现。归根到底，一项事业的成功，主要是靠艰苦奋斗。所谓聪明，也是来自勤奋。勤奋出才智，一分耕耘，一分收获。许多名人的成就，都是与他们的勤奋学习和艰苦奋斗密不可分的；运动员取得优异的成绩，是他们在为国争光的信念激励下，刻苦训练，一步一个脚印，靠艰苦奋斗取得的；科学家的科学发明和发现，也是靠无数次艰苦试验和探索才最终走向成功的。

当有人称伟大的发明家爱迪生是个"天才"时，他却说，"天才就是百分之一的灵感加上百分之九十九的汗水。"成功之路没有捷径，只能靠勤奋努力，靠艰苦奋斗。

内容最基本的就是队列训练，从立正稍息练起，以加强他们的纪律性。现在，很多行业也很重视对自己的员工进行队列训练，看来他们都懂得，随着纪律性的提高，带来的将是素质的提高和效率的提高。我们国家许多专业运动队，每逢大赛，尤其是参加国际大赛前，往往要进行军训，以加强纪律性，加强团队精神。经验证明，这是行之有效的。

读一本"无字天书"

1938年8月，我们在抗大的学习就要毕业了，终于可以奔赴抗日战场第一线，心情异常激动。

在毕业典礼上，毛主席亲临讲话，这是多么难得的机会呀！我认真聆听了毛主席的讲话，仔细地做着记录。记得毛主席说过这样一段话："你们毕业了，就要到敌后去了，你们出去打游击，要学习，读的是无字书，要读一本'无字天书'，看到什么就跟什么学。要向工人、农民学，向资本家、土豪劣绅学，向国民党军队学，向日本帝国主义学。要向山水、林木、花草和鸟兽学，还要向驴屎马粪学习。一切都是我们的先生。"

毛主席曾经讲过，对历史的沉淀和敌对势力要"取其精华，弃其糟粕"。我理解毛主席说的向国民党军队学习，向日本帝国主义学习，就是要我们在实践中学习一切有用的东西。"向驴屎马粪学习"，实际上是对在实际斗争中向各方面学习的一个生动比喻。毛主席常常用这种鲜活风趣的群众语言，揭示一个深刻的道理。他的这段话，其实是要求我们学习百家之长，并加以融会贯通，让自己的头脑丰富起来，思维敏捷起来。

可见，学习不能局限在学校里，不能停留在书本上，应在更广阔的天地、更实际的斗争中，向人民学习，向实践学习。从时间来看，学习是贯穿一生的；从空间来看，学习是无处不在的。我们要细心留意并注意挖掘吸收一切有益的东西，明白处处留心皆学问的道理，也就读好了无字书。身处新时代，社会在变革，知识更新速度不断加快，我们仅凭在学校和书本学的知识当然不能跟上时代的步伐，所以要做一个有心人，注意向一切值得学习的人和事学习，这样才能与时俱进，适应社会发展的要求。

1997 年 7 月 1 日：进驻香港

刘镇武

> 刘镇武（1945—　　），湖南南县人，1961年入伍。曾任原广州军区司令部军训部副部长，军参谋长，集团军副军长、军长，中国人民解放军驻香港部队司令员，原广州军区副司令员、司令员，副总参谋长，上将军衔。

1994 年 10 月 25 日，这是一个具有历史性意义的日子。

这天上午，中国人民解放军驻香港部队成立大会在深圳同乐营区隆重举行。8 时整，大会在雄壮的中国人民解放军进行曲中开幕。我作为驻香港部队首任司令员，代表驻香港部队全体官兵，庄严地从广州军区司令员李希林上将手中接过了一面鲜红的"八一"军旗。

驻港部队的组建和建设，得到了全党、全军、全国人民强有力的支持。驻港部队是一支陆、海、空三军合成的新型劲旅。驻港部队陆军部队的主体是由诞生在三湾改编时的红一团组建的，这支部队在中国革命战争中涌现出强渡大渡河的"十七勇士""狼牙山五壮士"和击毙日军"名将之花"阿部规秀中将的"功臣炮连"等著名的英雄人物、英模单位。驻香港部队海军部队也是一支具有辉煌历史荣誉的部队。"海上先锋艇""海上英雄艇"和战斗英雄麦贤得等海军著名英模单位和个人均出自这支英雄部队。驻香港部队空军部队曾为保卫祖国领空做出过卓越贡献，不但参加过保卫祖国领空的重大军事行动，还多次完成了导弹、卫星等军事科研保障的飞行任务。驻港部队的官兵是在全军范围内选调的，具有良好的政治、军事和文化素质。地方党委和政府、特别是深圳特区的人民群众，像当年支前一样，在人力、物力、财力和智力上全面支持驻港部队建设。全国人民包括港澳台同胞和海外侨胞，都用不同的方式关心驻港部队，各种慰问信和慰问电雪片般飞来。

驻港部队在党中央、江主席和中央军委的直接领导和关怀下茁壮成长。早在 1990 年 10 月 2 日，一份《关于组建驻香港部队的报告》就送到了中南海江泽民主席办公桌上。这天是中华人民共和国成立 41 周年国庆的第二天，又正值亚运会在北京举行。政务繁忙的江泽民主席认真地审阅了这份报告，写下了他对驻港部队的第一个批示：关键是进驻的部队政治上要特别过硬，事先要做过硬的思想工作。这一重要批示，为驻港部队建设指明了方向。1993 年初，驻港部队组建工作开始期间，江泽民主席对组建工作作了一系列批示，他特别关心驻港部队的兵员质量，强调这是一个十分重要的问题。一年后，以陆海空三军编成的驻港部队初具规模，各方面建设迈出了新的一步。这期间，江主席多次向军委领导同志谈道：中国人民解放军进驻香港，不同于全国解放时大军南下，不同于"好八连"进南京路，历史背景不一样。1997 年中国对香港恢复行使主权，是按"一国两制"的原则办事，香港是港人治港，对此驻港部队思想上要有充分认识。1995 年3 月，江主席在八届全国人大三次会议解放军代表团会议上讲话时，系统地提出了驻港部队的建设标准：驻港部队建设必须高标准，严要求，在政治思想、军事训练、作风纪律、管理教育等方面，都应该是一流的，一定要充分显示中国人民解放军是一支威武之师，文明之师。

我忘不了 1995 年 12 月 6 日这一天。下午 4 时 20 分，中共中央总书记、国家主席、中央军委主席江泽民，风尘仆仆地来到驻港部队视察。我陪江主席检阅陆海空三军仪仗队之后，又和政治委员熊自仁少将等一起陪同江主席来到步兵旅"大渡河连"。江主席见战士们正在写政治教育笔记，非常高兴地说："驻香港部队官兵文化水平要高，政治思想觉悟更要高。你们1997年要进香港，责任重大啊！"在连队，江主席坐在小凳子上，亲切地向战士们问寒问暖。随后，江主席来到炊事班，仔细询问了战士们的伙食情况。当天傍晚，江主席在部队礼堂前发表了重要讲话。他说，现在距对香港恢复行使主权只有500多天了。党和国家赋予你们的任务是很光荣的，也是很艰巨的。1997年7月1日，我们就要恢复对香港行使主权。到那时，中国人民解放军驻港部队就要庄严地履行驻守香港的使命。你们驻守香港之后，香港各界都会关注你们。你们一定要以实际行动做出好样子，在香港市民中树立威武之师、文明之师的形象。为进一步勉励驻港部队，江主席亲笔为驻港部队题词："保持人民军队本色，维护香港繁荣稳定"。在江主席亲临视察和江主席一系列批示、重要讲话、题词鼓励下，驻港部队的全面建设得到跨越式发展和进步。我们按照政治上要特别过硬的要求，狠抓部队的思想政治教育，力求在任何时候、任何情况下，都永葆我军的政治本色；我们按照高标准、严要求抓训练，强素质，做到一专多能，确保进港后能圆满履行防务职责；我们针对新的情况、新的任务，从严治军，严格管理，培养优良作风和铁的纪律；我们学法用法，依法驻军、依法履行防务；了解香港的风俗人情，全面锻炼部队的现代文明素质，努力树立威武文明之师的形象。

金戈铁马，猛士如云。强烈的责任感、使命感和凝聚力形成了驻港部队精神，涌现了一大批特别讲政治，高度重使命，严格守法纪，开拓创一流的先进集体和个人。其中，英雄"大渡河连"和模范指导员蔡云超等，就是驻港部队的突出代表。

1996年1月28日，中华人民共和国国务院、中华人民共和国中央军委庄严发布公告：驻香港特别行政区部队组建完成。

公告发表的第二天，我们迎来了300多名香港特别行政区筹委会委员、香港地区全国人大代表、政协委员、港事顾问的参观访问。参观团由国务院副总理兼外交部部长、香港特别行政区筹委会主任钱其琛带领。欢迎仪式上，我向参观团的代表们介绍了部队的光荣历史和教育训练情况。官兵们表演的侦察兵攀登、队列、刺杀、轻重机枪射击、对抗射击、多能射击、拳术团体操、战术演习等，赢得了一阵又一阵惊叹声和热烈掌声。在开放中，还特意安排了参观者与驻港官兵交谈，为了检验官兵的素质，有的用英文对话，有的用粤语对话，有的提问基本法、驻军法等与香港有关法律的内容，官兵们都给参观代表以满意的回答。香港特别行政区筹委会副主任委员安子介、霍英东、周南、王英凡、李福善、梁振英等贵宾，对部队精良的装备、过硬的军政素质、严谨的作风和严明的纪律给予高度评价，大部分香港媒体给予了客观公正的报道。

为进一步展示驻港部队威武文明之师的良好形象，5月12日，来自香港地区的广东省人大代表，以及各省市自治区政协委员共600多名知名人士，又一次参观访问了驻港部队。接着，5月14日，由新华社香港分社组织的600余名香港区事顾问，再一次参观访问了驻港部队。6月9日，又有700多名香港社会各界代表参观驻港部队。后面这3次开放活动，同样好评如潮，先后有100多名香港各界人士现场题词赞许："守法模范、文明标兵""威武之师、文明之师""仁义之师、文武全能""纪律严明、可亲可敬"……贵宾们的切身体验和现场观感，经过香港媒体的传播，在香港市民中引起了强烈的反响。

此时，距香港回归祖国的时间已不足一年了。驻港部队办公大楼里倒计时钟，每天都在提醒全体官兵：时间紧迫，时不我待。这个时期，各项准备工作都用分秒来计算，部队进行了一次又一次地全装满员的演练。军委、总部和广州军区高度重视驻港部队的临战准备，多次派工作组进行面对面的指导，并对驻港部队的教育训练和后勤装备保障等工作进行了全面的考核验收，驻港部队取得了优异的成绩。

1997年6月23日，新华社向全世界发布了这样一条消息：中英联合联络小组双方已就中国人民解放军驻港部队先头部队7月1日零时前进驻香港问题达成协议。中国人民解放军驻港部队先头部队总共509名军事人员和39台车辆，将于6月30日晚9时进入香港，分别进驻石岗军营、昂船洲军营、威尔士亲王军营和赤柱军营。

6月30日上午，中国人民解放军进驻香港欢送大会在深圳隆重举行。

中共中央政治局常委、中央军委副主席刘华清上将，代表党中央、中央军委热烈欢送即将起程的驻香港部队官兵；中央军委委员、总参谋长傅全有上将宣读了中华人民共和国中央军事委员会主席江泽民发布的《中国人民解放军驻香港部队进驻香港特别行政区命令》。欢送大会由广州军区政委史玉孝上将主持，广州军区司令员陶伯钧、广东省省长卢瑞华、深圳市市委书记厉有为、驻港部队政委熊自仁分别讲话。中共中央政治局委员、广东省省委书记谢非和来自解放军三总部、军委办公厅、海军、空军、广州军区、外交部、国务院港澳办、国务院新闻办、新华社香港分社、中英联合联络小组中方代表处、广东省和广州、深圳、汕头、珠海、惠州、东莞市的负责同志，以及驻港部队和深圳各界代表共 6000 多人出席了欢送大会。

当天晚上，中国人民解放军驻港部队由 509 人组成的先头部队，分乘 39 台小车、交通车、大卡车以及其他车辆，分四个梯队，经 2 号公路、7 号公路、西区海底隧道，分别进抵香港营区，其中进驻石岗军营 146 人，昂船洲军营 183 人，威尔斯亲王军营 78 人，赤柱军营 102 人。晚上 11 点 30 分，准时进驻完毕。此前，驻港部队已 3 次派出先遣人员。第一次派遣的时间是 4 月 21 日，共 40 名；第二次派遣的时间是 5 月 19 日，共 60 名；第三次派遣的时间是 5 月 30 日，共 96 名。至此，已是万事俱备，鼓角相闻。

在中华民族的翘首企盼中，举世瞩目的神圣时刻终于到来了——7 月 1 日零时，在香港会议展览中心新翼五楼大会堂，在英国国歌声中，降下了英国国旗和香港旗；在雄壮的中国国歌声中，中华人民共和国国旗升起来了！香港特别行政区区旗升起来了！

与此同时，我人民解放军驻香港部队的 14 个军营，在国歌声中也同时升起了五星红旗。驻香港部队军营的每一个哨位和每一处军事要地，哨兵全部就位！这标志着我驻香港部队正式接管了香港的防务。

7 月 1 日早上，北京时间 6 时整，随着指挥员"开进"的命令，进入待命集结地域、海域、空域的我驻港部队陆海空三军部队，东起沙头角，经文锦渡、皇岗口岸，西至蛇口妈湾，在长达几十公里的弧形国土和海域、空域上，陆续向香港迈进。

首先从陆路迈进香港的是英雄的步兵旅"大渡河连"官兵。首先从空中进入香港上空的，是驻港部队航空兵团的 6 架直升机。首先从海上进入香港的，是由驻港部队海军舰艇大队"771 号"导弹护卫艇率领的海上第一编队。从陆路文锦渡迈出历史性第一步的是"大渡河连"连长徐继涛。随着军乐队高奏《中国人民解放军进行曲》，"大渡河连"官兵迅速启动兵车，威武整齐地成一路纵队开进。步兵方队是第一梯队，右舵东风牌大卡车一辆接一辆，每辆车上，都由一名军官带队，乘坐一个排的兵力。每一个官兵都身穿 97 式夏常服，全副武装，一手握枪，一手扶着车栏。第二个、第三个梯队是驻港部队机关。车队里有指挥车、运兵车、通信车、警卫车。指挥车上装备有卫星通信装备，顶上旋转的天线，不时发出各项指令。第四梯队是装甲分队，有 21 辆装甲车，9 台汽车，共 229 名官兵。每一辆装甲车和其他兵车，都显示出一股锐不可当的力量和神圣不可侵犯的尊严。

与此同时，某步兵营从沙头角方向进入香港；航空兵团的直升机飞抵石岗军营；海军部队组成的两个海上编队进驻昂船洲海军基地。

在进驻香港的所有方向，部队都受到了香港同胞的热烈欢迎。从主路进驻的部队，一过文锦渡口岸，就受到新界一带群众的夹道欢迎。尤其是当队伍沿着二号公路行进至上水、芬岭路段时，数万同胞手持国旗、彩旗、鲜花，公路两侧欢声雷动。几百头醒狮起舞，上千面锣鼓共鸣。几十台花车缓缓与军车同行，一条几百米的长龙，伴随队伍飞跃欢腾。有的群众给战士们献花献彩带；有的群众给战士们送水、送鸡蛋，场面十分感人。6 时15 分，新界区群众向驻港部队赠送了写有"威武文明之师"的金匾。

7 月 1 日 9 时 30 分，各路部队全部准时、安全进驻完毕。官兵们一进入军营，马上走上各自的岗位。干部带班上哨，后勤人员安营扎寨，车马辎重全部进入指定位置。

香港开始了崭新的一天。

我与俄边防军交往的经历

李 衡

李衡（1943— ），辽宁鞍山人，1961年入伍。曾任黑龙江省军区参谋长、副司令员、司令员，少将军衔。

黑龙江省军区是边防省军区，与俄罗斯远东地区有3000多公里的边界线。从1990年任黑龙江省军区参谋长，到2003年在省军区司令员岗位上卸任，我作为省军区领导并负责外事工作，与俄罗斯的远东边防管理局（远东边防军区）、太平洋边防管理局（太平洋边防军区）进行了10余年的外交往来，历经了中俄关系"结束过去，开辟未来"的一个特殊时期。

一

我于1961年入伍，服役于某野战军。1969年珍宝岛自卫反击战打响时，我是作训参谋，奉命随参战部队昼夜兼程赶到前线，参加指挥所工作。1975年我被调入黑龙江省军区司令部，任作训处副处长、处长；后又调到接近中苏边境地区某守备部队，先后出任团长、师参谋长。1985年至1989年，在中苏关系呈现"解冻"态势的时候，我先后出任了与苏联毗邻的黑河军分区、牡丹江军分区司令员。1989 年戈尔巴乔夫访问中国，邓小平提出了"结束过去，开辟未来"的新的中苏关系发展方针。

1989 年 9 月 12 日，在中苏两国领导人北京会晤的第 4 个月，苏联远东边防军区司令布坚克少将以个人名义写给黑龙江省军区司令员邵昭一封信。信中，布坚克以祝贺中华人民共和国成立 40 周年为名，提出"远东边防军区与黑龙江省军区领导进行一次会晤，以协调边境地区的管理，将双方边防机关的关系做进一步发展"，就此布坚克提出"八点建议"。布坚克在信中明确声明此举是落实"苏联边防军人和全体苏联人民对苏联最高苏维埃主席、苏共总书记戈尔巴乔夫访问北京，实现苏中关系完全正常化，把两国边防部队及其机关之间的关系提高到一个新水平，把两国边境管理提高到一个新水平"。因为要上报请示，我们没有立即回复，但实际上既然两国关系已经进入"融雪"阶段，身在大环境中的军队，除了有所感受，也不自觉地介入了——在此前的边境贸易活动中，为两岸搭桥的便是我边防代表（后改称边界代表）。

实现关系正常化之前，中俄边境交往的所有管道都封闭了，唯有中俄双方边防代表为边境管理事务所进行的外交活动这一条管道畅通。1982 年苏共总书记勃列日涅夫在塔什干放出和缓信息。当年，去苏联会谈的我方边防代表便受到不同以往的礼遇——苏军边防代表主动提出与我方边防代表合影留念。时任黑河管段的边防代表苑和，在一江之隔的布拉戈维申斯克市会谈时，意外接到该市苏中友好协会主席致黑河中苏友好协会主席的一封信。此时此刻，苏方在信中表达了布拉戈维申斯克与黑河两市（地区）交流的美好意愿。我们分析起来，这一美好意愿，是有着多重含义的：表面看这是地方政府（阿穆尔州）对落实勃列日涅夫和平信息的响应；而深层次来看，布拉戈维申斯克市的经济发展需要与改革开放的黑河恢复中断多年的贸易往来。

十一届三中全会以来，黑河地方经济得到较大发展，但是毕竟地处祖国北部边陲，以农业为主的经济受到交通运输的制约。而处在一江之隔的布拉戈维申斯克市，工业较之黑河发达，但他们的农副业产品却十分短缺。双方都迫切希望打开邻居家封闭已久的边贸市场。于是我们的边防代表便根据形势的需要，经上级批准，充当起了两岸互换文件的"信使"。

终于，在1987年夏季的一天，中苏这两座边境城市成功地进行了第一笔交易。事过20余年，如今黑河已成为中俄贸易大型口岸，得益于边境贸易的黑河人民依然记得开放边境贸易的那段历史。人们把"第一笔交易"编为一段佳话，即"黑河的一船西瓜换回布拉戈维申斯克市一船化肥"，还说那是"解放军的运输船与苏联海军的运输船拉着西瓜与化肥在江中心交换的"。足见在中苏边境贸易的初期，我边防代表不但介入了，还发挥了重要的作用。

坚冰既然已经打破，苏联军方客人便一批批访问中国，访问哈尔滨。仅1990年，我作为黑龙江省军区参谋长，就陪同司令员在哈尔滨接待了来自苏联远东军区访问沈阳军区的代表团；参加过中国抗日战争的苏联红军老战士代表团。值得一提的是，这一年6月9日，那位曾致信黑龙江省军区司令员的远东边防军区司令布坚克将军又来"敲我们的门"了。布坚克将军随苏方一个地方代表团来到哈尔滨访问，提出拜会省军区司令员的要求。经上级批准，黑龙江省军区司令员邵昭少将与俄远东边防军区司令布坚克少将在哈尔滨实现了第一次接触，一次非正式的会谈。

1991年5月20日，我方以黑龙江省军区唐作厚司令员的名义给布坚克将军写了一封信，信的主旨是祝贺苏联边防军建军节，强调建立新型关系、发展睦邻友好、促进边境稳定，并接受访问邀请。

二

1992年盛夏，应俄罗斯远东边防军区和太平洋边防军区的邀请，经上级批准，黑龙江省军区司令员唐作厚率领代表团出访俄罗斯远东地区，我作为参谋长参加了这次具有历史意义的出访。

这是黑龙江省军区自成立以来，第一次跨越界江，访问临国边防军区。因此从总部到军区都很重视。总参谋部外事局派慈国威参谋指导并担当翻译。

是年6月24日，我们由黑河出境，在布拉克维申斯克入境。已晋升为中将的俄远东边防军区司令布坚克亲自到码头迎接我们。我们在布拉戈维申斯克参观一天。翌日,坐布坚克将军专机到达远东边防军区机关所在地哈巴罗夫斯克市,进行工作会谈和访问。按计划,远东边防军区访问结束,要飞往符拉迪沃斯托克,对太平洋边防军区进行访问。但时逢太平洋边防军区司令鲍鲁琴科将军正在我国上海访问,他一定要亲自接待我们到访,并正在改变访问行程,提前返回。盛情难却,我们只好从哈巴罗夫斯克乘船回国,到虎头休整。待鲍鲁琴科将军回国后,我们代表团又从虎头出境,到俄边境小城伊曼乘专机飞往符拉迪沃斯托克。从两位边防军区司令的热情接待,足见俄罗斯边防军区对我们来访多么重视。

我们没有忘记俄罗斯这三座城市的中国名字。布拉戈维申斯克的中国名字叫"海兰泡",哈巴罗夫斯克的中国名字叫"伯力",符拉迪沃斯托克的中国名字叫"海参崴"。1858 年至 1860 年间沙皇俄国吞并了这片领土。虽然屈辱已成历史,但是身临其境,心情依然沉重。

我记得,在哈巴罗夫斯克,主人把我们引到在黑龙江边的穆拉维约夫的雕像前,提议在雕像前合影留念。穆拉维约夫是老沙皇开发疆土的"功臣",沙皇亚历山大三世为其树立的这座雕像,他一手拿"瑷珲条约",一手持望远镜,隔江远眺我国北方领土。无论是历史史实,还是雕像的构思,都是我们不能接受的,我们拒绝了合影,并直率地说明了理由。

在符拉迪沃斯托克,时逢该城建城 132 周年纪念日,当主人邀请我们参加庆祝活动时,我们也拒绝了。

好在两地的主人都理解并尊重我们中国军人的感情。在符拉迪沃斯托克"建城"纪念日那天,鲍鲁琴科将军安排我们去纳霍德卡市参观访问;而远东边防军区,以此次"事件"为教训,由此往后,接待中国军人,不再安排参观穆拉维约夫的雕像。

事过半年,1992 年 12 月,叶利钦访华,两国元首签署《关于中俄相互关系基础的联合声明》,视对方为友好国家。这一方针的制定,在我们看来,是有深厚基础的。

1992 年这次出访,使我们进一步了解俄边防军的体制、任务和职责以及训练、执勤、管理等情况。同时也向对方学到不少东西,特别是部队管理理念上,执勤训练上、基础设施上,都给我们以有益的启发,对改进我们的军事工作，起到了积极的作用。

我们参观了隶属远东边防军区的马尔克沃哨所和西郊哨所，访问了远东边防军区和太平洋边防军区机关。我们发现，俄罗斯边防部队的军事训练是以执勤为中心的，射击、执勤、体能训练为主要军事训练课目。每个哨所都建有完善的勤务训练场、体能训练场（健身房）和射击场。而我边防部队还沿袭传统的陆军训练内容，没有突出边防执勤的特点。俄军的日常管理突出实用性、注重实效性。如，哨所（相当连级）军官必须在岗在位，在营门处和兵舍门处分别有军官、士官坐班执勤，掌握人员执勤及活动情况；为防止执勤、训练发生武器伤人，每个哨所门前都建"验枪台"，凡动用枪支均到此台前验枪；为保障执勤需要，哨所设有"烘干室"，解决执勤人员烘烤衣服和鞋与包脚布；哨所还设有"补觉室"，则是专门为夜间执勤的哨兵准备的"小招待所"，以便士兵执勤归来，能够睡上一个好觉，养足精神，继续执勤。俄军重视政治工作，其政治工作是以弘扬军人的荣誉为特征的。我们看到俄方的哨所均有荣誉室，边防军区（相当军级）设有博物馆；边防军区有文工团，文工团的演出水平很专业，远东边防军区的文工团的演员有多名国家功勋演员。在我国黑河张地营子对面有个马尔克沃哨所，这个哨所在 20 世纪 30 年代诞生过一位英雄，名叫巴甫连柯。今天，哨所不但立有他的雕像，寝室里还放着他的床铺，每日点名必呼叫他的名字。想一想，这个英雄人物已经牺牲 60 多年了，哨所的士兵一如既往地纪念着他，着实令人感动……

可以说，由执勤到训练，由日常管理到政治工作，俄边防部队为我们提供了一个学习借鉴的平台。后来我们在新一轮边防部队建设和改造中吸收其所长弥补我们之所短，并有新的改进和发展，使其更适合我军的特点。我们首先改进边防部队训练，增加了边防勤务训练内容，经上级批准重新编写了边防部队训练纲目，并在总部统一组织下，以我为主的北方边防部队训练纲目印发北方边防部队实施。在边防连队基础设施改造建设中，每个连队都建了综合执勤训练场、健身房、值班室、烘干室、补觉室，还有连队荣誉室等。同时我们在执勤设施、器材手段上向信息化建设发展，提高了边境管控能力，在现代化建设上均超过俄边防部队。

三

我国与俄罗斯，1994年建立新型伙伴关系，1996年建立"平等的、面向21世纪的战略协作伙伴关系"。随着两国友好关系的发展，两国政府和军队陆续签订了《中俄国界管理制度协议》和《中俄边防合作协议》，使中俄两国边防部队友好合作关系有了法律基础。我们积极与俄对应的边防军区开展友好交往活动。继1994年俄远东边防军区实现对我国正式访问后，我们与俄对应边防军区先后组织参观边防分队；派军事观察员代表团参观边防军演习；进行船艇互访；组织边防分队体育交流等。其中值得一提的是，当中央军委命名"黑河好八连"的电视新闻被俄边防军收看后，他们立刻派布拉戈维申斯克地段的边界副代表卡卡耶夫上校率团来黑河八连祝贺，并以布拉戈维申斯克西郊哨所的名义赠送八连一块牌匾。

随着中俄关系不断提升，我们与俄边防部队交往频繁、边境管理工作越加务实。

1999年，在我出任省军区司令员的第3年，边境局部地区中俄双方违规现象呈上升趋势。我预料这个问题在9月的例行会谈中将成为重点议题，因而我想这次会谈不会是轻松的。

会谈在俄远东边防军区所在地——哈巴罗夫斯克进行。戈尔巴赫上将在卡杂维赤沃哨所（该哨所在我东方第一哨对面）招待我们。时逢大马哈鱼捕捞季节，站在江边上便看到乌苏里江面上，我渔船蓄势待发的情景。那跃跃欲试的架势颇令管理者担心。这时我身边的参谋人员议论起来，他们对戈尔巴赫把宴请地点放到这里有非议，认为这是故意给我们难堪。是这样吗？我不这样认为。

戈尔巴赫，1994年接任远东边防军区司令，上任不久便率团来访。这是他出任远东边防军区司令的首次出访，又是俄远东边防军区首次正式访问黑龙江省军区，他希望此次出访谈出一个成果——双方能够签署一个文件。我作为参谋长陪同司令员王贵勤会见戈尔巴赫一行。接待中，戈尔巴赫提出访问结束双方要签署"纪要"。在他看来这是访问成果的重要标志，因此他从入境到会谈多次提及。我方在上级批准的接待方案中明确不签署文件。尽管在会内、会外活动中，王贵勤司令员反复解释，对方仍感不快。

在这种情况下，我们考虑双方友好关系刚刚建立，有必要签署一份没有实质内容的会谈"记录"，既能增进友谊、加强信任，又能满足对方要求。经研究向上级建议双方签署会谈记录的理由和内容，并很快得到上级批准。当我们把这一意见转达给戈尔巴赫，他非常高兴。当晚就餐时，还主动端起酒杯向我们表示谢意。我们对他的意见予以尊重，对他的工作给予支持，同样，当我们按着既定原则办事的时候，也得到他们的理解和支持。比如，他在接待我们时，充分考虑我们的感情，不带我们到有纪念达曼斯基岛（我称珍宝岛）阵亡者内容的边防军人纪念馆参观，而是安排我们参观卫国战争纪念馆。1997 年，我作为司令员首次率团出访，戈尔巴赫给我相当高的礼遇——他打开自己办公室的门，将我请进他的办公室。而据我所知，边防军区司令的办公室是从不对外开放的。

凭 4 年的交往，我认为，戈尔巴赫是个光明磊落的人，是个直言不讳的人，他不会采用旁敲侧击的方式说事儿。重要的是，我们边民越界问题是客观存在的，我们要认这个账。在这个问题上，我们只有实事求是才会赢得对方的尊重，才能切实解决问题。这是友好相处，建立互信的基础。

我趁政府官员、军官、记者在场的时候，主动宣传双方合作的成果，重点阐明了"三个共同观点"：即建立面向 21 世纪的战略协作伙伴关系是双方的共同目标；两国两军达成的协定协议是双方相互合作的共同基础；加强合作，保持边境地区稳定，促进边境经济发展，是双方的共同愿望。随后，我又详细介绍了中方在边境管理上的积极态度及所采取的措施，强调发展双方友好关系不仅符合两国的根本利益，而且也将促进双方边境地区经济的发展，最后，我说："愿我们双方共同努力架起一座友谊和平之桥，让我们子子孙孙在大江两岸再也听不到枪声。"关于边界地区"再也听不到枪声"这句话，还是在 1997 年 10 月 17 日，我以黑龙江省军区司令员身份，首次率团出访俄远东边防军区，与戈尔巴赫达成的共识。戈尔巴赫觉得这句话准确、形象、响亮，便作为双方会谈的主题词，登载在远东边防军区的《远东边防军人报》上。看得出来，戈尔巴赫很在意这句话。此时此刻，我说出这句话来，不仅引起全场的共鸣，戈尔巴赫也走上前来与我紧紧拥抱。

进入工作会谈，气氛便骤然冷清下来，双方针锋相对，谈得很不愉快。

于是，我建议"一加一会谈"，即我与戈尔巴赫单独会谈。这是从未有过的会谈形式。我与戈尔巴赫之所以能够想到单独会谈，一是两人间曾有过默契的配合；二是已经建立起来的友好关系；再一个是从实际情况出发，相互坦诚交流，更容易达成共识，打破僵局。

于是戈尔巴赫再次把我请进他的办公室进行"一加一会谈"。戈尔巴赫直率地向我提出问题：近来中方越界捕鱼现象增多，并在拒捕中出现将俄边防军人打伤的现象。

面对问题，我没有回避，而是分析了出现问题的原因：大马哈鱼由海上洄游黑龙江、乌苏里江，先入俄罗斯水域，再进入中国水域，由于俄罗斯先行捕捞，我们的渔民只能捕到漏网之鱼。说到这里，我强调："中方边民越界是在局部地区少数人所为，而且都是普通老百姓。"接着我点出俄方的问题："我们违反规定的是普通老百姓，而贵国却是军人。他们酗酒之后，携带枪支，越过边境，抢我边民物质，向我边民开枪。这严重地违背了你我达成的共识——不在我们共同管辖的边境地区听到枪声。而中方边防军人没有随意开枪行为，严格遵守我们双方的承诺。"戈尔巴赫显得十分局促。我接着又把口气缓和下来，说："千万不要再处理我少数边民越界事时开枪，他们上有父母，下有儿女，一个人被打死，将家破人亡。中方地方政府和边管部门会对其违法行为依法进行惩治。"

我的这一番话令戈尔巴赫点头称是，他对中国边防军人无违纪现象感触很深，对我真诚地指出他部属所犯的错误表示感谢，并表示要认真处理。

我与他再次达成共识，不要在我们管辖的边境地区听到枪声。"一加一会谈"使工作会谈取得了预期效果。

四

东北有句俗话，"远亲不如近邻，近邻不如对门"。我们与俄远东、太平洋边防管理局就是这样的好邻居。

2000 年之前，俄边防部队在演习中，始终把中方作为假想敌。2001 年，我与戈尔巴赫会谈时，达成共识：今后双方的边防部队演习以打击越界犯罪分子为目标，不再将对方作为假想敌。

我们与俄方，沿黑龙江与乌苏里江共管 2000 多公里，我方以军分区、团为单位分管 9 个管段，俄方以总队为单位分管 7 个管段，双方边界代表每年举行多次会谈会晤，由于各管段情况不同、对法规理解不一，造成各管段管理水平参差不齐。如何提高各管段边界代表处理边境事务，维护边境地区和平与稳定的能力，成为我们的共同心愿。于是我和戈尔巴赫不约而同地想到，通过边界代表集体会晤的办法，共同协商边境管理事务。通过认真准备，2002 年 1 月 22 日，我们实施第一次边界代表集体会晤。

我方 9 个有边防管理任务的边界代表（多为军分区领导）；俄方是 7 个边界代表（多为边防总队的总队长）。会晤地点我们选择了中俄双方的模范管段："黑河—布拉戈维申斯克"管段，第一天在布拉戈维申斯克市，第二天挪到黑河市。活动内容包括：阅兵、参观执勤设施、江上勤务演练、会谈等。中俄双方都给对方以最高礼遇。俄方阿穆尔州的州长科罗特克夫，我方的黑龙江省省长宋法棠，分别在布拉戈维申斯克市和黑河市会见与会的代表。

活动中，我们向俄方展示了我边防建设的成果。在边界管理上，我们实现了计算机网络系统、指挥通信系统、视频监控系统、巡逻监察系统、多维观察系统、边界报警系统、勤务统报系统、辅助决策系统 8 大系统联网，这令俄方边界代表赞叹不已。戈尔巴赫说："中国边防建设变化太大了，已经把我们远远地抛在了后面，我们回去一定要努力工作，尽快追上你们。"

"黑河好八连'"作"哨兵勤务演练"时，逢"大烟泡"（暴风雪）天气，寒风刺骨，代表团成员不少人拉起了大衣领子，但戈尔巴赫则一动不动地关注着演练的进程。八连执勤哨兵灵活机动，快速反应，及时潜伏、出击，在极为恶劣的气候下实施了快速抓捕犯罪分子，赢得了俄方代表的阵阵掌声。

想想我们首次访俄，面对俄方先进的边防设施的情景；再看看今天，我边防建设的现代化建设成果，我感到十分欣慰。在短短 10 年间，我们逾越了借鉴模仿阶段，走出了自己独立发展边防建设的路子，并取得了丰硕的成果。我由心底发出感叹，改革开放给边防建设带来勃勃生机。

首次边界代表集体会晤是成功的，它有利于各管段边界代表从全局上把握边境管理形势，认清所属管区在边境管理上的差距，为提高整个边境管控质量起到了推动作用。我们的这一做法得到上级的肯定，总参谋部外事办转发了我们与俄方进行边界代表集体会晤的经验。

2002年6月的一天，我忽然接到俄方邀请，去参加新老局长交接仪式。

算起来，我与戈尔巴赫已共事8年，由于他的卓越的领导能力，把辖区管理得秩序井然、局势稳定，而成为全俄罗斯的模范边境。为此，戈尔巴赫先后受到叶利钦总统与普京总统的授勋表彰，在司令（局长）任上由少将晋升为中将、上将。而尤令我看中的是他的人格魅力，及对中国边防军人和中国人民的友好感情，使我们两国军人逐渐走向互信，实现双赢。我知道，戈尔巴赫与妻儿一直两地生活，他的妻子与孩子在圣彼得堡，他在哈巴罗夫斯克，两地相距数千公里。从个人感情上，我愿他早日与家人团聚；从事业上，我愿他继续留下来。

戈尔巴赫把我请来，是要亲自把我介绍给他的继任者——瓦利耶夫中将。他希望业已建立起来的中俄边防军人间的良好合作关系，传承下去。

在两军交往史上，戈尔巴赫创造了一个范例：本国军队指挥员交接，请友军参加。戈尔巴赫这最后一举令人钦佩。

6月12日俄方举行新老局长交接仪式。我在致辞中回顾了自1994年戈尔巴赫将军领导远东边防管理局以来，中俄合作的一个个成果：双方建立和完善了领导会晤机制；边防合作机制；平等互信机制等等。当我特别讲到，我们共同提出的"不要在我们的辖区听到枪声"已不仅是一句口号，而已成为事实时，戈尔巴赫激动地转过身子握起我的手。

新老局长共同把我送上码头。戈尔巴赫一步跨到艇上，再次握起我的手并紧紧拥抱，对我说："希望我们再见面。"

巡逻艇在江上行驶。我回头望去，戈尔巴赫仍站在码头上，向我挥手……

我在全军最"高"的医院

李素芝

李素芝（1954—　　　），山东临沂人，1970
年入伍。曾任主任医师，西藏军区总医院副院
长、院长。现任西藏军区副司令员兼西藏军区
总医院院长，博士生导师，少将军衔。

伴随着改革开放的步伐，我在西藏从事医疗工作至今已有 32 个年头，目睹了祖国改革开放 30 年翻天覆地的变化，亲历了西藏军区总医院走过的一段卓越辉煌的奋斗历程。总医院人以强烈的使命感、责任感，扎根雪域，励精图治，爱岗敬业，无私奉献，为保障西藏边防官兵和人民群众的身体安康，谱写了一曲曲令人奋进的时代凯歌。

心系战友情暖藏家

西藏边防一线海拔平均 5000 米以上，年平均气温摄氏零度以下，空气含氧量不足内地的 40％，被生物学家称为"生命禁区"。20 世纪 80 年代初，由于高寒缺氧，饮用的雪水矿物质少，再加上缺乏维生素，岗巴营 80％的官兵有指甲凹陷、脱发掉发病症，近 20％官兵有心脏、血管和消化系统疾

病。查果拉哨长吴鹏的血色素竟高达 23.7 克，超出内地正常人近 10 克。在这样恶劣的自然环境中，边防官兵把青春和生命都献给了边防。医生的使命是什么？是维护生命。我们要履行好这个使命，有时就必须用生命去实践。

1993 年 12 月 14 日，岗巴营班长张明带着 11 名战士巡逻在雪线，当到达第四个山口时，一场雪崩突然袭来。3 天后，严重冻伤使张明双臂失去全部功能，必须截肢才能保住生命。我当时任外科主任，含泪为张明做了手术。尽管手术很成功，但张明面对失去双臂的残酷现实，产生了轻生的念头。于是，我住进了张明的病房，24 小时守护在他身边，为他测血压、量体温、喂食。在我的照顾下，张明重新树立起了生活的信心。10 年过去了，身残志坚的张明实现了完全自立，移交地方安置后，办起了养殖场，组建了温暖幸福的小家庭。

由于高寒缺氧，西藏是先天性心脏病的高发区。但在高海拔地区做体外循环心脏手术，不仅国内没有先例，世界医学界也少有问津。许多患者因为得不到及时救治，被病魔夺去了生命。30 年前，我从上海来到西藏工作，了解到这一情况后，把手术治疗先天性心脏病、挽救藏族同胞生命，作为在西藏高原勇攀医学高峰的第一个目标。为此，我用了整整 20 年时间进行研究探索。

2000 年 11 月 10 日，西藏第一个接受先天性心脏病手术的藏族小男孩拉巴次仁，在我们医院获得了新生，从而打破了外国医学专家"在海拔 3500 米以上高原不能进行心脏手术"的断言，创造了世界医学的奇迹。那天，许许多多心脏病患者和他们的家人流下了激动的泪水。但我当时想的是，攻克这样的病魔，让西藏人民整整等了 20 年，作为医生，我心里有愧呀！

在高原手术治疗先天性心脏病，不仅风险很大，而且医疗费用也很高。如果按标准收费，绝大部分群众承担不起昂贵的手术费用。我和医院党委一班人研究后，决定免费收治农牧民心脏病患者。2001 年，我带领医疗队在离拉萨市 800 多公里的申扎县进行先天性心脏病普查时，发现牧民吉确一家 5 口有 4 人患有先天性心脏病。更让人揪心的是，吉确说什么也不相信孩子们得了那么重的病，更不愿意让医生用刀在家人的身上划口子。如果拖延了手术时间，吉确 3 个女儿的病情将因肺动脉高压，导致更加危险的结果。第二天，我与吉确谈了很长时间，把病情的后果向吉确讲清楚后一再表示，尽管手术有风险，但自己会尽全力去保住孩子们。经过几天几夜反反复复、苦口婆心的劝说，吉确才勉强答应了。很快，我为吉确的孩子们免费做了手术。当他们离开医院时，吉确把一条洁白的哈达高高地举过头顶，对我说："你救了我的 3 个孩子，你是我们全家的恩人啊！" 2000 年以来，我主刀为 650 余名心脏病患者做了体外循环心内直视手术，成功率达 98% 以上，仅此一项，免费达 3000 多万元。

与"心脏工程"一起启动的，还有白内障"复明工程"。西藏地区紫外线强、降雪量大，不少群众缺乏必要的防护知识和措施，患上了雪盲、白内障等眼部疾病。为治疗群众眼疾，我和医疗队深入偏远农牧区，免费为群众实施手术，使许许多多白内障患者重见了光明。受地理、历史因素影响，在西藏，至今仍有一些偏远地区群众生病后用土办法治疗，不愿到医院看病，不少人因延误病情而留下终身遗憾。远处的群众不愿到医院来，我就带领医疗队把医和药送到他们的家门口去。为此，我们制定了"农牧区义务巡诊制度"，每年都要深入偏远地区，免费为群众送医送药。1997 年冬天，那曲地区发生百年不遇的特大雪灾，6 万多藏族同胞被积雪所困。灾情发生后，我立即组织医疗队赶赴灾区一线。在藏北的 80 多个日日夜夜里，我们踏着 1 米多深的积雪，救治了无数灾病交加的群众。一天，我们正帮雪原深处的牧民穷达一家往统一的救灾基地撤离，突然，穷达怀孕 7 个月的妻子贡桑出现了早产症状。穷达一下子慌了手脚，两个孩子见阿妈的样子，吓得哭了起来。见状，我脱下身上的大衣往雪地里一铺，让贡桑在大衣上躺下。其他几名医生也脱下大衣，把贡桑围了个严严实实。半小时后，随着"哇"的一声啼哭，一个小男孩在零下 20 多摄氏度的雪地里安全降生了。后来，这个由我在雪地里接生的孩子，被父母取名为"玛米"，意思是让孩子永远记住，是金珠玛米解放军把他带到了这个世界。

我们不仅坚持免费医疗，为群众防病治病、送医送药，而且发挥自身优势，免费为地方培养了一批又一批医护人员、技术骨干。坚持每年组织两批、每批不少于 6 人的医疗技术骨干进驻对口支援的当雄县人民医院，从教学查房、病历讨论、护理示范、学术研究等方面入手，面对面地进行业务传帮带。同时，利用到农牧区巡诊的机会，对医疗落后的山区医院的医护人员进行面对面的培训，选送有发展潜力的医生到医院进修，提高业务能力，成为医疗技术骨干，使他们像种子一样，遍布雪域高原，成为一支永远不走的医疗队，带动和促进了西藏医疗事业的发展。1996 年以来，我们先后为各地免费培训不同层次的医疗骨干 3000 余名。

中央第三次西藏工作座谈会后，国家确定了全国支援西藏的工作方针，从此西藏的经济社会进入了飞速发展的时期。2001 年 6 月，被西藏人民称为"幸福天路"的青藏铁路全线开工。为了给数万名建设者提供可靠的医疗保障，我和院、部领导多次沿线考察，确定了科学的医疗保障方案。青藏铁路建设的 4 年间，我们抢救治愈病员 3000 余人次，战斗在平均海拔 4000 米以上的青藏铁路建设者，无一人因高原病死亡，被国外专家称为奇迹。

历经西藏军区总医院三代人不懈探索，历时 30 年长期苦战，西藏医疗保健事业有了突破性进展，高原病这一世界性医学难题被攻克了，高原肺水肿、高原脑水肿等急性高山病发病机理及其防治研究达到世界领先水平，急性高原病救治成功率达 99%以上，进藏军民高原病的发病率控制在 2%以下。如今，驻藏部队急性高原病发病率从 20 世纪 80 年代的 50%—60%已经下降到现在的 2%—3%，连续 12 年没有一名官兵因急性高山病死亡。2003 年以来，我先后主刀做了肾移植 8 例，手术成功率达 100%。我们还进行了高原首例背驮式全肝移植手术、高原首例冠状动脉内支架植入术、高原首例腔静脉滤网植入术，带动了西藏医疗卫生事业发展。

国务院 2003 年《西藏人权状况》白皮书向世界发布了一段文字："西藏人民的寿命和健康水平有了很大提高。平均寿命已由新中国成立前的 36 岁提高到目前的 65 岁。2002 年与 1965 年相比，拉萨地区藏族青少年平均身高增加 8.9 厘米，平均体重增加 5.5 公斤。"我们为此做出了微薄的贡献，内心既感到欣慰，同时也受到了激励。

造就英才建功雪域

在雪域高原艰苦奋斗，就是要造就一支勇于牺牲、勇于奉献、勇于奋斗的高素质的医疗人才队伍，高标准地干好党的事业，保证医疗保健任务的完成，保证医院的不断发展。

1996年，我和院党委"一班人"结合医院实际制定了《人才建设长远规划》，用无私奉献精神塑造人，用好政策好环境吸引人，用大课题大舞台锻造人。在全院医护人员大会上，我和政委谭家钊拿出画册《雪域天使》，向大家讲述第一代总医院创业者艰苦奋斗的历史。50年代，总医院200名官兵靠人背马驮将近百吨医疗物资从千里之外运上高原，在乱石滩上搭建起"帐篷医院"。一段段用青春和生命写就的文字，将一代代"雪域天使"半个世纪的业绩浓缩为"无私奉献"4个金字，镌刻在地球之巅。我们的意图很清楚：高原医学人才队伍建设，需要硕士、博士的高学历，更需要军人无私奉献的高品质。从此，无私奉献作为总医院人才队伍思想政治建设的基本教育，常抓不懈。

1998年9月，我与第三军医大学签订了一份协议：在西藏建立1个博士研究生培养点、4个硕士研究生培养点，三医大聘请我为博士、硕士研究生导师。这份突出艰苦奋斗、无私奉献精神的人才培养协议，拉开了总医院培养高学历、高素质人才的新序幕。我们每年还选派优秀的医疗技术干部到全军人才基金班、解放军301医院、四所军医大学和成都军区总医院等内地有关院校进修、考察、换岗，并积极鼓励技术干部到四所军医大学学习深造。医院定期或不定期邀请了中国工程院院士王正国、中国工程院院士汤钊猷、中国科学院院士陈宜张等知名人士来院指导、讲学，进行手术示范，不断拓宽专业技术干部的视野和思维，拉动了全院的医疗技术水平不断提高。

年轻医师易映红有幸成为首批培养对象。易映红报考研究生，郑重填写了志愿："我报考李素芝院长的心外科硕士研究生，就是报考无私奉献这个高原医学的特殊专业，愿意像他一样为此奋斗终生。"3年高原心外医学专业知识求索，千日导师无私奉献精神的培育，易映红成为高原首个自培硕士研究生。2001年6月，来自国家和军队的心外科专家走上高原，参加我在高原培养的第一个医学硕士研究生的硕士学位论文答辩会。专家的评审意见和媒体的报道主题，都聚焦在高原人才的"第一素质"上：自愿献身高原医学事业。

2002 年 8 月，一位患尿毒症的藏北牧民到总医院就诊。由于总医院肾移植手术人才和设备条件限制，这位患者带着遗憾离开了医院，离开了人世。"一定要在高原开展肾移植手术，为高原人民减轻病痛。"这是我多年的愿望，于是我派出年轻医师李少勇到内地医院学习深造。2003 年 3 月 28日，由我主刀、李少勇助刀的世界首例高原肾移植手术获得成功。如今，李少勇已经成为总医院该专业学科带头人。我们先后选送的 41 名年轻医师到内地攻读硕士、博士学位，已毕业的高学历人才，一个不少全部回到高原。

从 1998 年开始，总医院设立了"高原医学课题研究基金"。明确规定："本院在职、在读医护人员提出的医疗科研课题，经院科委会论证确定后，由医院提供科研经费开展基础性研究，待课题基本定型后申报西藏、军队直到国家课题研究立项。"对课题提出者的要求就一条：西藏临床需要，高原战场需要。

干部病房主任张明森攻读硕士研究生学位前，已是某部中心医院小有名气的结核病专家，读研时又参与了国家"九五"课题"生物性人工肝"的研究工作，还未毕业就有多家医院许以重金聘用。我亲自出面邀请张明森上高原创业。我对他说："高原医学事业，讲条件有限，讲发展无限。你提出的条件，只要医院能办到，我们都会满足你。""发展是我最需要的条件。我的唯一的条件就是有一个细胞培养研究实验室。"张明森答得很直率。

我与张明森一谈即合。一个迫切希望得到难得的发展人才，一个热切盼望具有潜力的发展舞台。张明森向医院提出建立高原细胞培养研究实验室，预算经费为 30 万元。细胞培养研究确为高原急需，30 万元也确使医院为难。为了留住这个专业人才，为了总医院的发展，就是砸锅卖铁也要建一流的实验室。30 万元当月挤出，高原首家细胞培养研究实验室当年建成。1999 年 1 月我院成功进行了国内高原第一例肝细胞体外培养实验，并发现了在高原环境条件下进行体外细胞培养的气象条件差异，完成了《高原体外生物人工肝构建的研究》等开创性科研成果。

1998 年 7 月，殷作明获三医大医学硕士学位回到高原。读研期间，殷作明发表学术论文 30 余篇。高原战创伤这个研究课题，在医院还是空白。医院党委决定，这个大课题就交给殷作明。殷作明不负重托，在不到 3 年的时间里，高质量完成了高原战创伤基础研究，并参与完成了全军"十五"规划确定的一项指令性课题和军区的一项基金课题，先后获得军队科技进步二等奖 1 项、西藏自治区科技进步奖 3 项，参加编写出《高原战创伤基础与临床》等 4 部专著，并成功举办了高原创伤骨科研讨会。年仅 33 岁的殷作明，很快成为高原骨科专家。

早在我军和平进军西藏当年，时任西南军区政委的邓小平就说过一句话："进军西藏，靠政策走路，靠政策吃饭。"我们今天在困难多、条件差的西藏建设高原医学人才队伍，就是要按照小平同志的话去做，靠政策留住人才，靠政策培养人才。

1999 年 8 月，我在军校大学生毕业分配前，赶到第三军医大学"招兵买马"。我对获得医学硕士学位的黄承良说："高原急需你所学专业的研究人才，你到高原创业，大有发展前途。"我的真诚，让黄承良心动："听说你们医院住房紧张？"我听出了黄硕士的话外之音："住房是紧张，但是，再紧也不会紧你们，有我院长住的，就有你住的，待遇同等。"一天也没有在高原干过的黄承良，进院当天就分配到一套新住房。培养高学历、高素质人才，靠政策培养是最根本的培养。我们靠政策成功留用黄承良，又陆续将 5 个硕士研究生引上高原，引进医院。近 10 年来，在上有高原工资大政策、院有高原发展小政策的激励下，自愿上高原到总医院工作的高学历干部越来越多。这些干部很年轻，长期夫妻两地分居，留得住身，也难留得住心。院党委特事特办，创造条件使干部夫妻在高原安家团聚，先后解决了 50 多对夫妻高原安家、就业难题。

2000 年，高山病科博士医师李先茂回内地休假时，一家私立医院看中了他。院方许以 34 万元年薪、一套高级住宅、一部专车的条件聘用他。这对夫妻两地分居、家庭经济困难的李先茂来说，的确是极大的诱惑。他先后 3 次向组织递交了转业报告。

"学历再高的人才也是人，先茂有先茂的难处。我们拴得住他的身，强留不住他的心。再说，他也符合转业的条件。"我同意了他的请求。

2000年12月8日早晨，我军容严整地等候在医院高职楼的入口处，为李先茂送行。寒风凛冽，李先茂步履如铅，走出房门，走出楼道。当他看到伫立寒风中的我时，再也抑制不住泪水，扔掉手中的行李，坚定地吐出6个字："院长，我不走了！"李先茂为什么不走了？他说，是我宽阔的胸怀留住了他。

人才旺、医院兴。经过10多年的努力，医院现有5名博士后、14名博士和48名硕士研究生，临床一线医生100%达到本科学历，一大批医疗骨干成为学科带头人，为医院全面建设实现跨越式发展打下了良好的人才基础。医院先后成为"第三军医大学拉萨临床学院""西藏大学临床学院"，与西藏自治区联合建立了"西藏自治区中西医结合研究所"，成立了"西藏自治区医学重点实验室"，为医院人才建设提供了更好的医疗、科研平台。

心怀忠诚团结奉献

在数十年卫勤保障和边防义诊中，我们在高寒缺氧的情况下，宿营不住民房、寺庙，对沿途的经幡、玛尼堆等宗教设施妥为保护。在极其困难的条件下，叫响了"宁愿饿断肠，不杀群众一只羊；宁愿炊烟断，不烧群众帐篷杆"的口号，严格执行三大纪律八项注意和民族宗教政策，并向西藏各族群众介绍祖国内地建设成就，大力宣传搞好藏汉民族团结，讲建设西藏、巩固国防的重要意义，并用实际行动把党的政策送给西藏各族人民群众，博得了西藏各族人民的赞誉。

由于特殊的地理环境和历史原因，西藏不仅仍属于欠发达地区，而且长期面临着尖锐复杂的反分裂斗争，处于反分裂斗争的前沿。1996年以来，我们着眼西藏社会长治久安，构建小康西藏、和谐西藏、平安西藏，积极开展免费民族医疗，并把它作为西藏的社会稳定、民族团结的大事来抓，作为为党中央、国务院分忧解难的大事来抓。为方便群众就医，我们建立了"便民门诊所""爱民病房"，开展免费民族医疗，经常深入街道、农村、牧区巡回医疗，并采取办训练班等形式，为驻地培训基层医务人员，建立医疗机构，改变"无医无药"的状况。我院为群众防病治病的医疗时间和卫生药品，占部队医疗时间和卫生药品的30%，平均每年提供民族免费医疗费用 3000 多万元。特别是近年来，为了方便常来医院就诊的藏族群众，我们在普查高原疾病的基础上，给驻地群众、寺庙僧尼发了 1 万多个免费医疗证，同时建立了 1 万多个健康档案。

我们通过开展民族医疗科研、义务巡诊，研究探索了一整套治疗各种高原疾病的方法和措施，从进藏初期只能对一些常见病、多发病进行诊治，到心脏手术、肾移植、角膜移植、活体肾移植、肝移植等器官移植，新业务新技术填补了 500 余项高原医学空白，高原诊断治疗取得了 1000 多个第一，有 62 项新技术、新业务填补了世界高原医学空白，实现了西藏医疗事业萌芽、探索、起步、发展、成熟的 5 次变革。特别是 90 年代以来，我们投入 1000 多万元科研经费，发挥"全军高山病研究防治中心"和"全军高原野战创伤中心"的龙头作用，坚持以临床促科研，以科研带临床，加快科研攻关步伐，极大地推动了高原医疗技术的发展。医院先后攻关并开展了首例射频消融、先天性心脏病封堵治疗术、背驮式全肝移植手术等新技术新业务 432 项，均填补了西藏医学空白，提高了医院的医学技术水平，造福了西藏各族人民，带动了西藏医疗事业发展。

近 20 年来，我们圆满完成了 1989 年拉萨戒严、1995 年兰—西—拉光缆施工、1998 年那曲抗雪救灾、易贡抗洪抢险、"雪域 2000"军事演习、西藏和平解放 50 周年大庆等重大活动的卫勤保障任务，圆满完成了江泽民、胡锦涛等党和国家领导人进藏视察期间的保卫任务。

我院先后 4 次被评为全国民族团结进步模范单位、全国拥政爱民模范单位，1 次被授予全国各族青年团结进步先进集体奖、被表彰为"全军为部队服务先进医院""全军先进医院"和"军队医院支援西部地区医院工作先进单位"，2 次被评为成都军区科技工作先进单位，4 次被表彰为人才建设标兵单位，7 次被评为成都军区园林式营院、全军环境保护和绿化工作先进单位，13 次被西藏自治区、西藏军区、拉萨市评为民族团结进步先进集体、"双拥"工作先进单位。

经过总医院人数十年的艰苦创业、无私奉献，医院从无到有、从小到大，从弱到强，不断发展壮大，从临时组建、性质单一的小型医院发展成为集医疗、预防、科研、教学、保健及平战时卫勤保障功能于一体的大型医院。1995 年，我院顺利通过"三级甲等"医院的达标验收，成为西藏自治区第一家"三甲"医院。2000 年，医院计算机网络管理中心成立，实现了医疗质量监测、控制和政工、后勤建设的现代化、规范化、科学化管理。"军卫一号"和"军卫二号"工程实行了全军联网，实现了远程会诊和远程医学教育，大大提高了医院的科技创新能力。目前，总医院拥有核磁共振、数字减影、多排 CT、X 光机、大型高压氧舱群、中心监护系统等各类医疗设备上千台，总价值达 1 亿多元。"九五"期间，全院共获科技进步奖 112 项，其中国家科技进步一等奖 1 项、三等奖 1 项，军队科技进步二等奖 6 项，自治区科技进步一等奖 2 项，自治区科技进步二等奖 8 项，军队科技进步三等奖 33 项，军队科技进步四等奖 62 项。研制开发出高原康胶囊、花虫胶囊、接骨灵胶囊、景天止泻胶囊等高原环境下特需药品 15 种。先后编写出版了《高原病学》《高原适应不全症防治手册》《高原红细胞增多症》《高原病学》《高原创伤影像诊断学》等专著 16 部。2001 年 7 月，全国人大常委会副委员长帕巴拉·格列朗杰，在亲身感悟、耳濡目染医院搞好建设和发展、维护民族团结的事迹后，为我们欣然挥毫题词："医德高尚、医术精湛、置身雪域、团结奉献"。

将军的风范

李殿仁

李殿仁（1945—   ），山东滨县人。曾任
陆军参谋学院政委，国防大学副政委，中将军
衔。著有《纸烁真情》《实践与思考》等。

我的老首长原总政治部副主任徐立清将军，于 1983 年 1 月 6 日去世，
迄今已 10 个年头。每到这一天，只要没有特殊任务或到外地出差，我都要
去祭奠老首长。每次归来，那不尽的思念就格外强烈。

有的事刚刚过去，在记忆中就消失了，有的事过去了很久，在记忆中
却清清楚楚。发生在徐立清将军身上的许许多多的事情，就属于后者。

1955 年，我军第一次授军衔。按他的德才和授衔标准，党中央、毛主
席决定给他授上将军衔。但是他坚决不要，并连续给中央、给军委、给毛
主席、也给当时的"总政"主任罗荣桓元帅写信，请求不要上将，要中将。
这件事在军内外已广为传诵。他对身边工作人员的关心也是有口皆碑。

烧锅炉的李师傅家住北京市郊顺义县，是"总政"管理局雇请来的临
时工，1975 年春节，徐立清同志对我说："春节是中国的传统节日，老百姓
很重视，是不是安排李师傅回家同家人过个团圆年？"我说："春节是最冷

的时候，而且来人也多，最需要暖气，这时叫李师傅走了不合适。再说，李师傅是临时工，临时工是没有假期的，天暖和了他就走了。"徐立清说："正因为他是临时工，老百姓出门在外过年才不习惯，还是让他回家过春节吧。"我看首长坚持，就说，"那就请管理局再请位同志来替班吧！"他说："人人都要替班岂不就成了用两个锅炉工了嘛，我看这样吧，让我那几个孩子轮流值班，老大、老二、老三一人一天，一天一换，最多每人值两三班嘛！"我说："那不好，他们还有他们的事情，况且他们也好不容易春节放这几天假啊！""有什么事情非得那两天办啊！让他们体验一下有什么不好！不能光知道舒舒服服，不知道暖暖和和是从哪里来的。"我把首长的意思对李师傅讲了，李师傅高低不肯。徐副主任就亲自去劝说："你辛苦一冬天，应该休息几日了。过节了，也该同家人一起团圆团圆。"李师傅还是执意不回去。他说："你不回去，我就和你一起值班。"李师傅知道首长说得出做得到，只好答应了。李师傅走时，将军让我用他的工资给李师傅买了猪肉、白菜、白面等年货，用他的专车把李师傅送到长途车站。这位50多岁的老农感动得直流眼泪。此后，每年入冬，李师傅都要说："就是一分钱不给，我也心甘情愿。"

每当警卫、公务人员的亲属来队，他都让我安排住在他住的楼里，抽空就去坐一坐。来时陪着吃顿"洗尘面"，走时又陪着吃顿"送行饺"。还风趣地说："中国的古话，上车饺子下车面，图个吉利。"1976年夏天闹地震，炊事员王师傅一家人住在市区的平房里，徐副主任担心不安全，让我把王师傅全家接来安排在他院子里的防震棚里。他说"万一有了情况，我们大家可以互相照应一下，这叫同棚共济，风雨同室吧！"

作为秘书我常常加班工作到深夜。他总是叮嘱大师傅给我做点夜宵，虽然只是一碗面条、几块点心，却深深代表着首长对部属的关心。有时他还让他的夫人党秀玉同志，一位"三八式"的老干部亲自送碗热汤，好几次我这个山东汉子眼窝里都热乎乎的。

将军对身边的工作人员真诚关心，对反对过他的人而且被实践证明反对错了的人也十分体谅。

他恢复工作不久，党中央作出清查"三种人"的决定。一次有关部门向他汇报，清查工作中找到了那个打过他的战士。有关部门意见，这个战士虽已转业，但应把他的材料给其单位寄去，给他戴上"三种人"的帽子。

"不，不，"将军连连摆手，"不能这样做，这件事不能归罪于这个战士。这个战士当时是奉命负责看管我，他并不知道我是什么人，只知道人家给我扣的帽子——反党反社会主义的反革命分子，他怀着气愤打了我几下子是可以理解的。'三种人'是指那些跟着林彪、'四人帮'办坏事的人，那些人明知不对硬是颠倒是非，而这个战士是不知者不为罪，这种同志只是个接受教训的问题，不能把他们定为'三种人'。要按毛主席说的，处理人的问题一定要慎重。"

1977年春节，机关会餐，大家相互敬酒，一个又一个敬酒的热潮过去之后，一位机关干部端着酒杯怯生生地来到徐立清同志面前说："徐副主任，我写过你的材料，贴过你的大字报，实践证明我做得不对，我向你道歉……"也不知是内疚还是因为喝了酒，这个同志的脸涨得通红。

"不，"徐立清同志笑了，拍了拍这位同志的肩膀说："你还年轻，没有经验，知道错了就好。过去的事情过去了，不要背什么包袱了。"

"首长，我对不起你！"

"哎，别这么说，反对我不算错误，好好工作吧！来，干杯！"他拍着这位同志的膀子脆脆地碰了一下酒杯，一饮而尽。他看着这个同志把酒喝下去之后说："你今天一定没喝好，来，我们再干一杯，我祝你和你的全家春节快乐！"

"谢谢首长！"泪水涌出了他的眼眶……

回忆往昔，心海潮涌。推窗远眺，夜空群星闪烁。敬爱的徐老将军，哪颗星是你不朽的生命在闪耀呢？

祖国伴我去飞翔

杨利伟

> 杨利伟（1965—　　　），辽宁绥中人，1983
> 年入伍。曾任学员、飞行员、中队长、航天
> 员。现任中国载人航天工程办公室副主任，特
> 级航天员，少将军衔。

改革开放的 30 年，中国发生了翻天覆地的变化，日新月异的祖国在各
项事业上都取得了举世瞩目的巨大成就：三峡大坝合龙、青藏铁路通车、
香港澳门回归、北京奥运会召开；中国的国民生产总值成倍增长，国民的
生活水平日益提高。作为祖国强盛的象征，我所从事的航天事业在这 30 年
中，也飞速地发展起来了。在这欣欣向荣的时代，我以一名航天员的身份，
亲眼见证了它的伟大，亲历了它的辉煌，分享了它的荣光。我庆幸自己生
活在这个变革的时代，我幸运的是这个伟大的时代选择了我。此时此刻，
我的思绪又将我拉回到那个激动人心的时刻，那段充满惊喜和骄傲的旅程。

中国人来到太空了

2003 年 10 月 15 日 9 时整，在震耳欲聋的轰鸣声中，火箭拔地而起，

载着我飞向太空！火箭的速度越来越快，逃逸塔分离，助推器分离，一、二级火箭分离，整流罩分离。我认真观察着飞船仪器的工作情况，一切都进行得那么顺利。经历了 590 秒升空过程，飞船准确进入预定轨道。这时，我突然感觉到我的身体似乎飘起来了，我意识到飞船已经脱离地球引力，我真的来到了太空。来到茫茫无际的太空，我看到了一幅神奇美妙的景色。舷窗外，阳光把飞船太阳能帆板照得格外明亮，那下边就是人类居住了一万多年的美丽地球。蔚蓝色的地球披着淡淡的云层，长长的海岸线在大陆和海洋间清晰可辨。飞船绕着地球高速飞行，90 分钟一圈，一会儿白天，一会儿黑夜。黑白交替之间，地球边缘仿佛镶了一道漂亮的金边，景色十分迷人。我拿起摄像机，赶紧把这美丽的景观拍摄下来。在这个中华民族憧憬了千百年的时刻，我为祖国的科技发展水平和综合国力的不断强盛感到自豪，为中国人飞上美丽的太空感到骄傲，并郑重地在我的飞行手册上写下了"为了人类的和平与进步，中国人来到太空了！"当飞船飞行到第 7 圈时，我在太空展示了中国国旗和联合国旗，表达了中国人民和平利用太空，造福全人类的美好愿望。

飞船飞行进入第 8 圈，北京指挥中心通知我与家人进行天地通话。耳机里传来妻子的声音："利伟，你怎么样？""我们看到你了，我们都为你感到骄傲！咱爸、咱妈和孩子都来了，我们期待你归来！"我回答："感觉非常好，放心吧。谢谢你们的支持和鼓励！"我 8 岁的儿子问我："爸爸，你看到什么了？"我高兴地对儿子说："我看到咱们美丽的家了！"我想，这个家，就是我们伟大的祖国；这个家，就是我们美丽的家乡；这个家，包含了生活在地球上的每一位华夏子孙！

绕地球飞行第 14 圈时，飞船进入了返回阶段。这是整个飞行的最关键时刻，也是最危险阶段。在这个阶段，飞船要以每秒 8 公里的速度穿越"黑障区"，船体要经受几千度高温的考验，我要承受比发射升空时更让人难受的载荷冲击力。按照程序规定，我精心做好了各项准备。飞船一进入"黑障区"，窗外随即传来空气被压缩的强大呼啸声，飞船与大气层产生了巨大摩擦，发出轰轰的撞击声，一瞬间飞船变成了一团大火球，我仿佛是坐在一个熊熊燃烧的炼丹炉中。强烈的使命感叮嘱着我，必须沉着、冷静、准确、果断地处置情况，决不能出丝毫差错。几分钟后，与地面的通信恢复了，我知道 40 多公里的"黑障区"已顺利穿过，再过几分钟，我就要着陆了。我仔细观察着各种仪表，牢牢握紧操作杆，准确判断着陆程序的执行情况。随着引导伞、减速伞和主伞相继打开，飞船速度逐渐慢下来。由于强大的惯性作用，飞船出现自身旋转和大幅度来回摆动，巨大的冲击力冲撞着我的全身。离地面越来越近，随着"嘭"的一声巨响，飞船返回舱防热大底抛掉了。就在飞船即将落地的一瞬间，我准确判断反冲发动机已经点火。我确定飞船落地，迅速切断伞绳。飞船成功着陆了！我终于从太空回到了地球，回到了我们可爱的祖国！

飞船安全着陆，我自主跨出舱门，挥手向迎接我的首长、战友和群众致意。战友们紧紧地把我围在中间，许多双手把我抬了起来，我和鲜花一起被抛向天空，人们欢呼着：我们胜利了，中国赢了！

飞船飞得多高，我们中国人的头就能抬得多高

首飞成功后，许多人问我："这次太空之旅，你一点不紧张、不害怕吗？"我告诉他们："送我上太空的是最好的火箭和飞船，飞船舱内环境非常好，飞行的感觉和地面训练近乎相同，广大科技人员对我们航天员的安全考虑得非常周到，有祖国和人民作坚强后盾，我的确不紧张，也没什么可怕的。"

实现这次完美旅行的英雄是那些默默无闻、在祖国载人航天战线无私奉献的全体同志，是那些艰苦奋斗了几十年的老专家、老领导和老一辈科技工作者们。没有伟大祖国的培养，没有全国亿万华夏儿女的大力支持，没有祖国千千万万航天人的艰苦努力，没有我们"英雄航天员大队"这个光荣的集体，就没有我的今天。荣誉属于我们伟大的党，属于我们伟大的祖国，属于我们英雄的人民！

2004 年 5 月 9 日，我随中国载人航天工程代表团赴美国访问了联合国总部，会见了安南秘书长，将我国首次载人航天飞行中搭载的联合国大号旗帜移交联合国。安南秘书长高兴地说："5 月 19 日，对联合国是很重要的一天，中国虽然不是第一个发射载人飞船的国家，但却是第一个在首次载人航天飞行中，搭载联合国旗的国家！"访问中，一位海外华侨对我们说：

"你们的飞船飞得多高，我们中国人的头就能抬得多高。"这一切，都让我为我们伟大的祖国而自豪！这一切，都让我为我们伟大的中华民族而骄傲！

我要为祖国去飞翔

飞翔是我一生的愿望，抱着这样的愿望，我从一名普通学生成长为鹰击长天的战斗机飞行员。为了实现中华民族千年飞天梦想，我幸运地成为中国第一批航天员。当我作为航天一兵刚刚跨进它的大门时，我的内心着实闪过一丝疑问，载人航天工程需要多方面的科技支撑，我们与美俄航天大国毕竟有着近40年的差距啊！我们靠什么迎头赶上？但来到中国航天员中心，我便一切释然了。来自于航天基础医学、实施医学、航天环境控制与生命保障工程、模拟仿真技术、航天工效学、电子工程、生物医学等涵盖13个学科，70多个专业方向的科研人员云集于此，创建了独具特色的航天医学工程的学科体系，从航天员的选拔训练到飞船的医学工效评价，从航天员的医监医保到大型地面仿真训练设施的研制，从需要经过几千道工序制作的具有高科技含量的航天服、航天食品，到在太空中创造出与地面一般的大气环境，在国外需要五六个部门才能共同完成的任务，我们一个机构就承担了。原因是什么？是改革开放几十年带来的经济实力和科技实力，是知己知彼敢为人先的自强和自信。

中国的载人航天也曾有过不切现实的超前冒险，由于闭关锁国、经济实力薄弱、科学技术落后，曾导致曙光一号工程仓促下马。多少老航天人都经历过这场肝肠寸断的煎熬。

我们不能忘记1978年3月18日，在全国科学大会上，中国改革开放和现代化建设的总设计师邓小平发出了"科学是生产力"的号召：我们无法忽略国家863高技术研究与发展计划的实施：我们永远铭记1992年9月21日经中央批准，我国载人航天工程正式启动。只有在这样伟大的时代，中国的载人航天事业才能走上一条强国兴邦、科学发展的兴盛之路。

天路无坦途。航天员的训练无疑是艰苦的，涉及空气动力学、电工电子学、天文学、高等数学、航天医学、自动控制、系统工程、计算机、航天技术、英文等基础理论训练和体质、心理、航天环境耐力及适应性训练、专业技术训练、飞行程序与任务模拟等 8 大类 50 多门课程，对我们来说，几乎是达到智力和身体极限的考验和挑战，然而我们没有理由懈怠和畏惧。因为我眼睛里看到的，触摸到的，学习了解到的，都让懈怠和畏惧无处藏身。从 1992 年起的短短 10 年间，现代化航天城的崛起，高技术集成飞控中心的诞生，运载火箭的可靠性安全性分别达到 97% 和 99.7%，直接研制国际第三代独具中国特色的 3 舱 1 段的飞船，国际先进的"三垂一远"发射模式，与国际接轨的陆海基航天测控网，继美俄后世界上第三个建立的航天员选拔训练基地……国家和我们航天科技人员已经做了那么多，我有什么理由去畏惧，有什么理由不发奋？我想，我要为我的祖国去飞翔；我必须为我的祖国去飞翔。

托举光荣和梦想的伟力

当我驾乘神舟五号飞船，开始 21 个小时 23 分钟的太空行程时，也开始了中国人的圆梦之旅。这一刻，距中国载人航天工程立项仅 11 年零 25 天。当我在距离地面 343 公里的太空中，用中英文两种语言问候地球："和平利用太空，造福全人类。"我的心里除了自豪就是自豪，我在为祖国和中华民族飞翔！

随着中国太空活动的增多，有近 2000 项航天技术已转向民用，有力带动了我国众多产业的发展，卫星通信、光纤通信、导航定位、气象预报、减灾防灾、远程教育、微电子、新材料、新能源，纷纷应用于国民生产和生活中。中国航天事业所产生的效益，已达每年 1200 万元；统计表明，我国近年来运用的 1000 多种新材料中，80% 是在空间技术牵引下研制完成的。

一串串的数字背后，是一个充满改革开放活力的中国创造的奇迹。中国载人航天事业的一次次飞跃，是国家经济实力科技实力国防实力和民族凝聚力不断增强的生动体现。

我越来越相信，改变落后面貌的有效途径就是坚定地走改革开放与发展的道路，坚定不移地大力发展科学技术，提高民族的自主创新能力和自我发展能力，这是一个国家一个民族战无不胜的法宝；一部中华民族的发展史，就是中华儿女的爱国奋斗史。我们与世界载人航天 42 年的差距，中国航天人靠吃苦、战斗、攻关、奉献的精神，仅用了 11 年，就大步赶上来了。如今，我们伟大的祖国把自己的航天员送上了太空，送上了蓝天，成为第三个独立掌握载人航天技术的国家。这是多么了不起的成就，多么惊天动地的伟业。

当我带着中华民族千百年的梦想，乘坐神舟五号宇宙飞船在太空遨游的时候，我想到了我们的祖国之所以有今天，我杨利伟之所以有今天，得益于我们伟大祖国的奋起和复兴，得益于无数优秀中华儿女的前赴后继、笑傲苍天的奉献和牺牲。大家知道，在航天人的队伍中，许多高级知识分子初来戈壁滩时风华正茂，如今已两鬓斑白，有的祖孙三代扎根荒漠，"献了青春献子孙"；有的献身航天，身埋青山。作为恋人，他们愧对情侣，因为他们不能与情侣花前月下，共诉衷肠；作为丈夫，他们愧对妻子，因为他们不能给妻子更多的照顾和温存；作为父母，他们愧对子女，因为他们不能给子女更多的爱抚和教育；作为子女，他们愧对父母双亲，因为他们不能更好地尽到孝敬义务。他们只知事业，不计名利；只求贡献，不想索取；只为他人，不为自己。这就是中国航天人可贵的精神——永恒永存的一种精神。

科学不是一个人的事业，载人航天工程是全国人民共同的事业；载人航天事业取得的成就，是中国社会主义优越制度结出的硕果。在这项高度集成的系统工程中，全国有 110 多个科研院所、3000 多个协作配套单位和几十万工作人员承担了研制任务。如果没有全国一盘棋，上下一条心，统一指挥、统一调度，努力实现人力、物力、财力的最佳结合，没有大协作，这么庞大的工程根本无法运转。

梦想变成了光荣，光荣又在孕育着新的梦想。当神舟六号、神舟七号载人航天飞行取得圆满成功，我们已实现多人多天和航天员出舱，在太空行走，中国人的太空探索又站在了一个新起点上。

聆听着中华腾飞的脚步声，我们坚信——自强、自立的中国人还将在更高的领域、更广阔的空间，不断实现各项事业的更大发展，创造新的辉煌。

吟成横刀马上歌

杨建华

杨建华（1953—　　　），湖南醴陵人，曾任
原总参谋部参谋、副主任，代理副师长，原南
京军区参谋长，联勤部部长。少将军衔。

今年中秋节与国庆节连在一起，使我在思念亲人时也十分怀念为共和
国献出生命的革命前辈。虽然我没能见过这些先烈，但他们是中华民族杰
出的代表，一直激励和鞭策我的成长。这次专门去大渡河安顺场，现场缅
怀 1935 年红军强渡大渡河的十七勇士和他们的战友。同行的还有当年红一
方面军一师一团三营营长尹国赤的孙子尹光星。为什么约他一起去？这里
先讲一段感人的故事。

1934 年 10 月 16 日，我的父亲杨得志率"红一团"踏上长征之路，担
负红一方面军中央纵队的先遣任务。"红一团"一路上打了无数恶仗，也取
得了无数战斗的胜利，却被 300 多米宽又水流湍急的大渡河挡住了去路。
据说太平天国著名将领翼王石达开和他所率七千兵士就是被清军消灭在这
里，蒋介石也想让红军成为"石达开第二"。红军长征连弹药、粮食都十分
匮乏，根本没有架桥工具，而渡场上几只破烂渡船也被国民党军队拖去对

365

岸，防止被红军利用。由于敌军麻痹大意，没想到红军会到的这么快，一名敌军连长偷偷来安顺赌博，带来的一只木船被红军先头侦察班缴获，这便成为后面十七勇士强渡的唯一过河工具。小船上除船夫只能乘9人，所以第一船便由二连连长熊尚林率领8名突击队员进行抢滩，等小船返回我岸接第二批突击队员时，时间已过去1个多小时，英勇的9名红军战士利用岸边礁石硬是抗住了敌军多次反击。一营营长孙继先率领8名战士第二船过河，我父亲第三船过河。英勇的红军战士奇迹般地成功强渡了大渡河，很快击溃了担任河防的敌军一个营，尔后乘势夹击泸定县城，配合四团夺下了泸定桥，保障中央红军机关顺利过河。

新中国成立后，我曾多次听父亲讲强渡大渡河的故事。当年一营营长孙继先后来担任济南军区副司令员，二营营长陈正湘后来担任北京军区副司令员，1955年首批授衔时他们都被授予共和国中将，唯独三营营长尹国赤不知下落。找到三营营长及他的家人，成为父亲挥之不去的心病，1980年父亲担任总参谋长后，千方百计通过国家民政部和他所知道的是"江西吉安人"这唯一线索，大海捞针般地寻找，功夫不负有心人，终于得知：尹国赤在红军到达陕北的直罗镇战斗中身负重伤，后转到地方部队任师参谋长，抗日战争时期曾任八路军陕甘宁留守兵团警备七团团长，抗日战争时期深入到晋中、晋察冀边区负责整训部队，1940年5月，在返回延安路上因伤病复发不幸牺牲。由于他参加革命后，一直转战各地，加之老家地处偏远乡村，交通信息闭塞，直到牺牲，尹国赤也没能回老家看一眼妻儿老小，家人对他的情况也知之甚少，至今仍在永新农村过着普通的生活。

父亲得知这些情况后，立即亲笔写信证明尹国赤的红军身份和英勇表现，有关部门也对其家人进行了登门慰问，1983年6月15日，国家民政部向其家人落实政策补发了烈士证书。尹国赤的孙子尹光星，现在江西省国税局工作，他看了《杨得志回忆录》了解到爷爷在红军时期的可歌可泣事迹，并迅速与我取得了联系。至此，我亦可以告慰父辈们的英灵，作为后代的我们手拿接力棒又走到了一起，同心同德、勇往直前，共同完成他们未竟的事业。

1988年1月12日，父亲赴他投身革命的湖南郴州，参加"湘南起义六十周年"纪念活动，回想起当年一起报名参军的 25 名农友，不到一年的时间就牺牲了只剩下他一人，父亲感慨万分，写下了这样的诗篇："六十沧桑从何说？感慨郴州举标梭。纤尘幸留小痕印，滴水远去大江河。踏碎关山烽火路，吟成横刀马上歌。若问来路英雄者，无名更比有名多。"每每读起，我便热血沸腾、豪气万丈，同时不免更加思念英雄的父辈们，追忆他们为了民族的独立解放，抛头颅洒热血建立起的丰功伟绩！

洛阳城下

张 明

张明（1925— ），山东长山人。1938
年参加革命。文中身份为华东野战军第三纵队
八师二十三团一营营长。新中国成立后任原南
京军区副司令员，中共南京军区纪委书记。
1988年被授予中将军衔。

一九四八年三月，我伤口尚未痊愈，就回到营里参加领导新式整军运
动。运动刚结束，部队立即出发，说是到鲁山剿匪。有些新战士一边走一
边发牢骚："新式整军搞了一个多月，难道就是为了几个土匪？"老战士们
却心中有数，悄悄参谋着："放心，上级不会用磨好的快刀去砍臭虫。我看，
八九不离十，准是去打洛阳。"话虽有谱，可部队一直往正西走，而洛阳却
在西北。

一天，师里叫我到师部去。问什么因由，没得到答复。我心里不免嘀
咕起来，左思右想，总觉得和打卓家圩子有点牵连。

提起那次战斗，真叫人窝火！对手是三四十个人的还乡团，只有几挺
轻机枪，工事也不过一座土圩子、一道壕沟和几个碉堡。而我们是顶顶棒

棒的一个主力营，论人数，讲武器，简直他就不能相比。谁知糟糕得很，由于火力组织不严密，几次攻击都失利了。我左臂也负了重伤。最后，还是黄昏后重新组织攻击，仅以轻伤三名的代价，全歼了敌人。仗是打胜了，可我这个刚改行过来的营长，第一炮就瞎了火……

现在师部叫我去，说不定还是为了这件事。

走进师司令部办公室，只见里面已坐满了人，都是团以上干部，像是在开什么重要会议。我刚要抽脚出来，作战参谋却把我留住。他说：

"别走，有你的份儿！"

团以上干部开会竟有我这个营长的份？大概是总结战斗经验，以打卓家圩子为例，让我来个"现身说法"。想到这里，脸上不由一阵发烧，低着头找个位置坐下。

王吉文师长满面带笑向我走来，指着我的左臂说："你的伤怎么样？"

"差不多全好了。"我志忑不安地回答，静等着下文。

"那好。"接着，师长就开门见山地说，"西北大捷打乱了敌人的阵势，邱行湘的二○六师在洛阳很孤立，上级让我们趁机拔掉它。你们营担任突击怎么样？"

原来这样！真是一百八十度的大转弯，我懵懵懂懂地站起来就说：

"保证……"

"不忙！"师长打断我的话，"回去研究一下，再保证不迟！"他让我坐下，沉缓地踱了两步，又说："你们营的战斗作风我们信得过。可初次打洛阳这样大的城市，不要说你是个新营长，就连我们也缺乏经验，马虎不得。听说打完卓家圩子你有点愁闷，怕将来的仗越打越大，没本事完成任务，是吗？"

一句话说到我心里来了。近来，无论在卫生队养伤，还是行军途中，脑子总是乱糟糟的，千头万绪理不清楚。毛主席让我们打到外线，夺取中原。现在三路大军已经胜利会师，下一步就要攻打大城市了，多好的革命形势，可我能做些什么呢！几个还乡团匪徒就把我绊了一跤……

"仗是越打越大，这点你看对了。"师长说，"不过，蒋介石不是愁倒的而是打倒的。不会不要紧，我们学嘛，到处有我们的先生，会学到本领的。

这回打洛阳，多搞搞调查，大家动脑筋，别像打卓家圩子那样蛮干……"

接着会议进行具体讨论。师长又作了许多细致的安排后才散会。

三月九日，部队开到洛阳的东南郊。二、三营立即投入扫除外围据点的战斗。随着枪炮声，我的心绪一阵比一阵紧张。外围据点如果清除，就要看我们突破东门了。然而，我们除了知道洛阳是敌人苦心经营的现代化设防城市，守敌青年军二〇六师比较顽固，师长邱行湘是蒋介石的得意部下之外，具体情况就掌握得很少了。明知面前摆着一个硬核桃，比卓家圩子不知要硬上多少倍，可就不晓得它硬在哪里，怎么把它砸出道缝来。

正当我们心里没个道道的时候，团党委向部队提出"人人搞调查"的号召。我们组织全营各种人员，除了警戒之外，全部出动访问老乡。茅屋里，大树下，场院上，随处可见三三两两的战士们，坐在老乡面前，拿着笔记本标记着老乡们述说的洛阳地形和防御工事情况。

夜深了，营部里热闹起来，人们出出进进，汇报调查结果。有的成本大套，有的一点一滴，凑在一起，是多么细致完备的"洛阳城防图"啊！无论怎么精明的侦察员也难以侦察得到。

我面前摆着下边送来的一张草图。这是一张撕下来的信纸，上面密密麻麻地画满了千奇百怪的图形和符号：有圆圈，有正方形，也有长短不齐粗细不等的直线；更有趣的是还画着一只死狗。我费了很大脑筋，还是不得其门。于是问道：

"谁画的？"

"理发员。"

难怪，理发员画军事地图，自然是外行。我把他找来当面问道：

"这张图不错，看样子很详细。你再解释一下，这条长线是什么？"

"外壕。"理发员有点拘谨地回答，"老乡说，上面原来有桥，现在不知道敌人拆了没有？"

"那么短细线就是桥了。桥头的圆圈是什么？"

"老乡叫大坟包，我想是个桥头堡。"

"对。桥头堡外边的大圆圈是铁丝网吧？"

他腼腆地点了点头。我又问：

"死狗是什么意思？"

"老乡说，前几天有只狗跑近铁丝网，不知怎么就死了。我琢磨，一定有电，是电网。"

多聪明的小鬼！他不仅了解到重要的情况，而且做出正确的判断，使我们有可能早做准备。要知道，战斗中的任何意外，都要付出血的代价的。我情不自禁地叫道：

"你这个小机灵鬼！"

他"嘿嘿"笑了两声："这都是老乡说的。"

提起老乡，他收敛笑容，双眉齐竖，愤怒地讲起了邱行湘的暴行。这个草菅人命的刽子手，在缩进城里之前，把城外的民房全部烧毁，成千上万的百姓妻离子散，无家可归。邱行湘吹嘘的"金城汤池"，实际上是洛阳人民的"血城泪池"，讲到这里，理发员涨红着脸要求：

"营长，给我枪，我要替老百姓报仇！"

何止他一个人呢？所有参加访问的人，都听到了乡亲们的血泪控诉，纷纷表示："打进洛阳城，活捉邱行湘！"

看来，战前调查既摸清了敌情，又激发了部队的高昂斗志，一举两得。我觉得胜利在握，心情舒展开来，马上召开营党委会，顺利地拟了一个初步战斗方案：一连突破，二连、三连分别担任第二梯队和预备队。一连长许升堂眉飞色舞，二连长邱吉太却垂着头不吭气，三连长板着脸挤近二连长坐着，像是在生谁的气。这三个人，平日里嘻嘻哈哈，亲热得很，一旦分配战斗任务，总要争得别别扭扭的。不过可以看出，他们有信心完成这个方案，所以争着担任突击。这对我也是个不小的鼓舞，我兴冲冲地向团里作了汇报。

不料，团里听了汇报之后，说：这是老一套，打小县城、打土圩子可以，打洛阳不行。让我们看完地形再说。

一瓢冷水浇在头上，心里凉了半截，我在想：难哪，看来我这个新营长，要赶上革命形势发展的需要，面前的困难还多着呢！

外围据点清除了，我军阵地直迫洛阳城下。我带着各连干部、爆破排长和突击手们，踏着被炮火犁过的土地，进了东关，来到前沿观察地形。

我们登上一座楼房，通信员在墙上挖了个瞭望孔，洛阳城防工事展现在面前。真是百闻不如一见，我不由倒抽一口冷气。

只见兀立着的高大城郭，一片死气沉沉。城墙上斑斑驳驳，用望远镜仔细观察，原来都是枪眼！倘若这密如蜂窝的火力点全部发射，城墙将变成一道火墙。我们要突破的东门被外面的套城——瓮城挡着，看不到设防情况。瓮城却很清楚，城门高大，塞满了沙土的汽油桶垒得又高又厚，没有几百斤炸药很难掀开一道裂口。在这样严密的火力控制下，送上这许多炸药并且把它一包包地点燃，不知要付出多大代价哩！

瓮城下边就是那道外壕，换了几个地方也观察不出小桥是否还在，因为有个篷布遮障。埋发员画的桥头堡清晰地摆在岸边，它人而坚固，周围是铁丝网，占据着一夫当关万夫莫敌的地势。看了半天，没看到死狗，可能已经拖走了。桥头堡这边一片瓦砾，满目凄凉，显然就是邱行湘拆除的居民区。

足有两百米宽，五步一小堡，十步一大堡，犬牙交错，相互支援，没有一线通路。此外，像鹿砦、堑壕、暗道等一般障碍物，那就数也数不清了。

人们在细心地观察着，有的绘图，有的思考，也有的紧锁眉头。一个胖胖的小鬼见了我吐吐舌头，说：

"营长，这工事，可不能一冲了事！"

我看看他，想起一个月前新式整军运动中，正是他提意见说我打仗好冲动，一冲动，拼命主义就来了。此时看到工事如此复杂，他又给我打预防针了。

一连长许升堂本来是兴高采烈的，这阵却面露愁容，很少言笑。我捅捅他：

"喂，怎么样？"

"够喝一壶的，不过没问题。"

爆破排长黄风歧一旁插嘴道："豁上百十斤，保证打进去！"

以前我听这话，心里是最满意的了。现在我却学着师长对我的口吻说道：

"不忙保证，拿出办法来！"

大家你看我，我看你，哑口无言。真是令人焦急！第一个方案通不过，第二个方案又拿不出来，难道真要辜负上级的信任？

正在着急，给我打"预防针"的小战士又在面前一闪，我不由又想起新式整军中的那次战评会。会上，战士们把卓家圩子战斗开头失利的原因说得头头是道，有根有苗。当时曾想，如果战前开这个会，战斗不会打得那样窝囊。当然，那是事后诸葛亮。现在何不像师长叮嘱那样，"大家动脑筋"来个事前诸葛亮呢？对，开会，大家想办法。

我把全营参加看地形的干部和战士，集合在东门外的一所比较宽敞的民房里。炮声隆隆，枪声震耳，面对敌人的城墙，指点着邱行湘的"铜墙铁壁"，我们的会议开始了。我首先让大家提困难。

咱们部队从来就是这样：一提任务，大家抢破脑袋，让提困难，都成了哑巴。屋里沉默很久，外边的枪炮声更加刺耳。我耐不住又动员一次，还是没人吭气，只好点名了：

"一连长，没困难吗？你们是突击连，你先说说你们怎么打？"

"坚决打！"

"具体点！"

这可把他难住了，嘿嘿笑了两声，说："说不上来。反正我保证……"

说到这里他摸摸脖子，红着脸喃喃半天，最后把话一转："说句孬种话吧！冲锋道路太长，别的障碍不说，光城墙外边的大小碉堡就有十六个。我们连坚决打不成问题，怕的是打到城门底下剩不下几个人，没法攻城。"

见有人开了头，二连长邱吉太也说话了：

"原先看一连把突击任务抢去，说实话，有点'吃醋'。看到这工事，我倒想不担任突击也好，免得打不好丢人。别笑嘛，压在你头上也够你受的！"

三连长也说："我也想，一个连包干够呛！"

经他们一说，我脑子里的迷雾豁然被风吹开了，难怪上级说第一个方案老一套！用打县城的战术，对付重重设防的大城市，当然行不通。有了问题，我们继续商量办法。扯来扯去，最后还是一连长出了个点子：

"我看这样：把冲锋地段分成三段，三个连三一三十一，各连包干一段，我们包打城门！"

"瓮城我们拾掇！"二连长抢着说。

"桥头梅花堡、木马和铁丝网归我们吧，保证一、二连顺利通过！"三连长说道。

难解的疙瘩和群众一见面，就顺利地解开了。以后又提出一些零零碎碎的办法，像电网怎么排除，太低的碉堡炮火打不到应该怎么对付……只是小桥情况不明，架桥队怎么使用难下决心。最后一致的意见是，战斗开始时，架桥队暂且按兵不动，侦察之后见机行事。

我们把新的方案向团里做了汇报，当即被批准了。首长高兴地说：

"邱行湘说咱们解放军冲锋是一股劲，挡住这一股就万事大吉。这次洛阳设防纵深长，地堡多，他是想用两股劲对付咱的一股劲。可是你们的方案，正是用三股劲对付他的两股劲。好极了！三个连都用上没预备队了吧，把团警卫连拨给你们！"

直到这时，我才长长地出了一口气，悬着的心暂时算落了底。

三月十一日，在总攻之前，我抑制着战前的激动，闭上眼睛把准备工作又想了一番，觉得万事俱备，只等信号升起。不过，我仍担心打起仗来感情冲动，闯乱子，正好通信员小周在身旁，我对他说：

"给你个任务，看我脑子发热时，就拉我一把，别忘了！"

"是！"小周会意地笑着回答。

黄昏在人们焦急的期待中逐渐变成了黑夜。我们的炮兵实行迫近射击，把大炮推到低洼的地堡跟前，从炮膛里瞄准，我军的炮火发射了。霎时，山摇地动，火光闪闪，洛阳陷入烟火之中。还是在昨晚趁敌人惊魂不定之际，我让三连提前动作，先炸掉了敌人大石桥上的三道障碍。

七时，天空升起了三发白色的信号弹，这是步兵攻击的信号。陈赓兵团的四纵队和我们三纵同时向五个城门发起了攻击。

三连的爆破手们看到信号，加快动作，来回奔跑。战士马景春首先奔向桥头的梅花堡，抢起事先用胶带缠好把子的大铡刀，照准电网猛砍一气，电网裂开三个大口子，爆破员跟踪而入，迅速点燃了特制的大炸药包。轰隆一声，梅花堡飞上了天空。

三连仅以半小时就将壕外十二道障碍全部清除，使我感到最高兴的是爆破员无一伤亡。

我激动地对二连长说："你们上！"

这时，忽然大雨倾盆而下，面前一片漆黑，看不清小桥是否被敌人拆除。架桥队几次问我上不上？我都没有回答。侦察组去了许久也不见回转。战斗中每一秒都非常宝贵，手表不停地走着。其他攻击方向的枪声十分密集，看样子人家进展很快。我开始不耐烦了，也巧，这时两块弹片打在我的背上，伤虽不重，却是火上浇油，我气恼地说：

"架桥队，上！"

小周见势头不对，连忙拉拉我的衣角。我一愣，随后喊道："回来！"

隔了一会儿，侦察组长回来了，他满身湿淋淋的，喘着粗气，向我报告："有桥！"

要不是小周及时提醒，架桥队贸然上去，不但用不上，还可能招来无谓的损失。我重新命令道：

"二连继续爆破瓮城，架桥队放下桥，准备参加战斗！"

二连冲过小桥，一气送上七个最大号的炸药包，把沙土汽油桶堵塞的城门，轰开一个大缺口。突击班长胡登法第一个冲进突破口，排长宋苍富也带头冲了进去，占领了右侧大碉；接着，邱连长率领二梯队也进去了。瓮城里的敌人很顽强，死命抵抗，战斗形成胶着状态。这样拖延下去对我们很不利，于是我叫三连和团的警卫连投入战斗，歼灭瓮城之敌。一连穿过瓮城，直取第二道城门。

一连在连长许升堂的指挥下，炸开了用沙袋堵塞的城门，突击队在英雄沙培琛副连长率领下勇猛地突进城门，迅速地夺取了城楼，三颗红色的信号弹，终于从城头上腾空升起，洛阳东门全部突破成功！

"突破只是全胜的开始！"一连的英雄们牢牢记着这句话。他们改造了敌人的工事，连续打退敌人的反扑，顽强地巩固了突破口，使后续部队源源进城，顺利投入巷战。

接着就是两天两夜的厮杀。最后，邱行湘带着他的残余部队和"敢死队"，退守到城西北角的核心工事——洛阳中学小圩子。十四日，我们纵队和陈赓兵团的四纵队，并肩向小圩子发起猛攻。无数原有的和刚刚缴获的大炮，扬起黑亮的炮口，把小圩子围在当中；每门炮旁边的弹药箱堆得像座小山。炮兵指挥员不指示具体目标，不规定发弹数目，只喊一声："各炮发射一小时！"随即山崩地裂，火光冲天，小圩子翻了个。多么激动人心的情景！过去，我们军队的政治素质一直超过敌军，而现在装备也开始在转化了，蒋家王朝的最后毁灭还会远吗？

一小时炮击之后，成百上千的国民党军青年军官兵，失魂落魄，举起双手走向集合场。那个给蒋介石打电报表示"战至一兵一卒，以报党国"的邱行湘，也头上扎着解放军的绷带，神情沮丧地被押走了。

二〇六师被全歼了，洛阳城解放了。

战后，上级授予我们以"洛阳营"的光荣称号。记者让我谈谈感想。回顾卓家圩子，再看看洛阳战斗，似乎满肚子感想，不知怎么却一句也说不出来。只好把经过原原本本讲了一遍。

高山仰止（外一篇）

金一南

金一南（1952—　　　）。江西永丰人。曾任国防大学战略研究部副主任兼战略研究所所长，教授，博士生导师。少将军衔。著有《苦难辉煌》《浴血荣光》等。

大将军性烈如火。

大将军疾恶如仇。

大将军冲锋陷阵。

大将军视死如归。

提起彭总，几乎不假思索便能写下这四句话。从红军时期江西苏区的五次反"围剿"，到建国之后朝鲜战场上的五次战役，从抗战最艰苦阶段发动百团大战，到解放战争最艰苦阶段指挥西北三战三捷，大将军从来横刀立马，战绩辉煌。

但一部共和国史仅以战绩来论定彭总，还不能把握其全部。古往今来战史卷册浩如烟海，从来不乏功勋卓著之将帅。多少名将统兵数万之时大展风采，一旦失去兵权和前呼后拥的部属，为人称道的勇气与能力便如冰雪一般消融，他们自身也像流星那样迅速陨落暗淡。如果彭总仅与战争有关、仅与胜败有关，同那些大江东去的名将一样身穿戎装方显风采，坐为上宾才有气派，何至于我们今天如此唏嘘感慨。彭总非凡之处，恰在于他一身布衣，也是大将；他落为囚徒，也是伟人。在他100周年诞辰之际，与花篮和讴歌相伴的是一个不轻松的命题：作为新中国军人的杰出代表，他那撼天动地的力量蕴藏在哪里？

著名的未来学家托夫勒在其名著《力量转移》中，认为人类社会存在三种力量形态：暴力，金钱，知识。暴力的力量人类早有深切领受。金钱的能量从今天我们很多人也同意"没有钱是万万不能的"便可见一斑。而现在"知识经济""信息社会"等等说法，则更是16世纪英国人培根那句名言"知识就是力量"的印证。不能说托夫勒概括得不对，但太多的时候暴力属于掠夺、金钱意味着占有，太多的时候知识或是从属暴力或是从属金钱。如果人类社会发展进程中仅有这二种力量在交相呼应，我们生存的空间多么狭窄，该到哪里去寻觅发掘那些真正撼动我们灵魂的东西呢？

从彭总身上，我们看到了享誉全球的托夫勒也未领悟的一种力量：人格的力量。这种力量不仅表现在当战火烧到鸭绿江边时，他敢于接过帅印，率领一支小米加步枪的军队去和世界上最强大的武装力量对抗，也表现在当浮夸风盛行、说假话泛滥的时候，他敢于挺身而出，为人民大声疾呼。彭总倾其一生于国家安危和民众疾苦，除此之外便不多考虑。"文革"灾难中他被批斗审讯200余次、打得遍体鳞伤，却留下这样的心迹："我只能毁灭自己，决不能损害党所领导的人民军队。"忆及红军时期攻打长沙战斗，囚室中的文字竟如战场冲锋号那般嘹亮铿锵："何键这只狼狗只身逃于湘江西岸。没有活捉这贼，此恨忧存！"一个人已成囚徒却仍令战场对手心惊胆寒，该是何等的人格力量。正是这种力量使他在最深重的苦难之中，迸射出最耀眼的辉煌。

我们常谈理想信念。我们又常见在缺乏人格力量的人那里，理想信念会变得多么随意与虚无。泰山未崩于前而色已变，麋鹿未兴于左而目已瞬。我们羡慕聪明与才华。我们也多见在缺乏人格力量的人那里，聪明才华会蜕化为多么实惠与猥琐：查眼观色见风使舵，好汉不吃眼前亏八面玲珑。彭总用生命告诉我们的道理如泥土一般质朴：一个人要活得真，做得真，说得真，行得真；先做真人，再谈真理。

1966年6月，彭总途经遵义，在红军长征时三军团参谋长邓萍牺牲的地点默立良久，感慨万千。面对漫天飘落的毛毛细雨，他动情地说了一句话：堂堂七尺男儿，洒尽一腔热血，真乃人间快事！

这句悼念当年情同手足战友的话语，何尝不是他自身的写照。彭总一生直峻挺拔，不论统兵百万还是孤军奋战，不论从士兵到元帅还是从元帅到平民，对自己的追求终生不改。一个人的生命何其有限。一个人一生能将一件事做到如此有始有终，又何其艰难。正是这种辉映千秋的人格力量使他超越古今将帅，成为中国现代史上一颗巨星。

鲁迅说，我们自古以来就有埋头苦干的，有拼命硬干的，有为民请命的，有舍身求法的……这些人就是民族的脊梁。一个民族是这样，作为民族的缩影，一支军队也是这样。在漫漫历史长河中，军队不知要将多少枚勋章多少颗将星授予那些杰出的军人。勋章可以褪色，将星可以消磨，人格却会永存。

彭总去世时那般萧条零落，连简陋的骨灰盒上也不能留下姓名。他死后却成为一座巍峨的青山。历史承载下了他的英名。

高山仰止，大将军流芳百世。

心中的军徽

在华盛顿西南群山怀抱的昆特克尔，陆战队大学研究中心主任格罗夫仔细端详我们赠送的礼品，小声发问："八一"这两个汉字是什么意思？我们解释的时候，这位退役陆战队上校竟然专门拿来一个本子，一笔一画认认真真记了满满一页，然后叫来特藏部门负责人，叮嘱将这篇说明和礼品一起放好，以便让所有参观者都知道其中的含义。在安那波利斯海军军官学院，我们又碰到一模一样的情况。所有解释都被认真记录下来，成为他们的收藏。

这的确令人印象深刻。美国军人对"八一"的含义虽然弄不清楚，但是通过交战与交往，知道这个标记不能轻视。他们尊重佩戴八一军徽的中国军人。

我知道，军人之间的尊重不会凭空产生。自1840年以来，近代中国没有一支军队，像中国人民解放军这样引起世界广泛关注，甚至成为他们的研究题目。这是先辈留给我们的资本。他们把自己的鲜血和生命都浇注到其中去，终使八一军徽在世界熠熠生辉。

与一支军队跋涉的万水千山相比，人的生命何其短暂。72年前八一南昌起义的组织者，至今已无一在世。半个世纪前在朝鲜战场上打出国威军威的猛将们，也不剩几人。八一军徽在不息的军号和嘹亮的军歌中，默默完成着生命的接力与史蕾。像一株参天巨树，叶片年年脱落，新芽岁岁破枝，增长着一圈又一圈坚实的年轮。

在军徽面前，每一代军人都是过客。正因来去匆匆，有些人便只求功名利禄，声色犬马。一个中国军人，如果脑中思虑的只是一己荣辱而不是祖国安宁，心中充满的只是个人欲望而不是军人的责任，他就玷污了军徽的荣誉。即使他在财富与安逸中享乐一生，也是八一军徽的不肖子孙。

我们这支军队在战火硝烟中曾经英雄辈出，战将林立。和平时期是否还能继往开来，无往不胜？回答这个疑问需要的不是理论，而是实践。半个世纪和平，人民解放军以两个感人至深的形象，对这一问题做出了回应。当群众有难、急需帮助的时候，人们首先会想起把困难留给自己、把方便让给别人的雷锋。当国家有难、强敌虎视的时候，人们首先会想起泡方便面就咸菜钻研军事学术、点半截蜡烛研究高技术战争的苏宁。

雷锋和苏宁，是中国人民解放军的杰出代表，八一军徽在他们头上闪出了夺目的光辉。他们是和平时期的军人，欢乐里人们看不见他们的身影，危难中人们却离不开他们的精神。人民解放军的血脉，通过这样优秀的军人在不息地流传。他们与八一南昌起义的英雄和朝鲜战场上的勇士一样，永远与军队同在，与军徽同在。他们的生命已经超越了时空，嵌入了军徽的辉煌之中。我军的职能，正是通过这些生动感人的形象，深深铭刻在祖国和人民心里。

世界上任何一支有战斗力的军队，都离不开军人的献身。中国人民解放军的未来，在于千千万万个雷锋和千千万万个苏宁。那些在茫茫瀚海中驻扎南沙高脚屋的海军陆战队员，在滚滚洪水前死守荆江大堤的空降兵官兵，那些长年累月巡逻于边疆大漠的边陲卫士，日日夜夜攻关于试验室、为我军新型装备呕心沥血的专家教授，虽然没有多少人知道他们的姓名，却是八一军徽不竭的力量源泉。如同一支歌中唱的那样："像那大江的流水一浪浪向前进，像那高空的长风一阵一阵吹不断"；正是一代又一代中国军人的英勇献身，才构筑起了中华人民共和国的钢铁长城。

大风起兮云飞扬，安得猛士守四方。21世纪迎面走来的时候，我们看到了超级霸权如何凭借武力、在世界上肆意横行的先例，也看到了一支军队失去军威、一个国家便失去国威的教训。世界风云变幻，周边风云变幻，形势在提醒我们：要保卫祖国安全，捍卫民族尊严，必须以我们的奋斗，使中国人民解放军跻身于世界强师劲旅行列。我们这一代军人享受着前辈威名的庇荫。让下一代军人也踏上我们的肩膀，该是我们的重任。

当五星红旗在国歌声中冉冉升起的时候，当阅兵方阵雷霆万钧通过天安门广场的时候，人民英雄纪念碑可以作证，"把我们的血肉，筑成我们新的长城"仍在唤动我们胸中的热血。那一片片灿烂军徽中发出的口号山呼海啸，即是全军将士致祖国的钢铁誓言。

真正的中国军人，军徽的光芒便是他的生命。这光芒不仅在帽檐上，更在心中。

（1999年7月）

祖国不会忘记你们

周克玉

周克玉（1929—2014），江苏盐城人。曾任军政委、总政常务副主任，原总后勤部政委。上将军衔。著有《京淮梦痕》《京淮求真》等作品多种。

今年七月，我去青藏线上检查部队的工作。我听到过张鼎全的名字。我知道了他从当一名汽车兵始，在这被称为"生命禁区"的青藏线上，已经战斗了二十多个年头；知道了他曾立过功、受到过许多的表彰和奖励；还知道了他在业余时间里，写出了几十万字的关于高原汽车兵生活的文学作品……一句话，他是一个令人感动的出色的军人。

当时，我很想看看这位同志，因他外出执行任务，直到我离开那里，都没能见到他。

再次听到张鼎全的消息，便是他有两部中篇和一部长篇小说即将发表，我很想早日读到他的作品。不久就听说他因病重住院。向我汇报此事的同志介绍说，他是因身体实在不能支撑了，才从海拔2800米的格尔木下来的。

得知他的病情后，我和南起部长都很着急，通过电话向他转达了我们的关切和问候，并嘱咐医院精心治疗。张鼎全同志工作的青藏兵站部，上至领导，下至机关以及正在执行繁忙运输任务的同志，无不万分惦念着他的病情。

解放军文艺出版社《昆仑》编辑部的同志也听说了张鼎全同志的身体情况。不久前，他曾把自己在无数个夜晚写成的一部反映高原汽车兵生活的长篇小说寄给编辑部。编辑同志曾专赴西宁和他交换意见。当时，编辑们并不了解他的身体情况。张鼎全曾兴奋地表示，愿意再好好改一稿，让更多的人通过这部作品，了解高原汽车兵的胸怀和情操。他还代表汽车兵们恳望编辑部组织作家来高原上看一看。他说，到时候，他一定亲自开车当向导。

得知张鼎全同志病情后，编辑部的同志们匆匆来到总后勤部，表示要作为特殊情况，千方百计，尽快将书稿付梓，让张鼎全同志在病榻上，看到自己倾尽全部情感的著作，这或许能使他增添一分战胜病魔的力量。编辑同志的这个心情，我们是很感激的。他们约我为这部名叫《雪祭唐古拉》的长篇小说作序，我感到是一个义不容辞的责任。

对青藏线，应该说是不陌生的。这倒不是因为我曾几次到过青藏地区、几次在空中俯瞰这片神秘的山川。解放初期，修筑青藏公路曾是为全国人民瞩目的工程。在我们的国家开始社会主义建设的时候，那来自"世界屋脊"的捷报，对亿万建设者该是多么巨大的鼓舞。一条青藏线，使祖国内地与西南边陲紧密联系在一起，它为青藏的繁荣和稳定做出了巨大贡献。因此，我对战斗在高原上的同志们，战斗在青藏线上的同志们，一直怀着崇高敬意。到总后工作后，我去的第一支部队，便是青藏兵站部。也许正因如此，我被张鼎全同志的这部小说深深吸引。雄浑壮丽的高原风光，粗犷淳朴的藏族同胞，艰苦卓绝的运输生活……当然，最感人的还是那些从内地不同的地方，来到这风雪高原上的汽车兵。张鼎全熟悉他们，了解他们。因为他自己就是这些汽车兵中的一员。于是，一代又一代汽车兵们献身高原的千般情志和他们面对亲人的百种柔肠，无不生动真切地跃然纸上。读罢，让人心动、心迸，进而使人为之喜、为之忧、为之呼、为之思……青藏线是一条风雪拦不住、冰山隔不断的钢铁运输线。浇铸这条运输线的，便是张鼎全同志小说中的主人公们——高原汽车兵的青春、汗水、热血和生命。

七十多年前，列宁在纪念苏维埃政权成立一周年的时候，曾为苏联作家亚历山大·托多尔斯基创作的《持枪扶犁的一年》一书，写过一篇短文。满腔热情地称赞这本书是一本"好书"。称赞作者把"一个偏僻县份的革命过程描写得非常朴素而生动"。列宁殷切地提出，"希望更多的、从事群众工作的、真正生活在群众中间的工作者来描写自己的经验……从这些著作中选出几百部或者几十部最真实的、最实在的、最富有实际内容的优秀作品来出版，对社会主义事业来说，比发表那些钻在故纸堆里看不见实际生活的名作家的文章要有益得多。"（《列宁全集》第 28 卷 365 页）现在，读了张鼎全同志的作品，我最想说的，便是七十多年前列宁说的这番话。我们无时不在呼唤文艺繁荣，如果我们的作家、作者，我们所有为人类社会的进步而奋斗过的同志，都能像张鼎全同志那样，拿起笔来，自觉地满腔热情地讴歌我们的生活、我们的时代、我们的人民，那就是为文艺繁荣的真正到来做出了贡献。我们称赞张鼎全同志的精神，也为出版社积极体现部队文艺工作"为人民服务、为社会主义服务、为提高部队战斗力服务"的宗旨而欣慰。

上面这些文字，只是我此时此刻心情的表露和记叙。因为我不是在评论这部作品，那将是小说出版后，读者和评论者的权利。我怀着和出版社的同志们同样的心情，希望张鼎全同志能尽早看到这部作品的出版。我还衷心希望张鼎全同志战胜病魔，获得健康。感天动地的时候，什么奇迹都会出现。

结束本文时，我仅以一位老军人的名义，借《雪祭唐古拉》一书出版的机会，向为出版这本书付出了辛勤劳动的同志们表示感谢！向常年战斗在风雪青藏线上的同志们，向张鼎全的战友们，表示深深的敬意。

祖国不会忘记你们！

人民不会忘记你们！

（张鼎全是青藏兵站部运输科长，曾被中央军委授予"青藏高原模范干部"称号。他在身患绝症的情况下，一边工作，一边著书。本文是1990年为张鼎全《雪祭唐古拉》一书写的序言。张鼎全同志1991年7月5日于西安病逝。）

我的军中大学

赵承凤

> 赵承凤（1944—   ），山东淄博人。曾任师政委、集团军政委，山东省军区政委。少将军衔。著有《孙子长歌》《齐鲁兵学》等。

    1961 年 8 月，怀着那个年代所有的农村少年对军营的向往，我登上了从淄博开往烟台的军列。簇新的军装裹着瘦弱的身体，胸前红花映着年轻的脸庞，火车轰隆隆地驶向前方，我的心也欢快地跳动着。在我眼中，前方不仅有我憧憬的军营，还有一个火红的希望。当时我压根没想到，自己从那天一入伍就再也没脱下这身军装，并且在当兵 31 年之后成为一名肩配将星的军人。那会儿，在我的背包中，除了军用品之外，只有一大摞高中课本，我的打算是到部队锻炼 3 年，见见世面，然后回来圆我的大学梦。那年，我 17 岁。

    风急浪高的渤海湾，四季刮腥风，冬天冻煞人。我们部队就驻扎在这个渤海湾畔，虽然喝着咸涩水，住着泥巴房，环境条件十分艰苦，但身为一名海防卫士的光荣感和责任感，使我们很快像老兵们一样以苦为荣、以苦为乐了。对于我这个刚从学校走出来的农村娃子，部队完全是个从没见过的新天地，无论是嘹亮的军号、震天的口令，还是热烈的拉歌、整齐的队列，都让我感到新鲜振奋，我心中的欢喜不是几个词所能表达的，反正就觉得当兵太幸福了。转眼间，新兵最盼望的射击训练开始了。从第一天摸到真正的钢枪，我就像所有的新兵一样开始做梦，梦见实弹射击，我打了优秀，戴上了大红花……排长杨佩贵是团里公认的神枪手，大家都说杨排长带的兵子弹都长眼睛。强将手下无弱兵，我的梦做得更加真切了。终于盼来了实弹射击，趴在射击场上，手握子弹上膛的冲锋枪，我心里激动得厉害。三点一线，瞄准靶心，那时十环是大红花，准星移到红线，打了优秀，马上给娘报喜。憋气，慢慢勾，"呼！"咦，怎么没有动静？报靶员是不是睡着了？我恨不得跑过去把他揪出来问一问。这时身后观战的战友们发出一阵阵的欢呼："9 环！10 环！"我鼻子上冒了汗，心里着了火，我也要打 10 环！呼！呼！……还没有找到感觉，一切就都结束了。报靶员是个认真的老兵，结果准确无误，我打了个"光头"。后来，打了优秀的战友，果真戴上了大红花，还照了相，一个个喜得合不拢嘴。我既羡慕又羞愧，还有几分不服气："等着瞧，下一次，我一定……"下一次不承想我又打了个"光头"，再下一次还是"光头"。新兵连实弹射击 3 次"光头"的经历，使我从此以射击为畏途，一端起枪来，手就发抖。手发抖，自然打不准，于是下连后的两次实弹射击结束后，我创造了 5 次"光头"的记录。这在全团已经是绝无仅有的了。

对一个不到 18 岁的新兵来说，这算是件天大的事了。我那个急啊、愁啊，吃不下，睡不香，见到排长抬不起头，觉得对不起他。1961 年 11 月 16 日晚上，我在日记上写下了这样一段话："不管怎么练都打不好，难道是我脑子笨、天资差，生来就不是块当兵的材料吗？"这足以看出我当时的情绪是挺低落的。现在回想起来，那时思想上虽然有压力，但并不消沉。因为每次打光头之后，班里的战友们非但没有责怪我、嘲笑我，还都来安慰我、鼓励我。这个给我讲要领，那个给我传经验，说得我心里既惭愧又感动。杨排长认定我打不好主要是射击中心理状态不稳定造成的。他操着一口浓重的唐山话对我说："打两次光头算得了什么？跟我好好练，凡事过五不过六，下次你准能打好。"从那以后，他每天一有工夫，就对我进行单兵教练。我生性要强，心里憋着一股劲儿要练好武艺，这时大家的关心和鼓励更给了我无穷的力量和信心，我想我就是豁上这 100 多斤也要把枪打好。那段时间我每天枪不离手，枯燥的三点一线瞄准练习，在操场上一趴就是几个小时，说句实在话，连晚上睡觉都琢磨着动作要领。长时间重复一个动作和过度的疲劳很快使我的手抽了筋，5 个手指僵缩成一团，吃饭连筷子都拿不起来。杨排长专门请卫生队的崔军医为我针灸，每天晚上他还亲自给我按摩，一边按摩一边给我讲心理因素对射击的影响，讲他自己实弹射击中的体会。手治好了，自信心也找回来了。在不久后的一次实弹射击中，我终于打了一个硬邦邦的及格：34 环。打靶归来，杨排长拍着我的肩膀亲切地说："小赵，这次打靶你的成绩虽然不是最好的，但来之不易，你好好总结一下，抽个时间给全排讲一讲，就讲你是怎么从 5 次光头到打靶及格的。"3 天后，我按排长的要求给全排介绍了体会。从此，我的射击成绩直线上升，很快打出了优秀的好成绩。

现在回想起来，五次打"光头"的经历，足以使一个战士一蹶不振、灰心丧气，甚至从此成为"重点人"。而正是排长、战友们那真挚朴实、发自内心的关心和鼓励，使我走出了当兵生活中的第一个低谷，重新找回了自信和勇气，也使我明白了一个道理：人受到一时的挫折和困难并不可怕，只要你勇敢地去面对它，终会战胜它。

新兵下连后，我被分到了电话班。班长秦建彬是山东乐陵人，个子不高，却很灵巧，黑红的脸上鲜有笑容，在训练场上更是个毫不通融的严教练。起初我有些怕他，但很快我就发现他那不苟言笑的黑脸下有一颗火热的心。也许是因为我在全班年龄最小，所以班长对我格外关心和照顾。我当兵时伙食定量，一人每顿一个馒头或一个饼子，这些粮食只够大家挽着半截肠子训练。而我个子高，饭量大，又正在长身体，就觉得有些食不果腹。有一天，吃完晚饭时，像往常一样，我三口两口一个馒头进了肚，正在意犹未尽地回味时，班长忽然间把手中的小半块馒头放到我碗中："小赵，我胃不好，吃多了不舒服，这块馒头你吃了吧。"从那以后，隔三岔五那额外的小半块馒头或饼子，我吃得格外香甜。而班长总是耐心地看着我吃，脸上也露出一丝开心的微笑。几个月后的一天夜里，我下岗回来，发现我右铺的班长正在床上辗转反侧，显然还没有睡着。在那样寂静的夜里，我分明听到他的肚子里发出饥肠辘辘时所特有的叫声。那一夜，我久久没有睡着……后来无论我怎样推让，班长仍然坚持他以前的说法，毫不让步。在那个有些人为了填饱肚子，连尊严都可以不要的特殊年代，我深深体味到了这小半块馒头中蕴藏的那份沉甸甸的战友情、兄弟爱。

当电话兵是一个技术活，也是一个十分辛苦的体力活，最初我的身体还没有脱去学生的文弱，一上电线杆子腿直打哆嗦，曾让一群放学的孩子指手画脚地笑话了半天。我是个农民的儿子，虽然没有干过多少农活，但知道汗水和收成总是成正比的，所以认定了一个理，只要吃得苦中苦，就能练出硬功夫。收放线是最累人的活，晴天一身汗，雨天一身泥，那滋味儿不是苦和累所能形容得出来的。3 拐线、1 支冲锋枪、1 部电话单机，背着 70 多斤的负荷攀山越岭，越跑感到身上的行装越重，像是背着一大块生铁，双腿打软，气喘吁吁，口干舌燥，汗如雨下。这时多盼望停下来歇一口气啊，可班长就带头跑在最前面，汗水早已湿透了军衣，他那负重奋进的身影仿佛就是一道无声的命令，激励着我们快点再快点。我紧咬牙关，心里不停地对自己说：坚持！坚持！我觉得人的体力虽然有限，但精神力量是巨大的，只要心中有一种信念，就会产生顽强的毅力和勇气。在班长的带领下，我们一次次向极限挑战，一次次战胜自我。经过一段时间的艰苦训练，我也能像老兵一样熟练地徒手上电线杆了，1500 米收放线也达到了优秀。

秋去冬来，很快年终工作总结开始了。这 4 个月我工作干得不错，战友们都说我准能评上好战士，我心中也充满了希望。评功评奖采用民主评议的方式，先由战士提名，再集体通过。评议开始没多久，本班和兄弟班的几个战友就你一言我一语地提议评我，排长也赞许地说："小赵表现是很不错。"我心里正暗暗激动着，可就在这时，班长突然站了起来："我不同意评小赵当好战士！"我一下子懵了，班长平时对我那么好，怎么关键时候……只听班长十分认真地说："好战士要求必须军事过硬，小赵射击成绩不好，这距离好战士的条件还有一定的差距。他其他方面表现都不错，我建议给他团嘉奖一次。"会后，班长专门找我谈心。其实不用谈心，我也想通了，班长的话入情入理，我心服口服。班长坚持原则的精神和率真诚挚的品质，更使我打心里钦佩。

刚入伍时，我是个很腼腆的人，平时言语不多，也不喜欢凑堆聊天，只要一有空，便捧起书来。那会儿，我虽称不上胸有大志，却也有些年轻人意气风发的劲头，特别羡慕有学问的人。指导员田玉生文化高、有思想，是当时我最佩服的人之一。他很支持我看书学习，时不时地问问我近来读书的情况，还常常从自己的书橱中，选出几本书叫我拿去好好看看。就是从他那里，我知道了读书重在学思想、学观点，重在应用，不能当"两脚书橱"，也学会了许多读书方法。后来发生的一件事，使我体会到了读书的益处，那时我已经担任了二班班长。

那是 1963 年 3 月的一天，团里召开开训动员大会。部队已经在大操场集合完毕了，指导员匆匆走到我身边，低声对我说："团领导提出直属队要出一个代表，最后发个言表表态，我看就你来讲，你赶快准备一下。"猝不及防，我一点也没有思想准备，这时团长已经开始讲话了，我极力使自己有些紧张慌乱的心平静下来，从口袋里掏出一个小本子，一边听着团领导的讲话，一边在本子上写写画画，刚刚理出了个大概的路子，我的名字就被叫响了。我心里怦怦直跳地上了主席台，台下上千双眼睛盯得我脸发烧、心没底。忽然间，在这之中，我看到了指导员那鼓励、信任的目光，我的心一下子平静了下来。然后我就按照临时准备的思路，从高昂的热情、临战的姿态、扎实的作风、科学的方法 4 个方面代表团直全体官兵表达了勤学苦练、争创优异成绩的决心。大概我当时还挺沉着大方，发言也比较简明扼要、铿锵有力，会议结束时，政治处赵庆余主任走到田指导员身边，赞许地说了一句："二班长是个人才！"得到这么大一位首长的表扬，起初我也着实高兴了一阵，冷静下来一想，我感到这次发言之所以能得到领导的肯定，可以说完全得益于我平时比较注重学习和积累的习惯。这件事使我体会到：面对机遇最好的方式是储备积淀、蓄势待发。从那以后，我更加坚定了通过学习提高自己的决心。

担任班长以后，在指导员的指导下，我发挥自己的特长，不仅自己学，还带着全班战友一起学。学毛主席著作、学时事新闻，每天坚持读书读报、听收音机，班里学习的氛围越来越浓厚。我们通过学习毛主席著作改造思想、指导工作，军事训练和各项工作都有很大的进步。后来，团政治处派人帮助我们总结了经验，并让我代表全班在团里做了事迹报告。团党委给我们班级记了集体三等功，我个人也荣立三等功一次。学习出动力，学习出人才。在当时全班5个人中，我和姜胜云（后任山东省淄博军分区政委）被提为干部，战友李振东复员后当了一所中学的校长。

当战士虽然已是50多年前的事情了，但现在回想起来仍像昨天一样清晰。班长的红脸膛，新兵连的大通铺，收放线途中的漫山遍野的野花，全班到海边赶海时那开心的笑声，过春节那天用冰水擦把脸就兴冲冲地去包饺子，寒风凛冽的清晨醒来身上已经盖上了排长的大衣……一切都是那么亲切和美好，我甚至能回味起自己当兵时那热血沸腾、有滋有味、整天浑身是劲儿的感觉。而今我已经双鬓染霜，每当回忆起那段难忘的当兵岁月，我就深深地体会到，部队就是一所大学校、一个大课堂，班长、排长、指导员还有许许多多可亲可敬的领导、战友都是我的老师，从他们身上，我学到了立身做人的道理，学到了很多宝贵的工作方法，学到了许多在大学里肯定学不到的东西。当兵时，我曾为无缘上大学而遗憾，而不曾想到我在部队这所大学校里不断成长进步，后来有幸进到国防大学深造两年，最终在部队圆了大学梦。而更为重要的是，当兵的生活建立了我对战士的感情、对军旅的热爱，培养了我吃苦耐劳的精神、战胜困难的勇气，奠定了我事业的基础，也激励我永远像一个战士一样勇往直前。

李德生和 175 位将军

祝庭勋

祝庭勋（1932—　　　），江苏淮安人。曾任新华社随军记者，原沈阳军区政治部副秘书长、原总政治部副秘书长、群工部长、解放军报社社长。著有《生命线之歌》《李德生在动乱岁月》等。少将军衔。

解放干部，是"文化大革命"期间一个非常复杂的问题。

"文化大革命"开始后，一大批干部被"打倒"，这里面，有林彪、江青一伙排除异己，"打倒一切"的一面。但是，毛泽东对于干部的态度，也是造成"打倒一切"的重要原因。正如邓小平所分析的那样："虽然谁不听他的话，他就想整一下，但是整到什么程度，他还是有考虑的。至于后来愈整愈厉害，不能说他没有责任，不过也不能由他一个人负责。有些是林彪、'四人帮'已经造成既成事实，有些是背着他干的。不管怎样，一大批干部被打倒不能不说是毛泽东同志晚年的一个最大的悲剧。""毛主席后期有些不健康的思想，就是说，有家长制这些封建主义性质的东西。"正是由于"民主集中制被破坏了，集体领导被破坏"，"中央的领导已由个人独断取代了集体领导"，以致领导人的缺点和错误，当他本人没有认识之前，很难得到纠正。这是深刻的历史教训。

解放干部，在当时必须得到毛泽东的认可。"九一三"后，批判林彪的罪行，揭发了林彪大量迫害老干部的事实。毛泽东的认识有了变化。他在1971年10月4日接见军委办公会议成员时说，林彪、陈伯达搞阴谋活动，是蓄谋已久的了，他们的目的就是要夺权。"文化大革命，整几位老帅，是林彪搞的。"11月14日，毛泽东接见成都地区来京负责人时第二次讲到"二月逆流"的问题。他指着叶剑英对成都地区的几位领导人说，你们再不要讲他"二月逆流"了。"二月逆流"是什么性质？是他们对付林彪、陈伯达、王（力）关（锋）戚（本禹）。老帅们就有气嘛，发点牢骚。他们是在党的会议上，公开的，大闹怀仁堂嘛！缺点是有的，吵一下也是可以的。同我来讲就好了。那时候我们也搞不清楚。王、关、戚还没有暴露出来，有些问题要好多年才搞清楚。在后来的中央政治局会议上，李德生还常听到毛泽东讲，林彪是要打倒老干部的。并且说到贺龙等老同志被打倒，他听了林彪一面之词。对待犯错误的同志，以教育为主，惩前毖后，治病救人。"水至清则无鱼，人至察则无徒""金无足赤，人无完人"。显然，这是对"怀疑一切""打倒一切"的否定。

许多老干部直接写信给毛泽东，其中许多军队干部的信，毛泽东转给了李德生，有的还批上"处理可能有错""请李德生同志酌处"。周恩来、叶剑英、朱德也把一些老同志的信件转给李德生。这都使李德生认真地思考这个问题。

李德生认为，毛泽东的多次讲话，尤其对陈毅元帅的评价，为解放干部带来了有利条件。

1972年1月6日，陈毅元帅逝世。10日，举行追悼会。军委办公会议研究决定，追悼会以军委的名义，由李德生主持，叶剑英致悼词，请周恩来出席。追悼会即将开始，中央办公厅传来消息，毛泽东要亲自参加追悼会。周恩来已经到场，他决定立即通知，请宋庆龄副主席、柬埔寨西哈努克亲王出席，并且尽可能地通知老同志出席。此时正是数九严寒季节，八宝山公墓休息室温度不高，周恩来要求尽快加高室温；同时他考虑到毛泽东的腿疾，特意让人找一个高一点的沙发。叶剑英得知毛泽东来参加追悼会，立即将悼词稿拱手送到周恩来手中，请周恩来宣读，以提高规格。

毛泽东只穿了一件棉大衣来到八宝山。到了休息室，他看到神情悲戚的陈毅夫人张茜，也凄然泪下。他说："我也来悼念陈毅同志嘛！陈毅同志是个好同志。""他是个好人。""陈毅同志对中国革命和世界革命是做出贡献，立了大功劳的，这已经作了结论了。"他转而向在座的周恩来、叶剑英说："要是林彪阴谋搞成了，是要把我们这些老人都搞掉的。"还说："邓小平是属于人民内部矛盾。"周恩来示意张茜，将毛泽东的话，转达给邓小平。毛泽东的讲话在老同志中间传播，使他们倍受鼓舞。

李德生主持了追悼会。他听到毛泽东的谈话，目睹毛泽东向覆盖着鲜红党旗的陈毅的骨灰盒深深地三鞠躬。他体会到，毛泽东不仅在理论上否定了林彪的干部路线，而且对具体人的评价，也否定了"文化大革命"初期的流行说法。这就昭示人们，广大老干部包括对"文化大革命"有严重抵触情绪的干部是好的，应当适时给予解放和平反。在毛泽东提到的人里面，邓小平是"文化大革命"中被"打倒"的所谓"另一个最大的走资派"；陈毅在"文化大革命"中被当作所谓"右的代表"。重新评价他们，就为解放干部树立了榜样！这就为落实党的干部政策，解放干部，提供了极好时机和依据。

李德生按照毛泽东、周恩来、叶剑英有关解放干部的谈话精神，以及批转给他的对受林彪迫害的高级干部来信或口头指示，抓紧落实干部政策的工作，他认为这是纠正林彪错误路线的最实际的工作。

这里讲两个事例：一个是解放苏振华，一个是"提审"吴克华。从中可以一定程度上看到解放干部工作的困难和曲折。

苏振华上将，1928年参加湖南平江农民暴动，红军时期，在彭德怀领导的第一方面军第三军团担任连政治委员、团总支书记，著名的模范红十二团政治委员。抗日战争时期任旅政治委员、鲁西军区政治委员、冀鲁豫军区副政治委员兼政治部主任。解放战争时期，任晋冀鲁豫野战军第一纵队，即有名的杨（杨得志，后为杨勇）苏（振华）纵队政治委员和五兵团政治委员。李德生在晋冀鲁豫野战军三纵、六纵任团长、旅长时，常和第一纵队并肩作战。野战军召开旅以上干部会议，李德生多次见到过苏振华。中华人民共和国成立后，苏振华先后任贵州省军区政治委员、贵州省委书记、海军副政治委员兼政治部主任、海军政治委员。1959年担任我国核潜艇研制领导小组的第一任组长。可是，"欲加之罪，何患无辞"。在林彪的指使下，1967年1月，当时担任海军副司令员的李作鹏，给苏振华扣上"三反分子""彭德怀分子"的罪名把他"打倒"，自己当上了副总参谋长兼海军政治委员。

1972年1月，李德生接到叶剑英转来的苏振华的申诉信。信是从湖南冷水滩一个军队农场寄出的，经过海军司令员萧劲光转给叶剑英。几乎同时，李德生也收到苏振华妻子陆迪伦的申诉信，讲到在农场，多次受到看管人员的无理对待，甚至被用脚踢倒。

"文化大革命"期间，负责专案的，中央有三个专案办公室。管理军队"专案对象"的是第二办公室，归黄永胜直接领导，李德生无权过问。"九一三"后，由总参谋部代管。李德生通过张才千副总参谋长从"二办"借来"专案材料"，才知道所谓"彭德怀分子"，就是因为苏振华在红军时期是三军团的，是军团长彭德怀的部下。所谓"三反分子"，是将他一些讲话断章取义，加以摘编，无限上纲。李德生写信给周恩来并报毛泽东，说明情况，认为这个案子应当翻过来，建议先接回苏振华回北京治病，以后适当分配工作。

1972年3月5日，毛泽东批示："此人似可解放了。如果海军不能用他，似可改回陆军（或在地方）让他做一些工作。可否，请中央酌定。"看到这一批示，周恩来、叶剑英、李德生都很高兴。苏振华有"三反分子""彭德怀分子"两顶帽子，这样的同志可以解放，就为解放部队高级干部树立了"标杆"。

海军接到李德生的通知，接苏振华回到北京，住进医院，检查身体。李德生请干部部派人到医院看望苏振华。

苏振华出院后，李德生专门把他请到自己的办公室来。

李德生的办公室在总政治部机关大楼的七楼上，在这里有一间和秘书在一起的办公室，一间会客室，一间会议室。所有党中央、国务院、总政治部、北京军区、安徽省的文件，都送到这里办理。毛泽东、周恩来、叶剑英批办的专送件也由中央办公厅秘书处直接送过来。除了参加中央政治局、军委办公会议、北京军区的活动以外，李德生都在这里办公，阅读、处理文件，找人谈话，召开总政治部的会议和各类座谈会。

一天晚上，李德生在总政治部办公楼会见苏振华。李德生热情同他握手，问候这位老领导、老政治委员。苏振华却觉得这位昔日的军长，如今成了中央负责同志、总政治部主任，不知道现在是什么样的态度。他知道，"文化大革命"上来的人，几乎都是颐指气使，不可一世，傲气得很哪。他特意带着他的夫人，来做记录。

三人坐下以后，李德生首先询问："苏政委，身体检查结果怎样啊？"

苏振华答道："还好，还好，下去有5年了，身体居然没有什么大的毛病。"

李德生高兴地说："没有病就好，就可以继续工作了。"

苏振华年长李德生4岁，是位老政治工作者，看到李德生的态度诚恳，讲话也没有摆"文化大革命"的臭架子，心情这才舒展开来。

李德生说："你给毛主席的信，主席有批示，我们都为你将要重新出来工作高兴。中央让我征求一下你对以后工作的意见。"

苏振华说："我已经好长时间没有工作了，很多情况不了解，马上工作也许会有不少困难。如果让我自己考虑，我认为还是回海军工作，要熟悉一点。"

李德生说："我会向中央如实地反映你的意见，有了批示，就及时通知你，你有什么事情，可以随时给我或我的办公室打电话。"

二人又谈了一会儿后，李德生请苏振华一起吃夜餐。苏振华说："我在农场是日出而作，日没而息，已经多年没有这个习惯了。"李德生不再勉强。只是说："以后工作了，又会拣起这个习惯的。"

说起李德生的夜餐，如果在中央政治局开会，那就在人民大会堂吃夜餐；如果在总政治部工作到深夜，则由机关食堂王师傅做夜餐，标准一样是五角钱。可是在机关吃夜餐，只是一人份，五角钱的标准不能超过，王师傅只能熬一点稀粥，一次蒸几个馒头，分几顿吃，或者从大食堂买一个馒头，烤几片馒头干，炒一盘素菜，加一碟酱菜。有时煎一条小鱼，就很难得了。其他工作人员一年四季都在大食堂吃夜餐，同所有值夜班的干部战士一样，每餐标准是一角四分钱，只能做一碗挂面或者把晚餐的剩饭用菜汤烩一下。

李德生同苏振华谈话以后，按照毛泽东的交代，首先请海军提出安排苏振华工作的意见。此时，海军重大问题都要先征求张春桥的同意。不料海军的报告送到他那里后，竟然被他压了一个月，才告诉海军，由海军党委给军委写报告，建议苏振华到基层蹲点。

叶剑英接到海军党委向军委的报告，感到明显不符合毛泽东的意图，知道是张春桥作梗，在手里放了9天。4月11日，他转给李德生："德生同志：这一件，我难办。请考虑并与春桥同志商量一下，呈总理批示。此件我犹豫了几天，还是请你考虑。"

李德生知道老师很不愿意亲自出面与张春桥交锋。因为按照组织手续，是应当由总政治部请示军委办公会议后，直接报告中央的。既然中央政治局有分工，事先还是要和分工的政治局成员打个招呼。而在这个问题上，同张春桥是很难取得一致意见的。李德生认为，这件事情由老师出马，确实没有必要，还是自己找张春桥，可以争上一争。在一次中央政治局开会的时候，李德生找张春桥，以商量的口气说："春桥同志，按照主席的意思，苏振华同志还是要用哩，要在海军安排他的工作。最近海军给军委写了一个报告，建议他到基层蹲点，他已经在农场蹲了四五年了，我看再去蹲点不一定妥当吧。"李德生向来对坚持正确的主张是毫无顾忌的。他直截了当地讲了自己的意见后，张春桥却阴阳怪气。开始，他佯作看会议文件，不接李德生的话。李德生在办事的时候，从不计较对方对自己的态度，决不因为这些小事耽误正事。他又接着说："请你和海军说说，让他们再研究一下吧。"

张春桥这才回答说："苏振华同志很长时间没有工作了，不了解'文化大革命'的伟大胜利，下到基层蹲点，补补'文化大革命'的课，对于以后工作有好处。"张春桥的答复，果然证实叶剑英的判断。

李德生很清楚，中央政治局成员对于驻京军事大单位分工负责，是指导性质的，重大问题还是应当由中央政治局集体决定。一位军种主要领导干部的任职，是一件大事，我们已经征求了分工负责的张春桥的意见，还是应当按照正规手续，由总政治部写报告给党中央。

总政治部的报告提出，建议按照毛主席的批示和对苏振华问题的初步审查，分配苏振华在海军工作。政治局开会讨论时，江青、张春桥坚持要低一级分配，说是要"考验他对群众的态度"。经过中央政治局多数同志力争，才任命苏振华为海军第一副司令员。又过了一段时间，经毛泽东直接过问，于1973年3月，才任命苏振华为海军第一政治委员。

吴克华的"提审"是怎么回事呢？

吴克华中将是炮兵司令员，他与政治委员都曾经在四野担任过军和兵团的领导职务。但是在林彪突出政治时，二人的积极性不那么一样，对林彪的态度也不那么一样，这种"差异"本来也是无可厚非的。可是，"文化大革命"中，驻京军事机关开展"四大"，在林彪的授意下，吴克华被戴上了"一贯反对林副主席""陷害三军革命领导干部"的帽子，要"打翻在地，再踏上一只脚"。经过多次批斗，他被"群众专政"，秘密地关押起来了。

"九一三"后，吴克华听到一点风声，偷偷地写信给朱德、叶剑英，他们两位都把信转给李德生。叶剑英在1972年5月29日批道："吴克华的案件似乎可以结束了。（据）说是林彪、某某某搞的鬼。请考虑批示。"

在中央政治局会议上，周恩来也曾经多次询问："吴克华哪里去了？"李德生要总政治部派人到炮兵去查找。事情有点奇怪，炮兵机关的许多人，竟然不知道他们的老司令员哪里去了。总政治部的同志通过炮兵机关干部，从侧面了解到，吴克华司令员被造反派秘密关在某处的密室里。这种现象在"文化大革命"中并非个别事例，造反派随意抓人，"无法无天"的现象很多。

总政治部的同志汇报后，为了防止吴克华被转移别处，增加不必要的麻烦，李德生派人到炮兵去，以"提审"为由，叫他们立即交出吴克华。这一手真灵，那些搞"专案"的人，听说李德生主任要"提审"吴克华，当即带着总政治部的人找到吴克华。

当时李德生正在京西宾馆参加中央批林整风汇报会，会议结束后，1972年6月27日，总政治部的同志带着吴克华到了京西宾馆，随同吴克华来的"专案组"人员居然还要求打个收条。李德生的工作人员说："李主任找他，还要什么收条，你快走吧！"

总政治部的同志为寻找吴克华，忙了一天，此时已是夜晚。吴克华被专案组人员"押"到京西宾馆，以为真是"提审"。

李德生说："吴司令，已经半夜了，先吃夜餐吧。"服务员端来夜餐，李德生转达了周恩来的指示，吴克华这才明白过来，二人相视而笑，夜餐吃得特香。

第二天，李德生写报告给军委办公会议，介绍吴克华说的炮兵关押他的理由有三条，一是说他一贯反对林副主席；二是说他陷害"三军革命领导干部"吴法宪、李作鹏、邱会作；三是说他打击政治委员。这些都是不成立的。建议解除吴克华同志的监护，恢复自由，对他的问题重新审查。叶剑英同意了这一报告。

两个例子，说明一个问题，当时解放干部，在中央政治局，有江青、张春桥捣乱；在基层，有受极"左"思潮严重影响的某些干部的干扰，增加了工作的难度。

类似这样解放干部的例子还有很多。

比如，原高等军事学院政治委员李志民上将，"文化大革命"中被"打倒"。经过总政治部调查，所有罪名都不存在，李德生正准备给党中央写报告，建议解放和使用。不料中央办公厅信访部门转来一封写给毛泽东的匿名信，指控李志民有重大历史问题。按照规定，凡是给毛泽东的信件，处理结果是要报告毛泽东的。此时已是1972年三四月，李德生叫总政治部立即去人到李志民的家乡再作调查，终于弄清所谓历史问题纯属子虚乌有，并取得证明材料回来。当时群众中有个顺口溜："花上八分钱（指的是一封平信要贴八分钱的邮票），够你查半年"，讲的就是乱告状的。调查的同志回来，已经到了4月底，李德生立即给党中央写了报告，第二天，终于安排李志民参加"五一"国际劳动节活动，上了新华社"五一"新闻稿的见报名单之中。当时，"五一""八一""十一"这几个重大节日活动，名单见报不见报，往往被看成是一个人政治命运如何的晴雨表。

又如，1972 年 6 月 17 日，毛泽东在中央政治局会议上谈到空军问题，问李德生，空军副司令员刘震、成钧，是怎么被林彪、吴法宪迫害的？李德生汇报了他们的情况后，毛泽东说，你派人去访问他们，了解林彪对空军破坏的历史情况。

李德生派人到刘震上将家访问。刘震在空军建设中曾有重大贡献，在抗美援朝战争中，指挥空战，运用机动灵活的战略战术，以少胜多，以弱胜强，多次取得胜利。这时，他刚刚被安排回到北京治病，听到毛泽东的意见，非常激动，详细揭发了林彪、吴法宪对空军建设的破坏，也谈到他被立案停职审查，下放农场劳动 5 年的经过。李德生将谈话要点报告周恩来、叶剑英说："主席 6 月 17 日曾谈到着人访问刘震、成钧的问题。即由总政去人往访。刘是 1967 年 9 月由空军立案，停职审查，去农场劳动的。今年 6 月回京治病。7 月，空军对刘案复查，初步发现有虚假，有逼供信。现正继续核查。"刘在谈话中"要求恢复军籍"，拟答复他"同意其穿军装，戴领章、帽徽。"叶剑英阅后呈送周恩来。8 月 20 日，周恩来批："拟同意，呈主席批示。"21 日，毛泽东圈阅后批上"退李德生照办"，在"退"字下面还特意画了一个圈。在当时，被允许重新穿上军装，戴领章、帽徽，同样是恢复政治名誉的标志。中央办公厅秘书处将批件退到李德生手中，刚好中央政治局要开会，李德生立即将批件带到会场，请周恩来、叶剑英、汪东兴一阅。

再如，1972 年 7 月，毛泽东问李德生，你这位北京军区司令员，知道杨勇、廖汉生的事情究竟是怎么回事啊？毛泽东接着说，我看廖汉生和杨勇一样，是无罪的，都是没有经过中央讨论，而被林彪指使个别人整下去的。毛泽东要求先把他们接回北京。李德生打听到他们被"监护"的地点，派人接回，安排在京西宾馆休息，并且建议安排他们参加"八一"建军节的活动。

随着老干部的解放，1972 年的"五一"国际劳动节、"八一"建军节、"十一"国庆节的活动，新华社的新闻稿都发了大名单，越来越多的老干部名单见诸报端，引起了全党、全国、全军的注意。

解放干部，一个一个解决，实在太慢。怎样才能加快进度呢?

1973年3月9日，周恩来抱病主持中央政治局会议。周恩来传达了毛泽东的意见，议定了几项事情。其中关于落实干部政策和干部处理问题，指定由纪登奎、李德生、汪东兴等将党、政、军受"审查"的干部，提出先易后难的解决方案，提交中央政治局会议讨论后报毛泽东。这样，"先易后难"就成为当时解放干部的一个重要方法。

周恩来说，解放干部要从上到下、先易后难。他解释说，落实干部政策，上头的解放了，政策就明确了，标杆也有了，下边就会跟着落实了。难度大的，先从容易的入手。容易的解决了，难的也就会变得容易了。他还建议，落实干部政策的分工，地方省委常委以上干部的落实政策，由中央组织部负责;国务院各部副部长以上干部的落实政策，由国务院业务组政工组负责;军队正军级以上干部的落实政策，由总政治部负责。所有解放干部的审查报告，都必须送中央政治局最后讨论决定。各部门要把待解放干部的情况，包括姓名、历任职务、"文化大革命"中被"打倒"的情况、甄别情况、复查结论、分配工作的意见等，造成表册，使人看了一目了然，便于讨论。表册先送给政治局成员，大家有个准备。这次政治局会议，还请来上述几个部门的负责人列席。

李德生感到这样做很好。一个一个解决，是"手工业"的办法，太慢了;成批解决，是"工业化"的办法，这就可以大大加快解放干部的进度。他立即将会议精神，向总政治部党委作了传达，并且在叶剑英的直接领导下，由总政治部领导抓好这一工作。

总政治部落实政策办公室，负责具体工作。这个办公室是"九一三"后成立的。在当时情况下，他们的工作屡屡遇到困难，听到这个决定，都很高兴，积极性充分调动起来，立即将已经掌握的全军被"打倒"的正军职以上干部的情况，按由易到难的原则，将每个人的经历，被"打倒"的情况，甄别情况，总政治部的复查结论，有的还附上必要的证明材料，列出详细表册。然而，在极"左"思潮还没有彻底批判的当时，重新复查并推翻这些被"打倒"的军队高级干部的定性结论，恢复他们原来的领导工作，仍然遇到重重困难。首先，总政治部要审查鉴别原先的结论，做过细的调查研究和分析，弄清哪些是无中生有的，哪些是无限上纲的。在写出复查结论前，要与原单位商讨，统一认识，为此往往经过几次反复，才能取得大体一致的意见。总政治部落实政策办公室夜以继日地工作，终于完成任务，表册经总政治部党委研究，军委办公会议审议后，报送到中央办公厅。

这个时候，中央已经为召开党的第十次全国代表大会做准备，解放干部，实际上是召开十大的组织准备的一个重要方面。

中央办公厅将党、政、军各部门报送的表册，分头送给政治局成员。周恩来在组织政治局会议讨论时，特意通知政治局委员朱德、董必武两位老人参加。这样，一是保证到会的政治局成员达到法定人数；二是这两位老革命家熟悉老干部的历史，一贯公道正派，在防止江青等人的干扰中，将起到重要作用。他们平常并不参加政治局的日常活动，为了照顾他们的身体健康，每次讨论到午夜时，周恩来就请他们回去休息。

政治局讨论解放干部的三本名册，其中军队的一大本共有 175 名。他们都是曾经授予少将以上军衔的军队高级干部。在"文化大革命"中，被戴上各种政治帽子，有的被关押，有的被下放劳动。总政治部总的意见是，建议解放，恢复原待遇，重新分配工作。

按照原来的设想，这个做法把所有被"打倒"的干部全部列出来，而且同类型的干部放在一起，可以加快审查进度。在中央政治局会议上，周恩来请大家先把材料看一看再讨论。可是江青、张春桥不断发难，时而说"这个材料不真实"，时而说"材料里没有了罪行部分"，时而说"定性定低了"或"定错了"，时而说"这样的结论，否定了造反派的功劳"，甚至说"你们（指总政治部——作者注）包庇了坏人"，企图挑起争论。

每遇到这种情况，周恩来都会及时出来说话。他概括地叙述事情的来龙去脉，反问道："这个事能扣这样的帽子吗？"有的被解放干部确有缺点、失误，江青、张春桥就会无限上纲，周恩来依然耐心地解释："这不算个什么错误嘛，这是工作中的问题，谁都会有这样的问题。"这样，每次讨论几乎都得三四个小时甚至更长时间，几乎又是一个一个审议，一次仍然只能讨论通过几个人。

我们这里举几个例子。

一个是颜金生少将，是作为"易"的对象，放在前面讨论的。

颜金生，1930年12岁时参加革命，14岁参加红军。红军时期，曾任红二方面军青年部副部长；抗日战争时期，任一二〇师七一六团政治委员；解放战争时期，任师政治委员。新中国成立后，任西北军区炮兵司令员兼政治委员、一军政治委员、武汉军区政治部主任。1965年春，国家文化部被批评是"帝王将相部""才子佳人部""外国死人部"而被"改组"，他和南京军区政治委员萧望东和两位省委书记一起调到文化部，萧望东任副部长兼党组书记（部长由陆定一兼任），颜金生担任副部长兼政治部主任。"文化大革命"开始，他负责文化部集训班的工作，保护了一批文化界的名人。1966年10月，江青召开首都文艺界大会，公开指责萧望东领导的文化部是"旧文化部"。1967年1月，造反派夺了文化部领导的权，所有司局长都靠边站，副部长被集中看管。在一次大会上，江青点名说："颜金生也不是好东西。"江青一句话，颜金生倒了霉，马上被关押起来。此时，萧望东先是同国务院几十位部长被周恩来接到中南海"避难"，后来被送到卫戍区"监护"，造反派抓不着他。颜金生就没有这个"待遇"了，他被造反派关进"牛棚"，经常被拉出去批斗。为了保护文化部的老同志，每次批斗，他都把文化部党组决定的，或周恩来等领导同志批准的事，自己承担下来，这样更引来狂批猛斗。关押期间，他不仅挨批斗，每天还要打扫厕所，冬天就去烧锅炉。整整关了两年，才获准晚上可以回家休息。颜金生历史清楚，"文化大革命"开始就靠边站了，谈不上有什么错误。而且在职务安排上，总政治部建议任命他为陕西省军区政治委员，这已经是低一职分配了。这样可以减少争议吧，所以放在第一个讨论。

然而情况并不如人愿。总政治部副主任田维新在汇报到颜金生"文化大革命"中的表现时，介绍说："颜金生同志是从军队转业到文化部的，时间不长，刚刚熟悉情况，"文化大革命"就开始了，没有什么原则错误。"

江青马上接话说："颜金生有错误！他在文化部推行了资产阶级文艺路线！"

田维新解释说："颜金生是工农干部，参加红军时只读过三年书。"

朱德戴上花镜，念着表册上颜金生的简历说："颜金生，1918年生，1932年参加红军，才14岁嘛。他能读多少书，他就不识几个大字嘛，不好说他推行资产阶级文艺路线。"

但江青仍不放过，转而指责说："让颜金生到陕西军区工作，是给二方面军垒山头。他不应当分配到西北，应当分配到东南去。"

会上谁也不与她争论"山头"问题，那样就会陷入无休无止的争论之中而转移了主题。田维新解释，陕西军区司令员黄经耀，原来是黑龙江军区副司令员，是一方面军的。李德生也就事论事说，现在情况已经有了很大变化，二方面军的同志在陕西的已经不多了。

江青依然纠缠不放，说："颜金生犯那么大的错误，当正职不合适。"

颜金生由大军区主任改任省军区政治委员，已经低一职了，怎么还是不行呢？田维新再次说明："陕西省军区现在已经有一位政治委员，颜金生去当政治委员，主要是管军工企业，现在战备任务重，陕西军工企业多，需要加强领导。"总政治部的报告，事先报告过叶剑英，是经过军委办公会议审议过的。叶剑英接过来说："现在忙于备战，炮弹、子弹储备不足，很需要抓一抓。"

周恩来最后说："我看颜金生同志调出文化部，到陕西军区当政治委员，分管军工生产，是合适的。"这样，一个小时已经过去。

有几位老同志在"文化大革命"中的结论上纲很高。不过说穿了，就是把他们和已经被错误打倒的彭德怀、贺龙元帅连在一起。

副总参谋长李达上将就是一位。李达，1931年参加宁都起义。红军时期，任红二方面军参谋长；抗日战争时期，任八路军一二九师参谋长；解放战争时期，任中原军区、第二野战军参谋长；新中国成立后，历任西南军区副司令员兼参谋长、中国人民志愿军参谋长、中国人民解放军训练总监部副部长、国防部副部长。他有着丰富的参谋实践和理论，是我军难得的高级参谋人才。

林彪嫉恨这位有很高军事水平的老将军。在李达的审查报告中，他的"罪名"是，参与指挥"二月兵变"。"证据"是他亲自调动部队，把大炮架到了什刹海。这个罪名太大了，而且同贺龙元帅的罪名"二月兵变"联系在一起。李德生早已料到这个问题可能会引起轩然大波，专门派人详细调查所谓"二月兵变"和李达"调动部队，架炮什刹海"的真实情况。调查的结果是：1966年2月，中央军委为了加强地方武装，决定在北京卫戍区组建一个团。卫戍区曾经向有关单位借一所营房，以便集中训练。"文化大革命"开始，有人把这件事说成是调动部队搞"兵变"，并且写了揭发材料。这就是林彪诬陷贺龙的"证据"。所谓"调动部队"，是中央军委的决定，根本不是李达的个人行为。至于"把大炮摆在什刹海"，李德生派人去看了，在什刹海沿岸，确实有一尊大炮，建国初期，就已经摆在那里了，那只是一尊不能使用的古代大炮。田维新汇报调查经过后，周恩来表示："事实清楚了，应当以事实为准。"李达的问题才获得通过。

还有几位，也是和彭德怀、贺龙元帅连在一起的，江青纠缠了好久。北京军区司令员杨勇，"文化大革命"中较早被"打倒"，"错误"一栏中的问题，经过复查，证实是几个参谋、科长的一般问题，算在杨勇头上了。江青、张春桥不好挑刺，硬说他和彭德怀有关系，是彭德怀的人。其他政治局同志都明确表示不赞成这个意见，杨勇的解放这才得到通过。

原昆明军区司令员秦基伟中将、政治委员李成芳中将，是红四方面军的团长、团政治委员，抗日战争时期都在晋冀鲁豫军区担任过分区司令员，解放战争时期是刘邓大军的纵队司令员、政治委员、军长。新中国成立后，贺龙元帅担任西南军区司令员，与这两位军长是上下级关系。"文化大革命"中，他们被诬陷为"贺龙分子"关押起来，总政治部连个关押地点都不知道。几经周折，才弄清他们被关押在湖南境内广州军区一个军队农场。李德生按照周恩来的指示，先后将秦基伟、李成芳和昆明军区副司令员胡荣贵少将、副政治委员张子明少将、南京军区原参谋长王蕴瑞少将等接回北京，休息治疗，等待安排工作，并将情况向周恩来做了汇报。当中央政治局会议上江青提出他们同贺龙的关系时，周恩来有理有据地指出，总不能把工作关系、上下级关系都说成是不正当关系吧！

175名军队高级领导干部，本来应当成批解决的问题，依然是一个一个讨论，几乎对每一个人，江青、张春桥都要抓住一点小事，挑挑"毛病"。这样拖延了很长一段时间，才讨论完毕，终于全部获得通过。当然，由于

"文化大革命"在总体上没有被否定，江青一伙还在干扰，这些领导同志的解放，许多人都留下要"正确对待群众、正确对待自己、正确对待文化大革命"的尾巴，分配的职务大都低了一级。但是，正是由于这些领导同志得到解放和重新工作，在后来同"四人帮"的斗争中，他们起到了中流砥柱的重大作用。

叶剑英元帅身临其事，深尝个中滋味。在江青等人胡搅蛮缠的时候，他端坐在那里，极其愤慨地写下了一首五言诗，形容当时的艰难和周恩来的良苦用心："一匹复一匹，过桥真费力，多谢牵骡人，驱骡赴前敌。"

去看一棵大树

贺捷生

　　贺捷生（1935—　　　）。湖南桑植人，曾任原总政治部编研室主任，军事科学院大百科部副部长、部长。著有《父亲的雪山母亲的草地》等。

　　回到张家界，无论时间多么仓促，无论要走多么远，多么跌宕起伏的路，我都要去看那棵长在旷野中的大树。就像我每次回到故乡桑植，必定去看五道口的那棵年轮苍苍的紫槐；每次到了贵州印江，必去看木黄的那棵双躯交缠的古柏。

　　这三棵站在湘黔大地上的大树，是父亲当年艰难转战的见证者，又是父亲离去之后忠实地等待他归来的守望者。

　　三棵树，一棵见证了父亲在仇恨中揭竿而起，以他的血肉之躯，在黑夜沉沉的湘西把中国的天空捅了一个窟窿；一棵见证了他带领红二军团与萧克带领的红六军团，在左冲右突中胜利会师。当第三棵树出现在父亲面前时，著名的红二方面军就将在他的麾下诞生。

　　三棵树同样的古老，同样的历经沧桑，同样是父亲生命中的一个里程碑；而且在几十年后，当父亲遭人陷害时，它们又同样在悲愤中死去；当父亲沉冤昭雪时，又同样死而复生。

仿佛三个传说，三段余音缭绕的绝唱。

我现在要去看的，是站立在慈利县溪口村外的第三棵树。巧的是，慈利是我母亲蹇先任的家乡，甚至我母亲的母亲，也就是我外婆，她的家就在溪口附近，从小在这片原野长大。这使我相信，一棵树也是有灵性的，诚如美国哲人爱默生所说："每棵树都值得用一生去探究。"

那是一棵古樟，在南方的村子里都能见到这种树，普通又名贵，是树中的尊者和王。它们通常站在村后的高冈上，与炊烟缭绕的村庄患难与共，苦命相守。千百年来，村里的人一代代老去，一代代诞生，唯有这种树盘根错节，经年不衰，代表村庄和村里的人极有耐心地活着，直到活得根茎爆裂，孔穴丛生，巨大的树冠遮天蔽地，如同一团团蓬蓬松松的云停泊在村庄的上空；直到活成村庄的传说，村庄的历史，村庄的神。但凡在古樟树下生活过的人，在日后的记忆中，对它必将无比怀念，无比眷恋，以至一辈子走不出它的绿荫。

但是，我要去看的这棵树，这棵古樟，跟其他村庄的古樟大有不同。它形单影只，顶天立地，孤独地站在一片开阔的河滩上，年复一年地守护着身边的那片广阔的坪地，那条亘古以来便环绕着坪地静静流淌的河流。远远望去，那几根粗大的如同赤裸的手臂伸向天空的树枝，既像大地竖起的一根根旗杆，又像河水高举的一簇簇波浪。

坪叫王家坪，河叫澧水。

往远里说，王家坪是澧水流过湘西慈利时，日积月累，渐渐冲积出来的，而后才渐渐宽阔，渐渐有了村庄和田园；澧水却甘愿退向坪地的边缘，从坚硬且险峻的山脚另辟蹊径，凿岩而走，如同宽厚深沉的父亲甘愿为儿女让出天地。

这棵树便在王家坪的河滩上渐渐地长出来，渐渐地经历风雨，直到它树大根深，终于长成父亲当年见到的那棵千年古樟。

父亲是 1934 年 11 月到达溪口的，在原湘鄂西革命根据地的基础上着重开辟大庸革命根据地。强调这一点，是因为在这年的 10 月中下旬，父亲刚率领他在湘鄂西创建的红二军团和萧克率领的红六军团，在贵州印江的木黄胜利会师，组成强大的红二、六军团。两军会师后，中央命令担任红二、六军团总指挥的父亲率部进军湘鄂西，把几十万"围剿"中央红军的国民党部队拖进湘鄂西的崇山峻岭，让正在遭受重重围困的中央红军得以突围，实施日后被称为"长征"的战略大转移。

红二、六军团进驻溪口，意味着这支苦命而顽强的部队，不辱使命，在中央红军的危难时刻直接插到了大庸革命根据地的纵深。他们接着要做的，便是利用大庸地区得天独厚的山形地貌和深厚的群众基础，建立红色政权，壮大红军力量，同虎狼般扑来的国民党大军展开生死搏斗，使即将召开的遵义会议有足够的时间拨正革命航向。

大庸是近几年才消失的一个县名，代替它的是今天闻名于世的张家界。父亲心目中的大庸革命根据地，是以天子山为中心，渐次覆盖桑植、慈利、永顺、鹤峰等县。他生于斯，长于斯，又在湘鄂西开展过多年游击战，对这里的地貌和民情烂熟于胸。因而，当红二、六军团开到他几十年后安息的天子山下，包括溪口在内的山山岭岭，村村寨寨，无不向他敞开门扉，像搂抱自己的骨肉那样搂抱他这支队伍。

明明知道参加革命九死一生，但生活在这片土地上的男儿，这些曾以悲壮的献身感天动地的湘军后代，不论是种田的，还是在澧水河上撑船的；不论是苗族、白族、土家族，还是其他什么民族，只要扛得起枪，抡得动大刀，都愿踩着父亲的脚印走，跟着他高举的那面在腥风血雨中飘扬的旗帜走。比如作为红色中心的溪口，至今也只有几十户人家，但当年竟有七百多人参加红军，其中不乏亲父子，亲兄弟。

那些日子的溪口，热热闹闹，如火如荼。村子里家家住着红军，夜夜燃烧着哔剥作响的火把。祠堂的柱子上，村前村后的大树上，村民们纳凉的巷子口，贴满红红绿绿的告示。用白石灰和繁体字刷在屋檐下的大标语，惊天动地，让人热血沸腾。一队队红军和赤卫队，在大路上和村庄里来来往往，川流不息。土改工作队更是积极发动群众，斗地主，分浮财，重新丈量土地。妇女们则忙着为红军缝冬衣，做军鞋。无数双脚踩在道路上，咚咚作响，就像在敲鼓。

　　父亲站在王公馆军团指挥部向远处眺望，旷野上旗帜翻飞，杀声震天，战前操练的队伍欢蹦乱跳，生龙活虎。当休息号吹响，战士们簇拥在古樟树下的绿荫里，聊天、唱歌、听老兵讲战斗经历。擦得锃亮的枪，一排排架在一起，在阳光下闪闪发亮。到了傍晚，红彤彤的霞光从高高的棉花山射过来，把静静流淌的澧水照得分外灿烂，如同一河流动的金子。收操号吹响了，指挥员解散的口令刚下达，在汗水里泡了一天的士兵们纷纷脱去外衣，扑通扑通跳进河里。一时间河面上浪花四溅，众声喧哗，如同跳跃着千条万条鳞片闪烁的金鲤鱼。

　　每当夜幕降临，繁星满天，父亲总会带上萧克、王震、贺炳炎和卢冬生等一干爱将，有时候也会带上我母亲，来到大树下聊天，或商谈军机大事。警卫员早摆好了一张小方桌，四五把竹椅，一壶沏得酽酽的茶，或一坛部队在打土豪时缴获的米酒。几个人坐在那儿谈天说地，对酒当歌，纵论天下大势，情绪高涨得彻夜难眠。

　　几天后，就在这棵古樟下，父亲不费一枪一弹，收编了李吉儒的一支上千人的地方武装，从此传为美谈。

　　草莽出身的李吉儒，性情豪爽，在天子山占山为王，充满流寇习气，当地百姓犹躲不及。红二、六军团进驻溪口后，他自称师长，打着红军游击队的旗号，到处吃大户，抢粮食，为非作歹。当军团总指挥部拿出作战方案，准备收拾这支队伍时，父亲却嘿嘿一笑说，杀鸡何必用牛刀？传我的手令，让李吉儒12月20日带领队伍来大树下集合。

　　李吉儒接到父亲的手令，喜忧参半，不知是福是祸。他当然知道父亲的名字有多重的分量，也知道父亲如今是什么人物；若不执行我父亲的命令或负隅顽抗，以我父亲的脾气，只会像秋风扫落叶那样消灭他这支队伍，像踩死一只蚂蚁那般踩死他。与其树倒猢狲散，不如趁早投了红军。再说，这是贺龙亲自给他下的命令，多么荣耀，他能敬酒不吃吃罚酒？

　　那天，李吉儒早早地把队伍带到了溪口，在大树下把枪架好，把队列整好，听候父亲和红军发落。到这时，他才发现，溪口已是红天红地，云水翻腾，红军和老百姓亲密无间，到处洋溢着同仇敌忾的气氛。最让他服气的是，红军该上操的上操，该出勤的出勤；当地人也是该种地的种地，该打鱼的打鱼，对他的到来不加任何防备。唯有父亲与几个军团将领气定神闲，正坐在大树下慢悠悠地喝茶。

李吉儒认准我父亲，小心翼翼地把手令递上来，说贺老总，失敬失敬，粗人李吉儒按照你的命令，把队伍带来了，请清点人数和枪支。父亲转过头，踢给他一把椅子。是李师长啊，他说，你还真给我贺龙面子么。李吉儒马上抢白，不敢不敢，是贺老总和红军给我面子。我过去祸害百姓，做过许多坏事，现在来负荆请罪，任打，任罚。

父亲听见这话笑了，说李吉儒，你还算深明大义，悬崖勒马，下步有什么打算？李吉儒说，贺老总，我带领队伍从天子山下来，就不准备回去了，弟兄们也是苦出身，都愿意参加红军。父亲这时才严肃起来，说天子山回不回再说，参加红军我也欢迎。不过话说在前面，红军有红军的规矩。在我们的队伍里，你既发不了财，也别想当多大的官，还要舍身舍命，做得到吗？李吉儒连连说，做得到，做得到。

就这样，在谈笑之间，李吉儒的上千人马全部投了红军，使红二、六军团迅速得以壮大。值得一提的是，自从跟了父亲，这些苦大仇深的潇湘弟子，冲锋陷阵，忠勇无比，几乎没有一个活着回来。

就因见识了父亲的高大伟岸，溪口的这棵古樟，从此深受群众爱惜。红二、六军团离开湘西后，在天长日久的盼望中，他们逐渐把对父亲和红军的思念转移到这棵树上。在老百姓看来，这棵古樟就是红军的化身，我父亲贺龙的化身。看见它就像看见了我父亲和红军。

渐渐的，古树下有了敬献神灵的香火，有了当地各族人民按照传统习俗虔诚地裹上去的红布，且源源不断，绵绵不绝。

清明节回到张家界，上天子山为父亲扫过墓，我自然要继续往前走，再次回到我母亲的那片土地，去溪口看看那棵远近闻名的大树，看看以另一种形象继续站立在旷野中的父亲。

天下着淅淅沥沥的雨。虽然因头天爬过天子山，我已累得腰酸背痛，四肢乏力，但这天我毅然踏上了去溪口的路途。从故乡桑植洪家关赶来看我的亲戚，在张家界工作的贺家人，听说我要去看那棵大树，也争着跟我去，一辆中巴加一辆越野车，二十多个座位被塞得满满的。

好像有只眼睛在天上看着我们，盼着我们，车开出张家界，太阳便跳了出来。暖暖的阳光穿过袅袅升腾的晨雾，照着路两边刚刚被雨水洗过的树木，清新，亮堂，听得见万物生长的声音。

车驶近怀抱溪口的王家坪，迎面扑来一片干干净净的白，轻轻盈盈的白，像刚下过一场大雪，天地间一尘不染。渐渐走进那片白，那片漂浮着奇异香味的白，才发现，那是铺天盖地开着的梨花。

那棵古樟就在这时从坦荡空阔的坪地上，从洁白的梨花中，脱颖而出，在眼前渐渐高大起来，巍峨和峥嵘起来。树顶上那几根枯枝，还像从前那么苍劲，那么孜孜不倦地托着瓦蓝的天空。那种雷打不动的气势，让人想到，即使黑云翻滚，即使头顶的天空在电闪雷鸣中轰隆隆倒塌，它也能伸手顶住，把坍塌的天空重新举起来。而在大树主干的枝丫间大团大团绽放的新绿，竟比前些年我看到的更蓬勃，更稠密，也更欣欣向荣，仿佛汹涌的潮水势不可挡地往上漫。

看见这么广阔的一片梨花，看见这些梨花素面朝天地簇拥着拔地而起的大树，我的心在颤抖，泪水禁不住喷薄而出。我想，正是清明时节，难道这片土地，这千树万树洁白如雪的梨花，也知道今天是个怀想的日子，追忆的日子？车走在半路我还懊悔，来看这棵古樟，来大树下遥望父亲，我竟没有带上一束花，一件寄托思念的信物，谁想这漫山遍野的梨花，在天地之间，早早地为我布置了一场盛大的祭奠。

走到古樟下，我为当地群众对红军，对父亲的爱戴和敬仰，深深地感动了。他们表达感情的方式，是那样的朴素，那样的隆重。因为面对这棵千年大树，他们没有像其他地方那样用高高的栅栏把它围起来，也没有在它周边添加任何建筑。只是在路口立了一小块碑，刻上"红军树"三个字，同时在碑的下方以寥寥数语叙述父亲降服李吉儒的经过；又在大树的周围垫上一圈从澧水河里捞上来的鹅卵石，供人们从各个角度仰望它的风采。那些鹅卵石就像刚洗过似的，不沾一星泥土。唯一郑重的，是在大树的东北和西南角各竖起一根避雷针，以免它遭受雷击。再往前走，我特别注意到，在大树十几米高的躯干上，也许在昨天，也许就在今天早晨，人们在层层叠叠旧红布的基础上，又裹上了一圈又一圈崭新的红布。这些红布红得那么庄重，那么热烈，就像喷涌的血，熊熊燃烧的霞光，看一眼就想流泪。

听说贺龙的女儿回来看这棵树，附近村子里的人，从大路上偶尔路过的人，还有正在山冈上、田野里劳作的人，纷纷围了过来，和我一起抬头仰望。也就几分钟的时间，在古樟附近的公路上，村落的几个路口上，尤其是通往大树的那条小路上，突然站满了人。大家神情肃穆，眼睛和我一样，都红红的，湿湿的。

父亲离开溪口，离开湘西，带领在这片土地上发展壮大的红二方面军长征后，直到在那个不堪回首的年代含恨去世，从来没有回来过。几个当年还是孩子，如今已是风烛残年的老人，在年轻人的搀扶下，颤颤巍巍地走到我面前。他们告诉我，当年参加过红军，跟着我父亲打过仗的人，现在都离开了人世；方圆几十里仅剩下一个老赤卫队员，也已经瘫痪在床，爬不起来了。老人们在去世前，都为没有再看到我父亲一眼感到惋惜。他们说，贺胡子是从这片土地上走出去的开国元帅，是湘西出的最大的官。他生前顾不上回来看我们，看这棵树，但去世后他的英灵会回来的，会附在这棵树上存活下去的。然后便闭上了眼睛，好像到了那个世界，真能见到他们想见的人。

抚摸过那块碑，听老人们说过对红军和父亲的思念，几个贺家的后人搀着我围着大树转了三圈。我们缓缓地走，缓缓地走，眼睛始终望着它硕大的躯干。有时也昂起头来，凝望那片旺盛的死而复生的青枝绿叶。想不到刚走完一圈，身后已经跟上来无数的人。他们中有老人，有孩子；有当地人，也有外地人。每张脸都那么亲切，那么凝重。

大地无言，苍生无言。一阵阵风从广阔的坪地与河面上吹过来，把裹着大树那一层层红布，吹得啪啪作响。

是古樟有什么话要对人们说吗？

我也想说些什么。我想对这棵大树，对父亲附在树上的英魂说：父亲，你还记得吗？在你站在这棵大树下的时候，我也差不多在母亲的肚子里开始了十月怀胎。你看，我和你，我们和这片深沉又肥沃的土地，这棵死而复生的树，彼此命运相连，已经难舍难分了。

我还想说，父亲，我也七十七岁了，成了一个比你还活得长久的老人。

现在虽然身无大病，但腿脚却有些走不动了。就在为你扫墓的时候，我还对自己说，这恐怕是最后一次了。但是，当我回到母亲的这片土地，当我看到这棵老而弥坚的大树，我忽然改变了主意。我这样想，既然一棵树能死而复生，能把上千年的风雨继续扛下去，我作为你在这片土地上孕育的孩子，为什么不能顽强活下去呢？

而我只要活着，只要我还能走得动，我就会继续回来看这棵树。

（2012 年 4 月 6 日至 29 日，回张家界为父亲扫墓归来而作）

雨花台上

高建国

高建国（1954—　　），山东青岛人。曾任原济南军区宣传部长、集团军政委、原沈阳军区副政委。中将军衔。著有报告文学、散文等多部。

又是江南草长莺飞时节，笔者来到风景秀丽的红色圣地雨花台，寻觅"江南抗日义勇军"前辈神秘的人生后花园，瞻仰叱咤风云的东路英雄光耀千秋的灵魂安歇处。

六朝雨花凝天地神韵，一部青史铸千秋圣台。雨花台从公元前1147年泰伯到这一带传礼授农算起，已有3000多年历史。自公元前472年越王勾践筑"越城"起，雨花台一直为江南登高览胜之佳地。三国时，因岗上遍布五彩斑斓的石子，又称玛瑙岗、聚宝山。相传南朝梁武帝时，有位高僧云光法师在此设坛讲经，感动上苍，落花如雨，雨花台由此得名。

"葬我于高山之上兮，望我故乡……天苍苍，野茫茫，山之上，国有殇。"1962年1月24日，新中国成立前夕痛别妻儿被裹挟到台湾的于右任，在海峡彼岸饱蘸血泪写下了《望大陆》一诗，发出了呼天抢地的呻唤。

凭险临江的雨花台，历史上就是掩埋忠骨之地，每每上演"山之上，国有殇"壮怀激烈的一幕。南宋抗金英雄杨邦义拒不降金，被金人在雨花台下剖腹取心，宋高宗赐谥号，建"褒忠祠"。150 年后，抗元英雄文天祥兵败被俘，押解大都（北京）途中经建康（南京），在《怀忠襄》一诗中，表达了对杨邦义的敬仰之情和殉国之志。文天祥殉难后，人们在"褒忠祠"袝祀他，遂改名"二忠祠"。1927 年以后一段风雨如磐的岁月，雨花台成为新民主主义革命时期中国共产党人和爱国志士最集中的殉难地，无数烈士在这里血洒圣台，其中留下姓名的就有 2406 人。

登临雨花台，一个无法绕开的亡灵是南京大屠杀主犯、日军第六师团中将师团长谷寿夫。1937 年 12 月 12 日 12 时 30 分，谷寿夫对其收破南京城"首功"部队宣布，"解除军纪三天"。灭绝人性的第六师团在中华门、城西长江畔至下关一线，进行了惨绝人寰的疯狂屠杀，罪孽之深重，时逾六周，江边流水尽为之赤，城内外河渠沟壑无不尸满为患。南京屠城后，谷寿夫被日本天皇亲授金鸥军功奖章，并加授大勋位菊花大绶章。西方媒体揭露南京大屠杀真相后，日本高层不得不将声名狼藉的谷寿夫召回国内转为预备役。1946 年 2 月 2 日，谷寿夫在家乡冈山县小镇被美军宪兵抓获。同年 8 月，关押在巢鸭拘留所的谷寿夫被引渡到中国，羁押于上海警察局小南门看守所，期间上演了一幕颇为惊险的劫狱闹剧：谷寿夫旧部河野满少佐、冈田次郎上尉和韩裔女特务李长美，收买了看守所副所长毕尚清，给谷寿夫服药使其突发"重病"，尔后在上海一家教会医院"死"去。当日深夜，几个黑影扛着一具尸体摸进医院太平间，企图与佯装死亡的谷寿夫调包，不料停放谷寿夫的 19 号尸床是空的！原来，国防部军法司特勤组军官验尸时，发现谷寿夫诈死，当即将其押往南京，关进陆军特种监狱。河野满等人旋即赶到南京绑架了特勤组成员邢某，正欲活埋时，邢某挣脱绳索，打死女特务李长美，抢先用电话报告监狱，预有准备的狱警生擒河野满，击毙冈田次郎。河野满入狱后咬碎牙中毒药自杀，劫持谷寿夫的阴谋化为泡影。

在南京大屠杀 10 年后的 1947 年 2 月 6 日下午，国民政府国防部军事法庭对谷寿夫进行公审。军事法庭统计出当年南京计有 345337 人被害。谷寿夫百般抵赖，声称部队"不乱杀一人"。军事法庭庭长石美瑜怒不可遏，当庭下令展示取自雨花台万人坑的累累颅骨，每一个颅骨底部明显的切痕，都无可辩驳地证明死难者全部都是被刀砍头！当年曾组织掩埋遇难者尸体4万余具的红十字会副会长许传音出庭作证，充满正义感的国际友人金陵大学教授史密斯、贝德士和英国《曼彻斯特卫报》、美国《纽约时报》驻南京特派记者，相继出庭指控日军暴行。法庭放映了美国驻华使馆新闻处拍摄的纪录影片，镜头里在中华门指挥部队疯狂屠杀和平居民的日酋，正是嗜血恶魔谷寿夫！2月25日和3月10日，军事法庭又两次公审谷寿夫，上千民众扶老携幼、顶风冒寒前来控诉谷寿夫的滔天罪行。铁证如山，谷寿夫不得不向中国人民低头认罪。正义或许会迟到，但不会缺席。4月26日，谷寿夫在南京市中山路307号励志社大礼堂（今钟山宾馆）黄埔厅被判处死刑，押至雨花台执行枪决。屠城主凶谷寿夫，成为战后在雨花台血祭成千上万抗日英烈和无辜冤魂职务最高的战争罪犯。

1939年5月，根据党的六届六中全会关于把全党工作重心转到开展敌后游击战争上来的战略决策，新四军一支队司令员陈毅冲破阻力，毅然派叶飞率老六团以"江南抗日义勇军"名义东进，驰骋苏南5个月迅速发展到5000人枪，在水网纵横、人烟稠密、敌人重兵据守的日伪心腹地带，胜利开辟了以阳澄湖为中心的苏常太和澄锡虞抗日根据地，"江抗"副总指挥吴焜等将士英勇牺牲。1957年，叶飞与在宁"江抗"领导人动议，将吴焜遗骸从江阴定山湾迁葬雨花台。从那时起，随着"江抗"辽远悠长的集结号声的召唤，一些原"江抗"领导人及追随他们南征北战几十年的部属，百年后陆续会聚于此，在这片圣土找到了人生归宿。

1985年百万大裁军后，笔者首次走进当年在阳澄湖畔创造英雄传奇的抗日武装发展起来的第20集团军，立刻被其恢宏奇特的斗争历史所吸引；这些年我在追寻"江抗"气壮山河、经天纬地的不朽伟业时，发现那些在中国面临亡国灭种之祸时并肩呼啸猛进的勇士，人生大戏谢幕之际，都不约而同汇聚于南京雨花台。于是，拜谒雨花台，成了我为"江抗"传神写照的必修课。

进入雨花台功德园拾级而上，最先看到的是吴焜由叶飞题写碑名的赭红色墓碑。光阴荏苒，流光似箭，这位当年苏南日伪顽畏之如虎的红军师长，在殉难地附近江阴定山湾小憩 18 年后，已经在这片充满英风浩气的圣地长眠 58 个春秋了。

据说雨花台的忠魂多红色恋情。生于 1910 年的吴焜，在这个世界上生活的 29 年中充满了苦难和危险，当他刚刚与自己挚爱的镇江姑娘、新四军战地服务团演员杨瑞年相识相恋时，不幸血洒江阴，以身殉国。很多人都知道"江抗"有个虎将吴焜，但很少有人知道吴焜与杨瑞年甜蜜而又悲楚的恋情。今天的人们已经无法想象当年吴焜的壮烈牺牲，会给杨瑞年带来怎样的打击，但想起被囚于上饶集中营的这位新四军女战士在刑场上视死如归，身中六枪还高呼口号的悲壮一幕，想起吴焜猛虎一样扑向敌人喷着火舌的机枪，掉转枪口向敌猛扫直至中弹牺牲的震撼人心场景，人们怎能不为两位新四军儿女的侠骨柔肠所感动和骄傲！

吴焜和杨瑞年战火中的红色恋情，绚烂不逊五彩雨花，悲壮无愧千秋忠魂！2014 年 8 月 29 日，虎将吴焜的赫赫英名，光荣入选国家民政部公布的首批 300 名著名抗日英烈和英雄群体名录。

来自新四军老六团的华东野战军第一纵队团长蓝阿嫩虽是小字辈，却是继吴焜之后第二个来雨花台的"江抗"红军战士。1963 年 4 月 7 日，国家有关方面把蓝阿嫩的灵柩从当年的山东战场起运到南京时，专门动用了一节车皮。迎灵那天，刘飞、乔信明、廖政国、曾如清等来自"江抗"和新四军的将领，亲赴南京中华门车站为蓝阿嫩扶灵。当八名壮工用木杠把蓝阿嫩残旧的黑色棺木从火车上抬下，众多身经百战、伤痕累累的将军用颤巍巍的手抚棺前行时，他们感到，那只英勇无畏的畲族雄鹰，凤凰涅槃般复活了，惯于呼啸沙场、斩关夺隘的蓝阿嫩，又重新回到了"江抗"和新四军、山东野战军、华东野战军第一纵队的战斗序列里。

1947 年 1 月 15 日，在鲁南战役第二阶段攻克齐村的战斗中，担任主攻任务的华东野战军第一纵队一旅一团，向敌一一三旅旅部发起进攻。一营三连爆破手杨根思和另一名爆破手受命炸掉十字路口大碉堡和周围三个暗堡。由于敌火力严密封锁，两名爆破手几次翻滚腾挪，怎么也躲不开敌人轻重武器编织的火网。杨根思匍匐前进来到连部，恰好副团长蓝阿嫩到达前沿实施指挥。杨根思上气不接下气地对蓝阿嫩说："报告副团长，敌人炮火封锁得很厉害，无法抵近碉堡，我报告排长批准我牺牲，排长不批准。哪有人家要求牺牲也不批准的？"

蓝阿嫩非常喜欢这个憨厚的战士，拍着他的肩膀说："不是要你去牺牲，而是要你去夺取胜利！"他指着左侧一个四方形碉堡说："你从二连那里插进去，可以避开敌人的火力封锁，先炸开方形堡，再从左面向里插！"

杨根思抱起炸药包，接连投出两颗手榴弹，趁着烟幕飞快逼近四方大碉堡，正要引燃导火索，忽听里面的敌人吵成了一锅粥。杨根思贴近一听，原来敌人是争论投降还是不投降。杨根思一个箭步蹿进碉堡，高举着手榴弹大喊："缴枪不杀！"一下子俘虏了上百名敌人。凌晨 3 时，齐村守敌被全歼，旅长李玉堂、副旅长李朴全以下 2500 余人被生俘。

1950 年 9 月，时任连长的杨根思，从朝鲜战场归国出席全国战斗英雄代表大会，旋又重返朝鲜前线。同年 11 月 29 日，杨根思在长津湖率部阻击南逃美军，用尽弹药后抱起炸药包冲进敌群，与 40 多个敌人同归于尽，胜利完成了阻击任务。1952 年 9 月，中国人民志愿军为杨根思追记特等功，并追授"特级英雄"称号，命名他生前所在连为"杨根思连"。在中国人民志愿军 197653 名烈士中，只有杨根思和黄继光获"特级英雄"殊荣。

作为第二十集团军曾经的一员，笔者到沈阳工作后，曾多次到位于皇姑区北陵公园东侧的志愿军烈士陵园凭吊与瞻仰，伫立在杨根思墓前静思默想，久久不忍离去。2014 年 3 月 28 日，在韩 437 具志愿军烈士遗骸归国时，作为这一仪式的军方组织者，笔者专程至陵园检查烈士遗骸安放处，再次拜谒了杨根思烈士。

2009 年，杨根思被评为"100 位新中国成立以来感动中国人物"。杨根思成为名垂青史的著名战斗英雄，蓝阿嫩功不可没。

蓝阿嫩遗骨迁葬雨花台后，"江抗"老领导以华东野战军第一纵队名义给他立了碑。让蓝阿嫩从陌生的战地回归一纵这个温暖的战斗集体，是"江抗"老首长对爱将最大的人文关怀。

在蓝阿嫩迁葬雨花台 21 年后的 1984 年，时年 73 岁的陈挺不顾年迈和身患高血压等病症，徒步跋涉来到不通公路的闽东山区，拿着军用地图和放大镜实地勘察，召集当地年长者座谈调查，最终在福建省柘荣县富溪乡草籽坪村找到了蓝阿嫩老家。陈挺想起蓝阿嫩13岁参军后就跟在自己身边当通信员，在南方3年游击战争中跟大人一起吃树皮草根从不叫苦，还常常施展甩石击鸟绝技打鸟给自己打牙祭，禁不住老泪纵横，特意给蓝阿嫩的女儿蓝谷平写了一封长信，要求她回老家看看，"温故而知新"。

2008年冬，父亲牺牲60周年之际，蓝谷平到徐州淮海战役纪念馆寻觅父亲踪影，挥泪写下了《爸爸，我想对您说》一文：

爸爸，几十年后，您的老首长和老战友们，陆陆续续都聚集到了望江矶，这是你们这些战将们最后"攻占"的一个制高点。不同的是，高地下不再是硝烟弥漫的战场。每到星空朗月的夜晚，在黑黢黢的松林尽头，细心的人们静下心来侧耳倾听，仿佛能听到从望江矶上隐约飘过来的那一阵阵只有军人才有的那种遏制不住的开怀大笑声。你们这伙永远不会老也永远不会死的战争煞神们围坐在一起，望着滚滚东去的长江，加农炮、榴弹炮加火箭炮，和你们的大嗓门一齐"开炮"了：夜袭虹桥机场、养伤"沙家浜"、大战孟良崮、风雪长津湖、横扫一江山……说到兴奋处，免不了高谈阔论起美好的未来。……在望江矶上，爸爸，我相信您一定会指着灯火辉煌的南京大都市而万分惊喜。我想您又会提出不少奇怪的问题，并引来大伙儿的哄笑吧！爸爸，能打仗的人爱笑。你们的笑声极具爆炸性，能量高，冲击波强。笑声也曾深深感染过多愁善感的我，但每次喜尽悲来，我还是要为您大哭一场！爸爸，您血雨腥风苦了一辈子，枪林弹雨打了一辈子，没有享受过一天进城的好日子。牺牲时舍下的是一岁多的女儿和刚出生两个月、从未谋面的儿子。

纯粹的人如同透明的书。爸爸，您就是这样的书，在淮海战役纪念馆我又一次看到了您，您也在透明的书页那边用那善于探索的眼神看着我。在人生大大小小的转折时，我都会去读读这本书。这个习惯我保持了大半生。我常常怀着深切的敬意，感受着爸爸和战友们在你们那个时代做出的惊天动地的伟业，体味着前辈们浴血奋斗的战斗豪情，学习爸爸的为人和做事。弹指一挥间，我已从小姑娘读成了老太婆。年轻时，从书中寻找生活的理想和力量；老了，掩卷长思，常常禁不住老泪纵横……

爸爸，我和您相隔阴阳两界整整六十年，如今我已经六十多岁了，而您永远是二十九岁。您的一生是那么短暂，但您活得纯粹，活得精彩，活得有价值！您的生命中属于我们家的只是小小的一部分，而您真正属于和您同甘共苦的战友，属于生您养您的畲族人民，属于你们那个不愿做奴隶的悲壮时代，属于培育您成长的人民军队，属于无数前辈和先烈用鲜血和生命为子孙后代缔造的新中国！

长歌当哭，泣血祭父，襁褓中就痛失慈父的蓝谷平，穿越60年历史时空，寻访徐州古战场，遥望南京雨花台，其畅诉衷肠的心声情动大江南北，纵贯阴阳两界。蓝阿嫩泉下有知，怎不泪飞顿作倾盆雨！

吴焜墓前方不远处，是当年"江抗"东进时的副总指挥、原南京军区空军后勤部政委、开国少将乔信明的陵墓。这位第三个来雨花台报到的"江抗"老战士出生于1909年，湖北省大冶县人，1930年参加红军，1932年入党，曾任红军团长、团政委，北上抗日先遣队八十八师参谋长，参加了中央苏区反"围剿"。抗战时期，乔信明任新四军三支队六团参谋长，"江抗"总指挥部副总指挥，挺进纵队一团团长，苏中军区第二军分区副司令员。解放战争时期，乔信明任苏中军区后勤部部长兼政委，参加了黄桥决战等战役。新中国成立后，乔信明任南京军区空军后勤部政委等职，1963年9月4日在南京病逝，终年57岁。

1934年10月，乔信明随方志敏所率红十军团北上，因负伤脚肿得很厉害，医生准备截肢，报告都打上去了。方志敏批示：不管花多少钱，一定要保住这条腿，药在根据地买不到，可以到白区去买，钱由省委报销。在方志敏关怀下，乔信明的腿保住了。在北上途中，方志敏所部在怀玉山陷入重围，连续奋战七昼夜未能突出重围。方志敏把剩下的部队编成一个团，任命乔信明为团长掩护突围。坚持战斗数日后，部队弹尽粮绝，乔信明双脚被冻伤，敌人放火烧山时，他和方志敏一起被俘，被关进南昌军人监狱。

方志敏与乔信明在狱中保持通信联系，写信对乔信明说，你应很好向干部进行教育，在敌人面前一定要顽强，怕死是没用的。我们几个负责人已准备为革命流最后一滴血，你们不一定死，但要准备坐牢。在监狱中学习列宁的榜样，为党工作，坚持斗争，就是死了也是光荣的。方志敏牺牲后，乔信明被判了无期徒刑，在狱中进行了 3 年不屈不挠的斗争，是方志敏狱中斗争和生活的见证人。抗日战争爆发后，经徐特立营救，乔信明得以出狱，参加了正在组建的新四军，重返革命队伍建功抗日战场。

残酷战争环境的摧残和积劳成疾，使乔信明过早离开了人世。他的传奇经历和非凡精神，与武能上马、文可立言的妻子于玲相映生辉，为"江抗"伉俪平添了别样风采。

在雨花台红色伴侣中，于玲是百年后在此逗留时间最短、与传统观念实行最彻底决裂的女杰。于玲晚年体弱多病，随着岁月流逝，她对当年死于"暗杀党"之手的上海姑娘林杰思念日深。20 世纪 80 年代中期，于玲多次到江阴寻找林杰墓地。在当地领导和群众帮助下，终于在祝塘一块旱地找到了当年掩埋林杰的地方。清明节前夕，于玲和二儿子乔泰阳及孙女乔争月专程来到祝塘，把从南京选购的四棵郁郁葱葱的青松，种植在林杰墓周围。

江阴是于玲生于斯、长于斯的故土，是她参加革命后奋斗出彩的起点，也是于玲劫后余生始终心怀歉疚的所在。在生命的最后时光，于玲无意中对孩子们流露过自己对身后事的想法："我死后你们不要乱葬，我不去雨花台，还是要回老家江阴。那里是生我养我的地方，是我参加'江抗'并做出成绩的地方，也是上海姑娘林杰替我逃过一劫的地方。她那么年轻就替我去死了，我要和她在一起。我相信，你们爸爸会理解和支持我的。"

孩子们懂得妈妈对江阴的眷恋和挚爱。于玲辞世后，几个孩子相约来江阴，为妈妈寻觅心灵休憩之处。市领导带他们到几处地势和风景俱佳的墓地，孩子们看后似乎都没有什么感觉。但当来到祝塘，一行人伫立在林杰的墓前，5 个孩子不约而同流下了热泪。在另一个世界里，于玲似乎给了孩子一个暗示，这里正是她如意的归宿和精神皈依之地。同行的市镇领导提出，祝塘地方太小，把老前辈于玲的骨灰安放在这里不很合适。但孩子们思想高度趋同，一致同意把妈妈安葬在祝塘镇的英烈苑，让她和一起战斗过的"江抗"战友们相伴，与代她牺牲的林杰烈士为邻。

2011年4月2日，于玲的子女把她的骨灰送到雨花台乔信明墓前，让妈妈向相濡以沫、携手走过艰难岁月的爸爸告别。两位在战争年代出生入死几十年的革命伴侣，在望江矶最后一次相聚。孩子们默默但却十分虔诚地祈祷，愿红色伴侣早日在天国聚首。

4月4日，于玲的骨灰在子女亲友的护送下，来到江阴祝塘镇英烈苑。《红旗颂》的辉煌乐曲在墓地奏响，于玲的子女亲友，于玲当年在祝塘发展的党员的后人，于玲当年的通信员，共同见证了感人至深的一幕：于玲的骨灰盒缓缓安放进墓穴，与林杰烈士比邻而居。历史仿佛演绎了一个红色的轮回，当年的江阴县委宣传部长兼祝文区区长于玲，与祝塘区年轻的民运工作队队长、上海姑娘林杰，诀别71年之后，在她们共同战斗并用热血浇灌过的土地上，又相聚在一起。不寻常的性格，必定会有不寻常的人生。生不弃残，相夫教子成就一番事业；死不同穴，别夫伴友书写巾帼华章。一生茹苦含辛，身后卓尔不群，于玲以她不同凡响的举动，实践了自己做一个时代新女性的诺言。

1959年夏秋时节，乔信明根据自己的亲身经历，利用和夫人于玲在黄山疗养之机，在有关同志的帮助下，创作了反映方志敏最后岁月和记述自己狱中斗争生活的长篇小说《掩不住的阳光》。乔信明和于玲两位拿枪杆子威慑敌胆、拿笔杆子青史流芳的老"江抗"，生前未能看到这部51.8万字的心血之作出版。经历"文革"浩劫，在雪藏半个世纪之后，这部"江抗"伉俪呕心沥血创作的纪实小说，终于于2011年由解放军文艺出版社出版。

人们为这部书经子女不懈努力和多方帮助终于与读者见面感到庆幸，同时也为作者未能亲眼看到倾注了自己全部理想和寄托的著作问世而感到遗憾。

于玲病危时，孩子们曾把《掩不住的阳光》手稿放在她的床头，让这部她暮年最为牵挂的呕心沥血之作，陪伴她走过了人生最后四天的路程。

　　2011 年 4 月 4 日，于玲的骨灰安放在江阴祝塘烈士陵园时，细心的子女将一本散发着油墨清香的《掩不住的阳光》，轻轻放在于玲的骨灰盒上，聊补于玲生前未看到心血结晶付梓之憾，告慰其在天之灵。

　　乔信明和于玲泉下有知，定当感到欣慰。

　　廖政国仍旧性急，打了大半辈子仗，才过了 10 年太平日子，1972 年 4 月 16 日，这位 59 岁的南京军区炮兵司令员，就早早循着"江抗"集结号的号音，到雨花台望江矶报到来了。独臂将军廖政国的英年早逝，据说是因为一起医疗事故。

　　生于 1913 年的廖政国是河南息县人，这位大别山的儿子原任新四军老六团二营营长，"江抗"东进时因火烧虹桥机场而声名鹊起，成为江南威慑敌胆的抗日英雄，后任新四军挺进纵队四团团长，苏中军区教导旅旅长，苏浙军区第四纵队司令员，华东野战军一纵一师师长，第三野战军第二十军参谋长，志愿军第二十军副军长、军长，舟嵊警备区司令员，上海警备区司令员等职。

　　"江抗"领导人素来个性鲜明且生来命大，人人都摸过几回阎王鼻子。1940 年 10 月，时任团长的廖政国率部参加黄桥决战后，就地进行整训。他听官兵反映，从伪军手中缴获的泰州造的手榴弹，打仗时平均 3 个才炸一个，即使能炸的有的延时很长，有的出手就炸，还有的一炸两半，基本没什么杀伤力。带着这样的武器打仗，官兵心里怎么能踏实！廖政国苦心琢磨，终于弄清了症结所在。他把干部召集到住处，针对这批手榴弹雷管和引信制作工艺不规范影响发火的问题，给大家讲解实战应用注意事项。正讲解中，廖政国手中的手榴弹突然咝咝冒起了白烟。廖政国迅疾扫视周遭：院子里有人在晒太阳，窗台上趴着正在听讲的警卫员和马夫，里间屋子团政委在休息。手榴弹朝哪个方向扔都会危及他人。千钧一发之际，廖政国一面让大家隐蔽，一面飞身跨上身边的桌子挺身举弹，尽可能让手榴弹远离大家。只听一声巨响，手榴弹爆炸了，周围的人安然无恙，廖政国的右臂却被炸飞了。

　　素来叱咤风云的"江抗"猛将一下子成了"独膀子"，钢铁汉子在苦难和战斗中铸造的人生，整个儿都被改写了。好在很快上了特护，独臂团长的身边悄然出现了善解人意的 18 岁扬州姑娘史凌。"金风玉露一相逢，便胜却人间无数"。在精心护理廖政国的日子里，医疗队长史凌走进了他的人生。"我是断臂换良妻呀！"风雨人生，每逢谈及当年负伤后与史凌的相知、相恋与相守，廖政国都回味无穷。他觉得，这是自己这辈子最幸福的事情。

廖政国在战争年代先后 8 次负伤无损虎威，依然敢闯敢冲，为克敌制胜孜孜不倦研发武器装备的作战性能。转战苏中期间，已任旅长的廖政国根据群众提供的线索，在部队驻地挖出两个光绪元年生产的炮筒子和三十几发炮弹。两门古老的独角炮在地下沉睡了几十年，只能打一发填一发，连炮栓都没有。廖政国却如获至宝，部队走到哪儿，他就让人把炮抬到哪儿。部队南下浙西龙头界时，廖政国命供应处把两具古炮筒改造成平射炮，由军工科曾学过机械制造的徐鹏飞负责设计，十多人共同参与试制，奋战 19 个日夜终获成功，第一次试射就把土地庙打了个大窟窿。后来打双林桥头堡，两门古炮大显神威。打着廖政国浓厚印记的独角炮，现藏于北京的中国革命军事博物馆。

在淮海战役中，国民党飞机俯冲低飞，把老百姓草房的屋顶都掀掉了，战士们气愤地用机枪和步枪射击，却无济于事。一师师长廖政国来到号称"廖记小小兵工厂"的修理所，找到徐琨等 3 人商量，问能不能用迫击炮打飞机，就算打不下来，吓唬吓唬他们也好。徐琨等 3 人受命后，通过改变迫击炮底火触发装置，改造迫击炮对空高射引信起爆管，采用高空定时爆炸的方法，使迫击炮弹能在空中 400—600 米的位置爆炸。试验成功后，修理所一次改装了 30 发 82 迫击炮弹用于实战，大大削弱了敌人的空中优势。

廖政国意外失去右臂，却给波澜壮阔的人生平添了新的传奇色彩。1955 年授衔，毛泽东豪迈地说："中国从古到今，有几个独臂将军？旧时代是没有的，只有我们的红军部队，才能培养出这样的独特人才。"

从吴焜墓向南第三排是刘飞的墓。这位从湖北红安大山里走出来的开国中将，1905 年出生，3 岁丧父，7 岁到地主家放牛，不满 18 岁到汉口当茶役，在码头扛大包，在社会底层受尽欺压。1926 年 10 月，刘飞在汉口加入党领导下的夏口工会。1927 年 11 月，参加黄麻起义，担任乡、区两级苏维埃主席和赤卫军二营七连连长。1930 年 1 月，他带七连 50 余名赤卫队员参加红军。刘飞个子不高，但臂力过人，双手能拧裂胳膊粗的青毛竹，抡起大刀来，四五十人轮流上阵也不是对手。时任师司令部特务队连长的许世友登门以武会友，谁知掰手腕竟不是刘飞对手，待其使出看家本领少林拳，才把刘飞打翻在地。刘飞少小失学，为弥补自己文化知识上的缺憾，在征战中，他以杀敌个数换取文书教的字数。1931 年 3 月 9 日，在广水东双桥战斗中，他一人砍杀 20 多个国民党兵，战后找文书学了 20 来个字。在南征北战中，刘飞先后任过连营团三级主官，长征中任红军独立师政治部主任，经"抗大"培训后南下任新四军老六团政治处主任、"江抗"东路政治部主任。1939 年 9 月，刘飞在江阴参加反顽作战，因敌人一颗子弹嵌入肺部转入阳澄湖后方医院养伤，经陈毅安排秘密赴上海美国教会医院治疗。1948 年 11 月，时任华野一纵副司令员的刘飞挥师一举歼灭国民党第六十三军，新华社记者崔左夫前来采访，刘飞闭口不谈制胜秘诀，反而带他去看部队，恰遇打扫战场归来的一七五团二营。刘飞叮嘱崔左夫，胜利后一定写写二营前身部队伤病员当年坚守阳澄湖芦苇荡斗争的故事。大运河飞出的芦花梦，成为一颗子弹引发《芦荡火种》和《沙家浜》创作的肇端。

1984 年 10 月刘飞逝世后，江苏省和苏州市领导考虑到刘飞抗战时期一直战斗在江苏，特别是作为阳澄湖 36 个伤病员的代表人物具有很大影响，建议把刘飞安葬在苏州。1989 年 8 月，妻子朱一和子女将刘飞安葬在苏州西南善人桥一所墓园。随着朱一年龄的增加，再去苏州扫墓颇感艰难，于是老人萌发了将刘飞迁葬至雨花台的想法。有的子女提出，中国古来讲究入土为安，爸爸既已安葬在苏州，再迁葬怕不好吧？朱一说，我不信这个，将来我死了，和你爸爸合葬在雨花台。在有关部门支持下，2001 年 5 月 1日，刘飞子女亲属将刘飞骨灰由苏州迁葬雨花台，在原墓留有衣冠冢。刘飞成为"江抗"第一个进入雨花台功德园的将军。

2004 年 10 月 24 日，刘飞逝世 20 周年之际，91 岁高龄的朱一，与乔信明夫人于玲、蓝阿嫩夫人李励等，分别率子女来到雨花台刘飞墓前，一起举行追思纪念仪式。朱一满含深情宣读了《我的亲人——刘飞逝世二十周年祭》：

松清：

这是我第一次这么称呼你，可能"刘松清"这个名字早已被遗忘。今天是你离开我们二十周年的日子。你的老战友及老战友的后代和我们全家又一次来到了你的墓前纪念你。

我永远不会忘记：你是在苦水中泡大的。你三岁时父亲出卖苦力，劳累而死，从此你和五岁的姐姐、几个月的弟弟跟着你那坚强善良的母亲，在饥寒交迫中到处求乞讨饭。你八岁时就到有钱人家放牛干杂活。后来你母亲病了，你只得离家到汉口当码头工人，全家的生活重担都落在你的肩上。在旧社会你受尽了欺凌压迫，过着牛马不如的生活。参加革命后，你就把自己的一切献给了党和人民。

你的一生是在战斗中求生存的，你在五次反"围剿"的浴血奋战中，你在万水千山的长征路上，你在党和国家生死存亡的关键时刻，始终坚定不移地紧跟着伟大的中国共产党。抗日战争爆发后，1938 年春天，毛主席亲自召令你到新四军，随老六团东进。在苏常太、澄锡虞、江高宝等地，开展敌后游击战。1939 年 9 月 22 日，在江阴顾山战斗中，你率部冲锋在前，胸部中弹，负了重伤。那时我部奉命西撤，你带领三十多个伤病员留在阳澄湖畔养伤。在孤军无援，敌伪顽四面包围之中，你们依靠人民群众的大力支援、舍身掩护，才能如鱼得水，康复后重返战场。在你战斗的一生中，有四十多年战斗在江南地区，大江南北到处都留下了你的足迹，你和江苏人民血肉相连，有着特殊的深厚感情。至今沙家浜的乡亲们仍怀念着你。全国解放后，你为保卫祖国，保卫人民的安全，抱病工作，走遍了皖南山区，走遍了海防前线，你为党的事业，为社会主义建设事业，呕心沥血，流尽了血和汗。

松清，这二十年来，我时刻都没有忘记你。昨天我率全家开了个纪念座谈会。用你的优良作风教育下一代，并且要他们代代相传。如今你的子女们都五十多岁了，他们都牢记你的教诲，遵照你的意愿，听党的话，听毛主席的话，做老实人，老老实实地工作。不图名，不图利，在各自的工作岗位上，忠诚老实地为党工作，勤勤恳恳地为人民服务，个个都是单位的骨干。你的第三代已有五个工作了，三个是人民解放军的基层干部、共产党员，还有两个在继续攻读，力求上进。全家二十余人都能相互谦让，和睦相处，对我无微不至地关心体贴，这是我最大的安慰。希望我们所有的后代都能继承老一代的光荣传统，踏踏实实地工作，老老实实地做人，这是你生前的心愿。

松清，你在伟大的中国共产党培育下，经过千万次与敌奋战，在枪林弹雨中锻炼成长，从一个没有进过学校大门的放牛娃、码头工人，在我军的大熔炉里从战士、班、排、连、营、团、旅、师、军长、大军区副司令员，一步一个脚印成长为我军的高级将领。你是我党和中国人民无私无畏的忠诚战士！是我们全家永远的榜样！1955 年国务院授予你中国人民解放军中将军衔，这是党和人民给予你的最高荣誉。你是受之无愧的！

我最亲密的战友，我的亲人——刘飞同志，你安息吧！

2008 年 5 月 19 日，在中共苏州县委书记朱杏南殉难 77 周年之际，96 岁的朱一冒雨率子女最后一次来到雨花台，在烈士纪念馆祭奠和缅怀影响了自己一生的叔叔。朱杏南是江阴夏港人，1930 年 9 月 9 日因叛徒出卖在苏州被捕，转往南京国民党军政部陆军署军法司。好几个被捕同仁都向敌人捧出了自己的灵魂，朱杏南遭受严刑拷打始终坚贞不屈。1931 年 5 月 19 日，朱杏南在雨花台北坡从容就义。那个忌日，潜意识中已有向后代传递精神火炬并为自己人生作结的朱一，面对叔叔遗像和遗物，颤巍巍地对子女说："这是我最后一次带你们来雨花台了，希望你们永远继承父亲和叔公的遗志，保持和发扬好他们创立的革命传统啊！"

2008 年 11 月 9 日，一朵终生辅佐抗日英雄刘飞并为那颗不寻常的子弹向红色经典转化而持久奉献芬芳的生命之花，在南京悄然凋谢。新四军女战士朱一，十分平静地走完了自己不平凡的生命历程。子女们在雨花台父亲的墓旁，为母亲精心安排了一个简朴的骨灰安放仪式。时隔 24 年，一双从阳澄湖畔走来的红色伴侣，在雨花台开始了新的比翼齐飞。

姗姗来迟的戴克林是1990年去世，于2001年来雨花台报到的，安葬在刘飞墓的西侧。戴克林1913年出生于湖北黄安（今红安），13岁参加童子团，15岁参加共青团，16岁参加红军，17岁由团转党。戴克林经历过鄂豫皖地区历次反"围剿"和创建保卫川陕苏区的斗争，长征中亲历河西走廊恶战身负重伤，一路乞讨回到延安，1940年4月和刘飞一起随谭震林到东路。4月25日，谭震林在会上刚宣布戴克林任一支队支队长的命令，支塘、沙溪据点里的日本鬼子突然进犯徐市。谭震林对戴克林说："你去指挥，打退这股敌人！""我去！"身穿长袍、头戴礼帽的戴克林忽地站起身，挓挲着两只手说："我这身打扮，部队听不听指挥？再说，手里什么家伙什也没有啊！"谭震林一挥手，厉声说："快去，快去！你一面宣布命令，一面指挥战斗，把仗打好！"何克希递过一支驳壳枪，夏光拿来一具望远镜。戴克林甩掉礼帽，把望远镜挂在脖子上，一手拿枪，一手拎起长袍，一个箭步蹿到屋外，冲着部队官兵吼道："我是新来的支队长，这个仗由我指挥！"说着令人架起梯子，噌噌爬上房顶，拿起望远镜一看，只见公路上上百名日军成几路纵队，野马般冲了过来，距开会地点只有百把米。戴克林指挥部队火速占领北港庙村和公路一侧，急令调来一挺捷克式轻机枪，一把抱在怀中率先向敌开火。清脆的机枪声犹如战斗号令，部队官兵一齐开火，一下子把敌人打蒙了，与日军形成对峙。二支队长陈挺率部火速驰援，两队官兵合力击退了日军。抗战胜利后，戴克林任过华东野战军一纵二师参谋长，第三野战军和志愿军第二十军第五十九师师长，第二十七军副军长，浙江省军区副司令员，算是从阳澄湖起家的"沙家浜部队"名副其实的老领导。大约生前的战斗情谊意犹未尽，戴克林在杭州辞世后，家人遵他生前之嘱，送他去南京雨花台与老战友会师。

源自阳澄湖的战斗情谊，使"沙家浜部队"具有超越生命本体和时空的特殊凝聚力。20世纪70年代以来，相继到雨花台的有新四军十八旅旅长兼苏中军区第一军分区司令员、南京军区副司令员刘先胜，新四军挺进纵队参谋长、兰州军区副司令员张藩，原华野一纵五十八师师长兼政委、新中国成立后任过第二十军政治部主任、第二十七军政委、新疆生产建设兵团副政委的曾如清，新四军十八旅五十二团参谋长、炮七师师长、南京军区炮兵司令员颜伏，曾任第二十军政治部组织部部长、安徽省生产建设兵团政治部主任的邱布，第二十军第五十八师炮兵团政委、江苏省军区政治部顾问洪大中等老前辈。

日本军国主义发动的侵华战争，使中华民族蒙受了空前浩劫，但客观上也创造了成就中国第一个无产阶级政党千秋伟业和凝聚中国人民的历史契机。1931年"9·18"事变前夕，日本关东军只有1万多人，而东北军有近20万人，日军对挑起战争能否取胜并无把握。"9·18"事变元凶、关东军高级参谋板垣征四郎说，中国是一个同近代国家情况大不相同的国家。它不过是在拥有自治部落的地区加上了国家这一名称而已。事变发生后，日军3天占领沈阳，1周占领辽宁，4个月零18天占领东三省，战争冒险之顺利，甚至连日本人自己也未曾想到。一盘散沙与觊觎华夏已久的日寇互为因果，这正是中国当年面临亡国灭种之祸的悲剧之源！

1937年7月15日，中国共产党中央委员会在公布国共合作宣言时，发出感天动地的呼唤："寇深矣！祸亟矣！同胞们，起来，一致地团结啊！我们伟大的悠久的中华民族是不可屈服的。起来，为巩固民族的团结而奋斗！为推翻日本帝国主义的压迫而奋斗！胜利是属于中华民族的！"同年7月下旬，郭沫若从日本归国途中，写下了"四万万人齐蹈厉，同心同德一戎衣"的诗句，呼吁苦难的同胞同仇敌忾驱逐鞑虏。金瓯破碎的严酷现实，血火交织的殊死抗争，东方的睡狮醒来了，八国联军挥刀直取义和团头颅时麻木不仁围观的中国人，凝聚起来了。毛泽东指出，抗日战争"促进中国人民的觉悟和团结的程度，是近百年来中国人民的一切伟大的斗争没有一次比得上的"。赤县神州亿万不愿做亡国奴的同胞，在血火劫难中告别一盘散沙，用有史以来最伟大的觉醒和自己的血肉之躯，筑起了共御外侮的万里长城，打破了日寇妄图变四万万五千万炎黄胄裔为家奴的梦想。从中国共产党人引颈就戮的刑场，到万众膜拜革命英烈的圣地，雨花台的变迁，见证和折射了近代以来中华民族整体觉醒、广泛动员和空前凝聚这一最伟大的转折，而永垂青史的历史性转折，正是包括苏南东路抗日英雄在内的无数志士仁人热血浇灌的丰硕果实。

1991 年，叶飞大女儿叶小楠从厦门出差回北京，向叶飞汇报厦门经济社会发展情况，叶飞得知台湾塑料大王王永庆拟在厦门投资建设大型石化项目，情不自禁站起来在房间踱步，随后郑重地对王于畊和叶小楠说："我死后就葬在厦门，这是对你们俩正式的交代。"厦门，是叶飞最初参加革命的地方，也是他戎马生涯中指挥的最后一个战役和唯一一次失利战役的地方。将军生不能看到祖国统一，死也要在离金门最近处看到这一天，以解心头之结。

历史仿佛在冥冥中做出了新的安排，当年率部进军东路的"江抗"领导班子成员，除叶飞怀着未竟之志，于 2000 年 4 月 18 日把自己的指挥位置放在与台湾和金门隔海相望的厦门外，其余成员都进入了一个新的任职期，横跨雨花台烈士墓园和功德园，在这片神圣的土地上组成了新的战斗集体，准备完成生前未了事，同时开始新的进击。

而"江抗"老领导何克希，从江南行政委员会主任兼保安司令员和新四军六师副参谋长任上，赴浙东开辟抗日游击根据地并创立新四军浙东游击纵队后，晚年便陷入阳澄湖、雨花台和四明山何去何从的纠结。最终，何克希还是一步三回首，揖别阳澄湖，遥拜雨花台，重返他战争年代事业的顶点四明山。毕竟，他是那支队伍的主官，一班人在那里眼巴巴地等着他。从 20 世纪末到 2009 年，原新四军浙东纵队司令员何克希、政委谭启龙、参谋长刘亨云、政治部主任张文碧相继去世后，遵照他们的遗嘱，四人的骨灰都被安葬（撒）在当年浙东纵队司令部驻地余姚市梁弄镇。何克希的女儿何竞生说："浙东纵队的班子成员都到齐了，他们又可以在一起决策重大问题了。"

令人欣慰的是，铁流东进中凝结的战斗情谊，犹如优良传统绵延不绝。"江抗"第二代青出于蓝而胜于蓝，他们不仅有父辈那样铁肩担道义的禀赋，而且大大发展了上一代人的友谊和关系。有好几位第二代在共同的理想和事业中结为秦晋之好，使战争年代生死与共结下深厚友谊的"江抗"前辈，又成了儿女亲家。

在五月的阳光下，如诉如泣的音乐流水般在墓园荡漾，充溢着江南丝竹特有的人生况味。墓园本是凝固的民族精神文化史。近代以来，特别是欧洲那个共产主义幽灵漂洋过海来到中国以后，赴义千秋、血沃圣土的雨花台，便以其无与伦比的特有浩然正气，深藏厚植着中华民族百死不悔、万难不屈的精神密码。伫立在红色天堂的入口处，但见满山忠骨，遍地英灵。每一座墓碑都是一个巍然矗立的灵魂，每一个名字都承载着一段光耀千秋的历史。置身庄严圣洁的民族精神之林，游目骋怀，我仿佛又回到了旌旗招展、鼓角争鸣的烽火岁月：陕北的深远经略，云岭的拨云见日，茅山的星夜进击，澄南的喋血厮杀，阳澄的芦荡坚守，茂林的绝地反击，延安的隐忍取义，窑湾的梦回苏南……曾经点亮"江抗"乃至波澜壮阔中国革命战争历史的一个个或震撼、或隽永的场景，一齐在我的眼前迭现、翻飞，一如凹凸有致、栩栩如生的浮雕，山呼海啸般齐集我的眼帘。那一刻，我读懂了为何历史在这里聚焦、风云在这里际会！

在与功德园近在咫尺的望江矶东端，新四军军部三位老领导项英、袁国平、周子昆，与老六团几员虎将守望相依，抵足而眠。

在历史大舞台上，他们都曾厉兵秣马，叱咤风云。

人生如戏，戏却永远逊于意蕴无穷的人生。历经世纪风雨和沧桑，曾经的金戈铁马、气冲霄汉，都在这里戛然而止，化作一帧隽永而令人回味无穷的历史映像。

1941 年 1 月中旬的一天，在皖南突围中藏身螺丝坑的项英，与激战中被打散的军部作战科长李志高和二纵队参谋长谢忠良等人不期而遇。看到他们衣衫褴褛的样子，项英激动而惭愧地说，新四军这次失败，我是要负主要责任的，把你们搞成这个样子！

假若项英与吴焜有幸在天堂相会，项英在全面深入地了解了吴焜和杨瑞年的情感经历，特别是了解了他们两人惊天动地壮烈牺牲的情景，他会为自己当年劈头盖脸批评吴焜，指责他刚到南方就腐化，甚至改变初衷，由安排吴焜任团长到改任副团长而感到后悔和自责吗？

群冢无语，绿树飒飒。时光回溯 74 年，在皖南三县交界的崇山峻岭中，项英以他带血的忠诚，向亲爱的党和战友作了披肝沥胆的回答。

古希腊哲人赫拉克里特说，人不能两次踏进同一条河流。如同悲壮的皖南 1941 年这一页将永远被历史翻过一样，1938 年吴焜和杨瑞年相识相知的种种切切，也早已付诸历史长河，在鲜为人们知悉的书刊中留下几分惆怅，几声叹息。当年的新四军秘书长李一氓，曾在一篇读后记中，郑重地向杨瑞年表示"引为遗憾和歉恨"，光明磊落地坦言"应该向她道歉，应该为她平反"。要是吴焜和杨瑞年能听到更多这种虽然迟到但却发自心底的真诚道白，九泉之下，他们将何其欣慰而释然啊！

但愿人长久，千里共婵娟！

江南的杜鹃花年年映山红，兼有血谊和亲情的"江抗"儿女们，岁岁来雨花台看望和祭奠自己的亲人，在天上人间的凝目相视和心灵感应中，向父辈汇报自己的奋斗进取和所得所获。

昨日的红色追忆令人回味无穷，今天的金色梦想正衍生出新的传奇。高天流云，江风浩荡，奔流到海不复回的长江，正穿过虎踞龙盘2600个春秋的古城金陵，一泻千里，蔚成万千气象。

一个雄心勃勃编织无与伦比复兴梦想的民族，比以往任何时候都更需要永不枯竭的精神动力。而回望70多年前那场波澜壮阔的战争，人们蓦然发现，炼狱之火熔铸的，正是凤凰涅槃极可宝贵和不可或缺的精神。

大江南北，神州八极，纪念抗战胜利70周年的热潮正方兴未艾。那是一个民族在新的历史起点上的苏醒和重塑。

母亲的女兵本色

黄　新

黄新（1944—　　　），江西南康人。曾任集团军政治部主任，国防大学进修系主任，空军政治部副主任，副政委。空军中将军衔。

　　我的母亲周泽，已过百岁高龄，仍思维清晰，行走自如，每天坚持读书看报。我看着她弓背的身影，蹒跚的步履，就会想到她历经的战火考验，遭遇的情感创伤，受到的艰难磨炼。在她的身上，我看到了中国妇女勤劳善良的美德，一位母亲可敬可赞的大爱，更看到新四军女战士闪光的本色。

　　母亲的老家在江苏扬州、镇江之间的仪征县，早年是一个以务农为生、不得温饱的人家。外婆不识字，外公念过两年私塾，脑子也比较灵活，看到两腿泡在稻田里难以养家，而那时扬州、镇江等地已有相当规模的水陆码头，车来船往，人头攒动，一碗炒饭、半瓶香醋就可以赚好几斤稻谷钱，便和他的哥哥一起外出跑码头，卖力气当徒工，拜师傅学手艺，通过十几年的打拼，积累了几个小钱，哥俩就在乡下开始卖些竹子，后来有了点本钱也卖些木材，靠起早贪黑扎木排水运到南京贩卖，这样收入便多了些，在南京安了家。

即使此时，家里生活也不富裕，加之子女众多，母亲在那"女子无才便是德"的封建时代走出家门上了"洋学堂"，全靠着外公思想开明，省吃俭用，用母亲的话说，是全家人勒紧裤腰带供她上学的。

1934年，母亲高中毕业时，考不考大学成了家里首要的"重大问题"。按外婆的想法，一个女孩子，高中都毕业了，家里又不富裕，上什么大学呢？外公却支持她以优异的成绩考取了金陵大学的英语专业。她告诉我，当初所以选英语做自己的专业，主要是因为受到工业救国思想的影响，觉得中国是个半殖民地半封建落后的农业国家，唯有发展工业才能使中国富强起来。而工业技术主要掌握在西方人手中，懂得英语去留洋才能学到技术。还有就是任课老师都是外籍人，不仅课堂上用英语讲课，课下交流也必须用英语，要求严，语言环境好。

母亲一直记得教她英语的是一位40岁左右的美国白人女教师，个子高挑，双眼皮，大眼睛，人显得很精神、干练。母亲印象深的是女教师的穿着和教学。女老师的着装虽然时常变换，但时尚中不显华丽，多彩中不显轻浮，富贵中不乏庄重，是一个十分讲究品位风度和具有个性的女人。她的教学也很有特点，一是严格：发音不准、重音偏移的错误难逃过她的耳朵，书写也要求很规范。二是内容宽泛：讲授英语还时常穿插一些历史、文学与典故，使人们在学习语言中又增添了一份知识。三是方法灵活：她不仅教单词、语法，还教大家学习方法，不仅注意讲授还启发大家多提问、议论。布置作业也不仅是课堂上教的，例如阅读一些文学作品，绘画作品，第二天用英文来畅叙感想，逼着你多看、多学、多讲。

时隔80多年，母亲虽是对英语老师的印象比较深，可怎么也想不起她的名字了。这也难怪，那时老师上课才来，课下是鲜有接触学生的，再就是这个女老师第二年就离开金陵大学了。后来我托人去南京大学查母亲的资料，不仅查到了当年母亲考入金陵大学的登记表，还查到了母亲每学期的学习成绩记录单，更没想到的是，母亲的英文女老师竟是后来以描写中国的小说《大地》获得诺贝尔文学奖的美国女作家赛珍珠。

1937年，母亲刚上大三，日本发动了卢沟桥事变。12月初日寇占领南京的前夕，外公带着一家人几乎是最后一批乘船到了湖北应城。母亲听说武汉抗日救亡运动搞得轰轰烈烈，便同一伙热血青年来到武汉。最初是被分配在汉口，具体工作是晚上刻蜡版、印传单，白天走上街头，除了刷标语、撒传单、作演讲、教唱革命歌曲、演活报剧，还到战地医院，帮助护士们洗床单、洗纱布，为伤员换药、读报，为医院装卸物资。工作琐碎、繁多、忙碌、紧张，但大家都不觉累不觉苦，情绪十分高涨。使母亲难忘的是她在这里看到了中共长江局创办的《新华日报》，还有《妇女生活》等进步的报刊，尤其是读到了邓颖超关于妇女运动的文章。文章中提出"中国妇女是抗日救国的重要力量"的论述，使她和她的同学们激动异常。他们在武汉还看过当时很有名气的"孩子剧团"和一些抗敌演出队的精彩演出。母亲和她的同学们也在武汉街头演出过著名的活报剧《放下你的鞭子》。母亲说："我们不会演戏，但看到别人演《放下你的鞭子》非常受欢迎，便日夜排练。没有剧本我们就在看别人演出时边看边记，没有导演，我们自己又导又演，演得虽然不能说好，但群众总是里三层外三层，观看的人数真不少。随着剧情的发展，演员的泪水和观众的哭泣声合在一起，震耳的口号声淹没了台上的对白，真是同仇敌忾、群情振奋啊！其实，这时演戏的不只是在演戏，看戏的也不只是在看戏。文艺演出只是一种形式，它表达了人民的心愿，代表了人民心声，才有了人们想象不到的生命和力量。"

1938年10月，武汉三镇先后被日寇占领。在这之前，母亲在党组织安排下随任大可到安徽歙县和江苏宜兴、溧阳、武进一带开展抗日救亡活动，并于1940年8月由宜兴县委委员储以民介绍加入了中国共产党。1941年冬，母亲到中共太滆特委的《太湖报》负责采编工作。《太湖报》是地下党主办的进步报纸，在华东地区很有些影响。初时，《太湖报》人手非常少，编辑只有一个叫谈平东的年轻人。母亲的工作除了收听新华社的广播，根据广播内容并结合当时的形势、当地的情况编写稿件，与谈平东编定后，还要动手刻写蜡版、裁纸油印，工作量非常大。油印小报改为石印后，由每周的八开两版扩为八开四版，发行量也由几百份增加到二千余份。内容也更为丰富，不仅有国际、国内新闻、党的抗日方针政策，还有短评、特写、通讯、诗歌、散文等，形式比较多样活泼。阅读的人群也由太滆地区的党政军，扩展到了抗日群众团体和民主人士，产生了广泛的影响。

1942 年，母亲到苏南党校学习。这时，父亲是党校的党委书记兼主任。父亲 1938 年离开延安后，曾先后在长江局任高干训练班主任、东南局高干训练班主任、新四军 6 师干部大队主任等职，办一所集训性质的党校并不十分困难。但战争年代学校不要说没有什么一般学校应有的教务、教保等必要部门，工作人员也很少。父亲是校领导也是主要教员，不仅要自己编写教材、授课，还得担当党务、行政、后勤保障等方面的组织领导工作，任务重，事务多，十分繁忙。在这种情况下，诸如教材的抄写、校对、刻版、油印、装订等只得临时抽调学员来帮忙。母亲在《太湖报》做过编辑，字写得清秀工整，蜡版刻得横平竖直，油印得干干净净，很受父亲赏识，不久就成了父亲的得力助手。

父亲参加红军前虽然读过几年书，算是小知识分子，但他爱学习肯钻研，又有丰富的革命实践经验，特别有较长时间在毛泽东身边当秘书的经历，多年耳濡目染，毛泽东的学习习惯、学习方法、学习精神给了他很大影响和很深的熏陶。繁忙紧张的作战工作之余，父亲读了不少马恩列斯的经典作品，对毛泽东著作更是熟悉，理论功底比较厚实。年轻的学员们对父亲很敬重，因为大家知道他是"井冈山下来的"老资格，爬过雪山走过草地的老红军。其实，父亲那时才 30 岁出头，也是个年轻人。

在苏南党校，父亲是单身。虽说他平易近人，和学员们亲如手足，关系都很好，但女学员中真正与他接触较多的还是母亲。因为她是父亲工作中的助手。父亲对母亲的好感始于母亲对工作仔细认真、努力肯干的态度和话语不多、文静平和的性格，没有大城市来的某些大学生的娇气和小姐脾气。相处时间长了，父亲了解到母亲不但字写得漂亮，还能写一手大气磅礴很少脂粉气的文章。火热的斗争生活、共同的革命理想点燃了爱的火种，两个人很自然地走到了一起。1943 年，母亲和父亲在战火中建立了新的家庭。

母亲生我的时候，父亲已从苏南党校调到淮南的甘泉县任县委书记兼甘泉支队政委和军政委员会书记。母亲已记不得我出生多久后父亲才赶到盱眙，只记得父亲带了些红糖和鸡蛋，还给母亲开玩笑说："你生了孩子，算是打了一个胜仗，我带着慰问品来慰问你。"母亲曾想他能小住几天，但父亲只坐了一会儿，说了一句"我可是陪不了你呀！"便匆匆走了。母亲说："这就很不错了。那时候很多女同志生了孩子，孩子都满地跑了还没见过父亲一面。有的孩子出生了，父亲却在前线牺牲了……"

我出生时，已是抗日战争的后期，总体局势虽然大有好转，但是作战仍很频繁，生活仍很动荡。不管行军打仗多么激烈，都没有把我放在老乡那里抚养，一直跟着部队行动。直到1950年3月，父亲调任山东军区政治部副主任，我们全家才在泉城济南稳定下来。

山东虽然是老解放区，但是很多地方解放不久，局势不是很稳定。中央为了加强南方新解放地区的建设，调走了山东许多干部，山东留下的干部非常少。当时，山东军区在位的只有两名主要领导干部，司令员是许世友（政委康生长期在北京，参谋长贾若瑜在外学习），政治部主任空缺，实际主持政治工作的只有父亲一人。母亲这时也调到政治部任秘书，主要负责父亲的文秘工作。

1951年3月13日，月色下的泉城济南，市府小礼堂座无虚席。父亲在军区文化座谈会闭幕会上讲完话后，一场专门慰问部队的文艺演出开始了。

忽然，昏暗的观众席里，站起一个行色诡异、面露凶相的身影。他身体前倾，伸出黑手，指向在前两排就座的部队领导。人们还未反应过来的当口，他连开了几枪。礼堂哗然一片，节目戛然而止，血案就此发生。有一位领导被击中倒在血泊里，那正是我的父亲黄祖炎。

凶手是惠民军分区的干部王聚民。3月6日，军分区收到他家乡群众写来的一封联名信，揭发王聚民的父亲系恶霸地主，曾逼死两条人命等罪行，同时还揭发王本人在1938年曾告密我两名地下党员的问题，要求给予严肃处理。由于机要员泄密，消息传到了王聚民耳中，他情绪突变，态度敌对，经常无故擦拭手枪，并在日记中写到要行凶报复。当听说有去济南开会的机会他便积极争取，想趁机行凶，目标是许世友。因王原在胶东军区工作，曾被看不惯其阿谀奉承的许司令员批评、训斥过，所以对许司令员一直怀恨在心。许司令因事未来看演出，他的子弹就射向了父亲和其他人。

我父亲1926年参加革命，经历过土地革命、二万五千里长征、抗日战争、解放战争等。在武装夺取政权，创建新中国的斗争中，他出生入死，历尽无数次重大战役和战斗的考验。应当说，枪林弹雨、九死一生的日子都闯了过来，可胜利了、和平了，却没能躲过敌人打来的黑枪……

父亲遇刺牺牲的第二天，一纸急电报到了中央。正在外地的毛泽东，看过电报，眉宇紧锁，沉默了良久。他为党和军队失去一位与自己又有着患难之交的高级将领而惋惜、哀伤、悲痛不已，也为反革命分子如此疯狂的阶级报复而震惊、痛恨、怒不可遏。盛怒之下，他立即做出决策，指出：这是"过去所少有的"大案，必须采取手段，"坚决迅速杀掉一切应当杀掉的反革命分子"。3月18日，毛泽东亲笔代党中央起草了通报全国的文电，在送刘少奇、周恩来等中央领导阅发的同时，专门指示总政治部主任罗荣桓、公安部部长罗瑞卿等亲自查办此案。4月19日，毛泽东又第三次作了亲笔批示。由于父亲遇害这件事，发生在建国不久的1951年，事件"通天"，"过去少有"，所以人们把它称之为"开国大案"。

1952年10月26日，毛泽东离京赴外地考察，说是"看看黄河去"，第一站选定济南，离济南市很近便是黄河下游的泺口，这里有当时黄河上最大的"泺口大桥"。毛泽东一到济南，就对陪同他的山东军区司令员许世友说："1938年，中央决定祖炎同志到长江局，后来到新四军陈毅那里去工作。祖炎同志离开延安的时候，我到他的窑洞为他送行，交谈的时间不短，就像是昨天的事。"毛泽东伸出大手屈指算着，"到如今已经14年了。没想到，那一别竟成了永诀！我要去墓地看望一下祖炎同志。这是在北京就想好的，还没有对叶子龙他们讲。"

第二天，10月27日，深秋的泉城，天高气爽，风轻云淡，稍有凉意。一辆雪佛莱轿车开到四里山下，毛泽东和许世友从车上下来，朝山上走去。接近父亲墓地时，许世友向前指了指，说："主席，前面就是祖炎同志的墓。"毛泽东停住脚步，表情凝重起来，他看着高大的墓碑，动情地对许世友和身旁的同志说："祖炎同志在我身边工作多年，给我很深、很好的印象。他是我们党的好干部，理应为他办理较为隆重的丧事，慰藉英灵，教育广大干部和群众。"

毛泽东来到墓前，轻轻抚摸着墓碑上"黄祖炎"三个大字，深情地说："祖炎，我来看你了。"人们看到，毛泽东的泪水顺着脸颊慢慢滑下，他慢慢地拍打着"黄祖炎"三个字，过了一会儿，才缓缓地说："祖炎是个好同志，能文能武，人才难得，他对党忠诚，办事认真，为革命他家牺牲了 4 位亲人，他的牺牲是我党我军的重大损失。"

随后，毛泽东缓慢地绕着墓地走了一周，仿佛在端详久别的朋友。他对许世友等人说："墓地修得很好，山东军区烈士抚恤工作做得不错。"又环视四周静立在苍松翠柏之中的碑群，感慨地说："青山有幸埋忠骨啊！有这么多人民英雄长眠在这里，乃此山之幸也！"

毛泽东在济南只逗留了一天。因为去父亲墓上凭吊，没有来得及去看离他的住地不远的黄河。我后来想，毛泽东很可能是专门到济南看望我父亲的墓的。

离开济南的时候，毛泽东对许世友说："你帮我办一件事，代我去看看祖炎同志的爱人和孩子们，说我问候他们，也惦记他们，只是这次不能去看望了。要他们节哀珍重，保重身体。"

又过了几天，许世友亲自到家里来了。他把毛泽东看望父亲墓的过程，特别是毛泽东对父亲的赞扬、怀念详细讲了一遍，深情地说："周泽同志，我从在延安认识毛主席，这样的事情不但没有经历过，也从来没有听说过。这是祖炎同志的光荣，也是你们全家的光荣。我也为有祖炎同志这样的战友感到骄傲。毛主席让我告诉你，要你化悲痛为力量，保重身体，努力工作，把孩子们带大、带好！"

母亲擦了擦泪水，郑重地说："许司令，我现在真的不知道该对您说些什么！如果祖炎在天有灵，我想他也会和我一样地激动和感激。司令员，我只求您一件事，您一定要办到，如果哪天您见到毛主席，一定要告诉他老人家，说祖炎同志和我们全家感谢他、感激他，永远不会忘记他的关怀！希望毛主席一定要保重身体，注意安全！我还年轻，会好好工作，把孩子带大、带好！"

父亲牺牲那年母亲才 35 岁，在以后漫长的岁月里，她一直像她说的那样，在坚持努力工作的同时，含辛茹苦地把我们兄弟姐妹带大，培育我们成人。我回顾自己走过的成长之路，总是难以忘怀母亲对我的教育和影响。父亲去世时我还是个不懂得事理的孩子，是母亲的言传身教，为我的一生打下了坚实的思想基础。

20世纪50年代中期，祖国进入了和平建设的年代。部队正规化建设的步伐加快，授军衔前夕大规模裁军，女同志几乎"一刀切"，都要转业到地方工作。组织上考虑到母亲与家庭的实际情况，决定她继续留在部队工作。我们几个孩子更是盼望与身着威武军装带着漂亮军衔肩章的妈妈合个影，希望军人家庭的荣誉能延续下去，但是这一美好愿望最终没能实现。母亲看到除了医院、文工团外，机关的女同志都转业了，自己留在部队显然是组织的特殊照顾。母亲不愿意接受特殊照顾，自己写报告要求转业，在那种形势下，自然很快被批准了。

母亲转业后被分配到省委组织部高教处工作，按规定她保留部队原工资待遇，每月工资约160元左右。上了几个月的班后，听说自己的工资比他们部长还高，心里有些不安。其实当时这种现象很普遍很正常。因为大规模的战争刚刚结束，国家根据国防建设需要，明文规定军人工资比地方同等级别要高20%，转业后保留原工资待遇。母亲考虑再三做出了一个让别人难以理解的决定，她向上级申请降低薪金，理由是她已不再是军人，应该与地方同级别的干部一样。但这次组织上没有同意，理由也很充分：这是国家规定她应享受的转业干部待遇。母亲是个执着的人，她认准了的事情一定要坚持做下去，于是又递交了第二次、第三次要求降薪的申请。组织上看母亲这样坚决、真诚，最终批准了母亲的降薪申请，每月薪金由160元降到80多元，一下子就砍掉了一半。区区八十几元钱，对于一个单位、一个国家当然算不了什么，但对于一个人、对一个家庭的影响，只有亲身经历才能真正体会到。自动降薪一半在当时，或放在当今，都如同天方夜谭一般令人不可思议，尤其是烈士遗属，独自抚养五个儿女。在1960年前后的三年困难时期，我们家的生活一下子跌到了低谷，有时甚至温饱都难以为继。

由于弟弟妹妹年龄小，不到上小学的岁数，我们家原来请了一位阿姨帮忙。这位阿姨姓孟，是章丘县人，来时已有50多岁，比母亲还要大些，我们都叫她孟大娘。孟大娘家里很穷，又早年丧夫，儿子、女儿在济南打零工，他们没有济南户口，因此也没有口粮。她刚来时弟弟妹妹都小，后来，弟妹已入济南军区驻军无影山小学读书，周末才回来一次。姐姐、大妹和我同在实验中学读书，生活都能自理了，家里事情并不多，母亲念旧，还是把她留下来管吃管住，工资月月照发。但是到了三年困难时期，母亲确实为难了，一头是自己正在成长发育期的孩子，本来口粮定量就低，再从他们口里硬挤出粮食供给孟大娘就更紧张，如同心头挖肉一般不好受；一头是孤儿寡母的孟大娘，如果辞了，她无依无靠，衣食无着落，很可能连性命都保不住。在两难抉择的情况下，母亲并没有像当时许多人家那样把保姆辞退，而是咬咬牙把孟大娘留了下来。孟大娘心里很是感激，说这等于救了她娘仨。

长期的饥饿和营养不良，我们几个孩子，包括在保育院的弟弟妹妹都先后出现过轻度浮肿，母亲看在眼里，疼在心上，自己悄悄节食省给我们。她当时工作的山东医学院离家很远，为了节省体力，多节余点粮食，不再每天回家。每逢周末，母亲都会从布书包里取出用手绢包好的一小袋食品，有馒头、烤饼，有时还有面包，甚至还有几块兔肉。这也是一周全家最热闹、最欢快的时光。渐渐地我们才察觉到，这是母亲忍饥挨饿，把每月不多的细粮一口一口省下来的。她一天天消瘦下去，不但眼睛失去了往日的光彩，连脸庞都有些变形了，步履也缓慢了许多，腿上一按一个深深的坑，母亲的浮肿比我们都严重……

母亲不仅对我们疼爱有加，关键时刻还挺身而出，舍己救人。一天，孟大娘老家来了几个人，衣着褴褛，满脸污垢，步履沉重，手里还拄着棍，看样子经过长途跋涉已经筋疲力尽了。不一会儿有一个人晕倒了，他们说是饿的，已经有几天没有吃过一粒粮食了。母亲赶忙让孟大娘熬了一大锅地瓜稀饭，蒸了二屉玉米饼子，但是每人只让吃一个，怕他们空腹多日，一下吃多了会出毛病，剩下的让他们带走。看着他们狼吞虎咽的样子，母亲问起了乡下的情况，这几个人含着泪水说，今年灾情重，才开春，许多家里不但没有粮食，连刚冒头的野菜、树叶，干的可以当柴烧的地瓜蔓都吃光了，年轻力壮点的出来逃荒，也不知道走到哪里是个头。母亲听着眼圈都红了，沉默了一会，到里屋拿出 10 斤粮票 20 元钱，说："不多，拿着救急吧。"他们一见呼呼啦啦都跪下了，一个个痛哭失声，感激不尽。这点东西在今天不值一提，那种环境下却能救人的命。

有些事自己扛一扛也就罢了，遇到一般人眼中的大事，甚至是世俗上认为绝不能办的事，母亲的决定也往往令人意外。1960 年初的一天，有关部门前来征求意见，想把父亲的墓向下迁一迁。理由是要把中共一大代表王尽美、中共山东省委早期牺牲的领导鲁伯俊等同志的骨灰也安放到英雄山。母亲觉得这是件好事，这么多先烈集中在一起，也便于瞻仰，教育后人；父亲的墓就不要迁动了，他们的墓可以向上建。得到的答复是，现在经费困难，把父亲的墓迁下来与王尽美等同志的墓列为一排开支小一些。母亲服从了组织决定。

几十年来，母亲就是用她看似柔弱的肩膀，扛住了各种重压，用母爱护育我们幸福温馨地成长。母亲百岁时，心还十分年轻，总想着为党再干点什么。她从积蓄中取出 6000 元，交了一次特殊党费，并写了一首《百岁心愿》的诗一起交给了党组织。诗中写道：

> 耄耋忆岁月，醒来更恋晨。
> 昔日战凶顽，只唯主义真。
> 今圆中国梦，更靠党指引。
> 任重征程远，老妪已黄昏。
> 捧上薪一把，略表寸草心。

这就是我们儿女心中的新四军女战士，可爱可敬的伟大母亲！正是有了千千万万像她一样胸怀大爱的母亲，才撑起了一个个幸福的家庭；正是有了千千万万像她一样勇于牺牲的母亲，才撑起了一个强盛的中国！

一路绿色

楚　汜

楚汜（1928—　　），辽宁营口人，曾任新华支社记者、《战士报》编辑组长、《解放军报》副总编。著有《一路绿色》《我从东方来》等。少将军衔。

在日常生活中，赤橙黄绿青蓝紫，再加上黑白，这些颜色中，我最爱的是绿色。我爱绿色，并非由于听了绿色是生命之色宣传的缘故，也不是因为现在人们管无污染食品叫"绿色食品"，更不是看到洋人那里有多少"绿色和平组织"正在可敬地为理想而献身。我爱绿色从儿童时代便开始了，直到老年。我就是觉得它好看，眼前有了它心里舒服，愿意生活其间，与它为伴。

大约在我出生不久，在辽东半岛沿海小城家中的院子里，老祖父开出了两块花圃，用尖角朝上的半截灰砖，镶成一圈花边，里面种满各样花草。房门两侧窗下还摆了一大排盆栽柳桃、石榴。这花圃与盆栽的花草虽都不是什么名贵品种，但冬去春来却使整个小院生意盎然。入夏，花香四溢，蜂蝶群舞，它更成为我终日流连的地方。母亲在几十年前曾跟我描述过，说我两三岁的时候，有两次看老祖父不在眼前，便蹲到花圃旁用小铁铲使劲扒西番莲（我们那时叫地瓜花）根部的土，想看看那土里到底埋的什么东西，怎么就会长出那么红的花，那么绿的叶？可是都未成功。好像每次总有人给老祖父通风报信似的，我刚扒了几下土，留着花白短须的老祖父便匆忙赶到，吆喝开了："死了！再挖花就谢了，叶就黄了！"母亲说，她也不知道当时老祖父的眼睛怎么那样尖。而这时，我往往吓得赶快住手，逃离现场，远远站到一边望着，好像从我刚才刨过的土里突然冒出一条大虫子，要把花儿咬死。从此再不敢、也不愿去扒土，刨根问梢了。其后，故乡小城被日本强占了，我成了小小的亡国奴。而此前跑到关内读书的父亲、叔叔和姑姑，也就再无音讯。祖父终日不大说话，母亲陷入惶惑苦痛之中。但我却因这两块小小花圃，这满眼绿色的小院，依然有一点童年的欢乐。

记得我上小学的学校房子破旧，操场很小，低矮的土墙内外只有稀疏的几株小柳树，此外整个校园便不见一点绿色。但那时日本人的控制力量还未深入到小城的小学。我们学校除校名从"二五"被勒令改为"同德"（另一小学改为"同心"），意即要同日本统治者"同心同德"；每天朝会唱伪满"国歌"："天地内有了新满洲……"此外，学校里尚无更大动作。日本文化特务尚未到来，师生关系、教学秩序大体如旧。春天，柳絮满城飞扬的时候，老师便常带领大家去"围子"外（城郊）"踏青"，而这时便不再唱什么"新满洲遍是新天地"，老师边走边教学生们的是："长亭外，古道边，芳草碧连天……"到了郊外，放眼望去，天阔地宽，虽有堆堆荒冢，却仍是一片春色。青青的草，蓝蓝的天，潺潺流水，杂树丛生，柳条摇曳，群鸟争鸣。在小溪旁，在茵茵草地上，黄色花朵的蒲公英散在其间。像羔羊一般的小学生群，撒开便叫不住，收不拢，常常要嬉戏到日西斜，尚不思归。一晃间，一个"花甲子"过去了，童年生活中许多细节都已模糊，但当年从小城那一排灰黄色平顶泥土房子走出来，见到天地间片片新绿的喜悦之情，却是怎么也忘不了的。

到了小青年时期，我参加了人民解放军的野战部队，在南满辽河两岸的山区和平原活动三年，又进关，下江南。这期间行军作战多半是转山沟，走荒野，宿农村，绿色就更是常相伴，不分离。而且我自己也通身变成了绿色。在春夏秋三季，长长的行军行列，远远望去与大自然呈现的绿色基调已浑然一体了。我没有体验过抗日战争时期华北大平原上游击健儿们青纱帐里逞英豪的情景，却感受过随军穿行密不透风的大片高粱、玉米地，出其不意攻入蒋军占据的村庄的惊喜。在辽东山区战斗中，匍匐山头上，身下隔潮湿气常常靠的是一层厚厚松叶，而有时用以遮风挡雨的又是团团杂树荆条。行军路上，骄阳似火，边走边把几片沾水的阔叶贴到脸上，短暂的丝丝凉意，使自己对这素昧平生的小小叶片，顿生友好之情；而路旁浓荫蔽日的老树下，又是唯一可以暂歇的去处，使你实在不愿听到那一声无情召唤："出发！"敌人的飞机突然从远山顶端钻出，横着膀子，耀武扬威，斜飞过来；山野里，可以隐身之处便是山冈上、小道旁的树丛了。1946年10月辽东新开岭战役后，我们纵队两个便衣侦察员曾告诉我，大战前，他们夜间深入敌后，潜伏于赛马集附近的大路旁一条干水沟里，正是依靠两丛矮树，一堆蒿草，躲过了敌人大队人马，捕捉到一名独行的敌下级军官，得到最新情报。在南满运动歼敌的那几年，每当行军走得筋疲力尽，腹内空鸣，遥望轻烟迷蒙的远处出现团团绿树黑影，便知道那里必然隐有一座有人的村庄，说不定便是宿营地了，精神会立即为之一振。那时，大树成了希望之星，绿色则是希望之色。四年多的解放战争，从辽东到南海岸边，我可以说一路都与绿色为伴，始终是生活在绿色之中。

绿色，使我回忆起纯真、欢乐、生机勃勃的童年；绿色，使我回忆起辉煌壮丽的伟大革命年代和灿烂美好的青春年华；绿色也曾使我于困难中看到希望。啊，我又想起来了，绿色，早年在我心目中也曾同富庶联系在一起。1948年夏天，我们部队从辽东出发，经由沈阳南部，穿过中长路（沈大线），挺进辽西。那时映入眼帘的强烈贫富之差，也正是反映在土黄与青绿两种色调上，令人刻骨铭心。中长路两侧的辽宁腹地，绿色包围中的大村庄一个接着一个。人烟稠密，房舍整齐，烧锅林立。而一深入辽河泛滥成灾的辽西，却是满目凄凉，光秃秃的远山，孤零零的老树，不毛的田野，枯井破房。丘陵土冈是黄的，大地是黄的，饮用的塘水是浑黄的，蓬头垢面的人也是土黄的……那时我方才走进成人行列，刚刚开始革命人生，对大社会知之甚少，我从直感中得出的结论便是：绿色就是富庶，而贫穷、困苦则与绿色无缘。

即将进入不惑之年，我正与"文化大革命"的疯劲相遇。那是骂得狗血喷头，打得天昏地暗的年代。到处是"红海洋"，北京城里似乎已看不到别的颜色。人们除了直着脖子高唱那有点发紫变黑的红色外，谁也无心无胆去观察大千世界，朗朗乾坤，还有什么别的颜色存在，然而一次机遇却也使我因祸得福，就是由于林彪的"一号命令"，把我所在单位的 10 个人押送河南一个原劳改农场的猪圈监督劳动，我也在其中。在那里，虽然住土坯小屋，睡谷草地铺，转猪圈，下麦田，与在机关宿舍反差很大。但有一条是当时乌烟瘴气的北京城绝对无法比拟的，那就是蓝天白云，小河流水，广袤田野，一眼望不到边的绿色。在这里，我们即便不是恢复了自己的主人地位，至少睡梦中不必心惊肉跳，不必担心哪路"豪杰"突然又呼啸而至，污言秽语，拳脚相加。在那个年代，晴空下，绿苗间，与猪为伍，比在京城一片"打倒"声中与人结伴，似乎心中要更踏实些。绿色，对于我这时又是与自由、半自由联系在一起的了。这也许是换一个时代的人怎样也体验不到的吧。

不觉到了老年，我更珍惜眼前一片绿。我的居室内无花却有绿，这固然与我不擅养花有关，但确也有自己的偏爱。花死了，我不再买，绿叶植物，绝对不能少。榕树、山影、吊兰、龟背竹，等等，我总是尽量让它们繁殖，不怕重样单调，也不怕人说档次不高。我们住的大院正中是一个树多花少，枝叶繁茂的不大也不小的"公园"，那里是从岗位上退下来的老头儿老太太们每天早晨健身"话疗"的所在。三三两两徜徉其间，妄谈天下兴衰，议论人间冷暖，评说世态炎凉，倾泻胸中郁闷，褒贬儿女短长，以至相互转告书摊上有哪一本新书可读，街头又新出现什么骗人花招，需要当心，等等。设想，我们的大院倘没有这块青竹绿树环绕的小园子，人们该是什么感觉，还会有多少人天天不请自来？倘没有了这天天不可缺少的"话疗"，这该是老年生活中多大的空缺！干休所每年春秋两季都组织到远近郊区旅游，我是都尽力参加，尤其是去离城较远的地方。尽管那些被宣传得天花乱坠的所谓"新景点"多么名不符实，我依然甘愿去上当。我的方针是只要看天然的青山绿水，而不是一心想发财者装神弄鬼，花里胡哨的去处，我便去无妨。即使什么景点也没有，坐着大汽车出城转悠一趟便回来，我也去。看麦苗长多高了，看玉米棒子长多大了，看风吹柳条摆动，看绿茸茸山坡上羊群片片；听小溪流水淙淙，听风吹杨叶沙沙作响，也听南来北往如潮车马匆匆赶路的喧闹嘈杂声……这可以感受到生命的脉搏在跳动，大自然与社会在滚滚向前，而自己似乎也正与之交融一起，同歌共舞，刹那间忘了老之已至。

　　绿色伴我走过了大半生，我尽情享受了它带给我的欢悦与力量，过去却未深想过何以会如此。其实也用不着去细思默想了，生活本身已经把一切都回答了人虽说是"一切社会关系的总和"，但毕竟也是大自然之子。绿色，既然是充满生机与活力的大自然基本色调，生活于其中的人们，热爱生活，渴望幸福，企盼生生不息，连绵不断，兴旺发达，怎能不热爱这绿色呢！

（1997 年 4 月）